U0925714

礼品装家庭必读书

礼品装家庭必读书

希腊罗马神话·圣经的故事

01

《礼品装家庭必读书》编委会 编

辽海出版社

图书在版编目（CIP）数据

希腊罗马神话·圣经的故事 /《礼品装家庭必读书》编委会编. —沈阳：辽海出版社，2012.1

（礼品装家庭必读书）

ISBN 978-7-5451-1546-8

Ⅰ.①希… Ⅱ.①礼… Ⅲ.①神话—作品集—古希腊②神话—作品集—古罗马③圣经—故事 Ⅳ.①I545.73②I546.73③B971

中国版本图书馆CIP数据核字（2011）第240985号

礼品装家庭必读书

希腊罗马神话·圣经的故事

出　　品：唐码书业（北京）有限公司 WWW.TANGMARK.COM

编　　者：《礼品装家庭必读书》编委会

责任编辑：孙德军　刘　波

封面设计：路炳男

图片编辑：张　硕

排版制作：培捷文化

出版发行：辽海出版社

社　　址：沈阳市和平区十一纬路29号

邮　　编：110003

经　　销：新华书店

印　　制：北京市昌平开拓印刷厂

版　　次：2013年3月第1版

印　　次：2013年3月第1次印刷

开　　本：787×1092　1/32

字　　数：544 000

印　　张：22.5

书　　号：ISBN 978-7-5451-1546-8

定　　价：198.00元（全6册）

前言

提到西方文学，很多人立刻便想到希腊罗马神话和《圣经》。的确，希腊罗马神话和《圣经》对后世西方文学的创作有着不可磨灭的影响。它们是西方文学史的基石，也传达着西方人对世界的最初认识。

希腊神话产生于公元前12世纪到公元前8世纪之间，这一时期正是人类最初的时代。在那个混沌的时代里，古希腊人萌生出了非凡的想象力，他们在幻想和沉思中形成了对世界的一种认知，这种认知奇幻瑰丽，带有强烈的原始质朴色彩。古希腊人崇拜英雄，这种英雄主义情结使得他们的幻想世界里出现了众多无所不能的神。这些神在大自然中自由行事，掌管着天堂和人间、地府和海洋，是自然界的绝对主宰，许多惊动天地的英雄故事也是由此产生的。这些完全由想象和幻想创造出来的故事，经过后人的不断加工和改造，逐渐形成了人们今天所看到的希腊神话。

继希腊神话之后，罗马神话产生。罗马神话是罗马人民在同大自然长期斗争过程中产生的，其继承了希腊神话的浪漫和人本主义色彩，并在此基础上进行了创新。同古希腊人一样充满想象力的古罗马人，也有英雄情结和信仰崇拜，但比起古希腊人，他们更注重人格化。因此，罗马神话里的诸神既有神的高尚、威严，又有人的七情六欲、喜怒哀乐，可以说罗马诸神是理想化的人。罗马神话里的英雄，除了保留了一些希腊神话的英雄人物外，还创造了许多自己的英雄形象，并将英雄形象的描写着重放在了战争环境里。这些英雄为罗马城的建立和发展立下了不朽的功勋。可以说，罗马神话

前言

的英雄故事实际上就是一部罗马建城史。

《圣经》作为重要的文化遗产在世界文化史上占有极为重要的地位。它虽由不同时代的人用不同的语言写成，却极其贯通；它曾遭到无数的怀疑甚至诋毁，但最终它作为神圣经典的位置却丝毫没有动摇；它不是单纯的文学书、哲学书或历史书，千百年来，它影响了西方一代又一代人的思想、言论、举止……编者从《圣经》中精心选取若干经典情节，并把原典的庄严肃穆转换为概略简要的“圣经的故事”，不仅保留了圣经原典的精神，也使读者能轻松进入圣经世界。

翻开本书，你将会看到一幅波澜壮阔的西方文学画卷。放松你的心情，将自己置身于这西方文学的世界中吧！

总目录

CONTENTS

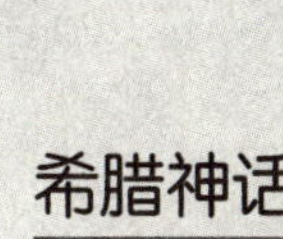

第一册目录

希腊神话

远古时期，希腊人十分恐惧莫测的自然、难解的生死，于是开始了非凡的想象，想象世上有操控一切的神，又幻想着人类可以征服他们，久而久之，便形成了人与神共舞的希腊神话。

天地初开与提坦神族

朦胧的太古时代，世界一片混沌，整个宇宙空洞无边。在这一片混沌之中，地球不停地旋转，旋转产生的力量把天空推向苍穹、将星辰缀满天空。随之，神奇的大地和蔚蓝的海洋诞生了。这所有的一切都包围在阳光和空气之中，世界从此有了天地。

宇宙中最古老的神是混沌之神卡厄斯。后来，卡厄斯分化出黑暗之神和夜晚女神，以及大地女神该亚和地狱之神泰塔罗斯。黑暗之神和妹妹夜晚女神结合，生出了光亮之神和白昼女神。这样，白天和夜晚、黑暗和光明都诞生了。接着，大地女神该亚凭借自己的神力，生出了苍穹之神乌拉诺斯和大洋神俄卡阿诺斯。该亚又与自己的儿子乌拉诺斯结合，生下六男六女，他们就是著名的提坦十二神。

然而，随着孩子们渐渐长大，乌拉诺斯的脾气越来越暴戾，

▲ 提坦神族

他认为这些孩子长大后会威胁到他的统治权，所以就把这些孩子都囚禁起来。除了这十二个孩子之外，大地女神该亚还生出了三个独眼怪物，他们每个人都有五十个头和一百只手，被人称为百手神族。看到这些丑陋无比的怪物，作为父亲，乌拉诺斯感到极为震惊，他认为自己是众神之王，统领宇宙，不可能有这么丑陋的孩子。于是他迁怒于该亚，把他们丢回了该亚的肚子里，还把该亚关到了地下。

乌拉诺斯的这些行为终于引起了该亚的愤怒，她决定报复乌拉诺斯。她生下了金属之神，接着马上打造了一把镰刀，然后召集所有的儿女，向他们许诺，如果谁帮她杀死乌拉诺斯，她将让这个人当上众神之王。这时，她的小儿子克洛诺斯接过了该亚手中的镰刀。

被蒙在鼓里的乌拉诺斯一步步陷入危机，终于有一天，在该亚的帮助下，克洛诺斯在乌拉诺斯熟睡之时，用镰刀切断了他的喉咙。从乌拉诺斯喷出的鲜血中，又诞生了几名神祇，其中就有复仇女神厄里尼厄斯。她们的职责是追捕和惩罚罪人，因而她们被后人称为“黑暗行者”。她们的头发是抖动的蛇群，眼睛里还布满血丝。

不久，该亚如约帮助克洛诺斯当上了众神之王。

宙斯与奥林匹斯神

克洛诺斯当上众神之王后，娶了自己的妹妹瑞亚。起初，他们生活得很幸福，但在瑞亚生下孩子之后，克洛诺斯变得和父亲一样暴戾。因为在克洛诺斯杀死父亲乌拉诺斯的时候，他曾经受到了乌拉诺斯的诅咒。乌拉诺斯预言将来有一天，克洛诺斯也会死在自己儿子的手中。

由于害怕这个预言变成现实，瑞亚每生下一个孩子，克洛诺斯就一把抢过婴儿，把他吞进自己的肚子里。在失去了三个女儿和三个儿子之后，瑞亚再也无法忍受克洛诺斯的行为，所以当她再度怀孕的时候，她便决心誓死保护这个孩子。

在即将临盆的时候，瑞亚偷偷跑到克里特岛，并在那里生下一个男孩。瑞亚偷偷地将孩子藏在克里特岛的一间岩石筑成的房子里，并且安排了年轻的精灵克里特斯等保护这个男孩。回去以后，瑞亚用婴儿的衣服包裹了一块石头，向克洛诺斯谎称那就是刚出生的孩子，克洛诺斯看也没看，就把石头一口吞进腹中。

在克里特岛上，精灵们悉心照顾着婴儿。他们日日夜夜守在婴儿身边，或者高声唱歌，或者手持矛盾互相攻击，唯恐婴儿的哭声被克洛诺斯发现。他们每天还会给婴儿喂阿玛尔特亚山的山羊奶和蜂蜜。在他们的照顾下，这个孩子渐渐长大了，他就是后来的天帝宙斯。

宙斯长大以后，在母亲瑞亚的帮助下，接近父亲克洛诺斯，并诱骗他喝下了呕吐药。结果克洛诺斯把吞进肚里的孩子一一吐了出来。最先被吐出来的是波塞冬，接着是哈得斯，然后是赫拉以及农业女神，最后是灶神。不久，一场可怕的战争在老神和新神之间爆发了。宙斯与他的兄弟姐妹和他的父辈展开了长达十几年的战争。他们的激战把大海搅得波涛汹涌，让大地变得痉挛不定，使天空中响起阵阵哀鸣……这场战争差点毁掉整个宇宙。

后来，宙斯听从祖母该亚的忠告，释放了被囚禁的百手神族。他们为了感谢宙斯，为新神们打造了锋利的武器。他们送给宙斯的是世间最可怕的武器——雷霆万钧的闪电；送给波塞冬的是一支三叉戟；送给哈得斯的是隐形头盔。在他们的帮助下，宙斯终于取代了父亲，成为新的众神之王。

胜利的新神们重新分配了世界：宙斯成为新的天帝，并娶自己的妹妹赫拉为天后。波塞冬被封为海神，娶了老海神的女儿，从此住在海底的金殿；而哈得斯则被封为冥王，主管地狱。

普罗米修斯

天和地刚被创造出来的时候，大海波涛汹涌，浪花拍击着海岸。鱼儿占据着水域，鸟儿在天空盘旋，爬行动物成群地生活在大地上。世界还处于混沌中，需要有一种具有灵魂的、能够主宰世界的高级生物。这时普罗米修斯降生了，他是地母该亚与乌拉诺斯所生的伊阿佩托斯的儿子，是巨神种族——提坦神族的后裔，与天帝宙斯同族。他聪慧而有勇气，知道天神的灵气蕴藏在泥土中，于是他将泥土与河水调和起来，依照天神的样子，捏成人形。接着他又从动物的灵魂中抽取了善与恶两种脾性，将它们封进泥人的胸膛里，这就是半成的人类。普罗米修斯的好朋友、智慧女神雅典娜对这个神奇的创造惊叹不已，便向具有一半灵魂的泥人吹了一口神气，于是，它们便有了灵性。

就这样，人类诞生了。他们不断繁衍生息，很快遍布大地各处。不过，在刚开始的很长一段时间里，他们还不知道如何使用神赐的灵魂，不懂得怎样让四肢更好地发挥作用。他们如同处于梦境之中，对世界上的其他东西视而不见、听而不闻，终日漫无目的。他们不懂得采石、烧砖，不懂得伐木制成椽梁，不懂得用这些建造房屋。他们如同蝼蚁一般，居住在阴暗的土洞里，甚至觉察不到四季的轮回。他们就这样毫无计划地生存着。

于是，普罗米修斯便肩负起教化人类的重任。他教会他们依日月的起落来生活；教他们驯服牲口当坐骑或给牲口套上缰绳拉车分担劳动；他发明了船、帆，让人们在海上航行；他发明了文字和数字，让他们互相沟通、懂得计划。最初，人类不懂得如何治病疗伤，许多人生活在病痛中，或因缺医少药而悲惨地死去。后来，普罗米修斯调制出各种药剂，还教给人们医治伤病的方法。另外，他还教会人们占卜、释梦，解释鸟的飞翔和祭祀显示的各种征兆。他又教会人们勘探地下的矿产，开采铁和金银，制造劳动工具和生活用品。他还教会人们农耕和各种技艺。在他的关怀下，人类的生活变得舒适起来。

不久，宙斯和他的儿子们做了天上的主宰，他很快把目光投注于刚刚诞生的人类身上。他们要求人类敬供他们，并以此作为保护人类的条件。一天，宙斯召集神祇们在希腊的墨科涅集会，商谈人类的权利和义务。普罗米修斯是唯一的以人类的维护者的身份参会的神。为了使诸神不再提出苛刻的献祭条件，他决意运用智慧来骗过他们。他宰了一头大公牛，切成碎块，分成两堆。一堆放的全是牛骨头，还巧妙地用牛的板油包裹起来；另一堆放上肉、脂肪和内脏，外面遮上牛皮，并将牛肚子放在上面。前一堆比后一堆大一些。然后，他代表人类请神祇选择他们喜欢的部分。

但这一切都被无所不知的宙斯看穿了，他气恼极了，但还是故意伸手去拿雪白的板油。当板油被剥掉，剔光的骨头露出时，他装作才知道上当的样子，大发脾气。

宙斯早想收拾这个向来我行我素的普罗米修斯了，如今碰上这件事，正好让他有了借口。他拒绝向人类提供生活必需的最后一样东西——火。但普罗米修斯一向有着足够的智慧和勇气，他马上想出了取得火的办法。他拿来一根又粗又长的茴香秆，扛着它走近飞驰而来的太阳车。灼灼的火焰立刻引燃了茴香秆，然后普罗米修斯带着这光明的火种回到了地上。很快，大地上的第一堆木柴燃烧起来，火焰熊熊，让人们感到无比的温暖。

宙斯见人间升起了火焰，震怒不已，但已无法将火从人类那儿再夺过来了。于是，他很快想出了新的办法来惩罚人类。他命令自己的儿子、精于工艺的火神赫菲斯托斯用石头造出一尊美女。同时，雅典娜因为开始妒忌普罗米修斯，也来帮助宙斯，她亲自给石像披上了闪着水晶般光亮的白衣裳，蒙上了面纱，戴上了花环，束上了金发带。众神的使者赫耳墨斯传授给这个妩媚迷人的形体说话的技能，爱神阿弗洛狄忒赋予她种种诱人的魅力。随后，宙斯让每位神都馈赠给她一件危害人类的本领。宙斯自己则给她注入了恶毒的祸水，并给她取名为潘多拉，意为“具有一切天赋的女人”。最后，他把这个美得无法比拟的年轻女人送到人间。潘多拉径自来到普罗米修斯的弟弟埃庇米修斯的面前，请他收下宙斯给他的赠礼。心地善良的埃庇米修斯十分喜欢她，对她毫无猜疑。

普罗米修斯早就警告过弟弟，不要接受来自奥林匹斯山的任何礼物。可是，埃庇米修斯却忘记了哥哥的忠告。在此之前，人类遵照普罗米修斯的警告过日子，从未招上灾祸。如今，这个姑娘双手捧着礼物——一只紧闭的大盒子，走到埃庇米修斯的面前，然后打开了盒盖。霎时，盒内飞出一股黑烟，这就是宙斯带来的“灾害”。灾害迅速四处扩散。尽管盒底还深藏着唯一美好的东西——希望，但潘多拉依照宙斯的告诫，在它还没有飞出时，就关上了盖子。这样，希望就永远被关在盒子里了。

从此，各种各样的灾难充斥着大地、天空和海洋。它们日日夜夜在人间蔓延、肆虐，大地上的动物都染上了各种疾病，死神带着诡笑时时光临人间。

接着，宙斯又向普罗米修斯本人报复了。他将这名仇敌交给

▲ 普罗米修斯

赫菲斯托斯和两名仆人，这两名仆人的外号分别叫做克拉托斯和皮亚，意为“强力”和“暴力”。普罗米修斯被冰冷的铁链牢牢地锁在高加索山的悬崖上，他的脚下就是可怕的深渊。普罗米修斯的身子被直挺挺地吊着，无法入睡，也无法弯一下僵硬的双膝。“无论你发出多少悲叹，都是无济于事的，”赫菲斯托斯对他说：“因为宙斯的意志是不可违抗的，这些最近才从别人手里夺来权杖的神祇们都是异常狠心的。”

普罗米修斯成了囚徒，囚禁期限无法计算，至少也得三万年。尽管他大声悲叫，呼唤风儿、大海、河川、万物之母大地以及注视万物的太阳来见证他的苦痛，但是他的精神却依然是坚不可摧的。他向众神宣布：“别看宙斯现在侮辱我，给我戴上了结实的镣铐，但他终会需要我来告诉他，一个什么新的企图会使他失去权杖。无论是谁，只要他承认定数的不可制伏的威力，那么他就必须承受命中注定的痛苦。”宙斯再三派人来威逼他，要他说出这个不吉祥的预言，但他始终没有开口。为了报复，宙斯派一只恶鹰每天来啄食普罗米修斯的肝脏，而且，被吃掉的肝脏很快又恢复了原状，这令普罗米修斯痛苦不已。不过，普罗米修斯不得不忍受这种折磨，除非有一天有人自愿替他献身为止。

就这样，普罗米修斯被吊在悬崖上，度过了漫长的悲惨岁月。但苦难总有尽头。一天，半人半神的英雄赫拉克勒斯为寻找夜神的女儿赫斯珀里得斯来到这里。他见恶鹰在啄食可怜的普罗米修斯的肝脏，便弯弓搭箭，将那只可恶的鹰一箭射落。之后，他打开锁链，解救了这位苦难者，带他离开了山崖。但宙斯的命令是不可违抗的，于是半人半马的肯陶洛斯族贤者喀戎要求赫拉克勒斯让自己成为普罗米修斯的替身，留在悬崖上——为了使可敬的普罗米修斯获得解脱，喀戎甘愿献出自己的生命。按宙斯的要求，普罗米修斯虽可获得自由，但他必须永远戴着一只镶有高加索山石子的铁环。这样，宙斯就可以对所有人宣称，他的仇敌依然被锁在高加索山的悬崖上。

大洪水与丢卡利翁

在青铜人类时代，世界的主宰宙斯听说这代人的恶行不断，于是他决定扮成凡人到人间去看一看。等来到地上后，他才发现原来情况比传说中的还要严重得多。一天深夜里，宙斯走进阿耳卡狄亚国王吕卡翁的大厅里，他以神奇的先兆表明自己是个神，人们见状都跪下来向他膜拜，而吕卡翁却态度冷淡、不以为然，还嘲笑人们的虔诚。“让我们验证一下，”他说，“看看他到底是神祇还是凡人！”他暗自决定趁来客夜中熟睡时将他杀掉。在这之前，他先悄悄地杀了一名摩罗西亚人送来的人质，随后又让人剁下他的四肢，扔在沸滚的水里煮，其余部分放在火上烤，以此作为晚餐给来客食用。看着这一切发生在自己身边，宙斯被激怒了，他从餐桌旁跳起来，唤来一团熊熊烈火，投放在这个不仁不义的国王的宫殿里。吕卡翁又惊又恐，呼喊着想逃到宫外去。但是，他的呼喊一出口就变成了凄厉的号叫，身上长出了粗厚的毛，双臂支到地上，变成了两条前腿。从此，吕卡翁就变成了一只贪婪、嗜血的恶狼。

宙斯回到奥林匹斯圣山，与众神商议，决定不再让这一代可耻的人在大地上存活下去。他拿起独眼神给他炼铸的雷电锤，想招来闪电惩罚整个大地，不过他很快又放弃了这个念头，因为他怕殃及天国，宇宙之轴被烧毁。于是，他决定向大地降下暴雨，用洪水淹没人类。他在埃俄罗斯的岩洞里锁住了除南风外所有的风。

南风独自受命，张开湿漉漉的翅膀咆哮着扑向大地。他的脸犹如锅底，黑得可怕，胡须沉甸甸的，如同大团乌云。洪涛从他的白发中渗出，雾霭遮着了他的前额，大水从他的胸脯倾泻而出。南风升在空中，双手紧紧抓住浓云，狠命挤压。霎时，雷声滚滚，大雨倾盆。暴风雨肆意侵袭，摧残了地里的庄稼，农民整整一年的劳作成果毁于一旦。

宙斯的弟弟——海神波塞冬也赶来凑热闹，他将所有的河流都召集起来，命令道：“立即掀起狂澜，冲垮堤坝，淹没房屋！”随后他亲自上阵，手执三叉神戟，撞击大地，为洪水开路。各路河水都汹涌着泛滥开来，如同出笼的野兽涌上田野一般，它们冲倒大树、庙宇和房屋。水势不断上涨，洪水不久便淹没了宫殿。一时间，水陆难辨，大地变成一望无际的汪洋。

▲ 大洪水

面对这突如其来的洪水，人类绝望地寻求生机。他们有的爬上山顶，有的驾着木船航行在被水淹没的房顶上。大水一直漫过了葡萄园，葡萄架触击着船底。逃命的鱼儿被挂在枝蔓间，满山遍野的野猪被洪水吞没。一群群的人还没来得及作出反应就被卷入洪水中，幸免于难的人后来也饿死在光秃秃的山顶上。

在福喀斯，有一座高山的两个山峰露出水面，这就是帕耳那索斯山。普罗米修斯的儿子丢卡利翁在这之前已得到父亲的警告，所以他早早地造了一条大船，当洪水到来时，他便与妻子皮拉坐着船逃到了帕耳那索斯。于是这对世间最善良、最虔诚的男女活了下来。

宙斯召唤洪水淹没大地，报复了人类。他站在天国俯视人间，见众生中只剩下一对可怜的人漂在水面上。得知这对夫妇善良而信仰神祇后，宙斯平息了怒火。他唤来北风，让它驱散了阴云和浓厚的雾霭，于是天空再次晴朗光亮起来。海神波塞冬也随之放下三叉戟，令江流河海退去。海水驯服地回到了高高的堤岸下，河水也回归了河床。树梢从深水中露出了头，树叶上满是污泥。群山重现，平原伸展，大地恢复了原貌。

丢卡利翁望望周围：大地上到处都是泥泞，没有一丝声响，荒芜得如同坟墓一样。看着这一切，他不禁流下了眼泪，对妻子皮拉说："亲爱的，我向远处眺望，看不到一个活着的人。人们都被洪水吞没了，我们两个人是大地上仅存的人类。可是，我们又能怎么活下去呢？一朵云彩的出现都会让我感到惊恐。就算一切危险都过去了，但在这样一个荒凉的世界上，我们两个孤单的人又能做什么呢？唉，要是我早从父亲普罗米修斯那里学到创造人类的本领，学会给泥人以灵魂的技术，那该多好啊！"妻子听他说完，也非常忧愁，两人一起痛哭起来。他们不知道该怎么办，只好来到圣坛的残垣断壁前跪下来，向女神忒弥斯恳求道："女神啊，请告诉我们，该如何创造新一代人类。请你帮助这个世界再生吧！"

"离开我的圣坛，"女神真的开口说话了，"戴上面纱，解开腰带，然后把你们的母亲的骸骨扔到你们的身后去！"

听到这神秘而又让人感到莫名其妙的言语，两人惊讶得愣在那里。皮拉首先打破了沉默，说："尊贵的女神，宽恕我吧。我不能按你的意愿去做，因为我不能抛弃母亲的遗骸，不想冒犯她的魂灵！"

然而，丢卡利翁这时却突然明白了什么，他激动地对妻子说："倘若我没理解错的话，女神其实并没有叫我们做不敬的事。你看，大地不就是我们仁慈的母亲吗？那石块就是她的骸骨啊。皮拉，我们应该把石块扔到身后去！"

话虽这么说，但两个人还是不怎么肯定，不过他们想，不妨试试吧。于是，他们按照女神的指示，转过身子，蒙住头，又松开衣带，然后将石块向身后扔去。然而，就在他们向后扬起手的那一刻，奇迹出现了：石头突然不再坚硬，而变得柔软、巨大，并逐渐成形。在其落地的那一刻，人的模样开始显现出来，只是还没有完全成形。很快，坚硬的石头变成了人的骨头，石块间的纹路变成了人的脉络，石头上湿湿的泥土则成了一块块肌肉。更有意思的是，从丢卡利翁手里扔出的石块全变成了男人，而皮拉抛出的石块都变成了女人。

他们造出的人类是坚强、刻苦、勤劳的一代。从诞生那一刻起，人类就牢牢地记住了他们是由什么物质演变而来的。直到今天，人类也并不否认他们的这一特性。

宙斯与伊娥

古希腊最初的居民是彼拉斯齐人，他们的国王名叫伊那科斯。伊那科斯有一个美丽的女儿，名叫伊娥。

有一次，伊娥在勒那草地上为他的父亲牧羊，奥林匹斯圣山的主宰宙斯在天国眺望时看见她，马上就爱上了她。他心中的爱情之火熊熊燃起，难以熄灭，于是他便扮作平凡的男人，来到人间。他用甜美的语言引逗伊娥：“哦，年轻的姑娘，谁拥有了你，谁就是世间最幸福的人！可是世界上的凡人哪里配得上你呢，你只适宜做万神之王的妻子。告诉你吧，我就是宙斯，你不要害怕！现在正是中午，天气这么热，快跟我到左边的树阴下去休息！不要害怕，我会保护你的。我是执掌天国权杖的神，能够把闪电直接送至地面。”

姑娘十分害怕，飞快地奔跑起来想避开这个诱惑。然而，宙斯却施展神力，使整个地区立刻陷入一片黑暗中。云雾包裹了这个可怜的姑娘。她怕失足落水或撞在岩石上而放慢了脚步，因此落入了宙斯的手中。

宙斯的妻子赫拉对于丈夫的不忠早就有所察觉了。这天，她正站在天国俯瞰人间，突然惊奇地发现地上有一块地方云雾迷蒙。天气很好，那片云雾显然不是自然形成的。赫拉顿时起了疑心，于是便四处寻找她的丈夫。果然，整个奥林匹斯圣山都找遍了，就是没有宙斯。赫拉气恼地说：“如果我没有弄错的话，他一定在做伤害我的感情的事！”于是，她乘云降到地上，施展神力使那团浓雾散开了。

妻子的到来怎么能瞒得过无所不知的宙斯？为了不让心上人遭到妻子的报复，宙斯把可爱的姑娘变成了一头雪白的小母牛。然而，即使成了这副模样，伊娥仍然美丽而优雅。赫拉立即识破了丈夫的诡计，她故意连连称赞这头小牛，并询问它是谁家的，是什么品种。宙斯很尴尬，不得不撒谎说这头母牛只不过是地上的生物，是纯种。赫拉装出一副完全相信的样子，要求丈夫把这头美丽的小母牛送给自己。

宙斯为难起来：假如答应她，他就失去了美丽的姑娘；假如拒绝，势必会引起她的猜疑和嫉妒，结果心爱的姑娘定会遭到恶毒的报复。想来想去，他决定暂时答应妻子，把这头可爱的小母牛送给她。赫拉心中有说不出的快意，不过她还是装出一副感激的样子。随后，她用一条带子系在可怜的小母牛的脖子上，得意扬扬地走了。不过，她心里还是不踏实。为了不让情敌被丈夫找到，她找到百眼怪物阿耳戈斯来看守小牛。阿耳戈斯浑身长着一百只眼睛，在睡觉时只闭上一双，其余的都睁着，如同星星一样发着光，可以说在他的眼前，连一只蚊子也跑不过去。所以，赫拉才把看守的任务交给了他。

可怜的伊娥被阿耳戈斯看守着，连宙斯也无法将她劫走。在阿耳戈斯一百只眼睛的严密看守下，伊娥白天在长满青草的草地上吃草。阿耳戈斯始终不离她左右，即使有时候转过身去，背对着姑娘，可还是能看到她的一举一动，因为他的额前脑后都有眼睛。太阳落山时，阿耳戈斯就用锁链锁住她的脖子。她吃着苦涩的青草和树叶，喝着污浊的池水，累了困了也只能睡在坚硬冰冷的地上，因为她是一头小母牛。伊娥常常忘记自己已不再是人类了，有时想伸出双手，乞求阿耳戈斯的帮助，可是她又会突然想起自己已没有手臂了。她想向他诉说自己的遭遇、向他哀求，但一张口，却只能发出哞哞的嘶叫。

为了不让宙斯找到她，赫拉还吩咐阿耳戈斯不断地变换伊娥的住处，就这样，伊娥被牵着四处流浪。一天，伊娥发现自己来到了故乡，身边的小河正是她孩提时常常嬉耍的地方。伊娥低下头，第一次从清澈的河水中看到了自己的面容，她被水中那个有角的兽头吓坏了，不由自主地往后退了几步，再没有勇气看第二眼。伊娥怀着对父亲伊那科斯和姐妹们的依恋之情，来到他们身边，然而，他们哪里还认得出她呢！伊那科斯抚摸着她美丽的身体，从小树上捋了一把树叶给她吃。伊娥流着泪舐着他的手，但老人却一无所知。

伊娥终于想出了一个办法。她开始用脚在地上划字，这个举动引起了父亲的注意。他很快从地面上的一行字中明白了面前的牛儿原来正是自己的亲生女儿。“天哪，我是多么的不幸啊！”老人惊叫一声，伸出双臂，紧紧地抱住可怜的小女儿的脖颈，“我找遍了所有的地方，没想到你竟成了这个样子？唉，现在的我比见不到你的时候更悲哀！你怎么不说话呢？可怜啊，为什么只是用一声牛叫回答我，你不能说一句安慰你父亲的话吗！我以前真傻啊，总是想着给你挑选一个好夫婿，如今，你却变成了一头牛……”伊那科斯还在伤心地说着，阿耳戈斯就凶巴巴地从伊那科斯的手里抢走了伊娥，牵着她离开了。他带着伊娥爬上一座高山，用一百只闪亮的眼睛警惕地望着四周。

宙斯再也不能眼看着心爱的姑娘长期遭受折磨。他召来儿子，诸神的使者赫耳墨斯，命他想办法诱使阿耳戈斯闭上他所有的眼睛。于是，赫耳墨斯带了一根催眠的荆木棍，离开天国，降落到了人间。他摘下了帽子，施展神力隐去身上的翅膀，又唤来一群羊，然后挥舞着那根木棍，把自己装扮成一个牧人。随后，他赶着羊群来到伊娥所在的那片草地上。赫耳墨斯拿出一支精致古雅的牧笛吹奏起来，这乐曲比人间的任何牧歌都美妙，阿耳戈斯被这动听的笛声迷住了。他从高处坐着的石头上站起来，向下喊道："吹笛子的朋友，不管你是谁，我都热烈地欢迎你。来吧，坐到我身旁来，休息一会儿！"

赫耳墨斯便爬上山坡，坐到了他身边。两个人攀谈起来，且越说越投机，不知不觉太阳都要落山了。阿耳戈斯伸了个懒腰，一百只眼睛都睡意蒙眬。赫耳墨斯又吹起牧笛，想催他进入梦乡。可是阿耳戈斯一点儿也不敢松懈精神。尽管困得一百只眼睛都要支撑不了了，他还是拼命同瞌睡作斗争。他让一部分眼睛先睡，让另一部分眼睛睁着。阿耳戈斯对这只牧笛有很大的好奇心，便打听它的来历。

"我非常乐意告诉你，"赫耳墨斯说，"如果你不嫌天色已晚，并且还有耐心听的话，我这就讲给你听。"阿耳戈斯连忙催促他赶快说。于是，赫耳墨斯便继续说道："从前，在阿耳卡狄亚的雪山上住着一位美丽的山林女神哈玛得律阿得斯，她又叫绪任克斯。那时，森林神和农神都爱上了她，不断地向她求爱。女神因为害怕结婚，所以没有答应，她总能巧妙地摆脱他们的追逐。她想要始终保持独身，过处女生活，如同束着腰带的狩猎女神阿耳忒弥斯一样。一天，强大的山神潘来森林里漫游，他见到哈玛得律阿得斯，立刻被她的美貌迷住了，他走近她，凭着自己显赫的地位急切地向她求爱。她拒绝了他，然后穿过一片草原，逃到了拉同河边。然而，河面很宽，她过不去。姑娘十分焦急，只得哀求她的守护女神阿耳忒弥斯帮助她，在山神来到之前，将她变个模样。就在这时，山神潘赶了过来。他张开双臂，一把将岸边的姑娘抱住了。然而很快，他惊奇地发现自己抱住的不是姑娘，而是一根芦苇。山神又失望又伤心，不由得悲叹一声，声音经过芦苇管时变得又清脆又响亮。山神听到这奇妙的声音后得到了一丝安慰。'好吧，变形的情人啊，'他在痛苦中又突然高兴起来，'即使如此，我也不会让你离开我的！'说完，他把芦苇切成长短不一的小杆，又将它们用蜡接起来，做成芦笛，并以姑娘哈玛得律阿得斯的名字命名它。从此以后，我们就将这种牧笛叫做绪任克斯。"

赫耳墨斯一面讲故事，一面观察着阿耳戈斯的反应。故事还没有讲完，阿耳戈斯的眼睛就一只接一只地闭上了。当最后一只眼睛闭上时，他已经沉沉地睡去了。赫耳墨斯又用他的神杖轻触阿耳戈斯的一百只神眼，使他睡得更深沉了，还不断地发出鼾声。赫耳墨斯立即抽出藏在上衣里的利剑，砍下了他的头颅。

伊娥获得了自由，不过仍然没有变回人形，只是颈上的绳索被除掉了。不过这第一步的解放已经让她很高兴了，她在草地上来回奔跑，无拘无束。

然而，人间发生的这一切都逃不过赫拉的眼睛。她又想出了新的招数来折磨情敌。她抓到一只牛虻，让牛虻叮咬小母牛。可怜的伊娥被咬得几乎发狂。牛虻追着她不放，她惊恐万分，逃遍了世界各地。她逃到高加索，逃到斯库提亚，逃到亚马孙部落，逃到博斯普鲁斯海峡，逃到阿瑟夫海。她穿过海洋到了亚洲，后来又长途跋涉来到埃及。伊娥疲惫极了，她再也支撑不住了——她倒在尼罗河河岸上。她前脚跪下，面朝着奥林匹斯圣山，眼中流露出无助和哀求。宙斯看到她，顿生怜悯之情。他来到赫拉那里，拥抱她，请她放过可怜的姑娘。他说，姑娘虽然迷途在外，但却是清白无辜的，并没有诱惑他。他指着阴阳交界处的冥河向妻子发誓，今后自己绝不再和这位姑娘有任何瓜葛。这时，赫拉也听到了小母牛向着奥林匹斯圣山发出的求救的哀鸣声。这位万神之母终于心软了，允许宙斯恢复伊娥的原形。

宙斯立即来到尼罗河边，伸出双手抚摸着小母牛的背。奇迹出现了：小母牛身上乱蓬蓬的牛毛没有了，牛角也消失了，牛眼变成了一双秀目，牛嘴变成小巧的双唇，肩膀和双手出现了，牛蹄不见了。伊娥重新恢复了原来的形象，她从地上慢慢地站起来，楚楚动人，惹人怜爱。

就在尼罗河的河岸上，伊娥为宙斯生下了一个儿子厄帕福斯，他后来当了埃及国王。当地人非常爱戴这位神奇获救的女人，把她尊为女神，拥戴她做了君主。不过，赫拉一直没有完全放过伊娥。她指使野蛮的库埃特人抢走了伊娥那年轻的儿子厄帕福斯。伊娥不得不再次四处漂泊，寻找儿子。后来，宙斯用闪电劈死了库埃特人，她才在埃塞俄比亚的边境找到了厄帕福斯。

厄帕福斯后来娶门菲斯为妻，门菲斯为他生下了女儿利彼亚（现在的利比亚就是沿用了她的名字）。厄帕福斯和他的母亲在埃及受到人们的尊敬和爱戴。他们死后，埃及人建立庙宇，把他们当作神来祭拜，母亲是伊西斯神，儿子就是阿庇斯神。

太阳神之子法厄同

太阳神的宫殿，到处镶着闪亮的黄金和璀璨的宝石，飞檐上嵌着雪白的象牙，各个大殿都用华丽的圆柱撑起，两扇大门用白银制成，上面雕着各式各样的花纹和人像，记载着人类无数古老美丽的传说。一天，太阳神阿波罗在大地上生活的儿子法厄同跨进宫殿来找父亲。他不敢与父亲靠得太近，因为父亲身上散发着一股炙人的热光，太近了他会受不了。

阿波罗坐在大殿正中央的宝座上，他身着古铜色的衣裳，宝座上的绿宝石珍贵耀眼，显示着他的威严。在他的左右，文武随从依次而站。一边是日神、月神、年神、世纪神等；另一边是四季神：春神年轻娇艳，戴着由各种花编成的项链；夏神双目炯炯，披着金黄的麦穗衣裳；秋神气质高雅，手中捧着芬芳诱人的葡萄；冬神凛然冷峻，一头长长的白发显示了他拥有无限的智慧。阿波罗正襟危坐，一双慧眼扫过众神，正要发话，却看到儿子来了。此时的法厄同则被这天地间无比威武的仪仗惊得呆住了。

“你怎么来到我的宫殿了，我的孩子？”阿波罗亲切地问道。

“尊敬的父亲，”儿子回答说，“因为大地上有人嘲笑我，侮辱我的母亲克吕墨涅。他们说我自称是天国的子孙，其实这并不是事实，还说我是杂种，说我的父亲是无名无姓的野男人。因此，我来请求父亲给我一些凭证，让我向全世界证明我是你的儿子。”

他的话讲完后，阿波罗收敛了头颅四周的光芒，吩咐年轻的儿子到自己身边来。他拥抱着儿子，说：“我的孩子，你的母亲克吕墨涅已告诉了你，我永远不会否认你是我的儿子，不管什么时候。为了消除人们对你的怀疑，你向我索求一份礼物吧。我对冥河发誓，一定满足你的愿望……"

父亲的话还没说完，法厄同立即说："那么，请你首先满足我梦寐以求的愿望吧，让我有一天能独自驾驶你的那辆带翼的太阳车！"

太阳神脸上掠过一阵惊恐之色。他一边摇头，一边叹息，最后忍不住地大声说："唉，我的孩子，我如果能够收回诺言，那该多好啊！你的愿望远远超出了你现在的力量。你还年轻，况且又是人类！就是众神也没有一个敢像你这样提出如此大胆的要求。因为除了我以外，还没有一个人能够站在那喷火的车轴上。我的车经过的路途十分陡峻。就是清晨，马儿精力充沛的时候，

▲ 法厄同拜见太阳神阿波罗

驾车也是非常艰难的。旅程的中点是在天之绝顶，这时就算是我站在车上，也会感到头晕目眩。我总是避免俯视下面，因为当我看到无边的大地和海洋在我的脚下无尽地展开时，我也会心神不宁、双腿发颤。过了中点以后，坡度又会急转直下，这时我就要牢牢抓住缰绳，全力驾驶，但即使这样，稍不留神也会从天上跌入万丈海底。天在不断地旋转，驾车人必须竭力保持与它平行逆转才行。想到这些，就连在下面高兴地等待我的海洋女神也担心不已。因此，即使我把车给你，你又如何能驾驭它呢？我可爱的儿子，现在还来得及，你赶紧放弃这个愿望，重提一个吧，你可以从天地间的一切财富中挑选。我指着冥河起过誓，你要什么就能得到什么！”

然而，年轻人十分固执，不肯改变自己的愿望，这让已经立过神圣誓言的父亲十分为难。没有办法，他不得不拉着儿子的手，朝太阳车走去。眼前的太阳车，精致华美，它有着金质的车轴、车辕和车轮。车轮上的辐条是银质的，辔头上的宝石闪闪发光。法厄同见了不由得赞叹不已。说话间，第一抹朝霞已经出现在东方的天空，天已蒙蒙亮了。星星一颗颗地隐没了自己的眼睛，新月的弯角也从西方的天边消失了。白昼该来临了，阿波罗命令时光女神赶快去套马。很快，喷吐着火焰的马儿被女神们从豪华的马槽旁牵来，它们都被喂饱了可以使它们长生不老的饲料。女神们迅速给马儿配上漂亮的辔具。为了让儿子能抵御住熊熊燃烧的火焰，父亲将圣膏涂抹在他的面颊上。父亲把光芒万丈的太阳帽戴到儿子的头上，一边不住地叹息，一边警告儿子：“孩子，千万不要使用鞭子，但要紧紧地抓住缰绳。马会自己奔跑，不需要你去催促它们，你要控制它们，使它们跑慢些。你不要过分弯腰，否则，地面会被晒裂，甚至会火光冲天；你也不能站得过高，那样会把天空烧焦。上去吧，孩子，黎明前的黑暗已经过去，抓住缰绳吧！或者——我的孩子，你现在还来得及重新选择，抛弃你的妄想，把车子交给我，让我将光明送给大地，而你留在这里看我如何驾车！”

年轻人正在为自己的梦想即将要变成现实而兴奋不已，根本没有考虑父亲的话，他嗖的一声跳上车子，兴冲冲地抓住缰绳，朝着满脸愁容的父亲点点头，表示由衷地感谢。

四匹马儿伸展着它们奇特的长翅嘶鸣着，它们灼热的呼吸在空中喷出火花。马蹄踩动，法厄同神气地坐在马车上，太阳车即将启程了。海洋女神忒提斯走上前来，亲自为他打开两扇大门。就这样，法厄同驾车启程了，马儿的第一步冲破了拂晓的雾霭。

马儿似乎感觉到了今天驾驭它们的是另外一个人，因为套在颈间的辔具比往常轻了许多。因为载的东西过轻，太阳车从一开始就在颠簸的道路上摇晃个不停，就如同一艘载重过轻、在大海中摇荡的船只，随时都可能被浪打翻。后来马儿明白了今天的情况的确不同往常，于是它们离开了平日的故道，任意狂奔起来。

车子上下来回颠簸，法厄同心中惶恐，失去了主张，他不知道该朝哪一边拉绳，也找不到原来的道路，眼前撒野的马儿让他束手无策。当他偶尔朝下张望时，无头无边的大地展现在他的眼前，使他心中产生了阵阵恐惧，他紧张得脸色发白，双腿也颤抖起来。他想调头回去，但已经走了很长一段路程；他望望前面，路途更长。现在的他没有任何办法了，只是呆呆地望着远方。他双手抓着缰绳，不敢放松，也不敢拉紧。他想让马儿跑得慢一点儿，但又不知道该怎么喊。他更加慌乱了，下意识地看了看天空，这个扣在他头顶的东西如同魔鬼一样，让他不禁倒吸一口冷气。他不由自主地松掉了手中的缰绳。此时车子到了天空的最高点，开始往下滑行。然而，马儿们因没有了控制，高兴得索性离开了原有的道路，开始在陌生的空中乱跑。太阳车一会儿高，一会儿低，高时几乎触到高空的恒星，低时眼看着就要坠入邻近的半空。就这样，马儿漫不经心地拉着车，车子险些撞在一座高山上。

因为受到炙烤，大地都龟裂了。草原上的草顷刻间都枯死了，森林也起了熊熊烈火。大火蔓延到广阔的平原，庄稼被烧毁了，耕地变成了一片荒漠。浓烟笼罩着无数城市和农村，人们被烤得焦头烂额，如同热锅中的蚂蚁。河海的情况也不妙。河川中的水变得滚烫，可怕地溯流而上，直到源头，没有多久，河川都干涸了。大海在凝缩，从前的湖泊，转眼间成了干巴巴的沙地。

法厄同放眼一望，只见大地上到处都在冒火，热浪翻腾。脚下的车子也如同火炉一般，他感到自己也快被烤焦了，呼吸变得困难起来，呼出的气体好像是从滚热的大烟囱里冒出来的似的。浓烟、热气包裹着他，从地面上爆裂开来的岩石从不同的方向朝他袭来。这时，马和车也完全失去了控制，乱窜的火舌烧着了他的头发，法厄同终于支持不住，从华美的太阳车里一头跌了下去。他成了一个火球，从空中直落入了埃利达努斯河——一个远离他的家乡的地方。

阿波罗目睹了这一切，十分伤心却无能为力。他抱住头，悲痛得说不出话来。

水泉女神那伊阿得斯同情这位遭难的年轻人，埋葬了他。可怜的是，他的尸体已被烧得残缺不全。他的母亲克吕墨涅与妹妹赫利阿得斯伤心欲绝，抱头痛哭。她们一连哭了四个月，两个人的眼泪落在地上变成了晶莹的琥珀。最后，温柔的妹妹变成了白杨树。

美丽的少女欧罗巴

腓尼基王国的国王阿革诺耳有一个女儿名叫欧罗巴，她从出生起就一直深居在父亲的宫殿里。一天夜里，她做了一个奇怪的梦。梦里，世界的两大部分——亚细亚和对面的大陆幻化成两个女人，她们发生激烈的争吵，都想占有欧罗巴。其中一位妇女十分陌生，而另一位就是亚细亚，其模样和当地人完全一样。亚细亚非常激动，她热情地召唤欧罗巴，说自己是将她从小抚养到大的母亲；而陌生女人也怕失去她，强行抓住她的胳膊就往外走。“跟我来吧，亲爱的，”陌生女人对她说，“跟我去见宙斯！命运女神已经指定你做他的情人。”

欧罗巴从梦中惊醒，心怦怦跳个不停。她从床上坐起来，梦中的情形还清晰地浮现在眼前，如同真的发生过一样。她一动也不动，呆坐了很久。“是哪一位神，”她思忖道，“给我这样一个梦呢？梦中那位陌生女人是谁呢？我多么渴望能够遇上她啊！她是多么慈爱，就连动手抢我时，还温柔地对我微笑！但愿神祇能让我重新返回梦境中去！”

天亮了，温暖明媚的阳光将姑娘从睡眠中唤醒。一会儿，和她年岁差不多的姑娘都来找她一同游戏玩耍。显然，这些女孩也都是显赫家庭的女儿。她们穿着五颜六色的衣服，衣服上面还绣着各式的花卉。欧罗巴穿了一件长襟裙衣，衣服典雅精美，上面用金丝银线织出了许多神祇生活的景致，再配上她窈窕的身材，真是光彩照人。这件价值连城的衣服本是火神赫菲斯托斯的杰作，能呼风唤雨，常常引起地震的海神波塞冬曾在与利彼亚热恋时将它送给情人。以后，这件衣服成了传家宝，传到儿子阿革诺耳手上。今天，欧罗巴穿着漂亮的衣服，轻盈地跑在同伴的前头，奔到海边的草地上——这里是姑娘们常来聚会的地方。草地上鲜花盛开，芳香四溢，欧罗巴和花儿一样动人。姑娘们欢笑着散了开来，采摘自己喜爱的花儿，有的摘紫罗兰，有的摘风信子，有的寻水仙，有的找百里香，还有的喜欢黄颜色的藏红花。欧罗巴也很快采到了自己中意的花。她站在几位姑娘中间，双手高擎着一束火红的玫瑰，就像是美丽的爱情女神。

姑娘们采集了各色鲜后，围坐在草地上，动手编起花环来。为了感谢草地仙子，她们将花环挂在翠绿的树枝上献给她。

此时，宙斯正在天国向人间眺望。他望见年轻貌美的欧罗巴，立刻就爱上了她。可是，他害怕妒忌成性的妻子赫拉发怒，同时也觉得自己以现在的形象出现难以博取姑娘的欢心。于是他想出了一个诡计，摇身变成了一头公牛。这不是一头普普通通的公牛，而是一头膘肥体壮、高贵而华丽的牛。这头牛有着两只小巧玲珑、犹如经过雕琢的角，角上闪着钻石般的光芒。牛儿的额前闪烁着一块新月形的银色胎记。它的毛皮是金黄色的，一双海水般幽蓝明亮的眼睛，流露出深深的爱意。

宙斯在变形前，已经吩咐儿子赫耳墨斯做了一件事。“快过来，我的孩子，我的命令的忠实执行者，”他说，“你看到那腓尼基王国了吗？你赶快下去，把在山坡上吃草的国王的牲口全部都赶到海边去。”这个唯命是从的儿子立即挥动双翅，来到牧场。于是，国王阿革诺耳的牲口全部从山坡上来到了他的女儿欧罗巴所在的草地上。不过，赫耳墨斯却不知道，他的父亲宙斯已经变成公牛，混在国王的牛群中。

牛群在草地上慢慢散开，神祇化身的大公牛径直来到欧罗巴和一群姑娘正坐着嬉戏的地方。公牛昂首穿过肥沃的草地，然而它并不咄咄逼人，而是很温顺地靠近姑娘们。姑娘们都夸赞公牛那高贵娴雅的气质，她们不由自主地走近公牛，看着它，还伸手抚摸它那顺滑的牛背。公牛似乎很通人性，它越来越靠近姑娘，最后，乖顺地依偎在欧罗巴的身边。欧罗巴起初有点害怕，在它靠近时，不禁倒退几步。不过当她看到公牛只是温顺地站在那里时，她就壮着胆子走上前去，将手中的花儿送到公牛的嘴边。公牛撒娇地舔着鲜花和姑娘的手。欧罗巴用手拭去公牛嘴上的白沫，温柔地摸摸牛身，她越看这头漂亮的公牛越觉得喜欢，最后壮着胆子在牛的前额上轻轻地吻了一下。公牛叫了一声，这叫声不像普通的牛叫，更像是吕狄亚人的牧笛声，悠扬婉转。公牛温顺地卧倒在姑娘的脚旁，满含情意地望着她，摇摆着头，示意她爬到自己宽阔的牛背上。

欧罗巴高兴极了，呼唤她的女伴们："你们快来呀，我们可以坐在这可爱的公牛的背上。我想牛背上能坐得下四个人。这头公牛温顺而友好，一点儿也不像其他公牛。它是多有灵性啊，就像人一样，只不过不会说话！"她一边说，一边接过女伴们手上的花环，挂在牛角上，然后大胆地骑上牛背，但她的女伴们还是犹豫着不敢骑。

公牛达到目的后，便从地上爬起，轻松缓慢地向前走，不过欧罗巴的女伴们仍然赶不上它。它慢慢地走出了草地，只见一片沙滩挡在面前。突然间，公牛加快了速度，像马一样向前奔跑起来。可怜的姑娘还不知道到底发生了什么事，公牛就已纵身跳入了大海，高兴地背着猎物游走了。欧罗巴左手抱着牛背，右手紧紧地抓着牛角，猛烈的海风迎面吹来，她的衣服便如同张开的船帆一般随风飘起。她非常害怕，回过头向远处的故乡望去，大声呼喊女伴们，然而风又把她的声音送了回来。海水在公牛身下或缓或急地流过，姑娘怕弄湿衣衫，竭力抬起双脚。公牛对此毫无反应，径自向大海的远处游去，如同一艘航程已定的海船。不久海岸消失了，太阳从水平线上消失了。

▲ 抢夺欧罗巴

迷蒙的夜色中，欧罗巴眼前除了波浪和星星外，什么也看不到，这一切使她更加惊恐不安。

公牛驮着姑娘一直向前，在大海中迎来了黎明，又在水中游了整整一天。眼前永远是无边的海水，可是公牛却能灵巧地将波浪分开，竟没有让一点儿水珠沾在它那可爱的猎物身上。黄昏时分，期待中的海岸终于出现在了眼前，公牛爬上陆地，在一棵大树旁停下，让姑娘从背上轻轻滑下来，而它却突然消失了。姑娘正在诧异，一抬眼面前却出现了一个俊逸如天神的男子。他笑着告诉她，这里是克里特岛，自己是岛的主人，如果姑娘愿意嫁给他，他可以保护她。被绝望和孤寂围绕的欧罗巴，下意识地朝他伸出一只手去，表示答应他的要求。就这样，宙斯实现了自己的愿望，但很快，他又像来时那样消失了。

清晨，太阳升起的时候，欧罗巴从昏迷中渐渐醒了过来。她惊慌地望着四周，呼喊着父亲。这时，她想起了发生的一切，于是哀伤地自语道："我是个卑劣的女儿，怎么还有面目呼喊父亲的名字？我不慎失身，必须忘掉一切！"她无助地看着周围，反复地自问着："我从哪儿来，往哪儿去？难道我真的醒着，这件丑事难道是真的吗？不，我是无辜的，也许这只是一场噩梦。"

姑娘说着，用手揉了揉双眼，似乎这样就可以抹掉丑恶的梦魇。然而，睁开眼时，那些陌生的山峦和树林依然包围着她，大海的波涛仍旧无情地冲击着悬崖峭壁，发出震耳欲聋的轰隆声。姑娘绝望了，她满怀愤恨地高声呼喊起来："天哪，要是该死的公牛再出现在我的面前，我一定折断它的牛角，可是这只能是一种愿望罢了！家乡远在天边，我除了死还能怎么办呢？神祇啊，给我送上一头雄狮或者猛虎吧！"然而，猛兽没有出现，她眼前仍然是这一片陌生的景物。太阳渐渐升高，光芒照耀四方。如同被复仇女神所驱使，欧罗巴突然跳起来。"可怜的欧罗巴！"她大声地呼号着，"如果你不想结束这种不光彩的生活，难道你不会感到父亲在咒骂你吗？难道你甘愿给一位野兽的君王当侍妾，低声下气地做他的女佣吗？你怎么可以忘掉自己是一位高贵的公主？"

被命运捉弄的姑娘心中满是愤恨，她想到了死，可是她又留恋着生活。突然，她听到身后传来一阵哧哧的嘲笑声。姑娘惊讶地回过头去——在她眼前站着的是女神阿弗洛狄忒，她浑身闪着奇异的光彩。女神旁边还有她的小儿子爱情天使，他弯弓搭箭，跃跃欲试。女神脸上含笑，说："美丽的姑娘，赶快息怒吧！你所诅咒的公牛马上就来，它会将牛角送来让你折断。我就是你梦境中的那位女子。欧罗巴，你可以聊以自慰了吧！带你来此的正是宙斯本人。从今往后你就成了地面上的女神，你的名字将永远被人们记住，从此，你所在的这块大陆就用你的名字命名，它将被称为欧罗巴！”

欧罗巴愣住了，沉默良久，她终于接受了命运的安排。后来，他跟宙斯生了三个强大而有智慧的儿子，他们是弥诺斯、拉达曼提斯和萨耳珀冬。弥诺斯和拉达曼提斯后来做了冥界判官，萨耳珀冬则是一位大英雄，当了小亚细亚吕喀亚王国的国王。

卡德摩斯勇斗恶龙

欧罗巴被宙斯带走后，国王阿革诺耳万分焦急，他派儿子卡德摩斯和其他三个儿子福尼克斯、基立克斯和菲纽斯外出寻找，并告诉他们找不到妹妹不准回来。卡德摩斯出门后到处寻找，就是打听不到妹妹的消息。他没有办法，也不敢回去，只得请求太阳神阿波罗给自己指示安身之所。阿波罗给他的答复是：“你将在一块无人的牧场上遇到一头牛，这头牛还没有套上轭具，它会带着你一直往前走。它在哪里躺下来休息，你就可以在那儿造一座城市，将它命名为底比斯。”

卡德摩斯和随从正要转身离开阿波罗赐给他神谕的地方——卡斯泰利阿圣泉，就发现前面绿色的草地上有一头母牛在吃草。他们高兴地朝着太阳神拜了几拜，然后便随着母牛朝前走去。它领着他们蹚过了凯菲索斯浅流，接着站在岸边就不动了。母牛昂首嘶叫着，又回过头来，看着跟在后面的卡德摩斯等人，然后满意地在柔软的草地上躺下来。

卡德摩斯怀着感恩之心跪在地上，亲吻着这块陌生的土地。他想给宙斯献上一份祭品，就命仆人到附近一片古老的森林中的活水水源处汲水，以供神祇品饮。这片森林从来没遭过砍伐，林中山石间清泉叮咚作响，泉水晶莹甘美，蜿蜒流转，穿过了层层灌木。

事实上，在这片森林深处隐藏着一条有毒的恶龙。它身体庞大，身上披着蓝色的鳞甲，头上紫红的龙冠闪闪发光，赤红的眼睛四处张望，好像要喷射出熊熊火焰，三条芯子自口中伸出，如同三叉戟一般，口中还排着三层利齿。卡德摩斯的仆人们走进山林，正想将水罐沉入水中打水，恶龙突然从洞中伸出脑袋，发出巨大的吼声。仆人们吓得连水罐都丢了，僵立在原地。恶龙把它的身体扭成一团，然后蜷曲着身子往前耸动，它高昂着头，凶狠地环视着周围。最后，它终于向仆人们人发起进攻，把他们冲得七零八落，仆人们有的被它咬死，有的被它卷起勒死，有的被它喷出的臭气弄得窒息而死，剩下的人也被它的毒涎毒死了。

见仆人们去了很久还不回来，卡德摩斯决定亲自去寻找他们。他披上一件狮皮，手执长矛和标枪，怀着一颗坚强勇敢的心上路了。卡德摩斯一踏进树林，就看见了仆人们的尸体。不远处的恶龙正吐出血红的芯子，舔食着遍地的尸体。

“可怜的朋友们啊！”卡德摩斯悲痛地叫了起来，“我要为你们复仇，就算是死，我也要和你们死在一起！”说着，他抓起一块大石头朝着恶龙抛去。卡德摩斯用了很大的力气，在平日，这块石头甚至能打穿、砸塌城墙和塔楼，可是恶龙对此竟无动于衷，它坚硬的厚皮和鳞壳像铁甲一样保护着它。卡德摩斯又狠狠地投去一杆标枪，枪尖深深地刺入了恶龙的内脏。这一下，恶龙终于感到疼痛了，它狂暴地转头咬下背上的标枪，又用身体将它压碎，然而枪尖却仍然留在它的体内。受了重伤的恶龙被激

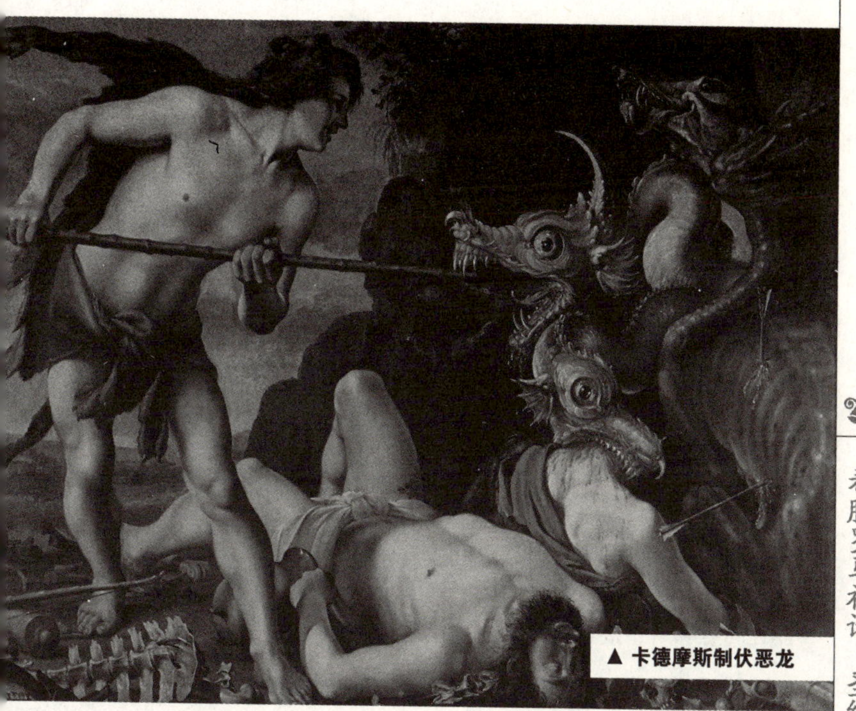

▲ 卡德摩斯制伏恶龙

怒了，它的咽喉迅速地膨胀开来，喷吐着带有剧毒的白沫，向卡德摩斯猛冲过来。卡德摩斯后退一步，用狮皮裹住身体，将长矛刺入龙口，恶龙一口咬住了长矛。卡德摩斯用力抵住长矛，恶龙的牙齿纷纷掉落。很快，恶龙的脖子里流出了血水，但它还能躲避攻击，卡德摩斯很难一下就消灭它。但是卡德摩斯越斗越勇。最后，他提起宝剑，看准机会，拼命向恶龙的脖颈刺去。这一剑又狠又重，不仅刺穿了恶龙的脖颈，而且刺进后面的一棵大栎树里。这一下，恶龙被紧紧地钉在树桩上，彻底被制伏了。

卡德摩斯久久地凝视着被刺死的恶龙。当他终于想离开的时候，一回头却看见女神雅典娜正站在他的身旁。女神命令他将龙的牙齿播种在泥土里，说这是未来种族的种子。于是，卡德摩斯在地上开了一条宽阔的沟，然后将龙的牙齿慢慢撒入土内。卡德摩斯刚忙完，泥土下面就有了动静。卡德摩斯首先看到一杆长矛的矛尖露了出来，然后土里又露出一顶武士的头盔。整片森林都在随之晃动。不久，泥土下面又露出了肩膀、胸脯和四肢。最后，一个全副武装的武士从土里站了起来。随后，又是一个……一会儿的工夫，地下就长出了一整队武士。

卡德摩斯吃了一惊，他重新摆开架势，准备投入到新的战斗中。这时泥土中生出的一个武士对他喊道："别拿武器反对我们，这是我们兄弟之间的战争，请不要加入！"他边说边抽出剑，对着刚从泥土中生长出来的一位兄弟狠狠地挥去，而他自己又被别人用标枪刺倒在地。一时间，整队人厮杀起来，难解难分，森林中到处都是斑斑血迹。最后，他们只剩下五个人，其中一人——后来取名为厄喀翁，他最先响应雅典娜的建议，放下武器，同意和解，接着其他人也都同意了。

腓尼基王子卡德摩斯在五位士兵的帮助下建立了一座新城市。根据太阳神的旨意，卡德摩斯给这座城市取名为底比斯。为嘉奖卡德摩斯，诸神便把爱与美的女神阿弗洛狄忒的女儿哈墨尼亚嫁给了他。婚礼这天，许多神都来祝贺，还送给他们不少礼物，阿弗洛狄忒女神则给他们送了一条贵重的项链和一条做工精致的丝面纱。

国王彭透斯与酒神

卡德摩斯与哈墨尼亚结婚后，生下一个美丽的女儿，名叫塞墨勒。塞墨勒长大后，与众神之主宙斯相爱了。这激怒了善妒的天后赫拉。赫拉劝诱怀了孕的塞墨勒公主向宙斯要求，要他以本来面目和她相会。原来，宙斯与人间的女子相会时都以化身出现，因为凡人是不能接近神的。不过在塞墨勒的请求下，宙斯只好驾着雷电神车前来，结果塞墨勒不幸在雷电中被烧死。宙斯从她的肚子里取出未足月的胎儿，缝进自己的大腿里。因而宙斯在这段时间成了瘸腿的。婴儿足月后出生，取名为“狄俄尼索斯”，意思就是“宙斯瘸腿”。

狄俄尼索斯出生后，宙斯先把他托给塞墨勒的姊妹伊诺公主哺养，后来为了避免他遭到天后赫拉的迫害，宙斯又将他转托给尼萨山上的七位山林女神抚养。转眼间，狄俄尼索斯长大成人了，于是他告别了女神，开始漫游世界。他到处拜师学艺，经过一番努力，发明了酿造葡萄酒的技艺。从此以后，狄俄尼索斯走到哪里，就把葡萄酒的酿制技术带到哪里，无数人享用到了他酿制的琼浆玉液，他也因此赢得了天下人民的景仰，被人们尊称为“酒神”。他所到之处，人们都建立神庙来供奉他。狄俄尼索斯对待朋友诚实宽厚，但是对不相信他是神祇的人却常常给以残酷的惩罚。很快，狄俄尼索斯的声名传遍了希腊，故乡底比斯人对他也都有耳闻。

当时，卡德摩斯已经把王位传给了彭透斯。彭透斯的母亲阿高厄是狄俄尼索斯的姨母。彭透斯不敬神祇，对他的亲戚狄俄尼索斯尤为憎恨。因此，当狄俄尼索斯与其众多狂热的信徒来到底比斯并准备对国王阐述神道时，彭透斯愤怒地对那些信徒说：“是什么让你们发了狂，竟成群结队地追随他？你们这些懦弱、疯癫的人！你们难道忘记你们的英雄的祖先了吗？你们难道甘愿受一个娇生惯养的男孩的摆布？这个头戴葡萄藤花环的虚荣的家伙，他身上的紫金长袍哪能比得上铠甲，他不会骑马，是个逃避战斗的懦夫。你们一旦清醒过来就会明白，他跟我们一样不过是个凡人。我是他的堂兄弟，宙斯并不是他的父亲。他的奢华的教仪全是假模假式的一套！”他不住地大骂，接着又转过脸来，命仆人们把狄俄尼索斯抓起来，套上脚镣手铐。

彭透斯的亲戚朋友们听了他那傲慢的言辞和命令后又惊又怕。他的外祖父卡德摩斯也摇着白发苍苍的头，表示反对。然而一切劝说都是徒劳的，他们只能更加激怒彭透斯。

这时，派去执行任务的仆人带伤逃了回来。

“狄俄尼索斯在什么地方？”彭透斯愤怒地大声问道。

“我们根本没有看到他，只抓了他的一个随从，不过这个随从跟随他的时间并不长。”仆人们据实回答。

彭透斯怒视着抓来的人，大声呵道：“该死的东西，你叫什么名字？家住哪里？父母亲是谁？为什么信奉新的教仪？”

被抓来的人并不害怕，他平静地回答说：

“我叫阿克忒斯，家在梅俄尼恩。我的父母亲都是普通人，他们既没有牲口，也没有土地。父亲只教给我钓鱼的本领，但这套本领就是了不起的财富。后来我学会开船，懂得了如何识天象，并知道了哪里有最好的港口，成了一个航海者。一次，在去往爱琴海提洛斯岛的航程中，我们的船到了一处不知名的沙滩上。我从船上跳下来，独自躲在岸边过了一夜。第二天天亮后，我爬上一座山，去看风力、风向。这时，我们船上的伙伴们也陆续上岸。在回船的途中，我遇到了他们，不过他们还牵着一个男孩——他们是在无人的荒滩上抓住这个男孩的。男孩长得很漂亮，如同女孩儿一般，他像喝醉了似的，走路也不稳当，很难跟上大家。

“‘哪位神隐藏在这个孩子的心里？’我问众人。

“‘不知道，我们肯定他是一位天神。’

“‘不管你是谁，’我继续说，‘我请求你保佑我们一切顺利！请原谅那些将你带走的人吧！’

"'你在瞎说什么？'一名船员嚷嚷起来，'别向他做祷告！'

"其他人也跟着嘲笑我，我一个人根本无法与他们对阵。他们当中最壮实的小伙子——其实是个凶狠的杀人犯，作案后逃出来的，他一把揪住我的脖领，要将我扔进海里。幸好我抓住了船上的一根绳索，才没有落水。这时，大家七手八脚地将男孩拖上大船，他一上船就倒在那里，呼呼大睡起来。后来，被大家叫醒后，他来到船员中间，大声问道：'你们为什么大声喧哗？我怎么会来到这里？你们要把我送到哪儿去？'

"'你不用害怕，'一个阴险的船员回答说，'告诉我们你要去的港口，我们会帮助你，一直将你送到那里。'

"'好吧，'男孩说，'请你们把船开往那克索斯岛，我的家乡就在那里！'

"这批骗人的水手假意答应了他，并让我立即扬帆启程。那克索斯岛在我们的右边，但当我升帆时，他们却一个劲儿冲我眨眼，并低声说：'笨蛋，你在干什么？你难道疯了吗？向左！'

"'我不明白，那请你们换一个人来掌舵吧！'说完我就退到一边。

"'好像离开你就不行似的！'一个人凶着脸嘲弄说，然后他走上前来，升起船帆。就这样，船向着与那克索斯相反的方向出发了。男孩似乎这时才发现他们的骗局，他嘴角浮起一丝冷笑，在后甲板上眺望着大海。他表现出绝望的样子，哀求着：'啊，水手们，你们答应将我送到那克索斯，可现在为什么朝相反的方向开船？你们这些人合起伙来欺骗一个孩子，这是没有道理的。'水手们带着得胜的笑容看着他和我，手不停地划桨，并没有改变方向。然而，船没走多久就突然不动了，好像搁浅了似的，不管水手们如何用力划，船都无法前进。更让人惊奇的是，一会儿，不知道从哪儿冒出了葡萄藤，藤缠住了船桨，蔓攀上了桅杆。

“原来这男孩就是狄俄尼索斯。他气宇轩昂地站在那里，前额束着葡萄叶做成的发带，手中握着缠着葡萄藤的神杖，在他的身边伏着猛虎、山猫和山豹。香甜的葡萄酒味弥散在整个船上。水手们大惊失色。第一个人刚要叫喊，却发现他的嘴唇和鼻子已连在一起，变成了鱼嘴。其他人也没能逃出同样的命运：他们身上生出了蓝色的鳞片，脊背弯曲起来，双臂变成了鳍，两只脚合并成了尾巴。船上一共二十个水手，除了我之外都变成了鱼，它们从甲板上落入大海，上下漂游。正当我四肢发抖，等待着随时失去人形时，狄俄尼索斯却友好地走上前来，说：‘别害怕，请把我送往那克索斯。’我们的船不久便到了那里，他把我拉到祭坛旁，封我为侍候神祇的仆人。”

“我们再也没工夫听你的这些废话了，”国王彭透斯叫道，“来人，把他绑起来，押在地牢里，让他受千种酷刑！”于是，他被捆绑着关进了地牢，然而一只看不见的手却把他放走了。

国王知道后更加愤怒了，他开始大肆追捕狄俄尼索斯的信徒。不料，他的生母阿高厄和几位姐妹都满怀热情地加入了信徒的队伍。他一边派人捕捉她们，一边将抓到的狄俄尼索斯的信徒全部都关进了大牢。然而，奇迹又发生了，没有任何人的帮助，他们的手铐脚镣却自行解开了，监狱的门也自动打开了。他们怀着对狄俄尼索斯的敬仰，回到了树林里。

奉命捉拿酒神的仆人也惶恐不安地走了回来，因为狄俄尼索斯微笑着让他给自己套上枷锁。他从容地走到国王面前，他那轻灵洒脱的气质和俊朗的外表使国王不由自主地也被吸引了。但国王还是顽固不化，说狄俄尼索斯是盗用酒神之名的骗子，并下令给他钉上重镣，关进马厩旁边的一个山洞里。但狄俄尼索斯一声令下，马上地动山摇。洞口的砖墙被震塌，手脚上的镣铐也自动脱落。他安然无恙地走了出来，回到他的追随者中间，依然从容镇定、气宇轩昂。

这时，又有人来向国王彭透斯汇报新情况：那些狂热的信徒们在树林里创造了新奇迹，而领头人正是他的母亲和姐妹们。她们只要用手杖敲击岩壁，石头缝里顿时就会涌出清泉和美酒，溪水就会变成鲜美的牛奶，空心的树干里就会滴出蜂蜜。

打探消息的人补充说："倘若你在场，亲眼看到神祇，那你也一定会跪下的！"

彭透斯震怒，决定调派军队去驱散这批信徒。不料狄俄尼索斯却亲自来到他面前，还答应将女信徒一起带来，但国王得穿上女人的衣衫，因为他是男人，且不信教，不然女人们会把他撕成碎片的。国王彭透斯想看看情况到底怎样，就接受了建议。他跟在狄俄尼索斯后面，刚走出城就中了魔法，这是万能的神祇送给他的教训。他的眼前出现了两个太阳，底比斯城也比原来大了一倍，城门也以两倍的高度向外拉伸，而狄俄尼索斯在他眼中成了一头公牛，公牛头上有一对巨大的牛角。他的心中充满激情，祈求得到一根神杖。神杖一到手，他就兴奋地向前跑去。

他们来到一座四周布满松树的深山大谷。狄俄尼索斯的女信徒们聚拢过来，唱着歌颂她们的神祇的歌儿，她们手执神杖，神杖上缠着新鲜的葡萄藤。这时，彭透斯的双目已经看不清东西了，再加上狄俄尼索斯故意引他走了迂回的路，因此他并不知道眼前到底发生了什么事。现在，狄俄尼索斯把一只手伸向天空，那手一直伸长，直到他抓住一棵松树的树冠。接着，酒神将树冠弯曲下来，如同拨弄一根柳树的柔枝一般。随后，他让彭透斯坐在上面，让松树慢慢回到原先的位置。现在，彭透斯稳稳地坐在高高的树冠上了。山谷中许多女信徒都看到了国王，不过国王却看不见她们。这时，酒神狄俄尼索斯朝着山谷大喊一声："姐妹们，他就是诋毁我们神圣教仪的人，惩罚他吧！”

当时，森林里异常安静，甚至见不到一片树叶在颤动。信徒们听到了狄俄尼索斯的呼唤，顿时抬起头，飞快地奔跑起来。她们穿过湍急的河流和密密的丛林，全都来到狄俄尼索斯身边，只见国王——她们的仇人正坐在树顶上。她们便捡起石块、树枝投向他。但是这些东西都扔不到国王所在的树冠上，于是她们就用坚硬的栎树棒挖掘松树周围的泥土，不一会儿，松树根便被刨了出来。大树轰隆一声倒了下来，彭透斯随着树身一起倒在地上。彭透斯的母亲阿高厄由于被酒神在双眼上画了符，这会儿已认不出儿子了。她站在最前面，冲众人做了一个示意惩罚的手势。这时国王突然恢复了视力，对于眼前的情景感到万分惊恐，他高喊一声“母亲”，想扑进阿高厄的怀抱。但这位狂热的女信徒却口吐白沫，斜眼瞪着他，因为在她的眼中只有一头凶猛的野狮，而不是她的儿子。她一把抓住彭透斯的肩膀，猛地拉断他的右臂。他的姐妹们也一齐拥上，扯下国王的右臂，更多的妇女狂奔上来，每人从他身上撕下一块皮肉。阿高厄又伸出双手，紧紧地拧住儿子的脑袋，将他穿在自己的神杖上——在她眼中这不过就是一个巨大的狮子头而已。随后，她兴奋地举着神杖，带着众人穿过基太隆的树林。

英雄珀耳修斯

珀耳修斯是宙斯与亚各斯国公主达那厄的儿子。他出生后，外祖父阿克里西俄斯，即亚各斯国王，就派人把他和母亲装进箱子，投入了大海。因为有神谕告诉国王：他的外孙将会夺取他的王位并杀害他。在大海中漂流的母子受到宙斯的暗中保护，箱子平安穿过风浪，最后漂到了塞里福斯岛附近。这个岛由狄克堤斯和波吕得克忒斯两兄弟统治着。这一天，狄克堤斯正在海边捕鱼，他看到水里漂来一只木箱，就将它拉上海岸，带回家中。箱子打开后，母子二人显露出来，两兄弟收留了他们。后来波吕得克忒斯娶达那厄为妻，且将珀耳修斯视为己出。

时光荏苒，转眼间珀耳修斯长大成人，也知道了自己的身世。继父波吕得克忒斯鼓励他出门旅行，希望他能够建功立业。小伙子雄心勃勃，决心制伏可恶的女妖墨杜萨，以此来报答继父。

珀耳修斯整理好行装就出发了。他首先要去找传说中的众仙女。这些仙女都懂魔法，还有三样宝物：一双飞鞋、一只神袋和一顶狗皮盔。无论是谁，只要他得到这些东西，他就可以随心所欲地飞翔，看到想见的人，而别人却看不到他。诸神引导他来到远方，那是可怕的众怪之父福耳库斯居住的地方。在这里，珀耳修斯遇到了福耳库斯的三个女儿，她们被人们合称为格赖埃，天生满头白发，三个人只有一只眼睛、一颗牙齿，因而只能轮流使用。珀耳修斯夺走了她们的牙齿和眼睛，并提出交换条件——要她们指明到仙女那儿去的道路。福耳库斯的女儿们只好告诉了他。

到了仙女那里，珀耳修斯如愿得到了三件宝物。他背上神袋，穿上飞鞋，戴上狗皮盔继续前行。不久，他又从赫耳墨斯那里得到一副青铜盾。他用这些神物将自己武装起来，很快便飞到了大海的另一边。这里住着福耳库斯的另外三位女儿。人们称她们为戈耳工姐妹。三姐妹中最小的墨杜萨便是珀耳修斯要制伏的对象。受雅典娜指点，珀耳修斯知道了墨杜萨的容貌特点。不过

▲ 珀耳修斯与仙女

他也得知了一个不好的秘密：任何看到她们的人，都会立即变成石头。但珀耳修斯无所畏惧。

夜间，他来到戈耳工姐妹的居所。三姐妹正在睡觉。为了不正面看到她们，珀耳修斯背过脸，然后用光亮的盾牌作镜子，清楚地看到三个头像：她们的头上布满了鳞甲，没有头发，头上盘着一条条毒蛇；她们长着公猪的獠牙，有双铁手，还有金翅膀。珀耳修斯从中认出了墨杜萨。这时，雅典娜又出现了。在她的指点下，他顺利地割下了女妖的头。

珀耳修斯还没有收起剑，突然从女妖的身躯里跳出一匹带双翼的飞马珀伽索斯，后面还紧跟着巨人克律萨俄耳，他们都是波塞冬的后代。不过眨眼的工夫，他们就腾空飞走了。珀耳修斯小心地将墨杜萨的头颅塞在背上的神袋里，离开了那里。不久，墨杜萨的姐姐们从床上坐了起来。她们看见妹妹的尸体后，立刻张开翅膀，飞到空中追赶凶手。可是珀耳修斯戴着仙女的狗皮盔，躲过了她们的跟踪。不过他在空中遇到了狂风，被吹得左右摇晃。当他摇摆着经过利比亚沙漠时，墨杜萨的脑袋上的鲜血点点滴下，落到地上，变成了各色的毒蛇。从此，世界上许多地方都有了危险的蛇类。

珀耳修斯继续向西飞行。途中，他觉得累了，于是就降落在国王阿特拉斯的国土上。这里有一片丛林，树上结着金果，一条巨龙守卫在林边。珀耳修斯请求阿特拉斯让他在这儿住一夜。但阿特拉斯担心自己的金果被盗，于是狠心地派人将珀耳修斯逐出了宫殿。珀耳修斯非常生气，当场就从神袋中掏出墨杜萨的头颅，背过身子，把头颅向国王递了过去。这位身材异常高大的国王看到墨杜萨的头后立即变成一块巨石，石头大得简直可以称其为一座大山。他的胡须和头发变成了广阔的森林，肩膀、手臂和大腿变成了山脊，头颅变成了高高耸立的山峰。

珀耳修斯重新系好飞鞋，戴上头盔，背上神袋飞上高空。他一路飞行，来到埃塞俄比亚的海岸边，这里是国王刻甫斯的管辖地。珀耳修斯看到大海中高耸着一块山岩，岩石上捆绑着一个年轻美丽的姑娘。她的头发被海风吹乱了，满脸泪痕。珀耳修斯一眼就爱上了她，于是便降落下来，问道："你为什么被捆绑在这里？你叫什么名字？家住哪里？"

姑娘害怕同陌生人说话，所以在刚开始的时候一直沉默不语。在珀耳修斯的再三询问下，她才含着眼泪向他诉说："我叫安德洛墨达，是埃塞俄比亚国王刻甫斯的女儿。我的母亲曾吹嘘，说我比海神涅柔斯的女儿们更漂亮。海洋女仙们听了这话很生气，她们姐妹五十人便一起请海神发大水淹没了我们的国家。

海神还派来一个妖怪，说要吞没陆上的一切。神谕显示：如果想使国家从灾难中解脱，就必须把我送去喂妖怪。许多人都要求我的父亲献出女儿，拯救国家。人们闹得沸沸扬扬，绝望之余，父亲只好下令将我锁在这里。”

姑娘刚说完，只见滔天的海浪滚滚而来，海水中冒出了一个妖怪，它那宽宽的胸膛挡住了海水。姑娘一见，吓得发出一声尖叫。她的父母闻声赶来，见大祸临头，万分绝望，只能紧紧地抱住被捆绑着的女儿痛哭起来。

这时珀耳修斯说：“请先不要伤心，当务之急是救人。我叫珀耳修斯，是宙斯和达那厄的儿子。我战胜了女妖墨杜萨，借助神的力量，我可以在高空中飞翔。姑娘如果是自由的，并可以挑选配偶的话，她一定是乐意嫁给我的。现在我要向她正式求婚，并愿意前去搭救她，请你们接受我吧！”国王夫妇庆幸遇到了救星，连连点头，不仅答应把女儿嫁给他，还说可以把王国送给他。

说话间妖怪已经游了过来。年轻人以脚蹬地，腾空而起，在海面上投下长长的影子，妖怪似乎意识到有人要抢走它的猎物，便怪叫着向影子追去。珀耳修斯像矫健的雄鹰一般，从空中猛扑下来。他手持利剑对准妖怪的背部狠刺进去，妖怪疼得从水中蹿出，随后又摔在水中，挣扎着，珀耳修斯乘势朝它身上连续刺杀。直到它口中涌出黑血，珀耳修斯才降落在岩壁上，果断地向妖怪投去致命的一剑。不一会儿，海浪猛冲过来，冲走了它的尸体，不久它就从海面上消失了。珀耳修斯重新飞到岸边，登上山顶，为姑娘解开了锁链，把她交给不幸的父母亲。结果，他受到隆重的款待，成了埃塞俄比亚国人人称颂的大英雄。

几天后，珀耳修斯与公主的婚礼在宫中隆重举行。婚礼正值高潮时，王宫的前厅里突然骚动起来。原来国王刻甫斯的弟弟菲纽斯带了一批武士闯了进来。他以前曾经热烈地追求过安德洛墨达，然而危急时刻却对她置之不理，现在他又来抢夺她。菲纽斯张牙舞爪地闯进大厅，提着长矛朝珀耳修斯大声喊叫："你抢走了我的未婚妻，我要报仇。无论是你的宝物还是你的父亲宙斯都保护不了你！"说着，他就要动武。

刻甫斯从席间站起来，呵斥道："你还敢来！当我们被迫牺牲安德洛墨达时，你却袖手旁观，你当时为什么不去救她呢？"

菲纽斯无言以对，满怀仇恨地盯着他的兄弟和情敌。突然，他用尽全力，疯狂地朝珀耳修斯掷出他的矛。珀耳修斯一闪身，长矛扎进一边的柱子里。珀耳修斯敏捷地朝菲纽斯投出他的标枪。菲纽斯躲过了，但他的一名随从却被刺中了前额。菲纽斯大喊一声，武士们全拥了上来，和参加婚礼的客人打成了一团。闯进来的武士很多，他们把珀耳修斯、安德洛墨达以及国王夫妇团团围住了。箭如飞蝗，从各个方向射过来。珀耳修斯一边护住身边的人，一边招架敌人，箭被挡落了一地，进犯的敌人一个个被杀死。

然而，菲纽斯人多且早有准备，珀耳修斯看到宫中的人死伤惨重，知道单凭自己一个人的勇力战胜不了他们，于是决定使出最后的一招。"你们步步相逼，"他说，"我只好叫过去的仇敌帮助我了。请我的朋友都转过脸去！"说完，他从神袋里取出墨杜萨的头，朝着逼近的对手伸了过去。对手向他冲过来，说，"用你的魔法去吓唬别人吧，我们才不会被你的鬼话吓倒。"可是，他刚要举手投矛时，手却在空中僵住了，整个人变成了石头，后面跟着的人也变成了一堆石人。这时候，珀耳修斯干脆把墨杜萨的首级高高地举起，让来犯之人都能看到。就这样，菲纽斯的最后一批人也变成了僵硬的石块。菲纽斯看着左右两面姿态不同的石像，呼喊着他们的名字，但没有一个人回答。直到这时，他才后悔不该挑起事端。他惊恐万分，一改以前骄横的态度，绝望地哀求道："请饶了我吧！王国和安德洛墨达都是你的！"珀耳修斯不想宽恕这个行为卑劣的人。"你这个贼徒，"他怒骂道，"我要在岳父的宫殿里为你永远树立一座石碑！"

菲纽斯最终没有躲过墨杜萨的头颅，他站在那里，双手下垂，成了一座神色惊恐的石像，完全是一副小人的模样。

珀耳修斯终于能够带着年轻的妻子安德洛墨达回乡去见继父和母亲了，幸福的日子在等待着他。不过，遗憾的是他仍不能避免给外祖父阿克里西俄斯带来灾难。外祖父由于害怕神谕，将王位传给了别人，悄悄地来到了彼拉斯齐国避难。珀耳修斯与妻子回国时，正好路过彼拉斯齐国。这天，这里正在举行比武大会，阿克里西俄斯也在人群中。珀耳修斯看到比武十分高兴，抓过一块铁饼扔了出去，不幸正好打中了外祖父，阿克里西俄斯就这样死了。很快，珀耳修斯知道了他所杀害的人是谁，他深感哀痛，便将外祖父安葬在城外，并与埃塞俄比亚国王交换了他所继承的王国。从此以后，命运之神再也不妒忌他了。安德洛墨达给他生了一群可爱的儿子，他们一直保持着祖辈的荣誉。

阿波罗的孩子伊翁

雅典国王厄瑞克透斯有一个容貌出众的女儿，名叫克瑞乌萨。她与太阳神阿波罗相爱，并偷偷为他生了一个儿子。由于害怕被父亲知道，她把孩子藏进一只箱子里，放在她与太阳神幽会的山洞里。她默默祈祷众神可怜这个被遗弃的孩子。为了日后能认出儿子，她把自己佩戴的首饰摘下来挂在了孩子身上。

儿子出世的事自然瞒不过阿波罗。他不想辜负情人，更不愿看到自己的孩子无依无靠，于是他找到自己的兄弟赫耳墨斯帮忙。因为这个神祇的使者可以在天地之间自由来往，不受阻拦。“我的兄弟，请你帮我做一件事情吧！”阿波罗说，“有一位人间女子为我生下了一个孩子，她是雅典国王厄瑞克透斯的女儿，因为害怕父亲，她将孩子藏在一个山洞里。请你帮我把用麻布包着的孩子连同箱子一起送到我在德尔斐的神殿，放在神殿的门槛上。之后的事情我会处理好的。”

赫耳墨斯接受了阿波罗的请求，他展开双翅，不久就来到了雅典。在阿波罗所说的地方，他找到了孩子，然后他按阿波罗的指示把孩子放在了德尔斐太阳神神殿的门槛上。为了让人容易发现孩子，他还掀开了箱盖。当然，这些事情是在夜里做完的。

第二天太阳出来的时候，德尔斐的女祭司走向神殿，很快便发现了睡在箱子里的婴儿。她估计这是个私生子，便想把他从门槛上搬走。这时，阿波罗用神力使她的内心生出了一股怜悯之情。因而女祭司把孩子从箱内抱出，带在身边扶养，且对他十分疼爱。孩子从能走路时起，就终日在父亲的神坛前玩耍，但却不知道父母亲是谁。日子过得飞快，他渐渐长成了一个高大英俊的少年。德尔斐的居民也都非常喜欢他，将他看作神庙的小守护者，让他看管献给太阳神的祭品。他在父亲的神殿里过得无忧无虑。

自孩子出生后，太阳神阿波罗就没有了消息。克瑞乌萨伤心极了，以为他早已将自己和儿子忘掉了。不久，雅典人与邻国欧俾阿岛的居民发生大规模的战争。最后，在外乡人克素托斯的帮助下，雅典人取得了胜利。为表示感谢，雅典人答应给他一切他想要的东西。克素托斯爱上了公主克瑞乌萨，请求将她嫁给他。

这个要求得到了公主的同意。但这件事让太阳神发怒了，为了惩罚克瑞乌萨，神祇一直没有赐给她孩子。若干年后，克瑞乌萨去德尔斐神殿求子。克瑞乌萨公主和丈夫带着一群仆人来到德尔斐神殿。克瑞乌萨走在前面，她一见神殿就禁不住掉泪。这时，阿波罗的儿子正跨过门槛，用桂花树枝装饰门框。他看见这位高贵的夫人在暗自悲伤，便小心翼翼地问她缘由。

“我不想了解你的伤心事，”他说，“不过，如果你愿意的话，请告诉我，你是谁，从什么地方来？”

“我叫克瑞乌萨，”公主回答说，“我的父亲是厄瑞克透斯，雅典是我的家乡。”

青年一听，高兴地喊了起来：“啊，雅典，多么了不起的地方，你的出身是多么高贵！”年轻人热情而毫无心机，又问：“你的父亲厄瑞克透斯真的是在地裂时被吞没的吗？真的是波塞冬用三叉戟杀害了他？他真的被葬在我们的主人阿波罗喜欢的那座山洞附近吗？”

“年轻人啊，请你别再提起那座山洞，”他的话被克瑞乌萨打断，“那里曾发生过不忠之事，重大罪孽隐藏在那里。”沉默片刻后，克瑞乌萨又振作起精神，她告诉年轻的神殿守护者，自己是克素托斯国王的妻子，她同他来德尔斐是为了祈求神祇给他们一个儿子。“阿波罗知道这一切，”她思忖着说，“只有他才能帮助我。”

“你没有儿子，也是个不幸的人啊！”年轻人不由得伤心起来。

“我早就是个不幸的人了，”克瑞乌萨回答说，“我真羡慕你的母亲，有你这么一个聪明伶俐的儿子。”

“我不知道我的母亲和父亲是谁，”年轻人喃喃地说，“我也不清楚自己是从哪里来的。我的养母是神殿的女祭司，是她抱养了我。从小，我就住在神殿里，做神祇的仆人。”

公主闻言，心中不由一颤。沉思了一会儿后，她慈爱地对年轻人说："我认识一个妇人，她的命运和你母亲的一样。我今天来还有一个目的，就是为她在这里祈求神谕。跟我一起过来的还有她的丈夫，他为了听取特洛福尼俄斯的神谕，特地绕道过去了。趁他没来，我愿意对你说说这位妇人的遭遇，因为你是神的仆人。那位夫人在和如今的丈夫结婚之前曾与伟大的阿波罗有过一段感情，还悄悄地为他生了一个儿子。因为惧怕父亲，女人将孩子遗弃了，从此就没有了他的音讯。在我来这里之前，她拜托我为她在神祇面前打听儿子的下落。"

"这件事有多久了？"年轻人问。

"如果他还活着，应该跟你年龄相仿。"克瑞乌萨说。

"你的这位朋友的命运跟我多么相似啊！"年轻人悲伤地说道，"她寻找自己的儿子，我寻找自己的母亲。而这一切都发生在一个遥远的年代，不过我们彼此并不相识罢了。可是你别指望祭坛后的神祇会给你一个满意的答复。因为你替你的朋友控诉了他的不义，而神祇是不会承认自己有错的！"

"请不要说了！"克瑞乌萨打断他的话，"那位女人的丈夫过来了。刚才的事请千万不要让他知道。"

克素托斯高兴地跨进神殿，一边朝他的妻子走来，一边说："特洛福尼俄斯给了我一个吉利的预言，他说我一定会带着一个孩子回去的。咦！这位年轻的祭司是谁？"

年轻人走上前，谦恭地回答说，自己只是阿波罗神殿的仆人。他还告诉对方，这里是德尔斐人最敬重的圣地，神殿的里间设有三足圣坛，女祭司正在宣示神谕。克素托斯听后更高兴了，立即要前去听取。他还要克瑞乌萨和其他求取神谕的人一样，用花枝装扮自己，在阿波罗的祭坛前朝神祇祈祷，祈求神祇赐给他们一个更好的神谕。克瑞乌萨向神殿外面望去，见露天祭坛上放着桂花树环，便走了过去。克素托斯也转身去了圣殿里间。而年轻人仍在前庭守护着。

过了一会儿，内间的门“吱呀”一声开了，克素托斯国王兴冲冲地走了出来。看到守在门口的年轻人，他突然热烈地走过去拥抱住他，口中还连叫“儿子”。年轻人不知道发生了什么事，连忙躲闪。克素托斯高兴地大声说：“神已亲自给我启示说，我走出门来遇到的第一个人便是我的儿子。尽管我的妻子没有替我生过孩子，我自己也不清楚其中的原因，但这是神祇的指示。我相信神灵的话，他也许会亲自给我阐明的。”

听完这话，年轻人也不由得高兴起来，不过他还有些迷惘。他一边承受着父亲的拥抱和亲吻，一边悲叹：“啊，亲爱的母亲，你是谁，又在哪里呢？我何时才能与你相见啊？”此外，他也不知道克素托斯的妻子是否愿意认他为儿子，因为毕竟他们素不相识。而且，雅典城会不会接受这位不合法的王子呢？克素托斯看出了他的心事，竭力安慰他，并答应不在雅典人和妻子面前与他以父子相称。同时他还为他起了一个名字——伊翁，即漫游天涯海角的人。

此时的克瑞乌萨还在阿波罗的祭坛前祈祷。突然，几个仆人向她跑过来，惊慌地说道：“不幸的女主人啊，如今你的丈夫的愿望满足了，可是你却永远不会有自己的儿子。阿波罗赐给你丈夫一个已经长大的儿子。他从神殿里走出来的时候刚好遇到他。那个少年一定是从前他和另外的女人生的。现在，他正为重新找到孩子而高兴呢！”

克瑞乌萨当然不明白近在身旁的秘密，她立刻为自己不幸的命运而烦恼起来。沉默片刻后，她向女仆询问儿子的情况。“他就是守护神殿的那个年轻人，你见过的，”仆人们回答，“国王为他起名叫伊翁。我们不知道谁是他的母亲。你的丈夫现在到狄俄尼索斯祭坛去为他的儿子给神献祭了，据说之后还要在那里举行一个庄严的宴会呢！他还吩咐我们，不要对你说这件事。”

这时，从众人中间走出一个老仆人，他从年轻时就一直跟随厄瑞克透斯家族。他认为克素托斯国王是不忠实的丈夫，他愤怒地出主意，要女主人消灭这个私生子，以免他继承雅典国王的王位。克瑞乌萨此时满脑子想的是自己已被从前的情人和丈夫先后抛弃，心中悲愤难忍，根本没听清他在说什么，只是茫然地点了点头。

克素托斯跟伊翁离开神殿后，一起登上巴那萨斯的山顶，那是祭祀酒神的地方。克素托斯拿出美酒洒在地上祭神，伊翁与众仆人动手在旷野上搭了一座华丽的帐篷，还把从阿波罗神庙里带来的精美的花毯铺盖在上面。帐篷里面摆了长桌，桌上摆放着装有丰盛食品的银盘和斟满美酒的金杯。这一切准备就绪后，克素托斯派人到德尔斐城，邀请当地居民来参加盛宴。不一会儿，当地人就头戴花环前来庆贺，帐篷中洋溢着喜庆气息。饭后用点心的时候，一位老人走进帐篷，他那奇怪的姿态引得客人们捧腹大笑，这个老人正是克瑞乌萨家的老仆人。克素托斯看到他，就在客人面前夸奖他勤奋、忠诚，大家也跟着称赞他慈祥、善良。于是老人就站在酒柜前侍候客人。

宴会快要结束、笛声吹起时，老人吩咐其他仆人将小杯撤去，摆上金银大杯，说是要给年轻的新主人斟酒。老人走近酒柜，斟了满满一杯酒，趁人不备时在金杯中投入了致命的毒药。接着，他悄悄地来到伊翁身旁，在地上洒了几滴烈酒，算是祭神。这时，旁边站着的一个仆人无意中骂了一句，被伊翁听见了。这个在神殿里长大的少年，知道在神圣的教仪中，这是一种不祥的征兆。于是他将杯里的酒全洒在地上，算是举行浇祭仪式，客人们全都照他的方式做了。伊翁正要请老仆人重新给他换一只杯子斟酒，这时外面飞进一群圣鸽。它们都是在阿波罗神殿里长大的，与伊翁十分要好。鸽子飞到地上争相抢饮地上的美酒。别的鸽子喝过祭酒后都安然无恙，只有饮过伊翁倒掉的酒的两只鸽子扑棱着翅膀，发出哀鸣，片刻间抽搐而死。

客人们都吓坏了。伊翁愤怒地紧握双拳，高声喝道："是谁竟想谋害我？为什么？"然后，他一把抓住眼前的老仆人，质问道："是你一直在为我斟酒，告诉我，为什么要在酒里投毒？"出人意料的是，老仆人竟轻易承认了这个罪行，还把罪过一概推在克瑞乌萨的身上。听了这话，伊翁离开帐篷，德尔斐居民也个个义愤填膺，全都跟在后面。在外面的空地上，伊翁对着天空高举双手，悲痛的喊道："神圣的大地，你可以为我作证，这个异国的女子竟然要用毒药除掉我！"

"用石头砸死她！用石头砸死她！"周围的人异口同声地喊道，并跟着伊翁一起去寻找克瑞乌萨。面对这突如其来的灾祸，克素托斯也束手无策了，愣愣地站在原地。

克瑞乌萨正在阿波罗的祭坛旁伤心地为自己祈祷，听到一阵嘈杂声，不由得抬起了头。这时，其丈夫身旁的一名仆人急匆匆地跑了进来，告诉她刚才发生的事。听说德尔斐人要来找女主人，克瑞乌萨的女仆人一齐将她围了起来保护她。"主人，紧紧抓住祭坛，千万别松开，"她们说，"就算是这个圣地不能让你免遭杀害，但他们所犯的杀人流血的罪行，也是不可饶恕的。"此时，愤怒的德尔斐人在伊翁的带领下已经越来越近了。他的讲话声在风中回荡着："诸神啊，发发慈悲吧，他们告诉我是继母对我下了毒手。她十分憎恨我，一开始就用谎言欺骗我。她在哪里呀？你们一齐动手，把她从最高的山顶上推下去吧！"

众人来到祭坛旁。伊翁抓住克瑞乌萨要拉她离开圣坛，他不知道她正是自己的生母，却把她当作不共戴天的仇敌；但神圣的祭坛成了克瑞乌萨不可侵犯的避难所，她抓住那里寸步不离——儿子要成为杀死生母的凶手，这一切都被阿波罗看在眼里。他把神谕暗示给女祭司，让她明白了事情的原委——她领养的孩子不是克素托斯的儿子，而是阿波罗和克瑞乌萨的儿子。于是女祭司离开三足圣坛，找出最初盛放孩子的小箱子，急匆匆地赶到祭坛前。

愤怒中的伊翁看到女祭司后，松开克瑞乌萨，虔诚地迎了上去。“欢迎你，亲爱的母亲，尽管你没有生我，可是我却愿意喊你母亲！你听说刚才的祸事了吗？我才得到父亲，他的妻子却要谋杀我！”

女祭司听后警告他说：“伊翁，请带着一双干干净净的手回到雅典去！”

伊翁问：“母亲，难道杀掉自己的敌人没有道理吗？”

“请听我把话讲完吧！”女祭司的心里似乎也有些不平静了，“看到这只小箱子了吗？你就是被装在箱子里遗弃在这儿的。”

伊翁闻言不由得又向前移了移。

“里面还有包裹你的麻布呢，亲爱的孩子。”女祭司说。

“包裹我的麻布？”伊翁惊叫起来，“这岂不是一条线索？它不是可以帮我找到生身母亲了吗？”

女祭司将小箱子递过去，伊翁接过后，低头从里面取出一堆折叠着的麻布。他悲伤地端详着箱里宝贵的纪念物，不由得涌出泪水。克瑞乌萨也渐渐地恢复了平静，当她看到伊翁手里的麻布和小箱子时，突然间明白了所有的事情。她离开了祭坛，慢慢走向伊翁。到了伊翁跟前，突然伸出双手喊道：“我的儿子啊！”说完便奔过去紧紧抱住他。伊翁不解地看着她，用力挣脱了身子。克瑞乌萨往后退了几步，激动地说：“这块麻布将证实我的话。孩子！你把它摊开，就能找到我当年给你做的标记。布的中间画着戈耳工的头，四周围着毒蛇，就像盾牌一般。”伊翁半信半疑地打开麻布，片刻后叫了起来："啊，伟大的宙斯，这是戈耳工，这儿是毒蛇！"

"箱子里还有一条金龙项链，"克瑞乌萨继续说，"是用来纪念厄里克托尼俄斯箱子里的巨龙的。这是我当初挂在你脖子上的首饰。"停了片刻，克瑞乌萨又说，"最后一件物品，是个橄榄叶花环，这是用从雅典的橄榄树上摘下来的橄榄叶编成的，是我把它戴在新生儿的头上的。"

伊翁低头辨认，金龙项链、早已枯萎的花环，这些都在！"母亲，母亲！"他难以控制自己的感情，呼喊着、哽咽着，一把抱住母亲，在她的面颊上连连亲吻。这时，克瑞乌萨最信任的一个女仆，走上前向大家解释了刚才事情的原委以及其中的误会。于是，前嫌冰释，母子和好。接着，克瑞乌萨对伊翁说出了他出生的秘密，这个在阿波罗神殿里忠诚地侍候了那么多年的少年，现在才明白自己原来是太阳神的儿子。

克素托斯匆匆赶来后明白了真相，见伊翁与妻子相认，也高兴地接受了这件事。他把伊翁看作是神祇恩赐的宝贝，三人都到阿波罗神殿里感谢神恩。女祭司坐在三足祭坛上给他们预示，伊翁将成为一个伟大家族的祖先（伊翁后来果然建立了爱奥尼亚国）。

克素托斯和克瑞乌萨怀着无限希望与喜悦，带着重新找到的儿子返回雅典，德尔斐城的居民都来夹道欢送。

坦塔罗斯的永恒惩罚

坦塔罗斯是宙斯和一位仙女的儿子。这位出身高贵，家庭富有的神之子统治着吕狄亚的西庇洛斯。宙斯对他也偏爱有加，允许他与自己同桌用餐，不用回避神祇们的谈话，诸神也因此对他十分尊敬。可是，这却让他骄横虚荣起来。他不断捉弄诸神，亵渎神灵：他泄露他们生活的秘密；从他们的餐桌上偷走蜜酒和仙丹，随手丢在凡间；他把别人在克里特的宙斯神庙里偷走的一条金狗藏在家里，拒不交出。

一次，他邀请诸神到家中做客。为了试探神祇们的洞察力，他让人将自己的儿子珀罗普斯杀死，并用他做了一桌菜，款待诸神。谷物女神得墨忒耳因思念被冥王抢走的女儿珀耳塞福涅，在宴席上心神不定，所以只有她出于礼貌尝了一块肩胛骨，而别的神祇早已看穿了这一切，都愤怒地将饭菜丢在盆里。命运女神克罗托将男孩的肢体从盆里取出，让他重新活了过来。但因为得墨忒耳的无心之举，男孩缺了肩胛骨，众神只好用象牙为他补做了一块。

坦塔罗斯一次次作恶，得罪了神祇。神祇们将他打入地狱，让他永受折磨。他站在一池深水中间，来回奔涌的水没到他的下巴。然而，他口渴难忍时，却喝不上一滴凉水。因为只要他弯下腰去，池水立即就从他的身旁流走，留下他孤身一人站在空空的平地上。同时，他还要忍受饥饿。他身后就是湖岸，岸上长满果树，树上果实累累，果子将树枝都压弯了，果实吊在他的额前。他抬眼就能看到苹果、梨子、石榴、橄榄等各色鲜嫩的水果在枝上微颤着，似乎在同他打招呼。可是，等他伸出手来想要摘取时，就会突然刮起一阵大风，树枝被风高高扬起。除了这些折磨外，最可怕的痛苦则是连续不断的对死亡的恐惧。因为他的头顶上永远悬着一块巨石，好像随时都会落下，将他砸得粉碎。

因为蔑视神祇，坦塔罗斯必须永无休止地忍受着这三重折磨。

珀罗普斯与奥运会

坦塔罗斯行为卑劣、亵渎神祇，但他的儿子珀罗普斯却与他不同。珀罗普斯正直善良，对神祇十分恭敬。然而父亲被罚入地狱后，珀罗普斯被特洛伊国王伊罗斯驱逐出境，流亡到希腊。

这个少年在磨砺中渐渐成熟，心里也有了意中人。姑娘名叫希波达弥亚，是伊利斯国王俄诺玛诺斯的女儿，长得十分美丽。但这个女子却不容易娶到手，因为她的父亲曾得到神谕，女儿结婚时，他便会死亡。父亲信以为真，便千方百计地阻挠任何人来向他女儿求婚。他贴出告示，说凡是想娶自己女儿的人，都要同他赛车，只有赢了他的人才能和女儿结婚。但如果他赢了，前来求婚的人就会被杀死。

比赛的起点是比萨，终点是哥林多海峡的波塞冬神坛。国王宣布了比赛的规则：他先给宙斯献祭一头公羊，求婚者驾着四马战车先行，献祭仪式完毕后，他的车出发。他的车夫叫密耳提罗斯，他自己将手执一根长矛站立在车上。他如果追上竞赛者，就有权用长矛将对方刺翻在地。

一开始，年轻的求婚者们都对这个残酷的条件不以为然。在他们看来，老国王之所以这样规定，是因为他自知赛不过年轻人，故意让他们一程。这样，他即使输了，也不会没有面子。求婚者纷纷赶到伊利斯要求参赛。国王友好地逐个接待他们，为他们提供一辆漂亮气派的车，拉车的马匹也十分健壮。他自己则不慌不忙地去向宙斯献祭公羊。献祭仪式完毕，他登上一辆轻便的车，车子由骏马菲拉和哈尔彼那拉动，它们奔跑起来如同身插双翼，速度赛过强劲的北风。国王很快就赶上了前面的求婚者，残忍地将长矛刺进他的胸膛。就这样，十二名求婚者一个个惨死在赛车的途中。

珀罗普斯为求婚而来到这座海滨半岛（这座岛后来就叫做珀罗普纳索斯岛）。他刚一来到，就听到了求婚者惨死于长矛下的消息，但这并没有动摇他向心上人求婚的决心。夜晚，他来到海边，大声地呼唤强大的守护神波塞冬。

波塞冬很快乘着浪花出现在他的面前。

“万能的神啊，”珀罗普斯祈求道，“请成全神圣的爱情吧，让我不会受到俄诺玛诺斯的长矛的伤害，请赐给我神车，让我以最快的速度到达伊利斯，祈求你保佑我一切顺利。”

珀罗普斯的话音刚落，水中就响起一阵哗哗声，只见四匹带翼的飞马拉动着一辆金光闪闪的神车飞奔过来，其速度犹如飞箭。珀罗普斯飞身上车，向伊利斯疾驰而去。珀罗普斯的到来让俄诺玛诺斯吃了一惊，因为他一眼就认出了波塞冬的神车。可是他对自己骏马的神力充满信心，依然宣布按照原定的条件进行比赛。经过长途奔驰，珀罗普斯有些疲劳，所以他和骏马休息了几天。等到精力恢复后，他便策马参加比赛。

这场比赛比前几场更加激烈，在珀罗普斯接近终点时，给宙斯献祭了公羊的老国王追了上来。他全力挥舞着长矛，正要刺向前面的年轻人的后背。在这千钧一发之际，珀罗普斯的保护神波塞冬赶来救助。他弄松了国王的车轮，顷刻间马车七零八碎。俄诺玛诺斯飞出马车，坠地而死。这时，珀罗普斯驾车胜利地到达终点。他回头一望，却见国王的宫殿里燃起了熊熊烈火，原来是雷电击中了宫殿。珀罗普斯驾飞车赶到，勇敢地冲进火光冲天的宫殿里，救出了未婚妻希波达弥亚。

后来，珀罗普斯做了伊利斯的国王，并夺取了奥林匹亚城，创办了举世闻名的奥林匹克运动会。他和妻子希波达弥亚生了很多儿子。儿子长大后，个个睿智神勇，在珀罗普纳索斯境内，分别建立了自己的王国。

阿耳戈英雄们的远征

伊阿宋和珀利阿斯

很久很久以前，克瑞透斯在帖撒利的海湾建立了爱俄尔卡斯王国，并把王国传给儿子埃宋。后来，埃宋的弟弟珀利阿斯篡夺了王位。埃宋死后，他的儿子伊阿宋四处流浪。之后，半人半马的肯陶洛斯人喀戎收留了他。喀戎是马人中的智者，隐居在皮力温山洞里，琴棋书画、弓箭刀枪、天文地理、拳斗相扑，其无一不通，他简直是无所不能、无所不晓，许多大英雄都出自他的门下。伊阿宋在喀戎的精心教导与训练之下，逐渐成长为一个英姿飒爽的勇士。

二十岁时，伊阿宋决定动身返回故乡，向珀利阿斯讨回属于自己的王位。他让长发披散在肩上，身上裹上野豹皮，带着两根长矛，就上路了。途中，他要经过一条大河，一位老妇人走上来求他帮自己过河。其实，她正是众神之母赫拉，其与国王珀利阿斯有仇怨。由于她改了装束，伊阿宋并没有认出她来。他背着老妇人过河。在河中，他的一只鞋子陷在泥淖里拔不出来，他就赤着一只脚，继续前行。不久，他来到了爱俄尔卡斯的市场上。

这里人来人往，人人都显得很忙碌，原来是他的叔父珀利阿斯正在祭献海神波塞冬。伊阿宋的出现让人们感到很惊异，大家都把这个英俊魁梧、气宇轩昂的小伙子当成了下凡的太阳神阿波罗或战神阿瑞斯。正在摆设祭品的国王看到伊阿宋，也不禁吃了一惊。因为他曾经接到神谕：要他提防一个只穿了一只鞋子的外乡人。神圣的祭祀仪式完毕后，他立即朝这个年轻人走去，询问他的姓名和来处。伊阿宋大胆地回答说，自己是埃宋的儿子，在喀戎的山洞里长大，如今回来了，想看看父亲的旧居。狡黠的珀利阿斯掩盖了内心的惊恐不安，假装亲切地接待了他。他派人带伊阿宋到宫殿内到处走走看看。父亲的旧居让伊阿宋百感交集，他的目光中满是豪情。接连五天，他一直接受堂兄弟等亲属的宴请。第六天，伊阿宋来到国王珀利阿斯面前，恭敬而平和地说："国王，你知道，我是合法君王的儿子，你所占据的一切都是属于我的。但我其他什么也不要，只想讨回我父亲的权杖和王位。"

老谋深算的珀利阿斯早就有所准备，他用一个慈祥长辈的口吻说："我当然愿意满足你的要求，但你也必须答应我一个请求，帮我做一件事。你的叔父现在老了，已经无力做这件事了，希望你能代我完成它。很长一段时间以来，我夜晚老是梦到佛里克索斯的阴魂。他要求我满足他的一个愿望，到科尔喀斯国，向国王埃厄忒斯要回他的遗骸和金羊毛，让他的灵魂得以平静。照理该我去，但我如今只能把这项光荣的使命交与你了，你可以从中得到无上的荣誉。当你带着这宝贵的战利品回来时，你就能得到权杖和王位了。"

阿耳戈英雄们踏上征途

原来，关于金羊毛还有一段往事。

佛里克索斯是玻俄提亚国王阿塔玛斯的儿子，他和姐姐赫勒受尽了父亲的宠妾伊诺的虐待。他们的生母涅斐勒是一位云神，为了救孩子出苦海，她让女儿赫勒把佛里克索斯从宫中悄悄带出来，让他们骑在生有双翼的公羊背上。这只公羊是众神的使者、亡灵接引神赫耳墨斯送给云神的礼物，它的毛是纯金的。神奇的羊腾空而起，载着姐弟俩飞过了陆地和海洋。途中，姐姐赫勒一阵晕眩，从羊背上坠下，掉在海中淹死了。从此，那片海就被称为赫勒海。佛里克索斯在飞翔中一天天长大，后来他平安地到达了黑海沿岸的科尔喀斯，国王埃厄忒斯热情地接待了他，并把女儿卡尔契俄柏嫁给了他。佛里克索斯宰杀金羊祭献宙斯，并将金羊毛作为礼物献给国王埃厄忒斯。国王得到神谕后，将它转献给战神阿瑞斯，并派人把它钉在纪念阿瑞斯的圣林里，还派一条火龙看守着它，因为神谕还告诉他，金羊毛预示着他的生命，金羊毛存则他存，金羊毛失则他亡。

金羊毛被看做稀世珍宝，很长时间以来，希腊人对它传说纷纭。许多英雄和君王都想得到它。伊阿宋没有看出叔父的真正用意是要他冒险身亡，故欣然答应去完成这次伟大的冒险事业。

伊阿宋还邀请了希腊各地有名望的英雄共同参加。怪神阿利斯多的儿子阿耳戈是希腊最伟大的建筑师，有着非凡的智慧。他受女神雅典娜的指点，在佩利翁山脚下，用不会在海水里泡坏的坚木造了一艘华丽的大船，船上共有五十支船桨。大船以造船者

▲ 阿耳戈船

的名字命名为阿耳戈，是全希腊有史以来最大的一艘船。帆具用多多那神殿前一棵会说话的栎树上的木料制成，木板是雅典娜的赠物，可用来占卜。大船两侧是有着华美图雕的花纹板。然而，这样大的一艘巨船，船体却很轻，英雄们甚至可以把它扛在肩上运走。

大船造好并装备停当后，要出征的普通船员抽签决定自己在船上的位置。此外，伊阿宋担任船上的指挥，提费斯掌舵，眼力敏锐的林扣斯为领船员，大英雄赫拉克勒斯负责前舱，阿喀琉斯的父亲珀琉斯和大埃阿斯的父亲忒拉蒙掌管后舱。船员中还包括宙斯的儿子卡斯托耳和波吕丢刻斯、天才歌手俄耳甫斯、皮罗斯国王涅兹托耳的父亲涅琉斯、帕特洛戈罗斯的父亲墨诺提厄斯、忠贞妻子阿尔刻提斯的丈夫阿德墨托斯、海神波塞冬的儿子奥宇弗莫斯、后来当了雅典国王的忒修斯和他的朋友庇里托厄斯、赫拉克勒斯的年轻朋友许拉斯、小埃阿斯的父亲俄琉斯及北风神波瑞阿斯的两个儿子策特斯和卡雷斯等。船起航前，伊阿宋带领众英雄给海神波塞冬和其余海神献祭供品，并虔诚地祈祷。

随后，所有的英雄在船中就位，伊阿宋一声令下，大船立刻扬帆起航。五十支船桨一起划动，大船乘风破浪，向远方驶去。英雄们意气风发，经过了一座座海岛和高山。第二天，海上起了大风，汹涌的波浪把他们一直送到雷姆诺斯岛的港口。

阿耳戈英雄们在雷姆诺斯岛

一年前，雷姆诺斯岛上曾发生过一件怪事，妇女们几乎杀死了岛上所有的男人。原因是男人们从色雷斯带回了大批的外乡女子，爱神阿弗洛狄忒激起了她们的妒火，让她们失去了理智，做了疯狂的事情。妇女中只有公主许珀茜柏勒原谅了她的父亲托阿斯国王，将他藏在木箱里，抛进大海，任其漂流。

从那以后，妇女们总是担心色雷斯人会来袭击雷姆诺斯，女王许珀茜柏勒命令女人们武装起来，轮流在岸边巡望。现在，阿耳戈船的驶来让她们不由得惊恐起来。她们纷纷拿起武器，冲出城门，像亚马孙女人国的士兵一样，在海岸上严阵以待。阿耳戈的英雄们见一群武装着的妇人麇集在海岸上，却没有一个男兵，感到十分奇怪。他们派出一名使者，持和平节杖，乘一只小船靠岸，来到这支奇怪的队伍面前。她们个个充满疑虑，围着他，带他去见女王许珀茜柏勒。使者彬彬有礼地传达了阿耳戈英雄们进港休息的请求。女王随后在城中市场上召开会议，她端坐在大理石王座上，向众人报告阿耳戈英雄们的和平要求。她站起身来，说："亲爱的姐妹们，我们曾经犯下极大的罪孽，愚蠢地消灭了自己的父亲、丈夫和儿子。如今，有男人央求我们，我们不能摒弃朋友。不过，我们也要提高警惕，别让他们知道我们的蠢事。所以，我建议大家把食物、美酒和其他的必需品送到船上，以友好的姿态来保障我们的安全。"

女王刚说完，城中最老的妇人颤巍巍地走了出来，说道："给外乡人送礼，这做得很对，不过也应该考虑到，倘若色雷斯人冲过来，那该怎么办？如果有一位仁慈的神保佑，那我们就可以安心入睡，不必担心有危险了。当然，像我这把年纪，根本用不着害怕，反正灾难还没有降临的时候我就死了。你们年轻人可不一样，你们以后总要生活，没有男人怎么行呢？难道耕牛会自己套上牛轭，去田里耕地吗？它们会替你们去收割庄稼吗？这些苦活、重活都得由你们自己干，你们怎么吃得消？我劝你们别放过送上门的机会，赶快留住这些异乡人，让他们来帮助你们治理城市吧！"

老人的建议赢得了妇女们的赞同。于是女王派出一名年轻的女子随使者一起来到船上，向阿耳戈的英雄们表达了她们的愿望。英雄们闻言都很高兴，他们并不知道岛上发生的事，还以为许珀茜柏勒是在父亲死后通过合法的途径继承王位的。伊阿宋披上雅典娜赠他的紫色斗篷，起身进城了。他穿过城门时，女人们夹道欢迎他，她们小声议论着，对这位客人感到很满意。伊阿宋按照礼仪，双目注视地面，快步朝女王的宫殿走去。女仆们打开宫门，热情地欢迎贵宾。年轻的女使者将他一直领到女君主的内室，请他在女王面前的椅子上坐下。许珀茜柏勒一眼就爱上了眼前的年轻人，她低垂着头，脸上飞起红霞。她以温柔而羞涩的声音说："异乡人，你们为什么待在城外呢？雷姆诺斯城里没有男人，你们一点儿也不用害怕。我们的丈夫不讲信义，背弃了我们。他们打败了色雷斯人，纳那里的女人为小妾，并在那里安居，还带走了儿子和男佣，将我们孤零零地抛在这里。所以，我希望你们留下来。如果你愿意，你可以代替我坐上我父亲的王位。我们的王国十分富饶，国民安居乐业，你们一定会喜欢上这里的。希望你回去以后把我的建议告诉你的伙伴们，你们别再停留在城外了。"

伊阿宋回答说："啊，女王，我们对你的帮助感激不尽。我会把你的建议告诉我的同伴的，我也非常愿意到城里来，但我们不能接受权杖，还是请你自己执掌吧！这并不是我看不起它，只是在遥远的地方，激烈的战争还在等待着我。"言毕，他伸出双手向女王告别，然后急忙回到船上。

妇女们即刻驾着快车，载着许多礼物，随伊阿宋来到船上。伊阿宋给船上的英雄们讲述了岛上的情况，女人们很容易地说服了他们进城。伊阿宋住进了宫里，其他人也应邀住到女人们的家里，大家都很高兴。只有赫拉克勒斯仍然坚持与少数几个伙伴留在船上。如今，城内家家摆宴欢庆，美酒飘香，好不热闹。献祭的烟火袅袅地飘上云霄。女人和客人都虔诚地膜拜岛屿的保护神赫菲斯托斯和他的妻子阿弗洛狄忒。一天，两天，三天……热情而又温顺的女人让阿耳戈的英雄们乐而忘返，出航的日期就这样被一直往后拖延。最后，赫拉克勒斯忍不住从船上下来，催促他的伙伴们出发。“你们这些傻瓜，”他大声喊道，“难道你们是为安乐才到这里的？难道你们想留在这个地方像农民一样过日子吗？你们以为天上的神祇会取来金羊毛，放在我们手中吗？我们干脆回去算了。照我说，让伊阿宋留在这里娶了许珀茜柏勒，生一大堆儿子，从此听凭别的英雄建立功业算了！”

赫拉克勒斯的话把众人的心从温柔乡中拉回。他们个个低头收拾行装，准备出航。城里的妇人们知道了他们的意图，像群蜂一样涌出来缠住他们，有的抱怨，有的哀求，哭哭啼啼，闹成一片。最后，她们看到真的无法留下他们，才不得不屈服于命运的安排。许珀茜柏勒含泪走上前，握住伊阿宋的手说：“去吧，愿神祇保佑你和你的伙伴，让你们如愿以偿，取得金羊毛！等将来胜利返回时你若还愿回来，这座岛和我父亲的权杖仍然属于你。我知道，你也许是不准备回来的，那么，至少要在远方想念我呀！”

伊阿宋第一个回到船上，其他人也很快上了船。英雄们解下缆绳，摇动船桨。不久，雷姆诺斯岛就被远远地抛在了后面。

阿耳戈英雄们在基奇科斯岛

阿耳戈英雄们的大船乘着从色雷斯来的风，飞速行驶，不久便看到前面有一座小岛——基奇科斯岛。岛上住着杜利奥纳人，他们的邻国住着野蛮的土著巨人。这些巨人有六只胳膊：宽阔的肩膀上各长一只胳膊，两腰还各有两只。

杜利奥纳人是海神的后代，海神保护他们不受巨人的侵犯。他们的国王是贤明的基奇科斯，他听说海上有大船驶来，便马上带着全城人出来迎接，请阿耳戈英雄进城居住。因为国王在这之前得到过神谕：有一队高贵的英雄将要到来，他应该友好接待，不能与他们发生冲突。

基奇科斯国王与伊阿宋年龄相仿，看上去虔诚而知礼。他的妻子染病在身，躺在王宫里。基奇科斯把妻子安顿好后，便来招待异乡的英雄们。他让人杀牛宰羊，拿出美酒，与来客一齐欢宴。阿耳戈英雄们告诉了他出航的目的，他也给他们详细指点应走的路线，并慷慨地送给他们许多礼物。次日清晨，基奇科斯国王又带他们登上一座高山，观察这座岛在海上的方位，还观赏了一番海上美景。此时，阿耳戈船还停在港口，仍由不愿上岸的赫拉克勒斯守卫。突然，一群巨人从四面跳出，它们用巨石将港口封堵起来，不让船只进出。赫拉克勒斯持弓搭箭，射死了许多巨人。其他的英雄们闻讯赶来，他们用矛和弓箭把巨人们打得一败涂地。阿耳戈英雄们取得胜利后，便与杜利奥纳人告别，接着扬帆起航，驶入大海。

夜里，海上风向转了。阿耳戈英雄们还没明白过来，就被大风吹回杜利奥纳海岸，他们还以为到了夫利基阿港呢！杜利奥纳人被登陆的嘈杂声惊醒，急忙拿起武器挑战，不知道对方原来就是他们早晨送别的朋友。顿时，双方展开了厮杀。英勇无比的伊阿宋亲手将长矛刺入了虔诚好客的国王基奇科斯的胸膛。杜利奥纳人逃回城内，紧闭城门。直到第二天天亮后，双方才发现闹了一场可怕的误会。

伊阿宋和他的英雄们因杀死国王而悲痛万分，国王的妻子克利特也因忧伤过度而死。接连三天，英雄们和杜利奥纳人一起哀悼死者。但最后，他们还是扬帆出海了。

赫拉克勒斯留了下来

在暴风雨中艰难地航行一程后，阿耳戈英雄们在俾斯尼亚海湾登陆了。生活在这里的密西埃人友好地接待了他们，不仅燃起熊熊的篝火让他们取暖，用绿色的树叶为他们铺上柔软的床，还送来丰富的食物和美酒供他们享用。

赫拉克勒斯在征途中放弃了一切舒适的享受。这次他又离开了同伴们，独自走进丛林中，去寻找一块好的松木，用来削制一把更好的船桨。不久，他找到了一棵合适的大树。他将弓箭和箭袋放在地上，接着解开缚在身上的狮皮，又将大木锤放在地上，然后抱住树干，用力向上提，大树一下就被连根拔起。

赫拉克勒斯的朋友许拉斯用完餐后也离开了（赫拉克勒斯在征伐德律约时曾失手打死了许拉斯的父亲，后来将他领回抚养，让他当了自己的仆人和朋友）。他带了一只铁罐到泉边去取水。这时，满月当空，年轻的许拉斯在月光的映照下，显得更加俊美。他的身影倒映在水中，水中仙子被他迷住了，突然伸出左手抱住他的脖子，又用右手抓住他的手臂，将他拖进了水中。阿耳戈的另一个英雄波吕斐摩斯，此时正在泉水附近等候赫拉克勒斯。突然，他听到了许拉斯的呼救声，但却找不到他。正在这时，赫拉克勒斯从林中走出。波吕斐摩斯急忙对他说："你的仆人许拉斯去泉边打水却不见回来，不知是被强盗抓去了，还是被野兽吃了——我刚听到他大喊了一声。"赫拉克勒斯闻言，将松树一扔，就朝泉边奔去。

这时，启明星在高空闪耀，微风吹拂着，送来阵阵凉意。舵手催促英雄们赶快上船，然后他们趁着月色，借着顺风愉快地航行了一程。突然有人发现赫拉克勒斯、波吕斐摩斯和许拉斯不在船上。是回去找他们，还是继续航行，大家为此发生了激烈的争执。伊阿宋一言不发，静静地坐在那里，焦虑万分。忒拉蒙跳起来，愤怒地对他说："你还要若无其事地坐多久？也许你是嫉妒赫拉克勒斯比你强，怕他夺去你的荣誉！你难道听不到大家的议论吗？就算同伴们都支持你，我也敢一个人回去寻找失落的伙伴。"他眼里冒着火，说着一把抓住舵手提费斯的衣服要他驶回去。但北风神波瑞阿斯的两个儿子策特斯和卡雷斯上来抓住了他的双手。正在他们吵得不可开交时，海神格劳科斯从翻滚的波浪里跳出，用强劲有力的手拖住船尾，冲他们喊道："英雄们，你们吵什么？你们为什么要违背宙斯的愿望，将勇敢的赫拉克勒斯带往埃厄忒斯？命运注定他要建立另一番功业。而许拉斯已经被爱上他的水仙抢去了，赫拉克勒斯是为了他才留下来的。"话音刚落，他又跳入水中，在海面上留下了一个急转的黑色旋涡。

忒拉蒙走到伊阿宋面前，羞愧地说道："伊阿宋，别生我的气，我因忧虑失去了理智。忘掉我的无礼，让我们和好如初吧！"伊阿宋握住他的手，表示和好。于是，他们又继续航行。

波吕斐摩斯留在密西埃人那里，为他们建造了一座坚固的城池。而赫拉克勒斯继续向宙斯要他去的地方赶去。

波吕丢刻斯和珀布律喀亚国王

驶离俾斯尼亚海湾的第二天清晨，太阳刚刚升起时，伊阿宋一行人将船停在一个伸入大海的半岛附近，抛了锚，准备休息。这里是珀布律喀亚王国，国王阿密科斯生性野蛮好斗，他在海边建了许多畜栏和房屋用于拳击比赛。他规定外乡人必须和他较量，并要取胜，否则不准离开他的王国。为此，许多人都将性命丢在了这里。阿耳戈英雄刚上岸，阿密科斯就走上去挑衅道："听着，你们这群海上乞丐：任何一个外乡人如果不和我进行赛拳并战胜我，就别想活着出去。你们赶快挑选一个最有本事的人来送死吧！”

在阿耳戈英雄中，有一个希腊最杰出的拳击手，名叫波吕丢刻斯，是宙斯的儿子。他显然被国王的话激怒了，站出来道：“好啊，那我们就比试比试！”珀布律喀亚国王上下打量着他，眼珠子骨碌碌地转动着。可波吕丢刻斯微微一笑，显得十分镇静。英雄们和国王的奴仆各站成一排，准备为自己的人助威。两位拳击手则面对面地站好位置。国王的一个奴仆朝他们丢下两副赛拳的皮手套。

“随你挑吧，看哪一双适合你的手。”阿密科斯说，“我用不了多久就能让你倒下！你马上就会亲身体验到我是一个最好的鞣革匠。”

波吕丢刻斯笑笑，拿起就近的一副手套，套在双手上。国王也很快戴好了手套。接着，拳击比赛开始了。国王朝波吕丢刻斯猛冲过来，连连出手，使波吕丢刻斯没有还击的机会。波吕丢刻斯巧妙地躲过了对方凶狠的攻击，不让重拳落到身上。不一会儿，他就发现了对方的弱点，于是伺机向他挥去重重的几拳。国王这才明白自己这次真的遇到了劲敌。双方你一拳，我一拳，激烈地斗起来。直到双方都气喘吁吁，他们才站到一边休息一下，擦去满头的汗，深吸一口气。不久又一个回合开始了，阿密科斯狠命地挥拳朝波吕丢刻斯的脑袋击去，不料打空了，只打中对方的肩膀。波吕丢刻斯却迅速出拳，击中国王的耳根，国王痛得跪倒在地上。

阿耳戈英雄们齐声为朋友呐喊，可是珀布律喀亚人却奔过来帮助国王。他们挥舞着棒棍和长矛，朝波吕丢刻斯冲过来。阿耳戈英雄们连忙护住自己的朋友，拔出武器迎战。双方展开了一场血战，珀布律喀亚人由于抵挡不住阿耳戈英雄的强势攻击，只好逃回城中，再也不敢出来。英雄们涌入畜栏，抓到许多牲口，还得到了各种战利品。夜晚，他们在岸上停歇，包扎伤口，给神祇献祭，畅饮美酒。他们还从桂树上折下树枝，编成花冠戴在头上。俄耳甫斯弹着琴，大家一齐对着波吕丢刻斯唱着赞美的歌。他们的歌声热烈而悠扬，连海岸似乎也在静静地侧耳倾听。

菲纽斯和女人鸟

黎明时分，阿耳戈英雄结束了他们的饮宴，大船继续航行。途中，他们又经历了几次冒险，后来在俾斯尼亚的对岸停船休息。英雄阿革诺耳的儿子菲纽斯就住在这儿。由于他滥用阿波罗传授给他的预言本领，因此受到了神祇的惩罚，当他年老时，他的双眼突然失明了。不仅如此，当他吃饭的时候，一些长着妖妇头的丑陋的女人鸟总是抢食他面前的饭菜，又把剩下的饭菜弄脏。他长期无法安稳地进餐，如今已饿得皮包骨头，衰弱得双腿颤抖，走起路来摇摇晃晃，活像一个影子。不过，他一想到宙斯的一个神谕，便感到十分欣慰：北风神波瑞阿斯的儿子和希腊水手到来时，他就可以安静地进餐了。

这天，他听说来了一条船，便急忙赶向岸边。他颤巍巍地来到阿耳戈英雄们面前，这时他已经精疲力竭了，很快便倒在了地上。英雄们围住这位可怜的老人，看到他枯槁的样子十分惊讶。老人苏醒过来，恳求他们："英雄们，赶快救救你们面前这个可怜的人吧！神谕曾经暗示我，你们就是我的救星。复仇女神不仅使我双目失明，还派来可怕的怪鸟抢劫和糟蹋我的食物。我是你们的同乡——我是阿革诺耳的儿子菲纽斯，我也是希腊人，过去曾是一个国王。能够救我脱离苦难的是波瑞阿斯的儿子，他就是克勒俄帕特拉的弟弟，也是我的妻弟。"原来，北风神波瑞阿斯曾因追求雅典国王厄瑞克透斯的女儿奥律蒂里阿遭到拒绝而发怒，于是刮起旋风将她带到遥远的色雷斯。后来，奥律蒂里阿为他生下女儿克勒俄帕特拉和茜欧纳、儿子策特斯和卡雷斯。克勒俄帕特拉后来与菲纽斯结为夫妻。

波瑞阿斯的儿子策特斯闻言，上前拥抱了他，并答应和兄弟一起为老人驱除这些怪鸟。英雄们为他摆下一桌丰盛的食物，菲纽斯刚要进食，一群怪鸟便从空中猛扑下来，围着食物贪婪地啄食起来。英雄们大声吆喝，但它们却无动于衷，一桌食物很快被啄光。随后，它们飞上天空，留下一片令人难以忍受的恶臭。策特斯和兄弟卡雷斯拔剑追赶，他们展开宙斯借给他们的双翼，腾空而起。他们越追越近，眼看着就要抓住它们，并砍断它们的脖子了。突然，宙斯的使者伊里斯出现，并向他们喊道："嘿，波瑞阿斯的儿子们，千万不要杀死伟大的宙斯的猎犬——女人鸟。我可以对着斯提克斯河发誓：它们再也不会折磨阿革诺耳的儿子了。"

策特斯和卡雷斯闻言，停了下来，掉头，展翅返回。

同时，希腊的英雄们又为菲纽斯准备了一桌大餐。饿得奄奄一息的老人终于可以尽情享用洁净美味的食物了，他的脸上露出了幸福而满足的笑容。到了夜晚，他们等待波瑞阿斯的儿子归来的时候，老国王菲纽斯给他们说了一个预言，以示感谢。

"你们最初会在塞诺斯狭窄的海峡中遇到两座陡峭的撞岩，它们不是自海底生长的，而是从远方漂来的，它们有时被海流聚拢得相撞，有时又被海水冲击得分开。两山之间海浪奔腾，水与山石相击发出令人战栗的声响。你们在经过两山之间时必须用力地划桨，让船如同鸽子一样飞过，如果稍有懈怠，你们就会被挤碎。过了那里，不久你们就会到达玛丽安蒂纳海滨，那是通向地狱的入口。你们将经过许多山川、海湾，还会经过亚马孙女人国和汗流满面地从地下挖掘铁矿的卡律贝尔人居住的地方。之后，你们将到达科尔喀斯海滨，宽阔的法瑞斯河的湍急水流从那儿奔入大海。最后，你们将看见一座高高的城堡，埃厄忒斯国王就住在那里。你们要夺取的金羊毛就悬挂在城堡栎树林的树冠上，由一条从不睡觉的巨龙日夜看守着。”

老国王的话让众人听了不寒而栗。他们正想询问其他情况，波瑞阿斯的两个儿子就从空中降落下来了。兄弟俩带来了伊里斯的口信，老国王听了激动得连连道谢。

两座巨大的撞岩

告别了菲纽斯，阿耳戈的英雄们又继续踏上了征途。起初，因海上刮起了西北风，他们的船接连十天都无法前行。直到向奥林匹斯圣山上的十二名神祇祭献和虔诚地祈祷后，他们才得到保佑，大船又可以航行了。然而，没过多久，他们突然听到远方传来雷鸣般的巨响，不久两座巨大的撞岩出现在众人眼前。提费斯在舵旁细心观察，把稳船舵。年轻的奥宇弗莫斯从船舱里站起，他的手上还托着一只鸽子。菲纽斯曾经预言，如果鸽子能够安然从两座撞岩间飞过，那么，他们也可以安全地经过。这时，两座巨岩突然被一阵海浪猛烈地冲开，奥宇弗莫斯急忙放出鸽子。大家都屏住呼吸注视着。鸽子正要飞过去，两座巨岩又开始互相靠近。海水咆哮着在两座巨岩周围回旋，巨岩随之颤动，漂荡着互相靠拢，只给鸽子留下一线飞越的空间。鸽子扇动翅膀，终于安全地飞了过去，只是撞合的岩石夹掉了鸽子的尾羽。于是，提费斯大喊一声，鼓励划桨的英雄乘巨岩分开之际奋勇向前冲。海水一下将船吸了进去，船随着水流向前漂。接着一阵巨浪排山倒海似的席卷而来，英雄们不禁倒吸一口冷气，急忙将头低埋。提费斯临危不乱，下令停止摇桨。巨浪翻滚着冲入船底，船被高高托起，高过了正在合拢的巨岩。现在，他们齐心协力，全力划桨。突然，旋涡又把船扯进悬岩中间，船身差点擦到岩石。要不是雅典娜在暗中推了一把，大船准会被撞得粉碎。尽管如此，撞合的岩石还是夹住了船尾的几块木板。木板被压成碎片，瞬间就被海浪卷走了。

蓝天和空旷的大海重新展现在眼前，英雄们轻松地舒了一口气，觉得自己真像是刚从地狱里逃出来的一般。

"这不是由于我们自己的力量才成功的！"提费斯大声说，"是雅典娜助了我们一臂之力。现在我们再也用不着担心了，因为根据菲纽斯的预言，以后碰到的险阻我们都能轻松闯过！"这时，伊阿宋却是一脸的悲伤："善良的提费斯啊，当初珀利阿斯说服我担负此任时，倒使神祇们为难了。其实我倒宁愿被他剁成碎块，也不想连累你们！现在我日夜忧虑，担心你们的安危。如果你们同意，我愿意使你们免除危险，带你们平安地回到家乡。"

其实伊阿宋说这些话，不过是想试试同伴们的心。但他们都热烈地向他欢呼，表示要求继续前进。

英雄们抖擞精神，继续航行，不久便来到了忒耳莫冬河的入海口。这条河比世界上其他的任何河流都特殊，它的源头是深山之中的一处泉水。泉水流了一段后分成九十六条支流，奔流入海。亚马孙人就住在一条最宽的河流的入海处。这个民族全是由妇女组成的，她们是战神阿瑞斯的后代，生性好战。她们分成许多部落，散居在乡村，能与最英勇的男人匹敌。如果从这里登陆，阿耳戈英雄们势必会跟亚马孙妇女们展开一场血战。

一阵西风吹来，船改变了航向，阿耳戈英雄们避开了好战的亚马孙女人。船航行了一昼夜后，他们到达了卡律贝尔王国。正如同菲纽斯预言的那样，这儿的人既不耕种，也不放牧，他们终日在荒凉的土地里挖掘铁矿，以此与邻国交换食品。他们在阴暗的地窖和浓密的烟雾中艰苦地劳动，没有一丝欢乐可言。

当阿耳戈英雄们又一次航行在海上时，一只鸟儿扇动翅膀盘旋在大船上空。突然，它射出一根尖尖的羽毛箭，正中英雄俄琉斯的肩头。俄琉斯痛得翻倒在船舱里，无法继续划桨。同伴们给他拔出羽毛箭，帮他包扎了伤口。正当他们对这支羽毛箭感到诧异时，第二只鸟又朝他们飞过来。克吕蒂沃斯弯弓搭箭，一箭射去，飞鸟应声落下，掉在船上。“伙伴们，看来阿瑞岛，也就是阿瑞蒂亚，就在前面了！”富有航海经验的安菲达姆斯说，“别理这些鸟儿。它们一定有很多，假如我们登陆，可没有这么多箭去射杀它们。为了驱逐这些好斗的飞鸟，我建议大家都戴上插有羽饰的头盔，再用闪亮的长矛和盾牌来装点我们的船，然后大声吼叫，把鸟儿吓走。”

英雄们全都照他的建议做了，果然再没有一只鸟儿来犯。当大船临近海岛时，英雄们撞击矛和盾所发出的阵阵轰轰的声响，惊起了岸上无数的鸟儿。它们成群地掠过船的上方，如同朵朵乌云。阿耳戈的英雄们用盾牌护住自己，这样一来，尽管鸟儿尖锐的羽翎如飞蝗般落下来，但它们还是无法伤害他们。最后，这些惊恐的鸟儿穿过大海，远远地落在对面的海岸上。阿耳戈英雄们成功地登上了海岛。

在这里，他们意外地遇到了朋友和伙伴。

他们上岸后没走几步，就看到四位衣衫褴褛的年轻人迎面走来。其中一位快步走上来，和他们打招呼说：“好心的人啊，不论你们是谁，请帮帮我们这些可怜的落难人吧，给我们一些衣服穿，再给我们一点儿食物充饥！”

伊阿宋友好地答应了他的请求，并问起他们的姓名和身世。“你们肯定听说过佛里克索斯的故事吧，”这个年轻人回答说，“我们就是他的儿子。我的名字叫阿耳戈斯，我们的父亲佛里克索斯不久前去世了。他叮嘱我们去取他留在科尔喀斯国的宝物。”

听了这番话，英雄们非常高兴。伊阿宋立即认他们为堂兄弟，因为他的祖父克瑞透斯与他们的祖父阿塔玛斯本是亲兄弟。这几个年轻人继续讲述他们一路上的遭遇：他们的船怎样遇风浪而沉没，他们怎样抓着一块船板漂流到这无人居住的岛屿。阿耳戈英雄们也将出海的目的告诉了对方，希望他们加入自己的队伍，一起去冒险。四个年轻人听后，瞪大眼睛惊恐地说道：“我们的外祖父埃厄忒斯十分冷酷，据说他是太阳神之子，具有非凡的力量。他统治着科尔喀斯一带的无数种族，而金羊毛由一条可怕的巨龙看守着。”这时，埃阿科斯的儿子珀琉斯霍地站起来说：“我们决不会败在科尔喀斯国王的手下，别忘了我们也是神祇的子孙！假如他不把金羊毛乖乖地交出来，那么我们就把它抢走！”接着，众人举行了盛宴，用餐时他们又互相鼓励，个个满怀希望。

第二天清晨，佛里克索斯的儿子们穿上新衣，然后上了阿耳戈船。英雄们意气风发，又扬帆出航了。经过一昼夜的航行，他们到达了目的地，即法瑞斯河的出海口。有几个人高兴地攀上桅杆，卸下船帆，然后把船划到宽阔的河面上。溯流而上，船行得很快，波浪似乎都在船前绕开了道。英雄们站在船头眺望，左边是高加索山和科尔喀斯王国的都城基泰阿，而广袤的田野和阿瑞斯的圣林则在右面。正是在那里，一条巨龙瞪大眼睛，日夜看守着栎树冠上的金羊毛。现在伊阿宋站起来，高举着盛满酒的金杯，浇祭河流和大地母亲，祭奠诸位神祇以及在途中死去的英雄。他还请求诸神帮助他们如愿以偿。

“我们已经平安地来到达科尔喀斯，”舵手安克奥斯说，“如今我们该好好地商量下一步该如何行动，我们到底是友好地央求埃厄忒斯，还是用其他办法来实现我们的目的。”“明天再说吧！”疲倦的英雄们叫道。于是伊阿宋当即吩咐将船停在河湾里休息。他们一躺下就睡着了，直到次日清晨的阳光将他们唤醒。

伊阿宋在埃厄忒斯的宫殿里

清晨，阿耳戈英雄们正在商量如何行动，伊阿宋站立起来说：“我有个建议：大家都留在船上，不过得随时做好战斗准备。我带着阿耳戈斯四兄弟，另外再挑选两个人，一起去见国王埃厄忒斯。我要婉言问他，是否愿意将金羊毛交给我们。他一定会拒绝我们的要求，不过这样做所导致的一切后果，都应由他负责。而且，也许我们能够让他改变主意呢。过去他不是也曾被人说服，收留了无辜的佛里克索斯吗？”

英雄们觉得伊阿宋的话很有道理，因此决定就这么办。于是，伊阿宋手持赫耳墨斯的和平杖，带着佛里克索斯的儿子们与他的同伴忒拉蒙和厄利斯国王奥革阿斯一起上了岸。城外的田野上满是柳树，树上吊着许多用链子捆着的尸体，这让他们感到很恐怖。原来科尔喀斯有个风俗，只有妇女死后才能埋入土中，男人死后要用生牛皮卷着吊在远离城市的树上，让尸体风干。

科尔喀斯国人口众多，伊阿宋很担心他们会被城内居民发现。不过，阿耳戈英雄的保护女神及时帮助了他们。她降下浓雾把他们遮掩起来，直到他们进入宫殿后，雾才消散。当他们站在宫殿的前院环视四周时，他们不由得惊讶不已：这里不仅有厚实的宫墙、巍峨的大门、雄伟的立柱，而且整个建筑还被一道凸出的石墙环绕着。他们移动脚步，看到许多上面攀满葡萄藤的亭子和四股长流不息的喷泉。更让他们感到新奇的是，这些喷泉一股喷出葡萄酒，一股喷出牛奶，一股喷出香油，最后一股喷出的是冬暖夏凉的水。这些都是技艺高超的火神赫菲斯托斯专门为国王营造的，他还制造了坚固的铁犁和口中喷火的铜牛。赫菲斯托斯将这些工艺品全都献给埃厄忒斯的父亲太阳神，感谢太阳神在与巨人交战时中让他躲进太阳车里逃出。

他们由前院走进中院，两旁廊柱从左右分开，通往许多宫室和林荫道。阿耳戈英雄们继续往前走，看到几座宏伟的宫殿。一座是国王埃厄忒斯的寝宫，另一座是他的儿子阿布绪耳托斯的，其余的分别是国王的女儿卡尔契俄珀和美狄亚以及众多宫女的住所。小女儿美狄亚是赫卡忒神庙的女祭司，所以平常总是住在神庙里。不过这天早晨，希腊人的保护女神赫拉却使她留在了宫殿里。她梳洗打扮后，离开自己的房间去姐姐那里，途中突然见到这些英雄们，让她不由得惊叫了起来。卡尔契俄珀闻声匆忙开门出来，却突然失声欢呼起来，因为她看到自己的四个儿子就在自己面前。四兄弟也立即扑入母亲的怀抱。母子重新团聚，真是悲喜交集。

美狄亚和埃厄忒斯

埃厄忒斯与他的王后厄伊底伊亚也闻声赶来。很快，大院里就挤满了人，一片欢腾。国王吩咐奴仆们去准备盛宴，于是宰杀牲口声、劈柴声、生火的噼啪声、舀水声顿时响成一片，交织在一起，好不热闹。正当大家忙碌的时候，爱神却从空中向这边飞来。他从箭袋中抽出一支箭，然后悄悄地降落下来，蹲在伊阿宋的身后，然后瞄准国王的女儿美狄亚射出一箭。箭无声地飞向她，美狄亚只觉得心口一阵灼痛，于是不时地深呼吸，随后偷偷地抬头注视着伊阿宋，心中充满甜蜜的痛苦，脸上羞得绯红，眼中再也没有别人了。

在欢乐的嘈杂声中，谁也没有发现美狄亚的心事。用餐的时间到了，仆人们端上美酒佳肴。阿耳戈英雄们已经沐浴完毕，被引到餐桌旁坐定。接着，众人开怀畅饮起来。席间，埃厄忒斯的外孙阿耳戈斯讲述了途中的遭遇，国王趁机悄悄地向他打听这些外乡人的来意。"我不想对你隐瞒，外祖父，"阿耳戈斯附在他的耳后低声说，"这些人是为了金羊毛才来找你的。他们的国王想把他们赶出那个国家，因此交给他们这个危险的任务。他想让这批英雄惹恼宙斯，招致佛里克索斯的报复。雅典娜女神帮他们建造了一条坚固的经得起惊涛骇浪的大船，全希腊最勇敢的英雄都随船而来了。"

国王闻言吃了一惊，立即恨起他的外孙们来。在他看来，一定是他们引得这么多外乡人进了他的王宫大院。于是他怒不可遏地大声说道："你们这批叛徒，滚出去，别再踏进我的宫殿！你们不是来取金羊毛的，而是冲着我的权杖和王位来的。要不是你们远道而来，做了我的宾客，今天我决不会饶了你们！"

坐在国王一边的忒拉蒙生气地站起来，正要回骂国王，伊阿宋连忙阻止了他。伊阿宋温和地对国王说："埃厄忒斯，请你放心，我们来到你的城邦，进了你的王宫，并不是来与你为敌的。谁会漂洋过海，历经千辛万苦前来夺取别人的财产，让自己致富呢？是不幸的命运和暴君的命令将我们推上了这条路。如果你能将金羊毛送给我们，全希腊人都会称颂你的美德的，而我们也一定会报答你的好意。如果你遇上战事，我们将会做你的盟友，随时为你而战！"

伊阿宋说这些话是想同国王和解，但国王却在考虑究竟是立即把他们杀死，还是先试试他们的本事。他细想了一会儿，觉得后一个办法比较合适，于是说话的语气缓和下来："何必如此胆怯呢？假如你们真是神祇的子孙，那么你们就应该有本事把金羊毛取回去。我愿意结交勇敢的男子汉，可以把一切都赏赐给他们。不过你们如何才能让我看到你们的本事和力量呢？我有两头神牛在阿瑞斯的田地里吃草，它们有着铜蹄，鼻中喷火。每天清晨，我给牛套上轭具，让它们为我耕地，当土地全耕好后，我便在垄沟里播种，但我播种的不是谷物，而是可怕的龙牙。到了晚上，就要收获了。不过，我收获的是一群男人，他们从四面八方向我涌来，我必须挥舞长矛，将他们一个个刺倒在地，这时我才能休息。外乡人，你倘若能够像我一样，在一天之内完成这些事，那么，你就可以把金羊毛带走。否则，我是不能把它给你的，因为我不喜欢懦夫！"伊阿宋坐在那儿默默地思索着，片刻后，他坚定地说："不管多么艰险，我都愿意接受考验。国王，我愿意为此付出生命。对一个凡人来说，难道还有比死更糟糕的吗？但命运将我送到这里，我愿意接受即来的命运。"

"好吧，"国王说，"你可以去和同伴们商量一下。年轻人，要慎重考虑啊！假如你完不成任务，那么干脆还是让我去干，并且你们得尽快离开我的国土！"

阿耳戈斯的建议

听了国王的话后，伊阿宋和两位同伴立即站起身来，佛里克索斯的儿子中只有阿耳戈斯愿意跟他们走。美狄亚的目光透过面纱追随着伊阿宋。英雄们离开了宫殿，美狄亚的灵魂也跟着心上人一起去了。美狄亚重新回到自己的房间时，不禁落下了眼泪，她自语道："我为什么悲伤呢？这位英雄和我有什么相干呢？无论他是最勇敢的英雄，还是最糟糕的胆小鬼，就算是他命该死去，这都是他的事情。可是，唉，但愿他能摆脱厄运！仁慈的赫卡忒女神，请保佑他平安回家吧！如果他命中注定要被神牛制伏，那么也该让他预先知道——至少我在为他而担忧！”

此时，走在回船路上的几位英雄也正处于忧虑中，阿耳戈斯对伊阿宋说：“我有一个建议。我认识一位姑娘，她跟地狱女神赫卡忒学会了调制魔汤。假如我们能够争取到她的支持，我敢肯定你准能胜利地完成任务。你要是愿意，我就去试试，争取得到她的帮助。”

“如果你愿意去的话，我的朋友，”伊阿宋说，“我是不会阻止你的。可是如果我们得依靠一个女人才能取胜，那听起来多不体面？”

正说着，他们已经来到船上，伊阿宋对同伴们讲了他对国王的承诺。他的话使得船上立即陷入了沉默中。过了好一会儿，珀琉斯站起来说：“伊阿宋，如果你想履行你的诺言，那就请你准备吧！如果你觉得没把握，那就干脆别去做。不过，你要知道，在这种情况下，你的朋友们面临的只有死亡，没有别的选择。”

忒拉蒙和另外四个伙伴闻言不禁跳了起来，他们早就渴求拼杀一场了，这样一场艰难的冒险活动，无疑让他们感到亢奋了。阿耳戈斯使他们安静下来，然后又重复了前面的话：“我知道一位姑娘，她懂得魔法。她是我母亲的妹妹，让我去说服母亲，争取得到她的支持。那时，我们再讨论伊阿宋怎样去完成他的任务也不迟。”

他的话刚说完，突然出现了一个征兆：一只被秃鹰追赶的鸽子扑进伊阿宋的怀里，接着，俯冲下来的秃鹰却像石头一样掉在船尾的甲板上。看到这种情景，英雄们突然想起了老菲纽斯的预言——爱情女神阿弗洛狄忒将会帮助他们返回家园，所以他们几乎都同意了阿耳戈斯的计划。于是，大船靠岸停泊，英雄们在船上等待着阿耳戈斯回来。

阿耳戈斯来到母亲那里，请她说服姨妈美狄亚帮助希腊英雄。卡尔契俄珀很同情这些外乡人，但她不敢惹怒父亲。不过现在见儿子来恳求，她只好答应帮助他们。

美狄亚在床上辗转反侧，好半天才睡去。很快，她做了一个噩梦，梦里伊阿宋正准备跟公牛搏斗，但不是为了金羊毛，而是为了娶她为妻，将她带回希腊。但后来跟公牛展开生死搏斗的是她自己，她战胜了公牛。不料，父亲却拒绝兑现事先对伊阿宋许下的诺言，因为应当由他而不是由她制伏神牛。为此，父亲与伊阿宋激烈地争吵起来。于是双方让她做个公断。她为外乡人说话，气得父母痛哭流泪。突然间她大叫起来，从梦中惊醒了。

醒来后，她跑去找姐姐，可是她又没有勇气说出心里话，在前厅徘徊了好一阵子。她四次想迈进姐姐的房间，可又四次退了回来。最后，她回到自己的房间，扑在床上痛哭起来。她的贴身女仆见状，十分着急，便跑去告诉卡尔契俄珀。卡尔契俄珀一听，匆忙赶到妹妹这儿，见妹妹双手蒙面在哭泣，便坐下来问："发生什么事了？你病了吗？"

美狄亚听了姐姐的问话，羞得满脸飞霞。她低垂着头，最后终于鼓起勇气开口。不过，她绕了一个弯子，委婉地说："卡尔契俄珀，我心里难受，一个可怕的梦给了我不祥的预感。我在为你的儿子担忧，我怕父亲会把他们和外乡人一起杀掉。但愿神祇保佑，不让梦里的事成为事实。"

卡尔契俄珀闻言吃惊地说："我也正想和你说这件事呢，我请求你支持他们，反对我们的父亲！"她抱住妹妹的双膝，将头靠在她的怀里。接着，姐妹俩都悲伤地哭泣起来。一会儿，美狄亚说："我指着天地对你起誓，为了拯救你的儿子，只要我能做的，我都乐意去做。”

“那么，”姐姐接过话说，“就算是为了我的儿子，你就给那位异乡人一些魔药吧，让他能在那场可怕的决斗中保全生命。我的孩子阿耳戈斯以他的名义来请求我，希望你能给予他们一些帮助。”

美狄亚的心怦怦地跳得厉害，脸上泛出红晕，不由自主地说：“我的姐姐，如果我不把保全你和你儿子的生命当做最紧要的事，那么就让我看不到明天的太阳。明天一早我就去赫卡忒神殿，将制伏神牛的魔药送给那个异乡人。”卡尔契俄珀闻言赶紧离开妹妹的房间，将这个值得庆幸的消息告诉了阿耳戈斯。

美狄亚却更加难以入睡了，她在同自己进行着激烈的思想斗争。“我怎么会许下这么重的诺言呢？”她问自己，“这个外乡人值得我花费这么大的精力吗？是啊，我应当救他一命，让他得到他想要的东西。可是，他的成功之日却是我的死期。那时，恶毒的流言会将我淹没，说我不惜败坏家族的荣誉去为一个外乡人殉情。那该多么可怕啊！”她心里十分矛盾，起身从房里取出一只小箱子，里面放着还魂药和致死药。她把箱子放在膝盖上，打开盖子拿出致死药靠近嘴边。突然，她想到生之欢乐和甜美，而且对爱情的渴望让她觉得周围的一切好像比以前更美好了。于是她把箱子盖上，放在地上。这时，伊阿宋的保护女神赫拉改变了她的心绪。她盼望着时间快快过去，好让她赶紧取来所许诺的魔药，并带着它到自己喜爱的英雄那儿去。

伊阿宋和美狄亚

天刚破晓，美狄亚就从床上跳下来，扎好披散在肩头的长发，洗去脸上的泪痕，擦上花蜜般的香膏。此刻，悲哀早已从她的心头消失，替代的是抑制不住的激动。她还从小盒子里取出一种叫做普罗米修斯油的药膏，这种药膏是用一种树根的黑汁制成的。树根吮吸了普罗米修斯的肝脏滴入地里的血，因此才有了黑汁。美狄亚亲自取了这种植物的宝贵黑汁，将它盛在贝壳里。如果有人祈求地狱女神后，用这种药膏涂抹全身，那他在当天就能刀枪不入，火烧不伤，并能战胜任何敌人。随后，美狄亚轻手轻脚地走过大厅，吩咐十二个女仆为她套车，送她到赫卡忒神殿。

马车套好后，两个女仆随她一起上了车。美狄亚亲自抓着缰绳和马鞭，驾车出城，其余的侍女们都步行跟在车后。一路上，行人都恭恭敬敬地避到一旁，为国王的女儿让路。车子一会儿就到了神殿前，美狄亚跳下车来，想了片刻后，对女仆们说："伙伴们，我想我犯下了罪孽，因为我没有避开这些异乡人。我的姐姐和她的儿子阿耳戈斯要求我帮助他们的头领制伏神牛，并送魔药使他免受伤害。我假意答应了，并约他到神殿里来，与他单独会面。其实我这样做都是为了得到他的礼物，过后我再将礼物分给你们。事实上，我将拿给他毒药，让他上当。现在请你们都离开，以免他产生怀疑。"女仆们都称赞主人的计划很妙，并遵照吩咐走开了。

阿耳戈斯带着他的朋友伊阿宋和预言家莫珀索斯一路赶来。今天伊阿宋在赫拉的帮助下显得更加英俊了。美狄亚不时地从神殿里朝外张望，一听到脚步声或风声，她都会急忙抬起头来。过了一段时间，伊阿宋和他的朋友终于跨进了神殿。他威武俊朗，如同天空中的星辰一般，且神采奕奕。姑娘不由得看呆了，连呼吸都停住了，她心慌意乱，双颊发热，不知道如何是好。伊阿宋显然也被美狄亚的娇羞迷住了，两人面对面地站着，沉默了好一阵。最后，伊阿宋打破了沉默："你见到我为什么害怕呢？我是来请求帮助的，请你把答应你姐姐的魔药给我吧，我迫切需要你的帮助。不过请别忘记，我们是在一个神圣的地方，一切欺骗在这儿都是罪恶的。我们阿耳戈英雄的母亲和妻子们在为我们的命运日夜担忧，你的善意将免除她们的痛苦。同时，你将得到希腊人的尊重，他们会把你当做神祇的。”

美狄亚低垂着眼帘，嘴角浮起了微笑，心上人的称赞让她感到十分甜蜜。许多话一起涌到嘴边，她恨不得将心事全都告诉他！可是她还是默默无言，只是解开包巾，取出小盒子递给伊阿宋——她多么希望把自己的心也一同交给他，如果他需要的话。伊阿宋赶忙双手接过，这一刻，两人的目光碰在了一起，渴慕之情表露无疑，他们都害羞地垂下眼帘。过了许久，美狄亚才说出话来：“听着，我将告诉你如何做。接过我父亲给你的龙牙前，你先在河水里沐浴，然后穿上黑衣。之后，你要在地上挖一个圆形土坑，在其中燃起一堆木柴，接着杀一头小羊，架在柴堆上烧成灰，再给赫卡忒祭献一杯甜甜的蜂蜜。等这一切做完后，你就离开木柴堆。可是，你若听见身后的狗吠声或脚步声，千万不能回头，否则献祭就会失去意义。第二天清晨，你用刚才的魔药涂抹全身。你将因此得到无穷的力量，不仅能与任何人，甚至能与神祇匹敌。你还要把魔药涂抹在你的长矛、宝剑和盾牌上，这样一来就没有刀枪能伤害到你了，神牛喷出的火也无法烧伤你。当然，这些只在当天有效。你就在那一天去战斗，我还会暗中帮助你。你套上神牛，耕遍土地，种下龙牙，当龙的子孙破土而出的时候，你要赶紧朝里面扔一块大石头。他们将会激烈地争夺石头，就像一群饿狗争食一根骨头一样。这时，你乘机冲进去，将他们杀死。然后，你就可以毫不费力地从科尔喀斯取回金羊毛，离开这里！对，从此以后，你可以离开这里，到你所喜欢的地方去。”

姑娘边说，边淌下了眼泪，因为她想到心上人终会扬帆远

▲ 伊阿宋和美狄亚

去，心中很悲伤。她不由得伸出手来握住他的右手："你回去以后，不要忘记我。我会想念你的。告诉我，你要回去的地方在哪儿？是啊！你将和你的朋友们乘坐美丽的船回到那儿。"

伊阿宋再也抑制不住自己的感情了，他已经深深爱上眼前这位美丽多情的姑娘了。于是，他急切地说："请相信我，高贵的公主！只要我能走出劫难，我将会日日夜夜地思念你。我的家乡在帖撒利的爱俄尔卡斯，普罗米修斯的儿子丢卡利翁曾在那里建造过许多城市和庙宇。在那里，人们还不知道你们国家的名字。"

"啊，这么说你住在希腊，"她说，"希腊人要比我们这里的人慷慨大方。所以，请别告诉他们你在这里的遭遇，只是在心里默默地想起我吧！就算这里的人全都不再记得你，我也会惦念你的。假如你忘记了我，那么让科尔喀斯的风吹去一只小鸟，我会通过它使你记起我！唉，我多么希望去你的家乡，亲自提醒你一声啊！"说到这儿，姑娘的眼中涌出了晶莹的泪珠。

"你在说什么呀？"伊阿宋回答说，"让你的风吹走吧，让你的鸟飞走吧！假如你和我一同回到希腊，一同回到我的故乡，那里人人都会尊重你，如同崇拜神祇一样，因为由于你，他们的儿子、兄弟和丈夫才逃脱了死亡。而你，将属于我，除了死神以外，谁也不能将我们分离，我会永远爱护你的！"

美狄亚听到这些话内心感到无比的甜蜜，但同时又隐隐感到，离开自己的家乡是多么的可怕。不过她还是渴望到希腊去，因为赫拉已在她心中埋下了渴望的种子。原来，女神希望美狄亚到爱俄尔卡斯去，帮助伊阿宋戳穿珀利阿斯的阴谋。

幸福的时光总是过得飞快，美狄亚早就该回去了，她的女仆们在门外已经等得十分焦急了。"天亮了，你该回去了，"伊阿宋说，"否则别人会起疑心的。让我们以后在这里再见面吧。"

伊阿宋完成使命

伊阿宋满怀喜悦地与姑娘分别。美狄亚朝殿外走去，女仆们连忙迎了过来，不过美狄亚却一点儿也没有注意到她们不安的神色，她还没有从甜蜜的相会中回过神来。

伊阿宋回到船上，兴奋地告诉同伴们，美狄亚已把魔药交给了他。阿耳戈英雄们高兴极了，只有伊达斯气得呼呼地喘着粗气。第二天早晨，他们派了两个人到埃厄忒斯那儿，告诉他耕种翌日就可以开始。国王一点儿也没将他们放在眼里，因为他相信伊阿宋绝对对付不了神牛，在他看来消灭这些外乡人不过是一个时间问题。这天夜里，伊阿宋在河里沐浴。按照美狄亚所说的，他又给地狱女神赫卡忒献了祭。女神听见他的祈祷后，从洞府中走出。她的头上盘着一群丑恶的毒龙，手里举着熊熊燃烧的栎树枝，地狱的猎犬跟在她左右狂吠着。伊阿宋十分害怕，可是他没有忘记姑娘的吩咐，头也不回地往前走去。这时高加索的山顶上映着一抹朝霞，新的一天开始了。

埃厄忒斯也早早醒来，尽管今天他只是想作为一个旁观者去观战，但他还是全身披挂整齐，如同亲自上阵一样。他的儿子为他牵来快马，他立刻驱赶马车飞一般地驶过城区，其身后还跟着一大批士兵。

伊阿宋依照美狄亚的吩咐，用神油涂抹了长矛、宝剑和盾牌。他的同伴们在他周围舞动着各种兵器，都想跟他的长矛较量一下，但矛坚如山，任谁都无法让它动一下。英雄们看到后，不由得欢呼起来。伊阿宋又用神油将自己的身体涂抹了一遍。突然间，他感觉四肢增添了无穷的力量。

同伴们摇船送他们的首领赴“战场”时，远远地看见埃厄忒斯国王率领着一群人在阿瑞斯的田野上等着他们。船靠岸停好后，伊阿宋首先跳上岸。他手执长矛、盾牌，腰间挎着宝剑，已经做好了战斗准备。他上岸后做的第一件事就是上前接过国王递给他的盛着尖硬龙牙的头盔。这些龙牙正是被底比斯国王卡德摩斯杀死的那条龙的牙齿。拿到龙牙后，伊阿宋昂首挺胸、威风凛凛地朝田野走去。只见地上放着套牛耕田用的铁轭犁和铁犁头。他细细地观察了这些工具，然后抖了抖长矛，放下头盔，手持盾牌，朝前走去。他正在寻找神牛，不料神牛却突然从他身后的地洞里钻了出来，向他冲来。它们鼻孔里喷射着火焰，全身笼罩在烟雾中。

伊阿宋的同伴们看到像怪物似的神牛突然冲出，不由得倒吸一口冷气，有的人脸色都变了。但伊阿宋却镇定自若，他叉开双腿站定，将盾牌放在胸前，等待神牛的进攻。神牛低着头，昂着角，咆哮着朝他冲来，但是猛烈的冲击并没有让伊阿宋后退半步。现在，神牛退回几步，嗥叫着跳起前腿，鼻孔里喷着火焰，又狠命地撞过来。伊阿宋依旧岿然不动，因为姑娘的魔药保护着他。突然，他看准机会一把抓住牛角，猛地将神牛拖到放轭具的地方，并猛踢它的铁蹄，神牛立刻跪倒在地，不再动弹了。很快，他又用同样的方法制伏了第二头牛。紧接着，他扔下盾牌，冒着牛喷吐的烈火，双手按住它们。神牛力气再大，现在也只有喘气的份儿了。看到这里，埃厄忒斯不禁惊叹这个年轻人的神力。这时，卡斯托尔和波吕丢刻斯兄弟俩飞快将地上的轭具拿给他，随即跳开。伊阿宋敏捷地将轭具紧紧地套在牛脖子上，然后套上铁犁。

伊阿宋重新拾起盾牌，用皮带将它挂在背上，然后一手拿起装满龙牙的头盔，一手执长矛，用矛头抵着暴怒的神牛让它们拉犁耕田。地上被犁出了道道深沟，土在沟里翻飞如波。伊阿宋一步步地跟在后面播种龙牙，同时又谨慎地注意着身后，看看毒龙

的子孙是否已破土而出，并朝着他扑来。神牛踏着铁蹄不知疲倦地拖犁前进。下午，整块土地全部耕完了。伊阿宋解下牛轭，猛地一挥长矛，吓得神牛一溜烟逃回了地洞。

很快，地里冒出了巨人。他们的长枪和盾牌都闪耀着银光。伊阿宋想起美狄亚的话，便举起一块巨大的圆石，远远地朝巨人中间的空地抛去，随后悄悄地蹲下，用盾牌掩护自己。随着巨石轰然落地，科尔喀斯人大声惊呼起来，埃厄忒斯则惊得说不出话来，只是呆立着。要知道这块石头要四五个人才能移得动，可伊阿宋一个人就轻松地将它搬了起来并抛了出去。

同时，地上冒出来的巨人像恶狗争食一样奔向巨石，他们怒吼着厮打起来，将长枪刺向自己的兄弟。正当他们杀得难分难解时，伊阿宋扑过去，拔出剑左右刺杀，不一会儿，这批巨人全部被砍倒了。

国王大怒，一言不发地转身离开，回到城中去了。他在思考如何才能对付伊阿宋。

美狄亚取得金羊毛

一整夜，国王埃厄忒斯都在宫中和贵族们商议如何才能战胜阿耳戈英雄们。现在他已经知道伊阿宋是在女儿的帮助下才取得成功的。赫拉女神看到伊阿宋面临危险，就用神力使美狄亚的内心充满疑惧。美狄亚预感到父亲已经知道了事情的底细，坐立不安，最后决定逃走。“再见了，亲爱的母亲。”美狄亚流着泪，自言自语，“再见了，卡尔契俄珀姐姐；再见了，父亲的王宫！唉，异乡人啊，要是世界上根本就没有你，要是你还没来到科尔喀斯就已葬身大海，那该多好啊！”

她匆匆忙忙地离开了家，左手拉着面纱掩着脸，右手提着拖地的长袍，赤着脚穿过一条条狭窄的街道。守城的卫士都没有认出她来。她来到城外，沿小路走到神殿祭拜女神。过了一会儿，她又向海岸走去，远远地看到阿耳戈英雄们为庆祝伊阿宋的胜利而燃的彻夜不灭的篝火。当能够看到大船时，她便开始大声呼唤姐姐的小儿子弗隆蒂斯的名字，因为他也和阿耳戈英雄在一起。在她第三次呼喊时，弗隆蒂斯听出了她的声音。英雄们先是吃了一惊，接着赶快将船摇到岸边。还没等船停下，伊阿宋就一步跳上了岸。弗隆蒂斯和阿耳戈斯随后也跟了上来。

“救救我吧！”姑娘急切地叫道，“父亲已经知道了这一切。在他还没有骑快马追来之前，我们赶快驾船逃跑吧！哦，我可以帮你们取来金羊毛。不过，你可得当着众英雄的面向神祇发誓，我远离家乡孤身一人到了你们的国土时，你要保证维护我的尊严！”

伊阿宋内心一阵欢喜，轻轻地扶住姑娘，并将她揽入怀中说：“亲爱的，让主宰婚姻的宙斯和赫拉作证，我愿意把你当做我的合法妻子带回家乡！”他发完誓后把自己的手放在她的手中。

于是，美狄亚吩咐英雄们赶快动身，将船摇到圣林旁边。伊阿宋和她则从另一条穿过草原的近路步行到圣林。他们看见一棵高大的栎树的树冠在黑夜中发出耀眼的光，那光芒正是来自于金羊毛！对岸有一条不眠的恶龙正毫无倦意地看守着。它一见有人来，便伸长着脖子朝这边游来，还发出阵阵尖利的嘶叫，河岸和树林里顿时响起一阵阵凄长的回声。美狄亚毫不畏惧地迎上去，她用一种甜美的声音祈求具有神奇威力的睡神斯拉芙，为她呼唤恶龙入睡；同时又请求伟大的地狱女神赐福与她，保佑她成功。伊阿宋看着这一切，心里十分害怕。这时，毒龙已在美狄亚魔幻般的催眠歌中昏昏欲睡，弓起的背垂了下来，盘卷着的身子也慢慢地伸展开来，只有那颗丑恶的脑袋还在昂着，并张开巨口，好像要吞食走上前来的两个人。美狄亚向前跳了一步，用松树枝将魔液弄进巨龙的眼睛。顿时，一股异香浮起，恶龙的眼睛很快便合上了，它的嘴也闭上了。不一会儿，它伸直了身体，躺下睡着了。

在美狄亚用魔液涂抹巨龙额头的时候，伊阿宋按照她的吩咐，乘机从栎树上取下了金羊毛。接着两人迅速离开圣林。伊阿宋将金羊毛扛在肩上，这宝物从他的脖子一直垂到脚跟，金光闪耀，整条小路也被照得通明。他担心恶人或神祇看中宝物后会将它抢走，于是连忙将它卷起来。

天蒙蒙亮时，他们上了船。同伴们兴奋地围着两人问长问短，都想用手摸一摸金羊毛，伊阿宋却不答应。他用一件新斗篷小心翼翼地将它盖住。然后，他又在后舱给美狄亚铺了一张舒服的床，并对同伴们说道："亲爱的朋友们，现在让我们返航，回到家乡去！而我们能完成使命、立下功绩，完全是因为有这位姑娘相助。我要把她带回家乡，娶她为我的合法妻子。一路上请大

▲ 阿耳戈英雄们带着美狄亚逃跑

家帮我好好照顾她，现在我们还不能放松下来，埃厄忒斯一定会带人追上来阻挡我们的。因此，让我们安排一半人划桨，另一半人拿起刀剑，准备迎敌。”说完，他挥剑砍断缆绳，然后手持长矛站在美狄亚和舵手安克奥斯旁边。大船如同离弦的箭一般朝着河流的入海口处飞快驶去。

阿耳戈英雄们摆脱追兵

此时，科尔喀斯国从上到下都知道了美狄亚的恋情，以及她帮助敌人并与他们逃跑的事。他们拿起武器在市场上集合，随后一齐赶往河边。埃厄忒斯乘坐太阳神给他的四马战车，左手执着圆盾，右手擎着大火把，战车一旁还插着粗大的长矛。他的儿子阿布绪耳托斯亲自驾车，车后跟着大队人马。不过，当他们来到河流的入海口时，阿耳戈船早已驶进大海。他们能看到的只是一个在海浪中上下颠簸的小黑点。国王放下盾牌和火把，高举双手，对着天空，请宙斯和太阳神证明敌人对他所犯下的罪孽，然后愤怒地对他的臣民宣布：如果捉不到他的女儿美狄亚，那么他们都将被砍头。科尔喀斯人大惊失色，马上驾船出海。黑压压的一片船队由阿布绪耳托斯指挥着朝远处涌去，如同结集而飞的鸟群。

阿耳戈船顺风疾驶，在第三天清晨驶进了哈律斯河，到达巴夫拉哥尼阿海岸。在这里，依照美狄亚的吩咐，英雄们为保佑他们的赫卡忒女神献祭。他们突然想起年迈的菲纽斯曾给他们的预言，要他们回来时走另一条路，然而却没有人知道该往哪里走。这时，佛里克索斯的儿子阿耳戈斯站出来告诉大家，他从祭司们的记载中得知他们的船正向伊斯河进发，这条河发源于遥远的律珀恩山，它的一条支流流入西西里海，另一条支流流入爱奥尼亚海。正当他说这些话时，出现了两个征兆：其一，天空中出现了一条宽阔的长虹，它的一头正好指向爱奥尼亚海的方向；其二，海上突然刮起了一阵顺风。于是，他们毫不犹豫地向前航行，一直到了伊斯河注入爱奥尼亚海的河口。河水稳稳地流动着，似乎在欢迎英雄们胜利归来。

然而，科尔喀斯人也没有放慢追赶的脚步。由于他们驾着轻舟，所以抢在英雄们的前面到达了伊斯河的入海口，并分头把守在各个岛屿和海湾里，封锁了英雄们的归路。阿耳戈英雄们见科尔喀斯士兵人多势众，急忙将船划向一个隐蔽的海湾，躲在一个岛屿上。科尔喀斯人紧追不放，一场战争一触即发。科尔喀斯人对英雄们宣布：他们可以带走国王许诺过的金羊毛，但必须将国王的女儿美狄亚送至另一座岛屿上的阿耳忒弥斯神庙中，等待当地国王的仲裁。被逼得走投无路的希腊人接受了这个条件，准备和谈。

这个消息让美狄亚坐卧难安，她把心爱的人拉到一旁，流着泪说："伊阿宋，你怎么处置我呢？你难道忘了在困顿时向我立下的誓言吗？我因为信任你，才轻率地背叛了父亲，离开了故乡，离开了母亲；我由于对你痴心，才冒险帮你取得了金羊毛。为了你，我不惜辱没门庭；为了你，我看轻了名分，像你的妻子一样随你到希腊去！你应当保护我，千万不要让我一个人留下来！假如我被判给我的父亲，那我的生命就没有希望了；假如你抛弃了我，那么终有一天你会在灾难中无限地怀念我；金羊毛也会如同梦幻一样离开你，落在地狱之王哈得斯的手中；我的灵魂也会复仇，让你心神不宁，驱使你离开家乡，就像我被你诱骗离开自己的家乡一样！"她难以控制自己如洪流般奔涌的感情，激动得快发狂了。伊阿宋望着她，良心受到谴责，于是解释说："放心吧，亲爱的！我并没有认真对待这个条件。我们只是为了你才想到这个缓兵之计，因为我们面临着强大的敌人。如果真的与他们交战，我们就会战死在这里，那时你的处境会更加糟糕。所以接受这个条件实际上不过是我们的策略，希望以此击败阿布绪耳托斯。”

听完他的话，美狄亚又向他献上了一条残忍的计策。“我已经作了一次孽，惹了一场祸，”她说，“现在我已经没有回头路了，所以也不怕继续作孽。我要帮你打败我的父亲，我将引诱我的弟弟，让他落入你的手中。你先准备好丰盛的酒席，假意宴请他和使者们，我再设法让使者们都离去，让他单独和我在一起。这时你可以乘机杀死他。”

随后，他们给阿布绪耳托斯送去许多礼物，其中有一件是雷姆诺斯女王送给伊阿宋的华丽的金袍。美狄亚又故意在没人的时候偷偷告诉科尔喀斯使者，说自己是身不由己的，是被佛里克索斯的儿子们抓住后交给外乡人的。她还捎信让阿布绪耳托斯在深夜前往另一座岛上，到阿耳忒弥斯神庙里，她将在那里与他商量计谋，为他重新取回金羊毛带回去交给父亲。

阿布绪耳托斯对美狄亚的话深信不疑。他在漆黑的深夜摇船来到事先约定的岛上，希望从姐姐那儿获得制伏希腊人的计谋。但他刚一踏进神庙的门，伊阿宋就挥着寒光闪闪的宝剑从背后冲过来。美狄亚急忙转过身子，拉上面纱遮住眼睛，她不忍亲眼看到弟弟被杀死的惨状。可怜的阿布绪耳托斯就像是祭坛上的羔羊，被伊阿宋一剑刺死。这一切都被无所不察的复仇女神看到了，她的眼中流露出阴暗的神色。

伊阿宋擦去手上的血迹，掩埋了尸体。美狄亚高高地举起火把，于是阿耳戈英雄们知道计划已经成功，他们涌上阿耳忒弥斯岛，就像猛兽进入羊群一般，扑向阿布绪耳托斯的随从，结果阿布绪耳托斯的随从们没有一个人生还。

阿耳戈英雄们在归途中

珀琉斯见事情成功，急忙提醒大家赶快离开河口，免得其余的科尔喀斯人得知这个消息后追来。后来，科尔喀斯人果然追了上来。这时，赫拉用神力让天上闪起了可怕的闪电，科尔喀斯被镇住了，不敢再追。然而，他们没有抓到国王的女儿，又没有保护好国王的儿子，回去无法交差，因此，只好都留在河口的阿耳忒弥斯岛，在这里定居下来。

阿耳戈船继续前行，驶过了许多海湾和海岛，其中包括阿特拉斯的女儿——卡吕普索女王统治的岛屿。他们马上就要回到久违的故乡了。可是，由于他们犯下了罪孽，宙斯已经被激怒，赫拉十分惊恐。于是海上刮起一阵大风，将船吹到荒凉的埃莱克特律斯岛。正当英雄们为此事烦恼时，被雅典娜镶在船上的占卜木板开口说话了："宙斯已经发怒，你们逃避不了，所以只能在海上漂泊。"停了一下，它又说："除非魔法女神喀耳刻将你们谋杀阿布绪耳托斯的罪孽洗清！卡斯托耳和波吕丢刻斯应该向神祇祈祷，让他们指点一条路，让你们能找到太阳神和珀耳塞的女儿喀耳刻。"

听到这块神奇的木板说出如此可怕的话来，英雄们感到又惊又怕。这时，孪生兄弟卡斯托耳和波吕丢刻斯勇敢地站起来，祈求全能的神祇给予帮助。但是船还是继续被刮到了埃利达努斯河口，这里正是太阳神的儿子法厄同在太阳车上被烧死后坠海的地方。直到现在水中还冒着腾腾热气。法厄同的几个姐妹现在已变成白杨树，高高地耸立在河岸上，风吹过时，枝叶相碰，发出无比凄凉的声音。树上还不断地涌出晶莹得犹如琥珀一般的泪珠。泪珠滴落在地上，一部分被太阳晒干，一部分被潮水冲到埃利达努斯河里。

尽管英雄们凭着坚固的船身摆脱了危险，但是他们也失去了一切乐趣。白天，曾经收留法厄同烧焦的尸体的埃利达努斯河，飘出阵阵恶臭；深夜，赫利阿得斯姐妹们的悲哭声不停地回旋在耳畔。后来，他们来到罗达诺斯河的入海口。幸亏这时赫拉突然出现，大声提醒他们赶快离开。如果他们驶入河内，必然遭受灭顶之灾。赫拉降下黑雾罩住大船，他们不知是白天还是黑夜，只得拼命航行。他们经过无数凯尔特人的部落，后来终于看到第勒尼安海岸，随即平安地到达属于喀耳刻的岛屿。

他们在这里见到了魔法女神喀耳刻。当他们靠岸时，她正伏在海边，用海水洗头。她在此前做了一个梦，梦见自己的整幢房子里血流成河，大火吞没了她用来迷惑异乡人的魔药，她只得用手掌掬起血水，浇灭熊熊的火焰。接着，她就被惊醒了，然后跳下床，奔到海边，在这里又是洗衣服，又是洗头发的，就像上面真的沾了血迹似的。她的身后是成群的怪兽，正如牧人领着牲口。

阿耳戈英雄们知道喀耳刻是残暴的埃厄忒斯的妹妹心里已经打鼓了，所以他们见到此时的情景更是心里发慌。而女神在摆脱了黑夜梦境的恐惧后，很快镇静下来。她转身回去呼唤那些怪兽，如同抚摸狗一般用手抚摸它们的毛。

伊阿宋吩咐其余的人都留在船上。他自己和美狄亚则上了岸，向喀耳刻的宫殿走去。喀耳刻还不知道两位外乡人的来意。她请两人坐下。美狄亚低着头，用手蒙住脸，伊阿宋将杀害阿布绪耳托斯的宝剑插在地上，双手紧握剑把，闭上眼睛，把下巴支在手上。喀耳刻这才明白，他们是来寻求帮助的。由于漂泊的辛苦，他们请求恕罪，并来向她求救。于是，喀耳刻宰杀了一条乳狗，向伟大的宙斯献祭，祈求宙斯允许她为他们洗清罪过。她吩咐女仆——水泉女神那伊阿得斯将所有赎罪的祭品都端出去，撒入大海，她自己则站到炉旁，庄严地焚烧祭供的圣饼，祈求复仇女神息怒，恳请万神之父宽恕犯有罪孽的人。

祭供完毕，她在两人面前坐了下来，问他们从哪里来，为什么求助。她说话时，梦中血淋漓的可怕情景突然又浮现在眼前。美狄亚抬起头来回答。这时，喀耳刻才看到她的双眼，不由得吃了一惊，因为她发现眼前这个人跟自己一样有一双金光闪闪的眼睛——凡太阳神的后代，都有这样一双眼睛。喀耳刻要求她讲家乡的语言。于是美狄亚开始用科尔喀斯当地的语言说起发生过的事情。她说到父亲埃厄忒斯、阿耳戈英雄以及她本人的经历，不过隐瞒了谋杀弟弟阿布绪耳托斯的事实。虽然魔法女神知道她没说出的这件事，但她心里还是很同情这位侄女的。她说："可怜的孩子，你没有正大光明地离开家乡，接着又犯下了巨大的罪孽。你的父亲一定会追到希腊，为他被杀的儿子报仇的。我不想惩罚你，因为你恳求赎罪，何况你还是我的侄女。但是我也不能帮助你，你带这位异乡人赶快离开吧。不管他是谁，我都无法给予帮助。我既不能赞同你的计划，也不能支持你的出逃！"美狄亚听完后，感到十分痛苦，用面纱捂住脸伤心地哭起来。伊阿宋见魔法女神不肯帮忙，拉起美狄亚走出了喀耳刻的宫殿。

赫拉非常同情自己的保护人，她派女使伊里斯穿过彩虹小道，找来大海女神忒提斯，请她保护阿耳戈英雄们。因而伊阿宋和美狄亚回到船上时，海面上突然吹起了一股温暖的西风。英雄们立即扬帆起航，趁着风势慢慢地向前驶去。不一会儿，一座美丽的岛屿出现在他们的前方不远处。那是迷惑人的女妖塞壬的住地。这些女妖的身体一半像鸟，一半像女人，总是蹲在海岸上，一边唱着美妙的歌，一边用一双媚眼朝远方张望。凡是走近她们的人，都逃不脱她们歌声的诱惑，最终葬身大海。现在，她们正对着阿耳戈英雄唱着动听的歌儿。英雄们正

▲ 阿耳戈英雄们起航

准备靠岸，俄耳甫斯突然从座位上站起来，开始弹奏他那神奇的竖琴，美妙的琴声盖过了女妖的歌声。同时船后南风瑟瑟作响，卷席着女妖的歌声到了九霄云外。只有一个英雄，即雅典英雄忒勒翁的儿子波忒斯遭遇到不幸。因为女妖的甜美歌声让他无法自控，于是他丢下船桨，跳入大海，循着那令人销魂的歌声而去。要不是西西里岛的厄里克斯高山的守护神阿弗洛狄忒及时发现，并将他从水中拉上来，扔在岛屿的山脚下，也许他早就在鱼腹中了！从此以后他就住在那里。而阿耳戈英雄们以为他已被大海吞噬，都感到十分伤心。

英雄们继续前进，接着来到一处海峡，在这里等待他们的是新的危险。这里一边是峻峭的西拉山岩，陡岩从岸边一直伸向海里，过往的船只一不小心就会被撞得粉碎；另一边则是卡利布提斯大旋涡，那里海水急速旋转，经过的船只随时都可能被吞没。中间的海中则藏着无数的险礁。从前，这里是火神赫菲斯托斯的地下冶炼场，如今海里还不住地冒出浓烟，天空被染得一片漆黑。阿耳戈英雄来到这里时，海洋女仙们，即海神涅柔斯的女儿们都赶来援助。珀琉斯的妻子忒提斯亲自在船尾为他们掌舵。她们围着大船漂游，当船靠近漂浮的山岩时，她们便抓起大船，像传球似的朝前传过去。于是阿耳戈船一会儿被浪潮托到空中，一会儿又随波沉入浪底。此时，赫菲斯托斯站在礁石顶上，肩扛着大铁锤，观赏着这一幕幕惊心动魄的场景。赫拉也站在黎明前的星空中注视着他们，她看得头晕眼花，不由得紧紧抓住雅典娜的手。最后，阿耳戈英雄经过千难万阻，终于来到善良的淮阿喀亚人居住的岛上。

科尔喀斯人追击而来

在岛上，阿耳戈英雄们受到了虔诚的国王阿尔喀诺俄斯的热情接待。他们正想放松放松，好好休息一下，但是科尔喀斯人的船队又绕道赶了上来。他们突然出现在海边，宣布要将美狄亚带走，如果希腊人不答应，他们就要开战。阿耳戈英雄们正要迎战，善良的阿尔喀诺俄斯连忙挡住了他们。美狄亚抱住国王的妻子阿瑞忒的双膝说："尊贵的王后，我恳求你，别让他们把我带回家乡去。我不是有意出逃的，我实在是由于畏惧父亲，才下决心随伊阿宋出走的。他答应把我作为妻子带回希腊。请你同情我，愿神祇保佑你长寿、子孙多福，并赋予你的城市不朽的荣誉。"接着，她又跪下向各位英雄恳求。英雄们个个摩拳擦掌，信誓旦旦地向她保证，就算是国王阿尔喀诺俄斯要将她交出去，他们也会尽全力救她的。

深夜，国王与妻子商议如何处理此事。阿瑞忒为姑娘求情，并对国王说，英雄伊阿宋愿意娶她为合法妻子。宽厚仁慈的阿尔喀诺俄斯听了深受感动。"当然，为了这个姑娘我也可以亲自参加战斗，把科尔喀斯人赶出海岛。"他说，"但是，我又担心这样做会违背宙斯以礼待人的神训。再说，科尔喀斯王国十分强大，得罪它也不是明智之举，因为虽然它与希腊距离遥远，但仍然有足够的力量去攻击它。因此，我的决定是这样的：如果美狄亚还是一位未婚的姑娘，那么我们应该将她交给她的父亲去处置；如果她已成了伊阿宋的妻子，那么我就不能拆散他们、破坏他们的幸福。"

王后阿瑞忒连忙派出使者，将消息传给伊阿宋，并劝他赶在黎明前结婚。伊阿宋和同伴们商议此事，大家都赞成这样做。他们选择了一处圣洁的山洞，让美狄亚正式成为伊阿宋的妻子。

第二天清晨，太阳升起来时，海岸和田野都被镀上了一层金色。阿尔喀诺俄斯手握金权杖走出王宫，宣布对姑娘的裁决。淮阿喀亚人聚集在城里的街道上，妇女们也聚在一起想一睹希腊英雄的风采，还有不少人从乡下赶来，因为赫拉早已将消息传遍整个城邦。而岛屿的另一端是科尔喀亚人，他们手执武器，随时准备开战。

献祭的供品的香气直飘天宇，一切都准备停当了。国王登上宝座，伊阿宋走上前去，对神发誓埃厄忒斯国王的女儿美狄亚是他的合法妻子。阿尔喀诺俄斯听完他的话，又传参加婚礼的证人上来，他们作证此事属实。于是国王庄严地宣判，美狄亚与伊阿宋是合法夫妻，因此她不应由科尔喀斯人带走。同时，他答应保护希腊英雄，科尔喀斯人再反对也无效。国王声明，科尔喀斯人可以作为和平的居民居住在岛上，或者离开。科尔喀斯人带不回美狄亚，怕埃厄忒斯会在一怒之下杀了他们，所以他们选择了留居岛上。七天之后，阿耳戈英雄们与国王阿尔喀诺俄斯依依惜别。他们带着丰厚的礼物上了船，高高兴兴地继续前行。

阿耳戈英雄们最后的冒险

大船又经过了许多海岸和岛屿，故乡伯罗奔尼撒的海岸已隐约出现在阿耳戈英雄的视野中。这时，海上突然刮起一阵狂暴的北风，船在海上漂泊了九天九夜，漂过利比亚海，最后来到了非洲的瑟堤斯海湾。这里犹如平静的沼泽地，水面上满是稠密的大叶藻，厚厚的泡沫浮在四周。海的周围是大片的沙滩，沙滩上既没有野兽，也没有飞鸟。阿耳戈船被潮水冲上了沙滩，船身牢牢地陷入沙滩，不能动弹。英雄们大吃一惊，纷纷跳下船来。只见面前是无边无际的泥淖，没有道路，没有泉水，没有房舍，有的只是死一般的寂静，荒凉得一如空旷的天空。

“糟了，唉，这是什么地方？我们漂到哪里了？”同伴们纷纷抱怨，“我们宁愿在浮岩中被砸碎，或者在一件壮烈的事业中牺牲！”

“是啊！”舵手安克奥斯说，“潮水将我们搁在这里，却不再接我们回去。这下，继续航行或尽快回家的希望都落空了。”

他们在现状面前一筹莫展，只能等待死神的降临。夜晚，他们饿着肚子和衣躺在沙地上，静静地等死。国王阿尔喀诺俄斯送给美狄亚的几位姑娘也睁着惊恐的眼睛，围住女主人，连连叹息。这时，利比亚的保护者，三位半人半神的仙女披着山羊皮来到伊阿宋身旁，她们轻轻揭开盖在他头上的斗篷。伊阿宋惊恐地跳起来，恭敬地垂首而立。“不幸的人啊，”她们说，“我们知道你们的苦难。现在你们不用再发愁了，当海洋女神驾起波塞冬的马车时，你们感谢长久孕育你们的母亲，之后，你们就能顺利地回到家乡。”

仙女们说完后就不见了，伊阿宋把这个令人兴奋却又十分隐晦的神谕告诉同伴们。正当他们苦苦思索时，一个神奇的征兆出现了：一匹巨大的海马从海里跳上岸来，背上披散着金黄的鬃毛，它抖落了身上的水滴后飞奔而去。珀琉斯立即欢呼起来：“难懂的神谕已有一半得到了解释。海洋女神已卸下了马车，驾起它，那车子正是这匹马拉的。而长久孕育我们的母亲，不正是阿耳戈船吗？为此，我们应该感谢她。让我们将船扛在肩上，顺着海马的足迹走过这块泥地，它一定会指引我们到达船可以停泊的地方。”

说做就做。阿耳戈英雄们果然扛起大船，在泥泞荒凉的沙滩里费力地前行。经过十二天的跋涉，他们终于来到忒律托尼海湾，大家疲倦地将船从肩膀上放下。由于口渴难忍，他们四处寻找水源。歌手俄耳甫斯在寻水的途中遇上了夜神赫斯珀洛斯的四个女儿，她们住在一处圣园里，在那里巨龙拉冬看守着金苹果。俄耳甫斯恳求她们给焦渴的人指示有泉水的地方。仙女们顿生同情之心，其中最为仁慈的埃格勒告诉他一件奇事。

“昨天，这里来了一个勇敢的强盗。”她说，“他要去杀巨龙，抢走金苹果。他是一个十分野蛮的巨人，一脸的愤怒，眼睛闪闪发亮。他身上披着粗糙的狮子皮，手中拿着橄榄棒和弓箭。他也是从沙漠里走出来的，因口渴难忍又找不到水喝，便生气地朝一块岩壁踢了一脚。说来奇怪，岩壁的隙缝间竟突然流出了清凉的泉水。巨人便伏在地上，用双手捧着水喝，喝足了就躺在地上休息。”

埃格勒边说边引他到岩泉边。英雄们随后也都跟了上来。清凉的山泉救活了他们，大家又变得高兴起来。“真的，”一个英雄一面说，一面用泉水滋润一下炽热的嘴唇，“那个人肯定是赫拉克勒斯，他救了大家，但愿我们还能遇上他！”

接下来，他们又上了船，将船开出海湾，进入辽阔的大海。不久，海上又刮起了逆风，船受阻无法前行。他们听从歌手俄耳甫斯的建议，上岸给当地的神祇献祭船上最大的三脚鼎。在返回的路上，他们遇到了海神忒律托尼。他装扮成少年的模样，捡起地上的一块泥土，送给阿耳戈英雄奥宇弗莫斯，表示尽地主之谊。奥宇弗莫斯接过土块，小心地将它藏在胸前。

“我父亲将这块海域赐给了我，”海神说，“我成了这里的保护神。你们看，那边那片黑水，就是海湾到大海的狭窄通道。你们朝那边划，我再给你们送上一阵顺风，你们很快就能到达伯罗奔尼撒。”英雄们满心欢喜地上了船。忒律托尼则扛起三脚鼎，转眼就消失了。

船在海上航行了几天，阿耳戈英雄先是经过喀耳巴托斯岛，接着又从这里转向克里特岛。当克里特岛近在眼前时，他们又面临着新的危险。岛上的守护者是可怕的巨人塔洛斯，他是青铜时代留下来的人。宙斯让他把守欧罗巴，吩咐他每天都要在岛上巡视三次。塔洛斯的身体是青铜的，所以不会受伤，只有脚踝上有一块肉，长着筋脉。谁要是知道这一点，并打中那里，就能够杀死他，因为他毕竟是人类，不能永生。英雄们高兴地摇船准备靠岸，而此时塔洛斯正站在海边的礁石上。一看见外乡人来了，他便抓起石块朝船上掷去。英雄们吃了一惊，急忙摇桨往后躲避。为了避开危险，他们准备忍受饥渴，放弃登陆计划。这时美狄亚站起身来，说："男子汉们，我知道如何制伏这个怪物。现在，请把船靠过去，靠在石块投不到的地方。"随后，她提起紫金袍，登上甲板，伊阿宋跟在她身旁。她低声地念着魔咒，三次召唤命运女神，以及到处追逐生命的地狱猎犬，又用魔法让塔洛斯沉沉睡去。塔洛斯很快就做起了噩梦，梦中他抬起铜腿，尖锐的石头一下刺入了他的肉脚，伤口血流如注。他疼醒了，挣扎着想站起身来，但却像一棵被砍断一半后又遭遇大风的松树一样摇晃着。他大吼一声，一下栽进海里死了。

阿耳戈英雄们平安地上了岸，他们在岛上舒舒服服地休息到次日清晨。可是，当他们刚刚离开克里特岛向前行驶时，又碰到了新的困难。天空突然变得一片漆黑，没有月亮，没有星星。黑暗就像从地狱里升腾起来一般。他们不知道船在向哪里漂流，惊恐万分。伊阿宋于是高举双手，祈求太阳神阿波罗把他们从可怕的黑暗里拯救出来。太阳神听到了他的声音，从奥林匹斯圣山上赶来，跳到大海里的一块岩石上，弯弓搭箭，射出一支锃亮的银箭。在闪亮的箭光中，他们将船停在前面的一座小岛旁，静待天明。第二天，太阳升起的时候，他们又可以在大海中航行了。这时，奥宇弗莫斯说起夜间做的怪梦：忒律托尼送他的土块在胸间好像吃饱了奶似的，有了生命，变成了一个可爱的少女，她对他说："我是忒律托尼和利彼亚的女儿。请把我交给海神涅柔斯的女儿吧，让我在靠近阿娜弗的海上生活。你帮助我之后，我会赡养你的子孙的。"由于他们刚才停歇的岛就叫阿娜弗，伊阿宋立刻明白了梦的意思。他劝说他的同伴，将怀里的泥块扔进大海。奥宇弗莫斯照做了。就在接下来的一刻，奇迹出现了！在英雄们的眼前，一个草木丰盛的岛屿从海中长了出来。他们称它为卡里斯特，意即"最漂亮的岛"。后来，奥宇弗莫斯同他的子孙就住在该岛上。

经过这次危险后，他们就一路顺风了。不久，他们就到了伊齐那岛，并从那里平安地进入爱俄尔卡斯海湾。伊阿宋将阿耳戈船搁在科任托斯海峡上献祭给海神波塞冬。许多年之后，大船破成灰烬后，神祇们将它安放在南方的天空中，使它成了一颗闪亮的星星。

伊阿宋的结局

尽管伊阿宋为了王位历经了危险的航程，将美狄亚从她的父亲那里夺走，并杀死了她的弟弟阿布绪耳托斯，但最后他还是没能得到爱俄尔卡斯的王位。国王珀利阿斯将权杖交给了自己的儿子阿卡斯托斯，伊阿宋不得不带着年轻的妻子逃往科任托斯。在那里，他们共同生活了十年，有了三个儿子。在这段时间里，美狄亚由于年轻貌美、爽利精干，深得丈夫的宠爱和尊重。然而后来，她年龄大了，魅力日减，伊阿宋又移情别恋，喜欢上了科任托斯国王克雷翁的漂亮女儿格劳克，还瞒着妻子向她求婚。国王答应了婚事，并选定了结婚日期。直到这时，他才说服美狄亚解除婚约。他信誓旦旦地说，他并不是厌恶她才同王室结亲的，而是替孩子们着想才做出这样的选择。美狄亚又惊又怒，大声呼唤诸神为他从前对她立下的誓言作证。但伊阿宋却不管这些，还是准备与国王的女儿结婚。

美狄亚绝望了，六神无主地在丈夫的宫殿外徘徊："天哪，不幸的命运啊，我怎么能活下去？让死神怜悯我吧！呵，我的父亲，我的家乡，我愚蠢地离开了你们！啊，弟弟，我杀害了你，现在你的血正朝我涌来！但这一切的惩罚都不应该由我的丈夫伊阿宋来付诸实践，我是为了他才犯罪的！正义女神，求你毁灭他，毁掉他那年轻的情妇！"

正在这时，伊阿宋的新岳父、克雷翁国王朝她走来。"你竟仇恨你的丈夫！"克雷翁说，"赶快带上你的儿子，离开我的国家。我是决不会让你留在我的国家的！"美狄亚强压住怒火，平静地说："你这样做是怕我作恶吧，克雷翁？你没有对我做什么坏事，没有欠我的债。你看中了那个男人，就将女儿嫁给了他，这有什么错呢？我不过是恨我的丈夫而已。但事已至此，就让他们幸福地生活下去吧。只是请你让我继续住在这里吧，就算是受了极大的屈辱，我也会一声不吭地屈从于不公正的命运的！"

克雷翁见她的眼中满是仇恨，不相信她的话。这时，美狄亚跪下来抱住他的双膝，并以他的女儿格劳克的名字发誓。但国王根本无动于衷，"走开！"他说，"我是不会留下隐患的！"美狄亚没有办法，只得请求他再延缓一天，以便自己能为孩子们找一个去处。国王想了一下说："我并不是一个无情的人。有好多次我由于怜悯和宽容，愚蠢地做了让步。如今也是一样，我知道这样做并不明智。不过，我让你拖延一天吧。"

仇恨让美狄亚变得疯狂起来。她脑子里有一个疯狂的计划，并思忖着如何将它实现。不过，她心中还存有一线希望，她想做最后一次努力，使她的丈夫回心转意。她走到伊阿宋面前说："你背叛了我，现在又找到了新妇，连自己的孩子都不顾了。假如没有孩子，我还可以原谅你，可现在我无法原谅你。你以为听你对坚贞的爱情立誓的神祇已经不存在了吗？你以为现在有人庇护你，你就可以背弃誓言了吗？现在，我只是想以一个朋友的身份问你，你要我到哪里去呢？你难道要我回到父亲那里？你说还有什么地方可以让我安身呢？难道你的前妻领着你的儿子像乞丐似的到处流浪，你面子上就有光彩吗？"

伊阿宋毫无愧疚之色，只答应给她和孩子们一笔钱，并写信给各地的朋友们，希望他们收留她。美狄亚对此不屑一顾。"去你的，你在作践自己。"她说，"你的婚礼将是痛苦的！"她离开后又后悔说了刚才的话——并不是她改变了主意，而是担心自己的话会引起伊阿宋的戒备心。因此，她又让孩子请伊阿宋来商谈，她假装温和地对他说："伊阿宋，请不要介意我刚才所说的话。我是一时生气才说了伤感情的话，不过现在我明白了，你那样做是为了我们的利益。我们逃亡到这里，一无所有，你想通过这场新的婚姻为你、为你的孩子，最终也为我寻求幸福。好吧，今后你可以将孩子接过去，让他们和继母的孩子们一起生活在宫殿里。我想，你们一定会再有儿女的。孩子们，过来吧，来，吻一下你们的父亲，不要责怪他，就像我已经原谅了他一样！"

伊阿宋喜出望外，真的以为美狄亚原谅了自己，于是，又信誓旦旦地向美狄亚和孩子们做出了各种各样的保证。美狄亚也以更甜蜜的语言让他相信她已经想通了，不再计较。她请求丈夫将孩子留在宫殿里，让她独自离开。她又从自己的储藏室里取出许多珍贵的金袍交给伊阿宋，让他送给新娘作礼物，说是为了恳请国王和格劳克善待她的孩子。伊阿宋犹豫了一会儿，终于答应了。他派了一个仆人，将礼物送给新娘。但他不知道这些美丽、昂贵的衣袍都是用浸透了魔药的料子缝制的。与丈夫告别之后，美狄亚就时刻地等待着宫殿中传来的消息。

不久，一个仆人气喘吁吁地奔了过来，朝着美狄亚嚷道："主人，快上船逃走！你的女仇人和她的父亲都已死去了。伊阿宋带着你的儿子走进新娘房间时，国王的女儿见到你丈夫很是开心，然而一看到孩子，就又用面纱蒙着眼睛，背过身去，不想搭理孩子。伊阿宋说了不少好话，并把礼物拿给她，看到美丽的金袍后，她才不再生气，并且还喜笑颜开，答应了新郎提出的一切要求。当你的丈夫和儿子离开后，她看着这些美妙的衣袍爱不释手，还把金色的花环戴在头上，又将斗篷披在身上，喜滋滋地在镜子前上下打量。后来，她还摆着各种姿态在房间里走来走去，像一个小姑娘似的为自己的新装而自喜。可是，欢乐很快离她而去，她突然变得面色苍白，四肢痉挛，然后摇摇晃晃地往后退着，还没有走到椅子跟前，就一头栽倒在地上，翻着白眼，口中吐出白沫。大家都不知道发生了什么事。几个仆人慌忙去找国王，另外几个赶紧去喊她的未婚夫。这时，她头上的花环喷出了火焰，火焰烤得她的皮肉吱吱作响。当国王急匆匆地赶到时，他心爱的女儿已经被火烧得变了形。在绝望中，国王扑向女儿拥抱她，可是女儿身上那件漂亮的衣服让他也中了剧毒，不一会儿他也死去了。"仆人一口气讲完这些情况，美狄亚听了心中十分欢喜，复仇的怒火也燃得更旺了。她如同接受了复仇女神的咒语一般，急忙奔出去，准备给丈夫和自己一个致命的打击。她首先来到儿子的卧室。

▲ 美狄亚杀子

“我的心啊，不要软。”她语无伦次地喃喃道，“这是件可怕却又十分必要的事！忘掉他们是你的孩子，忘掉你是生养他们的母亲，只要这一刻忘记他们，以后你就可以为他们痛哭一辈子了！你不杀死他们，他们也会毁灭在仇人的手中的。”

与此同时，看到格劳克顷刻间死去，伊阿宋如同遭遇晴天霹雳。他冲到家中，要为年轻的新妇报仇。正当他在四处寻找美狄亚时，里屋突然传来了孩子们的惨叫声。他慌忙奔进去，只见儿子们全都倒在血泊中，他们如同献祭的供品一样被杀害了。他在屋里找美狄亚，却没有找到。伊阿宋绝望地迈出家门，忽然听到空中传来阵阵声响，他抬头一看，看到了可怕的凶手。她高高地坐在用魔法召来的龙车上，升上天空，离开了她用一切手段复仇的人间。由于无法惩罚她，伊阿宋感到万分痛苦，绝望中，谋杀阿布绪耳托斯那残忍的一幕又浮现在眼前。他没有其他选择，只好拔剑自刎，死在了自家的门槛上。

礼品装家庭必读书

礼品装家庭必读书

希腊罗马神话·圣经的故事

02

《礼品装家庭必读书》编委会 编

辽海出版社

第二册目录

CONTENTS

第二册目录

CONTENTS

希腊神话

远古时期，希腊人十分恐惧莫测的自然、难解的生死，于是开始了非凡的想象，想象世上有操控一切的神，又幻想着人类可以征服他们，久而久之，便形成了人与神共舞的希腊神话。

赫拉克勒斯的故事

赫拉克勒斯的身世

赫拉克勒斯是宙斯与阿尔克墨涅的儿子，阿尔克墨涅是英雄珀耳修斯的孙女，迈锡尼国王安菲特律翁的妻子。

宙斯之妻赫拉痛恨阿尔克墨涅当了丈夫的情妇，对将要出生的孩子更是心怀嫉恨。但宙斯向诸神预言，他的这个儿子前途无量，将来一定是个大英雄。阿尔克墨涅生下赫拉克勒斯后，害怕赫拉报复，就将孩子放在篮里，盖上稻草，然后悄悄放到田野里。然而，神祇保佑着这个孩子，恰恰让雅典娜与赫拉走到了那里。雅典娜见孩子生得漂亮，十分喜欢，便劝赫拉给这个可怜的孩子喂奶。赫拉将孩子抱到怀中，孩子一口咬住赫拉的奶头，贪婪地吮吸乳汁。赫拉被咬得生疼，生气地将孩子扔到了地上。雅典娜心疼孩子，将他抱起来，带回城里，交给王后阿尔克墨涅代为抚养。阿尔克墨涅一眼就认出了这是自己的孩子，高兴地把儿子放进摇篮。她怎么也想不到自己由于畏惧赫拉而遗弃了孩子，而最后却正是她用乳汁救活了儿子。国王安菲特律翁也特别疼爱这个孩子，把他看做宙斯赐予自己的礼物。不仅如此，吮吸了赫拉乳汁的赫拉克勒斯从此脱离了凡胎。

不过赫拉很快就知道了那个吸她奶的孩子是谁，而且知道他如今又回到了宫殿。她气得咬牙切齿，发誓要把他除掉，于是随即派出两条可怕的毒蛇去杀害孩子。深夜，人们都睡熟了，两条毒蛇探着头、吐着芯子游进孩子的房间。它们爬上孩子的摇篮，缠住孩子的脖子。孩子大叫着醒了过来。他抬起头，四面张望，只是感到脖子被缠得难受。这时他显示了神的力量，两只小手各

抓住一条蛇，使劲儿一捏，顷刻间竟将两条蛇捏死了。

阿尔克墨涅被孩子的叫声惊醒，赤着脚跑过来大声呼救，但等她奔到房间时，才发现两条大蛇已死在孩子手上了。王室的贵族们听到呼救，都拿起武器冲进内室，国王安菲特律翁也手持宝剑跑来。当听到并看到所发生的事情时，国王又惊又喜，为儿子的神力而感到骄傲。他将此事看做一个预兆，还派人找来盲人占卜者提瑞西阿斯来为孩子做预言。提瑞西阿斯拥有宙斯赋予的神奇的预言能力，他当着大家的面预言孩子的未来：他天赋极高，长大以后将杀死海里和陆上的许多怪物，战胜巨人，在历尽险阻后，他将像神祇一样享有永久的生命。

为了实现这个预言，国王安菲特律翁决心让儿子受到最好、最全面的教育。他聘请全希腊最有声望的英雄给赫拉克勒斯传授种种本领。十八岁时，赫拉克勒斯已长成希腊最英俊、最强壮的男子汉了。他身高一丈多，双目炯炯如同闪烁的炭火。他擅骑会射，射箭或投枪都能百发百中。

赫拉克勒斯的人生选择

赫拉克勒斯在上学期间是位优秀的学生，但他忍受不了别人对他的折磨，而他的老师——年迈的利诺斯却正好是个极为苛刻的人。有一次，赫拉克勒斯在利诺斯老师无端拷打他时，随手抓起一把竖琴，砸到老师的头上，不慎将老师砸死。赫拉克勒斯非常懊悔，但他还是被传上了法庭。英明的法官拉达曼提斯最终宣判他无罪。为此，法官还专门颁布了一条新法，即自卫过失杀人者无罪。可是，父亲安菲特律翁担心力能扛鼎的儿子以后会犯下类似的错误，因而把他送到乡下放牛去了。赫拉克勒斯在乡下待了很长时间，但始终没有想过自己将来要走的路。直到他开始面临

人生的选择时，他才开始思考是该选择造福人类还是为非作歹。

赫拉克勒斯离开了牧民和牛群，来到一个幽静的地方，思索他该如何选择未来生活的路。就在此时，两位尊贵的妇人一前一后向他走来。前一位女子穿着一袭洁白的长裙，目光谦逊而平和，举止得体，仪态万方，尊贵而纯洁。后一位女子仪容华贵，端庄秀丽，玉质的肌肤上抹了香料，显得比本质要尊贵一些。她目不斜视，衣着与身材十分相称，充满了吸引力和诱惑力。她自我陶醉了一番，又左右环视了一下，看看是否有人投来钦羡的目光。当她们逐渐走近时，后一位女子加快脚步，走到第一位女子的前面，并径直走到俊朗的赫拉克勒斯的面前，对他说："赫拉克勒斯，我能看出来，你还是举棋不定，不知道该如何抉择你未来的路。如果你让我做你的伴侣，我能带你走上一条最安逸的生活之路。你可以尽情享受人生的乐趣，烦恼和坎坷都与你绝缘；你不用参与任何战事，更不用为日常所需劳神，只管吃喝玩乐就可以了，你躺在舒适的床上，任何事都有人替你操办；你可以随意役使他人，拥有无尽的富贵荣华，因为我给我的朋友提供一切权益。"

"尊敬的女士，能告诉我你叫什么名字吗？"赫拉克勒斯听了这一席充满诱惑力的话之后，惊讶地向那位衣着华贵的女子问道。

"能够带来幸福的女神，这就是我的朋友们对我的称呼，"她答道，"但是那些想要污蔑我的人则说我是轻佻的荡妇。"

"亲爱的赫拉克勒斯，我到这里来找你。"正在此时，那位身穿白衣的女子也来到了赫拉克勒斯的面前，她说道："我和你的父亲相熟识，所以我知道关于你的所有事情，无论是你的才能还是你的学识，你的一切都让我看到了希望。如果你选择让我来做你的引路人，那么你将在我的引导下获得极大的成就，无论你想要成就什么善事或者大事都可以。然而，我无法给予你奢华的生活。我只能告诉你，你是被上天的神祇所宠爱着的。即使如此，你也不会平白无故地获得成功。你首先要敬奉神祇，然后才会得到他们的庇佑；你只有对自己的朋友做了好事，才会得到他们的爱戴；你只有为自己的国家提供了服务，才会得到国家的尊重；你只有为全希腊的福祉着想，全希腊的人民才会推崇你的美德。付出了才会有收获，你必须要学会战争的艺术，才能够赢得战争的胜利；你必须要坚持艰苦的劳作，才能够保持强健的体魄。”

“亲爱的赫拉克勒斯，她所描述的是一条十分崎岖而且漫长的道路。”那位轻浮的女子打断了白衣女子的话，径自说道，“你要耗费多少时光、走过多少艰辛的旅程才能够达到你的目标呢？而我却能直接将你带到成功的彼岸，让你享受成功的喜悦，这样你就会知道什么是最大的幸福。”“你是个只会说谎的女人。”白衣女子批评她道，“你根本不知道人生中真正的快乐、真正的幸福是什么，你只是想要不劳而获，不要以为这样就能够被称为幸福。事实上，你根本就没有体验过幸福，因为一切对你来说都是唾手可得的。你还没有感到饥饿就有美食可吃，还没有感到干渴就有美酒可饮，甚至还有柔软、舒适的床铺，但这些都无法给你带来满足感。你的朋友们沉溺于酣眠与美酒之中，白白浪费了美好的时光，等到他们年老的时候，他们就会觉得愧对于被自己虚度的青春。而轻浮的你虽然是不朽的神明，却无法引领凡人获得真正的幸福。因此，你不仅无法获得百姓的爱戴，还遭到了众神的唾弃。我恰好与你相反，我不仅受到了善良之辈的爱戴和众神的欢迎，还被艺术家们当做艺术的使者来膜拜，父母们则认为我是他们孩子的最忠诚的守护者，即使是仆人也把我看做是仁慈的象征，向我寻求帮助。在战争中，我是值得信任的盟友，我会引导人们走向和平；同时，我还是信念与忠诚的象征，是友谊的使者。我告诫年轻人，只有勤劳的人才能获得幸福，懒惰则会摧毁他们，使他们迷失在通往幸福的道路之上；我告诉他们，只有善于利用时间的人，才不会在年老的时候，因为悔恨于过往而感到痛苦不堪，那时，他们才是真正得到了幸福的人。而我就是引导他们找到幸福的使者，我让他们感受到神祇的恩宠，赢得朋友的尊重，得到人民的爱戴，受到国家的推崇。他们决不会默默无闻地离开人世，他们将戴着荣耀的光环死去，将荣耀留于世间，他们的事迹将被写入历史，而且他们将永远受到人们的尊敬和仰慕。亲爱的赫拉克勒斯，如果你选择了这样的道路，你将得到真正的幸福与快乐。”

那两位女子说完话之后就立刻消失不见了，赫拉克勒斯独自一人停留在原地思考着。最后，他决定选择那位拥有“美德”的白衣女子所指出的道路。很快，他就找到了一个做好事的机会。

最初的英雄行为

那个时候，希腊丛林密布，沼泽遍野，到处是凶恶的猛狮、公猪以及作恶的野兽。因此，清除这些怪兽是英雄们的目标之一。年轻的赫拉克勒斯听说，在基太隆山脚下，国王菲特律翁的牧场里，有一头可怕的狮子在为非作歹。于是，他全副武装，爬上了荒山，打死了狮子，剥下狮皮披在肩上，然后又把狮头割下来当头盔。

当他打猎凯旋时，途中遇到了明叶国王埃尔吉诺斯派出的使者。他们向底比斯人收取年贡，显然，对底比斯人而言，这是一个不合理的沉重负担。赫拉克勒斯把这些滥施淫威的使者们打翻在地，然后，把他们捆起来，送回去给底比斯的国王。埃尔吉诺斯蛮横地要求底比斯国王交出凶手。国王克瑞翁畏惧对方的势力，准备答应对方的要求。

而此时，赫拉克勒斯已经组织了一批勇敢的青年同他一起抵抗敌人。可是，他们手里却没有一件武器，因为明叶人为防止底比斯人叛乱，收缴了底比斯所有的武器。雅典娜女神看到这情况，便把赫拉克勒斯召进神庙，用自己的盔甲将他武装起来。神庙里还有不少武器，那是他们的祖先在战争中缴获的，随后作为战利品献到了这里。跟随赫拉克勒斯的青年们纷纷拿起武器，然后跟着赫拉克勒斯一起出征。他们只有一小队人马，而明叶人则有庞大的军团，兵力强大。

两支部队在狭窄的战场上展开了厮杀，明叶的士兵虽多，但由于战场狭窄根本无法施展，最后被彻底击溃，埃尔吉诺斯也战死沙场。可是，赫拉克勒斯的后父安菲特律翁也在战争中中箭身亡。战争结束后，赫拉克勒斯挺进明叶都城奥耳科墨诺斯，冲进城里，烧毁了王宫，毁坏了城池。全希腊人都为此而赞颂他。

底比斯国王克瑞翁为嘉奖赫拉克勒斯，把女儿墨伽拉许配给了他。后来墨伽拉为他生了三个儿子。诸神也送给这位半神半人的英雄许多礼物：赫耳墨斯送给他一把剑，阿波罗送给他一张弓，赫菲斯托斯送给他一个金箭袋，雅典娜则送给他一副崭新的青铜盾。

和巨人的战斗

对于众神的馈赠，赫拉克勒斯心中充满了感激之情，他想好好报答众神。不久，他找到了一个机会，那就是去打倒那些反对宙斯的巨人们。那些巨人是大地女神该亚和天神乌拉诺斯所生的，他们长相丑陋——面目狰狞、须发杂乱，而且他们没有脚，只有一条长有鳞片的尾巴拖在身后。这些巨人受该亚的唆使，反抗宙斯的统治。因为宙斯成为主神以后，把该亚的儿子提坦巨人们全都赶进了冥府中的塔耳塔洛斯，该亚因此对宙斯怀恨在心。那些被宙斯打入地狱的提坦巨人们曾经冲出过地狱，当他们在帖撒利的田野上出现时，连阿波罗都改变了太阳车行驶的方向，星星也都为之改变了颜色。

大地女神该亚对她的巨人儿子们鼓励道："为了你们的母亲，为了你们被压迫的兄弟，去复仇吧，我的孩子们。"她说："宙斯用闪电击中了提提俄斯，将刑罚施加于提提俄斯的身上，派了两只大雕去啄食他的肝脏；普罗米修斯也在被秃鹰啄食着肝脏，痛不欲生；阿特拉斯被罚去背负苍天；提坦巨人们则被巨大的铁链所锁住，无法动弹，受尽了折磨。我的孩子们，你们快去报仇吧，为了你们正在受难的兄弟们，快去解救他们！你们可以将我的身体作为武器，登上高耸入云的山巅，借此进入那在星光照耀下的众神所居住的城堡！阿耳克尤纳宇斯，你去和暴君战斗，夺下他手中权杖和闪电！恩刻拉多斯，你去征服大海，赶走波塞冬！律杜斯，你去抢来太阳神手里的缰绳，掌控住太阳！珀耳菲里翁，你去赶走众神，占领德尔斐的神殿，让它成为我们的领地！去吧，去复仇，去战斗！"巨人们听到母亲的命令，热烈的欢呼起来，就好像他们已经获取了胜利一样。他们跃跃欲试，冲上了帖撒利山，准备向天空发起攻击，反抗宙斯的统治。

就在巨人们想要向天空发动进攻的时候，彩虹女神伊里斯召集包括天神、水神以及住在地府中的命运女神在内的众神，让他们一同前去商讨对付巨人们的办法。冥后珀耳塞福涅从冥府离开，来到了诸神之山；冥后的丈夫——沉默的死者之王，也骑着他那不喜光明的骏马，向光芒四射的奥林匹斯圣山前进。诸神从四面八方纷纷而来，聚集在了奥林匹斯圣山之上，就好比居民们从各处涌出来来保卫他们的城市那般。

"各位神祇，大地女神如此恶毒地损害我们的名誉，如此卖力地反对我们，要和我们发起争斗，难道我们要坐以待毙吗？我们要和他们进行战斗！她派来多少个儿子，我们就要给她送回多少具尸体！"

宙斯刚讲完这一番话，就从天边传来了阵阵雷鸣，大地也开始剧烈地震动起来，这是该亚掀起了地震，以此表示对宙斯的反对。世界开始混乱不堪，就像回到了一片混乱的造世之初一般。巨人们疯狂地进行着破坏，他们拔掉了一座座高山，帖撒利的俄萨山、佩利翁山、俄塔山、阿托斯山都无一幸免地被他们破坏了。巨人们将拔掉的高山堆积起来作为阶梯，向天上爬去；他们拿着燃烧着的巨大木棒，用巨石作为武器，气势汹汹地爬上了奥林匹斯圣山。当与巨人们的交战迫在眉睫之时，神祇们得到了一个神谕：如果没有凡人参与到这场战争之中的话，那么巨人将无法被杀死，众神也就无法取得胜利。该亚收到这个消息之后，就想到了一个方法，可以使自己的儿子们能够免于被凡人所伤，因此她需要找到一种草药。然而宙斯却阻止了该亚的行为，他让朝霞、月亮和太阳收敛起光芒，让该亚难以在黑暗中找到她所想要寻找的草药，宙斯还派人抢先一步将那种草药割走并藏了起来。宙斯要求他的儿子赫拉克勒斯前来参战，并让雅典娜将草药交给了赫拉克勒斯。

巨人们和诸神的战斗在奥林匹斯圣山上正式展开。阿瑞斯坐在战车之上，身为战神的他率先冲锋陷阵，连战车前的骏马也被他的气势所感染，高声嘶鸣着冲向前面。他一手拿着锋利的长枪，一手执着明亮耀眼的金盾，冲向了敌人最为密集的地方，他盔甲上的羽毛也随着他的呐喊在风中发出声响。有着蛇尾的巨人帕洛罗斯被阿瑞斯一枪刺穿了心脏，还被阿瑞斯的战车碾过了身体。然而帕洛罗斯并没有就此死去，直到他看到了爬上奥林匹斯圣山上的赫拉克勒斯时，他的灵魂才离开了身体。赫拉克勒斯加入了战斗，他扫视着战场中狂暴的巨人，确定了自己的目标，然后举起弓箭射向了巨人阿耳克尤纳宇斯。阿耳克尤纳宇斯中箭后滚落到了大地之上，并因为大地的力量而复活了。赫拉克勒斯便按照雅典娜的嘱托继续追了过去，将复活过来的巨人举离了地面，阿耳克尤纳宇斯这才彻底死去。

就在这时，愤怒至极的巨人珀耳菲里翁狂暴地朝赫拉克勒斯发起了攻击，想要和他一决胜负。宙斯看到了这一幕，想出了一个计谋：他使这位巨人产生了想看一眼神后的念头，当珀耳菲里翁正要掀开赫拉的面纱之时，宙斯用雷霆击中了他，随即赫拉克勒斯便一箭射中了这位巨人，于是珀耳菲里翁当场倒地而死。战况已经发展到了如火如荼的地步，巨人们显得格外愤怒，眼中喷涌着火花的埃菲阿耳斯从巨人的队伍中冲了出来，要和赫拉克勒斯决一死战。

看着气势汹汹地冲过来的巨人们，赫拉克勒斯笑着对他身旁的阿波罗说道："来的真是时候啊，他正好可以成为我们箭靶。"说着，他和阿波罗一同举箭射向了巨人，埃菲阿耳斯的双眼被他们分别射中。律杜斯被酒神狄俄尼索斯用酒神仗打翻在地。刻吕提俄斯被赫菲斯托斯扔出的一把烧到极为灼热的铁弹所伤，当场毙命。想要逃走的恩刻拉杜斯被雅典娜举起的西西里岛压在了地上，无法动弹。波吕波特斯在大海上被波塞冬所追击，一直逃到了爱琴海的可斯岛，波塞冬于是劈裂了可斯岛的一角，将他埋在了下面。希波吕托斯被头上戴着地狱神普路同的战盔的赫耳墨斯杀死了。另外还有两个巨人也没能得以逃出生天，他们死于命运女神的铁棍之下。

剩下的巨人们或者是被赫拉克勒斯用弓箭射死，或者是被宙斯的雷霆击中而毙命。

这场诸神与巨人之间的战争终于以诸神的胜利而告终。而凡人赫拉克勒斯也因此立下了汗马功劳，为诸神所称赞。宙斯对所有参与了这场战争的神祇都授予了“奥林匹斯人”的勇者称号。宙斯与凡人女子所生的两个儿子也获得了这个光荣的称号，他们便是狄俄尼索斯和赫拉克勒斯。

勇斗尼密阿巨狮

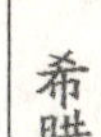

在赫拉克勒斯出生之前，宙斯曾在众神的会议上宣布，让珀耳修斯的第一个玄孙主宰珀耳修斯的其他子孙。他是想让自己和阿尔克墨涅所生的儿子得到这份荣誉。但是赫拉非常嫉恨赫拉克勒斯，于是她施展手段，让珀耳修斯的另一位玄孙欧律斯透斯提前出生，所以，欧律斯透斯得到了迈锡尼的王位，而后来出生的赫拉克勒斯成了平民。国王嫉妒他这位年轻兄弟拥有超人的能力和显赫的声名，于是将他召来，给他布置了一大堆难以完成的任务。这位半神半人的英雄不甘做凡人的奴仆，便离开家来到德尔斐，请求神谕。神谕昭示说：赫拉克勒斯必须完成国王交给的十项任务。任务完成后，他就可以升格为神。

赫拉克勒斯听到这个神谕，心里十分郁闷，因为替一个地位比自己低微的人服务，实在有损他的尊严。可是他又不敢违抗父亲宙斯的旨意。这时，一直对赫拉克勒斯怀恨在心的赫拉，乘机让赫拉克勒斯心头的郁闷变为野性的狂暴。赫拉克勒斯变得控制不了自己，他甚至想要杀害他所珍爱的侄儿伊俄拉俄斯。伊俄拉俄斯连忙逃走，但赫拉克勒斯在狂暴中用箭射死了自己和墨伽拉所生的孩子。过了很久，他才从疯狂中解脱出来。当看到自己闯下的大祸后，他陷入了深深的悲哀之中。他闭门不出，不见任何人。随着时光的流逝，他心头的痛苦终于有所减轻。他重新振作起来，决心去完成欧律斯透斯交给自己的任务。

国王交给赫拉克勒斯的第一个任务是：剥下尼密阿巨狮的皮。这头巨兽生活在尼密阿和克雷渥纳之间的大森林里。它凶猛异常，人间的任何武器都伤害不了它。有人说，它本是半人半蛇的女怪厄喀德那同巨人堤丰所生的儿子，还有人说它是从月亮上掉下来的。

接到命令后，赫拉克勒斯就准备去捕杀狮子了。他背着箭袋，一手持弓，另一只手拿着从赫利孔山上连根拔起的橄榄树做成的木棒。几天后，他终于来到尼密阿和克雷渥纳之间的大森林里。他在林间四下寻找，想在狮子发现他之前，先袭击它。可是他转了一圈周围根本没有狮子的足迹，也不见一个人影。其实，人们由于害怕早就不敢走近这里了。傍晚时分，狮子终于在一条林中小路上出现了。它刚刚捕食回来，肚子鼓鼓的，头上、鬣毛上和胸脯上还滴着点点鲜血，舌头舔着嘴唇上的血，看样子吃得很饱，准备回窝休息。赫拉克勒斯悄悄地躲进茂密的树丛里。当狮子一步步靠近时，他便用箭头瞄准它的腰部，然后将箭射出。然而，他射出的箭就像射在石头上一样折了回来。狮子呲起牙，昂着头，转动着眼睛四下张望。现在，它正好把胸脯对着赫拉克勒斯。赫拉克勒斯对准它的心脏处射去第二支箭。然而，箭依然伤不了它。赫拉克勒斯正要射第三支箭时，狮子已经发现了他。它愤怒地夹起长尾巴，脖颈因狂暴而膨胀，鬣毛直竖，它弓起背，瞪着血红的大眼，狂吼着，向它的敌人扑来。

赫拉克勒斯扔下手中的箭，丢掉披在身上的狮皮，抡起木棒朝狮子头狠狠打去。狮子被击中脖子后，倒在地上。但它随即跳了起来，朝赫拉克勒斯猛扑过去，不过它却扑了个空，重重地摔在地上。随后它四肢颤抖着站起来准备再次进攻，赫拉克勒斯不等它恢复，立即冲了上去。他干脆将所有的武器都扔在地上，腾出双手，抱住狮子的脖子，狠命地卡住狮子的喉咙。狮子挣扎了好一阵儿，终于断了气。但是，任何铁器都无法在狮子身上划出一道口子，赫拉克勒斯费尽周折也没有将狮皮剥下来。最后，他想了一个好办法，用狮子的利爪划破狮皮，终于将狮皮剥了下来。后来，他用这张奇异的狮皮缝制了一件盔甲，还做了一只新头盔。他把所有的武器都收拾好，把尼密阿巨狮的狮皮披在肩上，凯旋而归。

赫拉克勒斯披着可怕的狮皮回到迈锡尼时，国王欧律斯透斯吓得双腿打颤。从此，国王再也不敢让赫拉克勒斯走近自己，给赫拉克勒斯的各项命令都由珀罗普斯的儿子库泼洛宇斯为他转达。

除掉九头蛇许德拉

赫拉克勒斯接到的第二个任务是杀死九头蛇许德拉。许德拉是堤丰和厄喀德那所生的女儿。她身躯硕大，凶猛异常，是个九头蛇怪。她的九个头中有八个是可以再生的，而第九个，即中间直立的一个却是杀不死的。这个蛇怪是在阿耳哥利斯的勒那沼泽地里长大的，她常常爬到岸上，糟蹋庄稼，危害牲畜。

赫拉克勒斯又一次踏上了征程。这次他驱车前往，他的侄儿伊俄拉俄斯为他驾车。伊俄拉俄斯是他的堂兄弟伊菲克勒斯的儿子，一直跟随在他身边，是他的得力助手。车子急匆匆地朝勒那驶去。到了阿密玛纳泉水附近的山坡前，他们看到许德拉蛇怪正在洞内。伊俄拉俄斯急忙勒住马的缰绳，马车停了下来。赫拉克勒斯跳下车来朝洞内一连射了几箭，九头蛇怪被引出洞来，她高昂着九个头，嗞嗞地嘘着气冲到赫拉克勒斯的面前。赫拉克勒斯毫无畏惧地迎上去，一把扭住她的身子，卡得紧紧的。然而，这时赫拉克勒斯的一只脚却猛地被她缠住。赫拉克勒斯举起木棒狠击蛇头，但是打碎一个，马上就会长出一个。同时，许德拉的一只巨蟹也跑来助战，它用巨钳狠狠钳住赫拉克勒斯的脚。赫拉克勒斯大怒，挥棒将它打死，同时，呼喊伊俄拉俄斯上前援助。伊俄拉俄斯举着火把奔过来，将附近的树林点着，然后用燃烧的树枝灼烧刚长出来的蛇头，不让它长大。赫拉克勒斯则乘机砍下许德拉的那颗不死的头，将它埋在土中，上面用一块巨石压着。接着，他又将蛇身劈成两段，并把箭浸泡在有毒的蛇血里。从那以后，凡是被他的箭射中的敌人再也无药可医。

力擒刻律涅亚山上的牝鹿

欧律斯透斯发出的第三个任务，是要赫拉克勒斯生擒刻律涅亚山上的牝鹿。这只牝鹿是狩猎女神阿耳忒弥斯在首次打猎时捉到的五只牝鹿之一，其金角铜蹄，体态轻盈，奔跑如飞。当年只有它被放回了树林。整整一年时间，赫拉克勒斯对这只牝鹿紧追不放，一直将它追到北极净土族人居住的地方和伊斯忒河的发源地。据说，在那里太阳一年只出来一次。最后，赫拉克勒斯终于在安罗埃城附近，邻近阿耳忒弥斯山的拉同河岸上追上了牝鹿。为了让它停下来，他不得不朝它的腿射了一箭。然后，他将因受伤而不能奔跑的牝鹿逮住，扛在肩上往回走。然而，他刚刚喘了口气，就遇到了女神阿耳忒弥斯和她的哥哥阿波罗。女神责问他为什么捕捉她的牝鹿，夺走她的猎物。

“伟大的女神，这不是我在胡闹，”赫拉克勒斯辩解道，“我也是出于无奈，不然我怎么能完成欧律斯透斯交给我的任务呢？”

女神的怒火总算平息了。赫拉克勒斯扛着活牝鹿回到迈锡尼。

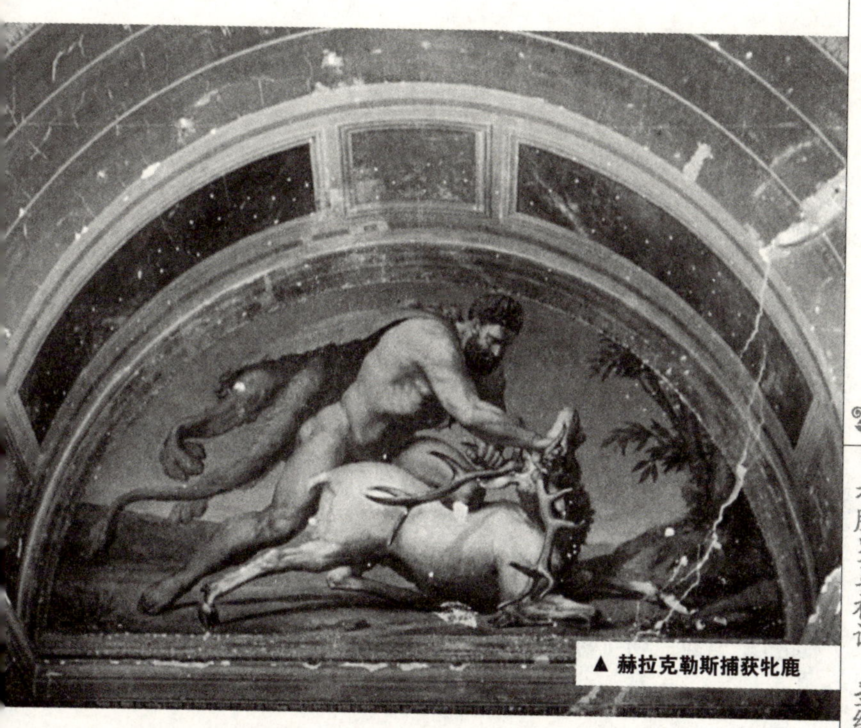
▲ 赫拉克勒斯捕获牝鹿

活捉厄律曼托斯山的野猪

国王交给赫拉克勒斯的第四个任务是：活捉厄律曼托斯山的野猪，将它完好地带回迈锡尼。这头野猪原是用来给女神阿耳忒弥斯献祭的圣物，但是后来它却在厄律曼托斯一带四处乱窜，危害甚大。

在前往厄律曼托斯的途中，赫拉克勒斯经过半人半马的肯陶洛斯人的聚居处，来到森林之神西勒诺斯的儿子福罗斯的家中。福罗斯热情地端出一盆烤肉款待客人，自己则吃生的。赫拉克勒斯希望用美酒伴佳肴，福罗斯听后笑着说："尊贵的客人，在我的地下室里倒是有一桶酒，不过它属于我们全体肯陶洛斯人。我不敢自作主张将它打开，因为我知道我们半人半马的肯陶洛斯人并不慷慨。"

“打开吧，我现在实在口渴难忍！”赫拉克勒斯说，“我答应你，保护你不被他们攻击。”

原来，这桶酒是酒神狄俄尼索斯亲自送给一个肯陶洛斯人的，并嘱咐他要在第四代马人后赫拉克勒斯到来时才能打开。然而，人们却不知道面前这个人就是他们要等的人。

于是，福罗斯走进地下室。他刚将酒桶打开，马人们便闻到一股扑鼻的酒香，于是都拿着石块或木棒一齐涌来，把福罗斯的地下室团团围住。赫拉克勒斯拿起木棒将第一批肯陶洛斯人打了回去，又射箭追击余下的人，一直追到伯罗奔尼撒半岛东南角的玛勒河，伟大的马人喀戎就住在这里。而喀戎实际上是赫拉克勒斯的老师和年轻时的好友。肯陶洛斯人纷纷逃进喀戎家里，寻求庇护，赫拉克勒斯朝人群射去一箭，箭头擦过一个马人的手臂，射中了喀戎的膝盖，这时他才发现射中了老朋友。他急忙给朋友拔下箭，然后又用精通医术的喀戎自己调制的药膏涂在伤口上。然而，箭伤却无法医治，因为赫拉克勒斯的箭已浸过许德拉的毒血。喀戎让兄弟们将自己抬回洞穴，希望能够死在朋友的怀里。但是连这个愿望也是不可能实现的，因为他拥有不死的生命，他将不得不永远忍受着伤痛的折磨。赫拉克勒斯含泪告别了喀戎，答应不管付出怎样的代价，也要请死神满足老朋友的愿望，让他从痛苦中解脱。他解救了普罗米修斯之后，才终于实现了自己的这个诺言。

赫拉克勒斯继续上路去寻找野猪。他来到厄律曼托斯山，大声吼叫，野猪闻声窜出丛林，他在后面追赶，一直将它赶到雪地里。经过一番搏斗，赫拉克勒斯终于把筋疲力尽的野猪套住。他依照国王欧律斯透斯的命令将活的野猪送回了迈锡尼。

清扫奥革阿斯的牛棚

赫拉克勒斯很快又接到了第五项任务：一天之内把奥革阿斯的牛棚打扫干净。奥革阿斯是伊利斯国王，他养有三千多头牛。他的牛全都被关在宫殿前面的牛棚里，多年来牛棚里面堆满了牛粪。赫拉克勒斯不知道该怎么做，才能在短短的一天之内将牛粪清除干净，但他还是上路了。

赫拉克勒斯来到国王奥革阿斯那里，表示愿意为他清扫牛棚，但他没有说这是欧律斯透斯交给他的任务。奥革阿斯一眼就察觉到这位身披狮皮的魁梧男子身上有一股英雄之气，想到这样一位高贵的武士竟然愿意干这样一件事，他禁不住笑了起来。国王说："听着，外乡人，如果你真能在一天之内将宫殿前面的牛棚清扫干净，我会把牛群的十分之一送给你。"

事实上，在来的路上，赫拉克勒斯已经想到清扫牛棚的办法了。所以，当他听到国王的许诺后，就立即找来国王的儿子菲洛宇斯，让他做证人。然后他在牛棚的一边挖了一条沟，把佩纳俄斯河和阿尔弗俄斯河的河水引了进来。很快，河水流经牛棚，把里面的大堆牛粪冲走，并将牛棚清洗得干干净净。结果，他连手都没有弄脏，就完成了任务。

这时，奥革阿斯听说赫拉克勒斯是奉欧律斯透斯之命来做这件事的，便否认自己许过给赫拉克勒斯报酬的诺言，还说，对方如不服，他们可以对簿公堂。在法庭上，奥革阿斯的儿子菲洛宇斯出庭作证，宣称那是真的，他的父亲答应给赫拉克勒斯重赏。奥革阿斯怒火冲天，没等法官作出判决，就将自己儿子和外乡人赶出了他的王国。

驱赶斯廷法罗斯湖的怪鸟

赫拉克勒斯完成了任务，高高兴兴地回到欧律斯透斯那里，可是国王却宣布这次任务不能算数，因为赫拉克勒斯要求报酬。他又交给赫拉克勒斯第六项任务，即赶走斯廷法罗斯湖的怪鸟。这是一种巨大的鸟，长着铁翼、铁嘴和铁爪，凶猛异常。它们的铁嘴甚至能够啄破最结实的青铜盾，其抖落的羽毛犹如射出的利箭。它们栖息在阿耳卡狄亚的斯廷法罗斯湖畔，伤害了无数的人畜。

赫拉克勒斯又动身上路了。不久，他便来到了四周全是密林的斯廷法罗斯湖畔。那群怪鸟见到赫拉克勒斯，在林中惊恐地盘旋着，不肯降落。赫拉克勒斯眼睁睁地看着头顶的鸟儿，却无法制伏它们。这时，有人在他的肩膀上轻轻地拍了一下，他回头一看，发现雅典娜正站在自己背后。她交给他两面大铜钹，那是赫菲斯托斯专门为她制造的。她教会赫拉克勒斯如何使用铜钹驱赶怪鸟后就不见了。于是，赫拉克勒斯爬上湖旁的一座小山，使劲地敲起铜钹恐吓怪鸟，鸟儿们受不了这刺耳的声音，都尖叫着飞出树林。赫拉克勒斯立即弯弓搭箭，连射几箭，几只怪鸟应声落地，其他的则急忙飞走了。它们飞过大海，一直飞到了阿瑞蒂亚岛，此后再也没有回来。

制伏克里特岛的公牛

克里特的国王弥诺斯向海神波塞冬许诺，要用海里出现的第一个动物为他献祭，因为弥诺斯认为在自己的国土上没有一种动物值得献给这位伟大的神灵。波塞冬深受感动，于是施展神力让一头健壮的公牛从海浪里冒出来。弥诺斯见到这头公牛后，十分喜欢，实在舍不得拿出去献祭，于是悄悄将它混在自己的牛群里，然后用另一头公牛代替它给波塞冬做了供品。海神大怒，他让这头海里来的公牛变得疯狂起来，在克里特岛四处乱窜，大肆破坏。欧律斯透斯便让赫拉克勒斯去驯服岛上的公牛，将它带回自己的国家。这就是赫拉克勒斯的第七项任务。

赫拉克勒斯来到克里特岛，见到了国王弥诺斯。听了他的来意，弥诺斯高兴极了——他早就为这头公牛伤透了脑筋，巴不得有人为他除掉这个祸害。国王甚至亲自帮助赫拉克勒斯抓这头发了狂的公牛。赫拉克勒斯利用自己非凡的力量，将狂暴的公牛驯得服服帖帖的，然后骑在牛背上，如同坐船航行一般，从这里回到了家乡。

欧律斯透斯国王看了公牛后十分满意，但他随后又将它放了。公牛脱离了赫拉克勒斯的控制后，又变得狂暴起来。直到很久以后，它才被希腊英雄忒修斯制伏。

驯服吃人的牝马

赫拉克勒斯的第八项任务，是同神祇使者赫耳墨斯之子阿珀特洛斯一起将狄俄墨得斯的一群牝马带回迈锡尼。

他们要去的是好战的皮斯托纳人居住的国土，国王狄俄墨得斯是战神阿瑞斯的儿子。他养了一群狂野凶猛的牝马，他用铁链子将它们紧锁在铁制的马槽上。他给牝马喂的不是普通马儿吃的燕麦，而是无辜的外乡人。赫拉克勒斯来到这里，首先打败了管理马厩的卫士，然后将残暴成性的国王扔进马槽。这些牝马把国王吃掉以后，立即变得驯服起来。它们规规矩矩地听从赫拉克勒斯的指挥，一直被赶到海边。突然，赫拉克勒斯听到背后传来一阵嘈杂声，原来是皮斯托纳的大队人马追上来了。赫拉克勒斯赶

紧做好战斗准备，并将马匹交给同伴阿珀特洛斯看管。然而，赫拉克勒斯一离开，牝马就又变得狂暴起来。当赫拉克勒斯打退了皮斯托纳人回来时，同伴已经不在了，只剩下一堆尸骨，原来他已被牝马吃掉了。赫拉克勒斯万分难过，为纪念自己的朋友，他在附近造了一座阿珀特拉城。最后，他又制伏了这些牝马，顺利地将它们交给欧律斯透斯。欧律斯透斯将这些马献祭给天后赫拉。后来这些牝马不断生育马驹，长期繁衍下来。相传马其顿的国王亚历山大骑过的一匹马就是它们的后代。

完成这项任务后，赫拉克勒斯便随同伊阿宋等希腊英雄们去科尔喀斯夺取金羊毛了。

征服亚马孙女人

赫拉克勒斯跟随伊阿宋在海上经历了一段冒险的生活之后，欧律斯透斯国王又交给他第九项任务。欧律斯透斯有个女儿，名叫阿特梅塔。欧律斯透斯让赫拉克勒斯为阿特梅塔夺取亚马孙女王希波吕忒的腰带。亚马孙国位于本都的特耳莫冬河两岸，是一个妇人国。她们买卖男人用来生育，将生下的女孩留下，养育成人。长期以来，这个民族就尚武好斗。女王希波吕忒佩带的腰带是战神亲自赠给她的，是女王权力的象征。

赫拉克勒斯召集了一批志愿参战的男子汉，远渡重洋去冒险。历经许多波折后，他们驾船进入黑海，最后驶入特耳莫冬河口，又顺流而上，来到亚马孙人的港口特弥斯奇拉。在这里，他们遇到了亚马孙人的女王。女王被赫拉克勒斯的堂堂仪表和英雄气概所震慑。听说他们远道而来的目的后，她爽快地将腰带送给了赫拉克勒斯。

但是，天后赫拉为了阻挠赫拉克勒斯，把自己扮成一个亚马孙女子，在人群中散布谣言，说有个异乡人想要劫持她们的女王。这个谣言激怒了好战的亚马孙人，她们即刻骑上马，袭击住在城外帐篷里的赫拉克勒斯。一场恶战开始了。勇敢的亚马孙女人与赫拉克勒斯的随从杀成一团，另有一批久经沙场的女子冲过来，将赫拉克勒斯团团围住。与赫拉克勒斯交手的第一个女子叫阿艾拉，人称旋风姑娘，她奔跑如风，机敏异常。但赫拉克勒斯比她跑得更快。她败下阵来逃跑时，被赫拉克勒斯追上并杀死。第二名女子刚一出手，就被打倒了。这时一个名叫珀洛特埃的女子上来了，她在个人对阵中七次获胜，但这次她很快就被打死了。随后又上来八名女子，其中三个曾参加过阿耳忒弥斯狩猎，投枪可谓百发百中。可是如今她们却失去了昔日的风采，被赫拉克勒斯一一击败。最后，连亚马孙首将、英勇善战的麦拉尼泼也被赫拉克勒斯活捉。至此，亚马孙女人彻底溃败，四散而逃。

女王希波吕忒献出了腰带，那是在战前她已答应过的。赫拉克勒斯将其收好，同时放回了麦拉尼泼。

赫拉克勒斯在回国的途中——特洛伊海岸上又经历了一次冒险。当时，他正要把船靠岸，忽然发现岸边的一块岩石旁绑着一个姑娘。这位姑娘正是特洛伊国王拉俄墨冬的女儿赫西俄涅。原来海神波塞冬曾经给特洛伊国建造城墙，但国王却吝惜钱财，没有付给他原本答应过要给的报酬。海神大怒，派海怪践踏土地，危害生灵，国王拉俄墨冬在绝望中被迫交出女儿，以换取国内的太平。赫拉克勒斯到来后，国王连忙请求他帮助，并对他承诺，只要他救出自己的女儿，就将宙斯送给自己父亲的一匹骏马送给他。赫拉克勒斯爽快地答应了。

赫拉克勒斯埋伏在海怪出没的地方，等待着。海怪终于出现，它张开血盆大口向姑娘猛扑过来。这时，赫拉克勒斯一跃而起，跳进它的喉咙，钻进它的肚子，用刀在它腹内乱割，之后从它的身上挖了个洞爬了出来。海怪被杀死，姑娘得救了。可是拉俄墨冬这次又说话不算数，没有送上那匹骏马。赫拉克勒斯讲了一些恐吓的话后，愤然离去。

牵回巨人的牛群

赫拉克勒斯将女王希波吕忒的腰带交给国王欧律斯透斯后，还没来得及喘口气，国王又派他去牵回革律翁的牛群。革律翁是伽狄拉海湾厄里茨阿岛上的巨人，他身体高大如山，有三个身体、六只手臂、六条腿，勇猛无比，至今还没有遇到过一个对手。革律翁拥有一群棕里透红的牛，由另一个巨人和一只双头猎犬替他看管。除此之外，众所周知，革律翁的父亲克律萨俄耳还是全意卑利亚的国王（意卑利亚后来分成西班牙和葡萄牙）。这个国家以富有闻名于世，国王外号叫“黄金宝剑”。革律翁还有三个身体高大的勇猛兄弟，他们每人统率一支威武善战的军队。正是因为这些原因，欧律斯透斯国王才交给赫拉克勒斯这样一个任务，他希望赫拉克勒斯在这个国家被打死。但赫拉克勒斯毫不畏惧，不过他也深知要完成这项艰巨的任务需要进行周密的准备。他组建了军队，在克里特岛上召集那些被他从野兽口中救出的青年，然后乘船在利比亚登陆。在这里他遇到了巨人安泰俄斯。

安泰俄斯是地母该亚与海神波塞冬所生的儿子。凡经过利比亚的人，都必须同他格斗。可是，对手很难打败他，因为在格斗时，只要他不离开大地，大地母亲就能供给他力量。赫拉克勒斯在第三次打倒安泰俄斯后，终于发现了这个秘密。于是，他用强健的手臂将安泰俄斯高举在空中，然后将他掐死。

随后，赫拉克勒斯穿过广阔的沙漠，终于来到一个物产丰富的地区。在这里他建立了一座巨大的城市，即赫卡托姆皮洛斯，意为百座城门。后来，他到了大西洋，在当地竖起了两根石柱，即闻名于世的赫拉克勒斯石柱。由于当地赤日炎炎，酷热难当，赫拉克勒斯还萌生要把太阳神射下来的念头。太阳神十分佩服他的大无畏精神，于是借给他一只金钵——这本是太阳神夜晚旅行时用的宝物。赫拉克勒斯乘坐金钵渡海到达意卑利亚。他的战船也鼓起帆，在他身旁紧紧相随。

在那里，克律萨俄耳的三个儿子已经率领了三支军队在等着他了。赫拉克勒斯纵身一跃冲上海岸。他不是去与军队对阵，而是先把他们的首领一个个打倒在地，然后杀死。敌人四散而逃，随后他占领了他们的国土。之后，他来到厄里茨阿岛，革律翁与他的牛群就在这里。那只双头猎犬首先发现了生人，狂吠着扑了上来。赫拉克勒斯抡动木棒，打死了恶犬。看守牛群的巨人见猎犬被打死，奔上来挑战，也被一棒打死。赫拉克勒斯连忙冲过去赶起牛群，离开了那里。但是，革律翁很快追了上来，随后双方进行了一场激战。赫拉也前来援助革律翁。赫拉克勒斯毫不客气地射出一箭，该箭正中赫拉的胸部。赫拉大惊，慌忙逃走。赫拉克勒斯又朝革律翁发出一箭。这个三体巨人在三个身体连接的腹部中了致命的一箭，倒地身亡。

在归来的途中，赫拉克勒斯赶着牛群经过意大利南部的勒奇翁姆时，一头公牛逃走了，它泅过海峡到了西西里岛。赫拉克勒斯马上赶着其余的公牛下了水。他抓住一只牛的牛角，泅水到了西西里，又经历了多次冒险，终于顺利穿过意大利、伊利里亚和特拉刻，最后回到希腊。

现在，十项任务已经完成，然而赫拉克勒斯却必须再补做两项，因为欧律斯透斯认为有两项任务是不能算数的。

摘取金苹果

当初，宙斯跟赫拉结婚时，为表示祝贺，神祇们都给他们送上了礼物。大地女神该亚从西海岸带来一棵枝繁叶茂的大树，树上挂满了金苹果。这个礼物让众神眼前一亮，更赢得了新婚夫妇的欢心。后来，夜神的四个女儿——她们有一个共同的名字，叫赫斯珀里得斯，被指派看守栽种这棵树的圣园。和她们一起负责看守的还有巨龙拉冬。拉冬从不睡觉，而且有一百张嘴，能发出一百种不同的声音，因此它走动时，人们老远就能听到震耳欲聋的响声。遵照欧律斯透斯的命令，赫拉克勒斯必须从巨龙那儿摘取赫斯珀里得斯看守的金苹果。

赫拉克勒斯踏上了旅途。和前几次不同的是，他这次出行全靠运气和机遇，因为他不知道赫斯珀里得斯到底住在哪里。他穿过伊利里亚，跨过埃利达努斯河，在河岸上他见到了一群山林水泽女神，她们是宙斯与忒弥斯的女儿。赫拉克勒斯向她们问路。“你去找老河神涅柔斯，”女神们说，“他有神奇的预言本领，知道一切事情。你要在他睡觉时袭击他，把他捆起来，然后他就会告诉你实情。”

尽管河神变化多端，本领高强，但赫拉克勒斯按照女神的建议很快便制伏了他。直到问清了在哪里可以找到赫斯珀里得斯看守的金苹果，赫拉克勒斯才放了他。

随后，赫拉克勒斯又穿过利比亚和埃及，一路上又立下许多英雄业绩。后来，他来到高加索山，释放了被缚的普罗米修斯。按照这个伟大的提坦神所指的方向，他来到阿特拉斯背负青天的地方。赫斯珀里得斯看守金苹果的圣园就在那儿附近。普罗米修斯曾建议赫拉克勒斯最好不要亲自去摘金苹果，要派阿特拉斯去完成这件事。赫拉克勒斯便答应替阿特拉斯背负一段时间的青天以做交换。阿特拉斯把肩扛天空的重担交给了赫拉克勒斯，朝圣园走去。他设法使得巨龙入睡，并挥刀将它杀死，接着又骗过看守的仙女们，摘了三个金苹果，高高兴兴地回到赫拉克勒斯面前。

他对赫拉克勒斯说："我早尝够了扛天的滋味，现在终于体会到了没有重负的轻松，我不愿再扛了。"说完，他将金苹果扔在赫拉克勒斯脚前的草地上，甩手就要离开。赫拉克勒斯急中生智，喊道："喂，我想找一块软垫放在头上，不然，这副重担会把我的脑袋压炸的。"阿特拉斯觉得这个要求还算合理，就同意代他再扛一会儿，于是接过了天空。不过，要等赫拉克勒斯来接替他是不可能的了，因为赫拉克勒斯早已从草地上捡起金苹果，迅速地离开了。

赫拉克勒斯将金苹果带给了国王欧律斯透斯。国王看到赫拉克勒斯又活着回来了，感到十分懊丧，因为他原本希望赫拉克勒斯在摘取金苹果时被龙咬死。其实，他并不喜欢金苹果，所以就把它们送给了赫拉克勒斯。赫拉克勒斯把金苹果供在雅典娜的圣坛上。女神又把这些圣果送回原地，让赫斯珀里得斯继续看管。

带回地狱恶狗

赫拉克勒斯创立了那么多的英雄业绩，免除了人们的许多苦难，人们对他都十分感激。但这些却让欧律斯透斯十分恼怒，因为他一直没能除掉自己的竞争对手，反而帮他赢得了荣誉。现在，他又想出了最后一个恶毒的任务，即要赫拉克勒斯去和地狱里看门的恶狗刻耳柏洛斯拼斗，并把它带回来。这条狗有三颗头，嘴里滴着毒涎，身后长着一条龙尾，头上和背上的毛全是盘缠着的条条毒蛇。

赫拉克勒斯明白这个任务的危险性，于是积极做着准备。他

首先来到阿提喀的厄琉西斯城，那里的祭司精通阴阳世界的秘密之道。他在这个神圣的地方洗却了杀害肯陶洛斯人的罪孽，然后听取祭司奥宇莫尔珀斯传授的秘道，获得了神奇的力量，因而不再惧怕阴森恐怖的地狱。传说在伯罗奔尼撒半岛南部的忒那隆城，有一个去往地狱的入口。于是他来到这里，由亡灵引导神赫耳墨斯带着，下降到深渊里，来到冥王哈得斯的都城。许多悲哀的阴魂在城门前转悠着，它们一看到有血肉的人，立即吓得四散而逃。只有戈耳工怪物墨杜萨和墨勒阿革洛斯的灵魂敢于面对生灵。赫拉克勒斯挥剑朝戈耳工砍去，赫耳墨斯一把抓住他，告诉他说死人的灵魂是空洞的影子，是不会被剑刺伤的。

赫拉克勒斯来到死城的门口，冥王哈得斯亲自出马拦住了赫拉克勒斯。赫拉克勒斯只好朝哈得斯射去一箭，哈得斯的肩膀被射中，痛得他如同凡人一样乱跳乱叫。他领教了赫拉克勒斯的厉害，所以当赫拉克勒斯要他交出地狱恶狗刻耳柏洛斯时，他没有拒绝，只是提出了一个条件：不能使用武器。赫拉克勒斯同意了。接着，赫拉克勒斯只穿了胸甲，披着狮皮，空着手去制伏恶狗。在冥河的河口上，他见到了那条三头狗。它昂起三颗头对着来人狂吠，回声如同霹雳。赫拉克勒斯跃上狗背，用双腿夹住三颗狗头，手臂扭住狗脖子，不让它逃脱。然而狗的尾巴完全是条活龙，不断地扭动，妄图抽击他，咬他。赫拉克勒斯始终紧紧地卡住狗脖子，使它难以呼吸，最终制伏了恶狗。他举起狗，带它离开冥府，回到了阳间。一见到阳光，地狱恶狗刻耳柏洛斯立刻害怕得吐出了毒涎。毒涎滴到地上，长出了带剧毒的乌头草。

赫拉克勒斯用铁链拴住刻耳柏洛斯，将它带到国王欧律斯透斯的面前。欧律斯透斯惊讶得说不出话来，现在他才相信，要除掉宙斯的这个儿子简直是妄想。于是他只好听凭命运的安排，并吩咐赫拉克勒斯将地狱恶狗送回地府，还给它的主人。

赫拉克勒斯和欧律托斯

赫拉克勒斯经过种种艰辛，排除无数障碍，终于完成了国王欧律斯透斯交给他的任务，不必再受国王的奴役了。

他早就喜欢上攸俾阿岛俄卡利亚国王欧律托斯的漂亮女儿伊俄勒了。他在童年时曾跟欧律托斯学习射箭。有一天，国王宣布，如果有人在箭术上超越他和他的儿子，便可以得到他的女儿。赫拉克勒斯闻讯赶到俄卡利亚，成了众多竞赛者中的一员。在比赛中，他力压群雄，不仅胜过了国王的儿子，而且还胜过了老师欧律托斯。国王隆重地接待了赫拉克勒斯，但却不愿把女儿嫁给赫拉克勒斯。国王推托说，他需要更多的时间来考虑一下这桩婚事。欧律托斯的大儿子伊菲托斯与赫拉克勒斯同龄，他对赫拉克勒斯的为人和箭术都赞不绝口，还劝父亲接纳赫拉克勒斯，兑现承诺。但欧律托斯固执己见，始终不肯答应，赫拉克勒斯深受打击，只好离开了王宫，四处漂泊。

不久，国王欧律托斯的牛群被一个盗贼偷走了。这个盗贼应该是狡诈的奥托吕科斯，因为有许多证据证明这件事就是他干的。可是欧律托斯却不相信，还恼怒地说：“不会是别人，肯定是赫拉克勒斯干的。我不答应把女儿嫁给他，他就干出了这样卑鄙的勾当来报复！”伊菲托斯极力为朋友辩护，婉言劝说父亲，并表示自己愿意同赫拉克勒斯一起去寻找被盗走的牛。欧律托斯虽然不太乐意，但还是同意了。于是，伊菲托斯就出发了。

赫拉克勒斯见伊菲托斯来找自己，十分高兴，还热情地招待了王子，并答应一起去寻找牛。但是，他们一直没有收获，只好往回走。当他们爬上提任斯的城墙，想居高临下地察看丢失的牛时，赫拉克勒斯的疯病突然发作了。原来，嫉妒他的赫拉使他神志不清，让他把忠诚的伊菲托斯当成其父的同谋，从高高的城墙上推了下去。

清醒过来的赫拉克勒斯看到了自己的朋友伊菲托斯的尸体，明白了这是自己在发狂时所犯下的罪行，十分自责，可是一切都无法挽回了。

赫拉克勒斯和阿德墨托斯

就在伊菲托斯死后不久，一件奇怪的事情发生了。

在帖撒利的弗赖城中，居住着一个国王以及他的王后，这位国王是斐瑞斯的儿子，名叫阿德墨托斯，他品行高贵，而他的王后则名叫阿尔刻提斯，是一位十分年轻、漂亮而又忠贞的妻子，她比任何人都爱阿德墨托斯。当初，有一位名为阿斯克勒庇俄斯的神医，因为医术高超而为宙斯所忌惮。宙斯害怕有一天阿斯克勒庇俄斯连死去的人都能救活过来，便用雷电劈死了他。阿波罗得知此事之后非常悲痛，因为阿斯克勒庇俄斯是他的儿子，所以他决心要为自己的儿子复仇，就把为宙斯锻造雷霆之杖的独眼巨人杀死了。阿波罗害怕宙斯报复自己，便逃出了奥林匹斯圣山。当阿波罗在人间寻找避难所的时候，他遇到了国王阿德墨托斯，阿德墨托斯热情地接待了阿波罗，并让他留下来看管城里的牛羊。后来，宙斯赦免了阿波罗的罪过，阿波罗便成了阿德墨托斯的守护神。

一天，阿波罗预知到阿德墨托斯寿数将尽，为了让阿德墨托斯免于遭受地狱之苦，阿波罗便去恳求命运女神拯救阿德墨托斯。命运女神答应帮助阿德墨托斯逃脱死亡，但是这需要有一个人愿意替他死去，代他前往冥府。阿波罗得知了这个方法以后，就离开了奥林匹斯圣山，来到了弗赖城。阿波罗找到自己的老朋友阿德墨托斯，向其告知了他即将老死的消息，并将逃避死亡的方法告诉了他。

阿德墨托斯为人正直，不过他也同其他人一样热爱自己的生命，于是他便希望能找到一个愿意为他赴死的人。他的家人和臣民得知自己的国王即将死去的消息时，都感到十分吃惊和悲哀。只是，尽管他们都不愿失去这样一个受人爱戴的国王，却没有一个人愿意为他而死，他们不愿意承担这个责任。即使是阿德墨托斯那年迈的母亲和父亲，就算知道自己的儿子将不久于人世，他们也不愿意奉献出自己仅存的一点儿生命，来换取儿子的性命。唯有深爱着阿德墨托斯的阿尔刻提斯在这时站了出来，年轻貌美的她表示，愿意放弃自己的生命来挽救自己的丈夫。

阿尔刻提斯刚刚说完，死神塔纳托斯就来到了王宫，准备取走她的性命了。而阿波罗因为不愿被死神玷污自己的圣洁，所以在塔纳托斯刚到来的时候，就已经离开了王宫。美丽的阿尔刻提斯决心代替自己的丈夫死去，将自己作为交给死神的祭品。她在沐浴之后，换上了只有在节日时才会穿的美丽服装，戴上了精美的首饰，然后走上祭坛向地府女神进行祷告，表示自己愿意代阿德墨托斯承受地狱之苦。随后，她深情的拥抱了自己的丈夫和孩子，独自走向小屋，准备在那里接受地府使者的指引。

临死前，阿尔刻提斯对她的丈夫深情地说道："在这最后的时刻，我愿意诚实的告诉你，我对你的爱胜过了一切。即使是失去自己的生命，我也不愿意失去你；如果失去了你，我也不会愿意独自活下去的。所以，我愿意为你而死。但是，你的父母却没有为你做出这种理所当然的牺牲，他们无情地背叛了你。如果他们能够代你赴死，你就不至于沦落到要孤独地生活下去的境地了，也不需要独自一人抚养我们的孩子。但是既然命运安排我们遭受这分离之苦，我们也只能屈服。我唯一的心愿就是希望你不要忘记我为你所做出的牺牲，并且我希望你能够答应我，为了让我们的孩子能够免遭虐待，请不要将他们交给任何一位继母。”

阿德墨托斯哭泣着向那即将代他而死的妻子发誓，承诺他永远不会忘记她以及她给予他的恩德。他告诉阿尔刻提斯，她将永远是他唯一的妻子，无论生死。阿尔刻提斯把哭泣着的孩子们交给了自己的丈夫，然后便死去了。

国王的妻子去世了，整个国家都陷入了一片悲痛之中，王宫中准备着王后的葬礼。这时赫拉克勒斯刚好游历到弗赖城，还来到了王宫。阿德墨托斯强忍着悲哀，友好地接待了这位从远方而来的朋友。赫拉克勒斯看到阿德墨托斯穿着丧服，表情悲伤，便询问他王宫里发生了什么事。阿德墨托斯为了不让朋友被这哀伤的气氛所感染，便含糊其辞地敷衍了他，没有直接予以回答。赫拉克勒斯因此并没有表现出悲伤，他以为只是宫里的一个无足轻重的女子死了。随后，他要求一位仆人带他去餐厅用餐，让仆人为他倒上美酒，但那位仆人悲伤的表情激怒了他，他愤怒地说：“作为仆人就应该热情地接待客人，而你却如此严肃地看着我，让我的情绪也低落了下来。这王宫中不过是死了一个无足轻重的女子，你为什么要这样悲伤呢？凡人是无法逃脱死亡的命运的，死亡便是我们生命的一部分，我们不应该为此过于伤心来糟蹋自己。我们应该愉快地度过生命的每一天，来吧，像我一样戴着花冠、愉快地品尝美酒的滋味。美酒的味道自然会消去你的烦恼，让你脸上绽放出笑容。”那位仆人没有被赫拉克勒斯的话所打动，他转过头去忧伤地说：“欢乐将再也无法感染到我们，因为我们遭遇了不幸。”

听了仆人所说的话，赫拉克勒斯才觉得事情很不对劲。在他的一再追问之下，仆人才告诉了他事情的原委。赫拉克勒斯知道了事情的真相之后，再也不能平静，他激动的大叫道：“真的发生了这种事情？阿德墨托斯失去了他美丽的妻子，却依旧热情地招待我？我在这个充斥着悲伤的家中，居然还头戴花冠、品尝美酒、大声欢笑，这种行为实在是太不像话了！我请求你告诉我这个不知礼节的人，阿德墨托斯的那位忠贞善良的妻子葬在了哪里呢？”

“如果你想悼念我们善良的王后，朝着前往那里萨的方向一直走下去，就可以看到她的墓碑了，那是我们国王为她建立的墓碑。”仆人忧伤地回答了赫拉克勒斯的话，然后转身离开了。

“我必须救出这位死去的王后。我一定要将她带回来，把她带回到她丈夫的身边，让他们永远在一起，否则我就不配做阿德墨托斯的朋友，享受他的款待。死神塔纳托斯一定会去吸取祭品的血液，我只要找到王后的墓碑，在死神前去吸血的时候趁机抓住死神，捏紧他的脖子，逼他将死者的灵魂还回来，这样王后就能复活了。所以，我应该现在就去寻找她的墓碑。”赫拉克勒斯这样决定了之后，便独自地离开了王宫。

接待完赫拉克勒斯，阿德墨托斯悲伤地回到房里。当他看到失去了母亲的孩子们时，想起自己的妻子有多么善良、多么爱自

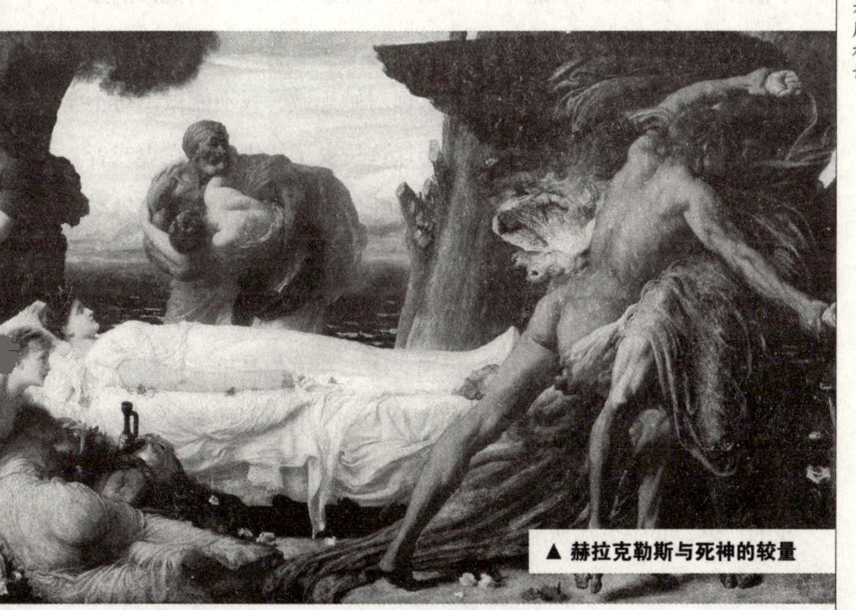

▲ 赫拉克勒斯与死神的较量

己，他再也不能控制住自己的感情，悲伤地哭了起来，任何人都安抚不了他。这时，赫拉克勒斯走进了他的房间，他的身后跟着一个蒙着面纱的女子。赫拉克勒斯对这位悲伤的国王说：“你不应该这样对待我，你热情地接待了我，我作为你最好的朋友却不知道你的悲哀和不幸，因而让你独自承受伤痛。你让我以为这王宫中只是死去了一个无足轻重的女子，使得我在不知道事情真相的情况下做出了悔恨不已的事情——在这充满悲伤的屋子中大声欢笑，饮酒作乐。我不愿意让你再这样的难过下去了，我想让你快乐。我要告诉你一件事，我再次过来找你的原因是我在一场比武中赢得了一个年轻的女子，我想把她送给你做仆人。因为我就要离开这里，去往遥远的地方，在我回来之前，她就交给你了，希望你能对她多加关心。”

听到赫拉克勒斯的这番话，阿德墨托斯感到非常吃惊，他害怕自己的朋友误解了自己的意思，于是急忙解释道：“我不愿告诉你我的妻子去世的消息，这并不是因为我没有把你当朋友或者不信任你，我只是不愿意看到你因此离开这里而住到其他人的家中，更不想让你因此而变得和我一样伤心。在我的妻子临死的时候，我已经对她发过誓了，我将永远对她忠诚，我不能做出对不起为我而死的她的事情。我决不会让这位女子住进我的亡妻或者我的房间，我会因触景生情而泪流不止的，所以你不应当将她交给我，你无论将这位美丽的女子交给弗赖城中的谁都可以。”

不过，阿德墨托斯没有抑制住自己内心的好奇，他又看了一眼那位蒙着面纱的女子，对她说道：“不知道你是谁，你的外貌和身形都与我的亡妻阿尔刻提斯非常相似。但是，诸神在上，我不会把你留在我身边的。赫拉克勒斯，我看到这位女子便会想到我的亡妻，心中更加悲痛了，所以，求求你把她带走吧。”

赫拉克勒斯仍然隐瞒着真相，没有将实情告诉阿德墨托斯，他说：“真希望主神宙斯能够赐予我神奇的力量，让我把你的妻子从地狱中带回来，使你们再次团聚。”

“可是死去的人是无法从地府里回到人间的。我知道，如果你真的有那样的本领，你一定会那么做的，赫拉克勒斯。”赫拉克勒斯高兴地说：“没错，正因为这是不可能的事情，所以只能让时间来减轻你的痛苦。你的妻子已经死去了，无论你多么的悲伤也无法挽回她的生命了，你还不如过一阵再娶一个妻子，也许这样一来，你就不会感到那么痛苦了，就可以享受到生活中新的乐趣了。所以请你允许我把这位美丽的女子送进你的房间。你至少应该给我一个赎罪的机会，如果事实证明，她无法帮助你走出痛苦，使你心情变得愉快起来，我就会让她离开你。”

阿德墨托斯不愿让友人的一番好意就此落空，因此他虽然十分不情愿但还是唤来仆人，让仆人为这位女子准备房间并带她过去。然而，赫拉克勒斯又有话要说了，他说道：“不要让仆人领她过去，阿德墨托斯，应该是由你亲自送她去房间。”

阿德墨托斯拒绝道：“我不会这么做！我决不会碰她的，否则我就是背弃了对亡妻亲口许下的诺言。她可以住在我这里，但是我绝不可能送她去房间。”

赫拉克勒斯坚持让阿德墨托斯亲自送那位女子回房间，善良的国王没有办法，只好朝那位蒙着面纱的女子伸出了一只手。赫拉克勒斯高兴地说：“啾，你就收下这位美丽的姑娘吧，你仔细看看，她是否和你美丽的亡妻长得一模一样呢？”

说着，赫拉克勒斯突然伸出手揭开了那位女子的面纱。看到那熟悉的容貌，国王惊讶得说不出话来，他简直不敢相信自己的眼睛，但眼前的这位女子确实就是他那已故的妻子，国王激动地拥抱住了失而复得的妻子。只是王后始终沉默着，没有对丈夫深情的呼唤作出回应。赫拉克勒斯对疑惑的国王解释道：“等她的亡灵祭供结束之后，她就能够和你说话了。你现在可以放心地把她带进你的房间了吧？你深爱的王后再次回到了你的身边，你不用再感到悲伤了。既然你在悲痛中还能热情地款待我，那么这就是我给予你的回报。”

为女王翁法勒服役

为阿德墨托斯找回妻子后，赫拉克勒斯又踏上了行程。原来，尽管赫拉克勒斯是在疯狂时将伊菲托斯推下城墙的，但他内心仍有沉重的负罪感。他漂泊到各国请求那里的国王为自己洗净罪过，可是都遭到拒绝。后来，终于有阿弥克勒的国王得伊福斯同意为他净罪。但神祇却惩罚他，让他身患重病。

曾经在艰难险阻面前毫无惧色的大英雄，现在却不堪病痛的折磨。他撑着病弱的身子来到德尔斐的阿波罗神庙前，希望在神谕中寻得治病的妙方。但那里的女祭司都不理睬他，不给他解释神谕，因为他是杀人凶手。赫拉克勒斯大怒，扛起庙前的三脚圣炉，放到野外，在那里自己求起神谕来。赫拉克勒斯的举动惹恼了阿波罗，于是阿波罗出现在赫拉克勒斯面前，向他发出了挑战。

宙斯不愿意见到自己的两个儿子互相残杀，于是投了一道雷电，隔开了争斗的双方。直到这时，赫拉克勒斯才获得一则神谕：他只有卖身为奴，做三年苦差，并把卖身钱送给死者的父亲，才能洗却罪恶。赫拉克勒斯只得遵照这个神谕，漂洋过海来到亚细亚，将自己卖给伊尔达奴斯的女儿——梅俄尼恩女王翁法勒为奴。

赫拉克勒斯托人给欧律托斯带去卖身钱，欧律托斯拒绝接受，送钱者只好将钱交给了伊菲托斯的儿子。这之后，赫拉克勒斯的病才得以治愈，整个人慢慢恢复了元气。他虽然在为翁法勒当奴仆，但仍没有忘记为人类造福。他制伏了那里所有作乱的强盗，维护了女主人和周围邻居们的安全。

翁法勒十分欣赏这位英勇的仆人，猜想他一定是位有名的英雄。当听说他就是宙斯的儿子赫拉克勒斯时，女王立即恢复了他的自由之身，并招他为夫。从此以后，赫拉克勒斯过上了东方人的豪华生活，沉湎在享乐中，不思进取，连妻子翁法勒也开始瞧不起他了。她把女人的衣服给他穿上，自己则披上他的狮皮，以此来羞辱他。赫拉克勒斯却对妻子万分迷恋，竟甘愿坐在她的脚旁为她纺羊毛。他的头上戴着女人的发饰，脖子上挂了一条金项链，两只粗壮的胳膊上戴着玉石手镯，身上穿了一件女人的华丽长袍，跟女佣们围坐在纺车周围，用粗大的手指纺着细长的纱线。有时，翁法勒高兴了，会让穿着女人长袍的丈夫给她和女佣们讲他从前的英雄业绩，那些女人们入迷地听他讲故事，如同听精彩的童话一般。

赫拉克勒斯给翁法勒服役的期限将满的时候，他突然从昏聩中清醒过来，惭愧地除掉身上的女人长袍，又恢复了本来的英雄面目，浑身充满了力量。

赫拉克勒斯以后的功业

恢复自由之身的赫拉克勒斯，决定向他曾经的敌人复仇。他的第一个目标是特洛伊。他要征服身为特洛伊的缔造者和统治者的拉俄墨冬——一个既专制又暴虐的国王。拉俄墨冬曾失信于赫拉克洛斯，赫拉克勒斯对此一直难以释怀。赫拉克勒斯与亚马孙人的战斗结束后，在凯旋而归的途中，将国王拉俄墨冬的爱女赫西俄涅从恶龙的口中救了出来，但是拉俄墨冬却没有遵守诺言——将自己亲口许给赫拉克勒斯的骏马送给他作为报答。赫拉克勒斯不能容忍被拉俄墨冬所欺骗，决心报复这位不守信誉的国王。赫拉克勒斯带着一批战士乘船来到了特洛伊，准备和国王的军队进行战斗，他所带来的这批战士中包括了希腊著名的勇士珀琉斯、忒拉蒙和俄琉斯等人。

当初，忒拉蒙吃饭的时候，看到穿着狮皮甲的赫拉克勒斯走到了自己的面前，就连忙站了起来，热情地邀请赫拉克勒斯坐下，请他和自己一起用餐喝酒，并为赫拉克勒斯在金杯中斟满了酒。赫拉克勒斯被忒拉蒙热情款待所感动，便手指苍天，祈祷道："天父宙斯，如果你愿意向我施予恩泽，愿意满足我的愿望，那么请你赐给我的朋友忒拉蒙一个儿子吧，一个勇敢无敌的孩子，就像现在的我一样勇敢，拥有和我一样的战无不胜的体魄。"

赫拉克勒斯的话音未落，宙斯就给他送来了一只矫健的雄鹰。赫拉克勒斯高兴地叫了起来，他对忒拉蒙说道："忒拉蒙，我的朋友，看到那只雄鹰了吗？它预示着你即将得到你梦寐以求的儿子，就把这个孩子取名为埃阿斯吧，他将像这只雄鹰一样矫健英勇。"

赫拉克勒斯说完就坐了下来，和忒拉蒙一起用餐。忒拉蒙被他的真诚所感动，决定和他以及其他众多英雄一同前去特洛伊，征服特洛伊的统治者。

他们乘坐着大船在特洛伊登陆后，赫拉克勒斯让俄琉斯留下来守船，自己则率领着英雄们向特洛伊城前进。拉俄墨冬得知他们到来的消息后，急忙调遣军队向英雄们乘坐的大船发动了攻击，杀死了俄琉斯。但是当拉俄墨冬回到特洛伊城时，却发现自己的城池已经被赫拉克勒斯和跟随他的那些英雄们围住了。英雄们在包围了特洛伊城，立即向其发起了进攻，很快就占领这座城池。

在攻城的过程中，忒拉蒙一马当先冲向了特洛伊城，气势逼人，连赫拉克勒斯都没能超过他。而在大英雄赫拉克勒斯的一生之中，这是他第一次在战斗中落在别人后面，他因此恼羞成怒，急躁而气愤。不能忍受被人超越的赫拉克勒斯一时被怒气冲昏了头脑，拔出了宝剑，想把冲在他前面的忒拉蒙砍倒在地。正巧回头张望的忒拉蒙看到赫拉克勒斯的举动，猜到了他的意图。忒拉蒙连忙弯下腰来，收集起身边的砖石，堆成一堆。他的对手好奇于他举动，他便回答说："我要在这里为我们的胜利者、大英雄赫拉克勒斯建造一个圣坛。"赫拉克勒斯听到了忒拉蒙的话，对自己的行为感到非常的惭愧。他们就这样消除了隔阂，再次一同并肩作战。

赫拉克勒斯用自己百发百中的箭技射死了拉俄墨冬和他的几个儿子，只有一个王子侥幸逃脱了。赫拉克勒斯和勇士们占领了特洛伊城，俘虏了拉俄墨冬的女儿赫西俄涅，赫拉克勒斯将她作为战利品送给了忒拉蒙，表达自己对他的感谢。赫拉克勒斯允许赫西俄涅在俘虏中选出一个人，那个人将获得自由。赫西俄涅选中了自己的兄弟波达尔克斯。赫拉克勒斯便对她说："你挑选的这个人就属于你了，但是作为俘虏，想要获得自由的话，他就必须忍受耻辱，被当做一名仆人卖掉。然后你可以用一笔赎金将他赎回去，这样他就可以在受辱的同时获得自由！"这位俘虏，也就是赫西俄涅的兄弟，就这样被当做仆人卖掉了。赫西俄涅马上以自己头上佩戴着的贵重的首饰作为赎金，为他赎回了自由。而她的这位兄弟后来就被人称为了"普里阿摩斯"，也就是"被买来的人"的意思。

赫拉克勒斯成了人人仰慕的大英雄，但是赫拉却对他怀恨在心，不愿意让他得到完满的结局。在赫拉克勒斯和英雄们从特洛伊返回的途中，赫拉让他们所乘坐的船遭遇到暴风雨，幸亏宙斯及时出手解救了他们，这才使得赫拉的诡计没有得逞。

在这场与特洛伊城的战争中，赫拉克勒斯取得了胜利。此后，赫拉克勒斯便恢复了奥林匹克运动会。在运动会举行的期间，连宙斯都会来到奥林匹亚山上，变成凡人的模样和赫拉克勒斯比武。虽然宙斯常常输给自己的儿子赫拉克勒斯，但他还是祝愿自己的儿子永远都能被人们所称赞，永远是受人们仰慕的大英雄。

赫拉克勒斯和涅索斯

赫拉克勒斯建了许多英雄业绩后，来到卡吕冬，找到国王俄纽斯。俄纽斯的女儿名叫得伊阿尼拉，长得非常美丽迷人，引得求婚者纷纷找上门来，并被一个讨厌的求婚者缠住了。

在来卡吕冬之前，她住在珀洛宇宏，那是俄纽斯王国里的另一座城市。河神阿刻罗俄斯倾慕得伊阿尼拉的美貌，前来求婚。可是他长得丑陋无比，令人害怕。他起初变做一头公牛；后来变做一条巨龙；最后他又变做牛头人形，蓬乱的下巴底下流出一股清泉。得伊阿尼拉见到这个奇形怪状的求婚者后十分害怕，绝望地向神祇祈祷，请求一死，但河神却逼得越来越紧，而她的父亲也愿意将女儿嫁给阿刻罗俄斯，因为这位河神是神祇的子孙。正在这时，赫拉克勒斯也慕名前来求婚——他早就听朋友讲起过得伊阿尼拉的天姿国色。他知道，不经过一番激烈的争夺自己是得不到这位美丽的女郎的。头上长角的河神看到赫拉克勒斯前来争夺他的意中人，气得青筋暴突，企图用牛角顶翻赫拉克勒斯。国王俄纽斯看到这两个求婚者激烈争夺，就宣布谁取得了胜利，他就把女儿许配给谁。

在国王、王后和得伊阿尼拉的面前，两个求婚者勇猛地拼斗起来。赫拉克勒斯左冲右突，可他的攻击始终都不能奏效，河神的巨大的牛头总是一再避开他的打击，并寻找机会用牛角将他顶翻在地。接着他们扭在一起肉搏起来，手臂绞着手臂，脚绊着脚，额头和身体上汗如雨下。最后，宙斯的儿子占了上风。他把河神猛地一摔，按倒在地。这时，河神却突然变做一条长蛇，赫拉克勒斯抢上一步，一把捏住蛇头——要不是长蛇又变成一头公牛，他早就被赫拉克勒斯掐死了。赫拉克勒斯抓住一只牛角，尽力把牛一摔，一只牛角便断成了两截，河神阿刻罗俄斯只得告饶，赫拉克勒斯便成了胜利的求婚者。

赫拉克勒斯跟得伊阿尼拉举行了婚礼，可是结婚并没有改变他的生活方式。他一如既往，总是到处漫游、冒险。有一次，他又回到了妻子的身旁。可是，他却在回到妻子身边不久后失手打死了一个侍童，因此，他不得不再度逃亡。他年轻的妻子和小儿子许罗斯也跟随他一起流亡。

从卡吕冬出来后，赫拉克勒斯带妻儿去特拉奇斯的朋友刻宇克斯那里。路上，赫拉克勒斯遇到了一生中最危险的事。他来到奥宇埃诺斯河岸边时，见到了马人涅索斯。涅索斯帮助行人渡河，并索要渡河费，因为他是用双手将行人抱着过河的。赫拉克勒斯不用他帮助，迈开大步，涉水而过，但妻子和儿子却需要涅索斯的帮助。

涅索斯被年轻漂亮的得伊阿尼拉迷住了，抱着她走到一半时，他竟用手在她身上乱摸起来。得伊阿尼拉惊恐得大声呼叫。对岸的赫拉克勒斯听到叫声，定睛一看，不由大怒，连忙从箭袋中抽出箭来，在涅索斯上岸时，一箭射去，将他射倒在地。得伊阿尼拉慌忙朝丈夫那里奔去。然而垂死的涅索斯用最后的力气朝她呼喊，欺骗她说："听着，俄纽斯的女儿！你是最后一个被我抱着渡河的人，因此你有掩埋我尸体的责任。将我伤口中流出的最后一滴血保留起来，它会帮助你的。你如果将它涂抹在你丈夫的衣服上，那么从此以后，除了你，他再也不会爱上别的女人了！"说完这些居心险恶的话，涅索斯就死了。尽管得伊阿尼拉

从来也没有怀疑过丈夫对自己的忠诚和爱，可是她仍悄悄用一只杯子接了涅索斯的最后一滴血，保存了起来。

赫拉克勒斯的结局

又经历了一些冒险之后，赫拉克勒斯迎来了其人生中的最后一次冒险——讨伐俄卡利亚国。以前国王欧律托斯曾宣布凡是箭术胜过他和他儿子的人，就可以娶他的女儿伊俄勒为妻，但后来他又反悔了。为了报复他，赫拉克勒斯召集了一支强大的军队，包围了俄卡利亚，并攻克城池，打死了国王和他的三个儿子，俘虏了漂亮的伊俄勒。

得伊阿尼拉正在家中焦急地等待着丈夫的回归。这时宫外传来一阵欢呼声，一名使者飞奔回来，报告说："你的丈夫大获全胜，他的仆人利卡斯正在城外向人们宣布胜利的喜讯。不过他要迟几天才能回来，因为他要在欧玻亚的刻奈翁半岛上给宙斯献祭。"

很快，随从利卡斯带着一群俘虏回来了。他来到得伊阿尼拉面前说："尊贵的夫人，赫拉克勒斯的征服事业已经取得了胜利。我们占领了那个国家，抓获了一批俘虏。你的丈夫说，请你善待这些俘虏，尤其是善待这位跪在你面前的可怜女子。"

得伊阿尼拉把年轻的女人从地上扶起来，同情地说："你是谁，可怜的姑娘？你应该还没有结婚吧，而且你一定出身高贵。"接着，她转过身来问丈夫的仆人："利卡斯，告诉我，这位年轻姑娘的父亲是谁？"

"我哪里知道？"利卡斯躲躲闪闪地回答，"当然，这个女子，"利卡斯踌躇了一会儿又说，"绝不是出身于俄卡利亚的小户人家。"

这时，年轻的姑娘长叹一声，仍低头不语。得伊阿尼拉感到奇怪，但不便再问，只是让人将姑娘送进内室，嘱咐好好关照她。利卡斯去执行她的吩咐时，最先进来的那名使者走近女主人，低声对她说："利卡斯在说谎，他对你隐瞒了实情。他曾经亲口说过，赫拉克勒斯讨伐俄卡利亚全是为了这位女子。她就是伊俄勒，国王欧律托斯的女儿。赫拉克勒斯在认识你之前就已经爱慕她了。她这次来可不是当你的女佣的，而是来和你竞争女主人的位置的。"

得伊阿尼拉顿时惊呆了，不过她马上镇静下来，命令丈夫的仆人利卡斯前来见她。利卡斯指天立誓，说他讲的都是真话，他确实不知道姑娘的详细情况。得伊阿尼拉请求他别再隐瞒她，还说："即使我可能责怪丈夫的不忠，也决不会敌视这位姑娘，因为她从未伤害过我。我很同情她，她的容貌为她带来了痛苦，也毁了她的国家。"利卡斯见夫人如此明白事理，便把一切都跟她说了。得伊阿尼拉一点儿也没有怪他，只是让他稍等片刻，她要为丈夫捎去一件礼物，来回报他送给她这些俘虏。她走到一个小房间，悄悄去取马人涅索斯的血——她早已将它制成血膏，藏在不见阳光的地方。她相信了涅索斯的话，以为那是无害的，只是一种唤醒爱情和忠心的魔药。现在她用羊毛沾着将血膏涂在一件珍贵的衣服上。接着，她将衣服叠起来，锁在一只精致的小盒子里。做完这些，她把使用过的羊毛随手丢在地上，然后走到外面，将礼物交给仆人利卡斯。

"请将这件衣服带给我的丈夫，作为他祭神时穿的礼服，"她吩咐道，"这是我亲手为他缝制的。除了他之外，谁也不能穿这件衣服。同时，你让他在穿这件衣服前，不能将衣服放在阳光下或者火旁，这是我的愿望。我给你一枚戒指作为信物，他就会清楚这确实是我的口信。"

利卡斯答应按她的意思去做。他带着礼物赶到欧玻亚，把它交给准备献祭的主人。与此同时，赫拉克勒斯的长子许罗斯要去迎接父亲，说服父亲尽快回家。得伊阿尼拉再次走进盛放血膏的小房间时，发现地上沾过魔药的羊毛在阳光下已化为灰烬，不禁大惊失色。她有一种不祥的预感，但不知道该怎么办，急得团团转。

儿子许罗斯终于回来了，可是却没有和父亲同归。“母亲啊，”他充满仇恨地对母亲叫喊着，“我情愿这个世界上从来没有你，情愿你从来就不是我的母亲！”儿子的话让得伊阿尼拉吃了一惊，她连忙问道：“孩子，你为什么要这样说？”

“我刚从刻奈翁回来，母亲，”儿子抽泣着说，“是你害了父亲！”

得伊阿尼拉面无血色，片刻后又镇静下来，问：“这是谁说的，我的儿子？谁敢用这种伤天害理的事来诬蔑我？”

“不，没有人告诉我，是我亲眼见到父亲有多么悲惨，”儿子说，“我到了刻奈翁，看到他正忙着宰杀牲口，准备给宙斯献祭。这时利卡斯也来了，他带来了你那该受诅咒的礼物。父亲立刻将它穿在身上，他非常喜欢这件漂亮的衣服。接着，他开始献祭。起初，父亲神态安详地做着祷告。但是，当祭坛上点起火焰时，他的头上冒出了豆粒大的汗珠，那件衣服立刻变得很紧，就像是用铁铸在他身上一样，他不住地颤抖，就像毒蛇在咬他似的。无辜的利卡斯走上来，如实地重复了一遍你吩咐他的话。痛苦中的父亲一把抓住他，将他摔死在海滨的岩石上，然后又将他的尸骨扔进大海。父亲疯狂的举动让人不敢靠近他。他在地上不住地号叫打滚，又突然跳起来，诅咒你，诅咒你们的婚姻。最后，他冲着我喊道：‘儿子，如果你同情父亲的话，那就赶快把我带回去，我不能死在这里。’我们将他抬到船上，他痛苦得大声吼叫，但总算回来了。你马上就能见到他了。这都是你一手干的好事！可耻！母亲，你为什么要谋害世界上最伟大的英雄？”

面对儿子的责备，得伊阿尼拉没有辩解，也没有哭泣。她绝望地离开了他。几个老仆人曾听女主人提起过涅索斯送给她的那种爱情魔药，他们告诉许罗斯，说他在愤怒中错怪了母亲。儿子恍然大悟，忙朝着不幸的母亲追去，可是他来晚了一步。他那可怜的母亲直挺挺地躺在床上死去了。她的胸口上插着一把利剑。儿子扑在母亲身上放声痛哭，为自己的话深感后悔。突然，父亲的喊叫声传过来，他吓得连忙跳起身来。

“儿子，”赫拉克勒斯踉踉跄跄地迈进宫门，大声地叫着，“儿子，你在哪儿？拔出宝剑来，对准你的父亲，对准我的胸口，杀死我吧！这样我才能从你的母亲赐予我的痛苦中解脱出来！”然后，他又绝望地转向站在一旁的人，冲他们伸出双手，仰面长叹：“没有一头野兽，没有一杆长矛，没有一支强大的队伍能够制伏我。可是我竟让一个女人征服了！我的儿子，快快杀死我吧，然后再去惩罚你的母亲！”

许罗斯哭着告诉他，母亲是在不知情的情况下害了他，并且为了赎罪，她已经自尽了。赫拉克勒斯顿时呆住了，而他那满腔的悲愤则顿时化成了悲哀。他想起德尔斐的神谕中说，自己必将死在特拉奇斯的俄塔山上，因此他不顾身体疼痛，叫人将自己抬到俄塔山的山顶上。接着他又让人架起了一堆木柴，将他抬上木柴堆，并下令点火。然而却没人愿意执行这一命令。最后，经不住他一再恳求，他的朋友菲罗克忒忒斯流着泪站出来准备点火。为感谢他，赫拉克勒斯将自己百发百中的弓箭送给了他。木柴刚被点燃，天上就划过道道闪电，同时天边响起隆隆的雷声，随即火焰熊熊燃起。最后，一朵祥云降下，这位不朽的英雄被接往奥林匹斯圣山了。

俄狄浦斯的故事

俄狄浦斯杀害父亲

底比斯国王拉伊俄斯娶了伊俄卡斯特为妻，二人婚后很长时间没有孩子。拉伊俄斯渴求子嗣，于是到德尔斐的阿波罗神庙祈祷，神谕的内容是："拉伊俄斯，拉布达科斯的儿子！你会有一个儿子。可是你要知道，命运之神规定，你将被这个孩子杀死。这是克洛诺斯之子宙斯的意愿。因为他听信了珀罗普斯的诅咒，认为你抢去了他的儿子。"

原来，拉伊俄斯在年少时曾被赶出祖国，而伯罗奔尼撒国王珀罗普斯对他以礼相待，让他住在王宫殿内，他就是在那里长大的。可是，他却恩将仇报，在尼密河的赛会中拐走了珀罗普斯的儿子克律西波斯。随后，国王珀罗普斯发动了一场战争，将儿子从拉伊俄斯手里救了出来，但是克律西波斯的异母兄弟阿特柔斯和提厄斯忒斯却在母亲希波达弥亚的唆使下，杀害了克律西波斯。

以前犯下的罪孽，让拉伊俄斯对这个神谕深信不疑，所以长期以来，他一直跟妻子分居，避免妻子怀孕生育。然而，深厚的爱情又使他们不顾神的告诫，常常同床共枕。后来，伊俄卡斯特真的生下了一个儿子。孩子出世的时候，父母又想到了那个神谕。为了阻止预言变为现实，他们在孩子生下的第三天，就让人用钉子将婴儿的双脚刺穿，并用绳子捆起来，将婴儿丢在喀泰戎的荒山下。但执行这一命令的牧人十分可怜这个无辜的孩子，于是便把他交给了在同一座山上为科任托斯国王波吕玻斯牧羊的牧人。国王夫妇认为孩子已经死掉，或者已被野兽吃掉，所以确信神谕不会应验，然后平静地过着日子。

科任托斯的牧人解开孩子脚上的绳索，因为不知道他的来历，便给他起名为俄狄浦斯，意为“肿痛的脚”。他将孩子带回并交给国王波吕玻斯。波吕玻斯可怜这个弃婴，就把他交给妻子墨洛柏。他们夫妇二人没有子嗣，因此将这个捡来的孩子视如亲生。俄狄浦斯渐渐长大，他毫不怀疑自己是国王波吕玻斯的儿子和继承人。

可是一件偶然的事使得他的人生出现了转折。有个科任托斯人一直妒忌他的特殊地位。在一次宴会上，这个人喝醉了酒，大声喊着俄狄浦斯的名字，说他不是国王的亲生儿子。俄狄浦斯听了十分震惊。第二天清晨，他来到父母面前询问这件事。波吕玻斯夫妇对拨弄是非的人感到很生气，但他们还是亲切地为儿子排解疑虑。俄狄浦斯虽然被他们充满爱心的话所感动，但心中仍存有很大的疑惑。最后，他悄悄地来到德尔斐神庙，祈求神谕，希望太阳神证明他所听到的话完全是诽谤。然而，阿波罗并没有给他答复，只是给了他一个新的更为可怕的预言：“你将会杀害你的生父，娶你的生母为妻，并生下罪恶的子孙。”

这个预言让俄狄浦斯无比惊恐，因为他始终认为宽厚慈爱的波吕玻斯和墨洛柏就是自己的生身父母。他再也不敢回家去，因为他害怕命运之神会让他丧失理智。他决定到俾俄喜阿去。当他怀着痛苦的心情走到德尔斐和道里阿城之间的十字路口时，一辆马车朝他驶来，车上坐着一个陌生的老人、一个车夫和三个随从。

车夫看到对面来了一个人，便粗暴地喊话让他让路。俄狄浦斯生性急躁，听了车夫无礼的话后，便挥拳朝对方打去。车上的老人见他如此蛮横，便拿起鞭子向他的头上狠狠抽去。俄狄浦斯大怒，又用力挥起身边的行杖去打老人，老人被打得翻下了马

车，倒地而死。车上的随从一齐冲上来，结果年轻有力的俄狄浦斯把他们全部打倒在地，然后独自离去了。

在他看来，自己只是为了自卫才报复那个可恶的老人的，但实际上，被他打死的那位老人正是底比斯国王拉伊俄斯——他的生身父亲。就这样，尽管父亲和儿子都在小心地回避神谕，但最终神谕还是悲惨地应验了。

俄狄浦斯娶母为妻

俄狄浦斯杀父后不久，底比斯城受到了怪物斯芬克斯的危害。这个怪物长着美女的头、狮子的身子，且带有双翼。

她盘坐在城外的一块巨石上，向过往的底比斯居民提出各种各样的谜语，猜不中答案的人就被她撕碎吃掉。此时，底比斯全城都在哀悼被陌生路人杀害的国王，而如今执政的是王后伊俄卡斯特的兄弟克瑞翁。斯芬克斯的危害十分严重，连国王克瑞翁的儿子也被她吞入腹中。克瑞翁万般无奈，只好贴出公告，宣布谁能除掉怪物，谁就可以得到王位，并可娶他的姐姐伊俄卡斯特为妻。

正在这时，俄狄浦斯来到了底比斯。他爬上山岩，见到盘坐在上面的斯芬克斯，便上前要求解答谜语。狡猾的斯芬克斯决定给他出一个她认为任何人都猜不出的谜语。她说："早晨用四条腿走路，中午用两条腿走路，晚上用三条腿走路。在一切生物中，这是唯一用不同数目的腿走路的生物。可是用腿最多的时候，正是他力量和速度最小的时候。请问，这是个什么生物？"

俄狄浦斯听后，不禁微微一笑，开口就道："这就是人啊。"他接着解释道："人在幼年，即生命的早晨时，是个柔弱的孩子，只能用两条腿和两只手在地上爬行，就好像用四条腿走路；到了壮年，正处于生命的中午，当然只用两条腿走路；但到了老年，已是生命的晚上，气弱体衰，只好拄着拐杖，好像三条腿走路。”

他猜中了谜语，斯芬克斯觉得羞愧难当，绝望地从山岩上跳了下去，摔得粉身碎骨。事后，克瑞翁兑现他的承诺，把王位让给了俄狄浦斯，并把伊俄卡斯特——老国王的遗孀嫁给他为妻。俄狄浦斯当然不知道，他娶的人正是自己的生母。

婚后，伊俄卡斯特给俄狄浦斯生下四个儿女。双生子波吕尼刻斯和厄忒俄克勒斯最大；后面是两个女儿，安提戈涅和伊斯墨涅。他们既是俄狄浦斯的子女，也是他的弟妹。

被揭露的秘密

杀父娶母的可怕秘密一直未被揭露。因而俄狄浦斯虽然有罪过，但他自己却并不知道，而他也还算是个善良而正直的国王。在伊俄卡斯特的辅佐下，他把底比斯治理得很好，深得民众的拥护。

然而灾难又降临了。神祇给这个地区降下了瘟疫，城内的人和牲畜大批死去，没有任何药物能够治疗他们。同时由于长期没有雨水，干旱烧焦了牧场和山林。俄狄浦斯看到城内献祭的香烟，听到震天的怨声，不禁感到心急如焚。他绞尽脑汁也想不出什么好办法，只好召集几个仆臣商量着对策。

底比斯人认为，这场可怕的灾难是神祇对他们的惩罚。于是祭司们手持橄榄枝条，领着大队的男女老少，拥到王宫前，坐在神坛周围和台阶上，要求国王接见。俄狄浦斯走出来，询问发生了什么事。一位年老的祭司回答说：“国王啊，你可亲眼看到了，我们在遭受怎样的灾难啊。我们忍受不了折磨，所以前来找你，请求你的帮助。你曾从可恶的斯芬克斯的手中把我们解救出来，这说明一定有神祇在暗中帮助你。因此，我们相信你一定能够再次拯救底比斯城。”

“可怜的人哪，”俄狄浦斯说，“我知道你们的苦难。没有谁比我更关心这些了。我不是只关心一两个人，我是关心整个城邦的命运！我相信自己一定会找到解除这场灾难的办法。我已经派克瑞翁到德尔斐去寻求阿波罗的神谕，问问怎样做才能解救这座城市了。”

正说着，克瑞翁已经回来了。他当着众人的面向国王报告神谕的内容，说：“神祇吩咐，把藏在国内的一个罪孽之徒驱逐出去，不然，你们永远摆脱不了无边的苦难，因为杀害国王拉伊俄斯的血债会让整个城市走向毁灭。”

俄狄浦斯根本想不到老国王的死与自己的关系，于是便要求大家把国王被害的事讲给他听。不知详情的人们把这件事大概说了一下。听完后，俄狄浦斯宣布，一定要亲自处理这桩杀人案。他当即在全国发布命令：不管是谁，只要知道杀害拉伊俄斯凶手的线索，必须立即前来报告；有知情不报，或者窝藏凶手的，以后一律不得参加祭祀神灵的仪式，不得享受圣餐。最后，他发誓要诅咒杀人凶手，使他的一生在痛苦和不幸中度过，即使他隐藏在王宫中，也不能逃脱罪责。

随后，他又派出两名使者去邀请年老的盲人预言家提瑞西阿斯，让他帮忙找到凶手。不久，提瑞西阿斯由一名男孩搀扶着来到国王面前，一些居民也围了过来。俄狄浦斯将底比斯城遭受的灾祸告诉了他，请他运用神异的能力帮助大家找出凶手。提瑞西阿斯开始时沉默不语，尔后悲叹一声，朝国王伸出双手，推辞说：“这种能力是可怕的，它将会给那个知情人招来杀身之祸！国王，请让我回去吧！让我们各自承受自己的重担吧！”

俄狄浦斯听了这话，更要他说出真情，而围着的人们也纷纷跪下来乞求他，可是他仍然不肯回答。俄狄浦斯大怒，指责他知情不报，甚至说他是帮凶。国王的指责让他非常生气。“俄狄浦斯，”他说，“你已经对自己做了判决。你用不着指责我，也别指责任何一个底比斯人。是你自己的罪恶使得整个城市蒙受灾难！你就是杀害国王的凶手，又是你与自己的母亲在罪恶的婚姻中一起生活。”

俄狄浦斯根本不明白这些话的含义，他指责预言家是恶棍和骗子。同时他又怀疑克瑞翁，说他和预言家合谋编造谎言，妄图篡位。气愤的提瑞西阿斯则毫不含糊地称他为杀父的刽子手和娶母为妻的人，预言他将面临灾难。说着，提瑞西阿斯牵起孩子的手，离开了国王。克瑞翁也大声指责俄狄浦斯毁谤自己，两人之间发生了激烈的争吵。伊俄卡斯特闻声赶来，竭力劝解，也无法让他们平静下来。最后克瑞翁怀着委屈，愤然离开了俄狄浦斯。

伊俄卡斯特比国王更不明白事情的真相。“这个预言家的话真是荒唐啊！就拿这件事来说吧，我的前夫拉伊俄斯早年得到过一则神谕，说他将会死在自己儿子的手中。但事实呢？拉伊俄斯被强盗打死在十字路口。而我们仅有的可怜的儿子在出生三天后就被绑着双脚，扔在荒山上，死去了。”

然而，王后根本没有料到，这番话不但没有使俄狄浦斯受到安慰，反而让他大受震动。“在十字路口？”他惶恐地问，“拉伊俄斯死在十字路口？告诉我，他长得什么样子，有多大岁数？”伊俄卡斯特不假思索地说：“他个子高大，头发灰白，模样与你非常像。”

俄狄浦斯听后感到说不出的惊恐，他的心像被闪电照亮似的，一直以来缠绕在其心头的各种模糊的问题一下都明朗了。

“啊！提瑞西阿斯并不是瞎子，而是个眼睛明亮的人！”俄狄浦斯失声喊道。尽管他察觉到已经发生了可怕的事实，但他仍不断盘问，希望答案能证明这是一场误会。然而一切细节全都吻合，他越发感到不安了。最后他听说老国王被打死时，有一个仆人逃回来，报告了消息。这个仆人在俄狄浦斯执政后，恳求离开城市，到最远的牧场上去为国王放牧。俄狄浦斯听说了后，便要立即盘问这个仆人，于是派人去将他召回来。仆人还没有到，科任托斯的使者却来到了宫殿，向俄狄浦斯报告，说他父亲波吕玻斯去世了，要他赶紧回去继承王位。

王后听到这个消息，松了一口气说："尊贵的神谕啊！你所说的真实在哪儿呢？应该被俄狄浦斯杀死的父亲现在却寿终正寝了！"但敬畏神祇的俄狄浦斯听后却想到另外的事情。他虽然愿意相信波吕玻斯是自己的亲生父亲，可是他还是不愿回到科任托斯去，因为那里还有母亲墨洛柏，而神谕说过，他将会娶母为妻。他一想到这一点就浑身发抖。但这种疑虑被科任托斯来的使者的话给打消了，因为他正是多年前从拉伊俄斯的仆人手中接过孩子的那位牧人。他对俄狄浦斯说，他可以放心去继承王位，因为科任托斯国王波吕玻斯只是他的养父。俄狄浦斯又追问他把自己交给他的那位牧人在哪里。手下人告诉他，那个人就是在国王被害时逃回来的仆人，如今在边境放牧。

伊俄卡斯特有一种不祥的预感，她感到十分可怕，绝望地离开了丈夫和聚在宫门口的平民。

从遥远的地方被召回的老牧人来了。尽管事隔多年，科任托斯的使者还是认出了他。老牧人吓得面如土色，他摇着头想否认这一切，直到盛怒的俄狄浦斯威胁他时，他才用颤抖的声音向众人说出了真相：是他将国王拉伊俄斯和王后伊俄卡斯特的儿子给了眼前的使者的，而杀死拉伊俄斯的人也正是俄狄浦斯。

一切都已清楚！俄狄浦斯杀死了父亲，并娶了母亲为妻——

可怕的神谕已经应验了。

面对可怕的事实，俄狄浦斯狂叫一声，冲出了人群。他在宫中狂奔，想要寻找一把宝剑，杀死那个既是他母亲又是他妻子的伊俄卡斯特。大家都十分害怕，远远地避开了。最后他找到自己的卧室，房门是锁着的，他猛地踢开了门冲了进去。而此时，他的眼前却是一副悲惨的景象：伊俄卡斯特在床的上方上吊自尽了，头发披散下来。俄狄浦斯痛苦地盯着死者，然后哭喊着冲上去，解开绳索，将尸体放在地上。他诅咒自己，诅咒自己的眼睛竟然见到这样的一幕。突然，他从她的衣服上摘下金胸针，对准眼睛，猛刺下去。之后，万念俱灰的他走到市民面前，承认自己是杀父的凶手，是娶母为妻的无耻之徒，是该受到神祇惩罚的恶人，是大地上的妖孽。

但是，底比斯人并没有嫌弃这位他们从前爱戴的贤君。他们对他表示深深的同情，连克瑞翁也不嘲笑他，而是把这位被命运捉弄的不幸的人带进内室。心灵破碎的俄狄浦斯深受感动，他将王位交给克瑞翁，让他代替自己两位未成年的儿子执掌权杖。此外，他又请求克瑞翁为他可怜的母亲建造一座坟墓，还将无人照应的女儿托付给克瑞翁。至于自己，他自愿被放逐，因为他以双重罪孽玷污了这块土地。他说，自己应该被烧死在被父母遗弃的地方——喀泰戎山顶上。现在是生是死，他都不在乎，全由神祇做主了。最后，他又一次将女儿叫来，双手抚摸着她们的头，与她们诀别。他深深感谢克瑞翁对自己的情谊，并祈祷全体底比斯人能永远受到神祇的保护。

俄狄浦斯和安提戈涅

得知了残酷真相的瞬间，俄狄浦斯只求能够马上死去。他宁愿所有人都来反对他，用石头把他砸死，也不愿面对这个事实。对此时的他来说，死算得上是一件美好的事情了。然而，他并没有被允许就这样死去，所以他只好请求大家放逐自己，他想借此来惩罚自己，同时也让自己远离这个国家。只是，当他自我谴责的心情稍微平复下来之后，一想到自己真的要被放逐出去，必须离开故土，独自一人在外漂泊，他觉得这实在是一件非常可怕的事情。此刻，在他的心中，再次涌起了对故土的眷恋之情，他想：事情发生之后，母亲伊俄卡斯特悬梁自尽了，自己也用胸针戳瞎了自己的眼睛，这样应该足以赎罪了吧。俄狄浦斯把自己想要继续留在这个国家的意愿告诉了克瑞翁和双胞胎波吕尼刻斯、厄忒俄克勒斯。但是克瑞翁和双胞胎兄弟俩对他的态度都显得很无情。他们都想要放逐俄狄浦斯，一致逼迫俄狄浦斯离开皇宫，并且在把他赶出家门的时候，只送给了他一根用以乞讨的棍棒。俄狄浦斯的两个女儿却非常同情自己的父亲，小女儿伊斯墨涅为了守护被放逐的父亲的利益，特地住到了自己的两个哥哥家中。而俄狄浦斯的大女儿安提戈涅为了照顾已经失明的父亲，决定跟着他一起被放逐。她顶着烈日、暴雨，牵着双目失明的父亲，光着脚行走于沙漠与森林之中，餐风饮露。如果她选择与自己的哥哥一起生活的话，她过着的该是多么舒适的生活啊。

俄狄浦斯无法继续忍受精神和身体上的双重折磨，便想在喀泰戎的荒野上结束自己的生命。只是在付诸行动之前，他先要向神明请求神谕，因为他是一个敬畏神明的人，他觉得自己的一切都应该听命于神的安排，如果没有得到神明的允许，他是决不敢就这样草率地结束自己的生命的。俄狄浦斯决定先向阿波罗请求神谕，于是便朝着阿波罗神庙走去。

俄狄浦斯来到了阿波罗庙，这里使他感到心灵平静。他向神祇诉说了自己的遭遇，神祇们知道了俄狄浦斯并非是故意犯下罪

▲ 俄狄浦斯和安提戈涅

行、做出有违人伦的事情的。然而，尽管如此，俄狄浦斯还是要受到惩罚的，只不过惩罚也不可能是永无止境的。神祇通过神谕向俄狄浦斯预言：经过一段时期的苦难，他会看到自己的罪孽得以赎清的一天的；当他到达命运女神所指定的国度时，残酷的复仇女神将会帮助他从痛苦中解脱。神祇的神谕永远都令人感到疑惑，让人猜不透其间的秘密，显得十分神奇。这次的神谕会应验吗？俄狄浦斯会得到复仇女神的宽恕、看到自己赎清罪孽的那一天吗？俄狄浦斯敬畏神明，他坚信神谕的启示是正确的，于是他把自己的命运再一次交到了神明的手中。他继续放逐自己，最后来到了希腊，开始了以乞讨为生的日子。他过着节俭的生活，没有什么需求，这种简单的生活反而使他感到了满足。因为长期漂泊、困苦的生活，俄狄浦斯逐渐养成了知足常乐的生活态度。

俄狄浦斯在库洛诺斯

在度过了漫长的放逐岁月之后，一天夜晚，俄狄浦斯和女儿安提戈涅来到了一个漂亮的村庄里。这是一个美丽而宁静的村庄，树林里栖息着夜莺，葡萄藤上绽放出的花朵散发出阵阵的香气，橄榄树和桂花树下凉风阵阵，虽然俄狄浦斯看不见这些，但他能感受到这里的和平与美好。听着女儿描述这里的景象，俄狄浦斯更加确信这是一个圣洁的地方。而在他们前方的山上还耸立着一座威严的城堡，安提戈涅向人打听后得知，他们现在所在的地方距离雅典已经很近了。

俄狄浦斯感到非常疲倦，就找了一块石头坐下来休息。这时，有一个人朝他们走了过来。这个人是这儿的村民，他来到俄狄浦斯父女面前，要求他们离开这个地方，因为这是一个圣洁的地方，不允许被任何人所玷污。从村民的口中，俄狄浦斯得知，原来这个地方是欧墨尼得斯的圣林库洛诺斯，也就是属于雅典人们尊敬的复仇女神的领域。俄狄浦斯明白了自己终于来到了这个能够让他赎清罪孽的地方，他的罪行将得到宽恕，他将从痛苦中得到解脱。库洛诺斯人看出了俄狄浦斯并不是一个普通的人，于是不敢再赶他走，只是赶快派人向国王汇报了这件事。

长期的流浪生活使得俄狄浦斯已经对这个世界的事情感到陌生，他向村民们询问道："你们的国王是谁？"

"我们国王的名声传遍世界，你难道没听说过高贵而又强大的英雄忒修斯吗？"一位村民回答道。

俄狄浦斯回答说："如果你们的国王是如此强大而高贵，那么请你转告他，我想见他，请让他来这里一趟。我将在最大限度上回报他的善心。"

"你是一位双目失明的人，这样的人能够给我们国王什么的报酬呢？"村名嘲笑地说道，"如果你的双目没有失明的话，那你一定拥有着一副高贵、威武的容貌，这足以令我尊重你了，所以我愿意把你的要求告诉我们的国王。"

村民离去了，剩下俄狄浦斯和他的女儿留在原地。俄狄浦斯站了起来，然后又重新跪伏回地上，虔诚地向复仇女神祷告着："伟大而又仁慈的复仇女神，请你告诉我赎罪的途径吧！让我看穿这迷茫的前程，从痛苦中解脱吧！请实现阿波罗神祇的神谕吧！深夜的女儿哟，请你怜悯我吧！尊敬的雅典城啊，请你可怜俄狄浦斯的影子吧！虽然他还在你们面前，但是他的肉体早已不复存在了！"

俄狄浦斯和女儿并没有等待多久，一位双目失明的人带着他的女儿坐在复仇女神的圣林中的消息很快便在村民中传开了。这些村民十分生气，不愿让外人玷污了他们神圣的森林，他们聚集了起来，想要赶走俄狄浦斯父女俩。当他们知道俄狄浦斯是个被命运女神放弃的罪人时，他们感到非常吃惊，他们害怕俄狄浦斯的罪过会牵扯到自己身上，因此更加想把俄狄浦斯从神圣的领域中赶走。俄狄浦斯请求他们让自己留下来，因为这里将是他被放逐的终点，是他赎清罪孽的地方。他的女儿安提戈涅也恳切地请求他们："我的父亲已经被流亡那么久，再深的罪孽也应该偿清了，如果你们不愿意原谅他，那么就请原谅我这个无辜的人吧！"

即使村民们十分敬畏复仇女神，但此时他们也开始同情起了俄狄浦斯的遭遇。正当他们在犹豫要不要赶走俄狄浦斯父女俩的时候，安提戈涅突然看到一位骑着马的姑娘朝这边过来。这位姑娘骑在一匹马上，头上戴着一顶遮阳帽，后面跟着骑着马的仆人。安提戈涅高兴地尖叫了起来："这是我的妹妹伊斯墨涅，她一定给我们带来了家乡的消息。"伊斯墨涅下了马，走到他们面前。

伊斯墨涅带来的那位仆人是一位忠诚的人，他向俄狄浦斯告知了关于他们家乡的消息。俄狄浦斯的两个儿子招惹了祸端，使自己陷入了灾难之中。家族的厄运使他们受到危害，所以他们愿意把王位让给克瑞翁，也就是他们的舅父。后来，他们渐渐淡忘了自己的父亲，开始想要争夺国家的权势，兄弟俩因此互相猜忌了起来。首先是弟弟厄忒俄克勒斯不满哥哥波吕尼刻斯先登上王位，不愿意和哥哥轮流执政的他，鼓动民众发动叛乱，想推翻哥哥的统治，最终他给哥哥安上了罪名并将其判逐出境。后来有传闻说哥哥波吕尼刻斯在被驱逐在外的途中，娶了亚各斯国王阿德拉斯托斯的女儿做妻子，并得到了亚各斯及其盟国的支持，准备回来向弟弟厄忒俄克勒斯复仇，夺回政权。正在他们针锋相对的时候，一个神谕在各地流传着：他们如果得不到父亲俄狄浦斯的帮助的话，将会一事无成。这也就是说俄狄浦斯是他们幸福的掌控者，如果没有找到他们的父亲，他们将无法得到幸福。

这个消息令库洛诺斯人感到十分吃惊。俄狄浦斯听到这个消

息后，站了起来，脸上显露出了属于国王的威严，他说道："原来是这样。他们要向我这个身上充满罪孽、甚至被放逐的人寻求帮助吗？我现在什么力量都没有，这样的我还是他们所要找寻的人吗？"

伊斯墨涅回答道："是的，你就是他们所需要的人。舅父克瑞翁也即将来到这里来找你，而我比他早一步来到了这里。克瑞翁是为了说服你才来的，他甚至想把你劫持回国呢。他们之所以这么做都是为了使神谕应验啊，因为只有照着神谕的说法去做，才会有利于舅父和我的两个哥哥，而又不会玷污圣地底比斯城。"

俄狄浦斯疑惑地问："你是怎么找到我们的呢？"

"是去德尔斐朝圣的人告诉我的。"伊斯墨涅答道。

俄狄浦斯继续问道："如果我不幸死在了底比斯的边境，他们会把我葬在底比斯的国土上吗？"

伊斯墨涅回答说："不会。因为你罪孽深重到已经被驱逐出国了，他们不会把你葬在那片土地上的。"俄狄浦斯不能忍受这样的待遇，他愤怒地说："那么，他们休想得到我！神祇永远都不会眷顾他们，因为他们的不孝和过于膨胀的对权势的欲望已经惹恼了神祇。他们想让我帮助他们解决争端，把我当做他们争夺权势的工具，那么现在掌控政权的那个人应该被剥夺王位，而我这个被流放的人也不应该重新回到自己的国家！只是我的两个女儿不应该受到任何的牵连，她们是无辜的，只有她们才会对父亲忠诚。我要向神祇祷告，请求他们保护我忠诚的两个女儿，使她们不会受到这动乱的牵连。我要向我仁慈的朋友们请求，请求他们的帮助，如果有谁帮助了我的国家，那么他的城市也将受到上天的眷顾。"

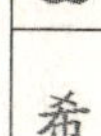

俄狄浦斯和忒修斯

流亡到库洛诺斯的俄狄浦斯仍然显现出了强大威严的气势，因此，他得到了库洛诺斯人民的尊敬。他们希望俄狄浦斯能够得到复仇女神的原谅，便为他举行了祈祷的灌礼。直到这时，村中的长老们才知道，因为被驱逐而流亡到这里的人就是曾经犯下深重罪孽的俄狄浦斯王。长老们认为他亵渎了圣地，要严厉处置他，幸好他们的国王忒修斯及时赶了过来，阻止了长老们的行为。

忒修斯走近这位年老沧桑的盲人，以友好和尊重的态度对俄狄浦斯说："我知道你的不幸了，俄狄浦斯，我知道你是一个怎样的人，因为你戳瞎自己眼睛的行为已经使我明白了。我希望自己能够帮助到你，请你告诉我，你对我和这个城市有什么请求吗？"

"你真是一个善良而又高尚的人，我从你的话语中得到了这样的结论。我想把自己充满罪孽而又满是疲惫的身体送给你作为礼物，这便是我的请求。也许这是一份微不足道的礼物，然而这也是一份十分珍贵的礼物，我希望你能够收下它。如果你能够埋葬我，那么你将得到丰富的报酬。"

忒修斯对俄狄浦斯提出的这个微不足道的请求感到很惊讶，他说道："我能够满足你更多的请求，你尽管提出来吧。"

俄狄浦斯说："这份请求并不像你想象的那样微小。如果你收下了我的身躯，好好将它安葬，那么你一定会被卷入一场争端之中，这场争端说不定还会演变成战争。即使这样，我还是要请求你的帮助。"俄狄浦斯向忒修斯讲述了所有事情的前因后果，包括自己的厄运、所犯下的罪孽、被流放的原因以及他的家人逼他回去的事情。

忒修斯听了俄狄浦斯的讲述后，坚决地说："我绝对不会把你赶出我的国家的，因为这是一个欢迎任何朋友到来的国家，况且你是受神祇的指引而来的，是按照神谕的指示才来到这里寻求帮助的。”忒修斯征求俄狄浦斯的意见，问他是和自己一同回到雅典还是就留在库洛诺斯，俄狄浦斯选择留在了库洛诺斯。俄狄浦斯认为既然是命运安排让他来到这里的，那么这里就是他赎罪的地方，也是他流亡的终点，只有在这里，他才能结束一切。雅典王忒修斯答应为俄狄浦斯提供保护，随后便回到雅典城去了。

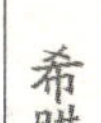

俄狄浦斯和克瑞翁

告别了俄狄浦斯，忒修斯回到了雅典城。不久，克瑞翁就带着武装好了的部队从底比斯向库洛诺斯入侵。

克瑞翁到达了库洛诺斯之后，向村民们说到：“你们一定会感到惊讶，但是请不要害怕。我的部队来到你们的城市并不是为了攻打你们或者侵犯你们的领地。我只是一位老人，我还没有胆量来攻打希腊最强大的国家，更不敢向这个国家中最神圣的土地进行挑衅。我只是应我的人民的要求来说服这个人的，请他和我一起回底比斯去。”说完他又假惺惺地向俄狄浦斯父女表示同情。

俄狄浦斯感到非常愤怒，他向克瑞翁大声咆哮着，并举起了手中的乞讨棒，不想让他靠近自己：“你把我所有的一切都抢走了，不让我回到自己的国家，让我遭受流亡之苦，你还嫌我所受的苦难不够多吗？你这个强盗。我永远都不会满足你的愿望的，我绝不会跟你回到你的城市，为你们消解灾难的。你们永远不会得到神祇的眷顾，复仇的妖魔将与你同在。我那两个不孝的儿子永远都不会得到他们想要的土地，他们最终所能拥有的就是他们死去时的那两块墓地。”

克瑞翁无法劝服俄狄浦斯，便想使用武力劫持他回去，但受到了库洛诺斯村民们的阻挠，他们不让克瑞翁在这里做出亵渎圣地的事情。克瑞翁于是只好设计劫持了俄狄浦斯的两个女儿，并不顾当地村民的反抗，带走了两位姑娘。计谋得逞之后，克瑞翁向俄狄浦斯挑衅道：“你这个没用的瞎子，没有别人的帮助，你一个人还能怎样去流浪呢？”接着，态度嚣张的克瑞翁又逼近这位盲人的身旁，想用武力让这位老人屈服。正在这时，忒修斯赶了过来，他听说了底比斯人带着武装部队侵入到库洛诺斯的消息之后，感到非常生气，立即就赶来了。他赶来时又知道俄狄浦斯的两个女儿被抢走了，便马上派人骑马飞奔着去追赶。他来到克瑞翁面前气愤地说：“如果你不把俄狄浦斯的两个女儿放回来，就休想带走他。”

看到忒修斯，克瑞翁殷勤起来，谄媚地说：“埃勾斯的儿子忒修斯啊，我敬重你和你的国家，我并不是来侵犯你的领土的，我只是想把这个罪人带走，但我不知道你的子民为什么会如此袒护一个十恶不赦的罪人，要知道，这个瞎子曾经杀父娶母啊。”

忒修斯并没有为克瑞翁的话所动摇，他愤怒地命令克瑞翁住口，让他交出俄狄浦斯的两个女儿。没过多久，那两个姑娘就被救回来了。她们回到了俄狄浦斯的身边。克瑞翁的计谋无法得逞，只得带着自己的部队离开了库洛诺斯。

俄狄浦斯和波吕尼刻斯

克瑞翁离开后，俄狄浦斯留在了库洛诺斯，但是他仍不能得到安宁。一天，俄狄浦斯的一位亲人来到了库洛诺斯，忒修斯把这个消息告诉了俄狄浦斯，而俄狄浦斯此刻正在波塞冬神庙圣坛前祈祷。

俄狄浦斯的这位亲人并不是从底比斯来的，原来他就是俄狄浦斯的儿子波吕尼刻斯。俄狄浦斯大吼道："那是我的儿子，我不想见到他！"但是他的女儿安提戈涅却无法无视自己的哥哥，于是她说服了自己的父亲，让他平静下来，至少先听听这个哥哥的来意再做决定。俄狄浦斯听从了女儿的建议，打算见见自己的儿子，但是他害怕这是波吕尼刻斯的阴谋，害怕儿子实际是想挟持自己，于是他想要再次请求忒修斯派人保护自己。

"我看到他泪流满面地站在那里，并没有带着任何随从。"安提戈涅认为波吕尼刻斯进来时的那副样子就表明他的意图和克瑞翁的是不一样的，她把自己所看到的告诉了双目失明的父亲。

俄狄浦斯惊讶地回头问道："那个人真的是他吗？"

安提戈涅回答道："是的，父亲，那个站在你面前的人的确就是你的儿子波吕尼刻斯。"

波吕尼刻斯来到俄狄浦斯的面前，跪倒在自己父亲面前，用双手抱住他的双膝，诚恳地看向父亲。他看到父亲的两个眼窝已经深陷了下去，头发也已经花白，穿着破烂的乞丐衣衫，显得十分憔悴。他心里感到十分悲痛，恳求道："父亲，我来这里是为了请求你的原谅的，我知道我的罪孽深重，我让你过着痛苦的流亡生活，我知道你不能理解我，而且很难宽恕我，但是我仍然恳求你的原谅。哦，我亲爱的妹妹们，请你们帮帮我，让父亲原谅我吧！"

安提戈涅看到哥哥变成这样，就温和地询问道："哥哥，你先告诉我们，你为什么会来到这里呢？也许你的话能够打动父亲，使得他原谅你呢。"

听了妹妹的话，波吕尼刻斯把事情的经过告诉了他们，他把自己是怎样被弟弟驱逐，怎样被亚各斯的国王阿德拉斯托斯收留并娶了国王的女儿，怎样回去找弟弟复仇，怎样联合了盟国的军队围困住底比斯的说了一遍。说完这些，他请求父亲和他一起回去，并承诺如果推翻了弟弟的统治，便会把王位还给父亲。

但是波吕尼刻斯的话语和忏悔并没有打动他的父亲，俄狄浦斯说："你和你的弟弟都不是我的孩子，我的孩子是不会对自己的父亲做出这样的事情的。你们要的只有政权，只要政权在手，你们便会驱逐自己的父亲，这样的你们让我怎么信任？因为女儿的帮助，我才能活到现在。我现在就可以回答你，我是不会答应你的，你和你的弟弟都应该受到惩罚，你们必定会自作自受——死于自己所造下的罪孽的，而你们父亲的城市是绝对不会被你们摧毁的。"

听了俄狄浦斯的咒骂，波吕尼刻斯从地上站了起来，惶恐地向后退了几步。安提戈涅走了过来对他说："哥哥，你听从我的劝告吧，你绝对不能在父亲的国土上进行违逆天理的战争，快让你盟友把军队撤回去吧。"

波吕尼刻斯说道："我不会撤回军队的。对于现在的我来说，撤回军队不仅是耻辱，还意味着灭亡。我宁可与我的弟弟同归于尽，也不想对他妥协。"说完，他就绝望地离开了。

亲人们的劝说无法使俄狄浦斯动摇，他诅咒自己的两个儿子一定会遭到上天的惩罚。然而，他自己也即将走到生命的尽头了。

有一天，天上突然响起了震耳欲聋的雷声。俄狄浦斯认为这是上天给他的指示，便请求能和忒修斯见上一面。天空逐渐暗淡了下来，没有一丝光亮。俄狄浦斯担心忒修斯还没来到自己就已经死去，他还有很多话没有对忒修斯说，他还没有感谢忒修斯一直以来对自己的帮助与保护。忒修斯终于赶到了，俄狄浦斯感谢了他并祝福了他的国家。最后俄狄浦斯终于感受到了死神的召唤，他让忒修斯服从神祇的意思，陪他到他应该离开这个世界的地方去，并要求不能让任何人触碰自己的尸体。为了能够保护雅典，不让雅典陷入战争，俄狄浦斯让忒修斯把自己的尸体葬到一个秘密的地方，不要告诉任何人。俄狄浦斯允许自己的女儿和库洛诺斯的村民送自己一程，但是任何人都不准触碰他。就这样，一群人走进属于复仇女神的神圣的森林，陪着俄狄浦斯走完最后的一段路。此时这位眼瞎的国王，好像突然能看见了一样，朝着命运女神指引的方向，一路昂首阔步而行。

俄狄浦斯来到森林尽头，在圣林深处的大地上，裂开了一个巨大的缝隙，缝隙形成的巨大的洞口中有一道铜门槛，许多蜿蜒崎岖的小道直通向这里，据说这就是通向地府的洞口。俄狄浦斯不让其他人继续跟随自己，独自走向前。他来到一个蛀空的树前坐下，进行最后的净身仪式。他解开衣服的带子，脱下褴褛的乞丐衣服，用洁净的泉水洗去自己身上的污垢，穿上了女儿带来的干净的衣服。做完这一切之后，俄狄浦斯感觉自己变得精力充沛了。此时，像是在召唤他一样，地下传来了阵阵雷声。俄狄浦斯拥抱住自己的女儿，亲吻着她们："再见了，我的孩子们，从今天开始，你们的父亲将永远离开你们了。"

就在这时，众人耳边又突然传来一阵隆隆的响声，大家不知道这响声是来自天空，还是来自地狱。"俄狄浦斯，你还在耽搁什么？你还在犹豫什么？"一个声音大声地问道。

俄狄浦斯放开了被他所拥抱住的女儿们，把她们的手放到了忒修斯的手里，把她们托付给忒修斯。然后他吩咐除了忒修斯之外的所有人都转身回去，只有忒修斯跟着他走到了洞口的门槛前。村民们和他的女儿们听从他的指示转身往回走去，走了很长一段路之后，他们才回过头来张望。这时，俄狄浦斯已经消失得无影无踪了。这简直就是一件神奇的事情，天空中既没有了闪电，也没有了雷鸣，甚至连一丝风也没有，仿佛刚才就是一场梦。忒修斯独自一人站在那里，好像被刚才那奇迹般的景象刺激到了双眼一般，他用双手遮住眼睛。他向着那个地方进行祈祷，随后，他便带着俄狄浦斯的两个女儿回到了雅典。

赫拉克勒斯的后裔

赫拉克勒斯的后裔来到雅典

亚各斯的国王欧律斯透斯再也用不着害怕赫拉克勒斯了，因为赫拉克勒斯已经被召唤上天了，于是欧律斯透斯就想方设法地报复赫拉克勒斯的子孙们。赫拉克勒斯的子孙们大部分都住在阿尔戈斯的首都迈锡尼，和赫拉克勒斯的母亲阿尔克墨涅生活在一起。为了避免受到欧律斯透斯的迫害，他们逃到了特拉奇斯，希望得到特拉奇斯国王的保护。但是欧律斯透斯依旧不肯罢休，他要求特拉奇斯国王刻宇克斯交出赫拉克勒斯的子孙们，否则他将会对这个国家发动战争。赫拉克勒斯的子孙们害怕国王把他们交给欧律斯透斯，又从特拉奇斯逃走了。幸运的是，身为赫拉克勒斯的侄子和朋友的伊俄拉俄斯，也就是伊菲克勒斯的儿子，非常照顾他们。伊俄拉俄斯年轻的时候，曾经和赫拉克勒斯一起经历了种种磨难，饱受命运的考验，两人关系密切。现在的伊俄拉俄斯虽然已经年老体弱，头发花白，但仍守护着自己老朋友的子孙。他和赫拉克勒斯的子孙们一起辗转各地，想要巩固赫拉克勒斯在伯罗奔尼撒所取得的名声、地位和财产。为了躲避欧律斯透斯的追捕，他们辗转来到了雅典。这时的雅典的国王是忒修斯的儿子得摩丰，他刚刚登上王位就赶走了自己的敌人梅纳斯透斯。

赫拉克勒斯的子孙们和他的朋友伊俄拉俄斯一起来到了雅典，在一片非常靠近宙斯的祭坛的旷野中搭起了帐篷。他们伏在圣坛上祷告，祈求能够得到雅典人的庇护。一位欧律斯透斯派来的使者对他们进行了威胁，并嘲笑他们和伊俄拉俄斯，“伊俄拉俄斯，不要以为你们来到这里就安全了，即使是雅典人也不敢和强大的欧律斯透斯作对。你们最好现在就赶快回亚各斯去，在那里你们会受到你们应得的惩罚，等待你们的将是被乱石砸死的命运。”

伊俄拉俄斯没有畏惧于使者的恐吓，他回答说：“我们是不会回去的！我们将得到这个圣坛的保护，慈善的雅典人民也会保护我们的。我们不会害怕你这个小人以及你卑鄙的主人的强大军队。”使者继续威胁他们说：“那好，你们听着，你们很快就会被从你们所信仰的土地上赶走，因为我并不是一个人来到这里的，我身后有强大的军队。”

伊俄拉俄斯对着雅典居民大声说道：“善良的人们啊，你们不能让你们所信仰的神坛被这些卑鄙肮脏的人玷污啊，你们不能让需要你们庇护的人们被劫走，因为这将成为雅典城最大的耻辱。”

听到呼喊的雅典人从四面八方涌来，然后看到一群流浪的人坐在他们的神坛旁，他们纷纷议论起来：“那些流浪的人是谁？那个老人是谁？”当他们知道那些需要他们保护的人是大英雄赫拉克勒斯的子孙和朋友时，他们立即对那群流浪到这里来的人表现出了尊重和同情。他们将那个无礼的使者从神坛上赶了下来，并要求他必须先向雅典国王禀报他的要求。

使者库泼洛宇斯被雅典人强硬的气势所镇住，手足无措地问道：“你们的国王是谁啊？”

雅典人回答他：“我们的国王是一位伟大的人，他就是大英雄忒修斯的儿子得摩丰，你必须服从他的指示。”

得摩丰

雅典国宙斯的神坛上坐满了流亡的人，有一个使者要求雅典人把那些人交出来，而那个使者还带来了一支国外的军队。雅典的国王得摩丰在王宫中听到了这样一则消息。接着，得摩丰亲自来到神坛前，他从使者的口中弄清楚了欧律斯透斯的目的。库涉洛宇斯对国王说：“我是亚各斯人，我来这里是为了带走亚各斯的罪人，尊敬的国王，不朽的忒修斯的儿子，你不会为了这群逃亡的犯人而同欧律斯透斯作对吧？你不会不顾及你的雅典城百姓的生命而与我们交战吧？”

得摩丰是一位宽容而又理智的国王，他听了使者的话后并没有轻率地得出结论，而是说：“我现在还不能判定谁对谁错，因为我还没有听到双方的意见是怎样的。而我又怎会如此草率地发起一场战争呢？这位坚定的老人，你是这群流亡人的保护者，你有什么要说的吗？”

听到得摩丰的问话，伊俄拉俄斯从神坛的石阶上站了起来，向这位雅典的国王虔诚地鞠了一躬，说道：“尊敬的雅典国王，这是我们所到达的第一个自由的城市，我是这么感觉的。至少这里的人民和国王还愿意听我们说话，让我们讲述自己的遭遇；在别的国家，我们连说话的权利都没有，因为我们刚到那里就被驱逐出境了。我们从亚各斯被赶了出来，欧律斯透斯想对我们进行迫害，我们怎么还能算是亚各斯的人呢？他们怎么还能说我们是他的臣民呢？我们从亚各斯逃了出来，他们依旧不肯放过我们，难道我们就要任他们宰割了吗？难道除了亚各斯，在整个希腊我们就没有立足的地方了吗？我认为不是这样的，至少在雅典不是这样的！因为这座城市的人民决不会把大英雄赫拉克勒斯的子孙出卖给卑鄙的人！他们的国王也不会将我们从神坛上赶出去的！我可怜的孩子们，你们放心吧，你们终于来到一个安全的国度，这个国家的人不是冷酷的陌生人，而是你们的亲戚。我尊敬的国王，你所保护的并不是外乡人，这些流亡在外、遭受迫害的人都是赫拉克勒斯的子孙，而你的父亲忒修斯和赫拉克勒斯是表兄弟。你的父亲是赫拉克勒斯最重要的朋友，赫拉克勒斯曾经把他从地府中救了出来。”

雅典的国王听完伊俄拉俄斯的叙述，朝他伸出了手，说道：“我不能拒绝你们的请求，我有义务帮助你们，保护这些孩子们。因为我有三个理由必须这样做：一是因为宙斯和这座神庙，我不能亵渎主神对我的厚爱；二是因为我们是亲戚；三是因为赫拉克勒斯对我的父亲有恩，这使得我不能看着你们走上死路。如果我让你们从这座神坛前被人带走，那么这个国家便再也称不上是自由的国家，再也算不上是尊敬神祇的国家，更不能算是善良的国家！所以，这位使者，请你回去告你们的国王，我绝对不会把这些流亡者交给你们。”

看到国王态度如此强硬，库泼洛宇斯害怕地说：“我走！我这就走！”他不死心地威胁着国王和流亡者们，“你们的决定将会给雅典招致一场灾难，在边境有一支等待我们的国王发号施令的军队驻扎着，他是我从亚各斯带来的强大的军队。我们的国王会亲自率领这支军队来征讨你们的。”

得摩丰鄙视地说：“见你的鬼去吧！我不怕你们，更不怕你们所谓的强大的军队。”

赫拉克勒斯的子孙们听到国王的话，都欢呼了起来。这群年轻人激动地从神坛上奔了下来，把自己的手放到国王的手中，表示对这位仁慈的国王的感激之情。伊俄拉俄斯也代表大家向国王和雅典的市民表示感谢。之后，国王便回去了。

国王得摩丰回到王宫后，便紧急部署军队，准备抵御亚各斯的侵犯。首先，他召集了一些擅长占卜和观测天象的人，让他们为即将到来的战争举行隆重的祭礼。然后，他邀请伊俄拉俄斯和赫拉克勒斯的子孙们住进了王宫。不过伊俄拉俄斯一再推辞，说

他们愿意留在神坛，为国王和雅典城的人民祈福，祈求雅典能够取得胜利。只有当雅典取得胜利的时候，他们才会让自己疲惫的身体在雅典的屋檐下得到休息。

战争即将开始了，国王登上了高塔，观察敌军的情况。他看到敌军朝着雅典城行进，而且越来越近，便召集起士兵，命令他们要保护好自己的城市。然后他又和占卜者一起商量对策。当伊俄拉俄斯正在祈祷的时候，满脸忧虑的得摩丰找到了他。国王悲痛地问道："朋友，你说我该怎么办才好呢？虽然我的军队都准备好要和亚各斯人战斗了，但是占卜师的占卜结果却显示，如果我们想要取得最后的胜利，就必须满足一个条件，但是这却是一个让我难以做到的条件。神谕昭示说，我们不需要宰杀牲畜进行祭祀，我们需要的只是牺牲一个出身高贵的年轻女子的生命，只有这样，我们才能获得胜利。我有一个女儿，她算是这里出身最为高贵的年轻女子了，但是我怎么能忍心做出这种事呢？把自己的亲生女儿送上祭台，断送她年轻的生命，这是哪个父亲能忍心做到的事情呢？又有哪户出身高贵的人家愿意把自己的女儿交出来呢？这会引起内战的。"

伊俄拉俄斯和赫拉克勒斯的子孙们听到这个消息都感到非常沮丧。那位老人悲愤地大叫了起来："天哪！我们刚刚爬上了海滩，却又被巨浪卷回到大海里。上天给了我们希望的火花，却又这么无情地抛弃了我们。孩子们，我们完了，国王一定会把我们交出去的。但是，即使这样，我们也不能责怪国王。"突然，他像是想到了什么，眼中充满了希望地说道："我知道拯救我们自己的办法了，那就是把我交给欧律斯透斯！我是大英雄的伙伴，把我处死一定能够消除他心中的仇恨。我是个行将就木的老人，我愿意为这些年轻人——为朋友的子孙牺牲自己的性命。"

得摩丰悲痛地看着伊俄拉俄斯说："我了解你现在的心情，

我为你的高贵的精神而感动。然而，即使你这么做了，也是无法帮助到他们的。你以为欧律斯透斯杀死你一个人就会满足吗？不，他是要对赫拉克勒斯的子孙们进行报复。你刚才的主意是行不通的，如果你有其他办法的话，请一定要告诉我。”

玛卡里阿

聚集在广场上和神坛上的雅典居民发出了悲伤而哀怨的声音，他们认为神谕的消息太过残酷了，他们悲叹的声音甚至传到了王宫中。流亡者们进入雅典后没多久，雅典的国王得摩丰就把赫拉克勒斯年老体衰的母亲阿尔克墨涅和女儿玛卡里阿——赫拉克勒斯与得伊阿尼拉所生的女儿，藏进了王宫中，以免别人看见她们俩。赫拉克勒斯的母亲年老体衰，已经看不见任何东西了，也听不清任何声音了，她无法得知外面到底发生了什么事情，但是她的孙女玛卡里阿却能听见外面广场上传来的阵阵哀鸣声。玛卡里阿知道有什么不好的事情发生了，她非常担心还在神坛中的兄弟们，于是她独自一人从王宫中走了出来，来到了广场上。她走到人群之中，从人们的议论声中得知了神谕所昭示的残酷内容，也知道了雅典国王因为难以执行神谕的指示而一筹莫展的事情。她想，如果事情继续这样发展下去，赫拉克勒斯的族人将全都无法逃脱这场灾难，所以自己必须作出牺牲。

玛卡里阿下定了决心，便前去拜见雅典的国王。她对得摩丰说：“尊敬的国王，你为了我们这些流亡的人不惜和敌人发生战争，你的恩德令我们无以为报。我知道你现在遇到了难以解决的问题，而我也已经知道了那个神谕的内容。神祇要你献出一位出身高贵的年轻女子，这使得你一筹莫展，但是请你不要忘记了，赫拉克勒斯的女儿正在你的宫中呢。我请求你将我作为祭品，献

给诸神，我是赫拉克勒斯的女儿，我想诸神一定会喜欢我这份礼物的。况且，我甘愿为这场战争成为祭品，为了赫拉克勒斯所有的子孙们的安全，我的牺牲是值得的。你为了我们都愿意牺牲成百上千的臣民，而我们为了让你能够实现神谕，自然不会介意牺牲一个人的生命的。如果我们这些人中没有一个人是这样想的话，那么我们岂不是不值得你去保护吗？”

宫殿里的人和伊俄拉俄斯听了玛卡里阿的这番话，都十分震惊于这位年轻女子敢于自我牺牲的勇气。他们沉默良久，无法做出决定。终于，伊俄拉俄斯开口说道：“你的慷慨就义让我们感动，你不愧是赫拉克勒斯的女儿。但我认为这并不是你一个人的义务，依我看，可以用抽签的方法，在赫拉克勒斯的儿女们中选出一个人来做出牺牲会比较好。”

玛卡里阿打断了他的话，说道：“我是心甘情愿为赫拉克勒斯的族人牺牲的，我不希望自己是因为抽签才决定去送死的。不要再犹豫了，否则等敌人率先向我们发起了进攻，神谕就会失去效果了。”

就这样，这位英勇的女子——赫拉克勒斯的女儿，在雅典贵妇人的陪同下，无畏地将自己年轻的生命献给了神祇。

拯救赫拉克勒斯的子孙们的战争

命运是公平的，它不会让人们长久地沉浸在悲痛之中。赫拉克勒斯的女儿玛卡里阿献出了自己宝贵的生命，雅典的居民和那些流亡者们目送着她，亲眼看着她的身体渐渐地消失。祭祀刚刚完成，一个使者就从远处飞快地向他们跑了过来，他表情愉悦，高兴地大声说道：“伊俄拉俄斯在哪里？我给他带了一个好消息。”伊俄拉俄斯面露悲伤地从神坛上站了起来。

使者疑惑地看向伊俄拉俄斯说："你不记得我了吗？我是许罗斯的老仆人，许罗斯就是赫拉克勒斯和得伊阿尼拉所生的儿子啊。我的主人在逃亡的旅途中和你们分开了，他是为了寻找盟军的帮助才离开的，现在他带来了一支强大的军队。"

听到这个好消息，聚集在广场上的人发出了一片欢呼，人们奔走相告，很快，这个好消息就传遍了整个雅典城。伊俄拉俄斯不顾自己已经年老体衰，也穿上了盔甲，拿起了武器，随着那群年轻人和雅典的军队一起，前去与远道而来的援军汇合。伊俄拉俄斯把赫拉克勒斯的母亲和小孩子们留在城中，让雅典城中的老人们来照顾他们。

雅典的军队和许罗斯的军队汇合之后，他们便向着欧律斯透斯的部队的方向进军了。双方的军队接近时，许罗斯从战车上走了下来，站在军队的最前面，朝着亚各斯的国王欧律斯透斯喊话道："欧律斯透斯国王啊！这将是一场残酷的战争，这场战争将会使我们的臣民血流成河，但我们这两支强大的军队却只是为了夺取或是保护少数人的利益。所以在战争开始之前，请你听听我的建议：就由我们两个人来结束这场战争，怎么样呢？如果我败在了你的手上，那么你就可以带走赫拉克勒斯的族人，我们的生命全都任凭你发落；如果你输了，那么你就必须让出应当属于我父亲的王位，将他在伯罗奔尼撒的王宫和统治权全都归还到我们的手上。"

雅典的士兵们和许罗斯带来的盟军都为这个建议感到振奋，他们大声欢呼，表示十分赞同。亚各斯的部队也对这个建议表示同意。然而，欧律斯透斯是个懦弱的人，以前他面对赫拉克勒斯时，就非常胆怯，现在赫拉克勒斯的儿子又这么勇敢，因此，他再次显露出了自己贪生怕死的性格，不敢离开自己的军队。

战争就要开始了，占卜者向神明献上祭祀，军队的号角也已

经吹响。雅典的国王转过身去，对自己的士兵们大声喊道："我的士兵们，你们一定要记住，这场战争是为了我们的国家，我们是为了自己的家人和朋友而战的。"

对面的欧律斯透斯也向着亚各斯的军队喊话，鼓励他们要为了保卫自己的国土英勇奋战。战争的号角终于吹响了，士兵们都英勇地向前冲去，他们把长矛刺向对方，用长剑砍向对方，他们的盾牌相互碰撞，战车相互迎击。战场上的人杀成一团，呻吟不断，鲜血满地。一开始，雅典和许罗斯的联军在亚各斯的军队的攻势之下连连后退，阵脚显得有些不稳。但是他们并没有因此而士气低下，很快他们就开始了反击，不断向前推进。一开始，两个军队的进攻都十分猛烈，双方难分胜负，相持不下，这种状况持续了很长一段时间；可是到了后来，亚各斯的军队开始变得混乱，他们的阵脚已经不稳了，战车和士兵们抵抗不了对方的攻击，连连后退，甚至在后退的时候士兵们还相互推挤踩踏，造成了死伤无数。

伊俄拉俄斯虽然已经年老体弱，但是他依然斗志高昂，精神抖擞。当他看到许罗斯驾着战车从他的旁边经过要去追击逃跑的敌人的时候，他伸出手要求跳上战车代替许罗斯去追击敌人。许罗斯恭敬地把自己的位置让给了这位保护者。伊俄拉俄斯登上了战车，英勇地朝着敌人冲去，他费力地驾着战车在战场上奔跑着。他看到敌人欧律斯透斯正好逃到了雅典娜神庙附近，就向宙斯和青春女神赫柏祈祷，希望他们赐予自己年轻人的力量，让他有能力去和敌人战斗并取得胜利，为赫拉克勒斯的子孙们复仇。伊俄拉俄斯祷告完了之后，奇迹果然出现了，赫柏是赫拉克勒斯在奥林匹斯圣山上所娶的妻子，她降下了两个星星赐给伊俄拉俄斯，这两个闪闪发亮的星星落在了他的马鞍上，战车顿时被浓密的大雾遮蔽住了。不一会儿，大雾消失了，星星也不见了，而站在战车之上的伊俄拉俄斯却变得年轻了许多。他感觉自己精力充沛、精神焕发，便用自己有力的双手挥动着缰绳、驱赶着马车，向敌人的方向追去。

欧律斯透斯逃到了一座山谷中，正当他以为自己已经安全了的时候，他却看到后面有人追了过来。他不认识这个追击他的人，于是没有下战车，而是转过身来，准备应战。伊俄拉俄斯得到了神的恩惠，凭借着自己变得年轻的身体与欧律斯透斯搏斗，并将其击倒在地，然后捆绑起来扔进了自己的战车中，将他作为战利品带了回去。

亚各斯的士兵们知道自己的国王欧律斯透斯被活捉的消息，开始军心溃散，四处逃窜。欧律斯透斯的儿子们和许多亚各斯人都被雅典人打死了。很快，这片战争的土地上躺满了雅典人的敌人的尸体。

欧律斯透斯和阿尔克墨涅

雅典的军队和盟军打败了亚各斯人，他们凯旋而归，回到了城里。这时伊俄拉俄斯又恢复了他原来的面貌，他驾着战车，而战车上躺着被捆绑而来的欧律斯透斯。伊俄拉俄斯把欧律斯透斯带到赫拉克勒斯的母亲面前。这位母亲一看见欧律斯透斯便愤怒地咒骂道："你这个罪人终于被抓来了！你终于要偿还你所犯下的罪孽了，神祇是不会饶恕你的！抬起你肮脏的脑袋，看看我们，看看这些常年被你折磨、侮辱的孩子们。我那可怜又伟大的儿子赫拉克勒斯啊！你想霸占他的权利和财产，就用毒蛇猛兽来杀害他。你想让他永远都回不到人间，就把他赶进了地府。你还迫害他的母亲和子孙，想置我们于死地！但是你的阴谋却没有得逞，你碰到了对你毫不畏惧的人！这座城市中的人民都是自由善良的人民！他们是绝对不会对你这个狡诈的人妥协的！如今你死定了！因为你的罪恶实在太大了，大得让所有人都想把你慢慢折磨到死！”

听到这样斥责的话，欧律斯透斯十分害怕，但他却故作镇定地说：“我并不怕死。但是我想为自己辩护，我还有几句话要说：向赫拉克勒斯和他的子孙们复仇，并不是出于我个人的欲望或者想法，而是主神的妻子赫拉吩咐我这样做的，是她让我去迫害赫拉克勒斯，让他永远不得安宁的。赫拉克勒斯去了奥林匹斯圣山，于是我只好折磨他的子孙。他的子孙中一定会有想为他报仇的人，那个人就是我的敌人，我就是这么想的。既然现在我被你们抓到了，我就任凭你们处置好了，但是我不惧怕死亡，我更不会感到悲伤。”

欧律斯透斯说完这些话，表情显得很镇定，让人觉得他似乎真的不怕接受死亡。而许罗斯也不想严酷地对待欧律斯透斯，因为雅典城向来有宽容的习俗，自由的雅典居民也想保持他们城市的传统，宽容地对待敌人。然而，赫拉克勒斯的母亲却并不愿意轻易地宽恕这位敌人。长久以来，她亲眼看到眼前这个罪人是怎样折磨自己的儿子的，是怎样想置他于死地的，是怎么追赶自己的这些子孙们的；也是这个人，他把自己及子孙们赶出了自己的国家，使得大家不得不四处流浪；而且，她更不愿让自己的孙女白白献出了年轻的生命。更何况，如果今天取得胜利的是这个魔头，那么这个人是绝不肯轻易饶恕他们的。

这位老妇人想到这里，不禁大声喊道：“不能饶了他！应该处死他！”

欧律斯透斯转过身对雅典人说：“这是一个自由的城市，你们是善良的居民，我感谢你们为我说情。我的死是不会给你们带来麻烦的。我只有一个请求，给我一座坟墓，请你们将死后的我安葬在雅典娜神庙旁，那么我将会像一个被你们友好对待过的客人一样，守护着你们的土地，不会让任何敌人靠近你们。但是请你们记住，现在被你们保护、受到你们礼遇的赫拉克勒斯的族人，在未来的某一天一定会对你们恩将仇报。他们会侵犯你们的国土，破坏你们的家园，让你们生活在苦难之中。而那时，我这个赫拉克勒斯的仇人则会成为你们的守护者。”说完这些，欧律斯透斯便从容地死去了。

许罗斯和他的子孙

欧律斯透斯死了，赫拉克勒斯的子孙们终于战胜了一直折磨着他们的敌人。他们对保护了他们并且帮助他们取得了胜利的得摩丰表示感谢，发誓与雅典人永远是朋友。随后，他们在许罗斯和伊俄拉俄斯的带领下离开了雅典。在返回的路上，他们到处都能遇到想要和他们结盟的人，这些人加入了他们的队伍，随着他们一起回到了从欧律斯透斯手中夺回的领土——伯罗奔尼撒半岛。然后他们又花费了一年的时间，占领了除了亚各斯以外的全部城市。

但是在这个时候，整个岛屿上流行起无法阻止的瘟疫。赫拉克勒斯的子孙们向神祇祈求神谕，神谕给他们的昭示说明：是他们自己引来了这场瘟疫，因为他们没有按照规定的时间回到这里，他们提前回来了。于是他们又从这个半岛退了出去，回到了阿提喀地区，住在马拉松平原上。许罗斯娶了美丽的女子伊俄勒为妻，这是他父亲的愿望，因为赫拉克勒斯曾经想娶这位女子。许罗斯想回到属于自己的国土上去，那是他父亲留下的土地，他想夺回来。于是他来到了德尔斐，在这里祈求神祇的昭示。他得到的神谕是：当第三次庄稼收获的时候，他们就可以回去了。但是许罗斯理解成了要等到第三年秋收的时候，于是他等到第三年夏天过去之后，便对伯罗奔尼撒发动了战争。

此时，阿特柔斯继承死去的欧律斯透斯在迈锡尼当上了国王。阿特柔斯是坦塔罗斯的孙子、珀罗普斯的儿子。当阿特柔斯看到许罗斯带领军队来到迈锡尼时，便和特格阿城及附近的城市结成同盟军，组建起了一支能够抵挡敌人的军队。这支同盟军和许罗斯的军队在哥林多地峡附近相遇，两军对峙，各自安置扎营。许罗斯再次提出了和敌军的主帅单独对抗的建议，他不想希腊这片美丽的土地被战争所糟蹋。他希望双方能够签下盟约：如果他战胜了对方，那么迈锡尼就归赫拉克勒斯的族人统治；如果他失败了，那么赫拉克勒斯的子孙就必须发誓，他们将在五十年内不得靠近伯罗奔尼撒地区。

阿特柔斯的军队接受了许罗斯的建议，特格阿国王厄刻摩斯表示愿意和许罗斯进行比武。他们在战场中单独对抗着，这是两个智勇双全的人的对抗，他们打得不分上下。最终，许罗斯败给了对方。死前，他对那个神谕的昭示表示出了困惑不解，就这样痛苦地闭上了双眼。赫拉克勒斯的族人们遵照和对方订下的盟誓，居住在马拉松地区，五十年内没有进入伯罗奔尼撒。

时光飞逝，很快五十年过去了。许罗斯和伊俄勒所生的儿子克莱沃特奥斯这时候也五十岁了。因为距离约定已经过去了五十年，如果赫拉克勒斯的子孙们要夺回领土的话，他们将不会受到任何约束。于是克莱沃特奥斯聚集起赫拉克勒斯的其他子孙们，组建起了军队，打算去夺回伯罗奔尼撒那一片理应属于自己的国土。这个时候距离特洛伊战争已经三十年了。然而，克莱沃特奥斯和他的父亲一样不走运，他和他的士兵全部都战死了。

又过去了二十年，阿里斯多玛库斯，也就是克莱沃特奥斯的儿子、许罗斯的孙子、赫拉克勒斯的重孙，又想发动战争，夺回属于自己族人的国土。这时的伯罗奔尼撒正被提萨墨诺斯所统治，他是俄瑞斯忒斯的儿子。但是阿里斯多玛库斯也像他的祖父许罗斯一样，错误地理解了一则神谕。神谕告诉他：从狭窄的小道穿过去，就会取得胜利。结果他通过哥林多地峡侵略伯罗奔尼撒地区，最后他和他的祖父、父亲一样战败而死。

时间又过去了三十年，距离特洛伊战争结束已经有八十年了。赫拉克勒斯的子孙们并没有忘记祖辈们夺回领土的愿望。阿里斯多玛库斯的三个儿子忒梅诺斯、克瑞斯丰忒斯和阿里斯多特莫斯又组建起了军队，准备夺回他们祖先的土地。尽管前几个神谕的意思很模糊，但他们仍然没有抛弃对神祇的信仰，他们继续请求女祭司为他们占卜战争的输赢。忒梅诺斯是三兄弟中的老大，他失望地说："我的先辈们都听从了神谕的指引，但是他们最后还是战败了，而且还葬送了自己的性命！"对于他们的不幸，神祇非常同情，便通过女祭司向他们解释那些神谕的含义。女祭司说："你们的祖先不明白神谕真正的意思，所以遭受了不幸！神祇所说的'第三次庄稼收获'并不是指地上庄稼的收获，而是指你们家族的后代的第三代传承者。克莱沃特奥斯是第一代，阿里斯多玛库斯是第二代，而第三代指的就是你们，你们才是能够取得胜利的一代。而那个'狭窄的小道'指的是科任科斯海峡，而不是它对面的哥林多地峡。那些神谕的真正含义，你们如今可算是明白了。现在你们该要怎么行事，就等着神祇的帮助吧。"

女祭司的话让忒梅诺斯恍然大悟。他立刻联合自己的兄弟们以及和赫拉克勒斯的其他子孙们组建起了一支军队。他们在克洛地区建造了一只战船，后来这一地区被称为诺帕克托斯，意思是造船厂。虽然他们理解了神谕的真正含义，但是要取得这场战争的胜利也不是那么容易的事情，他们需要付出极大的努力。当他们的部队终于集结完毕、准备向敌军进发的时候，他们中最小的兄弟阿里斯多特莫斯却突然遭到了雷击，意外死去了，他们只好停下来先埋葬了自己的兄弟。当他们终于要出发的时候，一位星象家找到了他们。这位星象家嘴里嘟囔着神谕，说是受神祇的指派而来。他们在慌乱之中，将这位星象家当做了巫师，甚至有人认为他是伯罗奔尼撒人派来的卧底。希珀特斯十分生气，一枪刺死了星象家。赫拉克勒斯的子孙们所做的这件事让诸神十分生气，于是诸神决定给他们降下灾难，让他们的战船在暴风雨中沉没，船上的许多士兵被淹死。诸神又让他们在陆地上的士兵们遭到饥饿的折磨，他们的军队就这样不断衰弱了下去。

这些灾难让他们受尽苦难，看起来他们将难以赢得战争的胜利。忒梅诺斯再次祈求神谕，神谕回答他："你们遭受的这些不幸都是自找的，因为你们杀害了无辜的星象家。只有找到一个有着三只眼睛的人来指挥你们的部队，你们才有可能取得胜利。"遵照神谕的预言，希珀特斯被驱逐到了国外。然而，神谕所指示的那个有着三只眼睛的统帅却很难找到，这让赫拉克勒斯的子孙们十分为难。即使如此，他们依旧对神祇的指示深信不疑，四处寻找着神谕中所谓的拥有三只眼睛的指挥者。有一天，他们遇到了埃陀利亚王族的后裔，那是海蒙的儿子，名字叫做俄克雪洛斯。俄克雪洛斯在赫拉克勒斯的子孙们侵入伯罗奔尼撒的时候因为犯了杀人罪，从埃陀利亚逃到了伯罗奔尼撒的一个小国去避难。过了一段时间，他因为思念自己的故乡便再次回到了故土。在返回故乡的路上，俄克雪洛斯遇到了赫拉克勒斯的子孙们。俄克雪洛斯正是赫拉克勒斯的子孙们所要找的拥有三只眼的人，他有一只眼睛被以前的敌人用箭射瞎了，他还骑一头驴，他的那只完好的眼睛和他所骑着的那头驴的两只眼睛合在一起，就是三只眼睛了。

赫拉克勒斯的子孙们找到了三只眼睛的人，他们为神祇终于眷顾了他们而十分高兴。于是，他们让俄克雪洛斯成为他们的领袖，又重新建造军船、集结队伍，然后向敌人发起了进攻。最终，他们杀死了国王提萨墨诺斯，夺取了伯罗奔尼撒地区的统治权。

赫拉克勒斯的子孙瓜分伯罗奔尼撒

赫拉克勒斯的子孙们终于夺回了他们的国土——那片在伯罗奔尼撒的土地，这是他们通过一百多年坚持不懈的努力和艰苦战斗的结果。他们设立了三座神庙，供奉着主神宙斯，然后举行祭祀。他们用抽签的方法划分了半岛上城市的所有权。按顺序，三个签将分别决定亚各斯、拉西提蒙、美索尼亚的所有者。他们把写着自己名字的签投在装满水的瓶罐中，第一个被拿出的石块上所指示的人将得到亚各斯，第二个被拿出的石块所指示人将得到拉西提蒙，最后的人将得到美索尼亚。忒梅诺斯和阿里斯多特莫斯的双生子欧律斯透涅斯、珀洛克勒斯都把写有自己名字的石块当做签投进了瓶罐。克瑞斯丰忒斯十分的奸诈，他想得到美索尼亚，便将一块土投入了盛水的瓦罐中，那个土块立刻在水中散开了。

他们将“石块”都投进了瓦罐，最终忒梅诺斯得到了亚各斯城，而阿里斯多特莫斯的双生子则得到了拉西提蒙。最后他们觉得没有必要再拿出第三块石头，于是美索尼亚成了克瑞斯丰忒斯的领地，克瑞斯丰忒斯终于如愿以偿了。

分完土地之后，他们接着向神祇献祭，便各自走向了神坛。就在这时，奇妙的事情发生了，在祭祀的神坛上，他们每个人都发现了一只动物。一只蟾蜍出现在分到亚各斯的忒梅诺斯的神坛上；而分得拉西提蒙的双生子的神坛上则出现了一条蛇；一只狐狸出现在被分到美索尼亚的克瑞斯丰忒斯的神坛上。这些祭祀者

们在惊讶的同时，也感到非常疑惑，他们询问占卜的人这些突然出现的动物所代表的寓意。占卜者告诉他们：“蟾蜍是最容易被外界伤害的动物，所以发现蟾蜍的人应该留在家中，以免受到外界的伤害；发现蛇的人是个厉害的侵略者，他不畏惧走出自己的国境，更不满足于自己的疆域；狐狸代表着诡计，他既不会主动进行侵略也不会死板地守护自己的疆域，诡计将是他保护自己的最大武器。”

之后，蟾蜍、蛇、狐狸便成了这三个城市士兵的盾牌上的标志。当然，赫拉克勒斯的子孙们分土地时也没有忘记俄克雪洛斯——那个三只眼的领导者，是他带领他们夺回了自己的土地，为了表达对俄克雪洛斯的感谢，他们便让他成为厄利斯的国王。此时，除了亚加狄亚山地，整个伯罗奔尼撒半岛都成了赫拉克勒斯子孙们的领地。在这个半岛上建立的国家中，只有斯巴达存在了比较长的时间。而在亚各斯城，忒梅诺斯把女儿希尔纳嫁给了赫拉克勒斯的一个曾孙达埃丰特斯。忒梅诺斯对他这个女婿非常倚重和信任，人们认为他会把自己的王位也传给女儿和女婿。忒梅诺斯的儿子们对这件事十分不满，于是勾结在一起，反叛了自己的父亲，最终杀死了他。亚各斯人则依照传统推举了忒梅诺斯的长子成为国王，但是他们希望自己的国家能够变得更加自由和民主，因此他们采用各种办法来限制国王的权利，最后使得国王失去了实权。

奥德修斯的故事

忒勒玛科斯和求婚者

血雨腥风肆虐的特洛伊战争过后，幸免于难的希腊英雄先后回到日夜思念的故乡。然而，拉厄耳忒斯的儿子——伊塔刻国王奥德修斯却没有那么幸运，没有和大家一同返回故乡，而且漂泊到了一座孤岛上。这座孤岛叫俄奇吉亚岛。提坦巨人阿特拉斯的女儿卡吕普索，她把奥德修斯挟持到孤岛上的一个山洞里，表示愿意以身相许。但是奥德修斯没有答应她，因为他不想背叛他的结发妻子珀涅罗珀。

同情奥德修斯的众神们商议后决定，卡吕普索必须尽快释放奥德修斯。于是，雅典娜派使者赫耳墨斯来到人间，向卡吕普索传达宙斯的旨意。而她自己也离开奥林匹斯圣山，来到了伊塔刻岛。她摇身一变，变成了塔福斯人的国王门忒斯，手执长矛，轻松进入属于奥德修斯的宫殿。

宫中一片混乱，空气中弥漫着悲哀。美丽的珀涅罗珀和她的儿子忒勒玛科斯已不再是宫殿的主人了。当初，珀涅罗珀的父亲伊卡里俄斯，为了给女儿找个好夫君，曾举行比赛招亲，宣布将貌若天仙的女儿许配给比赛的胜利者。奥德修斯赢得了比赛，也得到了聪明而美丽的珀涅罗珀，婚后珀涅罗珀随奥德修斯来到了伊塔刻。与奥德修斯一样，她也一直对爱情忠贞不渝。特洛伊陷落的消息传到伊塔刻后，她看到英雄们陆续返回家乡，唯独不见自己的爱人奥德修斯归来，心急如焚。时间一久，就有人谣传奥德修斯死了，而越来越多的人也信以为真了。变成了寡妇的珀涅罗珀仍有着无穷的魅力，她的美貌和伊塔刻的巨大财富吸引了众多的求婚者。这些求婚者包括伊塔刻王子十二个，邻近的萨墨岛王子二十四个，查托斯岛王子二十个，杜里其翁王子五十二个。除了求婚者本人外，他们每人还带着一个使者，一个歌手，两个厨子及一大群随从。求婚者们强行住到奥德修斯的宫中，吃喝玩乐，尽情挥霍着奥德修斯的财富，不知不觉已经过了三年了。

装扮成门忒斯的雅典娜走进宫殿，正好看到求婚者们在寻欢作乐。满脸悲伤的忒勒玛科斯坐在求婚者中间，期盼父亲奥德修斯早日归来，赶走这群不要脸的无赖。忒勒玛科斯看到国王装扮的雅典娜走进宫来，迎上去同她握手，以示欢迎。雅典娜将手中的长矛放到柱子旁的枪架上，接受了忒勒玛科斯的邀请入座。

忒勒玛科斯起身朝新来的客人鞠了一躬，凑到她身边，压低声音说："你看到这些人是如何挥霍我父亲的财富了吧？我的父亲恐怕是不能回来惩罚这些人了。尊贵的客人，请告诉我你是谁？""我是门忒斯，"雅典娜答道，"我是安喀阿罗斯的儿子，塔福斯海岛的统治者。我们两家世代交好。我知道你的父亲还活着，他被迫留在一座荒岛上。我相信他很快就可以回到故乡。忒勒玛科斯，实不相瞒，我与你父亲在出征特洛伊前就已经相识了，后来就再也没见过他。现在我仍然不明白，宫里为何如此热闹？是你在宴请宾客，还是在举办婚礼？"

听完这些话，忒勒玛科斯长叹一声，说："啊，尊敬的朋友，我家过去地位显赫并非常富有，但现在却完全变了样。突然来了这么一大群人，他们是来向我的母亲求婚的。虽然母亲拒绝了他们，但仍无法将他们赶走。他们破坏了宫中原有的宁静，任意挥霍我父亲的财富，不用多久，我们就要破产了。"

听到这里，雅典娜顿时感到有些悲伤，她愤怒地说："啊，孩子你多么需要父亲啊！现在让我来告诉你该如何赶走他们。明天，你起床后就让求婚者们都回去。并且你要告诉你的母亲，如果她想再嫁人，就应该回她的父亲那里去。她的父亲可以为她准备嫁妆，举办婚礼。然后你要马上准备最好的海船，再挑选二十名水手，尽快出海去找你的父亲。你可以先去皮洛斯岛，那里有位德高望重的老人，名叫涅斯托耳。如果他对你父亲的事一无所知，你再去斯巴达寻找英雄墨涅拉俄斯，因为他是最后一个离开特洛伊的希腊人。如果你从他那里得知你父亲还活着，你就在他那里住一年；如果你从他那里听说你父亲已经死了，就立即回来，祭祀死者，并为其建墓立碑。到那时，如果求婚者仍然赖在宫中不走，你就得动用武力或用计谋把他们杀掉。你已经长大了，不再是小孩子了！难道你没有听说过年轻的俄瑞斯忒斯为了替父报仇，杀掉了凶手埃癸斯托斯，赢得了巨大的荣誉吗？你要好自为之，留得美名万古扬！”

忒勒玛科斯向慈父般的客人表示了感谢，感谢她所提出的有益建议。当客人动身离开时，他想送一件礼物给客人，但化装成门忒斯的雅典娜对他说以后来时再把礼物一并带走。话音刚落，她就不见了。忒勒玛科斯感到非常吃惊，猜想她一定是一位神祇。

在宫殿大厅中，菲弥俄斯还在忘情地弹唱，他在为从特洛伊返回家乡的希腊英雄演唱。坐在内室的珀涅罗珀流着泪对歌手说：“善良的歌手啊，请你唱首别的吧，这首歌使我更加怀念那位名扬全希腊、至今未归的英雄！”

忒勒玛科斯温和地对自己的母亲说：“母亲，你别责怪歌手了，他可以唱任何他喜欢唱的歌。我的父亲不是唯一没有回家的人，在特洛伊城前不知牺牲了多少希腊英雄！亲爱的母亲，你回到房里纺纱织布去吧。发号施令是男人的事，是我的事，因为我是这座宫殿的主人。”

听完儿子的话，珀涅罗珀觉得他突然就长大成人了。接着，她回到房里，哭着思念自己的丈夫。母亲离开后，忒勒玛科斯走到那些求婚者面前，大声说："求婚的朋友们，明天我要召开国民大会，要求你们各自回家，你们都珍爱自己的财产，那么你们也不应该挥霍别人的财产！你们如果要求婚，就请到我的外祖父那里去。"

翌日清晨，忒勒玛科斯传令召开国民大会。求婚者也悉数被邀请参加。人到齐后，忒勒玛科斯走进大会会场，坐到了奥德修斯的座位上。

第一个起身发言的是佝偻着腰的老英雄埃古普提俄斯，他说："自奥德修斯出征后，我们就没有开过会。今天是谁突然想起召集我们开会呢？为什么要开会呢？难道是敌人犯我边境了？或是为了利国利民的事？不管怎样，我相信，召集会议的人一定是个正直的人，其用意是好的。但愿宙斯为他赐福。"

听完这些话，忒勒玛科斯感到非常高兴，他从座位上站起来，握着父亲的权杖走到会场中间，望着年迈的埃古普提俄斯说："尊敬的老英雄，是我召集你们来开会的。我失去了优秀的父亲，眼下我家又面临灾难，家产即将被挥霍殆尽。我的母亲珀涅罗珀也为不受欢迎的求婚者而烦恼不已。求婚者们不愿接受我的建议，到我外祖父那里去求婚，却天天在我家里宰猪杀羊，畅饮美酒。他们那么多人，我怎能对付得了？"接着他转过身，面向大家说："求婚者们，难道你们没有意识到自己是无理的？难道你们不怕遭到神的惩罚？难道我的父亲得罪过你们？你们要从我这里得到补偿？"

忒勒玛科斯将权杖扔到了地上。求婚者们都默不作声。突然，奥宇弗忒斯的儿子安提诺俄斯起身说："无礼的孩子，这是你母亲的错。三年过去了，不，第四年也快到头了，可她仍在戏弄我们阿开亚人的感情。她支起织布机，对求婚者说：'年轻人，你们必须等待，必须等我为我丈夫的父亲拉厄耳忒斯织好这段寿布。我不能让所有的希腊女人都指责我，说我甚至没给显赫而年迈的老人穿一件体面的寿衣！’她赢得了大家的理解和同情。她白天装模作样地坐在织布机前织布，可是，到了夜里她又偷偷地在烛光下将白天织的布拆掉。她就这样欺骗、玩弄着我们，让我们白等了三年。后来，她的一个女仆偷偷地把消息告诉了我们，夜里我们趁她拆布时闯进了她的房间，戳穿了她的阴谋，并强迫她织完那段布。忒勒玛科斯，我们理解你的要求，也同情你的处境，你可以将你的母亲送到你的外祖父那里去。可是你必须明确告诉她，如果她的父亲为她选中了一个合适的求婚者，或者她已看中某一个求婚者，那么她就必须与那个人结婚。如果她继续欺骗我们这些高贵的希腊人，继续玩弄织布的骗人把戏，我们便要继续留在你的宫殿里吃喝，直到你的母亲选中一个人为止。否则，我们是不会善罢甘休的。”

忒勒玛科斯答道：“安提诺俄斯，我不能将生我养我的母亲赶出家门。如果你们仍坚持无代价地消耗一个显赫男子的遗产，那也请便吧！但我会祈求宙斯和其他诸神帮助我，让你们如数赔偿！”

正当忒勒玛科斯说这些话时，空中出现两只雄鹰。擅长鸟儿占卜的老人哈利忒耳塞斯解释说，这预示着求婚者即将灭亡，因为奥德修斯没有死，他快回来了。求婚者之一，波吕波斯的儿子欧律玛科斯不以为然，他用嘲弄的语气说：“饶舌的老东西，你的预言可吓不倒我们。奥德修斯肯定死在异乡了！”别的求婚者纷纷随声附和，并要求忒勒玛科斯的母亲离开宫殿，回到伊卡里俄斯家里去，在那里挑选她的丈夫。

忒勒玛科斯不想再浪费时间了，他请伊塔刻人为他挑选二十名水手，准备一艘快船，他要去皮洛斯和斯巴达打听有关父亲生

死的消息。他向大家保证，如果父亲还活着，他将再等一年；如果父亲死了，他会劝母亲改嫁他人。就在这时，奥德修斯的老友门托尔，站出来愤怒地对求婚者说："你们中间有谁还记得和善而仁慈的奥德修斯呢？求婚者大肆挥霍他的财产，而在座的诸位却放纵他们胡作非为！我并不抱怨他们，然而，我要责备那些沉默的多数人。"

厚颜无耻的求婚者雷奥克律托斯嘲笑道："你就耐心地等着奥德修斯回来吧。我们倒要看看，当归来的奥德修斯看到我们在用膳，敢不敢跟我们动武？珀涅罗珀虽然日夜期盼着他归来，可当他真的回来时，她不一定会感到特别高兴，因为他很快就会碰到厄运的！好了，男子汉们，我们散会吧！让门托尔和鸟儿占卜家哈利忒耳塞斯去为忒勒玛科斯准备行装吧。要打赌吗？用不了几个星期，忒勒玛科斯就会回来跟我们坐在一起，等待消息。"

求婚者喧闹着离开，国民大会也结束了。求婚者又回到奥德修斯的宫中逍遥快活，大吃大喝起来。

忒勒玛科斯在皮洛斯

忒勒玛科斯打点行装，准备出发。雅典娜化身为忒勒玛科斯亲自前来招募水手，还从富裕的诺蒙那里借来一艘大船。然后她施法让求婚者们喝得酩酊大醉，昏睡过去。接着，她又变成门托尔，来到忒勒玛科斯面前，催他上路。两人一起来到海边，水手们都已经到齐了。他们把一切用品装上大船，起帆远航。

当太阳冉冉升起时，涅斯托耳的城市皮洛斯就已出现在他们的眼前了。当他们靠岸时，皮洛斯人正在举行了盛大的宴饮活动。伊塔刻人登陆后，忒勒玛科斯和化身为门托尔的雅典娜走向人群，涅斯托耳和他的儿子们正坐在人群中。皮洛斯人看到走来一群外乡人，主动迎上去同他们握手，并邀请忒勒玛科斯和他的随从在桌前就坐。涅斯托耳的儿子珀西斯特拉托斯热情地招待着他们。请他们坐在席地而铺的厚实的地毯上，两边是他的父亲涅斯托耳和他的兄弟特拉斯墨得斯。他们在一起畅饮，品尝着美味佳肴。

上了年纪的涅斯托耳看到大家都已经酒足饭饱，便谦逊有礼地询问忒勒玛科斯等人的身世和此行的目的。忒勒玛科斯说，他是奥德修斯的儿子，来这里是为了打听父亲奥德修斯的下落。

涅斯托耳听完后长叹一声，然后向他们讲起了战死在特洛伊的英雄们的事迹及他们归途的经历。遗憾的是，他对奥德修斯的情况却知之甚少，建议忒勒玛科斯到斯巴达去找墨涅拉俄斯。因为墨涅拉俄斯最近刚刚回来，也许他会知道奥德修斯的下落。雅典娜对他的建议非常赞同，并说："我请求你备好快马，派你的儿子护送忒勒玛科斯前往斯巴达。"涅斯托耳爽快地答应了这个要求。当雅典娜听到涅斯托耳答应自己的要求之后，她便摇身一变，化做一只雄鹰，展翅高飞，直插云霄。见多识广的涅斯托耳握着忒勒玛科斯的手说："孩子，不用愁，神在保护着你。雅典娜就在你的身边。"

第二天天刚蒙蒙亮，仆人们套好马车，并在车上准备好了面包、美酒和其他食品，准备将忒勒玛科斯送往斯巴达。忒勒玛科斯吃完饭后上车坐好。珀西斯特拉托斯在他旁边坐下，手执缰绳，挥鞭策马。

忒勒玛科斯在斯巴达

当忒勒玛科斯到达斯巴达时，斯巴达的国王墨涅拉俄斯正在宫里大宴宾客，庆祝他的两个子女订婚。而此时，忒勒玛科斯一行人已来到宫门前，侍卫向国王墨涅拉俄斯报告，有两个体面的外乡人求见。国王立即表示请二位客人。

忒勒玛科斯和珀西斯特拉托斯被引见给国王墨涅拉俄斯。墨涅拉俄斯请两位尊贵的客人坐到了他的旁边。此时，像女神一样美丽的王后海伦从内室走了出来。海伦坐到丈夫身边，好奇地向墨涅拉俄斯询问客人的身世。

珀西斯特拉托斯高声答道："尊敬而高贵的墨涅拉俄斯国王，这位就是奥德修斯的儿子忒勒玛科斯。我的父亲涅斯托耳派我与忒勒玛科斯同来，就是想向你打听奥德修斯的下落的。""天哪，"这位斯巴达国王惊叫起来，"这位客人原来就是我好友的儿子！"墨涅拉俄斯情不自禁地回想起他的好友奥德修斯。

宴会结束后，忒勒玛科斯和珀西斯特拉托斯被安排在宫中就寝。

翌日清晨，国王又向客人问起奥德修斯家里的情况。当听说求婚者正在伊塔刻岛上胡作非为时，国王愤怒地说："这些恶棍

▲ 墨涅拉俄斯和海伦接待忒勒玛科斯

敢在奥德修斯的家里胡作非为，等伟大的雄狮奥德修斯回来时，看他怎么收拾他们吧！让我告诉你们海神普洛托斯在埃及对我说的一切。那时我强迫他预言希腊英雄们归途中的遭遇和命运。普洛托斯说：‘凭我的神眼，我看到奥德修斯被困在一座荒岛上，流泪思乡。仙女卡吕普索困住了他。他找不到船，也找不到水手。’年轻的忒勒玛科斯，这就是我能告诉你的关于奥德修斯下落的全部消息。”

奥德修斯和淮阿喀亚人

宙斯的使者赫耳墨斯向卡吕普索传达了宙斯的旨意，并且强调说，众神之父的旨意是不可以违抗的。卡吕普索虽然对奥德修斯依依不舍，但还是为他准备一些清水、食物、美酒和需要换洗的衣服，并祝他一路顺风。

奥德修斯乘坐着自制小木船踏上了回家的归途。他依照离别时卡吕普索告诉他的识别方向的方法前进。在没有边际的大海上平安地漂流了十七天之后，他终于看见淮阿喀亚的山影。

此时，刚从埃塞俄比亚回来的海神波塞冬恰好路过索吕默山，突然发现了漂流在海上的奥德修斯。他很快召来了乌云，又挥舞开那巨大的三叉戟搅动大海，小船被卷走了，奥德修斯也被巨浪卷入大海之中，他用尽全身的气力抓住了小船，随波漂流。幸好得到海洋女神洛宇科忒阿的帮助，最终脱离险境。

被海洋女神救到岸上的奥德修斯躺在树叶床上熟睡时，并不知道女神雅典娜正在为他而忙碌着。雅典娜赶到了舍利亚岛，走进了贤明君主阿尔喀诺俄斯的宫殿，告诉睡梦中的瑙西卡公主明天将要订婚，赶快起床去河边洗衣服。得到父母允许后，瑙西卡来到了河岸边。在这里她遇见了刚逃离海难用树叶遮挡身体的奥德修斯。女仆们听从瑙西卡的吩咐，为他送上了长袍和紧身衣。奥德修斯穿上衣服，并享用了一顿丰盛的美餐。为了避免尴尬，瑙西卡让奥德修斯在白杨圣林，稍等一会儿。等她进城后，再跟上。

当瑙西卡差不多到达宫殿时，奥德修斯也离开了圣林，雅典娜一路都在帮助他。临近城门时，雅典娜化身为一个手提水罐的淮阿喀亚姑娘，走到奥德修斯面前。并提醒他说："进入阿尔喀诺俄斯的宫殿，你必须先去找王后阿瑞忒。国王对她非常敬重，淮阿喀亚人也都非常尊敬她，只要能博得她的同情，你就不用担心了。"

奥德修斯来到宫殿，王公显贵们正在举行欢宴。在雅典娜的帮助下，奥德修斯来到王后阿瑞忒的面前，抱住她的双膝，哀求说："克塞诺耳的女儿阿瑞忒啊，作为一个哀求者，我匍匐在尊贵的王后和国王面前，请你们帮我——一个流亡在外的可怜人，重返故乡！我在外流浪得太久了。"国王忙扶起奥德修斯，让他在自己身边的椅子上坐下。

在为宙斯献完祭礼后，宴会散了。大厅中只剩下国王、王后和外乡人时，奥德修斯将他如何被卡吕普索留在俄奇吉亚岛，后来离开该岛却在海上遭到风浪，漂到这儿，遇上了瑙西卡这一系列经历如实陈述了一遍。国王阿尔喀诺俄斯听完他的遭遇，答应尽力帮助他返回故乡。

翌日清晨，国王召集所有公民在广场上举行会议。他把奥德修斯也请到了会上，郑重地把这位外乡人介绍给他的人民，要求市民为这位不同寻常的外乡人准备好一艘大海船和五十二名年轻水手。同时，他还邀请在场的贵族共赴为这位外乡人举行的招待宴会，并命令盲人歌手特摩多科斯在席间献艺助兴。

集会结束后，年轻水手们很快就为奥德修斯准备好了一艘坚固的大船。一切准备就绪后，水手们也来到了王宫。王宫大厅和庭院里已经挤满了贵宾。特摩多科斯用嘹亮的歌喉歌颂名扬四海的特洛伊英雄。

在招待宴会上，奥德修斯趁着酒兴将自己的身世诉说给众人：“我是拉厄耳忒斯的儿子奥德修斯，我的家乡在阳光灿烂的美丽无比的伊塔刻岛。特洛伊战争结束后，我与其他希腊英雄一起返回家乡。在我漂流的归途中，先后遇上了康克普斯巨人、仙女喀耳刻、塞壬女仙、卡律布狄斯大旋涡以及太阳神的牛群。在茫茫大海中漂泊了九天九夜之后，神祇可怜我，终于在第十天将我送上了俄奇吉亚岛。那就是女神卡吕普索居住的地方。她收留了我。尊敬的淮阿喀亚国王，最后这件事我已经在昨天向你和王后说过了，就不再赘述了。”

奥德修斯向淮阿喀亚人告别

翌日清晨，淮阿喀亚人将赠送给奥德修斯的礼物搬到船上。阿尔喀诺俄斯还特意在宫中为奥德修斯举行了盛大的告别宴会。

这时的奥德修斯已经心不在焉，他凝望着窗外的阳光海滩，想着自己日夜思念的故乡，渴望能早点启程。最后奥德修斯直截了当地对国王说：“尊敬的淮阿喀亚国王，让我们快点起航吧。愿众神赐福于你，降福于淮阿喀亚人，愿众神保佑我平安到家，早点见到我的妻子、儿子和朋友！”

话毕，奥德修斯便走出了宫殿。默默地登上船，静静地躺下睡着了。勇敢而充满智慧的淮阿喀亚水手们都坐在各自的位置上。解缆起锚后，随着船桨有力地拍打着水面，大船欢快地前行。

奥德修斯回到伊塔刻

当晨星闪耀在破晓的空中时，船朝着奥德修斯日夜思念的伊塔刻岛驶去，不久便驶入了一处平静的港湾。这里是祭奉海洋女神福耳基斯的圣地。

淮阿喀亚水手把熟睡之中的奥德修斯连人带床抬到树下的沙地上，并把阿尔喀诺俄斯和其他王子赠送给奥德修斯的礼物放在了一个隐蔽的地方，然后悄悄地向奥德修斯告别，并重新上船，划桨向家乡淮阿喀亚驶去。

奥德修斯在伊塔刻的海滩上逐渐清醒过来。因为离家实在是太久了，他竟然认不出这个地方了。女神雅典娜降下浓雾将奥德修斯团团围住，她不愿意让奥德修斯看到那些挥金如土的求婚者在他的宫殿里吃喝玩乐，胡作非为。奥德修斯支撑着坐了起来，用拳头敲敲额头，痛苦地呻吟道："多么的不幸啊，又来到了一个陌生的国家。在这里我又会碰上什么怪物呢？"

奥德修斯扫视了一下四周，看到铜三脚鼎、大锅、黄金和衣服都整齐地放在那里，他仔细数了一遍，发现什么都没有少。他有点儿摸不着头脑，沉思着徘徊在海滩上。这时，雅典娜化身为牧人，朝他走过来。奥德修斯友好地问她这是什么地方。女神说："这是闻名世界的海岛——伊塔刻！"

听到日夜思念的故乡的名字，奥德修斯心里甭提有多高兴了！但他仍然留心提防着，没有向牧人道出自己的姓名。雅典娜突然变成了高大而美丽的女神，并温柔地对他说，"的确，你很狡黠，虽然现在你还没认出我，也不知道正是我助你渡过了道道难关，并使你受到淮阿喀亚人的热情款待，但我还是特地赶来，将你回宫后面临的困难和考验告诉你。"

听了这些话，奥德修斯大吃一惊，他抬头仰望着美丽的女

神，说："尊敬的宙斯的女儿，你可以随心所欲地变换自己的模样，像我这样的凡人怎能认得出你来？现在请你告诉我，我真的回到了日夜思念的祖国了吗？"

女神雅典娜说："你自己看吧！你看，这不是美丽的福耳基斯海湾？你不是曾经在前面的仙女洞里献祭过不少祭品吗？"女神雅典娜一边说，一边轻轻拂去了他眼前的层层迷雾，奥德修斯终于清楚地看到了自己家乡的山山水水。他无比兴奋地伏在地上，亲吻着这片故土，并向保护这里的仙女们祈祷。女神雅典娜帮奥德修斯把从远方带回来的珍贵财物藏在山洞里，最后还推来一块巨石堵住了洞口。做完这些之后，奥德修斯和雅典娜坐在橄榄树下，商量着如何对付求婚者。雅典娜将无耻的求婚者的所作所为告诉了奥德修斯，并对他妻子的贤惠和忠贞大加赞扬。

雅典娜说："朋友，首先我要将你变成一个又老又丑的外来者，让岛上任何人都认不出你来。现在你要做的是去寻找你那忠实的仆人，他在阿瑞图萨山泉附近的柯拉克斯山麓放猪。你要找到他，并向他打听你家中所发生的一切。我正好可以利用这段时间到斯巴达去，召回你那勇敢的儿子忒勒玛科斯，因为他到墨涅拉俄斯国王那里打探你的消息去了。"

雅典娜说完，用神杖轻轻碰了一下奥德修斯，他便立刻变成了一个衣衫褴褛的乞丐。为了让他看起来更像一个乞丐，女神还给了他一根棍子和一个破口袋。做完这些之后，雅典娜就不见了。

忒勒玛科斯回到伊塔刻

变成了乞丐后的奥德修斯来到了雅典娜指定的地点，找到了牧猪人欧迈俄斯。善良的牧猪人拿出丰盛的食物款待了他，这让奥德修斯为有这样一个忠心耿耿的仆人而暗自庆幸。

就在此时，奥德修斯的儿子忒勒玛科斯也顺利地回到了伊塔刻。他遵照女神雅典娜的吩咐，独自一人去找牧猪人。当奥德修斯和牧猪人刚要坐下来准备享用早餐，门外传来一阵脚步声和随之而来的狗吠声，忒勒玛科斯已经站在门口了。改了妆容的奥德修斯正准备让座，善良的忒勒玛科斯连忙挥手阻止，并说："请坐，外乡人，欧迈俄斯会为我准备座位的。"

忒勒玛科斯坐在欧迈俄斯给安排好座位上后，询问道："这位外乡人是谁？"

牧猪人欧迈俄斯简单述说了奥德修斯的经历，并要将他交给忒勒玛科斯安排。

忒勒玛科斯答道："眼下我怎么保护一个外乡人呢？还是把他留在你这里吧。我会送衣服与食物，使得他的加入不至于增加你和同伴的负担。但决不能让蛮不讲理的求婚者看见他，因为那些蛮横地赖在我家里的人很难对付，即使是一个非常有能力和权势的人也很难对付他们，更何况是我。"

奥德修斯，这个假冒的外乡乞丐，疑惑地问："这些求婚者怎敢反对主人的儿子？如果我是奥德修斯的儿子，或者我就是奥德修斯本人，那么我宁愿与他们同归于尽，宁愿死在自己家中，也不愿屈辱地活着观望！"

年轻而充满智慧的忒勒玛科斯冷静地说："亲爱的客人，很多心怀恶意而又有权有势的男人，突然从伊塔刻和附近的岛屿涌来向我的母亲求婚。我忠贞的母亲一直回避着他们，可这些不知廉耻的家伙却硬要留下来，整日待在我们的宫殿里饮宴，赶也赶不走。我的家产很快就要被他们挥霍一空了。"忒勒玛科斯转身对牧猪人欧迈俄斯说："我的慈父般的朋友，请帮帮我吧，麻烦你进城给我的母亲捎个口信，告诉她我在这里。你一定要小心，千万别让求婚者知道这件事。”

牧猪人欧迈俄斯立即穿上鞋子，手执长矛匆匆离去。

奥德修斯向儿子表明身份

欧迈俄斯刚走，美丽的雅典娜便站在了门口，她向奥德修斯使了个眼色，心领神会的奥德修斯走到门外。这时，站在墙边的雅典娜对他说：“奥德修斯，现在你不必向自己的儿子隐瞒身份了。你们应该一起进城去，我随后就到。我也想惩罚一下这帮无礼、无耻而又卑鄙的求婚者！”女神用金杖在奥德修斯身上点了点，奇迹立即出现了：奥德修斯立刻变回年轻高大的样子。他面色红润，双颊饱满，头发和胡须旺盛而浓密。

奥德修斯再次回到草屋，他的儿子忒勒玛科斯惊讶地注视着他，奥德修斯说：“我是你的父亲，离家整整二十年后，我终于回到了自己日夜思念的故乡。我就是奥德修斯啊！是女神雅典娜先施法将我变成乞丐的样子，然后又施法让我恢复原来的样子。”

忒勒玛科斯这才鼓足勇气，眼含热泪地去拥抱父亲。忒勒玛科斯接着问父亲是怎么回来的。历经磨难的奥德修斯长叹一声，将一路上所经历的艰难险阻和磨难都告诉了儿子。最后，奥德修斯说：“儿子啊，保护我们的女神雅典娜要我们商量一个对策，如何去杀死那些卑鄙无耻、恣意挥霍我们财产的求婚者。你先告诉我他们的名字，看看我们是否具备足够的力量对付他们，是否该到附近去寻求支持、帮助，甚至是援兵。”

忒勒玛科斯答道：“亲爱的父亲，你建立起的功勋伟业我早就听说过了，我也知道你有勇有谋，可就凭我们两个人的力量是无法与那么多的求婚者相抗衡的。因此，要想取得胜利，我们就必须尽可能地寻求援兵。”

奥德修斯说：“你别忘了，万能的雅典娜和宙斯在帮助我们。我已经有一个计划了：明天你进城去找求婚者，跟他们混在一起，装作什么也没发生。我仍然会请求女神把我变成一个老乞丐，在牧猪人的带领下进宫。不管他们怎样在大厅里恶毒地侮辱我，甚至扔东西砸我，或者把我拖出门外，你都要忍住，克制住。关键时刻我会向你使眼色的，到时候你想办法将大厅里的各种武器都搬走，藏到内廷去。不过，你得为我们两人留下两把利剑、两根长矛和两面牛皮盾。不能让任何人知道我回来了，甚至包括你的祖父拉厄耳忒斯和忠诚的牧猪人，还有你善良而忠贞的母亲。同时，我们顺便试探一下，看仆人中谁足够忠诚，能始终如一地站在我们一边。”

忒勒玛科斯答道：“亲爱的父亲，我一定会按照你的吩咐做好每件事。”

按照计划，忒勒玛科斯的同伴乘坐着从皮洛斯归来的船前往伊塔刻港口。他们特地派了一名使者前往宫殿，向王后珀涅罗珀报告其儿子归来的消息。牧猪人欧迈俄斯乘周围无人时悄悄地向王后传达了年轻的主人忒勒玛科斯吩咐的话。他还请王后派人把忒勒玛科斯平安归来的消息告诉忒勒玛科斯的祖父拉厄耳忒斯。牧猪人欧迈俄斯办完年轻主人交代的一切事情后，又急忙赶了回去。

奥德修斯来到城里

当天晚上，牧猪人欧迈俄斯按照吩咐匆匆赶回了草屋。此时此刻，奥德修斯和儿子忒勒玛科斯正忙着宰杀小猪，准备晚餐。奥德修斯又被女神雅典娜用金杖点化成了衣衫褴褛的乞丐，所以牧猪人欧迈俄斯根本认不出他来。

他们三个人一起用过晚餐后便躺下休息了。

翌日清晨，忒勒玛科斯按照计划准备进城，他按照计划来到宫门口，将手中的长矛靠放在了门柱上，然后走进大厅。这时，女仆欧律克勒阿正忙着铺漂亮的坐垫。她一看见年轻的主人走进门，便高兴地迎了上去。其他女仆也都围了上去，连连亲吻他的双手。母亲珀涅罗珀也匆匆从内廷出来，她泪流满面地拥抱儿子，亲吻着他的面颊。珀涅罗珀呜咽着说："亲爱的儿子，你终于回来了，你让我担心死了，我真害怕再也见不到你了，你为什么瞒着我偷偷到皮洛斯去呢？你打听到有关你父亲下落的消息了吗？"

忒勒玛科斯竭力克制住自己的真实感情，悲愁地说："啊，亲爱的母亲，别再提父亲了，免得增加我的烦恼。你赶紧去沐浴更衣吧，然后向神灵祈祷。如果他们答应保佑我们复仇，我们就为他们举行隆重的祭礼。现在我必须赶往市场去接一位外乡人，他正在一位朋友那里等着我。"

王后珀涅罗珀照他说的做了。威武而英俊的忒勒玛科斯手执长矛走向人头攒动的市场，市民见了这位英俊的王子都艳羡不已。心怀叵测的求婚者也迎上去，说了许多恭维他的话，其实他们在暗地里正策划着怎样谋害他。忒勒玛科斯没有理睬他们，只是向父亲的三位老友门托尔、安提福斯和哈利忒耳塞斯打招呼，并向他们讲了一些可以透露的事。

与此同时，忠诚的仆人欧迈俄斯和他非同寻常的客人——化身为异乡乞丐的、背着破口袋、拿着牧猪人欧迈俄斯给他的讨饭棍的奥德修斯也来到了宫殿前。当这位久经漂泊的大英雄看到久别的故居时不由得激动起来。

宫殿里的忒勒玛科斯第一个看到牧猪人欧迈俄斯走了进来，忒勒玛科斯热情地招呼着他。没过多久，一身乞丐打扮的奥德修斯也拄着棍子，踉踉跄跄地走了进来，坐到了门槛上。一看见他，忒勒玛科斯便从篮子里取出整块面包和一大块烤肉递给牧猪人欧迈俄斯，并对他说："朋友，请把这些吃的送给那个可怜的外乡人吧。你跟他说，让他不用有丝毫的羞愧之感，直接到那些富有的求婚者面前去行乞！"

这时，雅典娜也隐身走了进来，没人能看到她。她悄悄地劝奥德修斯向每个求婚者行乞，以便认清他们的嘴脸，看哪个最粗鲁、哪个较温和。

求婚者都回去休息之后，大厅里只剩下奥德修斯和儿子忒勒玛科斯。父子二人马上动手将头盔、盾牌和长矛都扛进了库房里。接着，奥德修斯对儿子说："现在你去休息吧，我在外面稍待一会儿再去试探一下你的母亲和女仆们。"

忒勒玛科斯回去休息了。这时，王后珀涅罗珀来到了大厅里见到乞丐打扮的奥德修斯说："外乡人，先告诉我你的名字和身世吧。"

于是，奥德修斯把身世说得生动逼真，感动得王后都流下了眼泪。这时，奥德修斯虽然很想向她袒露真情，但最终还是抑制住了。

王后吩咐女仆们为这位外乡人铺床洗脚，服侍他休息。他对王后说："王后，如果你有一个忠诚的老女仆，像我一样命运多舛，就让她来为我洗脚吧。"

王后珀涅罗珀呼唤她的老女仆："来啊，欧律克勒阿，是你亲手把奥德修斯带大的。现在你去给这位流浪多年的外乡人洗洗脚吧，他的年纪和你的主人差不多大。"

老女仆欧律克勒阿舀来温水时，奥德修斯连忙避开亮光，因为他不想让欧律克勒阿看到自己右膝上那块深深的疤痕，那是他年轻时围猎野猪的时候被野猪的獠牙咬伤后留下的。他担心被这

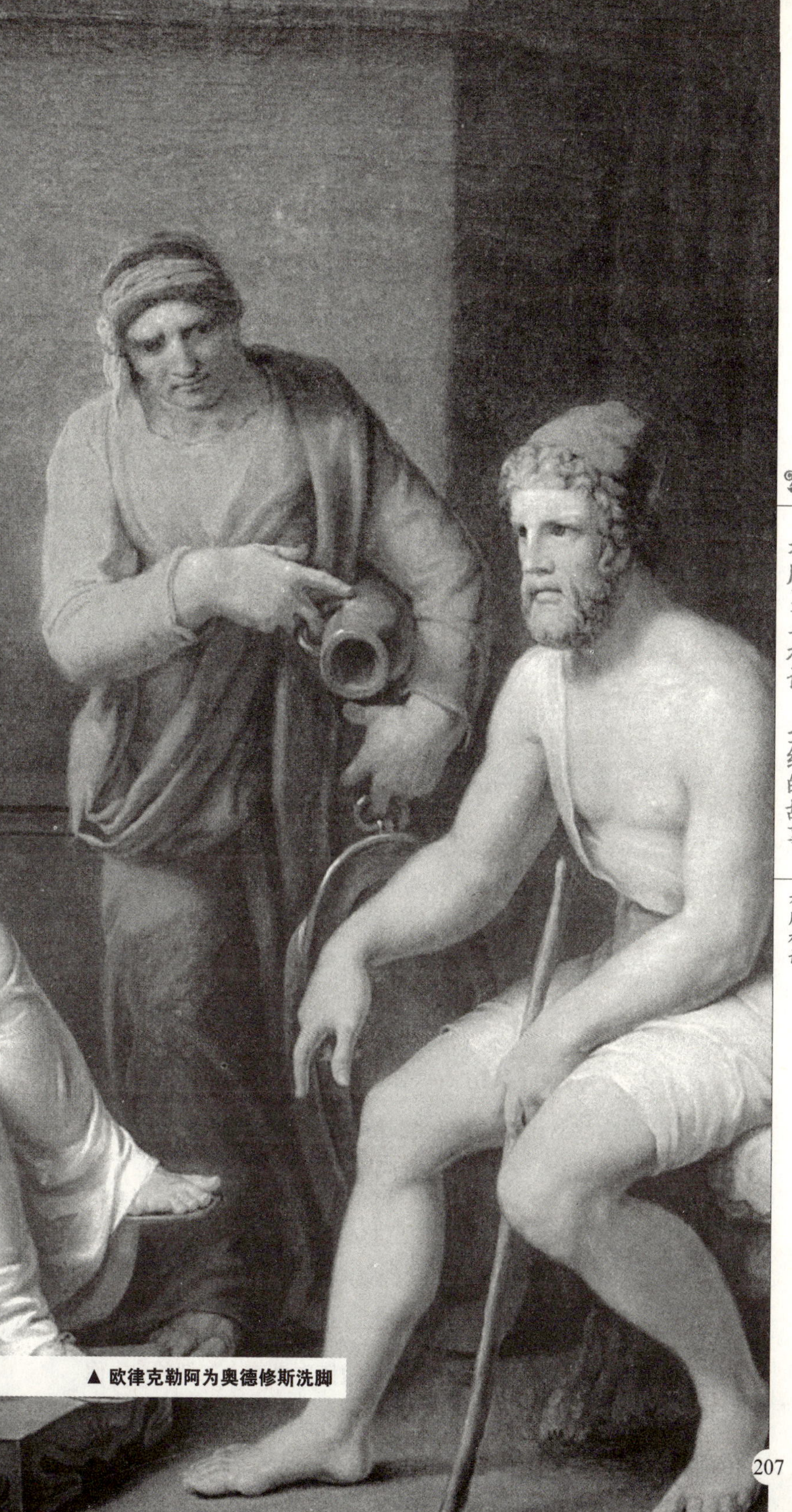

▲ 欧律克勒阿为奥德修斯洗脚

位老女仆认出来。虽然避开了亮光，但老女仆还是摸了出来。老女仆喊道：“是你啊，奥德修斯，我日夜思念的孩子，我摸到你特有的那块伤疤了。”

奥德修斯急忙用右手捂住了老人的嘴，小声地说：“老人家，你想毁了我吗？你说得没错，可现在还不是说真话的时候，决不能让宫中的其他女仆知道这件事！否则，你也会惨遭不幸的。”老女仆平静地说：“孩子，看你在说什么呀？难道你还不相信我吗？不过你可千万要提防其他的女仆啊！”

王后珀涅罗珀说道：“明天是一个可怕的日子，我必须得作出决定要嫁给谁。我决定为求婚者举行一场比赛。以前我丈夫喜欢依次排列起十二把斧子，然后从很远的地方射箭，一箭射中十二把斧子的小孔。如果求婚者中有谁能用奥德修斯曾经用过的硬弓，一箭穿过十二把斧子的斧孔，我就嫁给谁。”

奥德修斯说：“尊敬的王后，这真是个明智的决定，就这么办吧，明天一定要举行射箭比赛！不过，可能还没等那些人张弓搭箭，奥德修斯就回来了。”

射箭比赛

清晨，宫殿里热闹起来，饮宴跟往常一样开始了。年轻的主人忒勒玛科斯故意让奥德修斯坐在门槛上，并派人在他面前放了矮凳和桌子，还叫人为奥德修斯端上烤肉和满满一杯酒，并且对他说：“安静地吃吧，我不会让任何人来打扰你的。”

这时，王后珀涅罗珀宣布：“求婚者都听好了，想得到我的人得做好准备了，你们将在这里举行一场射箭比赛！这是我丈夫奥德修斯曾经使用过的一张硬弓，那边依次排着十二把斧头。你们当中无论是谁，只要一箭射过十二把斧头的斧孔，就可娶我为妻，我也将随他而去。”

自以为是又有点心急的安提诺俄斯立即说：“诸位，来吧，让我们开始比赛吧。当然，拉开这张弓可不是一件简单的事。我们中间没有一个人能比奥德修斯健壮。”安提诺俄斯一边说，一边幻想着自己开弓一箭射穿了十二个斧孔的场景。

年轻而聪明的忒勒玛科斯起身说：“好吧，诸位，你们将进行一场希腊史无前例的比赛，获胜者将得到希腊最美丽的妇人。张弓射箭吧！我也将荣幸地参加这场比赛。如果我赢了，我的母亲就可以永远留在这里了！”忒勒玛科斯拿起硬弓，站到了大厅的门槛上开始拉弓，连续三次他都没有拉开弓。就在他刚准备进行第四次尝试的时候，他的父亲奥德修斯朝他使了一下眼色，他便放下硬弓，大喊道：“神灵在上，也许我还没有足够的力量，也许我还太年轻，我拉不开弓。现在轮到其他人了，你们可能都比我有力气，来试试吧！”

求婚者一个个地试着拉弓，却一个接一个地失败了。

最后，只剩下了安提诺俄斯和欧律玛科斯两人。

这时，狡猾的欧律玛科斯正把弓放在火上烘烤，试图使它变得松软。可他仍然没办法拉开弓。沮丧的欧律玛科斯叹息着说：“其实，不能得到珀涅罗珀也无所谓，天下女人多的是。但令人无比难堪的是，我们确实与奥德修斯相差甚远，子孙后代也会嘲笑我们的！”

更加狡猾的安提诺俄斯斥责道：“欧律玛科斯，别说了，今天是伟大的太阳神阿波罗的节日。节日里是不宜张弓搭箭举行比赛的。我们最好还是推迟比赛，先去喝酒吧。把东西都留在这里，等明天我们再进行比赛。”

奥德修斯上前一步，对求婚者说：“今天休息也好，明天你们也许会遇上好运，阿波罗也许会保佑你们取胜。不过今天我还是请求你们让我也试试，看看我可怜的身体里究竟还有没有一点儿力量。”

忠诚的牧猪人拿起了弓，愤怒的求婚者开始叫骂起来。但牧猪人还是将弓递给了这位非同寻常的外乡乞丐，同时吩咐老女仆将女人都关进内廷。忠诚的牧牛人菲罗提俄斯奔到前廷，小心地闩上了大门。

奥德修斯开始仔细端详这把自己曾经非常熟悉的硬弓，他要看看在这么长的时间里它是不是被虫蛀了，有没有别的损坏。求婚者用手肘推推身边的人，私下议论着：“看他的样子，好像懂得拉弓搭箭！”

奥德修斯取出一支箭，搭在弓上，拉开弓弦，右眼瞄准，最后沉着地射出。箭从第一把斧子的小孔穿进，从最后一把斧子的小孔飞出。然后，他不动声色地说：“忒勒玛科斯，你盛情款待的外乡人总算没给你丢脸！看来我还像当年一样充满力量。现在到了为这些阿开亚人准备晚餐的时候了。趁天未黑，开始进餐吧。我们还可以弹琴歌唱，供宾客娱乐！”

这是奥德修斯跟忒勒玛科斯事先约好的暗语。穿着一身铠甲的忒勒玛科斯听到后马上佩剑执矛，跑到了父亲身边。

向求婚者复仇

满腔怒火的奥德修斯捋起了褴褛的衣袖，手握硬弓和装满箭的箭袋，站到了高高的门槛上。他把利箭都倒在了脚边，大声向求婚者宣布：“第一轮比赛已经结束，现在进行第二轮吧！这次由我来选择目标！”说着他开弓搭箭，瞄向正举杯喝酒的安提诺俄斯，一箭射出，正中对方的咽喉，箭头从对方颈后穿出。安提诺俄斯口鼻喷血，手中的酒杯滑落到了地上。他倒下时把桌子撞翻了，杯盘菜肴洒了一地。求婚者见安提诺俄斯倒下了，都从椅子上跳了起来，奔到墙边去寻找武器，可是武器都不见了。于是，他们破口大骂："该死的外乡人，你为什么将箭射向我们！"他们这样说是因为他们以为这位异乡乞丐是偶然射中了安提诺俄斯，他们并不知道自己面临着相同的命运。愤怒的奥德修斯声如惊雷地吼道："你们这些畜生，以为我永远不会从特洛伊回来了！你们恣意挥霍我的财产，诱骗我的女仆，并在我活着的时候就向我的妻子求婚。难道你们不感到羞耻？你们的末日到了！"

听了这些话，求婚者大惊失色，各自寻找逃命之路。欧律玛科斯故作镇定地说："如果你真是奥德修斯，那么你有权向我们发火，因为我们在你的宫殿里，在属于你的国家里做了许多不该做的事。可是，应承担责任的罪魁祸首已经死在你的箭下了。这些事都是安提诺俄斯唆使我们干的，其实他并非真心想向你的妻子求婚。他梦想着做伊塔刻的国王，密谋杀害你儿子。现在他已经得到了应有的惩罚。你我本是同族兄弟，看在亲情的分上，请饶恕我们。请息怒！我们愿意每人补偿你二十头肥牛，并送给你黄金和青铜，以求得你的原谅！"对此，奥德修斯严词拒绝道："不！天真的欧律玛科斯，即使你们把自己继承的所有遗产都给我，我也不会善罢甘休的。我要你们以死来抵消你们的罪孽，任何人都休想逃出我的手心！"

所有的求婚者都吓得瑟瑟发抖。狡诈的欧律玛科斯又回头对同伴们说："这个人敬酒不吃，吃罚酒。大家共同拔剑对付他，用桌子挡住他射来的箭。我们别无选择，必须制伏他，将他推下门槛，然后请朋友来援助我们。"说着，欧律玛科斯抽出宝剑。可是，还没等他冲上去，箭已经射穿了他的身体，他手中的利剑也滑落到地上。痛苦的欧律玛科斯在地上翻滚着，并用头撞地，不一会儿就挣扎着死去了。安菲诺摩斯也挥舞着利剑扑向奥德修斯，企图冲出一条血路。年轻的忒勒玛科斯持矛向他掷去，正中其后心，安菲诺摩斯惨叫着扑倒在地。忒勒玛科斯拔出长矛，站到门槛上与父亲并肩作战，并递给父亲一面盾牌、两根矛和一顶铜盔。看到那两个忠诚的仆人，忒勒玛科斯急忙奔进武器库，取来四块盾牌、四顶铜盔、八根矛和四顶有马鬃盔饰的头盔。这样，忒勒玛科斯和两个忠诚的牧人都被武装起来，他们将第四套盔甲交给了奥德修斯。于是，四人并肩作战。

力大无比的奥德修斯箭无虚发，一个个求婚者应声倒地，死在他的箭下。箭用光了，奥德修斯便将硬弓靠在门框上，用盾掩盖住身体，戴上头盔。头顶的马鬃盔饰可怕地颤动着，两根粗大的长矛被他挥舞得虎虎生风，他机警地四下观察着。大厅里有一扇通向内廷过道的边门，边门很小，只能容一个人通过，奥德修斯曾吩咐牧猪人欧迈俄斯把守住这扇门，以免求婚者从这里逃脱。这时欧迈俄斯跑去武装自己，求婚者阿革拉俄斯看到门口无人，便想从那儿逃出去，他喊道："同伴们，我们快从边门出去搬救兵。只有这样，我们才能尽快消灭这个人！"

站在一边的牧羊人墨兰透斯说："边门很小，过道很窄，只能容一人通过。他们四人中只要有一个站在前面，就能杀掉我们。还是让我悄悄钻出去，从武器库搬来武器。"说着他就钻了出去。不一会儿，他搬来十二面盾牌、十二顶头盔和十二支长矛。突然看到对手被武装起来，奥德修斯吃了一惊，回头对儿子忒勒玛科斯说："这一定是不忠诚的女仆或者是可恨的牧羊人干的！"

忒勒玛科斯说："啊，父亲，这恐怕是我的过失，刚才我忙着取武器，忘记关上武器库的门了。"听到这话，牧猪人欧迈俄斯急忙奔向武器库，打算把门关上。从武器库开着的门里，欧迈俄斯看到了牧羊人墨兰透斯正在拿武器，便赶回去报告。欧迈俄斯问主人："是活捉他，还是杀死他？"

奥德修斯答道："你同牧牛人一起去抓住他，将他反绑起来，吊到库房的梁柱上。然后关上门，立刻回来。"

牧猪人和牧牛人奉命而去。他们俩悄悄靠近牧羊人墨兰透斯，将他按倒在地，并用绳子将其手脚反绑起来，再用一根长绳将捆得结结实实的墨兰透斯吊在了横梁边。随后，牧猪人和牧牛人关上门，回到了主人奥德修斯身边。

这时，化身为门托尔的雅典娜也加入了战斗行列，奥德修斯认出了她，可其他人却并不知道这是女神雅典娜。因此看到这个新参战的人，求婚者都感到非常愤怒。阿革拉俄斯怒吼道："门托尔，我警告你，不要跟我们作对。否则我们会杀掉你，并烧掉你的房子！"听了这话，雅典娜非常生气，她鼓动奥德修斯勇敢地对付求婚者。她对奥德修斯说："你好像不如以前在特洛伊战争中那样勇敢了。你用计谋征服了那座城市，可现在为捍卫你的

▲ 求婚者的下场

宫殿和财产而战时，你怎么迟疑不前了呢？”雅典娜用这些话激励奥德修斯，是因为她不想直接加入到战斗中。说完话，她就像一只鸟儿一样飞到了满是烟灰的横梁上。阿革拉俄斯趁机鼓动说：“门托尔走掉了，现在只剩下他们四个人了。让我们好好想办法对付他们。你们不要把长矛同时掷出去，先掷六根，集中瞄准奥德修斯！如果他倒下去了，其他人就好办了！”可女神雅典娜却让他们掷出的长矛偏了。一根击中门柱，另一根击中门板，其他的被掷到了墙上。

奥德修斯大喊：“注意瞄准！”于是四个人几乎同时将手中的长矛掷出，没有一根偏离目标。看到同伴纷纷倒下，求婚者乱了阵脚，他们都退避到大厅的角落里。没过多久，他们又从角落里大胆地冲了出来，从死者身上拔出长矛，继续投出，只有安菲诺摩斯投出的矛擦伤了忒勒玛科斯的手背，克忒西波斯投出的矛划伤了牧猪人的肩膀。但他们俩反被忒勒玛科斯和牧猪人掷出的长矛击中，倒地身亡。

夫妻团聚

奥德修斯看了看四周，终于看不到一个活着的敌人了，奥德修斯吩咐儿子将老女仆叫出来。欧律克勒阿走进了大厅，看到主人站在成堆的尸体中间，满身血污，双目凶光四射，像可怕的狮子一样威严，高兴得差点儿哭起来。奥德修斯对她说：“你应当高兴，但不必欢呼。凡人在死人面前是不能欢呼的！要他们死亡是神灵的决定。”

欧律克勒阿急忙来到女主人的内室，走到王后床前，无比高兴地唤醒了熟睡中的珀涅罗珀，并对她说：“快醒来吧！主人奥德修斯已经回来了！他已杀死了所有让你担惊受怕的求婚者！”

睡眼惺忪的珀涅罗珀说："欧律克勒阿，你在说胡话吧？"

欧律克勒阿说："王后，请别生气，可恶的求婚者在大厅里嘲弄的那个外乡乞丐就是奥德修斯，其实你的儿子忒勒玛科斯早就知道这件事了，可是在完成复仇计划之前，他必须保守秘密。"

王后一骨碌从床上跳起来，抱住老女仆，眼泪簌簌地滚落下来。她说："这是真的吗？如果奥德修斯真在宫中，他一人怎能对付得了那么多的求婚者？"

欧律克勒阿答道："我没有看到，也没有听到，我们都被关在了内廷。后来，你的儿子来叫我时，我看到奥德修斯正站在成堆的尸体中间。现在尸体都已经被拖出去了，整个房子也用硫磺熏了一遍。你不用怕，可以出去了。"

王后珀涅罗珀说："那么，让我们赶快去吧！"因满怀恐惧和希望，珀涅罗珀不停地颤抖着。她们两个走进了大厅，珀涅罗珀默默地站到了奥德修斯面前。奥德修斯垂着头，看着地，等着她先说话。又惊又疑的王后没有开口。过了一会儿，珀涅罗珀觉得那好像是自己的丈夫，但又隐约感到他仍是一个外乡人，一个衣衫褴褛的乞丐。

年轻的忒勒玛科斯忍不住了，几乎是恼怒地，但仍然勉强面带微笑地说："母亲，你为什么还站在那里一动不动呢？"

珀涅罗珀答道："啊，亲爱的儿子，我已经被眼前的一切吓呆了。我不能说什么，也不能问他，甚至不能正视他！可如果真是他，是我的奥德修斯回来了，我们自会认出彼此的，因为我们都有不为外人所知的秘密标记。"

听到这里，奥德修斯转向儿子，温和地微笑着说："让你的母亲来试探我吧！她之所以不敢认我，可能是因为这身讨厌的破衣服。但我相信她肯定能认出我来的。现在我们还得考虑一下其他的事情。如果一个人在国内杀死了同族的人，那他就得离家逃走，不管他的权势有多大，不管他怕不怕有人来寻仇。现在我们杀死了许多国内和附近海岛上的年轻贵族，这可不是一件小事。我们该如何处理呢？”

年轻的忒勒玛科斯说：“父亲，你是世界上最聪明的人，这得由你来决定。”

奥德修斯答道：“我愿意告诉你们，最明智的办法就是，宫殿里所有的人都应先去沐浴更衣，而且要换上最华丽的衣服。女仆们也不例外。歌手要弹琴奏乐。这样，经过门外的人一定以为我们在举行庆宴，求婚者被杀的消息便传不出去。同时，我们到乡下的田庄去，以后的事神明一定会告诉我们该怎样做。”

一阵阵的琴声和歌舞声从宫里传出，门外的大街上挤满了人，他们猜测说：“一定是王后珀涅罗珀选定了新丈夫，正举行婚礼呢！”直到傍晚时分，拥挤的人群才渐渐散去。

在这段时间里，奥德修斯沐浴更衣，并涂抹上香膏。雅典娜施法使他看上去更加神采奕奕，英俊健美，就像神明一样。接着，他回到大厅，坐在妻子对面。

奥德修斯说：“真是个奇怪的女人啊，一定是神明赐给了你一副铁石心肠。当其他的女人看到受尽折磨的丈夫重回故乡时，肯定不会固执地不认自己的丈夫。”

王后珀涅罗珀答道：“不理解女人的男人啊，我不敢认你，既不是因为骄傲，更不是因为轻视。我只是清楚地记得二十年前的奥德修斯是什么样子的。好吧，欧律克勒阿，你去卧室搬张床出来，铺上毛皮，伺候主人就寝。”

王后珀涅罗珀之所以这么说，是想试探一下奥德修斯。而奥德修斯听了她的话后，皱起了眉头，盯着她说：“你是在侮辱我。我的床没人能搬得动，因为它是我自己制作的，这里隐藏着一个秘密。在我们修建宫殿时，正巧这里长着一棵粗大的橄榄树。我

并没有将它砍掉，而是将我的卧室建在了这棵树所在的地方。墙砌好以后，我将橄榄树的枝叶削去，留下树干，并在上面盖上床板。后来我将树干磨得非常光滑，用它做了床的支柱，然后安上雕刻着精美花纹、用金银和象牙镶嵌的床架，再用牛皮绳做成绷子。这就是我的床，珀涅罗珀！我虽然不知道它是否还在那里。但我知道，如果有人想搬动它，除非将橄榄树齐根锯断。”

听他说出了只有奥德修斯和她才知道的秘密，王后珀涅罗珀激动得双腿发抖。她哭着从椅子上站起来，奔向自己的丈夫，一把搂住他的脖子，连连吻着他，说：“奥德修斯啊，你永远是世上最聪明的人。请千万别生气！不朽的神明使我们遭受了太多的苦难和厄运了，因为我们年轻时的生活实在是太幸福快乐了，这使神明也妒忌我们了。请不要怪我。我之所以没有立即投入你的怀抱，没有立即欢迎你，是因为我那颗可怜的心始终戒备着，担心假冒的人来骗我。现在我完全相信了，因为你准确地说出了只有你和我才知道的秘密！”奥德修斯高兴得心都发颤了，泪流满面的他紧紧抱住美丽而忠贞的妻子。

当天晚上夫妻二人互诉衷肠，各自谈起离别二十年的苦难生活。珀涅罗珀直到丈夫讲完他的漂流故事，才渐渐平静下来。两人上床就寝，屋里笼罩着甜蜜而温馨的气息。

这对重新团聚的夫妇终于又过上了幸福的生活，这种生活一直持续了很久。正如预言家提瑞西阿斯的灵魂在阴曹地府所预言的那样，奥德修斯活到很老才安详地辞世。

礼品装家庭必读书

礼品装家庭必读书

希腊罗马神话·圣经的故事

03

《礼品装家庭必读书》编委会 编

辽海出版社

第三册目录

CONTENTS

罗马神话

■在早期的罗马人心目中，人的地位是至高无上的，因此罗马神话与其说是『神话』，倒不如说是人与神之间错综复杂的爱恨情仇。

传说中的众神

很久以前，天地一片混沌。天神乌拉诺斯和地神泰拉借助神力使天地间发生了巨大的变化。又过了很久，奥林匹斯山上出现了十二位主神，他们共同统治着这个世界。

奥林匹斯山是一座神山，凡人是无法攀登上去的。天神们在这里建造宫殿，从这里发布命令，统治着世界。只见那云海之上，有许多的柱廊；柱廊前面是一个美丽的大花园，那里有各种各样的珍奇花草；柱廊周围，华美的亭台楼阁望不到边。天宫中从来不会阴云密布，奥林匹斯山顶总是阳光灿烂，百花怒放。

居住在奥林匹斯山上的大神们都拥有自己的宫殿。每天清晨，当曙光女神奥罗拉用她玫瑰色的手指打开天门将阳光洒向天宫时，众神们就聚集到天公朱庇特的宫殿里。众神之王朱庇特坐在庄严的金色宝座上，其他众神围坐在他的周围，大家如同一家人一般。他们在一起畅谈，分享彼此的欢乐和喜悦。天宫中一片其乐融融的场景。面带红光、棕色鬈发的太阳神福波斯为他们演奏竖琴，悠扬的旋律使众神们久久沉醉。美丽的卡里忒斯，即妩媚、优雅、美丽三位女神的总称，身着艳丽的衣裙，随着乐曲翩翩起舞。主管文艺和科学的女神缪斯为众神献上一首首动听的歌。体态婀娜的青春女神赫柏为众神们斟酒，送上珍馐佳肴……直到满天的繁星在黑夜女神诺克斯的手中点亮，众神们才依依不舍地回到各自的宫殿。奥林匹斯山逐渐沉浸在一片寂静之中。这时候，只有家室女神维斯塔依然守在公共神殿里，她兢兢业业，履行着保护少女贞洁的神职。

并不是所有的天神都拥有自己的宫殿。十二位主神像国王一

样，拥有诸多下属神祇。比如缪斯和卡里忒斯，她们的任务是为众神表演歌舞。青春女神赫柏在众神休息时为他们送上佳肴美食，三位终生保持贞洁的时光女神赫耳则负责看护奥林匹斯山的天门。时光女神同缪斯、卡里忒斯一起唱歌起舞，她们赞颂光明的降临，迎接春夏秋冬的到来。

三位时光女神的母亲是正义女神忒弥斯。忒弥斯负责制定和保障天庭法律的实施。她执法公正，从不徇私，以自己的智慧帮助天公朱庇特做出公正的决定。天公非常器重她，因此她的座位就在天公宝座的旁边。除此之外，忒弥斯还负责维护奥林匹斯山各神殿以及整个宇宙的秩序。

天公作出决定后，由女信使伊里斯传达给众神。伊里斯通常坐在天公朱庇特宝座下的台阶上，像忠实的仆人一般，即使是睡觉她也从不解开鞋带、揭去面纱。天公一旦下达命令，她就立即出发。

朱庇特的三个女儿克罗托、拉克罗托、阿特洛波斯也会协助父亲统治宇宙。三女神住在离时光女神的宫殿不远的青铜宫殿里。她们掌管着天地间万物的寿命，负责为生灵们规划生命的轨迹，因此她们又被合称为命运女神帕尔卡。每天，她们都要在宫殿的墙壁上刻画一些人的命运之线，描绘天体运行的路线。命运三女神中最小的是克罗托，她手执纺锤杆为生命线定型；拉克罗托转动纺锤使生命线有起伏；阿特洛波斯决定生命线的长短。命运女神一旦规划好了生命线，就无法改变。当某个生灵的命运之线终结时，命运女神就写下文书派神使墨丘利送往冥界，由冥王来审判。在冥界地府中，冥王是普路托，冥后是洛塞耳庇娜，缉捕亡魂的是死亡女神普罗塞耳皮娜，判官是弥诺斯和拉达曼提斯，负责收监看管囚犯的是恶狗刻耳柏格斯。

尽管众神的生命是永恒的，但他们也有生命轮回。如果天宫中的某位天神犯了错，或者人间有某种凡人解决不了的问题，天公朱庇特就会命某位天神投胎转世。转世后的天神或协助人间的国王治理国家，或帮助人类躲避某种灾难。天命难违，哪位天神也不敢违背朱庇特的神谕，否则当雷电降临时，天神们就会被打入十八层地狱，永世不得翻身。天神们偶尔也会下凡到人间，了解人间疾苦，然后向天公汇报。天神下凡后会以不同的形体出现在人间，凡人是觉察不出来的。

奥林匹斯山上的十二位主神是：天公朱庇特、天后朱诺、太阳神福波斯、战神玛尔斯、火神伏尔甘、神使墨丘利、海神涅普顿、智慧女神密涅瓦、月亮女神兼狩猎女神狄安娜、美神维纳斯、灶神与家室女神维斯塔、谷物女神科瑞斯。天公朱庇特主宰阳间，他的兄长普路托主宰冥界。

天公朱庇特

天公朱庇特是奥林匹斯山上的众神之王、世界的主宰，人们称其为天父。他拥有至高无上的权力，天地围绕着他的权杖运行，小至野草，大到雄鹰，万物都听命于他。他坐镇天宫，发布神令，统治着整个宇宙。天空或阳光普照、万里无云，或阴云密布、雷电交加，这些都是朱庇特情绪的反映。一切生灵的情绪也由众神决定，比如人类的幸福悲伤、喜悦愤怒、悲观乐观。凡人的生活就是这么身不由己的，而他们的生命轨迹也是众神早就规划好的。朱庇特心情好时天空就阳光灿烂，他忧伤流泪时天空就下雨；当他想用白衣覆盖大地时，天空就会降雪。昼夜的更替也由朱庇特决定。朱庇特的神力能驱散乌云，使阳光普照，使彩虹横挂天空，还能使船只迎风远航。朱庇特还是黑云之神，他经常使天空乌云密布，在海上掀起狂风巨浪，毁坏船只；在陆地上突降暴风骤雨。因此，人们又把天公朱庇特称做雷电之神、云雨之神。

天公朱庇特总是高举一道带着火光的闪电，这是为什么呢？难道仅仅是为了劈打山峰、房屋，展现他至高无上的权力以震慑人类吗？当然不是，朱庇特虽然呼风唤雨，无所不能，但他对宇宙的统治是绝对公正无私的。他在正义女神忒弥斯的协助下作出英明的决定。他对所有的人类都是一视同仁的，不会考虑他们身份、财富、地位的不同而区别对待。人类命运的轮回取决于善恶因果报应。当人们行善戒恶时，天公就会降福于他们，让他们家产殷实、年年丰收；当人们作恶多端而又狂妄不知悔改时，天公就会震怒，降下灾祸惩罚他们。天公朱庇特是永恒正义的象征。

天公朱庇特也有自己的父亲和母亲。他是第二代天神萨图恩之子，他的母亲瑞亚以前是时光女神。萨图恩和瑞亚生了很多孩子。但因为提坦巨神预言说，瑞亚将生下一个儿子，这个儿子长大后会推翻萨图恩的统治，成为新的宇宙主宰者，所以瑞亚每生下一个孩子，萨图恩就将其吃掉。作为萨图恩的妻子，瑞亚相信神谕是真的；但作为母亲，她一直为孩子的命运痛苦不已。当瑞亚再次怀孕时，她想保住这个孩子，于是她想到了一个计策。她悄悄来到人间的克里特岛，在茂密的森林里生下了天公朱庇特。那时的克里特岛土地干旱，河流早就干涸了。于是，瑞亚用权杖敲击了一下岩石，岩石立即崩裂，潺潺的溪水从石缝里流出，大地顿时得到了润泽。瑞亚用清冽的溪水给小朱庇特洗干净身体，然后把他托付给一个仙女，嘱托说：“你一定要帮我照料好这个孩子，但这件事不能泄露出去，你可以做到吗？”仙女答应了瑞亚的要求。

之后，这位爱子心切的女神又跪在大地上，向慈悲的大地母亲求援：“啊！大地母亲，你也生个孩子吧！你生孩子是很容易的！”大地母亲听到了瑞亚的请求，于是赐给瑞亚一个“石头”孩子。瑞亚把这个“石头”孩子拿给萨图恩，萨图恩丝毫没有怀疑，把这个孩子也吞食了。

小朱庇特被藏在茂密的森林里面的一个仙洞里。当仙女把刚出生的小朱庇特抱进仙洞时，住在山洞里的其他仙女也争着上前要抱孩子。仙女们把婴儿放在金色的摇篮里，母山羊阿玛尔忒亚用自己的乳汁喂养他，蜜蜂为他酿造甘醇的蜂蜜，从遥远的大洋彼岸而来的鸽子为他送来了琼浆玉露。年轻的仙女阿德拉斯忒为未来的天公准备了精致的玩具——一个镂空的金球，金球的金环中间环绕着一根常春藤。当小朱庇特哭闹时，阿德拉斯忒就把这个金球抛到空中，金球落下时划出一道长长的金光。小朱庇特目不转睛地盯着金球，也就不再哭闹了，而且脸上甚至还带着可爱的笑容。当小朱庇特哭声太大时，瑞亚的仆人科里班忒就在摇篮边跳舞。他们把铜质的盾牌高高地举在摇篮上方，用短剑敲击盾牌，以盾牌的敲击声掩盖婴儿的哭声。因此，萨图恩一直没有察觉小朱庇特的存在。

小朱庇特的神力增长迅速。他才学会走路，就已经能做一些其他神祇办不到的事情。为了哄他开心，独眼巨人库克罗普斯为他设计了新玩具——雷电棒。小朱庇特很喜欢他的新玩具，经常拿着这些雷电棒玩耍。

小朱庇特常和奶妈阿玛尔忒亚一起玩耍。有一次，朱庇特想把阿玛尔忒亚推倒，结果阿玛尔忒亚躲避时不小心撞到了树，断了一只角。仙女美里莎为这只神羊疗伤，朱庇特则把这只羊角捡了回来。朱庇特赐予它种种神奇的能力，并把它送给了好心的仙女。从此，这只羊角就被称为丰饶之角，它可以孕育各种美好的东西。

萨图恩最终还是知道了朱庇特的存在，于是他想尽一切办法来阻止神谕的实现。但神谕最终还是实现了。当朱庇特长成一个英俊潇洒的青年时，他打败了父亲萨图恩，成为新的众神之王。朱庇特封兄长普路托为冥神，涅普顿为海神。萨图恩逃到了意大利，和那里的国王亚奴斯一起统治那个国家，使那里的人民过上了幸福安乐的生活。

虽然朱庇特打败了父亲，成了新的众神之王，但并不是所有的神祇都愿意听命于他。天公朱庇特的叔伯，即关在地狱里的提坦巨神们，他们就不愿意听从新天公朱庇特的神令，更不愿服从朱庇特的兄长冥神普路托的领导。在地母泰拉的怂恿下，提坦巨神们纷纷冲出地狱，来到阳间。他们屡屡制造灾难，以至于人间山崩地裂、地震频频。他们在奥林匹斯山前叫嚣，并开始发起进攻。

提坦巨神们的气焰非常嚣张，他们把一座座山堆叠起来，以此作为阶梯向奥林匹斯山进攻。他们还向天公朱庇特抛掷石块，这些巨大的石块落入海里成为岛屿，落在陆地上成为丘陵。提坦巨神们的叛乱持续了十多年，依然没有平息。

为了恢复宇宙的秩序，解除人类的灾难，天公朱庇特决定到地球中心——塔耳塔洛斯，向库克罗普斯求援。那里一片漆黑而又非常潮湿，给人一种阴森恐怖的感觉。库克罗普斯就被幽禁在这里。他们身材魁梧、力量惊人，只有额头上长有一只眼睛，因此被叫做独眼巨人。他们负责为天公朱庇特炼制雷电棒。看守库克罗普斯的是三个百臂巨人，他们长着五十个头、一百只手。朱庇特说明了来意。他请求库克罗普斯和百臂巨人帮助众神平息提坦之乱，以拯救地球上的人类，恢复宇宙的平静。百臂巨人和库克罗普斯同意了。

库克罗普斯和百臂巨人刚抵达阳间，提坦巨神们就发起了新一轮的进攻。天庭众神也开始反击。库克罗普斯手执金光闪闪的箭，千万支毒箭一齐发射；百臂巨人高举巨石，千万块巨石一齐向提坦巨神们投去。正在双方打得难解难分之际，朱庇特驾驶雷电战车出现了。天空顿时雷电交加，狂风怒吼，从天而降的雷电频频劈在提坦巨神身上。高山一分为二，森林里燃起了熊熊的大火。提坦巨神们仓促之间难以应对，他们中的不少人被雷电击中

▲ 朱庇特和提坦神族的战斗

并身亡。百臂巨人们趁机用他们的三百只巨手举起三百块巨石，再次向提坦巨神们发起进攻。提坦巨神们最终丧命于乱石之下。提坦之乱遂平定。天公朱庇特将提坦巨神们囚禁在塔耳塔洛斯，令他们永世不得翻身。从此，天公朱庇特成为宇宙间独一无二的主宰。

提坦之乱被平定后，天地万物开始有条不紊地运行。有了闲暇的朱庇特对他的姐姐朱诺产生了爱慕之心。朱诺有着沉鱼落雁般的美貌，而且待人和善，深受众神的喜爱。于是，天公朱庇特迎娶朱诺为天后，允诺与她共同分享自己的权力。因此，众神们尊朱诺为天后、神母，对她的命令不敢不服从。当然，朱庇特倾慕的女性并不是仅此一位，他先后有七位合法的妻子，朱诺是唯一被誉为天后的妻子，也是最后一位妻子。朱庇特还经常下凡去追求某位仙女或人间的女子。

天公朱庇特既是众神之父，又是万物生灵的第一个祖先。在人类的文献记载中，他往往坐在庄严的宝座上，面带威严，一双充满智慧的大眼睛仿佛在注视着天地万物。在各处的朱庇特的雕像大都是这样的：浓眉大眼，浓密的头发垂在宽阔的前额上，侧面的头发卷成波纹状，胡子卷曲，深深的眼窝。他右手握着雷电棒，左手高举刻着雄鹰的权杖。威武的雄鹰总是伴随着朱庇特，它有时在他手中休憩，有时盘旋在他的身旁。雄鹰正是天公朱庇特的象征，此外，山峰、橡树也是他的象征物。朱庇特最喜爱的祭物是母山羊、母绵羊、牛角和涂成金色的白公牛。

萨图恩与拉丁姆

罗马的发祥地在台伯河的下游，这条河历史久远，早在朱庇特统治世界之前就已经存在了，但当时它并没有名字。

在台伯河的一侧，山峦耸立，古树参天。这些俊秀的山峦中只有两座有名字，一座叫做阿文丁，而另一座叫做帕拉丁。台伯河下游一带美丽而富饶，一个古老的民族一直在这里繁衍生息，他们的国王叫亚奴斯。亚奴斯统治这个民族已经很久了，人们对他既畏惧又敬仰。

亚奴斯的城堡建在台伯河右岸一个名叫亚尼库罗姆的小山丘上，离城堡不远即是台伯河入海口。由于生产力水平有限，整个城堡小而简单。这里民风淳朴，人们从来没有离开过台伯河一带，也不知道世界上还有其他民族的存在，更不知道自己的生活是多么粗鄙。他们以采集野果为生，不懂得农耕和狩猎，因此，经常要饿肚子。除了饿肚子，他们还经常遭到猛兽的袭击。总而言之，人们的生活毫无保障，威胁无处不在。

台伯河地区从没有来过外乡人。有一天，一个外乡人无意间来到这里，后来他彻底改变了当地人的生活。这天，人们远远看见一条大船顺台伯河而上，最后在离台伯河岸不远的地方抛了锚。人们从没有见过这么大的船，感到很好奇，因此都来到河岸，远远观望。这时，一位衣着华丽的金发男子从船舱里走了出来，他笑着同围观的人们打招呼，并命仆人从船上牵下几头牛。这里的人们只见过凶猛的野牛，因此对牛都心存畏惧。男子把牛唤到身侧，告诉人们说这些牛是经过驯化的，非常听话，可以帮助人们耕地，并为人们提供牛奶。接着，男子又命仆人牵出了几头羊，说道：“这些羊是绵羊，和你们平常见的山羊有些类似。它身上的羊毛可以制成衣服，穿在身上既暖和又舒服，比你们身上穿着的熊皮和貂皮令人舒服多了。”男子说完，有几个人勇敢地走上前，摸了摸柔软的羊毛。

男子还带来了一种甜蜜的小东西——装在竹筐里的蜜蜂，并介绍说：“这是蜜蜂，它能酿出甘甜的蜂蜜，你们一定会喜欢的！”最后，男子又拿出了谷物种子，向人们解释它的用途。听着谷物神奇的用途，人们不由得激动起来，一些人捧起谷粒，看着它从手指缝间滑落下来，满脸陶醉，似乎在想象以后的美好生活。

正当人们沉浸于幸福的遐想时，国王亚奴斯也来到了河岸。金发男子得知国王到来，赶紧走上来自我介绍说：“英明神武的国王陛下，我叫萨图恩，因为躲避一个强大国王的追杀逃到了这里，希望您能收留我。为了表达我的感激，我给您和您的臣民带来了美好生活的技术。”亚奴斯同意了萨图恩的请求，于是萨图恩就在台伯河下游定居下来。

不久，人们从萨图恩那里学会了使用农具、种植谷物、建造房屋、驯养牲畜等。渐渐地，人们的生活方式发生了改变，一种高尚的、美好的生活方式取代了原来的那种粗鄙的、野蛮的生活方式。在这里，人人平等，没有贵贱之分，没有仇恨杀戮，到处一片祥和宁静。

萨图恩在亚尼库罗姆山丘的另一侧建立了一座新的城市，这座城市以他的名字命名，称为“萨图尼亚”。萨图恩和亚奴斯共同统治着这片土地。在二人的共同治理下，这里的人们安居乐业。

一天，萨图恩回想起自己的功绩，兴高采烈地说道：“我们

的国家应该有个名字。她好心地收留并藏匿了我，使我免遭追杀，所以我想称她为‘拉丁姆’，意为‘藏匿的国家’。我衷心地希望这里能永远没有战争和杀戮，人们能永远快乐幸福地生活。”萨图恩一边说，一边回忆着往昔，脸上露出骄傲的神情和幸福的憧憬。

“你的愿望有点不切实际，”亚奴斯不同意地说，“和平很难长久，战争总会到来。尽管我也希望人们能幸福地生活，永远不受战争威胁，但有些事情是你很难左右的。”亚奴斯顿了一下，看了看萨图恩脸上疑惧的神情，接着说道：“我既是宇宙的开端，又是宇宙的结束，宇宙的万事万物都是很难预料的，也是我们左右不了的。”

不管怎样，这个国度终于有了自己的名字——拉丁姆。

由于害怕眼前的美好生活终将被毁灭，萨图恩躲在城堡里，不再见任何人。人们对萨图恩非常敬仰，但却不明白他为什么拒不见人。后来，亚奴斯说出了其中的缘故。原来，萨图恩是天神之父，他是遭到天神的追捕才逃到这里来的。他担心自己创造的美好生活终将消失，所以觉得无颜再见众人。在亚奴斯的提议下，人们为萨图恩建造了一座恢弘的神庙，以此表达对萨图恩给他们带来美好生活的感激之情。人们还定期举行盛大的萨图那利亚庆典，戴着萨图那利亚节日的面具结队游行。这些活动都是为了纪念萨图恩给人们带来幸福生活，缅怀那个时代。

人类的产生

人类的产生经历了许多时代，首先是黄金时代，在这个时代地球上出现了最初的居民。这是一个纯真而又幸福的时代，正义和真理主宰着世界的一切，世间的秩序不需要依靠法律的约束，人类也不会受到什么王权贵族的恐吓和惩罚。这个时代四季如春，人们不用劳作，所有的生活所需都来自大地：人们不用播种也可以收获鲜花；河里流淌着酒和奶，从橡树中可蒸馏出黄灿灿的蜜糖。

第二个时代是仅次于黄金时代的白银时代。朱庇特缩短了春天，将一年划分为四个季节，于是人间有了酷暑和严寒，这使人们不得不找一个栖身之地以抵抗恶劣的天气。人们要想吃饭就需要劳作。这个时代的人们刚毅伟岸，然而却桀骜不驯。

第三个时代是青铜时代。这个时期人们的性格变得野蛮狂妄，一点儿争吵就会引发争斗。不过，人们的脾气秉性还未到十恶不赦的地步。

最后一个时代，也是最糟糕的一个时代，那便是黑铁时代。人类性格中所有的黑暗面像洪水般吞噬着真、善、美和尊严。大地所给予人类的福祉全部被人类用来作孽，暴力、欺骗、战争笼罩着整个人类世界。

朱庇特看到人间的这种混乱的情形十分气愤。于是他召集了众神商议对策。在神祇的大会上，朱庇特讲述了人类无法无天的情况，并且宣布要毁灭现在地上所有的居民，重新创造人类。新人类将区别于现在的人类，朱庇特将使他们更有存在的价值，也更加尊敬神抵。朱庇特认为用火烧的方法会威胁到天宫的安全，

所以他决定用洪水淹没整个地球。于是在瞬间，地球上所有的人和他们的财产全部被汹涌的洪水吞没了。

世上所有的山峰中，只有帕尔纳索斯山没有被洪水吞没。于是普罗米修斯的儿子丢卡利翁便带着他的妻子皮拉，也是厄庇墨透斯的女儿，一起躲到帕尔纳索斯山峰上去了。丢卡利翁是一个正直的人，他的妻子皮拉则是一位对神明非常虔诚的人。朱庇特看他们夫妻两人都品行端正，且一生都没有做过什么有辱神明的事，便没有伤害他们，并让洪水消退了。此时，丢卡利翁和皮拉走进一个满是泥浆的神庙里，在未燃香火的神庙祭坛前，夫妻两人俯身在地虔诚地祈求神的帮助和指引。神谕指出："裹起你们的头，松开你们的衣带，然后走出神庙，边走边将你们母亲的尸骨丢在身后。"此话一出，夫妻两人都感到非常惊诧。皮拉首先说："我们不能这样做。这是亵渎母亲的尸骨。我不能这样对待母亲。"于是他们躲进树林，思索着神谕给他们的启示。最后，丢卡利翁说道："要么就是我发昏了，要么就是我们不需要犯下忤逆之罪也可以执行神谕。大地就是万物的母亲，而石头不就是她的尸骨吗？我们可以往身后扔石头，神谕应该就是这个意思吧。"于是他俩便蒙住脸、解开衣带，捡起石头往身后扔。神奇的是这些石头开始变软，显现出奇异的形状，慢慢地石头开始呈现出人的样貌。最后，丢卡利翁扔的石头变成了男人，而皮拉扔的石头则变成了女人。

天后朱诺

天后朱诺是萨图恩的女儿，也是天公朱庇特的姐姐和妻子。她是主管婚姻和生育的女神，也是妇女的保护神。

当朱庇特向朱诺求婚时，朱诺还是一位稚气未脱的少女。面对风流倜傥的朱庇特，朱诺羞答答地答应了他的求婚。接着，他们举行了盛大的婚礼，婚礼选在蓊蓊郁郁、鸟语花香的西特隆山上举行。大地为他们准备了柔软的草地作为新床；百花竞吐芬芳，为他们的新房增添浪漫情趣；婀娜的绿树微笑着向他们致意，为他们提供了绿纱帐；甘冽的泉水叮咚、叮咚，弹奏着欢快的祝福曲；森林里的动物们也献上了珍馐佳肴。众神也都从四面八方赶来参加他们的婚礼。地母泰拉为孩子们的结合送来了金苹果。婚后第二天，朱庇特和朱诺手牵着手，脚踩着一朵金色的云彩回到了奥林匹斯山。

在奥林匹斯山的众神中，朱诺是天后。她分享着天父的种种权力和尊荣。朱诺出行时也伴随着电闪雷鸣。她可以使用雷电棒使暴风骤雨顿时停止，或短时间风雨大作。她还能使四季更替听命于她。朱诺梳着美丽的发型，身着金色的纱衣，脚踩闪闪发亮的星星，她是奥林匹斯山上最美丽、最迷人也最受人尊敬的女神。当她翩翩走入神殿时，众神都要起身相迎，致以问候。和天父朱庇特一样，天后朱诺一旦发起脾气就足以使众神胆战心惊；她在宝座上摇动一下，就足以使整个奥林匹斯山震动。她的威严和神力只顺从于宇宙的自然灵气。

天公与天后的日常生活有时幸福甜蜜，有时也会吵吵闹闹。因此，天空有时阳光灿烂，有时阴云密布、电闪雷鸣。天气的阴

▲ 朱庇特和朱诺

晴雨雪正是天公天后夫妻生活的反映。

天后的妒忌心十分强烈，她无法容忍天公背着她约会其他仙女或人间的女子。每当天公偷着幽会其他女子时，天后就认为天公背叛了自己而大发脾气。当天公返回天庭时，她就当着众神的面斥责他。她因此多次和天公吵架并数次离开天庭。有一次和天公吵架后，天后再次选择离家出走，最后来到了她和天公第一次约会的地方——优卑亚岛。天公也因妻子的离开而忧心忡忡、寝食难安。他冥思苦想，终于想出了一条妙计——他决定用激将法使妻子回到自己身边。天公也来到了优卑亚岛，然后到处散播自己将迎娶一位眼眸明亮的仙女为天后的消息。天公把一个衣着亮丽的木偶装扮成自己的未婚妻，然后带着她乘坐一辆大红牛拉着的彩车在优卑亚各市镇巡游。天后朱诺得知天公将要再娶的消息后，怒气冲冲地来找她的“情敌”拼命。她来到牛车前，把“情敌”美丽的裙裳撕成一条条的破布。接着，她又掀开“情敌”的面纱，想要看看她长得是不是比自己美。这时，天后才发现自己所嫉妒的“情敌”原来是一个木偶。天后渐渐转怒为喜，天公也走上前来请求妻子的原谅。夫妻二人终于和好如初，携手返回天庭。

还有一次，天公到伊达山拜访山泉仙女，多日未归，天后担心丈夫再次背叛自己，便决定下凡寻找丈夫。她不想再和丈夫争吵，便决定设计使他早日返回天庭。下凡前，天后对自己精心打扮，把自己打扮得妩媚动人。只见她身着一件宝蓝色的连衣裙，纤细的腰上系着一条珠光闪闪的腰带，一条美丽的长丝巾从发间直垂腰际。天后很快找到了丈夫，天公为妻子的妩媚所打动，心中的爱火再次燃烧，于是跟随着妻子回到了奥林匹斯山。

天后朱诺始终对爱情忠贞不贰，对婚姻忠诚，从未因丈夫的见异思迁而移情别恋。因此，她被人们视为完美女性的典范。

天后的绝伦美貌曾使许多天神为之倾倒，这其中最著名的就要数伊克西翁了。伊克西翁结婚时曾许诺要送给岳父一件名贵的礼物，但他并没有履行承诺。岳父指责他不讲信用，伊克西翁非常气愤，于是假意设宴向岳父赔礼道歉，然后在宴会上趁岳父不备将其推入火中活活烧死。伊克西翁的暴行引得人神共愤，人人都想得而诛之。伊克西翁走投无路，只好来到了奥林匹斯山上。天公朱庇特见他有悔过之心，就赦免了他的罪行，还恩准他参加众神的晚宴。在晚宴上，伊克西翁见到了美丽的天后朱诺。他得意忘形，不仅对天后产生了爱慕之情，还以低俗之语非礼侮辱天后。天公见此情景，便把一朵云彩变成了天后的模样来考验伊克西翁。见到假天后向自己走来，伊克西翁欣喜若狂地扑上前，毫不顾忌地抱住了她。天公大发雷霆，下令将他囚禁在阴森的塔尔塔洛斯，并把他的四肢捆住绑在燃烧的车轮上。车轮不分昼夜永不停息地转动着，伊克西翁也时时刻刻接受着惩罚。

家室女神维斯塔协助天后朱诺处理家务事。维斯塔是萨图恩和瑞亚的女儿，天公和天后的姐姐，也是海神涅普顿的姐妹，太阳神福波斯的姑姑。海神和太阳神都曾向她求婚，但维斯塔发誓终身不嫁。天公和天后为了让他们的姐姐有一个安身之所，便封她为灶神兼家神，负责保护各家的炉火，维护家庭道德，此外，她还负责保护少女的贞洁。她总是静静地守候着，保护每个家庭的炉灶。每家的灶火都象征着家室女神的佑护，也是家庭和谐幸福的象征。

在人们的心目中，天后的形象是这样的：明亮的大眼睛威严有神，头发浓密而有光泽，头上戴着华贵的冠冕，优雅的发式使她显得美丽高贵。她一手握着权杖，权杖上面栖息着杜鹃，另一手拿着象征多产的石榴。总的来说，天后总是威严肃穆的，但有时她也会戴着长长的头巾，展现出女人的温柔与妩媚。作为妇女的保护神，天后负责保护少女、已婚女子、孕妇和母亲。孔雀是天后朱诺的圣物。在文献记载中，孔雀总是时刻伴随着天后的身边。

太阳神福波斯

太阳神福波斯是天公朱庇特和黑夜女神拉托那所生的孩子。在罗马神话中，福波斯是个非常重要的神，他掌管光明、青春、畜牧、医药、诗歌和音乐。关于他的出生还有这样一段故事：

拉托那即将分娩的时候，善妒的天后朱诺得知了这件事，醋性大发，把拉托那变成了一只鹌鹑。朱庇特觉得愧对拉托那，就把阿斯特拉浮岛固定在了海底的岩石上，以此作为拉托那的住所。这个岛后来被人们称为洛斯岛或光明岛。拉托那来到这个岛上后，发现这里根本就是一个不毛之地。她非常失望，喃喃地说："如果能我的儿子出生在这块土地上，然后给他建一座庙宇，这里一定会成为世界上最富饶的地方。"话音刚落，岛上吹过的微风回答她说："尊敬的拉托那，如果你保证你的儿子永远不离开这块土地，他就将出生在这里。"拉托那立刻做出了保证，随即一群白天鹅降临到了岛上，岛上的万物顿时散发出无限生机。福波斯降生了，刚出生的他放出万丈金光。正义女神忒弥斯送来了仙酒，福波斯将仙酒一饮而尽，立即就长成了一个英俊魁梧的少年。漫山遍野的鲜花刹那间将这个原本光秃秃的岛装扮得五彩缤纷。

后来，福波斯被迫下到凡间，据说这是因为在他出生只有十四天的时候，他听说巴那斯山中盘踞着祸害当地人的巨龙，于是决定为民除害。决定为民除害的福波斯来到巴那斯山上，先用毒烟把巨龙熏出山洞，然后拉满神弓，向巨龙的心脏射出了致命的一箭。巨龙虽然被除掉了，但福波斯的身上却沾上了污浊的龙血，根据巴那斯的习俗，身上沾有污秽的人需要净身以去掉污浊，所以福波斯才不得不离开去洗掉身上的污秽。还有一种说法是说他触犯了天规，朱庇特为惩罚他将他赶下了凡间九年。无管怎么说，福波斯确实曾经被迫下凡。

下凡之后，福波斯来到了阿德墨托斯治理的王国，当了国王的放牧人。每天，他一边放牧，一边弹琴唱歌聊以自慰，不知不

觉在这个王国中度过了九年的快活时光。在此期间，福波斯为国王做了许多事。有一次国王阿德墨托斯向阿尔刻拉斯求婚，女方的父亲珀利阿斯提出的条件是让阿德墨托斯驾着车去驯服狮子。如果阿德墨托斯做不到，珀利阿斯就不把女儿嫁给他。阿德墨托斯深爱着阿尔克拉斯，但是自知无力驯服狮子，因此感到非常痛苦。福波斯听说后，欣然出面为主人排忧解难，轻松地驯服了两头凶恶的雄狮，并在主人新婚之夜帮助他杀掉了爬满洞房的毒蛇。然而不幸再次降临，阿德墨托斯身患不治之症，在病魔的折磨中痛苦挣扎，生命垂危。福波斯去请教命运女神帕尔卡，帕尔卡同意让国王的父母或是妻子中的一人替他去死。阿尔刻拉斯听说后，立即挺身而出，不惜牺牲自己的性命挽救丈夫。众神被她的行为所感动，合力从死神手中救出了阿尔刻拉斯，历经磨难的夫妻二人从此过上了幸福的生活。

福波斯被人们称为热情之父，每当太阳从地平线升起的时候，福波斯的面庞被映得通红。他发出的光芒能让百花齐放，能给人们带来欢快的心情。

关于福波斯被称为音乐之父，则另有一段故事。

福波斯生来喜欢音乐，尤其喜欢齐特拉琴和竖琴，据说他出生后说的第一句话就是找母亲要一把竖琴。神使墨丘利曾经因为偷了福波斯的牛而向他道歉，并送给他一把自己做的竖琴，得到竖琴的福波斯立刻原谅了墨丘利。

一天，林神玛息阿捡到了智慧女神密涅瓦丢掉的笛子。他认为密涅瓦正是用这个东西吹出了倾倒众生的乐曲，因此当得到它时，他就认为自己也能吹出同样美妙的旋律。他听说福波斯精通音乐，就向福波斯发出了挑战。福波斯慨然应战，并且和玛息阿约定，败方听凭胜方处置。他们请缪斯和弗利基亚国王迈达斯来当裁判。比赛的结果当然是福波斯胜出，缪斯做了公正的判决，然而迈达斯却判玛息阿获胜。

作为对败者的惩罚，福波斯把玛息阿绑在树上活剥了他的皮。而作为对不公正者的惩罚，福波斯用神力让迈达斯长出了一对驴耳朵。从此，迈达斯只能把头藏在一顶宽大的帽子里来遮掩自己的丑态，并威胁唯一知道秘密的理发师道："不准把这事告诉别人，否则就处死你。"理发师只好把这件能让人笑掉大牙的事藏在心里，不敢对别人讲。一天，他实在憋得难受，就在野外找了一个秘密的地方挖了个洞，趴着冲洞里喊道："迈达斯国王长出了一双驴耳朵！"理发师刚离开，那个洞里就长出了一株芦苇，一有风吹过，芦苇就随风摇曳着，重复着理发师的话："迈达斯国王长出了一双驴耳朵！"从此，国王的丑事传遍了弗利基亚王国。

福波斯给予的神谕是常灵验的，因此不仅诗人和预言家常向这位主管诗歌和灵感的神寻求启示，而且腊各地来德尔斐太阳神福波斯神庙求他显灵显圣的普通人也是络绎不绝。

海神涅普顿

海神涅普顿是第二代天神萨图恩的儿子，天公朱庇特的兄长。他和天公朱庇特、冥神普路托一起推翻了父亲的统治，重建新的神界秩序。当初，兄弟三人决定以抓阄的方式进行权力的分配，涅普顿抽中了海洋，于是成为海洋的主宰，掌管着广阔的海域。他拥有强大的力量，能引发可怕的海啸和地震，三叉戟是他的象征。

海神涅普顿脾气暴躁，变幻莫测的海洋正是他喜怒哀乐的表现。

涅普顿虽然是奥林匹斯山十二主神之一，但他并不常和众神在一起，而是独自巡视自己的海域。不知道是不是正因为如此，他与众神争夺人间城市的保护权时，才会总是落败。他曾经与天后朱诺争夺阿戈斯的保护权，结果众神组成的法庭宣布阿戈斯归朱诺所有。后来，他又与智慧女神密涅瓦争夺雅典的保护权——众所周知，密涅瓦极受天公朱庇特宠爱。为了夺得雅典的保护权，涅普顿率先展现神力，用三叉戟在地上用力一击，只见岩石裂开，一匹战马嘶鸣而去。他还骄傲地向雅典人宣称，凭借这匹战马，城邦的统治者会战无不克，征服广大土地。而密涅瓦赐给城邦以橄榄树，并宣布她将给城邦带来和平和富庶。结果，雅典人选择了和平和富庶。这两次失败让涅普顿非常气愤，于是，他将怒气发泄在这两个城邦上，让其饱受干旱之苦。

涅普顿和众神的关系并不十分和谐，他经常公开顶撞甚至挑战朱庇特的权威，但最后仍不得不屈服。很多时候，他也乐于帮助朱庇特解决一些小麻烦，比如帮助朱庇特的情人们躲过天后朱诺的迫害。福波斯和狄安娜的母亲拉托那和变成母牛的伊娥就曾得到过涅普顿的帮助。涅普顿虽然多次与密涅瓦争夺城邦的保护权，但在战争中，他们经常并肩作战。福波斯也算是他的朋友，虽然在特洛伊战争中他们各支持一方，众神混战时，涅普顿还险些与福波斯直接决斗，幸好福波斯明智地选择了退让，涅普顿也见好即收。

与天公朱庇特的多情浪漫相比，海神的爱情则充满了暴力与恐怖，缺少浪漫的气息。这其中比较著名的就是他与刻瑞斯的故事。刻瑞斯是谷物女神，海神涅普顿和天公朱庇特的姐妹。刻瑞斯的女儿戈莱，即后来的冥后洛塞耳庇娜，被冥神普路托抢走后，她心急如焚，四处寻找女儿。一天，她来到阿耳卡狄亚，遇到了她的兄弟海神涅普顿。涅普顿被刻瑞斯楚楚动人的模样所打动，便向她求爱。刻瑞斯担心女儿，拒绝了涅普顿的求爱。涅普顿便苦苦纠缠着刻瑞斯，刻瑞斯不堪其扰，化身成了一匹母马。不料，涅普顿竟也化身成公马，强行求欢。两人结合生下了一匹会说话的神马。后来，涅普顿又爱上了貌美的墨杜萨，墨杜萨是半人半马的肯陶洛斯人——教育了许多大英雄的马人喀戎，也是肯陶洛斯人。谁知，海神涅普顿与墨杜萨竟在密涅瓦的神庙里求欢。这一行为惹恼了密涅瓦，密涅瓦因为无法处罚海神涅普顿，于是便把惩罚降临到墨杜萨身上。密涅瓦不仅将墨杜萨的容貌变得狰狞可怕，而且将她那飘逸的长发变成了缠绕在头上的毒蛇，任何人只要看到她的脸就会变成石头。

作为父亲，涅普顿是一个失败者。他的子孙不是臭名昭著的恶人，就是恐怖的怪物。埃及国王布西里斯是他与朱庇特和伊娥的孙女厄帕福斯之子。布西里斯生性残暴，为了攘除一场历时九年的旱灾，他杀掉了许多异乡人。阿米科斯是涅普顿与山林女神所生的儿子，统治着帕布律克亚。阿米科斯强迫异乡人与他进行拳击比赛，杀掉了许多人，最后被朱庇特的儿子波吕丢刻斯杀死。涅普顿的另一个儿子——厄琉西斯的国王刻耳库翁与阿米科斯有着同样的嗜好，最后死于大英雄忒修斯手中。忒修斯在去雅典的路上解决的恶贼，如强迫路人给他洗脚然后乘机将其踢死的斯喀戎、用一张床丈量路人的达马斯忒斯，也都是涅普顿的儿子。

涅普顿的儿子中，最恐怖的要数奥托斯和埃菲阿尔忒斯。他们是一对孪生兄弟，长得异常高大强壮。他们自认为异于常人，竟狂妄地要去攻击天公朱庇特和奥林匹斯众神，战神玛尔斯是他们的第一个目标。玛尔斯被他们囚禁在一口青铜大缸里，直到十三个月之后才被墨丘利救出。后来，他们又打起天后朱诺和狩猎女神狄安娜的主意。狄安娜得知后，变成一头漂亮的鹿经过他们中间，兄弟俩同时抛出长矛要射杀鹿，结果却被对方的矛击中身亡。

除了这些恶名昭著的子孙，据说大英雄忒修斯也有一半海神的血脉。雅典国王埃勾斯没有子嗣，而他的弟弟帕里斯却有五十个儿子，且对王位处心积虑。埃勾斯想背着妻子悄悄再娶，于是，他便去德尔斐请求神谕。神谕让他在回到雅典前"不要揭开酒壶的嘴"，埃勾斯非常疑惑，便把神谕告诉了好友庇透斯。谁知庇透斯参透了神谕，将女儿埃特拉送到了埃勾斯的床上，海神涅普顿也在这天晚上和埃特拉交欢。埃特拉后来生下了忒修斯。忒修斯长大后继承了雅典的王位，建立了许多伟大的功绩。

在著名的特洛伊战争中，海神涅普顿是希腊联军的坚定支持者，他和天后朱诺、智慧女神密涅瓦组成同盟，给特洛伊人带来了极大的灾难。涅普顿甚至亲自参战，直到天公朱庇特发下神谕，他才不情愿地退出了战争。然而，希腊人在占领特洛伊后的渎神行为惹怒了涅普顿，涅普顿转而开始报复希腊人。许多希腊人在返航途中被涅普顿夺去了生命。大英雄尤利西斯也因为得罪涅普顿，在海上漂泊了十年历经种种磨难才回到故乡。

智慧女神密涅瓦

智慧女神密涅瓦，希腊人称其为雅典娜。在朱庇特与提坦神的战斗中，她建立了奇功，帮助朱庇特获得了胜利，因此她也被称为女战神。在人们的印象中，她一般被形容为头戴金盔，身披甲胄，手持长矛和盾牌的女战神形象，其威风凛凛的造型丝毫不输给战神玛尔斯。

关于她的出生地，据说是在利比亚的妥里通湖畔。三个利比亚女神发现了她并把她哺育长大。她小的时候，在一次玩耍中失手误杀了小伙伴帕拉斯，从那以后，她便在自己的名字前加上了帕拉斯的名字以表示哀悼。后来，她经由克里特去了雅典。但是人们普遍接受的是下面这一种说法。

她的父母分别是天公朱庇特和聪慧女神墨提斯。据说有一天，朱庇特得到了命运的预示，说墨提斯将生下一个权力超过父亲的孩子。天公朱庇特无法容忍这种事情发生，便在墨提斯生产后吞下了这个孩子。可是很快他就头痛难忍，只好命令火神伏尔甘劈开自己的头颅。伏尔甘巨斧一挥，一个手持长矛的女孩就从天公的脑袋里跳了出来，这个女孩就是密涅瓦。这个从天公头颅中再生的故事不仅使她有了高贵的出身，更使她成为力量与智慧的象征。

密涅瓦虽然英勇善战，但她心地善良，爱好和平，与嗜杀如命的战神玛尔斯有着天壤之别。有一次，她和海神涅普顿为争夺雅典的保护权而比赛，以能给人类送去最有用的礼物的一方为胜者，众神都争着充当比赛的裁判。涅普顿用三叉戟朝岩石一击，一匹威武的战马便呼啸奔出，密涅瓦不屑地笑了笑，用长矛向地

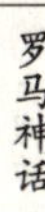

上一插，一棵象征和平的橄榄树破土而出。众神一致判定密涅瓦获胜，因为和象征和平的橄榄树比起来，战马所象征的武力只会带来更多的仇恨和杀戮。从此橄榄枝成了和平的象征，也成为密涅瓦本人的象征。

有一次，她在战场上看到一位身负重伤的勇士，崇尚勇敢的密涅瓦对这名英勇的战士动了恻隐之心，于是便向朱庇特讨要能治好这位勇士的灵药。但当她拿着药回到战场的时候，刚才的勇士却已经变成了疯狂的野兽。他把敌人砍倒后，用长矛猛击敌人的头颅，然后吸取头颅中迸出的脑浆。他这一残忍的举动使得密涅瓦失望至极，她立刻改变了主意，毫不犹豫地转身离开了。

她不仅勇猛，而且充满智慧，为人类提供了许多有用的发明，如制造陶器用的陶瓷车、耕种用的犁，还有木工用的直尺和三角尺等。此外，还记得我们在提到太阳神福波斯的时候讲的一个关于笛子的故事吗？其实笛子也是密涅瓦的发明之一。据说有一天她捡到了一根精致的鹿骨，突发奇想，觉得如果把骨头的中心挖空，再在上面钻了几个孔，就能吹出暴风雨般的呼啸声。想到这，她立刻拿来一把小刀将自己的想法付诸实施。她用了几天时间就完成了这个发明，并将它取名为“笛子”。这个发明令她得意不已。回到奥林匹斯山后，无论遇到谁她都拿出新发明炫耀一番，在众神集中的地方演奏。悠扬的乐曲让凡间的生灵驻足聆听，众神也附和着笛声引吭高歌。正当她为自己的发明和演奏自我陶醉时，天后朱诺和爱神维纳斯却在不怀好意地偷笑。

“你们究竟在笑什么呢？难道我吹的笛声不动听吗？”密涅瓦怒视着两人问道。

朱诺说：“旋律是很动听，但你在吹笛子的时候，脸蛋鼓胀，脸上的线条都变了形，好笑极了。如果你不信，就到泉水边自己照照吧。”密涅瓦撇下仍在笑个不停的两人，来到泉水边，对着水面再次吹起笛子，水中映出的倒影让她惊叫了起来：“这是我吗？我怎么会这么丑陋呢？”为了维护自己的美貌，她毅然把得意的发明扔向了森林深处，从此再也没有吹过笛子。后来这东西被玛息阿捡到，才引出了他与福波斯比赛的事情。

密涅瓦在希腊神话中被叫做“雅典娜”，雅典城的名字即来自于这位女神的希腊语称法。每年，雅典人都以最隆重的仪式来纪念这位女神。

月亮女神狄安娜

月亮女神狄安娜是天公朱庇特的女儿，太阳神福波斯的双胞胎姐姐。她掌管月亮和狩猎，照料妇女生产，保护少男少女。传说她出生后不久就帮助母亲生下了弟弟太阳神福波斯。狄安娜的母亲嫁给朱庇特后饱受颠沛流离之苦，从未享受过婚姻的幸福，因此狄安娜从小就憎恶婚姻。她请求父亲朱庇特，允许她像姐姐密涅瓦那样终身不嫁，保持贞洁。

这一天，她温顺地坐在父亲的大腿上，说道：“父亲，请您允许女儿终身不嫁！请赐给我一把弓、一些箭、一个火把，让女儿可以和男子一样在森林里驰骋，自由地狩猎。请您再赐给我六十名山林仙女和二十名水泽仙女，让她们给女儿做伴，陪同女儿打猎，为女儿表演歌舞。”

天公朱庇特同意了女儿的请求。从此，狄安娜总是随身佩带着一把弓和一个箭囊。她经常和随从的仙女们在山林中游玩，追逐飞禽猛兽。她手握金鞭，驾驶着由两头母鹿拉着的车子在山林间疾驰。仙女们陪伴在她的身边，凶猛的猎狗西立乌斯敏锐地为她寻找着猎物。狄安娜喜欢追逐野猪和野鹿，而且狩猎时总是百发百中。当她感觉厌倦时，她就去找英俊的弟弟福波斯。有时，她也会精心打扮，换上飘逸的长裙，和卡里忒斯和缪斯一起为众神表演歌舞。

太阳神福波斯为大地带来光明和温暖，狄安娜则为夜幕笼罩的大地带来柔和的月光。她比跟随她的仙女都要高大美丽，就像月亮永远比星星更光彩夺目。她和福波斯的职责就是普照全世界、保护生灵。

皎洁的月光照亮道路，使人类在夜里也能够看清悬崖峭壁、羊肠小道、山谷隘口和交叉路口。因此，旅人们对于狄安娜总是满怀感激的。夜间的植物也是欣喜的，她们可以在皎洁的月光下吮吸甘甜的露珠，补充水分。但柔弱月光照耀下的大地万籁俱寂，使人不由自主地联想到了幽灵，心中充满了恐惧。

月亮女神狄安娜美丽优雅，太阳神福波斯潇洒英俊。对于外表，姐弟俩都非常自信和骄傲，绝不允许有人诋毁。底比斯国王安菲翁的妻子尼俄柏生有十二个子女。她非常自豪，逢人便夸耀自己的子女比拉托那的双胞胎儿女漂亮，还嘲笑拉托那只生了两个子女。尼俄柏说道："我是多么幸福啊，而且将会永远幸福下去。我有十二个子女，命运永远不会把我和他们分开。和拉托那引以为傲的双胞胎相比，我的子女身体更强健，外貌更出色。我有高超的法术，拉托那怎么斗得过我？我永远都比她强！"

拉托那听说后非常生气，发誓要报复尼俄柏。她把福波斯和狄安娜找来，让他们去教训尼俄柏。姐弟俩来到凡间，尼俄柏的六个儿子正在西特隆山上打猎。太阳神福波斯连射六箭，尼俄柏的六个儿子全部中箭身亡。不幸的消息传来，孩子的父亲底比斯国王安菲翁悲痛欲绝，竟拔剑自刎而死。尼俄柏久久不能理解自己的不幸，不相信天上的神祇竟有如此大的能力。她抱着儿子的尸体大声痛哭，责骂拉托那的狠心。这时，她的六个女儿身穿丧服，满脸悲伤地站在兄弟的遗体前。尼俄柏看着六个虽然悲伤但依然娇美如花的女儿，嘲笑道："哈，拉托那，我即使遭到了不幸，也比你幸福！"话音刚落，天空传来一阵弓箭的声音，狄安娜射出了她的六支箭。狄安娜的箭从无虚发，尼俄柏就这样失去了他的所有儿女。尼俄柏心如死灰，一动不动地坐在儿女的遗体中间。后来，她变成了西特隆山的一块石头，矗立在陡峻的山崖上。

一个夏天的傍晚，打猎归来的狄安娜在林木蓊郁的半山腰发现了一条潺潺的小溪。狄安娜便决定在此处洗个澡舒缓一下身体的疲乏。她命两个女仆在岸上看管箭袋、弓和衣服，其他女仆们用器皿盛着清澈的泉水为她冲洗身子。这时，英俊的猎人阿克特翁打猎归来，正好经过这条小溪。看到潺潺流过的溪水，又累又渴的阿克特翁高兴地跳进水里。女仆们发现了阿克特翁的存在，惊恐地大声喊叫起来。狄安娜因为被人类看到自己圣洁的身体而恼羞成怒。由于弓箭不在身侧，她只能将泉水洒到阿克特翁的脸上，诅咒道："可恶的人类，你竟然亵渎神祇。我看你怎么开口！"话音刚落，阿克特翁的头上便长出了鹿角，脖子突然变长，耳朵也被拉长了，身上长出有如梅花的斑点。阿克特翁觉察到了女神的愤怒，连忙离开小溪想返回同伴的身边。他还没有意识到自己身体的变化，不知道自己已经变成了一头梅花鹿。所以当他向同伴们靠近时，同伴们看到的是一头向他们跑去的梅花鹿，忙命所有的猎狗冲上前去。可怜的阿克特翁还没有搞清楚怎么回事，就被猎狗的锋利牙齿撕成碎片，而他的同伴并不知情。后来，同情他的遭遇的女神命人们收殓了他的尸骨，并为他建造了青铜塑像。

狄安娜曾请求父亲允许自己终生不婚，永远保持贞洁。但是，当年轻美丽的狄安娜遇到英俊潇洒的仆人俄里翁时，他们坠入了爱河。她总是不顾别人的反对，让俄里翁陪着自己。他们朝夕相处，一起在森林里追逐猎物，在柔和的月光下诉说着爱语。狄安娜准备嫁给俄里翁，她打算请求父亲宽恕女儿的不贞。太阳神福波斯不想看着美丽的姐姐因违背誓言而受到惩罚，便决定阻止姐姐的婚事。一天，俄里翁和福波斯在海上游泳，太阳神福波斯暗用神力，使他游到了离海岸很远的地方，在海岸边看只剩一个黑点在海面上时隐时现。这时，狄安娜来寻觅他的爱人，福波斯故意岔开话题，说自己的箭法精进，已经超过了姐姐。高傲的狄安娜自然不服，要求与福波斯比箭。福波斯见姐姐中计，心中大喜，表面上却不动声色地说只要姐姐能射中海面上的那个黑点他就认输。被激怒的狄安娜立即从箭囊里取出箭，嗖的一声射中了黑点。鲜血很快染红了海面，狄安娜这才发现，自己射中的竟是自己深爱的人。她痛不欲生，整天沉浸在丧失爱侣的悲痛中。天公朱庇特为她的深情所打动，把俄里翁变成了猎户星座，使他可以与狄安娜长相厮守。

美丽的月亮女神狄安娜喜欢在森林里奔驰，其出现时总是肩上挎着箭袋，身旁跟随着一头母鹿或一条猎狗。在人们的雕塑中，她往往手握火炬，头发高高盘起，额发周围坠着星星，或是在前额上方悬挂着一轮弯弯的新月。她体态苗条，时常穿着过膝的长裙，举手投足间散发着优雅的气质。狄安娜喜欢的动物很多，有母鹿、公鹿、猎狗、鹌鹑、熊、野猪和狼。桂树、爱神木、松柏、雪松和橄榄树则是她最喜欢的树木。

战神玛尔斯

玛尔斯被称为战神，他的形象一般被描绘为一个身材魁梧，手持长矛，身披铠甲，精力充沛的威武青年。和守护和平的女战神密涅瓦不同，他是一个嗜杀如命的家伙，他性格暴戾，好斗成性，所过之处血流成河，尸骨遍野，经常惹得人神共怒，在战场上大开杀戒是他最大的快乐。

一般认为，他是天公朱庇特和天后朱诺所生。其实，关于他的出生还有一个更加奇特的传说：据说玛尔斯并没有父亲。当年，天后朱诺得知朱庇特和墨提斯生下密涅瓦后，善妒的毛病再次发作，一气之下吞下了一条凶恶无比的毒蛇。不久，朱诺就生下了一个性格极其暴躁的男孩，这个男孩就是玛尔斯。玛尔斯有这样的性格，可能是因为血液里混杂着毒蛇的毒性和母亲的怒火吧。

在众神中，女战神密涅瓦和玛尔斯永远处于水火不相容的敌对状态。每当玛尔斯大开杀戒的时候，密涅瓦都会出现制止他的暴行，而且每次的交锋都以密涅瓦的胜利和玛尔斯灰头土脸的败退而告终，这也告诫了人们，正义终将战胜邪恶。

玛尔斯整日以杀戮和破坏为乐，而他的情人却是掌管一切动植物繁衍和生长的爱神维纳斯。无论在人间还是在奥林匹斯山，维纳斯都是最美丽的女人，玛尔斯对她自然也是爱慕已久，然而玛尔斯疯狂的追求却遭到了维纳斯冷冰冰的拒绝。后来，在朱庇特的旨意下，维纳斯嫁给了丑陋的火神伏尔甘。玛尔斯无法接受这个事实，依然痴情不改地追求着维纳斯，频频以贵重的礼物和甜美的情话讨好维纳斯，终于使维纳斯接受了自己的爱情。为了避人耳目，每天晚上玛尔斯都是趁伏尔甘在作坊里工作时来和维纳斯幽会的。为了保证每次都能在福波斯升到天空之前离开，他让一个叫阿力克提翁的年轻人在天亮之前学公鸡叫，以提醒自己速速离开。

有一天夜里，玛尔斯像往常一样偷偷溜进了维纳斯的房间。然而他没有想到，本应站在门外放哨的阿力克提翁这一次竟然睡着了。当太阳神福波斯醒来时，还在睡梦之中的阿力克提翁自然就无法向玛尔斯通风报信。屋内的玛尔斯只顾着和心上人寻欢作乐，也没有意识到天已经亮了。太阳神的光芒是无处不在的，福波斯立即就发现了玛尔斯的丑事。众神们都很憎恶野蛮的玛尔斯，福波斯也不例外，出于对玛尔斯的厌恶，福波斯把这事情告诉了伏尔甘。遭受到这样的侮辱，火神当即暴跳如雷，扔下手里的工具就要冲向维纳斯的房间。

手巧的人往往心思也很细密，伏尔甘虽然长得丑，但头脑却不笨。在半路上，他觉得就这样去找玛尔斯其实没有什么用，最多也就是自己一个人知道他们的丑事，而最解恨的办法莫过于让这两个人当众出丑，让他们再无颜面留在奥林匹斯山。想到这，他回到作坊，拿起刚锻好的钢丝，用钢锉和钳子把钢丝做成链环，连成了一个钢丝网。然后他一边高声说话一边走进了妻子的房间。

屋里的维纳斯和玛尔斯听到伏尔甘的说话声吓得惊慌失措，维纳斯假装去洗澡，玛尔斯则屏住呼吸躲在了屋角。伏尔甘把钢丝网固定在床脚和天花板上就走了。玛尔斯由于过分紧张并没注意到伏尔甘的这些举动，见伏尔甘离开了，他长舒了一口气，又跑回床上等待维纳斯。维纳斯回来后两人继续亲热，就在这时，两人被伏尔甘刚刚放下的钢丝网给罩住了。接着，一直站在屋外的伏尔甘走了进来，他朝这两个人狠狠地瞪了一眼，然后打开了自己宫殿的大门，把偷情者的丑态暴露在众神的面前。羞愧难当的玛尔斯无法继续留在奥林匹亚圣山，就到色雷斯山区隐居去了。至于那个因为失职而让主人蒙羞的阿力克提翁，则被玛尔斯变成了一只公鸡。

玛尔斯的子女们也继承了父亲的残暴性格。玛尔斯有一个儿子叫奇克诺斯，他整天在路上拦截行人，动不动就把行人殴打致死，活脱脱一个强盗。有一天，他又在路上寻衅滋事，这时赫丘利走了过来，这个不知天高地厚的家伙居然拿起长矛刺向赫丘利，身经百战的赫丘利自然不甘示弱，冷静地拿起长矛进行还击，长矛一下就刺穿了奇克诺斯的喉咙，结果了这个害人精的性命。玛尔斯听说儿子死于赫丘利之手，悲痛万分，咆哮着要为儿子报仇。他手持长矛来到路上，见赫丘利走来，就朝他刺了过去。这个时候，玛尔斯的死对头密涅瓦又一次出现了，她拨开了玛尔斯的长矛，赫丘利乘机拔出长剑，一下砍伤了玛尔斯的大腿。玛尔斯拖着伤腿狼狈撤退，最后只好把爱子变成白天鹅以寄托哀思了。

战神玛尔斯好勇斗狠，秃鹰、恶狼、恶犬和好斗的公鸡等都是玛尔斯的象征物和供品。

爱神维纳斯

爱神维纳斯掌管着世间一切生灵的繁衍和生长以及人类的爱情、婚姻和生育。她是爱与美的完美结合，无论在凡间还是在众神居住的奥林匹斯山，维纳斯都是最美的。

维纳斯诞生于蓝色的大海。当初，萨图恩听从了母亲地母泰拉的命令，阉割了父亲乌拉诺斯以解救自己的兄弟姐妹。随后他把父亲的生殖器官扔到了塞浦路斯附近的海中，海中顿时激起了巨大的浪花，随后涌出了许多泡沫，一个巨大而又美丽的贝壳从泡沫涌起处浮出海面。这个贝壳在许多小贝壳和珍珠的簇拥下，乘着海风漂向岸边，停在了沙滩上。贝壳的两瓣徐徐分开，从里面走出一个长发的女孩，这个女孩就是维纳斯。她赤着脚走在沙滩上，两旁顿时生长出鲜艳的花朵。时光女神赫耳早已在此等待她的降生，她给这个如美玉般洁白无瑕的女孩穿上了最合身的轻裳，戴上了闪闪发光的金冠。然后，维纳斯坐上由一对鸽子拉着的车飞向奥林匹斯山。微风中罗裳轻舞，更衬出维纳斯的婀娜身姿，奥林匹斯山上的诸神交口称赞她的美貌，为她那一切语言都无法形容的美所倾倒。

人们为维纳斯最早设计的形象，就是她从海中诞生时的样子：赤裸着全身，站在海龟或海螺上，展现着一种未经雕琢的淳朴之美。后来她的形象变为半裸，朦胧的薄裳让这位女神散发出一种成熟女性的韵味，犹如隔着轻纱观赏窗外的美景，让人产生无尽的遐想。

天生丽质的维纳斯出现在奥林匹斯山，自然招致其他女神的嫉妒。善妒成性的天后朱诺自不必说，就连女战神密涅瓦也对她心生妒意。一次，这三个女神为了一个象征美的金苹果争得不可开交，她们找天公朱庇特裁定，天公对此事也大为挠头，就让伊达山上的一个英俊少年帕里斯里来当裁判。帕里斯起初也无法判断，这时维纳斯悄悄对他说："如果你把金苹果判给我，我就把天下最美的女人嫁给你做妻子。"结果维纳斯得到了金苹果，朱诺和密涅瓦非常生气，却也无可奈何。

火神伏尔甘是维纳斯的丈夫，他面貌丑陋，还是个瘸子。这场不和谐的婚姻是天公朱庇特亲口允诺的，维纳斯无法违抗，只得答应下来。战神玛尔斯一直垂涎维纳斯的美貌，即使维纳斯和伏尔甘已经结婚，但他依然没有停止对维纳斯的疯狂追求。由于维纳斯对丈夫一点儿都不喜欢，所以当她见玛尔斯对自己如此热情，就接受了玛尔斯的求爱。后来，两人在一次幽会中被伏尔甘当场捉到。由于无法忍受奸情败露带来的耻辱，维纳斯远走塞浦路斯。

小爱神丘比特也是维纳斯的儿子，对于他的形象人们都非常熟悉：一个长着翅膀手持弓箭的美少年。和母亲一样，丘比特喜欢乘着微风到处玩耍，无论到什么地方，他都会给那里的人带来温情、友谊以及甜蜜的爱情。

人们出于爱美的天性，对美神维纳斯总是爱戴有加。爱神木、罂粟、石榴、玫瑰、天鹅和鸽子等都是维纳斯的宠物。罗马帝国时期，对维纳斯的崇拜达到了巅峰。在罗马人心中，维纳斯享有崇高的地位，维纳斯的纪念日被定在每年四月，凯撒大帝还自称是埃涅阿斯——维纳斯的儿子的后裔，把维纳斯奉为罗马人的祖先。

火神伏尔甘

伏尔甘是天公朱庇特和天后朱诺的儿子。他刚出生的时候就长得奇丑无比，而且还是个瘸子。天后朱诺抱着这个丑儿子，越看越生气，又想起了墨提斯刚刚生下了美丽的密涅瓦，怒火和妒火逐渐淹没了母爱。伏尔甘被母亲朱诺狠心地扔下了奥林匹斯山的万丈深渊，然而伏尔甘并没有就此死去。他掉到了楞诺斯岛上，一个好心的侏儒救起了他。伏尔甘在此快乐地长大，并向侏儒学习冶炼钢铁及贵重金属的技艺。最后他像对待父亲一样为这

▲ 楞诺斯岛上快乐的伏尔甘

个侏儒养老送终。侏儒死后，伏尔甘在岛上的一个火山口处建造了冶炼作坊，他在那里用九年时间制造了诸多工具和装饰品，把自己的住所装点得如宫殿般金碧辉煌。

对于母亲朱诺，伏尔甘始终抱着极其复杂的心情：他想念母亲，渴望回到母亲身边，但却始终无法原谅母亲狠心将自己抛弃的行为。最终，他还是决定要返回奥林匹斯山。他在作坊里铸造了一个异常精美的黄金宝座，并把它作为礼物送给了天后朱诺。天后看到这个精美的礼物很高兴，喜不自禁地坐了上去，并摆出各种姿势以炫耀自己的高贵。然而，当她想下来的时候，却动弹不得，而且她越用力，宝座就将她束缚得越紧，前一刻还一脸高兴的朱诺表情立刻变得非常难看，包括朱庇特在内的众神也急得团团转。众神用尽了一切办法，也没能把天后从宝座上弄下来。

朱庇特通过询问送宝座的人得知：这个东西是当年被遗弃的儿子伏尔甘锻造的。原来，这个宝座上有许多无形的连接线，除了伏尔甘自己，其他任何人包括众神都无法察觉。朱庇特只得派神使墨丘利到凡间把伏尔甘叫来，伏尔甘借这个机会向天公要挟道："除非把爱神维纳斯许配给我，否则我就不解救天后。"无奈之下，朱庇特只好答应了这个条件，伏尔甘也得以重返奥林匹斯山。

重返奥林匹斯山的伏尔甘依旧每天在他的作坊里挥汗如雨地工作着，他给自己建造了的华丽住所让天公的宫殿都黯然失色。在自己住所的旁边，他建造了一个冶炼作坊作为自己的工作室。伏尔甘把所有的时间都花在工作上，他的一件件杰作令众神赞叹不已。

为表示对父亲的孝顺，伏尔甘为父亲朱庇特锻造了一个黄金宝座。此外，对其他众神的要求，伏尔甘也是有求必应：太阳神福波斯的宫殿；月亮女神狄安娜所用弓箭的箭头；谷物女神刻瑞斯的黄金镰刀；还有天宫中使用的一切金属制品，如酒杯和各种金属乐器，都出自伏尔甘的一双巧手。

伏尔甘并不是只会制造没有生命的物品。在罗马神话中，人间的第一个女人也是出自伏尔甘之手。他用黏土和水捏了一个女人样子的塑像，用一颗火星作为她的灵魂。智慧女神密涅瓦为她穿上华丽的服饰，爱神维纳斯为她梳妆打扮，时光女神赫耳为她戴上鲜花编成的花冠。就这样，一个美丽的女人出现在了众神面前。天公朱庇特给她起名潘多拉，并递给她一个盒子，叮嘱她道："美丽的姑娘啊，你是人间的第一个女人。你的任务是带上这个盒子，到人间去，然后把它打开，这样就能惩罚那个自以为是的普罗米修斯。但是千万牢记，盒子最底层放着的是叫'希望'的东西，在它飞出来之前，你一定要把盒子盖上。"

潘多拉认真地听着天公的每一句话。最后，她点点头，表示记住了。天公就吩咐神使墨丘利把她带到了人间。作为人间的第一个女人，潘多拉神一般的美貌引起了许多人类的倾慕。她设法接近了普罗米修斯的弟弟厄庇墨透斯，厄庇墨透斯满心欢喜地接受了这个美丽的女子。尽管潘多拉并不知道盒子里面究竟装着什么，但她还是照着天公的吩咐做了——她当着厄庇墨透斯的面，打开了那个神秘的盒子。盒子被打开后，各种各样的灾难从里面飞了出来，并迅速扩散到了整个人间。潘多拉突然记起了朱庇特的话，在盒底的"希望"还没有飞出来时，连忙把盒子重新盖好，只有最后的"希望"被留在了盒子里面。

由伏尔甘捏造的潘多拉，给人间带来了无尽的灾难，但是人们并没有将此归罪于火神。因为火神本身心地善良，很多时候天公的旨意他虽然并不认同，但出于敬畏和孝顺，他也只能照办。

伏尔甘整日泡在自己的作坊里，不自觉地冷落了妻子维纳斯。这就给了战神玛尔斯以可乘之机。这个曾经对维纳斯百般纠缠的家伙，始终没有放弃对维纳斯的追求。婚姻的不如意和丈夫的冷落，使维纳斯终于接受了玛尔斯的爱情，之后就发生了二人被伏尔甘捉奸在床的闹剧。从那以后，维纳斯就回到了塞浦路斯。

妻子离开以后，伏尔甘更加把全部精力放在冶炼上。在奥林匹斯山、楞诺斯岛和埃得纳火山火上都有火神的冶炼作坊。人们把地上的火山口和地面裂口看作是火神作坊的烟囱，地震和火山爆发所引发的巨响则被认为是火神在作坊冶里冶炼金属时发出的噪音。每当火山喷发和地震，那就是伏尔甘正在着手准备打造下一个杰作了。

冥王普路托

冥王普路托是天公朱庇特的兄弟，也是萨图恩的儿子。当初普路托、涅普顿、朱庇特兄弟三人分配领地的时候，大海由涅普顿管辖，普路托分到的是阴森恐怖的冥界，他们二人都要服从于天空的主宰者朱庇特。

作为掌管一方的大神，普路托身上充满了威严，人们将他形容为：手里拿着象征丰收的羊角，头上戴着乌木、蕨类植物或水仙制成的冠冕，长长的头发和浓密的胡须遮住了他的脸庞，极好地衬托出他公正严明、铁面无私的形象。

普路托忠于职守，不曾离开冥界半步，在不见天日的地下履行着自己的职责，对天上的生活也再无挂恋。然而，有一个人却让他无时无刻不在想念，那就是谷物女神刻瑞斯的女儿戈莱。

当他还在天国的时候，他就已经对戈莱产生了爱慕之情。冥界孤单寂寞的生活，使得这种思恋愈加强烈。他想过正式向戈莱的母亲刻瑞斯提亲，但他知道，刻瑞斯女神爱女至深，是不会舍得让女儿远嫁冥界的。天长日久，就是神也熬不住苦恋的折磨。想来想去，普路托下定了决心：就是用抢，也要得到戈莱。为了心上人，冥王普路托生平第一次，也是最后一次离开了冥界。

一个春天的早晨，风和日丽，万里无云，戈莱正和几个伙伴在原野上采花嬉戏。戈莱是这些女孩中最美的，她穿着宽大的长裙，赤着脚跑在伙伴们的面前，脸上洋溢着快乐的欢笑。四周盛开的鲜花与她灿烂的微笑相比，都显得那么黯淡无光。

姑娘们采摘着带着晨露的鲜花，快乐地玩耍着。突然，戈莱看到地里冒出一株小芽，并迅速生长，一下便长成了一株香气四溢的水仙花。“好奇妙啊！这株水仙花像是在对着我笑，它好像早就认识了我似的。”戈莱越看越好奇，下意识地伸手去抚摸水仙花的花瓣，谁知她的手才刚碰到花瓣，其脚下就出现了一条裂缝，她掉了下去。一阵头晕目眩后，她昏了过去。

当她醒来的时候，她发现自己躺在一个昏暗的地方，周围充满阴森之气，她觉得有些害怕。这时，一个听上去有些熟悉的声音传来：“亲爱的戈莱，请不要害怕，我是普路托啊，你不认识我了吗？这里是我掌管的冥界，你已经成为我的冥后了，难道你不愿意吗？要知道，我是多么爱你啊！”见戈莱醒了过来，普路托从阴暗处一边朝床前走，一边倾诉道。

戈莱本来就认识普路托，对他也颇有几分好感，虽然没有想到自己会以这种方式成为他的王后，但她还是答应了普路托的求爱，从此，戈莱改名为洛塞耳庇娜，与普路托在冥界过着幸福的生活。之后，普路托对外面的世界再无挂念，再也没有离开过冥界。

幸福的生活往往来之不易。刻瑞斯发现女儿不见了，发疯似的把大地上的田园烧光，因为女神的怒火，凡间的人辛苦劳作一年而颗粒无收，田间饿殍遍野，大地一片死寂。朱庇特派墨丘利去向普路托求情，让他放洛塞耳庇娜回去与母亲团聚。普路托深爱着妻子，不舍得放她回去，但他又不忍心因为自己的自私让凡间的人无辜遭受苦难。洛塞耳庇娜也站出来劝说丈夫，因为她知道母亲的脾气：如果见不到自己，母亲真的会让大地永远颗粒无收。经过再三考虑，普路托妥协了，同意洛塞耳庇娜回去，但提出每年要有三分之一的时间让妻子来冥界陪自己。刻瑞斯见到了女儿，喜极而泣，又见女儿爱着普路托，就同意了这个条件。从此，大地又恢复了生机，人类又恢复了平静的生活。

冥界和天界一样，也是一个独立的世界，普路托是这里至高无上的神。他的宫殿在十八层地狱的最底层。他手下也有许多的神帮他一起管理冥界，如命运三女神帕尔卡、复仇三女神厄里尼厄斯、死亡女神普罗塞耳皮娜等，当然还包括长着三个脑袋的看门犬耳柏格斯。冥界的一切案件都由普路托审理，他对灵魂在阳间的行为了如指掌，任何隐瞒不但逃不过他的双眼，还会招致更加严厉的制裁。

冥界的大门永远都是敞开的。每当墨丘利引导死人的灵魂来到冥界，耳柏格斯就在冥界大门迎接他们，在它的看守下，从没有灵魂能从冥界逃出去。灵魂在耳柏格斯的注视下穿过冥界大门后，首先来到的是阿刻戒河，河流很宽，污浊的河水卷着阵阵旋涡，灵魂只有靠小船摆渡才能到对岸。

过了阿刻戒河之后，灵魂们就来到真理田园，这是一个到处盛开着阿福花的草地。灵魂就在这里接受审判，有罪的灵魂将会受到复仇三女神的惩罚，然后被送到塔尔塔洛斯地狱去受刑。清白的灵魂则被送往爱丽舍乐园，那里是一个宁静的极乐世界，与世无争，一派祥和，草地上花儿吐着芬芳，枝头上鸟儿欢快地歌唱，灵魂们在这里过着吟风弄月的幸福生活。

丘比特的爱情

普赛克是一位伟大国王的小女儿。她拥有无与伦比的美貌和心灵，连美神维纳斯在她面前也会自惭形秽。世界各地的人们不顾路途遥远，争相赶来一睹芳容。这使得美神维纳斯心生怨恨，她不能容忍一个凡人的美貌凌驾于她之上，以至于使世人忘记了她的存在。维纳斯命儿子丘比特运用爱神之箭的力量使她嫁给世界上最丑陋的野兽。

在丘比特的神力下，国王夫妇开始讨厌他们美丽的女儿，并把她抛弃在一个荒山上。在那里，一条面目丑恶而又生性凶残的带翅巨蛇将会迎娶她。突遭如此厄运，普赛克痛哭流涕，悲伤欲绝；她不明白神祇为什么会如此惩罚她，但作为弱小的凡人，她只能认命。因为少了爱神之箭，她即使拥有绝色美貌也无法拥有爱情，因此，也就没有一位英勇的骑士前来拯救落难的公主。一切都按照维纳斯的预想进行着。

然而，维纳斯忽略了一个至关重要的环节——她的儿子，英俊潇洒的小爱神丘比特。丘比特对普赛克一见钟情，他取消了即将降临到普赛克头上的厄运。因此，丘比特没有履行对母亲的承诺，反而娶了普赛克为妻并将她安置在自己居住的宫殿里。每天晚上，丘比特都来和普赛克相会，因为普赛克是凡人，不能知道丘比特的真实身份和相貌。普赛克也同意永远不去察看丈夫的真实相貌。就这样，普赛克和丘比特过着幸福甜蜜的生活，虽然普赛克不知道她的丈夫究竟是谁，相貌如何。

有一天，普赛克的两位姐姐来看望婚后的妹妹。她们无法相信妹妹会居住在如此富丽堂皇的宫殿里，又看到妹妹脸上掩饰不住的幸福神态，心中不禁燃起了熊熊妒火。两位姐姐无法容忍妹妹过得比自己幸福，便决定要毁了妹妹的幸福生活。她们诋毁普赛克的丈夫，说他对自己的身份和相貌如此保密，连妻子都不能告诉，这其中必定有鬼，说不定他就是那个凶残丑陋的带翅巨蛇。

听了姐姐的话，普赛克心里惴惴不安。这天夜里，普赛克耐心地等到丘比特熟睡，然后点燃了一盏油灯，想看看丈夫的真实相貌。出乎她的意料，丈夫根本不是什么丑恶的巨蛇，他不仅长得不丑，而且还非常英俊。普赛克看得出神，手不禁抖了一下，滚烫的灯油滴下来，灼伤了丘比特的翅膀。丘比特被灯油的热度烫得惊醒，睁开眼睛却发现妻子正手执油灯看着自己。他无法相信爱妻竟然背弃了承诺，于是生气地返回了天宫。

普赛克心中十分懊悔，发誓要用自己的行动来乞求丈夫的原谅。她苦苦哀求众神，但众神害怕维纳斯的报复而不敢帮助她。普赛克无计可施，只好向维纳斯求助。

丘比特从普赛克那里回到了母亲维纳斯的身边。在母亲的照料下，丘比特很快痊愈了。维纳斯得知丘比特娶了普赛克而普赛克竟然背叛了丘比特之后勃然大怒，发誓要报复普赛克。当普赛克前来向维纳斯求助时，维纳斯对她百般嘲笑侮辱又指责她不遵守承诺，后来又对她说："你如果愿意去完成一些艰苦的工作，也许我可以让丘比特原谅你！"普赛克答应了，她希望能通过自己的努力向丘比特证明自己非常爱他。维纳斯把一些麦种、谷子、罂粟花混合在一起，命普赛克在天黑之前拣出来。这显然是无法完成的，普赛克只能拼命地拣啊拣，但天快黑了，普赛克还只拣了一小部分。就在普赛克绝望之时，一群蚂蚁帮她完成了任务。维纳斯知道后更加生气。

愤怒的维纳斯交给普赛克许多几乎不可能完成的任务，如从凶狠的绵羊身上剪取金羊毛，从死亡之河中汲取黑水。每一次，维纳斯都确信普赛克无法完成，但普赛克总能得到意想不到的帮助，顺利完成任务。

后来，丘比特也开始思念他的妻子，渐渐原谅了她的背信。他找到普赛克，温柔地责备她不遵守承诺，然后接受了她的道歉。丘比特希望自己能与普赛克长相厮守，于是他找到天公朱庇特，请求天公赐予普赛克不死之身。朱庇特被其感动，同意封普赛克为女神。丘比特和普赛克在众神的祝福下举行了隆重的婚礼。维纳斯也很高兴，因为她的爱子有了一个般配的妻子，而且普赛克居住在天宫而不是人间，这样凡人们就再也不会痴迷于她的美貌而忽视她这一位美神的存在了。

忒修斯的故事

忒修斯的出生和少年时代

雅典国王忒修斯是埃勾斯和埃特拉的儿子。埃特拉的父亲是特洛曾国王庇透斯，作为珀罗普斯的儿子，庇透斯缔造了特洛曾城。埃勾斯从伊阿宋出发寻找金羊毛时曾途经特洛曾城，庇透斯亲自接待了这位著名的雅典国王，两人一见如故。

埃勾斯没有儿子，而他的兄弟——对王位蓄谋已久的帕拉斯却有五十个儿子，因此，埃勾斯十分惧怕帕拉斯。于是，他想背着妻子悄悄再娶，希望能生个儿子，以继承自己的王位。他把心事告诉了庇透斯。庇透斯刚好得到一则神谕，说他的女儿没有公开的婚姻，但会有一位大名鼎鼎的儿子。于是庇透斯决定将女儿悄悄嫁给埃勾斯。埃勾斯和埃特拉秘密举行了仪式，埃勾斯在特洛曾待了几天之后就返回了雅典。临走前，他在海边和新婚妻子告别，将一把宝剑和一双绊鞋压在海边的一块巨石下，说道："如果神祇保佑我们，赐给我们一个儿子，请你悄悄地把他抚养长大，不要让任何人知晓孩子的父亲是谁。等到孩子长大成人，能够搬动这块巨石的时候，你再将他的身世告诉他！让他取出宝剑，穿着绊鞋，到雅典来找我！"

不久，埃特拉生下一个儿子，取名忒修斯。忒修斯在外祖父庇透斯的照料与疼爱下一天天长大。埃特拉从未对外人提起过孩子的父亲。庇透斯对外宣称忒修斯是海神涅普顿的儿子。涅普顿是特洛曾城的保护神，特洛曾人对他特别敬重，每年都要把刚采摘的新鲜果实进献给他。涅普顿手执的三叉戟是特洛曾城的象征。因此，国王的女儿为一位众人景仰的神祇生下一个儿子，这是一件光荣的事情，没有人敢轻视他们母子。

忒修斯渐渐长大了。他不但相貌雄伟英俊，而且遇事沉着自如，有过人的勇气。一天，埃特拉把儿子带到了海边，把他的真正身世一五一十地告诉了他。埃特拉命儿子取出可以证明身份的宝剑和绊鞋，然后带着它们到雅典去。

忒修斯轻而易举地搬起巨石，取出了宝剑和绊鞋。他穿上绊鞋，佩戴着宝剑，准备踏上旅程。尽管母亲和外祖父再三要求他经海路到雅典，但他还是坚持走陆路。那时，从伯罗奔尼撒到雅典的路上不太平，到处都有强盗和恶徒。虽然大英雄赫丘利曾一度制伏了这一带的强盗，但后来他在吕狄亚女王翁法勒手下为奴的时候，盗匪活动再次猖獗。庇透斯将这些强盗和恶徒的暴行一一告诉了忒修斯，还强调他们对外乡人尤其残暴，希望忒修斯能避开他们，但忒修斯决心要像赫丘利一样为民除害。忒修斯五岁的时候，赫丘利曾来拜访过外祖父，忒修斯还有幸和他心目中的大英雄同桌用餐呢。用餐时，赫丘利把披在身上的狮皮解下来放在一旁，其他孩子看到狮子皮都吓跑了，只有忒修斯不害怕。他不仅不害怕，还误以为那是真的狮子，竟出去拿了把斧子朝狮子皮砍去。从此，他就以这位大英雄为榜样，决定将来也要像他那样建功立业。说起来，忒修斯和赫丘利还有点亲戚关系呢，他们的母亲是表姐妹。因此，十六岁的忒修斯怎么能容忍自己走海路躲开是非呢?

“人们以为我是海神涅普顿的儿子，如果我从海路到雅典去，如果我的鞋子上没有旅途的尘埃，我的宝剑上没有战斗留下的血迹，我真正的父亲又会怎么看待我呢？”忒修斯慷慨激昂地劝说着外祖父和母亲。

听完外孙的理由，庇透斯十分高兴，他仿佛看到了自己年轻时候的样子。埃特拉虽然十分担心，但也只能为儿子祝福。忒修斯就这样踏上了去雅典的征程。

寻父路上的忒修斯

寻父路上的忒修斯遇上的第一个人是大盗佩里弗特斯。他常常挥舞着手中的棒子把路人打成肉饼，所以人们都称他为“舞棍手”。

忒修斯一路走到埃比道罗斯时，这个无恶不作的强盗突然从茂密的森林里冲出来，挡住了他的去路。忒修斯毫不畏惧地对他吼道：“你这强盗来得正是时候！”说罢便朝着佩里弗特斯冲了过去。两个人扭打了好几个回合之后，舞棍手便被英勇的忒修斯打死了。胜利的忒修斯捡起死者的铁棍，将铁棍放在身旁作为胜

▲ 寻父路上的忒修斯

利者的纪念品，同时也用来充当自己的武器。

当忒修斯到达科任托斯的时候，他又遇到一个名叫扳树贼辛尼斯的恶徒，辛尼斯的臂膀孔武有力，他能徒手将两棵松树扳下来，因此被人称为“扳树贼”。他会把捉到的行人绑在树梢上，然后令树梢猛地向上弹出使行人的肢体被撕扯成两半。忒修斯知道他的恶行之后愤怒地挥舞着他从大盗佩里弗特斯那里缴获来的铁棍，很快就将扳树贼辛尼斯打死了。辛尼斯有一个非常温柔美丽的女儿珀里吉纳，当她看到自己的父亲被忒修斯杀死之后，她便万分惊恐地逃走了。忒修斯四处寻找逃跑的珀里吉纳。于是美丽的姑娘一时心急便藏在了灌木丛中，希望树丛能够救她一命。她向树丛祈祷，如果树丛愿意救他、保护她，那么她这一辈子都不会伤害或者焚烧树林。这时忒修斯一边寻找珀里吉纳一边向四周喊话，他说自己是一定不会伤害她的。直到这时，胆战心惊的珀里吉纳才从灌木丛中走出来。从此以后珀里吉纳就在忒修斯的保护下生活着。后来忒修斯把美丽的姑娘嫁给了俄卡利亚国王欧律托斯的儿子达埃阿纳宇。而珀里吉纳的子孙也都遵循着她的诺言，从来不伤害或焚烧树林。

忒修斯在寻父的路上不仅消灭了沿途的许多强盗，还像赫丘利一样英勇而不畏艰险地征服了许多的凶猛野兽。

他在克罗米翁战胜过一头凶猛异常的野猪费亚。在墨伽瑞斯的边界打败了十恶不赦的大盗斯喀戎。斯喀戎住在高大的岩洞中，经常在墨伽瑞斯和阿提喀山林地区出没。斯喀戎有一个恶劣的习惯，那就是他经常抓住外乡人并强迫他们给他洗脚，在对方给他洗脚时，他便趁对方不注意一脚把他们踢飞，可怜的外乡人就这样被踢进大海里淹死了。英勇的忒修斯用这个狂妄的大盗对外乡人的恶劣行径惩罚了他，把他也一脚踢进了大海淹死了。

再后来，忒修斯进入阿喀提地区，在埃琉西斯城附近遇见了一个名叫刻耳库翁的强盗。刻耳库翁喜欢让过往的行人与他比赛角力，输的人就会被杀掉。忒修斯经过此地时接受了他的挑战，而且战胜了这个强盗，为阿喀提地区消灭了一个恶人。

然后，忒修斯遇到了最强大、最残酷，也是他这次寻父之旅的最后一个敌人，一个外号叫做“铁床匪”的拦路大盗达马斯特斯。达马斯特斯有一张很长的床和一张很短的床。如果过路人个头矮，他就会把他带到大床前说：“你看，这床对你来说太长了，我还是把你拉长，让你适合这张床吧！”说完，就把过路人的身体拉长，直到他断气。如果过路人个头高，他就会把他带到小床前说：“你看，真是怠慢了，这么小的床你肯定睡不下。我还是把你变小，让你适合这张床吧。”然后，他就会砍断路人的双脚，让路人的身体变得跟床一样的长。忒修斯抓到这个残忍的大盗时，便强行让他睡在那张小床上，并用利剑砍断了他的身体，使他痛苦地死去了。

这一路上，忒修斯几乎没有遇到一个友好的人。最后他来到菲索斯河，遇到了几个菲塔利腾族人。这些人热情地迎接忒修斯，主人们还依照忒修斯的要求和当地的风俗传统为忒修斯洗礼，清除了他衣服上沾染的血迹，并在家中准备了丰盛的食物招待他。等到酒足饭饱，恢复精力之后，忒修斯由衷地谢过正直、热情、好客的主人，然后向着父亲的故乡走去。

忒修斯在雅典

到雅典的路途中，忒修斯成功地消灭了沿途的强盗和恶徒，旅途再次畅通无虞了。到雅典后，忒修斯没有看到他所期望的百姓和睦、城市繁荣的景象。当时的雅典城，市民彼此不信任，城市萧条，父亲埃勾斯的王宫内也隐藏着危机。原来，美狄亚自从离开了科任托斯，就来到了雅典，并且骗取了国王埃勾斯的宠信。美狄亚用魔药使埃勾斯恢复了青春，二人整日在王宫厮混，埃勾斯已经很久没有亲自处理政务了。精通魔法的美狄亚知道埃勾斯的儿子忒修斯来到了雅典，她害怕忒修斯的到来会使自己失宠，进而被赶出王宫，便千方百计地陷害忒修斯。在她的谗言诬陷下，不明内情的埃勾斯以为那个进宫拜见自己的外乡人是个奸细，甚至决定在用餐时毒死他。

忒修斯高兴地来到王宫用餐，他希望父亲能够辨认出自己。装有毒酒的酒杯已经放在忒修斯的面前，美狄亚焦虑地注视着忒修斯。忒修斯拿出埃勾斯当年压在巨石下的宝剑，装作要切肉的样子。埃勾斯一眼认出了自己的信物，立即命人撤掉了忒修斯面前的毒酒。他又询问了几句，便确认眼前的年轻人就是自己从命运女神那里祈求来的儿子。他高兴地上前抱住儿子，并把他介绍给周围的人。埃勾斯拉着儿子，询问儿子的经历。忒修斯将自己在旅途中的遭遇告诉了父亲。不久，雅典人举行盛大的仪式，欢迎他们英俊的王子的到来。

诡计多端的美狄亚最终被驱逐出雅典，她逃回了故乡科尔喀斯。这时，她的弟弟篡夺了父亲埃厄忒斯的王位。美狄亚和父亲重归于好，帮助父亲夺回了王位。

忒修斯和弥诺斯

忒修斯成为雅典的王子和唯一的继承人，这是无可非议的。但他的到来引起了早就觊觎王位的叔叔帕拉斯和他的五十个儿子的忌恨。他们本以为王位早已是自己的囊中之物了，但如今，不但王位没有了希望，而且将来忒修斯还可以支配他们。于是，帕拉斯的五十个儿子决定先发制人，他们设下埋伏，决定除掉忒修斯。他们的计划刚好被一个传令兵得知了，传令兵将计划报告了忒修斯。忒修斯率勇士赶到埋伏地点，杀死了帕拉斯的五十个儿子。为了平息人民心中的不安，他又去干了一件有利于百姓的冒险事：制伏马拉松野牛。马拉松野牛是大英雄赫丘利从克里特捉回来的，后来又奉迈锡尼国王欧律斯透斯之命将其放生。它在阿提喀横行，践踏庄稼，毁坏房屋，百姓久已不堪其扰。忒修斯捉住了马拉松野牛并把它带回了雅典。野牛起初供人们观看，后来忒修斯害怕它再次危害人民，就把它杀了献祭给太阳神福波斯。

这时，克里特的国王弥诺斯已经三次派使者来索要贡物了。原来，弥诺斯的儿子安德洛革俄斯在雅典的阿提喀被人杀害。弥诺斯准备起兵踏平阿提喀，为儿子报仇；神祇们也给阿提喀地区降下旱灾和瘟疫，使得曾经草木茂盛的阿提喀变得一片荒芜。太阳神福波斯降下神谕："雅典人若要拯救雅典，平息神祇们的怒火，就要设法平息弥诺斯的愤恨，取得他的谅解！"雅典人向弥诺斯求和，弥诺斯要求雅典每九年送七对童男童女到克里特。雅典人被迫同意了。弥诺斯收到雅典人进贡的童男童女后，就把他们送到克里特迷宫去喂半人半牛的怪物弥诺陶洛斯。今年是第三次进贡的时间。雅典的市民们对埃勾斯心生不满，认为是埃勾斯导致了雅典的灾祸，说他让一个私生子继承王位，却对别人家孩子的生死毫不关心，冷漠无情。忒修斯得知市民们的不满后，再次决定为民除害。民众集会商量童男童女之事的时候，他毅然宣布自己的决定。雅典人都敬佩他的英勇。埃勾斯得知后急忙赶过去，劝说爱子改变主意，但忒修斯坚持己见，反而劝说父亲不要阻拦，他一定可以制伏怪物弥诺陶洛斯，凯旋归来。

“父亲，我身为雅典王位的继承人，有责任保护雅典市民的生命安全！请您让我去吧！我一定会平安归来的！”听完儿子激昂的话语，埃勾斯同意了。

前几次，到克里特的船都悬挂着黑帆。埃勾斯同意儿子前去后，交给舵手一张白帆，说如果忒修斯能成功杀死弥诺陶洛斯，归程时就悬挂白帆，否则就代表计划失败了。

抽签之后，忒修斯率领抽中签的童男童女举行了盛大的献祭仪式。他们首先来到了太阳神福波斯的神庙，以白羊毛缠绕的橄榄枝向福波斯献祭，祈求他的保护。接着他们又来到了爱神维纳斯的神庙，向美丽的维纳斯献祭。因为德尔斐的神谕让他选择爱神作为保护神举行献祭，忒修斯虽然不明白，但还是依从了神谕。献祭完毕，忒修斯率领众人登上了大船。

忒修斯很快到达了克里特，见到了克里特国王弥诺斯。神谕在这时应验了，弥诺斯的女儿阿里阿德涅爱上了年轻英俊、温文尔雅的忒修斯。她向忒修斯倾诉了自己的爱慕之情。得知忒修斯的来意后，阿里阿德涅交给忒修斯一个线团，并嘱咐他一定要把线头系在迷宫的出口，然后跟着滚动的线团往前走，就可以见到弥诺陶洛斯。她还交给忒修斯一把锋利无比的宝剑。

弥诺斯派人将忒修斯等人送入了迷宫。弥诺斯按照阿里阿德涅的指点去做，果然见到了传说中的弥诺陶洛斯，他用两件宝物杀死了弥诺陶洛斯，然后带着童男童女们成功地走出了迷宫。出了迷宫之后，阿里阿德涅决定和他们一起离开，并建议忒修斯凿穿克里特人的船只，这样弥诺斯国王就无法派人追赶他们了。忒修斯再次听从了她的建议。弥诺斯果然没有派人追来，忒修斯他们无忧无虑地在大海上航行。这天，船只停靠迪亚岛，他们决定在此休整几天。在岛上，忒修斯梦见了酒神巴克科斯，他声称自己和克里特公主阿里阿德涅早有婚约，忒修斯最好把阿里阿德涅留下，否则他将降下灾难惩罚这些对神祇不敬的凡人们。

忒修斯在外祖父庇透斯的身边长大，庇透斯总是告诫他千万不要得罪神祇。忒修斯害怕巴克科斯迁怒于众人，只好把阿里阿德涅留下。这天夜里，巴克科斯托梦给他，让他把阿里阿德涅带到德里沃斯山。忒修斯只好听从神的指令，将阿里阿德涅带到山上，然后就离开了，阿里阿德涅随后也不见了。

忒修斯伤心地登上了大船，继续航行。因为抛弃了美丽的阿里阿德涅，忒修斯和众人都非常沮丧，甚至忘记了船上仍然悬挂着黑帆。思子心切的埃勾斯每日都在海边眺望远方的船只。这天，他看到了那条熟悉的大船，也看到了船上挂着的黑帆。他以为爱子被弥诺陶洛斯吃掉了，顿时万念俱灰，跳入大海自杀了。为了纪念他，那片海后来就被称为埃勾海（爱琴海）。

忒修斯的大船很快靠岸了。他首先派一名使者前往城内，向市民们报告自己凯旋归来的喜讯。使者来到城内传达了这个好消息，却发现人们的表情不一，有的高兴地迎接他，有的面露哀伤。他又来到王宫，这时才得知国王的死讯。使者回到海边时，忒修斯正在举行献祭仪式。仪式完毕后，使者将国王的死讯告诉了忒修斯，忒修斯顿时晕厥。

忒修斯当了国王

忒修斯怀着悔恨、悲痛的心情安葬了父亲，然后将远航的那只能容纳30名水手的大船献祭给福波斯。雅典人感激忒修斯的英勇行为，一直设法保存着这只珍贵的船，定期更换船上的朽木。

因此，直到亚历山大大帝时人们还可以看到这只船。

忒修斯当上了国王。他不仅是位大英雄，还是位治国奇才。在他的治理下，人民安居乐业，城市繁荣。他的功绩早已超越了他的榜样赫丘利。在他即位之前，阿提喀的居民大多居住在雅典城和周围的农庄以及稀稀落落的村庄里。居民居住分散使得组织、召集市民非常困难。为了克服这种弊端，忒修斯即位后立即着手进行改革。他首先把整个阿提喀地区的居民全部都集中到城市，然后又把一些零星的村庄组织起来，这样，一个统一的雅典国家渐渐形成。在这一过程中，忒修斯没有运用武力，而是到每一个村镇，同各方的市民商谈，努力说服他们。说服穷人或地位低下的人并不困难，因为他们本就一无所有，联合只会为他们带来好处，所以他们都能爽快地答应。说服富裕的人和有权有势的人就困难多了，为了争取他们的同意，忒修斯宣布限制王权并制定一部保障公民权利的宪法，他这样说道："只有在战争时期，我才会对你们发号施令，而平时，我会是一名宪法权利的护卫者。我认为，所有的公民应该享有同等的权利。"许多贵族认为这样的法律可以保障他们的权益，就同意了忒修斯的改革。一些守旧的人因为害怕忒修斯的威信和号召力，也不敢不表示同意。

忒修斯取消了各个市镇的议会和其他一些独立的机构，然后在雅典市中心设立公共议会。他还规定了一个全民假日，称为泛雅典节，即全体雅典人的共同节日。从此，雅典渐渐成为一个大都市，往来的客商、旅人络绎不绝。为了进一步繁荣这座城市，他采取种种措施，保障所有居民享有同等的权利，努力吸引外来移民。忒修斯希望雅典能成为一个多民族聚居的大都市，同时，为了避免大量外来移民可能随之带来的社会混乱，他把新城内的居民分为贵族、农民和手工业者三类，并且规定了各阶层的权利

和义务。作为国王，他也限制自己的权力，王权要受贵族议会和人民会议的制约。

忒修斯和亚马孙人的战争

忒修斯建立了新的国家之后，便把密涅瓦女神供奉为雅典的保护神，并且他对涅普顿也十分敬畏，认为自己是涅普顿特别眷顾的宠儿。忒修斯在哥林多地峡举办了神圣的角力大赛。与此同时，雅典也面临着一场意外而又新奇的战争。

早年忒修斯还在冒险的时候，曾到达亚马孙河岸。令他感到奇怪的是那些天生好战的亚马孙女人却并不惧怕他这个英俊魁梧的英雄，反而热情地将他奉为座上宾，还送给他很多礼物。忒修斯不仅非常喜欢亚马孙人送他的礼物，而且看上了一位名叫希波吕忒的美艳的亚马孙女人。忒修斯热情地邀请她上船，待到希波吕忒上船之后他便迅速解开缆绳，飞快地驶离了亚马孙河岸。当他们回到雅典之后，忒修斯便与希波吕忒结为夫妻。但是好战的亚马孙女人非常反感忒修斯的这种欺骗行为。所以一直以来她们都在找机会报复忒修斯。突然有一天，亚马孙女人开来一支船队。她们登上陆地将忒修斯的城市围困起来，并攻占了雅典，她们甚至还在雅典城的中心驻扎下来。雅典城的居民们都万分惊慌地躲进城堡里。雅典人和亚马孙人僵持着，双方都不敢贸然发起进攻。之后，忒修斯向复仇女神献祭，得到了神谕才敢开始巡视整个城堡，准备组织战斗。战斗开始时，雅典男子遭到亚马孙女人的强烈攻击，被迫撤退，躲进了复仇女神厄里尼厄斯的神庙里。后来亚马孙女人队伍中的右翼被击溃，许多亚马孙人被杀死。雅典王后希波吕忒和自己的丈夫一起抗击着亚马孙人。这时

▲亚马孙战役

一支飞镖从忒修斯身旁飞过，击中并刺死了他的妻子。雅典人为了纪念这位亚马孙女人，为她建起了一根大柱。最后战争双方达成了和解，战争结束，亚马孙人离开雅典回到了自己的国家。

忒修斯和庇里托俄斯

忒修斯身强体健而又多次为民除害，因此雅典的人民都非常敬重、拥戴他。这引起了另一位著名的大英雄庇里托俄斯的不满。庇里托俄斯是伊克西翁的儿子，听闻忒修斯的英雄事迹后，他很想与忒修斯一较高下。于是，他故意偷走了忒修斯的几头牛，让忒修斯在后面追赶他。忒修斯很快追了上来，两位英雄对峙着，心里不禁暗暗佩服对方的英勇与智谋，最后两人同时放下了武器。庇里托俄斯伸出右手，请忒修斯判决偷牛之事，忒修斯高兴地回答说："我唯一的愿望，是让你成为我永远的朋友和战斗时的同伴。”说完，两位英雄拥抱在一起，并立下誓言，永远忠于友情。

不久，庇里托俄斯决定迎娶拉庇泰族人希波达弥亚为妻，他诚挚邀请忒修斯来参加自己的婚礼。拉庇泰人生活在帖撒利地区，一向以野蛮、强悍著称。他们也是最早驯化马匹的民族。新娘希波达弥亚虽出身拉庇泰族，但生性温柔善良，长得又妩媚动人。参加婚礼的宾客们都由衷祝贺庇里托俄斯娶到了如此美丽的妻子。宾客中既包括了帖撒利地区所有的贵族，也包括了庇里托俄斯的亲戚肯陶洛斯人。肯陶洛斯人出生于云端，上半身是人，下半身是马，这与庇里托俄斯的父亲伊克西翁有很大关系。伊克西翁原来是拉庇泰国王。他残忍地杀害了岳父达埃翁后走投无路，只好向天公朱庇特求救。朱庇特好心收留了他，他却对天后朱诺无礼，惹怒了朱庇特。朱庇特把一片云彩变成天后的样子，伊克西翁拥抱云彩，生下了这些半人半马的肯陶洛斯人。因此，肯陶洛斯人又被称为“云雾的子孙”，拉庇泰人与他们世代为仇，但由于新娘、新郎的缘故，双方都暂时放下仇恨，高高兴兴地来参加婚礼。

婚礼在欢乐祥和的气氛下举行，宾客们开怀畅饮。来参加婚礼的肯陶洛斯人欧律提翁多喝了几杯，有些神志不清了。他望着美丽的新娘希波达弥亚，渐渐有些意乱情迷了。不知怎的，事情脱离了常轨，欧律提翁紧紧抓住新娘希波达弥亚，想把她带走。希波达弥亚极力挣扎着，大声呼喊救命。另一些喝醉了的肯陶洛斯人也如法炮制，随手拉来一个女仆或女客就要离开。女客们的哭喊声终于打断了热闹的婚宴，新娘的亲戚朋友们异常愤怒地站起来，新郎的一些朋友也站出来阻止。

“你发什么酒疯，欧律提翁！”忒修斯大声说道，企图唤回欧律提翁的理智，“你竟然敢在婚宴上抢新娘，你这不是在侮辱我和庇里托俄斯吗？”说完，他试图从欧律提翁手里夺回新娘。欧律提翁没有作声，转身朝忒修斯的胸口就是一拳。忒修斯被惹怒了，顺手抓起一把铜壶就朝欧律提翁砸去。欧律提翁闪避不及，头上顿时鲜血直流。

“行动！”其他的肯陶洛斯人呼喊着加入了战斗。顿时，宴会场所变成了战场，酒瓶、杯盘四处乱飞。肯陶洛斯人中的一人抓起祭坛上的贡品，丢向忒修斯；一个举起烛台扔向人群；第三个摘下墙上装饰用的鹿角进行反击。拉庇泰人伤亡惨重。

庇里托俄斯怒气冲冲地抓过长矛，朝其中一个高个的肯陶洛斯人珀特勒奥斯刺去。珀特勒奥斯当时刚想拔起一棵大栎树当武器，结果却被钉在了树干上。另一个肯陶洛斯人狄克提斯被忒修斯一拳打倒在地，再也爬不起来了。忒修斯又打死了想替同伴报仇的那个肯陶洛斯人。契拉罗斯是肯陶洛斯人中最英俊的一个，他有一头金色的卷发，留着美丽的胡须，身体各部分的比例也十分匀称，其下半身虽是马身，但这丝毫无损于他的魅力。他的爱人许罗诺默陪同他前来参加婚礼。在宴会上，他们亲密相拥，仿佛处于热恋中的情人；如今，他们更是相互协助，并肩战斗。契拉罗斯不幸被长矛刺中，许罗诺默深情地抱着契拉罗斯，看着他在自己怀里死去。接着，许罗诺默弯下腰亲吻了一下死去的爱人，然后拔出插在爱人胸前的长矛，毫不犹豫地刺向自己的心窝。战斗还在继续，肯陶洛斯人被彻底击败。肯陶洛斯人仓皇逃走，拉庇泰人趁机一路追赶。这时候，庇里托俄斯才得以和他的新娘甜蜜地相拥。次日，忒修斯就起程返回了雅典。经过这次的并肩战斗，忒修斯和庇里托俄斯之间的情意就更加深厚了。

忒修斯和淮德拉

忒修斯正处在他命运的转折点。他年少时前往克里特，曾把国王弥诺斯的女儿阿里阿德涅带走。当时，阿里阿德涅的小妹妹淮德拉也跟着姐姐一起出走。后来，酒神巴克科斯抢走了阿里阿德涅，淮德拉就跟随着忒修斯来到了雅典，因为父亲的残暴使她不敢返回家乡。直到父亲去世，兄长丢卡利翁即位后，她才返回克里特。在那里，她渐渐长成一个美丽动人的姑娘。

妻子希波吕忒死后，忒修斯多年来一直未再娶妻。这时，忒修斯听到很多人赞美淮德拉的美貌，又想起温柔美丽的阿里阿德涅，不禁有点儿心动了。克里特新国王丢卡利翁早就对忒修斯敬佩不已，忒修斯在庇里托俄斯婚礼上的英勇行为传开后，克里特立即和雅典正式结盟。忒修斯正式向淮德拉求婚时，丢卡利翁更是迅速就同意了。不久，忒修斯前往克里特迎娶了淮德拉。淮德拉果然像姐姐阿里阿德涅般妩媚动人。忒修斯觉得自己好像又回到了年轻的岁月，他们的婚姻幸福甜蜜地开始了。淮德拉为忒修斯生下了两个儿子——阿卡玛斯和得摩丰。但是，淮德拉对她的婚姻并不忠诚。她爱上了自己的继子——忒修斯的儿子希波吕托斯。希波吕托斯与淮德拉同岁，长得英俊潇洒。他的母亲是忒修斯从亚马孙拐来的女子。希波吕托斯曾被送到特洛曾，在祖母埃特拉的兄弟那里接受训练。希波吕托斯长大后，决定将自己的一生献给狩猎女神狄安娜。

学成后的希波吕托斯回到了父亲身边，居住在雅典附近的厄琉西斯城。在雅典的一次庆典上，淮德拉见到了希波吕托斯。希波吕托斯和年轻时的忒修斯仿佛是一个模子刻出来的，如果不是忒修斯就在旁边，她差点儿以为时间倒流，又回到了小时候。希

▲ 淮德拉

波吕托斯的英俊与温文尔雅深深地打动了淮德拉，但她只能把感情藏在心里。希波吕托斯返回厄琉西斯城后，饱受爱情煎熬的淮德拉在雅典城为爱情女神维纳斯建造了神庙，从神庙可以远望厄琉西斯城。这座神庙后来被叫做眺望的维纳斯神庙。淮德拉每天都会在这里眺望远处的厄琉西斯城，思念着心上人。

有一次，淮德拉陪同忒修斯前往特洛曾探望亲戚和朋友。在特洛曾，淮德拉还是压抑不住内心的爱恋，她常常躲在桃金娘树下，向大树倾诉，以排解心中的苦痛。痛苦万分的淮德拉把心事告诉了乳母。年老无知的乳母答应将淮德拉的爱慕之情转告给继子。希波吕托斯听完乳母的转述后，心中十分厌恶，便赶走了乳母。后来，淮德拉趁忒修斯不在，建议希波吕托斯推翻父亲的统治，与她共享王位。希波吕托斯对继母的话感到恐惧，认为这是侮辱神祇。他恶狠狠地对继母说，宁死都不愿和她在一起。说完他就逃出了雅典，整日在山林里打猎，为他崇敬的女神狄安娜献祭。希波吕托斯打算等父亲回来，再把情况告知父亲。

被希波吕托斯严词拒绝后，淮德拉恼羞成怒。良知与私欲在她的内心激烈地交战，最后得不到希波吕托斯的爱情的淮德拉最终选择了报复。淮德拉留下了一封遗书，然后自缢身亡。遗书上说：“无耻的希波吕托斯破坏了我的名节。我走投无路，只能选择死亡。”

忒修斯看到遗书后非常生气。最后，他双手指着青天，说道：“伟大的海神涅普顿，你爱我超过爱自己的儿子。你从前允诺要帮我实现三个愿望，现在，我请求您帮我实现第一个愿望：让我那卑鄙的儿子在今天天黑之前死去！”正在这时，希波吕托斯来到了父亲的宫殿。听到父亲的诅咒，他平静地说道：“尊敬的父亲，我是无辜的，我从来没有做过任何对不起良心的事。”忒修斯不听儿子的辩解，将他赶出了雅典。

希波吕托斯请求狩猎女神狄安娜为他的无辜作证。这天晚上，一位希波吕托斯的侍者向忒修斯汇报说：“国王陛下，您的儿子希波吕托斯已经死了！”忒修斯无动于衷，冷冷地问道：“他玷污了一位妇女，就像玷污了他的继母一样，因而被人杀死了，我说得对吗？”

“不是的，国王，”侍者赶紧回答道，“是他的马车害死了他！”

“是吗？伟大的海神，是您听到我的请求了吗？”忒修斯大声呼喊着，然后又对侍者说：“快告诉我，我的儿子究竟是怎么死的？”

侍者回答说：“当时我们几个仆人正在河边刷马。主人突然走来，命我们备马套车，说要返回特洛曾。马车套好后，他举起双手，大声说道：‘如果我曾经做了坏事，那就请神祇惩罚我吧！但是，不管我是生是死，我都要让我的父亲知道，他冤枉了我！’说完他就驾着马车，朝亚各斯和埃比道利亚狂奔。我们只能紧跟在后面。很快，我们就到达了海滩。位于海滩右侧的大海汹涌澎湃，拍打着左侧陡峭的悬崖。突然，一阵巨大的声响犹如雷声般怒吼着从地底下传来。海面上浪涛滚滚，天空中乌云密布，对岸的哥林多地峡完全看不清了。巨大的浪涛遮天蔽日，如铜墙铁壁般朝着岸边逼近。这时，一头巨大的公牛分开水面走了出来，发出震耳欲聋的吼叫声。马儿吓得狂奔起来，但希波吕托斯并不惊慌，抓紧缰绳，任马儿疾驰。马儿终于跑到了平坦的大路上，但公牛阻拦了马车的去路。马儿再次受惊，拉着马车一头撞在岩石上，希波吕托斯从马车上摔了下来。然后，马儿继续拖着他和撞翻的马车在岩石间狂奔。事情发生得太突然了，我们完全来不及救他。后来，希波吕托斯不见了，公牛也不见了，仿佛被大海吞掉了一般。”

忒修斯呆呆地听着侍者的描述。终于，他疑惑地说道：“对于他的遭遇，我既不感到高兴，也不感到悲伤。但是我希望他还活着，让我有机会当面问清楚。”这时，淮德拉的乳母哭喊着要见忒修斯。她冲破侍从们的阻拦，跪在国王忒修斯的面前，将王后淮德拉的阴谋全盘托出。忒修斯这才知道儿子完全是无辜的。还没有等他回过神来，侍卫们把奄奄一息的希波吕托斯抬了进来。忒修斯扑到儿子身上，放声大哭。希波吕托斯注视着父亲，用所剩无几的一点儿力气问道：“父亲，您是不是已经知道我是无辜的了？”看着父亲悲伤与自责的神情，希波吕托斯用尽所有的力气，说道：“可怜的父亲，我原谅你！”说完，希波吕托斯就离开了人世。

忒修斯将儿子埋葬在桃金娘树下。在桃金娘树下，淮德拉曾经倾诉她的苦闷，诉说她的爱恋。她也被葬在这种她生前钟爱的树下，因为忒修斯不想使死去的妻子丧失尊严。

忒修斯和海伦

经过那场血腥的婚礼，忒修斯与年轻的庇里托俄斯成了忘年之交。在庇里托俄斯的带动下，忒修斯体内胆大、冒险的因子再次复活。庇里托俄斯的妻子希波达弥亚在他们婚后不久就去世了，忒修斯现在也是单身，因此两人决定一起去抢个妻子回来。

那时候的地中海，有一位有着超群美貌的姑娘海伦，即后来特洛伊王子帕里斯抢走的那个海伦。海伦是朱庇特和斯巴达王后勒达的女儿，她从小在继父斯巴达国王廷达瑞俄斯的王宫里长大。听说了海伦的美貌后，忒修斯和庇里托俄斯便决定去把海伦抢回来做妻子。他们远征斯巴达，从月亮女神狄安娜的神庙里抢走了正在跳舞的海伦。两人带着海伦来到了亚加狄亚的特格阿，打算在此抽签决定海伦归谁，然后再一起去抢另一个人的妻子回来。忒修斯抽中了签，就把海伦带到了阿提喀的阿弗得纳，交给母亲埃特拉照顾，并让一个朋友保护她。庇里托俄斯决定去抢冥王普路托的妻子洛塞耳庇娜为妻，但他们的计划失败了，而且他们还被冥王囚禁在地府里。赫丘利出手援救，但只救出了忒修斯。

忒修斯被冥王关在地府的时候，海伦的两位兄长卡斯托耳和波吕丢刻斯来到雅典要人，但雅典人声称海伦不在雅典，也不知道忒修斯把海伦带到了哪里。兄弟二人以为雅典人故意不告诉他们海伦的行踪，心里非常生气，扬言要用武力攻陷雅典。雅典城的人都非常担心，这时，有一个名叫阿卡特摩斯的人站了出来，说忒修斯将海伦藏到了阿弗得纳。兄弟俩立即率族人包围了该城。

雅典城的形势也渐渐对忒修斯不利。厄瑞克透斯的孙子梅纳斯透斯对雅典的王位垂涎已久，趁此有利时机，他便教唆雅典城的贵族和平民反对国王忒修斯。他对贵族们说，国王把他们全都迁到城市，是为了更好地控制他们，而不是保障他们的权益；又对民众说，他们不该放弃那些小的神祇和神庙，更不该听从一个外乡人的摆布。他还说，现在阿弗得纳被廷达瑞俄斯的族人包围，便是那个外乡人带给大家的灾祸。梅纳斯透斯利用民众的恐慌心理，大肆散布谣言，民众在恐惧之下不得不拥戴梅纳斯透斯为领袖，听从他的命令。梅纳斯透斯劝说阿弗得纳的民众打开城门，欢迎卡斯托耳和波吕丢刻斯入城，因为他们此行是为了要回他们的妹妹，而不是和雅典人为敌。事实也正如梅纳斯透斯所预料的一般，卡斯托耳和波吕丢刻斯进城后，控制了所有的地区，但并没有伤害任何人，也没有掠夺任何的财物。找到海伦后，他们就撤退返回斯巴达了。

忒修斯的结局

忒修斯被赫丘利从冥王的地府救回后，明显地变老了。他为自己之前的行径感到汗颜，对海伦被救走感到如释重负。经过此次事件之后，雅典一片混乱，尽管忒修斯已经重新执政，但他已经无力改变混乱的局面。梅纳斯透斯自称为民众的代表，贵族也都拥护他。不少贵族为了纪念被杀害的忒修斯的叔叔和他的五十个儿子们，自称为帕拉斯人。那些过去曾经对他有所畏惧的人也不再畏惧他。民众在梅纳斯透斯的挑拨下也不再听从国王的指令。

起初，忒修斯曾试图以武力平定国内的混乱，但由于种种原因都失败了。于是，忒修斯决定放弃王位。他命令儿子阿卡玛斯和得摩丰前去投奔攸俾阿国王埃勒弗诺阿。然后，他在阿提喀小镇伽尔盖托斯宣布了他对雅典人的诅咒，直到很久之后这里仍然记录着他的诅咒。宣读完毕诅咒后，忒修斯整整衣服，准备前往斯库洛斯。在斯库洛斯，他的父亲埃勾斯留下了大笔遗产。后来，这些巨额的财富保存在了斯库洛斯国王那里。因此，忒修斯常把那里的居民看成自己特殊的朋友。

为了开始新的生活，忒修斯请求斯库洛斯国王吕科墨德斯归还父亲的财产。但吕科墨德斯并不想归还，也许是因为吕科墨德斯畏惧这位英雄，害怕他危及自己的统治；也许是吕科墨德斯和梅纳斯透斯有秘密交易；也许是吕科墨德斯垂涎那巨额的财富。总之，吕科墨德斯决定杀掉忒修斯。

吕科墨德斯以要带忒修斯察看他父亲留下的财产为借口，将忒修斯骗到了一处峭壁边。趁忒修斯不注意，吕科墨德斯将他推下了悬崖。忒修斯就这样结束了他英雄的一生。

在雅典，人们很快忘记了这位曾经的大英雄。梅纳斯透斯理所当然地登上了王位，仿佛他的王位来自于祖先。忒修斯的儿子们被当做普通的士兵使唤，跟随着英雄埃勒弗诺阿参加了特洛伊战争。梅纳斯透斯死后，忒修斯的儿子才重新执政。又过了几百年，在马拉松战役中，忒修斯的英灵率领雅典军队击败了波斯军队。德尔斐的神谕要求雅典人寻回忒修斯的骸骨，为他举行隆重的葬礼。但是，几百年后的雅典人怎么知道忒修斯的骸骨在哪儿呢？即便他们能够在斯库洛斯找到他的骸骨，他们又怎能从斯库洛斯人的领地里带走骸骨呢？

这时，雅典的一位大英雄——密尔策阿特斯的儿子西门。他率军征服了斯库洛斯。正当他千方百计地命人寻找忒修斯的坟墓时，他刚好看到一只雄鹰在一处山坡上盘旋。突然，雄鹰像箭一般俯冲下来，用锋锐的爪子刨开一座坟墓。西门把这种现象看做神的旨意，赶紧派人在那里挖掘，果然在那里发现了一座大的棺椁。棺椁旁边还埋葬着一根铁矛、一柄宝剑。西门他们毫不怀疑那就是忒修斯的墓。他们把忒修斯的骸骨抬到战船上，运回了雅典。雅典全城人列队迎接忒修斯的骸骨，仿佛忒修斯凯旋荣归故里一般。几百年之后，雅典人终于能够向这位创建了雅典民主与宪法的先辈致以崇高的敬意和感激。

特洛伊战争

帕里斯抢走海伦

从前，在遥远的亚细亚大陆上有一个城邦，名叫特洛伊。它的守护神是智慧女神密涅瓦。国王拉俄墨冬生性残暴，他不仅欺骗国民，也欺骗神祇。当时，特洛伊城还没有牢固的城墙，拉俄墨冬便想建造一堵城墙。那时，福波斯和涅普顿因违抗朱庇特的命令而被逐出奥林匹斯山，在人间漂泊。朱庇特便让他们帮助拉俄墨冬，让他的女儿密涅瓦所保护的这座城市有一道坚不可摧的城墙。于是，他派神使伊里斯向他们宣布神谕。福波斯和涅普顿接受了神谕，他们向拉俄墨冬自荐，表示愿为他干一年重活而只收不多的报酬。拉俄墨冬同意了。于是，涅普顿负责建造城墙，而福波斯则在山谷和河岸间为国王放牧。一年之后，涅普顿的伟大工程竣工了，但拉俄墨冬却赖账，不给他们报酬。福波斯责备拉俄墨冬不讲信义，拉俄墨冬却下令将两人驱逐出境，并威胁说，要捆住福波斯的手脚，把两人的耳朵割下。气愤的福波斯和涅普顿发誓与国王不共戴天，从此，他们成了特洛伊人的死对头。密涅瓦也因此不再做特洛伊的保护神，后来，朱诺也参与进来，与这座城市为敌。天公朱庇特则对此听之任之。诸神得到默许后，不断向这座城市降下灾难，从此，特洛伊灾祸不断。

拉俄墨冬死后，他的儿子普里阿摩斯继承了王位。普里阿摩斯的第一位妻子是预言家迈罗泼斯的女儿，她为普里阿摩斯生下儿子埃萨库斯后不久就死了。之后，普里阿摩斯又娶了夫利基阿国王迪马斯的女儿赫卡柏。赫卡柏生的第一个儿子叫赫克托耳。在第二个孩子出世前，赫卡柏做了一个奇怪的梦，梦中，她生下了一只火炬，这只火炬将特洛伊城烧成了灰烬。

赫卡柏深感恐惧，就将梦境告诉了丈夫。普里阿摩斯立即召来长子埃萨库斯。埃萨库斯跟从外祖父学习释梦之术，当时已经是一个出色的预言家了。他仔细听完父亲的叙述，解释说，他的继母赫卡柏将生下一个儿子，这个儿子长大后将毁灭特洛伊城。因此，他劝父亲把孩子扔掉。

不久，王后赫卡柏果然生下一个男孩。她对国家之爱胜过了母子之爱，所以，她劝说丈夫把婴儿交给仆人带到山上扔掉。普里阿摩斯命仆人阿革拉俄斯去扔掉孩子，阿革拉俄斯将婴儿放到森林里就回去复命了。一只母熊发现了婴儿，给他喂了奶。五天以后，好心的阿革拉俄斯回来查看，发现孩子仍然好好地躺在森林里，便悄悄地把他带回家，把他当做自己的孩子抚养，并为他取名帕里斯。

帕里斯渐渐长大成人，他容貌出众，勇武有力。一天，帕里斯在幽深的狭谷里放牧，忽然听到一阵惊天动地的脚步声。帕里斯抬头一看，只见众神的使者墨丘利已来到他的身旁，身后还跟着三位美丽优雅的女神。帕里斯见她们穿过柔软的草地，朝这边款款走来，顿时感到一阵惊悸。

神使墨丘利知道帕里斯的心思，于是对他说道："别害怕，三位女神来找你，是让你当她们的评判，指出她们之中谁最漂亮。朱庇特吩咐你接受这个使命，他会给你保护和帮助的。"

墨丘利说完话就展开双翼，飞上了天空。帕里斯听了他的话后，鼓起勇气，大胆地抬起头，端详着面前的三位女神。乍一看，他觉得三位女神都一样漂亮，不分轩轾。仔细看来，他一会儿觉得这个最漂亮，一会儿又觉得另一个最漂亮。最后，他还是觉得那个最年轻的女神比另外两个更优雅、更妩媚。

这时，三个女神中身材最高大的一个，手拿金苹果傲慢地说道："我是天后朱诺，天公朱庇特的姐姐和妻子。这个金苹果是女神厄里斯送给珀琉斯与海洋女神忒提斯的结婚礼物，上面写着'送给最美的人'。你把它拿去，然后把它送给我们三个之中最漂亮的人。如果你把它判给我，那么你就可以拥有世界上最富有的国家。"

"我是智慧女神密涅瓦。"第二个女神说。她的前额宽阔，一双蔚蓝色的眼睛为她美丽妩媚的脸庞更添了几分灵秀沉静之气。"如果你判定我是最美丽的，那么，你将成为全人类中最有智慧的人。"

第三个女神，也就是最年轻的那个，一直用她那双美丽的、会说话的眼睛望着帕里斯。这时，她微笑着说："千万不要听信她们的甜言蜜语，那些许诺是靠不住的。我会送给你一样礼物，它会带给你快乐，让你拥有最甜蜜的爱情。同时，我愿意把世界上最美丽的女子送给你做妻子。我是爱情女神维纳斯。”

维纳斯站在帕里斯面前，她束着腰带，长裙曳地，显得光彩照人。相形之下，另外两个女神则有些不如她了。帕里斯想了想，然后把那个从朱诺的手里得到的金苹果递给了维纳斯。朱诺和密涅瓦恼怒地转过身去，发誓不忘今天的耻辱，一定要报复做出如此评判的人，接着便消失了。维纳斯又郑重地重申她许下的诺言，并深深地向他祝福，然后就离开了。

此后，这个不起眼的牧人依然住在爱达山上，但是此时的他多了一份期待，期待着女神履行她许下的诺言。

有一天，国王普里阿摩斯为一位死去的亲戚举办殡仪赛会，帕里斯也兴致勃勃地赶到城里。在这之前，他从未去过城市。国王为这场比赛设立的奖品是从帕里斯放牧的牛群里挑选的一头公牛。这头公牛恰好是帕里斯最喜爱的一头，他无法阻止主人和国王把它牵走，所以决心要在比赛中赢回它。比赛中，机敏灵活的帕里斯战胜了所有对手，其中包括高大强壮的赫克托耳。国王的另一个儿子得伊福玻斯恼羞成怒，拿起长矛就朝帕里斯奔过来，想把帕里斯刺死。没有任何防备的帕里斯慌忙逃开，当逃到朱庇特的神坛边时，他遇到了普里阿摩斯的女儿卡珊德拉。卡珊德拉是密涅瓦神庙的祭司，有着超强的预言能力。她一眼便看出眼前的牧人正是被遗弃的哥哥，于是连忙禀告了父母。国王和王后听后，高兴地认下了失散多年的儿子。欣喜之余，他们完全忘记了从前的神谕。

帕里斯享受着王子的待遇，国王普里阿摩斯命人为他在爱达山上建造了一栋华丽的宫殿。

不久，国王派帕里斯出使希腊，索回他的姑母——萨拉密斯王后赫西俄涅。于是，他踏上了旅途，却不知道此时爱情女神正准备着履行她的诺言。

普里阿摩斯童年时，希腊大英雄赫丘利曾攻占了特洛伊城，杀死了前任国王拉俄墨冬，抢走了普里阿摩斯的姐姐赫西俄涅，然后把这位美丽的公主送给了朋友忒拉蒙。虽然后来赫西俄涅做了萨拉密斯的王后，可是普里阿摩斯及其家族仍然没有忘掉这场劫掠带给他们的耻辱。一天，王宫里议论这件事时，国王普里阿摩斯又思念起远方的姐姐。这时，帕里斯站出来，胸有成竹地说，如果让他带一支舰队到希腊去，那么他一定能用武力夺回姑母。他还说自己一定会得到神祇们的保佑的。

普里阿摩斯的另一个精通占卜之术的儿子赫勒诺斯，在听完帕里斯的陈述后，站了起来，宣布了一个预言：如果他的兄弟帕里斯从希腊带回一名女子，那么，希腊人将会追到特洛伊，毁灭特洛伊，杀死国王和他所有的儿子。

赫勒诺斯的话引起众人的恐慌，有的人坚决反对远征希腊，有的人则支持远征，也有很多人还在沉思，权衡利弊。国王普里阿摩斯同意帕里斯的远征计划，他召集市民并发表演说。他说，过去他曾派使节前往希腊，要求希腊人对掳劫他的姐姐赫西俄涅一事表示赔罪并将她送回故土，但希腊人却百般羞辱使节，并把他们赶了回来。如今，他决定让儿子帕里斯率领一支强大的舰队，用武力来实现用礼节无法实现的事。普里阿摩斯的演说激起了人们对希腊人的仇恨，他们一致要求进行战争。

于是，普里阿摩斯下令在爱达山上设立工场，建造船只。同时，他派赫克托耳到夫利基阿、帕里斯和得伊福玻斯到邻国珀契尼亚，争取得到这些国家的支持并结成同盟。特洛伊的青壮年也纷纷要求参加远征。不久，一支强大的军队就建成了。国王任命他的儿子帕里斯为统帅，并指派帕里斯的兄弟得伊福玻斯以及潘托斯的儿子波吕达玛斯和埃涅阿斯为参将，随即强大的船队朝着希腊的锡西拉岛出发了。帕里斯准备首先在那里登陆。半路上，他们遇到了斯巴达国王墨涅拉俄斯的船队，墨涅拉俄斯正要去拜访德高望重的皮洛斯国王涅斯托耳。迎面驶来的浩浩荡荡的战船，让墨涅拉俄斯赞赏不已。而墨涅拉俄斯装饰豪华的船队也同样让特洛伊人感到非常惊奇，他们知道这一定是希腊显赫的贵族乘坐的船只。然而，双方互不认识，所以两支船队在海面上擦肩而过。不久，特洛伊的战船平安抵达锡西拉岛。帕里斯想从这里登陆到斯巴达去，他打算先与朱庇特的双生子卡斯托耳和波吕丢刻斯交涉，要求归还他的姑母赫西俄涅。如果希腊人拒绝这样做，那么，帕里斯便准备立即前往萨拉密斯湾，用武力解决一切问题。

在动身前往斯巴达之前，帕里斯打算先分别向爱神维纳斯、月亮以及狩猎女神狄安娜献祭。这时，锡西拉岛上停泊着一支强大船队的消息传到了斯巴达。由于国王墨涅拉俄斯出外访问，国家政事暂由王后海伦主持。海伦是朱庇特和勒达的女儿，卡斯托耳和波吕丢刻斯的妹妹，在继父斯巴达国王廷达瑞俄斯的宫中长大。她的美貌闻名全希腊，许多希腊大英雄都曾向她求婚，最后，她选择了墨涅拉俄斯。

丈夫外出后，美丽的王后海伦每日处理政务，生活十分单调乏味。这时，一位外国王子率领强大的舰队来到锡西拉岛的消息激起了她的好奇心。她很想看看这位异国王子和他的强大舰队。于是，她宣布要在锡西拉岛上的狄安娜神庙里举行隆重祭礼。当她走进神庙时，帕里斯正好献祭完毕，两人就这样邂逅了。见到美丽的王后海伦，帕里斯顿时惊呆了。他忘记了周围的一切，感觉好像又见到了妩媚动人的爱神维纳斯。他早就听说斯巴达王后海伦美艳动人，不料眼前这位女子比传说中的还要美丽。他突然明白了，这就是爱情女神赠送给他的礼物。于是，父亲的委托、远征的计划顷刻间都被他抛到了九霄云外。他觉得自己率领成千上万的士兵远道而来，不为别的，就为了美丽绝伦的海伦。正当帕里斯默默沉思时，海伦也在打量这位从亚细亚远道而来的王子。他一头长发，身材高大魁梧，身穿一袭闪亮的东方金丝长袍，十分英俊。顿时，丈夫的形象从她的脑海中消失了，取而代之的是眼前这位年轻而英俊潇洒的异乡人。

献祭完毕，海伦回到斯巴达王宫中。她竭力想忘掉那个异国王子，但帕里斯的身影已刻入她的心中。不久，帕里斯带着几个随从来到斯巴达王宫，要求拜见斯巴达国王。王后海伦按照礼节接待了帕里斯。海伦只觉得帕里斯王子温文尔雅，言词无比动听，眼睛里充满着激情的火焰。帕里斯还弹得一手好琴，美妙的琴音使海伦听得如痴如醉。帕里斯见到美艳的海伦，更是难以控制自己的感情，早已忘记此行的使命，心中只有爱情女神的许诺。他召集随他前来的士兵，给了他们许多美好的承诺，说服他们帮助他。之后，他带领士兵们冲进王宫，劫走了海伦，并大肆洗劫了一番。海伦表面上似乎在反抗，但心里却很愿意跟他走。

后来，帕里斯的战船到了克拉纳岛，他们在这里下锚登陆。海伦自愿跟帕里斯结婚，他们举行了隆重的婚礼，新婚的快乐使两人完全忘掉了家庭和国家。他们依靠带来的财宝，在岛上过着豪华奢侈的生活。就这样过了好几年，他们才动身回特洛伊去。

▲ 帕里斯和海伦

阿伽门农攻打特洛伊

阿伽门农是迈锡尼的国王，众希腊城邦的盟主，也是斯巴达国王墨涅拉俄斯的兄长。斯巴达国王的王后海伦被帕里斯抢走后，墨涅拉俄斯跑到迈锡尼，要求兄长号召其他盟邦一起出兵特洛伊，夺回海伦。阿伽门农同意了弟弟的请求。在阿伽门农的号召下，希腊联军很快成型，不少希腊英雄都主动要求参加，阿伽门农被推选为联军统帅。

联军在奥里斯港口集结，蓄势待发。这天，阿伽门农因吹嘘自己箭法而得罪了女神狄安娜，于是她以神力让奥里斯港口外始终刮着逆风，船只无法出发。为了让希腊战船扬帆远航，阿伽门农愿意将他的大女儿伊菲革涅亚献祭给女神。

善良的女神看到伊菲革涅亚痛苦的母亲之后，便想要原谅阿伽门农的狂妄行为。正当祭司准备将伊菲革涅亚献祭给狄安娜时，一阵风袭来，伊菲革涅亚突然不见了，祭台上躺着一头鲜血淋漓的梅花鹿。预言家卡尔卡斯说道："女神已经原谅我们了。她不忍心牺牲这位姑娘，就用梅花鹿代替了她。我们现在可以出海了。"人群中沸腾了。很快，风向改变了，希腊船队声势浩大地驶向特洛伊。

阿伽门农得知伊菲革涅亚获救后非常欣慰。然而战事在即，阿伽门农只好把全部心思放在出征特洛伊上。

希腊船队很快抵达了特洛伊，并顺利在海岸登陆，向特洛伊城逼近。特洛伊军队在统帅赫克托耳的率领下，也已经做好了战斗准备。

战争很快拉开了序幕，两军在特洛伊城前的空地上厮杀起来。希腊军队率先突破了特洛伊人的防线，许多特洛伊人被英勇的希腊人杀死了，战场上顿时尸横遍野。特洛伊统帅赫克托耳见希腊联军来势汹汹，及时调整了部署，战争继续。

阿伽门农试探希腊人

就在希腊人与特洛伊人相持不下之时，希腊军中却出现了内讧。原因是早先阿喀琉斯曾经劫持了克律塞斯祭司漂亮的女儿克律塞伊斯，然后把她当做礼物献给阿伽门农，然而预言家卡尔卡斯却告诉阿喀琉斯如果想要取得特洛伊战争的胜利，希腊人就应该把祭司的女儿还给她的父亲。但是阿伽门农不愿意将自己美丽的奴隶还给克律塞斯，还口出狂言羞辱了阿喀琉斯。阿喀琉斯对此事怀恨在心，便祈求母亲——海洋女神忒提斯为他报仇。在忒提斯的请求下，朱庇特让特洛伊人暂时取得胜利，以便引起希腊人对阿喀琉斯的重视。

是夜，朱庇特记起自己对忒提斯的许诺，便派梦神到阿伽门农的营房里。此时，国王正在睡梦之中，梦神便将自己化做涅斯托耳的样子，站在国王的床头。涅斯托耳是国王最尊重也是最喜欢的一位长老，国王在睡梦中听到涅斯托耳对他说：“阿特柔斯的儿子啊，你怎么还在睡觉呢？你是掌管整个部队的统帅，你是不应该睡这么久的。现在来听从我的建议吧，我是众神之父朱庇特派来的使者。现在他命令你将亚各斯的军队集合起来，征服特洛伊的时刻到了。这是神祇做出的决定，特洛伊城将要被毁灭。”

惊醒之后的阿伽门农立即起床。他穿好衣服，扎紧鞋子，背上宝剑，拿起权杖，然后大步地向他的战船走去。国王命传令官去每一座营房召集军队，还通知所有的王子们到涅斯托耳的船上开会。阿伽门农说：“我亲爱的朋友，听着！刚刚神祇赐梦给我，梦里面一个酷似涅斯托耳的人跟我说，众神之王朱庇特已经决定要让特洛伊毁灭。虽然因为阿喀琉斯的愤怒而使我们的军队斗志涣散，但是我们仍然要试试看能不能让士兵们重新回到战场上。我会亲自去试探他们，我会用言语鼓动他们上船离开特洛伊海岸，然后你们就分散在士兵当中劝说他们留下来。”

阿伽门农说完后，涅斯托耳也站起身对希腊王子们说：“现在如果不是阿伽门农而是其他什么人向我讲述这个梦，我一定会戳穿他的谎言并且不予理睬。可是现在给我们讲述梦境的人是阿伽门农，我们的最高统帅。我们应该相信他，并且服从他的命令。”

说完之后涅斯托耳便离开了会场，阿伽门农和王子们也跟着他来到人们聚集的广场上。看到最高统帅，广场的士兵都安静下来。阿伽门农站在人群之中，手执国王的权杖说道：

“我亲爱的朋友们，所有聚集在这里的希腊战士们！残酷的朱庇特曾经欺骗了我们。他曾许诺我可以征服特洛伊，取胜回国。但是现在他有麻烦了，就让我不体面的回亚各斯去，我们之前战死的战友们都白白牺牲了。而我们的子孙后代以后也会听说，如此强大的希腊人竟然战胜不了弱小的特洛伊人，他们一定会感到羞耻的。当然，特洛伊人有很多力量强大的同盟军，阻挠我们不能取得我们想象中的胜利。这场战争已经进行了九年，我们的船只的木板有些已经开始腐烂，缆绳也相继断裂。我们的妻儿在家中等着我们平安归来。所以现在还是让我们按照神谕，上船回国吧。”

阿伽门农的话在人群中引发一阵骚动。人们纷纷向自己的战船跑去，一瞬间广场上尘土飞扬。人们互相鼓励着想要把战船拖进大海。他们一边拉开垫在船下的横木，一边疏通从军营通向大海的水道。

与此同时，在奥林匹斯山上那些支持希腊人的神祇们感到非常惊奇。朱诺连忙催促女神密涅瓦前去阻止亚各斯人逃跑。智慧女神密涅瓦听从朱诺的吩咐，从奥林匹斯山上降临到希腊人的军营中。当她看到尤利西斯还安静地站在自己的战船前并不移动时，她便上前现出原形，亲切地问尤利西斯：“你们真的是要逃走吗？难道你们愿意把胜利的荣誉让给普里阿摩斯，把美丽的海伦就这样留给特洛伊吗？为了海伦，那么多希腊人跨海远征。聪敏高贵的尤利西斯，你一定不能容忍这种屈辱对不对？不要再犹豫了！赶快用你的智慧劝说他们，阻止这场逃亡吧！”

听到女神的话，尤利西斯立刻扔掉身上的披风，快速朝已经乱作一团的士兵走去。传令官欧律巴特斯急忙捡起主人的披风跟了上来。尤利西斯每遇到一个王子或是贵族，便对他说：“你想同懦夫一样逃走吗？你应该冷静，也叫别人冷静。难道你不知道阿特柔斯的儿子在想什么吗？难道你不觉得他是在试探希腊人吗？”他看到奔跑中熙熙攘攘的希腊士兵时，他便气愤地用自己的权杖责打他们，并且威胁他们说：“胆怯的混蛋！不要再乱跑了，赶快回到你该在的位置上。不是每个人都可以当国王！军队之中一定要有个统帅。朱庇特将权杖交给这个人，那么所有人就都应该服从他的命令”尤利西斯嘹亮的嗓音让每个人都听到了他的话，希腊士兵们都被劝阻离开了战船，回到广场上集合。当所有人都安静下来的时候，只有忒耳西忒斯还在叽叽咕咕地说话。他像往常一样说着怨恨责备的话。忒耳西忒斯是所有前来特洛伊的希腊人中最丑陋的一个：他斜眼、跛脚、驼背，尖尖的脑袋上顶着一头脏乱的头发。阿喀琉斯和尤利西斯十分痛恨这个爱捣乱的家伙，因为他时常在不经意的时候出言侮辱他们。但是这一次，他竟然出言指责军队的最高统帅阿伽门农。他尖着嗓子嚷道："阿特柔斯的儿子，你在这里抱怨什么？你的营地里已经堆满了金银珠宝，你的身边美女如云。你在这里过得这么舒适快活，你还奢求什么？我们被你带到这里，有着说不出的烦闷和苦恼。让你一个人留在这里，我们都回家去。特洛伊的一切都留给你吧。"最后，他还挑拨离间地说道："阿伽门农曾经羞辱了伟大的英雄阿喀琉斯，霸占了原本属于他的战利品！但是珀琉斯的儿子没有阿特柔斯的儿子有骨气，他不敢出声反抗。不然，阿伽门农这个暴君早就被他打死了！"

听完这些话，尤利西斯走到忒耳西忒斯面前厌恶地看着他，然后拿起自己的权杖狠狠地敲打他的后背和肩膀，并大声指责他道："你这混蛋，要是再让我听到你这么胡言乱语，看我不剥光你的衣服，将你打得不成人形。不让你哭着回到船上我就不叫尤利西斯，我也不配做忒勒玛科斯的父亲！"忒耳西忒斯被尤利西斯打得蜷缩起身子，后背和肩膀都布满了血迹。他痛得大声呼喊，然后负气跑掉了。现场的所有人都窃窃私语，为这个无耻的人受到了他应有的惩罚而开心不已。

然后，尤利西斯站在他的士兵面前，他身边化身为传令官的密涅瓦让大家安静。尤利西斯举起自己的权杖，以引起所有人的注意。然后他说："亲爱的朋友们，请你们再多等一些时候。你们一定记得我们在离开奥里斯港时所得到的神谕。我们在茂密的槭树下向神坛摆了百牲大祭。这些在我的记忆里都还像昨天发生的一样。那个时候有一条乌黑的巨蟒从祭坛下爬出，他弯着身子爬上树。树枝上的鸟窝里有八只小鸟挤在一起，旁边是它们的母亲。母鸟悲鸣着扇动翅膀想要保护自己的孩子。巨蟒转过头一口咬住它的翅膀。巨蟒吃掉那九只鸟之后，派它来的朱庇特便把它变成了一块石头。所有的人都惊呆了。当时预言家卡尔卡斯说：‘你们怎么都惊讶地站在那里？难道你们不知道这是朱庇特给我们神谕吗？九只鸟被吃掉代表我们将要在特洛伊征战九年，只有到了第十年，我们才能征服这座城。’如今卡尔卡斯的预言即将应验。九年的战争已经过去了。我们迎来了第十个年头。我们也将迎来胜利。所以我们应该继续坚持。朋友们，留下来吧，我们马上就能攻破普里阿摩斯的城池了！”

广场的亚各斯人听到这番激情昂扬的讲话都发出阵阵欢呼，以此来回应尤利西斯。这时聪明的涅斯托耳也根据士兵们的态度转变成向阿伽门农建议，让思乡的人都上船返乡。这样就可以很快分辨出谁是真正的英雄而谁是临阵逃脱的懦夫。也可以看出阻碍战争进行的到底是神谕，还是士兵的恐惧，亦或是缺少作战的经验。阿伽门农接受了这个建议。他对涅斯托耳说：“涅斯托耳，你是所有人中最聪明的一个。如果希腊人中有十个像你这样的聪明人，那么特洛伊城早就能被攻陷了！我承认，因为一个女人同阿喀琉斯闹翻，实在是一个不明智的举动。一定是朱庇特让我变得愚蠢了。所以如果我和阿喀琉斯讲和，那么特洛伊就一定会早日沦陷。现在我们应该准备战斗了。让每个人都好好吃一顿，准备好长矛和盾牌，将战马喂饱、战车备齐，让我们认真地战斗吧。也许这场战斗会持续到今天傍晚。那些害怕的故意留在船上的人，就把他们都捣烂去喂老鹰和狗吧！”

希腊人都欢呼雀跃着。所有的战士们都奔跑回营房。不一会儿营房里便升起了阵阵炊烟。阿伽门农命人杀一头公牛向朱庇特献祭，还邀请了亚各斯的贵族们一起共同用餐。最后他吩咐传令官将作战命令传达下去。首领们便都率领着自己的军队奔向原野。阿特柔斯的儿子阿伽门农跑在最前面。他威武的身姿和矫健的身形配着英勇的目光，就像万神之父一样威严，他那宽阔的胸膛就像海神涅普顿一样健壮，而他那金光闪闪的铠甲就像战神玛尔斯的一样制作精良。

帕里斯和墨涅拉俄斯

希腊人根据涅斯托耳的建议按照家族和部落编好队伍，做好战斗的准备。此时，特洛伊城的城墙后面尘土纷飞，特洛伊人开始准备进攻了。与此同时，希腊人也在前进着。两支队伍相互逼近，战斗即将开始。这时帕里斯王子从特洛伊军队中站了出来，他身着彩色豹皮战袍，肩背硬木弓箭，身佩锋利的宝剑，手中挥舞着两根长矛大声叫阵，想要希腊人中最威武勇敢的英雄出来和他单打独斗。墨涅拉俄斯看到出来的是帕里斯，兴奋得就像饥饿的雄狮发现美味的羚羊、牝鹿一样。于是他全副武装地跳下战车，准备和这个劫走他妻子的无耻之徒决一死战。

帕里斯看到杀气腾腾的对手顿时胆怯了，他不由自主地回到特洛伊人的队伍中。赫克托耳看到畏首畏尾的帕里斯，愤怒地吼道："我的兄弟，难道你只有一副英雄的躯壳，心里却是一个胆小的女人吗？难道你看不到嘲笑你的希腊人吗？你除了有一张嘴和一副美丽的皮囊能够诱骗女人，还会做什么？像你这样的懦夫即便现在受伤倒地，身上沾满灰尘，头发乱作一团，我也不会对你有丝毫的同情的。"

听到赫克托耳这样说，帕里斯答道："我的兄弟，你有着超群的胆量和坚定的意志，所以你这样责备我也不是没有道理的。可是你不能嘲笑我的美貌，它是神赐予我的礼物。如果你想让我去决斗的话，就请特洛伊人和希腊人都放下武器。我愿意为了美丽的海伦和她拥有的财富去和墨涅拉俄斯决斗。谁赢了，谁就能拥有海伦和她的财宝。但是我们必须有约在先。这样的话你们就可以和平地耕作特洛伊的土地，希腊人也可以返回亚各斯。”

赫克托耳听到兄弟这样说，感到十分意外。于是他兴高采烈地从队伍中跑到最前面，挡住特洛伊人前进的道路。希腊人看到站在阵前的赫克托耳，便纷纷冲着他投石头、射箭、扔飞镖。阿伽门农赶忙制止希腊士兵，他说：“亚各斯兄弟们，停手！赫克托耳有话要对我们讲！”于是希腊人全部停止动作，安静地等在原地。

赫克托耳将帕里斯的建议大声地告诉希腊人，他讲完之后希腊人都沉默了。最后，墨涅拉俄斯说：“大家请听我说！我当然希望亚各斯人和特洛伊人能够最终和解。这场战争是由帕里斯而起，如今我们双方都受尽了磨难。我和帕里斯将听从命运之神的安排，来一场决斗。其他的士兵，不管是希腊人还是特洛伊人，大家都可以平安的回家。现在让我们来献祭和立誓，然后开始这场在所难免的决斗！”

双方士兵听到墨涅拉俄斯这样说都十分高兴，大家都希望这场不幸的战争能够早点儿结束。于是双方驾车的士兵勒住马头，所有的英雄们都跳下战车，解开铠甲放在地上。赫克托耳派出两名使者让他们回特洛伊城去取绵羊准备献祭，同时请普里阿摩斯国王到战场上来。阿伽门农国王也派出使者塔耳堤皮奥斯回他的战船上取来一只活羊。这时神祇的使者伊里斯变成了普里阿摩斯国王的女儿拉俄狄克，赶回特洛伊城将这个消息告诉海伦。那时海伦正在纺机前制作华丽的紫袍，上面的图案是特洛伊人和希腊人的战斗景象。伊里斯对她说：“海伦，快出来，你看这是多么奇怪的一件事！刚刚特洛伊人和希腊人还在相互对峙，现在却休战了。他们把长矛插在地上，倚着盾牌休息呢。战争结束了。现在只有你的两个丈夫在决战，帕里斯和墨涅拉俄斯决定他们中赢的人把你带走！”

伊里斯的话使得海伦心里立刻升起了对故乡的眷恋之情，以及她对前任丈夫墨涅拉俄斯和她的朋友们的怀念之情。于是她戴上银白色的面纱，遮住泪眼，带着女仆埃特拉和克吕墨涅走到中央的城门。普里阿摩斯国王和几名特洛伊贵族正坐在城垛后面，虽然他们年事已高无法参战，但是他们仍然在国事定夺上极有分量。老人们看到赶来的海伦，纷纷为她倾国倾城的美色而赞叹，他们互相窃窃私语道：“也不怨希腊人大费周章地来到特洛伊，这个女人看上去就像女神一样完美！但是无论她有多么漂亮，我们还是让她回到希腊人的船上去吧。这样我们的子孙才不会再遭到她的祸害。”

国王普里阿摩斯亲切地招呼海伦说：“过来吧，到到我身旁来，我可爱的女儿！我要让你的第一任丈夫和你的亲朋好友们看看，让他们知道你不用对这场残酷的战争负责。这是神祇给我们战争。现在你来告诉我，那个伟岸的男子是谁？他长得这么高大健美，我一生都未曾见过这么威武的国王。”

海伦坐在普里阿摩斯的旁边毕恭毕敬地回答说：“尊敬的父亲，过去我离开了我的家乡、女儿、朋友和丈夫，跟随你的儿子来到特洛伊。想想这些过往，我真的想淹没在自己的泪水里！但是现在你问我的这个问题，我必须要回答你，他就是勇敢的武士、高贵的国王、我过去的丈夫的哥哥阿伽门农。”

普里阿摩斯继续问道：“那他旁边的那个，身高比阿特柔斯的儿子矮，却虎背熊腰的那个人是谁？”

海伦看了看那个人答道："他是拉厄耳忒斯的儿子，狡猾的尤利西斯。他住在伊塔刻那座布满怪石的岛上。"

听到海伦的回答，安忒诺尔接口道："尊贵的公主，你说得对。我认识尤利西斯，也认识墨涅拉俄斯。他们作为希腊的和平使者曾在我的家里住过，我招待了他们。那两人站在一起时，墨涅拉俄斯比尤利西斯显得高大些。然而坐着的时候，尤利西斯却比墨涅拉俄斯更威严。墨涅拉俄斯话不多，但句句都很有价值，充满着智慧。尤利西斯说话时则喜欢双眼看着地上，手里拄着拐杖，一副十分不安的样子，我很难看透他是拘谨还是愚蠢。但是当他坚持一件事情时，他开口说话便声如洪钟，滔滔不绝，绝不会有人比他更加善辩了。"

听完了两人的介绍，普里阿摩斯看向更远的地方，他继续问道："那么那边那个巨人是谁呢？这个人看上去高大有力，似乎没有人能比得过他。"海伦接着回答道："他是亚各斯人的顶梁柱，英雄大埃阿斯。他旁边的那位像神祇一样站在克里特人队伍中的是伊多墨纽斯，以前墨涅拉俄斯常常邀请他到我们的宫殿中来。希腊人中的猛将我差不多都认识，如果时间允许我可以一一为您介绍。只是为什么我没有看到我的兄弟卡斯托耳和波吕丢刻斯呢？难道他们没有来吗？还是我的行为令他们感到耻辱，以至于不愿意出现在战场上呢？"说到这里，海伦开始沉思，继而沉默。她并不知道，她心心念念的两个哥哥早已经不在人世了。

此时，特洛伊的两名使者已经抬着两只绵羊和一羊皮袋美酒从城里走了出来，另一名使者伊特俄斯端着闪闪发光的金酒壶和金酒杯走在后面。他们走到中央城门时，伊特俄斯来到普里阿摩斯国王的面前，说道："请起身吧，国王。特洛伊人和希腊人的首领请您移步战场，为他们神圣的约定盟誓。帕里斯和墨涅拉俄

斯决定进行一场决斗，谁能取得胜利，谁就能把海伦和她的财宝带走。之后，希腊人将会收兵返乡，而我们也可以在自己的土地上和平耕作。”

听完这些，国王感到非常惊讶，但他仍然命人套车，老臣安忒诺尔也与他一同前去。国王亲自驾着马车，驶出了特洛伊城门，来到两军阵前。普里阿摩斯国王下了战车，带领他的随从走到两军中间。阿伽门农国王和尤利西斯随即走上前来。使者们献上祭品，奉上用金碗调制的美酒，又给两位国王撒上圣水。阿特柔斯的儿子从随身佩戴的剑鞘里抽出宝剑，按照祭礼割下绵羊前额上的羊毛，祈求万神之父朱庇特为他们的盟约作证。然后他杀了四只绵羊，将所有祭品放到地上。使者们一边祈祷一边将金杯中的美酒浇洒在地上，嘴里同时念着誓词：“朱庇特及一切永生的神祇，请你们为我们做见证人：如果我们当中有人背弃了自己的誓言，那么他的鲜血及其子孙的鲜血将同这杯中的美酒一样洒在地上！”宣誓完毕之后，普里阿摩斯国王说道：“在场的特洛伊人和希腊人，我不能亲眼看着我的儿子在这里同墨涅拉俄斯生死决斗，我要回到伊利阿姆卫城上去了。谁输谁赢，只有众神之王朱庇特知道。”国王让使者把祭品抬到车上，接着带着随从驾车回到特洛伊城内。

等到普里阿摩斯国王离开后，赫克托耳和尤利西斯便开始测量决斗的距离，然后用抽签的方式决定由哪一方先掷长矛。写着帕里斯和墨涅拉俄斯名字的签放在头盔里，赫克托耳摇动头盔之后，写着帕里斯名字的签先掉在了地上。于是两位全副武装的英雄，手举长矛大步走入决斗圈中，按抽签结果由帕里斯先开始进攻。只见他猛地一掷，长矛便向墨涅拉俄斯飞去，矛尖撞上了墨涅拉俄斯的盾牌，顿时弯的像钩一样。

接下来轮到墨涅拉俄斯掷长矛。他举起自己的长矛大声地祈祷："众神之王朱庇特，为了天下人以后都不敢再以德报怨，请你允许我惩罚这个使我受到屈辱的人！"说完他使劲投出长矛，矛尖穿透了帕里斯的盾牌、铠甲和紧身衣。墨涅拉俄斯随即拔出宝剑，上前一步砍向帕里斯的头盔。只听咣当一声，墨涅拉俄斯的宝剑断成了两半。

墨涅拉俄斯向天大吼："残酷的朱庇特啊，你为什么不让我获胜？"然后他又向帕里斯扑去。他抓住帕里斯的头盔，拖着他向希腊人的阵营跑去。如果不是女神维纳斯赶来帮忙，暗地里割断皮带，帕里斯一定会被墨涅拉俄斯勒死。这样，墨涅拉俄斯的手里只剩下了空空的头盔。他将头盔扔到一旁又准备扑向帕里斯。女神维纳斯便降下一片浓雾，遮住帕里斯并将他带回城里。女神自己又化做斯巴达的老女仆，走向坐在城墙塔楼里的海伦，拽了一下她的衣角对她说："海伦，帕里斯在呼唤你。他正穿着赴宴的衣服在宫中的内室等你。他看起来像要去参加舞会一样，任谁也不会觉得他是刚从战场上下来的。"

海伦赶忙抬起头，却看到女神突然消失在神光之中。于是海伦会意地点点头，悄悄离开了塔楼，回到自己的宫殿中。她看到被女神维纳斯打扮一新的帕里斯正躺在床上，便坐到他的对面，用嘲笑的口吻问他："你怎么能这样回来？我倒愿意看见你战死沙场。你刚刚不还在说无论是投矛还是徒手搏斗，你都能很轻松地打败墨涅拉俄斯吗！你去呀，再去向他挑战！啊，还是算了，你留在这里吧。你回去只会被他打得粉身碎骨！"帕里斯费力地回答她说："你不要这样侮辱我。墨涅拉俄斯之所以能够赢我，是因为他有女神密涅瓦的帮助。但是我告诉你，神祇并没有忘记我，下次我一定会打败他的。"

此时，女神维纳斯略施法术，触动了海伦的心弦，让她对帕里斯产生了难言的情意。海伦亲切地看着丈夫，谅解地亲吻了他。

而战场上的墨涅拉俄斯仍在寻找突然消失的帕里斯，可是就连特洛伊人都不知道他去了哪里。最后，阿伽门农国王高声宣布："特洛伊人和希腊人都听着，墨涅拉俄斯是决斗的胜利者。现在请特洛伊人交出海伦和她的财宝，从此以后永远向我们纳贡！"

亚各斯人听完这番话都欢呼雀跃起来，然而特洛伊人却异常沉默。

潘达洛斯

众神都聚集在奥林匹斯山上，赫柏往返于各个桌子间给他们斟酒。众神明纷纷举起金杯痛饮美酒，他们在山上俯瞰着特洛伊城。天父朱庇特和天后朱诺准备将整座特洛伊城毁掉。众神之王派他最聪明的女儿——密涅瓦女神立刻赶往特洛伊战场，教唆特洛伊人违背誓言，再侮辱正在狂欢庆祝的希腊人。

密涅瓦女神化身为安忒诺尔的儿子劳杜科斯混迹在特洛伊人之中，寻找可以下手的对象，最后，她找到吕卡翁的儿子——高傲的潘达洛斯。潘达洛斯是特洛伊人的盟友，他率领吕喀亚的士兵前来参战。密涅瓦觉得他最适合完成朱庇特的任务，便拍拍他的肩膀说："嘿，潘达洛斯，现在正是你建功立业的时候，也是让特洛伊人永远感激你的时候，尤其是帕里斯，他一定会用丰厚的礼品来感谢你的。你看墨涅拉俄斯那一副骄傲的样子，多让人生气！你为什么不向站在那里的他射去一箭呢，你敢这样做吗？”伪装成凡人的女神轻易地就说动了潘达洛斯，于是那个愚昧的人拿起自己的长弓，从箭袋中抽出翎箭，扣紧弓弦，嗖的一声将箭射向墨涅拉俄斯。然而在箭飞行的过程中，密涅瓦却令它偏离了原来的轨迹，只是射中了墨涅拉俄斯的腰带。箭镞穿过厚厚的皮革和坚硬的铠甲，只是划破了墨涅拉俄斯的皮肤，但血却从伤口中涌出。

阿伽门农国王和他的朋友们看到这一幕都惊慌地围了上来。国王愤怒地喊道：“我们的敌人违背了誓言，他们想害死你。如果我因此而失去你，我会多么的伤心啊。”

墨涅拉俄斯安慰哥哥道：“放心，靠着腰带的保护，我没被箭镞伤到要害。”

接着阿伽门农马上让人去请神医马哈翁。医生听到召唤后立刻赶来，他把墨涅拉俄斯的腰带上的箭镞拔下来，解开伤者的腰带和铠甲，仔细地为他检查伤口。马哈翁蹲下身子，用嘴吸出墨涅拉俄斯伤口里的淤血，并为他敷上止痛的药膏。

特洛伊士兵趁着希腊人忙着照顾受伤的墨涅拉俄斯的时候冲上前来，希腊人赶忙拿起手中的武器抗击。阿伽门农将战车交给欧律墨冬，自己则同士兵们一起步行作战，希腊军队顿时士气大振。

希腊人像海里的波浪一般一队队地冲上战场，将领们大声地传令，士兵们默默地前进。对比之下，特洛伊人活像绵羊一样咩咩地叫嚷，嘈杂声中夹着各种各样的语言。就连神祇们也在低声呼唤，战神玛尔斯鼓励着特洛伊人英勇无畏的进攻。而女神密涅瓦则煽动着希腊人复仇的怒火。一场血战即将拉开帷幕。

两军大战

战斗开始了，希腊人和特洛伊人开始了激烈的搏杀，兵器的碰撞声和人马的嘶吼声不绝于耳。特洛伊勇士埃克波罗斯冲在军队的最前面，勇敢地闯入希腊人的阵地中，但是他立刻被涅斯托耳的儿子安提罗科斯刺中前额，立刻就倒下了，成了特洛伊将士中的第一个牺牲者。这时希腊王子埃乐弗诺阿立刻上前抓住他的脚，想把他拖过来剥下他的铠甲。当他弯腰想抓住埃克波罗斯时，没有防备，一下被特洛伊的阿革诺耳刺中了腰部，然后便倒在血泊中死去了。

战斗越打越激烈。这时大埃阿斯挥着他的长矛向朝他冲过来的西莫伊西俄斯的胸前猛刺过去，矛尖顿时从西莫伊西俄斯的前胸刺进去直穿后背，西莫伊西俄斯就这样被刺死了。大埃阿斯急忙冲过去剥他的铠甲，特洛伊战士安提福斯趁机朝他掷出手里的长矛。大埃阿斯迅速地躲开了，但长矛击中了他旁边的琉科斯。琉科斯是一员猛将，也是尤利西斯的好朋友。战斗中的尤利西斯看见好友被刺死，非常悲痛和气愤。他留心地看着四周，然后掷出手里的长矛，但是却被安提福斯躲了过去。尤利西斯的长矛击中了普里阿摩斯国王的私生子特摩科翁，矛尖准确地刺透了他的太阳穴，只听轰的一声，他便倒在地上死了。特洛伊的前锋见状十分害怕，赫克托耳也不由得向后撤退。希腊人看到特洛伊人露出怯意都高声地欢呼，他们把战死者的尸体拖到旁边，继续向特洛伊人的阵营深入。

福波斯看到特洛伊人的怯懦很气愤，他鼓动特洛伊人向前冲。“特洛伊人，不要轻易放弃你们的阵地！希腊人不是铁打的，也不是石造的。希腊人中最英勇的阿喀琉斯并没有出现在

战场上。”同时，女神密涅瓦在另一边给希腊人鼓劲，激励他们骁勇向前。因此，特洛伊军队和希腊军队中都有很多英雄相继战死。

此时，女神密涅瓦给提丢斯的儿子狄俄墨得斯注入神奇的力量和无穷的勇气，让他伫立在希腊人中，得到崇高的荣誉。密涅瓦令他的铠甲和盾牌就像夜空中最闪亮的那颗天狼星一样闪闪发光，只见他奋勇地杀入敌阵，把敌人的部队冲得不成阵型。特洛伊人中有一个名叫达勒埃斯的有钱有势的大人物，他是伏尔甘的祭司。祭司的两个勇敢的儿子——菲格乌斯和伊特俄斯被父亲送上了无情的战场，他们驾驶着战车刚好撞上正在徒步作战的狄俄墨得斯。菲格乌斯立刻向狄俄墨得斯投枪，只见枪从狄俄墨得斯的左肩下方穿过，没能伤了他。这时狄俄墨得斯发现了攻击自己的人，立刻回掷一枪，刺中了菲格乌斯的前胸，菲格乌斯立刻摔下战车。伊特俄斯看到自己的兄弟被刺杀，惊恐得都不敢上前护住菲格乌斯的尸首，匆匆忙忙地丢下战车就要逃跑。这时，其父达勒埃斯的保护神伏尔甘赶来降下浓雾笼罩住了他，伏尔甘并不想让自己的祭司在顷刻间同时失去两个儿子，所以特地来保护伊特俄斯。而这时，女神密涅瓦握住兄弟战神玛尔斯的手说：“我亲爱的兄弟，现在我们最好不要去管特洛伊人和希腊人的战争，我们应该让他们靠自己的力量去打仗，看看我们的父亲希望谁取得胜利。”玛尔斯赞同地点点头，同密涅瓦一起离开了战场。

这下战争双方的凡人看上去似乎都脱离了神祇的帮助，但是密涅瓦知道，她的宠儿狄俄墨得斯仍然带着自己赐给他的神力留在战场上。此时亚各斯人继续向敌人发起进攻，阿伽门农追上了荷迪奥斯，用枪刺中了他的肩头；伊多墨纽斯也击倒了菲斯托斯；墨涅拉俄斯也将机敏的斯康曼特律奥斯击倒在地；

而迈里俄纳斯杀死了为帕里斯制造船只的菲勒克洛斯。除此之外，还有很多特洛伊人死于希腊人的刀枪下。狄俄墨得斯在战场上左奔右跑，时而出现在这里，时而出现在那里，有时候战场上的人甚至分不清他究竟是希腊人还是特洛伊人。不过潘达洛斯还是找到了时机瞄准他，向他射去了一箭，箭矢射中了他的肩膀，鲜血顿时染红了他的铠甲。潘达洛斯高兴地大声欢呼，他鼓励自己的士兵说："前进吧，特洛伊人！策马扬鞭向前冲！我已经射中了希腊人中最勇敢的那一个，他马上就会死去！我已经灭掉了他的威风！"

然而狄俄墨得斯并没有像潘达洛斯想的那样受到致命的重伤，他仍然站立在自己的战车前，对他的车夫斯忒涅罗斯喊道："我的朋友，快从战车上下来，帮我拔出肩上的箭！"斯忒涅罗斯立即跳下车上前拔出了他肩上的箭，鲜血顿时从伤口中奔涌而出。此时狄俄墨得斯虔诚地向女神密涅瓦祈祷："朱庇特美丽的蓝眼睛女儿，你曾经保护过我的父亲，现在我恳请你也保护我！请你保佑那我能用长矛刺中那个伤害我并为之得意的人，我要让他再也看不到美丽的太阳！"

密涅瓦听到他的祈求之后，立刻给他增加了无穷的力量。狄俄墨得斯马上感到自己身轻如燕，被刺中的伤口也不再疼痛了，他即刻又投入到紧张的战斗中去。这时密涅瓦用言语鼓舞他道："冲上前去！我已经把遮蔽你眼睛的黑幕移去，现在你可以清楚地分辨出战场上的凡人和神祇。你记住，如果有神祇向你走过来，你就大胆地跟随他一起去战斗！只是除了维纳斯。如果你看到她靠近你你，一定要杀了她！"

瞬间狄俄墨得斯获得了比以往强三倍的力量和勇气。于是他就像雄狮一般奋勇冲向战场，开始了猛烈的厮杀。只见他的枪刺中了阿斯提诺俄斯的肩膀，特洛伊人便立刻倒在了地上；然后他又一枪戳穿了庇戎的身体。他还杀死了欧律达玛斯的两个儿子和弗诺珀斯的两个儿子，将普里阿摩斯国王的两个儿子——克洛弥俄斯和厄肯蒙从他们的战车上打了下来，并剥去了他们的铠甲。狄俄墨得斯的手下则忙着把他所缴获的战车都送上他的战船。

普里阿摩斯国王的女婿埃涅阿斯也是一名英勇的战士。他看到特洛伊人在狄俄墨得斯残酷的打击和搏杀下节节败退，便冒着雨点一般的箭矢奋力跑到潘达洛斯身边大声地说："吕卡翁的儿子，你坚硬的长弓和箭矢，还有你的荣誉都跑到哪里去了？那个可恶的人杀死了这么多的特洛伊人，他也不是神祇的化身，你应该英勇地将他射死！"潘达洛斯则回答他说："我知道他不是神祇，他一定是提丢斯的儿子狄俄墨得斯。我还以为我早已射死了他。应该有神祇在保护他吧，而且这个神祇一定还在帮助他！你看我多么不幸！我已经射中了两个希腊将领，可是他们却都没有死亡，只是变得更加张狂和暴躁。你知道吗，我是在最不幸运的时刻带着我的弓箭来到特洛伊参加战斗的！"

听到他如此沮丧的言辞，埃涅阿斯赶紧鼓励他道："你不要灰心！快上战车，我和你并肩战斗！"于是潘达洛斯飞快地跨上埃涅阿斯的战车，站在他身边，两个人驾着快马向狄俄墨得斯飞奔过去。狄俄墨得斯的朋友斯忒涅罗斯看到他们朝狄俄墨得斯奔去，便向自己的朋友大喊："狄俄墨得斯，勇敢的潘达洛斯和埃涅阿斯向你奔过去了。埃涅阿斯是维纳斯的儿子，是一个半神的英雄！你快逃吧，你徒有勇敢和力量，是没法对抗他们的！"

听到这话，狄俄墨得斯阴郁地看了一眼他的朋友，然后说："我不会害怕！不管是逃避还是退让都不是我的性格。我要徒步去迎战他们！如果我能将他们杀死，你就跟上来，把埃

涅阿斯的骏马牵到船上去，那是我的战利品！”正说着，潘达洛斯的长枪已经向他飞来，长枪穿透他的盾牌然后被他的铠甲挡住了。狄俄墨得斯冲着兴奋的特洛伊人高叫道：“没有射中我！”然后他投出了自己手中的枪，一下射中了潘达洛斯的颌骨。潘达洛斯立刻从战车上摔了下来，他的战马也惊慌地逃走了。埃涅阿斯急忙跳下战车，像头猛狮一般站在自己同伴的身边，准备消灭每一个想要伤害他朋友的人。此时狄俄墨得斯从地上搬起一块两个普通人都无法搬动的巨石，高高地举起来，然后朝着埃涅阿斯的腿骨砸去。被砸中的埃涅阿斯立刻疼得失去了知觉，摔倒在地。如果不是女神维纳斯及时赶来用自己的袍子把他裹住离开战场，他一定会被狄俄墨得斯打死。斯忒涅罗斯按照狄俄墨得斯之前的吩咐缴获了埃涅阿斯的战车和战马，把它们带回战船上，接着又驾着自己的战车回到战场上。此时狄俄墨得斯认出了女神维纳斯，于是他立刻遵照密涅瓦女神的旨意穿过混乱的战场追上想要带着儿子离开的维纳斯。英勇的狄俄墨得斯奋力地向女神维纳斯投出自己的枪，女神维纳斯的手腕立刻就被尖利的枪尖刺破，滴出了鲜血。受伤的维纳斯尖声叫喊着，她的儿子滚到了地上。然后维纳斯赶忙召唤坐在战场左边的兄弟战神玛尔斯。她向玛尔斯恳求道：“我亲爱的兄弟，请把你的马车借给我，让我回到奥林匹斯山上去吧。我的手被刺伤了，实在是难以忍受。那个叫狄俄墨得斯的凡人刺伤了我，我敢说他一定也有勇气反抗我们的父亲朱庇特。”

玛尔斯把马车借给维纳斯，女神立刻驾车来到奥林匹斯山。她哭着扑到母亲狄俄涅的怀抱中，狄俄涅温柔地安慰自己的女儿，并带她去见她的父亲。朱庇特微笑着接见了女儿，并且慈爱地说：“我可爱的女儿，你没有操控战争的能力，你还是去掌管人间的婚礼吧。战场上的断杀还是留给你的兄弟战神去主宰吧！”维纳斯的姐姐密涅瓦和天后朱诺却站在一旁讥讽她说：“这是怎么一回事？难道那个美丽却不忠的希腊女人把维纳斯都吸引到特洛伊去了？在那儿她一定抚摸了海伦的衣裳吧，所以她的手被海伦的衣扣划破了！”

这时，在人间的特洛伊战场上，英雄们的厮杀愈来愈猛。狄俄墨得斯冲到埃涅阿斯的身边，给了他三次致命的打击，但是愤怒的福波斯却一次次地握着盾牌保护埃涅阿斯。直到狄俄墨得斯进行第四次攻击时，福波斯忍无可忍地向他怒吼道：“你这个凡人，竟然敢这么放肆，不要和神祇对抗！”

听到神祇这样讲，狄俄墨得斯立刻感到羞愧难当，马上退了下来。于是福波斯便把埃涅阿斯带离了战场，回到他位于特洛伊的神庙，把埃涅阿斯交给他的母亲拉托那和他的姐妹狄安娜照顾。福波斯离开战场的时候在埃涅阿斯刚刚倒下的地方制造出一个假人，所有的特洛伊人和希腊人均为那个假人而疯狂地争夺着。最后，福波斯吩咐战神玛尔斯，把那个胆敢同神祇作对的家伙——提丢斯的儿子狄俄墨得斯从战场上清除掉。于是战神变成色雷斯人阿卡玛斯出现在混乱的士兵当中，他来到普里阿摩斯国王的儿子们面前，大声地指责他们道：“尊贵的王子们，你们就眼睁睁地看着那个无耻的希腊人这样屠杀你们的士兵吗？难道你们想让战斗一直蔓延到特洛伊城下吗？你们不知道英勇的埃涅阿斯已经倒下了吗？去吧，从敌人的手里救出我们伟大的朋友！”

玛尔斯的这番话重新点燃了特洛伊人的战斗激情。吕喀亚的国王萨尔佩冬跑到赫克托耳面前对他说：“赫克托耳，你那无敌的勇气去哪里了？前不久你还曾夸下海口说‘即使没有同盟军，没有战士，只靠你们兄弟和姐夫、妹夫也可以保护特洛伊城免受

伤害。’但是现在我却没有看到你说的那些人中的任何一个在战场上现身。他们像胆怯的野狗看到猛狮一样蜷缩在后面，却让我们同盟军去面对强大的敌人。”

萨耳佩冬这番严厉的指责狠狠地刺激了赫克托耳，只见他挥舞着自己的长矛，跳下战车，大步地走向军队，鼓舞士兵们向前冲击。他的兄弟和其他特洛伊人受到他的感染，转身朝敌人冲去。福波斯也使埃涅阿斯恢复了健康和力量，把他重新送到战场上。埃涅阿斯忽然间完好无损地出现在大家面前，特洛伊人都为之欢呼雀跃。但是谁也没有再多说话，纷纷与敌人猛烈地厮杀起来。

狄俄墨得斯和大小埃阿斯、尤利西斯一起率领希腊人死守着阵地。阿伽门农首先向飞奔而来的特洛伊人投出一枪，这一枪击中了埃涅阿斯高尚的朋友得伊科翁，他总是在最前线骁勇作战。埃涅阿斯看到阿伽门农的举动，也跟着用自己已经恢复力量的双手杀死了两个希腊人，即狄俄克赖斯的儿子克瑞同和俄耳西科罗斯。他们从小都在伯罗奔尼撒的弗赖城长大，作战的时候就像两头雄狮一样英勇。为了给两位英雄报仇，阿伽门农的兄弟墨涅拉俄斯挥动着手中的长矛，勇猛地加入到战斗中去。战神玛尔斯在一旁怂恿着他前进，希望墨涅拉俄斯能被埃涅阿斯杀死。而涅斯托耳的儿子安提罗科斯则因为关心国王的安全，在两个英雄展开搏斗的时候，立即奔向墨涅拉俄斯身边准备帮助他。埃涅阿斯看见对方突然多了一个帮手，便赶忙退了下去。此时墨涅拉俄斯和安提罗科斯赶紧抢出他们朋友的尸体，交给希腊士兵守护，然后转身又开始战斗。

赫克托耳带着最英勇的特洛伊人冲向前方，战神玛尔斯亲自上阵同他一起作战。狄俄墨得斯看到战神走过来很惊讶，但随即他便对自己的士兵们喊道："朋友们不要害怕！不要因为赫克托耳如今的英勇而吃惊，那是因为他身边有神祇保护他！"话音刚落，特洛伊人就已经接近了他们，赫克托耳一举杀掉了一辆战车上的两个英勇的希腊士兵。忒拉蒙的儿子大埃阿斯急忙赶过来想要为他们报仇，他用自己的长矛刺中了特洛伊人的盟友安菲俄斯。然而安菲俄斯刚刚倒地，特洛伊人的长枪便像雨点般投向大埃阿斯，阻止他剥下尸体上的铠甲。

战场的另一边，噩运驱使赫丘利的儿子特勒帕勒摩斯向吕喀亚国王萨尔佩冬奔去。特勒帕勒摩斯远远地便向萨尔佩冬吼道："你这从亚细亚来的懦夫，竟然敢说自己是朱庇特的儿子，你可知道我是赫丘利的儿子！你这么懦弱的人，即便今天变得英勇善战了，也一样会被我杀死！"萨尔佩冬被激怒了，也大声地向他吼道："也许直到现在我还没有得到过战争的荣誉，那么今天就让你的死来给我增添荣耀吧！"说完两个人便开始厮杀起来。萨尔佩冬挥舞的长矛刺中了自大的特勒帕勒摩斯的喉咙，而特勒帕勒摩斯在临死之前也刺中了萨尔佩冬的左腿。但是朱庇特却不想让自己的儿子死去，于是让萨尔佩冬的朋友赶忙带萨尔佩冬离开了战场，没人看到萨尔佩冬的腿上还留着特勒帕勒摩斯的长枪。

失去首领的吕喀亚人还在继续战斗，尤利西斯在他们中间想要追上逃跑的萨尔佩冬。此时赫克托耳及时地赶来，萨尔佩冬虚弱地对他说："不要让我落在亚各斯人手中。你要保护我，即便我无法平安返乡再见到我的妻儿，我也要在特洛伊城里死去。"赫克托耳听完并没有回应他，只是英勇地杀退萨尔佩冬身旁的希腊人，就连尤利西斯也不敢再向前冲了。萨尔佩冬的朋友把他抬到中央城门附近的一棵大树下，并为他把腿上的枪头拔了出来，萨尔佩冬顿时疼昏了过去。过了一会儿，他醒过来，一阵清爽的北风让他又恢复了精神。

此时在战场上，战神玛尔斯与赫克托耳正在并肩作战。受到战神帮助的赫克托耳英勇无敌，打得希腊人节节败退，迫使他们退到战船上。这一战，赫克托耳一举杀掉六个希腊英雄。

天后朱诺站在高高的奥林匹斯山上，看到特洛伊人在玛尔斯的帮助下杀戮希腊人的场面后，十分震惊，于是她吩咐密涅瓦准备战车。这战车的车轮由青铜铸造，外面包以闪光的金子，轭具也是黄金打造的，光彩熠熠。朱诺又给战车套上她的飞马。密涅瓦穿上父亲朱庇特的战甲，头戴金盔，手持画着戈耳工头像的盾牌，握着她的长矛纵身跃上战车，坐在系着金链的银椅上。天后朱诺在密涅瓦旁边舞动神鞭驾着飞马奔驰，时光女神看守的宫门自动为她们敞开，两个伟大的女神就这样驶过高大的奥林匹斯山。当她们看到朱庇特坐在圣山的山顶上时，朱诺勒住马缰，停下战车对他说："你的儿子战神玛尔斯不遵天意，屠戮希腊人，难道你不气愤吗？维纳斯和福波斯教唆战神在凡间作恶，难道你没看到他们正在得意吗？现在请你允许我前去教训这个狂妄的玛尔斯，让他速速离开战场！"

朱庇特回答她："你去试试吧。让我的女儿密涅瓦和他战斗。她懂得该怎样和他作战。"于是朱诺的战车便载着两位女神在布满繁星的青天与美丽如画的高山和大地之间飞驰，最后战车停在西莫伊斯河与斯康曼特尔河的交汇处。

朱诺和密涅瓦迅速来到战场上，他们发现一群士兵围在狄俄墨得斯的周围。朱诺化做斯屯托耳走近他们大声喊着："英勇的亚各斯人，难道你们不觉得羞耻吗？是不是只有阿喀琉斯和你们一起战斗的时候，你们才能取得胜利？"希腊人听到她的指责之后，士气高涨，勇气倍增。女神密涅瓦开出一条道直接走到狄俄墨得斯面前，当时他正靠在战车上让凉风吹拂被潘达洛斯射中的灼热的伤口。他的盾牌带子勒着肩膀，与流淌的汗水一起折磨着他的伤口。狄俄墨得斯费了很大力气才解开盾牌带子，擦净血迹。女神抓住马轭，将手臂攀在上面，然后对狄俄墨得斯说："这样看来，提丢斯的儿子和他的父亲一点儿都不像。他的父亲虽然并不高大，但却英勇无比。他在底斯比城外的作战时虽然违背了我的意志，但却是那么英勇，所以我不能不帮助他。如今你也可以得到我的帮助，但是现在我很疑惑，你究竟是因为战斗太久了而感到劳累了，还是因为恐惧而四肢麻木呢？我看你一点儿也不像英勇的提丢斯的儿子。"狄俄墨得斯听到她这么说，惊讶地看着她说："我知道你是谁，你是朱庇特的女儿。我并不想对你隐瞒什么，我既不是因为害怕而后退，也不是因为无力而恐惧，只是现在有一个强大的神祇逼我撤退。之前你给了我一双慧眼，所以我知道这个强大的神祇便是战神玛尔斯。我知道他正在率领特洛伊人同我们作战，我没有办法只得后退，并且命令我的士兵们都集合在我的周围。"听到他这样回答，密涅瓦便说："英勇的狄俄墨得斯，从现在开始，你不用再惧怕玛尔斯，也不用再惧怕任何一位神祇。现在我就是你坚强的支柱。你要勇敢地驾着你的战车向战神挑战！"

然后，密涅瓦便向狄俄墨得斯的御者斯忒涅罗斯打了个手势，于是他从战车上跳下来。密涅瓦立即跃上战车，坐到了驾车的位置上，抓着缰绳扬鞭策马，驾驶着战车向战神玛尔斯冲了过去。玛尔斯刚刚打败了最勇敢的埃托利亚人珀里法斯，此刻他正在剥取珀里法斯的铠甲。他看见狄俄墨得斯正站在战车上朝他冲过来，但他没看到密涅瓦，因为女神用浓雾将自己笼罩起来了。玛尔斯立刻丢掉珀里法斯向狄俄墨得斯奔来，瞄准他的胸脯刺出长矛，而密涅瓦则用手轻轻地接住了长矛，使它改变了方向。狄俄墨得斯从战车上一跃而起，密涅瓦便使他的长矛刺中了玛尔斯的铁腰带下方的小腹。玛尔斯疼痛得用千万个凡人一起呐喊般的声音嘶吼起来，特洛伊人和希腊人听到这声音都以为听到了朱庇特的雷声，惊恐万分。

而狄俄墨得斯则看到玛尔斯驾着云团飞也似的向天空逃去。玛尔斯来到天上，坐在父亲朱庇特的身边，将自己的伤口指给他看。朱庇特沉着脸对他说："不要抱怨了，我的孩子！奥林匹斯山上的众多神祇中我最不喜欢你。你那么喜欢厮打、战斗，你这倔强的性格和执拗的态度真像你的母亲朱诺。不过我也不愿意看到你忍受伤口的痛苦，神祇里的弗厄翁医生会给你治疗伤口的。"

就在这时，其他参战的神祇也回到了奥林匹斯山，留下特洛伊人和希腊人不受干扰地作战。忒拉蒙的儿子大埃阿斯第一个冲到特洛伊人的阵地中，他的枪刺中了最有力量的色雷斯人阿卡玛斯；然后，狄俄墨得斯也杀死了阿克绪罗斯和他的御者；墨喀斯透斯的儿子欧律阿罗斯杀死了三个勇敢的特洛伊人；尤利西斯砍倒了特洛伊的英雄庇底狄斯；透克洛斯消灭了阿瑞塔翁；安提罗科斯把阿布勒洛斯杀死了；阿伽门农也将埃拉托斯除掉了。而墨涅拉俄斯则活捉了阿达斯特洛斯，后者在逃回城的途中被受惊的马匹摔到了地上。这名胆怯的俘虏抱着墨涅拉俄斯的双膝苦苦地哀求道："请你放过我吧，伟大的阿特柔斯的儿子。我的父亲将会用大批的珠宝和黄金作为赎金来救我的！"听到他这么说，墨涅拉俄斯几乎快要动心了，但是阿伽门农却大声地指责他说："墨涅拉俄斯，你要对敌人慈悲吗？所有的特洛伊人，哪怕是还在母亲怀里吃奶的婴儿都不能逃脱我们的惩罚！"听到这话，墨涅拉俄斯只得严词拒绝阿达斯特洛斯的求饶，于是阿达斯特洛斯便被阿伽门农用长矛刺死了。这时亚各斯人纷纷上前，涅斯托耳在他们身后大声呼喊："我亲爱的战友们，不要光顾着抢夺财宝，剥取战利品。现在是我们奋勇杀敌的最好时机。至于战利品，等我们取胜的时候有的是时间慢慢挑选。"

悲惨的特洛伊人已经面临失败的局面，纷纷向城内逃窜。幸亏国王普里阿摩斯的儿子赫勒诺斯——那个能够通过观察飞翔的鸟儿占卜未来的预言家——对赫克托耳和埃涅阿斯说："朋友，现在一切都要看你们的了。埃涅阿斯，神祇指派你一定要把逃跑的人拦截在城门外，这样我们还可能恢复战斗力，打败希腊人。赫克托耳，你现在立即回到特洛伊城去告诉我们的母亲，请她动员特洛伊城内所有的贵妇人前往密涅瓦神庙，将她们最雍容华贵的衣物都献给女神，放在她的双膝上，并答应献祭给她十二头最肥壮的母牛，请求她怜惜特洛伊城的妇女、孩子和她们所能依靠的城市，让她帮助我们抵抗可怕的狄俄墨得斯。"赫克托耳听罢急忙按他说的往特洛伊城跑去。

木马计与特洛伊城的毁灭

希腊联军和特洛伊军队十年间进行了无数次激烈的战斗，但依然没有分出胜负，特洛伊城也没有攻下。这天，希腊人召开会议，再次商量对策。占卜师和预言家卡尔卡斯说："特洛伊城易守难攻，所以我们攻了这么久始终没有拿下。也许，我们该智取特洛伊城！昨天，我看到一则预兆：一只雄鹰追赶一只鸽子，鸽子突然躲进岩缝里，雄鹰无可奈何地在山岩旁边等待。但鸽子怎么都不出来，雄鹰就躲到了附近的树丛里。鸽子见雄鹰没了踪影，终于飞了出来。窥伺已久的雄鹰立即扑上去，抓住了鸽子。或许我们可以借鉴雄鹰的计策，来结束这场战争。”

于是，希腊的英雄们苦思冥想，打算找出一个结束战争的良策。终于，在雄鹰的启发下，尤利西斯想到了一个好主意，他说：“朋友们，也许我们可以这么办：造一只巨大的木马，把马腹的中间造成空的，然后让我们的勇士藏在马腹里。木马造好之后，我们假装撤退到忒涅多斯岛去，把特洛伊城外的军营全部烧掉。特洛伊人看到军营起火，必定会出城察看。这时，我们的木马就派上用场了。出城察看情况的特洛伊人很快就会发现这匹巨大的木马。我们再命一名特洛伊人没见过的希腊勇士躲在马腹下面。这位勇士一定会被特洛伊人抓住，他要告诉特洛伊人说，希腊人准备向特洛伊人的敌人智慧女神密涅瓦献祭，所以建造了这匹巨大的木马，而他也是献祭的祭品，但希腊人放火时他躲在马腹下面所以逃过了厄运。这位勇士要设法让特洛伊人将木马搬进城去，但一定要说得天衣无缝，不能让特洛伊人产生怀疑。这样，同情他的遭遇的特洛伊人必定会把他带回城内，而且不会伤害他。同时，自以为获得胜利的特洛伊人必定会在城内大肆庆祝，举行宴会。待敌人酒酣而眠时，这位勇士再发出预定的信号，撤到忒涅多斯岛上的大军看到信号后就立即返回特洛伊，藏在木马里的希腊勇士也立即现身。他们出来之后，按照分工，迅速控制各条街道，砍杀那些特洛伊人，与大军里应外合，毁灭掉特洛伊城。”

众人们都觉得这个计策可行，预言家卡尔卡斯也完全赞成，因为这条计策正印证了他的预言。尤利西斯非常高兴大家能赞同他的计策，不过就在此时，阿喀琉斯的儿子涅俄普托勒摩斯提出了异议，他说：“卡尔卡斯，真正的勇士必须在战场上打败敌人，而不是在背后运用计谋取胜。我们必须在战场上用宝剑和鲜血来证明我们希腊人的勇敢。”他的话语充满着凛然的正气，尤利西斯也深深地为这位年轻人高尚的品质所打动。尤利西斯深思了一会儿，说道：“你是一位伟大英雄的儿子，你的话语与豪气证明了你也是一位勇敢的英雄。但勇敢不一定就能获得胜利。你伟大的父亲，半人半神的大英雄也没能攻下这座城池。因此，我请求你和各位英雄，听从卡尔卡斯的预言，采纳我的计策，智取特洛伊城，结束这场战争。”菲罗克忒忒斯也表示反对，他也希望能在战场上决出胜负。其他英雄们都试图说服菲罗克忒忒斯和涅俄普托勒摩斯，但两位英雄都非常固执。这时，天公朱庇特发怒了，天空中顿时电闪雷鸣。英雄们明白，朱庇特也赞同采用木马计。涅俄普托勒摩斯和菲罗克忒忒斯只好顺从天意。

于是，希腊人撤回到战船上，准备休息好之后就投入新的战斗。夜里，智慧女神密涅瓦托梦给希腊英雄厄珀俄斯，要他用粗木建造木马，并允诺会帮助他尽快完成。厄珀俄斯记住了密涅瓦的吩咐，心里非常高兴。

天刚亮，厄珀俄斯就对众人说起了智慧女神托梦的事。希腊人于是就来到了爱达山，打算用爱达山上的粗木建造木马。木材很快运到了赫勒持滂的岸边。众人齐心协力，有的负责锯木头，有的负责削去枝叶，有的负责刨光。厄珀俄斯负责设计木马，他先造好了马脚、马腹，在马腹上方装上了拱形的马背，接着又做好了马胸和马颈。他们在马颈上装上了马鬃，浓黑发亮的马鬃似乎可以随风舞动。马头和马尾上也粘上了密密的绒毛。两只耳朵敏锐地竖起，似乎在聆听着敌情；圆溜溜的大眼注视着远方，格外有神。整匹巨马从远处望去，就如同在原野上驰骋的骏马一般。众人们甚至相信，这匹马会鸣叫、奔跑。在密涅瓦的帮

助下，希腊人只用了三天时间就建造好了木马。厄珀俄斯举起双手，在众人面前祈祷："啊，伟大的女神密涅瓦，请您保佑我们，保佑您的木马吧！"众英雄也跟着一起祈祷。

这时的特洛伊，城门紧闭，特洛伊人不敢出城迎战。因此，他们无从知道敌人的动向。而在奥林匹斯山上，神祇们对特洛伊的结局产生了分歧：一派支持希腊人，一派支持特洛伊人。他们来到凡间，在斯卡曼德洛斯河列阵，随时准备战斗，但凡人们看不见他们。在海洋里，神祇们也分成了两派：五十名海洋仙女是涅柔斯和多里斯的女儿，她们认为希腊联军已逝主将阿喀琉斯与她们有亲戚关系，理所当然地支持希腊人；其他诸神则支持特洛伊人，如果命运女神允许，他们甚至想掀起滚滚巨浪，摧毁希腊人的战船和木马。

终于，神祇们也加入了战斗。战神玛尔斯首先向智慧女神密涅瓦开战，吹响了战斗的号角。除了正义女神忒弥斯，其他神祇都相继加入了战斗。他们各不相让，威武的黄金铠甲不时碰撞在一起，发出铿锵之声。大地在他们脚下颤抖。众神的厮杀声一直传到冥界，被关在塔耳塔洛斯的提坦巨神们也觉得害怕。神祇们敢开战，是因为天公朱庇特去了俄刻阿诺斯海和忒堤斯岩洞，不在天庭。尽管天公朱庇特不在奥林匹斯山上，但主宰万物的他对特洛伊发生的一切仍然了若指掌。得知众神参战后，朱庇特立即驾驶着雷电战车返回了奥林匹斯山。朱庇特发出了象征着至高无上权威的闪电，神祇们知道天公返回了天庭，便暂时停止了战斗。正义女神忒弥斯来到凡间，向众神宣布了朱庇特的神谕：所有神祇一律放下兵器，返回天庭，否则将被打入十八层地狱，永不翻身。众神们不敢不听从天公的命令，只好撤出了特洛伊战争。

这时，在希腊人的军营里，战前动员会议正在召开。尤利西斯说道："希腊的英雄们，现在是展现我们真正的胆识和气魄的时候了。因为我们不得不藏在马腹里，在里面度过一段没有阳光、前途未卜的日子。我认为，藏到马腹里比在战场上与敌人面对面交战更需要勇气。勇士们，其余的人要撤到忒涅多斯岛去，但我们需要一个有勇有谋的年轻人躲在马腹下面。谁愿意担当这一重任呢？"

众人思索着，考虑着。最后，一个叫西农的年轻人站出来，说："我愿意去做，就让特洛伊人拷问我吧！我一定会不辱使命的！请相信我！"众人为他的勇气所折服，但也有人怀疑道："这位年轻人是谁啊？我们还是第一次听说他的名字，他曾经建立过什么功绩吗？他会不会坏了我们的大事呢？我们能相信他吗？"

这时，德高望重的皮洛斯国王涅斯托耳说道："朋友们，让我们相信西农吧。他现在需要的是我们的鼓励！神祇们既然已经告诉我们结束战争的方法，就一定会保佑我们的。现在，让我们藏到马腹里去吧！我感觉自己好像重新焕发了青春，斗志昂扬，就像当年登上伊阿宋的战船一样。要不是珀利阿斯国王阻拦，我一定参加了那次远征。"

涅斯托耳一边说，一边率先钻进了马腹。阿喀琉斯的儿子涅俄普托勒摩斯恳请涅斯托耳将这份荣誉让给他，他请求涅斯托耳率领其余的将士撤到忒涅多斯岛上去。涅俄普托勒摩斯成功地说服了涅斯托耳，然后身穿铠甲，第一个钻进了漆黑的马腹中。墨涅拉俄斯、狄俄墨得斯、斯忒涅罗斯、尤利西斯、菲罗克忒忒斯、小埃阿斯、伊多墨纽斯、迈里俄纳斯、帕达里律奥斯、欧律玛科斯、安提玛科斯、阿伽帕诺尔和其他许多英雄也紧跟着钻了进去。木马的设计者厄珀俄斯最后进来，他关上了木门，英雄们就这样默默挤坐在漆黑的木马里，等待着西农发出预定的信号。剩余的希腊人在阿伽门农和涅斯托耳的率领下，烧毁了营帐，然后登上战船，撤到了忒涅多斯岛。在忒涅多斯岛上，他们焦急地等待着前方的信号。

特洛伊人很快发现希腊军营那边浓烟滚滚，特洛伊国王连忙命人前去察看。派去的人很快回报说，希腊人烧毁了营帐，海边的战船也不见了踪影，估计希腊人已经乘船离开了特洛伊。特洛伊人高兴地涌到海岸，但高兴之余，他们还保持戒备，没有脱去战甲。他们在敌人烧毁的营帐中发现了一匹巨大的栩栩如生的木马。好奇的特洛伊人围着它，争论不休：有的建议将木马搬到城里，作为战利品矗立在城堡里；有的认为狡诈的希腊人留下这个木马必有蹊跷，不能留下它，应该把它烧掉或者推到大海里。躲在马腹里的英雄们闻听此言，吓出了一身冷汗。

这时，特洛伊太阳神庙的祭司拉奥孔从围观的人群里走出来，说道："可怜的人们，究竟是什么东西使你们丧失了理智？你们以为希腊人真的撤走了吗？你们以为希腊人会无缘无故地留下战利品给我们吗？你们难道不清楚尤利西斯是怎样的人吗？木马中肯定隐藏着什么祸害，或者它将成为敌人攻击特洛伊的武器。不管怎么样，我们都不能留下它！……"说着，拉奥孔从旁边的士兵手中夺过一根长矛，嗖的一下刺入马腹。长矛在马腹上抖动着，传出一阵回声，像是从中空的木头里发出的声音。但特洛伊人早已被胜利冲昏了头脑，他们根本没有注意到木马是中空的。

突然，特洛伊人发现了藏在马腹下的西农。士兵们七手八脚地把他拖了出来，准备把他押送到王宫，交由国王发落。原来聚

集在木马周围的士兵们纷纷围了上来。西农任由特洛伊士兵拖拽着，眼神呆滞，哭泣地说道：“这是在哪里？难道狠心的希腊人真的把我烧死了，真的拿我去向密涅瓦献祭了？……为什么我周围都是特洛伊人？特洛伊人一定会杀了我的！神祇啊，请您救救您虔诚的信徒吧！”听他这么说，特洛伊人便仔细盘问了他，问他是怎么成为祭品的，又是怎么逃出来的。西农按照事先编好的说辞讲述了他的悲惨遭遇，特洛伊人完全相信了他。

“我被自己国家的人们抛弃了，不但不能返回希腊，还落到敌人的手里。我现在已经走投无路了，就任由你们发落吧！”西农最后说。特洛伊人同情他的遭遇，国王普里阿摩斯特别允许，只要他能如实说出木马的秘密，就可以在特洛伊居住。

西农假意沉思了一会儿，然后同意了。他举起双手，向天神诉说道：“伟大的众神，我作为祭品刚刚已经向你们献祭了。神祇啊，你们为我作证，是他们首先抛弃了我的，我和我的那些同乡人从此一刀两断。因此，我向仁慈的国王透漏他们的秘密就不是罪过了。仁慈的国王，在战争期间，希腊人一直把战胜的希望寄托在智慧女神密涅瓦身上。但自从我们偷走了特洛伊城的密涅瓦神像，智慧女神就发怒了，不再帮助我们了。希腊人征求预言家卡尔卡斯的意见。卡尔卡斯说，我们应该立即撤军回到希腊，在那里再请求女神的帮助。联军统帅阿伽门农和众将领商量了一下，决定听从卡尔卡斯的建议，先行撤军回国。临走前，他们按照预言家的建议打造了这匹巨大的木马，献祭给女神，请求女神宽恕他们的罪责。卡尔卡斯要求把木马做得高大威武，这样你们就无法把木马搬到城去，因为木马搬进城去密涅瓦就会保佑你们特洛伊人，而不再保护希腊人。如果你们毁掉木马，那么密涅瓦将会惩罚你们，这正是希腊人所希望的。希腊人打算回到希腊，听取女神的吩咐后，再来攻打你们的城池，将女神的神像放回原处。”西农的这番话完全没有破绽，普里阿摩斯和特洛伊人都相信了他的话。

智慧女神密涅瓦始终关注着她所保护的希腊英雄们的安全。自从特洛伊祭司拉奥孔发出可怕的警告后，藏在木马里的英雄们整日忐忑不安，但神祇们已经决定毁灭特洛伊，在他们的帮助下，英雄们最终幸免于难。

海神涅普顿的祭司死后，拉奥孔兼任海神的祭司。这天，他在海边举行仪式，准备将一头公牛献祭给海神。正在这时，两条巨蛇从忒涅多斯岛方向朝特洛伊游来。它们的头部长着血红色的肉冠，又长又粗的蛇身在蔚蓝的大海里摇摆，溅起雪白的浪花。它们游上岸，吐着鲜红的信子，眼睛里射出令人恐惧的光芒。特洛伊人吓得落荒而逃，再也无暇讨论木马。这两条巨蛇大摇大摆地来到了海神的祭坛前。拉奥孔和他的两个儿子正忙着准备仪式，根本没有注意到巨蛇的身影。巨蛇们首先用自己又长又粗的身子缠住拉奥孔的两个儿子，使他们透不过气来，然后又用牙齿撕咬他们。两个可怜的孩子痛得大喊救命。拉奥孔闻声急忙赶过来搭救儿子，但他才刚抽出宝剑，就被巨蛇缠住了。最终，拉奥孔和他的儿子都被巨神咬死了。之后，这两条巨神爬到密涅瓦的神庙里，盘旋在女神的神像下。

无知的特洛伊人以为这是智慧女神密涅瓦对祭司怀疑木马的惩罚，因而对西农的话更加深信不疑了。于是，特洛伊人在城墙上开了个大洞，然后在木马下方装上滑轮，最后用粗绳套住马颈，终于顺利地将木马拖到了城里。特洛伊的孩子们高兴地跳起舞蹈，唱着欢乐的歌，庆祝战争的胜利。木马通过高高的城墙时，经过了四次加高洞口才过去。在拖动木马的过程中，马腹不

▲木马计

时发出金属碰撞的声音。但是沉浸在喜悦之中的特洛伊人根本没有注意到这个异象，甚至还为把木马成功拖进城里而欢呼。只有女预言家卡珊德拉眼神迷离，面露哀伤。她能够预测吉凶，而且从来没有失误过。这些天，她夜观天象和自然之物，发现有许多不吉之兆，但人们并不相信她的预言。一种使命感促使她跟随着人群穿过大街小巷。她披头散发，神情焦灼，嘴里呼喊着："无知的特洛伊人啊，你们知道我们正在打通前往冥界的道路吗？我们的城市仍然充满着血腥和战火，十年的战争还没有结束。我看到死神从马腹中钻出来，你们却将木马拖进城内。你们为什么不相信我的预言呢？我的预言错过吗？复仇女神因为我们抢走了海伦而决定毁了特洛伊。无知的人们，你们早已成为她祭坛上的祭品了。"

然而，特洛伊人还是不相信她的话。

这天夜里，特洛伊人举行盛大的庆祝宴会。他们吹奏起悠扬的乐曲，唱起欢乐的歌，年轻女子们跳着欢乐的舞蹈。人们一次次举起酒杯，相互祝酒。整个特洛伊沉浸在欢乐的海洋中。士兵们也喝得酩酊大醉，完全没有了防备。西农也假装醉倒了。深夜，特洛伊人都入睡了，宴会上杯盘狼藉。西农见此情景，偷偷溜出城门，燃起火堆，向忒涅多斯岛上的大军发出了预定的信号。然后，他又熄灭了火堆，来到了木马身旁，轻轻叩击了马腹三次。躲藏在马腹里的英雄们听到声音立即就要行动，但尤利西斯让大家少安毋躁。他轻轻打开门闩一侧，露出一条门缝，见外面是西农才安下心来，然后他又仔细察看了周围，最后命众人出来。他小心地放下木梯，走了下来，其他英雄们紧跟其后出来。尤利西斯布置了分工，英雄们拔出宝剑，分散到城里，大肆屠杀酒醉和昏睡中的特洛伊人。他们又放火焚烧了特洛伊人的房屋，大火很快蔓延到了全城，整个特洛伊陷入一片火海中。醉醺醺的特洛伊人来不及反抗就被杀死或是烧死了。

另一边，隐蔽在忒涅多斯岛附近的希腊大军见到西农发出的信号，立即起航，返回了赫勒持滂。勇士们全都上了岸，他们从城墙的缺口处冲进了城，占领了特洛伊城。繁华的特洛伊城很快被烧成了一片废墟，呼喊声和惨叫声连成一片，被杀死、烧死的尸体随处可见。幸存的人们在废墟中和死尸中爬行，哭喊着亲人的名字。

希腊人也遭到了损失。尽管特洛伊人仓促应战，但他们仍然拼死守卫家园。他们随手抓起酒杯、桌子、斧子等物品把它们当做武器用来抗击希腊人。不少全副武装的特洛伊人誓死守卫国王普里阿摩斯的王宫，与希腊人进行着殊死搏斗。

战斗虽在深夜进行，但满城的大火将天空照得如同白昼一般。战斗越来越惨烈。

涅俄普托勒摩斯仇恨特洛伊国王普里阿摩斯，他一连杀死了普里阿摩斯的三个儿子，其中就有那个向他父亲阿喀琉斯挑战的阿革诺耳。后来，他又遇到了正在朱庇特神坛前祈祷的普里阿摩斯。涅俄普托勒摩斯欣喜若狂，举剑便砍。普里阿摩斯注视着涅俄普托勒摩斯，平静地说道："你杀死我吧！阿喀琉斯的儿子！在这十年里，我看着我的儿子们一个个离我而去，内心早已饱受煎熬。你刚刚又杀死了我的三个儿子！啊，我的儿子！我再也不要看到你们惨死在我的眼前了！你就杀了我吧！"

"可恶的老头，"涅俄普托勒摩斯说道，"那我就成全你！"说着，他一剑砍下了普里阿摩斯的头颅。普通的希腊士兵更加残忍，他们在王宫内发现了赫克托耳的小儿子阿斯提阿那克斯，就把他从其母亲的怀里抢走，然后把他摔死了。孩子的母亲痛哭着："你们为什么不把我也推下去摔死？自从阿喀琉斯杀死我的丈夫后，孩子就成了我唯一的指望。现在你们却又残忍地摔死了他！你们把我也杀死吧，我再也没有活下去的勇气了！"士兵们根本不理会她的哭喊，又到别处去了。

希腊人四处搜寻幸存的特洛伊人，但他们没有进入特洛伊老人安忒诺尔的房子。当年，墨涅拉俄斯和尤利西斯拜访特洛伊时，安忒诺尔曾经盛情款待了他们，因此，希腊人没有惊扰他，也没有抢夺他的财产。

不久前，特洛伊英雄埃涅阿斯还在城墙上击退了敌人的进攻。然而，当他看到特洛伊城陷入一片火海、特洛伊人败局已定的时候，他转而带着全家逃命去了。他背着年事已高的父亲安喀塞斯，手牵着儿子阿斯卡尼俄斯，匆忙往外逃。可怜的儿子紧紧抓住父亲的手，胆战心惊地跨过成片的尸体和废墟。埃涅阿斯的母亲爱神维纳斯来到儿子身边，保护着儿子。因此，希腊人的箭没有射中他，火焰和烟雾也自动为他们让道。他成了特洛伊仅有

▲ 埃涅阿斯逃亡

的带着全家安然逃脱的人。

墨涅拉俄斯在不贞的妻子海伦的房间前遇到了得伊福玻斯。得伊福玻斯是普里阿摩斯的儿子，赫克托耳死后，他就成为特洛伊的主帅，也是特洛伊国家和民族的希望。帕里斯被希腊神射手菲罗克忒忒斯用毒箭射死后，海伦又嫁给了得伊福玻斯。宴会上，他正喝得酣畅淋漓，忽然听闻阿特柔斯的儿子们杀进城来了，他便立即结束了宴会，仓皇逃走。他摇摇晃晃地穿过一座座宫殿，最后被墨涅拉俄斯一剑刺中后背，结束了生命。

“你就死在我妻子的门前吧！”墨涅拉俄斯痛苦地怒吼道，“我多么希望能亲手杀死帕里斯啊！任何罪人都不能逃过正义女神忒弥斯的惩罚！”

墨涅拉俄斯杀死得伊福玻斯之后，又继续寻找海伦。他对海伦既恨又爱，心中充满了矛盾。海伦早就看到了墨涅拉俄斯，但她吓得浑身发抖不敢出来，只好躲在阴暗的角落里。墨涅拉俄斯最后还是找到了海伦。他怒气冲冲地想要一剑刺死海伦，但爱神维纳斯阻止了他——她使海伦变得更加出尘脱俗，并且唤起了墨涅拉俄斯心中尘封已久的对海伦的爱。重燃的爱火平息了他的怒火，他似乎忘记了妻子的不贞。然而，身后希腊人的喊杀声又使他回到了现实。他顿时感到万分羞愧，觉得不贞的妻子使希腊人颜面全无。他又拿起宝剑，一步一步，艰难地逼近妻子，其实内心里他并不想杀死妻子。这时，阿伽门农来到了他的身旁，阻止了他。阿伽门农拍着他的肩膀对他说："我的兄弟，放下武器吧！你不能杀死自己的妻子！我们大家全是为了她而战。一切都是那个可恶的帕里斯的罪过。帕里斯不顾宾主之道，强行掳走了海伦，真是枉为人类。他和他的家族已经为此付出了代价，得到了惩罚，你就不要再迁怒于海伦了。"

墨涅拉俄斯听从了阿伽门农的建议，没有杀死海伦。他表面上显得很不情愿，心里却非常乐意。后来，海伦与墨涅拉俄斯一起回到了斯巴达。直到墨涅拉俄斯死后，海伦才得到了应有的惩罚——她被驱逐到了罗德岛。

众神们也为地面上的血腥之气所震惊，他们用乌云遮蔽了天空，哀悼特洛伊城的毁灭。只有特洛伊的敌人朱诺和阿喀琉斯的母亲忒提斯为特洛伊的毁灭与希腊人的胜利而欢呼。支持希腊人的密涅瓦此时也愤怒地流下了眼泪，因为小埃阿斯竟然闯入她的神庙，掳走了在她的祭坛前祈求庇护的女祭司卡珊德拉，这使得密涅瓦觉得自己受到了侮辱。密涅瓦虽然不能出手援助普里阿摩斯的女儿，但她发誓一定要惩罚亵渎神祇的小埃阿斯。

熊熊的大火与屠杀持续了很多天，特洛伊城最终还是毁灭了。

礼品装家庭必读书

礼品装家庭必读书

希腊罗马神话·圣经的故事

04

《礼品装家庭必读书》编委会 编

辽海出版社

第四册目录

CONTENTS

罗马神话

■在早期的罗马人心目中，人的地位是至高无上的，因此罗马神话与其说是『神话』，倒不如说是人与神之间错综复杂的爱恨情仇。

阿伽门农家族的故事

阿伽门农的家族

特洛伊城毁灭了。不过，凯旋的希腊人的船只也在途中遭遇到了风浪的袭击，大半被摧毁。幸存的少数战船在灾难过后继续航行，回到故乡。阿伽门农的战船由于得到朱诺的保护，安然无恙地朝着伯罗奔尼撒海岸驶去。然而，当他的船接近拉哥尼亚的玛勒阿岛海岸时，海上忽然吹来一阵大风，船又被吹回到大海上。阿伽门农高举双手对天祈求：在他遵从神意历经诸多磨难后，不要让他在快到家乡时葬身海底。他并不知道这场风暴正是神祇特意降下的，神祇警告他，要他漂流到异国他邦，而不要再回到迈锡尼的宫殿去。

阿伽门农家族中的人向来喜欢制造灾祸、自相残杀，这要追溯到他的曾祖坦塔罗斯生活的年代。从前，阿伽门的曾祖坦塔罗斯曾邀众神祇赴宴，然而他却杀死自己的儿子珀罗普斯，并将珀罗普斯做成菜肴端上餐桌，结果神祇奇迹般地让珀罗普斯复活了。珀罗普斯本是无辜的，但他后来却谋害了密耳提罗斯，从而加深了这个家族的罪孽。密耳提罗斯是神祇墨丘利的儿子，他是国王俄诺玛俄斯的御手。珀罗普斯跟国王打赌赛车，他如果取胜便可以娶到国王的漂亮女儿希波达弥亚。珀罗普斯对密耳提罗斯许下重金，要他将国王车上的铜钉拔去换成蜡钉，密耳提罗斯答应了。赛车时，国王俄诺玛诺斯的车子因此翻倒，珀罗普斯便赢得了国王的女儿希波达弥亚。可是，当密耳提罗斯要他兑现承诺时，珀罗普斯竟把他推入大海，杀人灭口。墨丘利在愤怒中，发誓要向珀罗普斯和他的子孙报复。尽管珀罗普斯再三请求宽恕，并为密耳提罗斯建造坟墓，为墨丘利建立神庙，但这都不能让墨丘利收回誓言。珀罗普斯的后辈不知收敛，还不断滥用暴力，因而他们中的一部分人攫取了权力和荣耀，而另一部分人则走向毁灭。如今，阿伽门农也将由于家族中的人玩弄阴谋夺取权力而遭遇不测。

珀罗普斯生有两个儿子：阿特柔斯和堤厄斯忒斯。兄弟俩互相争斗，犯下了更加不可饶恕的罪孽。阿特柔斯执掌迈锡尼的权杖，堤厄斯忒斯则统治亚哥利斯的南部地区。阿特柔斯有一只金毛公羊，弟弟堤厄斯忒斯垂涎这只公羊，千方百计地想要把它夺到手。他引诱了兄长的妻子埃洛珀并和她苟合，于是她把金毛羊给了他。兄弟犯下的双重罪孽让阿特柔斯怒火冲天，于是他立即采用祖父曾经使用过的手段进行报复。他悄悄地抓走堤厄斯忒斯的两个儿子坦塔罗斯和普勒斯忒堤斯，并将他们杀掉，烧熟端上餐桌，款待堤厄斯忒斯。同时，他还在美酒中兑入孩子的血，让堤厄斯忒斯饮用。这可怕的一幕让太阳神也吓得勒转了太阳车。后来，堤厄斯忒斯畏惧兄长，便逃到厄庇洛斯，投奔国王忒斯普洛托斯。

再后来，阿特柔斯的王国受到严重的旱灾和饥荒的威胁。国王得到神谕：只有把被驱赶出去的兄弟重新接回来，这场灾难才能消除。于是阿特柔斯亲自去找堤厄斯忒斯，并在他的藏身地找到了他。阿特柔斯把兄弟接回故乡，堤厄斯忒斯的儿子埃癸斯托斯也同他们一道回来。埃癸斯托斯早就发誓，要为父亲和死去的兄弟向阿特柔斯及其儿子报仇。之后，阿特柔斯和他的兄弟的和平状况只维持了很短的一段时间。阿特柔斯便把弟弟关入监牢。埃癸斯托斯想出计策来对付伯父。他假装对父亲不满，主动要求去杀死父亲。当他获准进入监狱时，便跟父亲密谋如何采取报复行动。后来，他把一把沾满鲜血的利剑带到阿特柔斯面前。阿特柔斯以为兄弟已死，心患已除，便高兴地在海岸上献祭以感谢神恩。这时，早有准备的埃癸斯托斯一剑将阿特柔斯刺死了，堤厄斯忒斯被放了出来，并篡夺了兄长的王位。

阿特柔斯死后，他的儿子阿伽门农和墨涅拉俄斯逃到斯巴达，国王廷达瑞俄斯收留了他们。墨涅拉俄斯在这里娶海伦为妻，阿伽门农则与国王的另一个女儿克吕泰涅斯特拉结了婚，廷达瑞俄斯临终前将王位传给了墨涅拉俄斯。阿伽门农后来回到迈锡尼，杀死了堤厄斯忒斯，登上王位。埃癸斯托斯获得赦免，于是他又回到父亲原来统治的亚哥利斯的南方地区，做了国王。

海伦被劫走后，阿伽门农同兄弟远征特洛伊，他的妻子克吕泰涅斯特拉则十分悲伤地留在宫中。阿伽门农在出征前曾献祭了女儿伊菲革涅亚，克吕泰涅斯特拉因此对他心怀怨恨。埃癸斯托斯认为这正是向阿特柔斯的儿子报仇的好时机。于是他来到迈锡尼王宫。克吕泰涅斯特拉因为对丈夫不满，因此有意要报复他，一经埃癸斯托斯引诱，便委身于他，并和他共享王位。当时宫中还住着阿伽门农的三个子女：女儿厄勒克特拉和克律索忒弥斯，幼子俄瑞斯忒斯。埃癸斯托斯无视他们的存在，霸占了他们的母亲和父亲的王位。特洛伊战争临近结束时，这对半路夫妻寝食难安，他们担心阿伽门农回来后会惩罚他们。为此，他们在城垛上设立烽火哨，吩咐哨兵一旦发现国王归来，即刻点燃烽火，给他们报信。这样，他们好有充足的时间做准备。他们打算举行盛会迎接阿伽门农，并在他发现宫中的事变前，将他杀掉。

一天深夜，烽火终于被燃起，哨兵急忙向王后报告。克吕泰涅斯特拉和埃癸斯托斯焦急地坐待天明。第二天，太阳刚升起，阿伽门农派出的使者便持橄榄枝来到王宫。王后装出高兴的样子接见了他。她设法不让使者在宫殿里观望，也不让他同任何人接触，以免实情被泄漏。当使者向王后报告战争经过时，她急急地打断了他，说："不要讲了！这一切国王会亲自说给我听的。你快些回去，告诉他快些回来！而且要告诉他，我将以最隆重的仪式亲自欢迎他的凯旋。"

阿伽门农的结局

阿伽门农的船只被突然而起的风浪吹到海上后，一直飘到埃癸斯托斯统治的王国的南岸，停泊在安全的港湾里，并等待顺风时起航。他派出去的探子回来报告说，当地的国王埃癸斯托斯早就住进了他的王宫，并以他的名义和王后一同治理他的王国。这个消息并没有使阿伽门农产生任何疑虑，反而让他感到十分高兴，以为家族内部和睦温馨。为此，他还感谢了神祇。当顺风吹起时，他便命令船队起锚，然后怀着喜悦的心情驶向迈锡尼的海港。

阿伽门农在王后派来的使者迎接下，率领军队进城。而埃癸斯托斯则率领着城内居民列队欢迎他。接着，王后克吕泰涅斯特拉在女仆的簇拥下，带着子女走上前来。她装出一副异常快乐的模样，跪迎她的丈夫，在他的面前说尽了世间祝福和溢美的话。阿伽门农高兴地把她从地上扶起，拥抱着她说："我的王后，你在做什么？你怎么可以像个女佣似的跪在地上呢？我的脚下为什么铺着如此华丽的地毯？就连欢迎神祇的礼仪也不过如此，对于我这样一个凡人，这种欢迎仪式就嫌过分了。"

他吻过妻子和孩子们，然后朝着埃癸斯托斯走去。阿伽门农以兄弟的礼仪真诚地同他握手，感谢他帮助自己治理国家。之后，他弯下腰去，解开鞋带，赤足踏上豪华的地毯，向宫殿走去。

回到宫殿，阿伽门农和他的随从看到王后在忙碌地安排盛大的宴会，他们完全被这种假象蒙蔽住了。阿伽门农因旅途困顿，告诉妻子自己先要沐浴。克吕泰涅斯特拉一脸温情地告诉他，已经为他准备好了温水。于是国王不带任何怀疑地走进宫殿的浴室，放下兵器，除去铠甲、衣服，躺进澡盆里。浴后阿伽门农躺在床上休息。突然，埃癸斯托斯和克吕泰涅斯特拉从

▲ 阿伽门农之死

隐藏的地方冲上来，用匕首狠狠刺向他。他大声呼救，但浴室在地下的密室里，根本没有人能听到。就这样，这位在战场上所向无敌的英雄，很快死在了自己亲人的手中。

埃癸斯托斯和克吕泰涅斯特拉杀了阿伽门农之后，将他的尸体拖了出来。接着，克吕泰涅斯特拉召集全城的长老，直言声称："朋友们，我亲手杀死了我的丈夫阿伽门农，对此我并不否认。请别责怪我一直在瞒着你们：我不能让杀害我女儿的仇人继续活在世上。是的，我设置了罗网，把他像条鱼似的捉住，以冥王普路托的名义戳了他三刀。我终于为我的女儿报了仇。为了召唤色雷斯的风，他竟然像宰杀牲口似的杀害自己的女儿用来献祭。这样凶残的人还有资格活下去吗？难道我们还要眼看着他来统治如此美丽的国家吗？由一个没有杀子之罪的人——埃癸斯托斯来治理国家，不是更合理吗？是的，我成为他的妻子，同他共掌王权，这是理所应当的。因为毕竟他帮我完成了这件正义事业，而且他和他的随从都在保护我。任何人都没有资格来过问我做的事。"

城里的长老们一声不吭，没有人敢反抗。埃癸斯托斯已领兵包围了王宫，四周不断传来武器的碰撞声。阿伽门农的士兵从特洛伊的战场上回来的只有少数，他们放下武器，卸下盔甲，分散在城里。埃癸斯托斯派全副武装的战士搜遍全城，把阿伽门农的士兵全部杀死，谁也不敢再声称要为国王报仇了。

埃癸斯托斯和克吕泰涅斯特拉竭力巩固他们的统治。他们将重要的职位分给亲信。他们不怕阿伽门农的女儿，认为她们不过是弱女子，构不成威胁。当时阿伽门农的儿子俄瑞斯忒斯只有十二岁，他们想把他杀掉。但俄瑞斯忒斯的姐姐——聪明的厄勒克特拉，早已把他托付给一个忠实的仆人。仆人悄悄地把俄瑞斯忒斯带到福喀斯，托付给法诺忒国王——阿伽门农的妹夫斯特洛菲俄斯。法诺忒将俄瑞斯忒斯视为己出，让他和自己的儿子皮拉德斯一起生活，一起接受良好的教育。

俄瑞斯忒斯为父报仇

阿伽门农被害后，他的女儿厄勒克特拉仍住在宫殿里，过着悲惨的日子。母亲十分嫉恨她，她不得不忍受耻辱，与杀父仇人同住，并被迫服从于他们。她眼睁睁地看着埃癸斯托斯对着父亲的子民发号施令，看着无耻的母亲对他曲意逢迎。每年父亲的忌日，她的母亲都要举行欢宴；每个月她的母亲都要给神祇献祭许多牲口，感谢他们保护自己。

厄勒克特拉把唯一的希望寄托在弟弟俄瑞斯忒斯身上，因为当年他逃走时曾对她发誓，等他长到能够使用武器时，一定回来为父报仇。多年过去了，兄弟已经长大，但他却还未出现，希望之火在她绝望的心里渐渐熄灭。

她年轻的妹妹克律索忒弥斯不能给她任何的支持和帮助，甚至安慰。这并非是她不讲姐妹之情，而是因她过于软弱。克律索忒弥斯在母亲面前十分温顺，不敢像厄勒克特拉那样违抗她的命令。一天，她带着祭祀的器具和为父亲献祭的礼品从宫中走出，正好被厄勒克特拉看到。厄勒克特拉责备她只听母亲的话而忘了惨死的父亲："你难道要永远无用地悲伤吗？"克律索忒弥斯回答说："请相信我，这一切也让我感到伤心，可我有什么办法呢？如果你继续怨恨下去，就会被他们关进暗无天日的监牢。你自己想想吧，如果你真的受到这种惩罚，可别怪我没有提醒你！"

“他们想怎样就怎样，”厄勒克特拉骄傲而冷静地回答说，“我希望尽可能远离你们，到哪儿都没关系！但是，妹妹，你去给谁献祭？”

“母亲让我去给死去的父亲祭供。”

“什么，她还会想起被自己谋杀掉的丈夫？”厄勒克特拉惊讶地叫起来，“她怎么会突然做这种事？”

“昨天夜里她做了一个噩梦！”妹妹说，“听说她在梦中见到了我们的父亲，父亲拿着过去由他执掌的权杖。他将权杖插在地上，权杖立即长成一棵大树，且枝繁叶茂，整个迈锡尼全在它的荫庇之下。母亲觉得此梦奇异，心里害怕，便吩咐我去给父亲的亡灵祭供……埃癸斯托斯正好不在家。”

“亲爱的妹妹，”厄勒克特拉听后央求她说，“别让这个女人的祭品玷污了父亲的坟墓！把祭品扔掉吧，或者把它埋进土里，献祭给风神。你以为父亲会乐意接受凶手的祭品吗？把这些都扔掉，剪下你和我的一束头发，带上我的一根腰带，用这些父亲喜欢的东西为他祭供。你在他坟前跪下，祈求他从冥府出来保护我们，祈求他保佑他的儿子俄瑞斯忒斯骄傲地回来，让我们一起为他复仇。到那时，我们再用丰厚的祭品给他做祭礼！”姐姐的话深深地打动了克律索忒弥斯。她答应听姐姐的话，随后带着母亲给她的祭品匆匆离开了。

不一会儿，克吕泰涅斯特拉从内廷走出来，她又像往常一样责骂她的二女儿：“你一个人走出来，在进进出出的女仆面前责怪你的母亲，难道不感到羞耻吗？你想永远用父亲的死作为攻击我的话柄吗？我承认我做了这件事，但这并不是我一个人做的，是正义女神要我这样做的。你如果明智一点儿，就应该站在她的一边。你的父亲不是把你的姐姐当成了祭品吗？这样的父亲还值得你哀悼吗？要是我死去的女儿能开口讲话，她一定会赞成我这样做的！”

“你听着！”厄勒克特拉回答说，“你既然承认杀死了我的父亲，那么无论你这样做是有理的还是无理的，你都难逃罪责。你口口声声说是为正义而杀死他，其实，你不过是为了讨好那个占有你的人才这样做的。而我的父亲牺牲她的女儿是为了全军，不是为了自己。他是为了国家的利益才被迫这样做的。况且，就算他为了自己和他的兄弟这样做了，难道你就应该谋害他吗？难道你就非要和同谋者结婚吗？”

克吕泰涅斯特拉恼羞成怒：“等埃癸斯托斯回来，你会对自己愚蠢的言论感到懊悔的！”

克吕泰涅斯特拉转身离去，来到宫门外的福波斯祭坛前。她来献祭是为了讨好梦中的预言之神。果然，神祇好像听到了她的祈求。她刚做完祭礼，便有一个外乡人朝她的女仆走来，打听去迈锡尼王宫的道路。女仆告诉他王后就在这里。外乡人连忙跪在地上说：“王后，祝你长命百岁。法诺忒的国王斯特洛菲俄斯派我来向你转达一个消息——你的儿子俄瑞斯忒斯已经死了。好了，我的任务完成了。”

站在一旁的厄勒克特拉听完这突如其来的噩耗惊叫一声，跌倒在宫殿的台阶上，说：“这些话等于把我推向了地狱！”

“你说什么，朋友？”克吕泰涅斯特拉激动地问道。

“你的儿子俄瑞斯忒斯，”外乡人说，“前往德尔斐参加神圣的赛会。第一天的比赛项目是赛跑，裁判员宣布比赛者入场后，俄瑞斯忒斯大步跨进赛场，他高大的身材引来了观众的注目。人们还没来得及细看，他就如急风一般冲到终点，取得了桂冠。然而，强者也不能逃脱命运的安排。第二天太阳刚升起，赛

车比赛开始了。俄瑞斯忒斯像前一天一样神气地来到赛场。裁判员让大家抽签，排好赛车次序。喇叭声响起，他们便执缰挥鞭，大声吆喝着马匹飞快地朝前驶去。一时间，金属战车铿锵作响，车轮下尘土飞扬。比赛开始时很顺利，可是后来一个埃尼阿纳人的马突然失去控制，发狂般地胡乱奔跑起来，他的赛车撞在了利比亚人的车上。这可惹了大祸，一切都乱了套，赛车一辆接一辆地被撞倒，堆在一起。你的儿子走在最后，当时当他看到除了他就只有另一个希腊人在比赛时，他便扬鞭奋力赶了上去。两人各不相让，比赛异常激烈。但俄瑞斯忒斯因为过分自信而有些疏忽。他渐渐放松了左边的缰绳，这使得马儿转弯时转得太快，车子一下撞在了路旁的柱子上。车轴折断了，俄瑞斯忒斯从座位上被甩了出去，吊在车后，马儿却在跑道上狂奔。观看比赛的人都紧张地呼喊起来，另一个驾车的人费了好大劲儿才让马停下来。但俄瑞斯忒斯已被拖得血肉模糊，连他的朋友都认不出他了。不久，他的尸体在柴堆上被火化了。福喀斯的使者带来了装有他的骨骸的木匣，好让他的灵魂回到故乡！”

听完外乡人的话，克吕泰涅斯特拉的心里涌起了复杂的感情。本来，她害怕儿子回来，应该为儿子的死感到高兴。不过，母亲的本性又让她为此感到悲痛，而厄勒克特拉则完全绝望了："我该到哪里去呢？"她看到克吕泰涅斯特拉带着从福喀斯来的异乡人走进宫去，不由得为自己悲哀起来，"我现在完全是一个人了，我今后得永远侍候杀害我父亲的人了。不，我不能再跟他们在一个屋檐下生活。我宁愿四处漂泊，惨死在外。活着只能面对新的苦难，死亡倒可以让我解脱！"

她沉默下来，独自坐在大理石砌成的台阶上，沉思了好几个时辰。这时，她妹妹克律索忒弥斯笑着跑过来，她的欢呼声把姐姐从沉思中惊醒过来："俄瑞斯忒斯回来了！"

厄勒克特拉抬起头，睁大满含悲哀的眼睛，说道："妹妹，你还不知道吧？还是要拿我的痛苦开玩笑呢？"

克律索忒弥斯含着眼泪微笑着说："听我说，我亲眼见到了让我们高兴的事！我走近杂草丛生的父亲的坟墓时，看到那里摆着新鲜的牛奶和鲜花，可见刚有人来献祭过。我向四周观望，可附近连一个人影儿也没有，心里很害怕。当我大着胆子走近墓地时，又看到墓碑前有一束新剪下的头发。这时，我突然想起了弟弟俄瑞斯忒斯。我敢肯定地说，是他，一定是他回来了。瞧，墓前的头发肯定是我们的弟弟从头上剪下来的！"

厄勒克特拉怀疑地摇摇头。"你错了，妹妹。你还不知道我刚得到的消息。"接着，她把刚才福喀斯人到来的情况告诉了妹妹。"没有疑问了，"厄勒克特拉说，"那束头发肯定是弟弟的朋友剪下的，他将自己的头发放在父亲的坟前，以此表示对弟弟的哀思！"

厄勒克特拉悲伤地看着妹妹，两人沉默了一会儿，突然她提了一个大胆的建议：俄瑞斯忒斯已经不能再为父亲报仇了，现在，只有她们两人齐心合力来杀死埃癸斯托斯。"克律索忒弥斯，你一定热爱生活，是吗？"她说，"可是，埃癸斯托斯一定不会允许我们结婚的。父亲的子孙是他的一大心患，所以他不愿意看到我们生儿育女，来为父亲报仇。想想我们可怜的父亲和兄弟，希望你能够支持我。我们只有杀掉仇敌，才能自由自在的生活。将来，你才能嫁给一个门当户对的人，过幸福的日子。听从我的劝告吧！为了父亲，为了兄弟，为了我，也为了你自己！"

"可是，我们怎么取得成功呢？"克律索忒弥斯觉得姐姐的建议是无法实现的。"我们的敌人太强大了，而且如今，他们的权力和地位日益巩固。是的，我们的命运十分悲惨，但要是失败了，命运会更惨。到时我们就只有死路一条，甚至还求死不得呢，他们一定会用更残忍的手段来收拾我们的！我求求你，姐姐，不要让我们毁灭啊。”

“你这样回答，我并不感到意外。”厄勒克特拉叹息着说。“我早就料到，你是不会跟我站在一起的。如今，我要独自一人来完成这件事。”克律索忒弥斯哭着拥抱姐姐，但厄勒克特拉态度十分坚决。“走吧，”她冷冷地说，“把这一切都告诉你的母亲吧。”妹妹流着眼泪，转过头走开了。

厄勒克特拉仍然呆呆地坐在宫殿的台阶上。不一会儿，两个仪表堂堂的年轻人捧着骨灰坛朝她走来，后面跟着几个随从。其中一个年轻人望着厄勒克特拉，说他们是从福喀斯来的使者，向她打听国王埃癸斯托斯的住处。厄勒克特拉一下跳起来，奔向骨灰坛。“看在神祇的分上，外乡人，我恳求你，”她流着泪说，“如果坛内装着的是俄瑞斯忒斯的尸骨，就请交给我吧！我要带着他的骨灰为我们整个不幸的家族悲悼！”

另外一个更强健的年轻人注视着她说：“不管她是谁，把骨灰坛交给她吧，因为她不可能是死者的敌人。”厄勒克特拉双手捧过骨灰坛，紧紧地抱在胸前，说：“啊，我最亲爱的人！我怀着多大的希望将你送出去，唉，早知道会这样，我情愿自己去死也不该把你送到异地！我所有的努力都白费了！一切希望都破灭了！父亲死了，你死了，我这样活着还有什么意义？我们的敌人胜利了！啊，我情愿跟你一起进入骨灰坛！让我们死在一起吧！”

这时，年轻人再也控制不住自己的感情，“这个悲伤的人难道不是厄勒克特拉吗？”他大声地说，“你怎么弄成了这个样子？”

厄勒克特拉抬起头，惊异地看着对方，她颤抖着说：“那是因为我被迫给杀父仇人当奴隶。如今，这个坛里的骨灰埋葬了我所有的希望！”

“把它丢掉吧！”年轻人呜咽着说。当他看到厄勒克特拉反而将它抱得更紧时，他又忍不住低声说：“骨灰坛里是空的，这是为了摆摆样子！”厄勒克特拉听后，双臂突然松开了，空坛掉在地上，她绝望地喊道：“天哪！他的墓在哪里？”

“根本没有，”年轻人走上面说，“用不着为活人筑墓！”

“怎么，他还活着，他还活着吗？”

“他就像我一样，还活着。我就是俄瑞斯忒斯，你的弟弟。”年轻人说着，悄悄捋起袖子，“看看我身上的这块标记，你总该认得，这是父亲当年烙在我手臂上的呀。现在你该相信了吧？”

说话间，那个最先给王后带来噩耗的使者从宫中走出来。他是俄瑞斯忒斯的仆人，其实当年厄勒克特拉就是托付他把弟弟送往福喀斯的。如今事隔多年，而且他化了装，所以没有被认出。“时间紧迫，”他对姐弟俩说，“为老国王报仇的时刻到了。现在宫中只有克吕泰涅斯特拉一个人在，埃癸斯托斯还没有回来。”俄瑞斯忒斯收起悲色，立即与他忠诚的朋友皮拉德斯——福喀斯国王斯特洛菲俄斯的儿子，一起闯进宫去，一群随从紧跟其后。厄勒克特拉来到福波斯神坛前虔诚地祈祷，然后也奔进宫去。

一个时辰后，国王回来了。他刚迈进宫门，就询问带来俄瑞斯忒斯死讯的福喀斯人在哪里。这时，他看到了厄勒克特拉，于是脸上露出嘲弄的笑，得意地问：“那些外乡人在哪里？听说他们毁灭了你的一切希望，是吗？”

厄勒克特拉忍住了怒火，平静地回答："他们在里面！"

"是真的吗？"他又继续问道，"他们到这里来，是为了报告你亲爱的弟弟的死讯的，是吗？"

"是的，"厄勒克特拉回答说，"不仅如此，他们甚至还把他带来了。"

"这是我第一次从你的口中听到如此令人愉快的话！"埃癸斯托斯大笑了两声，"他们当然带着死人啰！"

这时，俄瑞斯忒斯和他的随从抬着一具用裹尸布裹着的尸体从内室向外廷走来。埃癸斯托斯高兴地朝他们走去，"呀，快拉开裹尸布吧！"国王大声吩咐道。"按照礼仪，我也应该哭他两声，他毕竟是我的亲戚。"

俄瑞斯忒斯回答说："君王，还是请你亲自来打开吧。只有你才配享受这份光荣！"

"有道理，"埃癸斯托斯说，"先请克吕泰涅斯特拉过来，也让她来看看她乐意看的东西。"

"你马上就会看到克吕泰涅斯特拉。"俄瑞斯忒斯说道。于是国王轻轻地揭开了裹尸布，他惊叫一声，后退了几步。因为在他面前躺着的不是俄瑞斯忒斯，而是王后克吕泰涅斯特拉的鲜血淋淋的尸体。"我中了圈套！"他大声喊道。

俄瑞斯忒斯怒声喝道："你难道不知道跟你说话的活人就是你所认为的死人吗？请你睁眼看清楚，俄瑞斯忒斯就站在这里！他要替他的父亲报仇！"

"请听我解释……"狡猾的埃癸斯托斯想拖延时间。厄勒克特拉劝弟弟别听他的废话。于是，俄瑞斯忒斯和随从们一起动手，将国王推入内宫。就在阿伽门农遇害的浴室里，埃癸斯托斯被复仇者用利剑杀死了。

俄瑞斯忒斯和复仇女神

俄瑞斯忒斯杀死了母亲及她的情人，为父亲报了仇，这是符合神意的，因为是福波斯的神谕让他这样做的。然而，对父亲的孝顺也让他成了杀母的凶手。当他的良知重新回归时，复仇的快意很快就被罪恶感所代替。他的行为实在是有悖天伦，这使他受到了复仇女神的惩罚。

复仇女神是黑夜的女儿，保留了母亲阴郁凶狠的个性。她们身材高大，眼睛血红，头发间蠕动着一条条毒蛇。她们一手执蝮蛇扭成的鞭子，一手执火把，四处追踪杀害母亲的凶手。无论这个人走到哪儿，她们都跟着他，使他的良心受到惨烈的煎熬。

俄瑞斯忒斯杀死母亲后，复仇女神很快让他发了疯。他离开了姐姐，离开了父亲的宫殿和迈锡尼，到处漂泊。他忠诚的朋友皮拉德斯一直陪伴着他，在他痛苦时给予他安慰。另外，还有一个神祇在帮助他，这便是太阳神福波斯。福波斯曾吩咐他去杀死母亲为父亲复仇，现在仍然暗暗保护着他，为他抵挡复仇女神咄咄逼人的鞭子，不让她们加害于他。每当福波斯靠近他时，俄瑞斯忒斯就感到清醒，内心平静，否则就癫狂起来。

经过长久的流浪，这位不幸的人来到德尔斐。俄瑞斯忒斯避居在福波斯神庙里，复仇女神的脚是不能踏入这里的，他终于得到了一刻安宁。长时间的跋涉使得他疲惫不堪，福波斯满怀同情地站在他的身边，给予他安慰和勇气。“不幸的人啊，请放心吧！我是不会离开你的。无论我在不在你身边，我都会保护你，决不让复仇女神的阴谋得逞！尽管你日后还得继续流浪，但你不会再漫无目的了。你得到雅典去，在那里我会为你找一个公正的法庭，你可以理直气壮地为自己辩护。现在，我不得不暂时离开

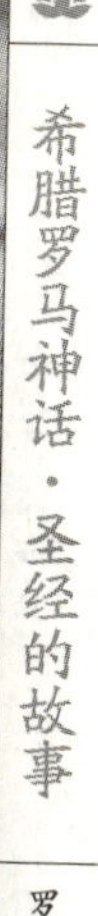

▲ 俄瑞斯忒斯和复仇女神

你，不过，你不用害怕！我的兄弟墨丘利会继续保护你。”

此时，复仇女神们正在庙前昏睡，这是福波斯用神力所为。突然，克吕泰涅斯特拉的阴魂进入了她们的梦境，“你们怎么睡着了？听着，我就是克吕泰涅斯特拉，你们有义务为我报仇。俄瑞斯忒斯这个杀母凶手已经逃走了！”她一边大声谴责复仇女神，一边把她们从梦中摇醒。复仇女神跳起身来，气愤地向神庙奔去。“朱庇特的儿子，”她们对福波斯喊道，“你不要欺人太甚！你竟敢袒护犯下罪孽的人，不让我们惩罚他！你把一个杀母凶手从我们手里偷走！一个神祇难道可以这样做吗？”

“离开这儿！”福波斯大声说道，说着他就将可怕的复仇女神从他的神庙里逐走了。虽然复仇女神还在大声申述她们的权利，不过这一切都不管用。福波斯宣称，俄瑞斯忒斯为父报仇是接受了自己的命令，因此自己有义务保护他。在这里，复仇女神们无计可施，最后只得退了出去，飞快地逃走了。

于是，福波斯将俄瑞斯忒斯和皮拉德斯托付给墨丘利，让他保护他们二人，自己则回到奥林匹斯圣山去。墨丘利颇具威力的金杖让复仇女神也感到害怕，因此她们只是远远地跟着。但后来她们的胆子又大了起来，当两人来到雅典城时，复仇女神已经到了他们身后。俄瑞斯忒斯和他的朋友皮拉德斯刚迈进密涅瓦的庙门，凶狠的复仇女神就从门外冲了进去。

俄瑞斯忒斯伏在密涅瓦的神像前，伸出双手，哀求道：“密涅瓦女神，我奉福波斯之命来此寻求你的保护，请收留我吧。我的双手并没有沾上无辜者的鲜血，但复仇女神却对我穷追不舍。我受你兄弟的指点，长途跋涉来到你的身边，如今，在你的神像前，我请求你给予公正的裁判！”

复仇女神们突然在他身后大声说：“你犯下了无法饶恕的罪

孽，我们沿着你的足迹追踪你，如同猎犬追逐牝鹿，我们是跟着你滴血的脚印踏进庙门的！杀害母亲的凶手，你永远无法找到避难所！即使是福波斯和密涅瓦也不能让你从永久的痛苦中解脱！来呀，姐妹们，让我们围着他跳舞，用我们的歌声让他永远陷于癫狂之中！”

正当她们准备歌唱时，神庙突然被一道神光照得通明，密涅瓦的神像消失了，取而代之的是密涅瓦本人。密涅瓦用蔚蓝的眼睛严肃地注视着面前的一群人。

“是谁竟敢闯进神圣的庙宇，扰乱圣地的安宁？”女神问道。“这是怎样的一幕啊！一个外乡人抱住我的祭坛，三个不像凡人的女人威胁似的站在他的背后。告诉我，你们到底是谁？想要干什么？”

俄瑞斯忒斯吓得一句话也不敢说，只能跪伏在地上。复仇女神们则立即答道：“朱庇特的女儿，我们是黑夜的女儿，是复仇女神。这个玷污了你的神坛的人亲手杀死了自己的生母。请审判他吧，我们将尊重你的判决。我们知道，你向来都是严厉而公正的！”

“如果你们要我裁判，”密涅瓦回答说，“那么，外乡人，面对这三位女神的指控，你有什么可说的吗？请先告诉我，你的故乡在哪里？祖先是谁？你遇到了什么事？然后，你才能洗刷你被指控的罪孽！”

这时，跪在地上的俄瑞斯忒斯大胆地抬起头来说：“公正的密涅瓦女神啊！我并没有犯下不可饶恕的谋杀罪；我没有用不洁的双手玷污你的神坛！我是迈锡尼人。我的父亲，他叫阿伽门农，是远征特洛伊的军队大统帅。可是，他饱经战争之苦回到家乡后却惨遭杀害。我的母亲与她的情人暗中谋划，在我父亲沐浴时，残忍地用一张网将他罩住，并用刀杀死了他。我长期在外流亡，后来终于回到故乡为父亲报了仇。我不否认，我杀了母亲以报杀父之仇，但这是你的兄弟福波斯吩咐我这么做的。他在神谕中说，如果我不去惩罚谋害父亲的凶手，我的内心就永远得不到安宁。啊！女神，现在请你裁判，这件事我是该做还是不该做。”

女神默默地沉思了一会儿，然后说：“这件案子的确奇特而复杂，这在人间法庭几乎是无法判决的。你们先来找我也是合理的，不过我仍将召集人间的法官来审理。我要召集法官到我的神庙里来审判，如果法官们难以判决，那么我会亲自主持审判。在此期间，外乡人将受到我的保护，他将安全地住在我们的城里。而你们这批暴虐的女神，请回去吧，不要玷污了这块圣洁的地方，在开庭前请不要再到这里来。双方都得寻找证据和证人，我也会让城里最睿智、最正直的人来接审此案。我承诺，在以我的名字命名的城市里，我会给所有人以公正的！”

开庭的日期到了，一名使者将密涅瓦挑选出来的主审官都请到城前的一座山坡上，雅典的公民们也都来旁听这次审判。这座山叫做玛尔斯山，因建有供奉战神玛尔斯的神庙而得名。女神密涅瓦已在山上等候，原告和被告也都到齐了。被告旁边的人中多了一个陌生的外乡人，其实他是神祇福波斯。复仇女神一见到他，就吓得大叫起来：“福波斯，你不去处理自己的事情，到这里来做什么？”

“我说过，”福波斯回答说，“这个人是我应该保护的人。他曾经逃到德尔斐，到我的神庙里去避难。我为他洗去了血污，因此，我站在他的这边也是理所当然的。而且当初也正是我劝他杀掉他的母亲，并告诉他，神祇是欢迎他这样做的！”

密涅瓦站起来，要求复仇女神们提交讼词。“我们直截了当地提问就可以了，”复仇女神中年龄最大的一个说，“被告，请你回答我的问题：你是否杀害了自己的母亲？”

“我不否认。”俄瑞斯忒斯说。由于被折磨多时，此时他的脸色显得十分苍白。

“你是怎样杀害她的？”

“我，”被告低垂着头说，“用利剑割断了她的脖子。”

“谁指使你这样做的？”

“神祇以一则神谕指示我，告诉我这样做。他就站在我身旁，可以为我作证。”俄瑞斯忒斯回答说。接着，他为自己辩护。他说他杀死克吕泰涅斯特拉时并没有把她看做自己的母亲，而只是把她看做杀害父亲的凶手。福波斯也作了精彩的发言为他辩护。但复仇女神毫不退让，她们一个个站起来加以反驳。福波斯描述了阿伽门农被谋杀的惨景，认为凶手罪恶滔天，理应受到惩罚。而复仇女神则强调杀死母亲是大逆不道的罪行。双方辩论完毕，主持审判的女神发言，她说：“让我们现在静候法官们的判决！”

密涅瓦将黑白两种小石子分发给每位法官，黑石子代表有罪，白石子表示无罪。投放石子的小钵子放在空地中间，四周围着栅栏。在判决开始前，女神从首席审判官的座位上站起来说：“雅典的公民们，请你们认真听取你们城市的创建者的发言吧！今天，在这里，你们见证了第一场法庭审判。今后，这个设在这座神圣的玛尔斯山上的法庭将会被保留下来。过去，亚马孙的女英雄反对忒修斯时，曾在这座山上驻扎，给战神献祭。将来这里就是审判谋杀亲人罪的庄严法地。你们要挑选城里最公正、最廉洁的人组成法庭，他们不应接受任何贿赂，他们应具有廉正、严明的秉性，能为所有的人说话。你们都应该维护法庭的尊严，将它当做全城的支柱。希腊的其他地方和外国都还没有这种神圣的法地。我希望这个法庭能成为全希腊的典范。现在，请法官们站起身来，记住你们的责任，为裁判此案投票吧！”

法官们庄严地从座位上站起来，排着队走到小钵子那里，把手中的石子投进去。所有的石子都投完了，另一批被推选出的居民站出来，核对投入钵内的黑白石子。结果是，两种石子数目相同，这时，决定性的一票就在智慧女神手里了。密涅瓦从座位上站起来说：“我不是母亲所生的人，我是从父亲朱庇特的头里跳出来的，所以我维护男人的权利。我无法认同一个用卑劣手段杀害自己丈夫的女人。我认为俄瑞斯忒斯的行为是合理的，他杀掉的不是自己的母亲，而是谋杀自己父亲的凶手。他应该活着！”说着，她走向投票区，将一颗白石子投进钵子里。然后，她回到审判席上，庄严地宣布：“经过投票表决，多数票决定俄瑞斯忒斯无罪，他获得了自由！”

听到最终判决，俄瑞斯忒斯百感交集，眼中涌出热泪。随后，他说：“神圣的智慧女神，我是一个被剥夺了祖国、失去了一切的人，是你挽救了我和我的家族，你的恩德将受到全希腊人的称颂。他们会说，迈锡尼人俄瑞斯忒斯又重新回到了祖先的宫殿是由于神祇密涅瓦、福波斯和万神之父的公正，是他们让他获得了重生，否则，他将九死一生。我即将回国，在这个时刻，我愿向这个国家和它的人民立誓，迈锡尼人永远不会对雅典人发动战争。在我死后，如果我的国人胆敢践踏这一誓言，我的灵魂也会从地府里出来惩罚他的！”

讲完这番话，俄瑞斯忒斯带着朋友离开了神圣的玛尔斯山。复仇女神不敢再追逐被宣判无罪的人，另外，福波斯的神力也让

她们不敢轻举妄动。可是，她们中那个上了年纪的女发言人还是站起来，表示对判决结果不服。她用令人恐怖的嘶哑的声音大声呼喊：“天哪！你们这些年轻的神祇竟然无视古老的法律。还有，你们这些雅典人将会为你们今天的判决付出惨重的代价！在我们愤怒的心脏里流淌着怨恨的毒液，我们会将这毒些液洒遍这块土地，我们这些受到羞辱和嘲笑的黑夜女神，会让你们的城市瘟疫蔓延、颗粒无收。”

这可怕的诅咒让在场的所有人都感到震惊，福波斯也十分担忧，他设法劝阻她们，平息她们的怒火。“你们不该对判决表示愤怒！这并不是你们的失败和屈辱。钵子里的黑白石子的数量是一样的，法官们并没有使你们委屈。被告必须在两种神圣的义务中作出抉择，在选择时他注定要放弃其中一种。人神共有的悲悯在这里取得了胜利。我们神祇要承担判决的责任，所以不应埋怨法官。今天，出现这样的结果也是朱庇特的旨意！你们不应该把愤怒的情绪发泄到无辜的民众身上。我以人民的名义对你们发誓，在这里你们将拥有显赫的地位，享有神圣的荣誉，这座城市的居民将年年为你们献祭，将你们作为最公正的神祇来敬奉！”

密涅瓦也重申了这一诺言，她说：“尊敬的女神们，我以我的名誉做担保，这座城市的所有公民都愿意敬奉你们，歌颂你们。他们将在国王厄瑞克透斯的神庙旁为你们建立神庙！凡不敬奉你们的人，将得不到福祉！”

两番允诺渐渐平息了复仇女神心中的怒火，她们变得温和起来，仁慈地答应居住在雅典。她们想，能像密涅瓦和福波斯一样在最有名望的城市中拥有一座神庙，那将是一种无上的荣誉。后来，她们对着其他神祇庄严地发誓，要保护这座城市，使之免于干旱、瘟疫和恶劣的风暴的侵袭，让牲畜繁衍、家庭幸福，并要与异母姐妹命运女神一起，以各种方式造福当地人民。她们祝愿这座城市永远安宁、繁荣。最后，复仇女神要离开雅典时，密涅瓦和福波斯一起再三感谢她们，雅典的全体居民都唱着赞歌，欢送她们出城。

伊菲革涅亚和陶里斯人

俄瑞斯忒斯和皮拉德斯离开雅典后，来到德尔斐的福波斯神庙请求神谕。俄瑞斯忒斯希望神祇指示自己未来的命运。女祭司告诉他，作为迈锡尼的王子，他必须首先航行到斯佐登附近的陶里斯半岛。这个岛上有福波斯的妹妹狄安娜的神庙。他必须想办法将庙里的女神像抢走，带到雅典来。据当地蛮族人说，很久以前这尊神像自天而降，后来就一直被供奉在那里。然而女神却不喜欢和蛮族人住在一起，她希望迁到文明之地，接受文明人的供奉。

皮拉德斯一直陪伴着他的朋友，并跟他去执行这项任务，即使他知道到陶里斯半岛去做这样一件事是极其危险的。陶里斯人是一个野蛮的民族，外乡人只要登上他们的陆地，就会被杀死，并作为祭品献祭给女神狄安娜。在战争中，陶里斯人则割下俘虏的头颅，挑在竹竿上，竖立在屋顶上，让它守卫房屋。据说，挂起的头颅居高临下，可以为他们消灾避祸。

神祇要俄瑞斯忒斯前往蛮荒的半岛，还有一个重要的原因。当年，阿伽门农听从希腊预言家卡尔卡斯的建议，用自己的女儿伊菲革涅亚献祭的祭品。当祭司挥剑杀她时，一只牝鹿突然倒在地上，伊菲革涅亚却不见了。其实那是狄安娜女神同情她，将她换走，并带着她飞过大海，来到了陶里斯的女神庙。

蛮族国王托阿斯在这里看到伊菲革涅亚，便让她做了神庙的女祭司。按照岛上的风俗，她必须将每个登上海岸的外乡人献祭给女神狄安娜。用来做祭礼的人大多数和她一样都是来自希腊。他们被拖进神庙，捆在长凳上，由陶里斯人杀死，然后由女祭司把祭品献给女神。尽管伊菲革涅亚只负责献祭，没有参与杀害，但是她仍然感到很难受。

许多年过去了，姑娘一直忠于职守。陶里斯国王和居民都十分敬重这位美丽而温顺的女祭司。一天夜里，她梦见自己离开了这块蛮族之地，回到了日思夜想的故乡迈锡尼，睡在父母亲的宫殿里，被一群女仆簇拥着。突然，她脚下的大地震颤起来。惊慌中，她逃出宫殿，来到宫外。这时，宫殿摇摇晃晃，最终倒塌下来。宫殿内的大柱也接连不断地断裂，到最后只剩父亲房内的一根柱子仍然竖立着。接着，柱头成了满头金发的人头，并开口和她讲话。等她醒来后，她已忘记梦中金发的人头所说的话，只记得在梦中她仍然做着一个祭司该做的事，给父亲房内的那个石柱人洒上圣水，等待将他杀死献祭，她一边这样做，一边悲伤地哭着。

第二天清晨，俄瑞斯忒斯和皮拉德斯登上了陶里斯的海岸。狄安娜神庙就在前面，不久，他们就到了那里。这座神庙看起来更像是一座牢狱，他们围着它转了两圈，都没有说话。后来，俄瑞斯忒斯终于打破沉默，沮丧地说："我们现在怎么办？是否该沿着楼梯走上去？可是，我们对这座建筑并不熟悉，一旦走进去后像进入迷宫一样走不出来，那该怎么办？如果我们碰上了看守，被抓住了，不是必死无疑吗？我们都听说过，有许多希腊人都成了女神的祭品，现在回船去，也为时不晚。"

"我们要是回去了，这便是我们第一次在危险面前退缩，"

皮拉德斯回答说，“我们要相信福波斯的神谕，他一定会保护我们的！不过，我们现在必须得离开这里。最好找一个海边的岩洞躲起来，等夜深人静的时候，我们就可以行动了。现在我们知道了神庙的位置，总会找出进去的办法的。只要我们拿到神像，难道还怕找不到回去的路吗？”

“有道理，”俄瑞斯忒斯高兴地说，“我们先找一个躲避的地方，到夜里再动手。”

可是，没等到夜里，他们就已经被发现了。中午的时候，一个牧人急匆匆地从海边向狄安娜神庙走来，那时女祭司正站在神庙的门槛里。他对她说，岛上发现了两个外乡人。“高尚的女祭司，快准备神圣的献祭吧！”

“他们是从哪里来的？”伊菲革涅亚忧郁地问道。“他们都是希腊人，”牧人回答说，“现在都被我们抓住了，我们知道其中一个叫皮拉德斯。”

“请跟我详细地讲述一下吧，”女祭司说，“这到底是怎么一回事？”

“当时，我们正把牛一头头地赶到海水里，”牧人说，“准备给牛洗澡。海边有一块很大的礁石，当地人叫它高山巨岩。岩石上有一个山洞，捡拾海螺的渔夫常在那里休息。一个牧人突然发现洞里有两个人，我们正要进去抓他们，这时，一个人从洞里跳出来，摇晃着头，双手不断地抖动，就像发了疯一般。他呻吟着呼叫：‘皮拉德斯！皮拉德斯！看那里呀，黑暗的女猎人，她是地狱的毒龙，她正向我走来。你看，她的头上盘着毒蛇，要来杀我呀！还有那一边，一个女妖，口中喷着火。她抓住我的母亲，天啊！她要吞掉我！我怎么才能逃出她的魔掌呢？’”牧人停了一会儿，又继续说，“我们根本看不到他所说的吓人的景象。他也许把牛的哞叫和狗吠都当做复仇女神的声音了。我们都很害怕，因为那个外乡人挥舞利剑向牛群冲过来，还把剑刺向牛腹。最后，我们终于鼓起勇气，吹响海螺，附近的乡民都聚集过来，向那个发狂的外乡人冲了过去。他逐渐摆脱了癫狂，口吐白沫，倒在地上，不省人事了。我们弄不清到底是怎么回事，注视着他。他的同伴为他擦去口边的白沫，把自己的外衣给他盖上。没过多久，他醒了过来并从地上跳起，保护自己和同伴。不过他们根本敌不过我们这么多人。最后，我们抓住了他们，把他们带到国王托阿斯那里。国王吩咐把俘虏带到你这里祭神——希腊人必须为你所遭受的痛苦付出代价，我们也要为你洗雪当年在奥里斯海湾蒙受的耻辱。”

牧人说完，等待着女祭司的命令。她要他把外乡人带到神庙

▲ 俄瑞斯忒斯和皮拉德斯

来。现在，就剩她一个人了，她自语道：“啊，我的心啊，以前你总是同情自己的同乡。当有希腊人落在你的手中时，你总是为他们痛哭！现在呢？昨晚的梦已告诉我，我亲爱的兄弟俄瑞斯忒斯已死去了，来吧，我要你们为此付出代价！”

两个俘虏被捆着押来了。“给他们松绑！”伊菲革涅亚大声命令道。“不能用捆绑着的人来做祭礼！你们快到神庙里去，做好一切准备。”然后，她又转身面向两个俘虏，“你们从哪里来？父母叫什么名字？你们有没有兄弟姐妹？你们一定是走了很远的路才到陶里斯的。可是，不幸啊，你们还要走一条更遥远的道路，一条通往地狱的路！”

俄瑞斯忒斯回答说：“我们不需要你的同情。一个执行死刑的刽子手何必来安慰他的牺牲品呢？面对临死的人也用不着悲哀哭泣！你和我们都不用流泪！赶紧按照命运女神的安排去做吧！”

“你们两人谁是皮拉德斯？”女祭司问道。

“就是我身边的人！”俄瑞斯忒斯把脸转向朋友。

“你们是兄弟吗？”

“不是同胞兄弟，却胜过兄弟。”俄瑞斯忒斯说。

“你叫什么名字？”

“你就叫我可怜人吧，”俄瑞斯忒斯说，“我情愿无名无姓地死去！”

女祭司对他这种强硬的态度感到十分恼怒，因此她更要他说出他来自何处。当得知他是迈锡尼人时，她禁不住激动地喊起来：“神祇在上，你真的是从那里来的吗？”

“是的，”俄瑞斯忒斯说，“我是迈锡尼人，我们的家族有着显赫的地位，是一个幸福的庞大家族。”

“外乡人，如果你从迈锡尼城来，”伊菲革涅亚有些紧张了，“那么，你一定知道有关特洛伊的消息了。听说这座城市已经被毁灭了，真是这样吗？海伦回来了吗？”

“是的，正如你说的那样。”

“那位最高统帅的情况好吗？我想他的名字叫阿伽门农。”

俄瑞斯忒斯闻言非常惊讶。“我不想回答，”他一边说，一边把头转了过去，“请你不要再提这些人和事了！”耐不住伊菲革涅亚的苦苦央求，他只得说道：“他已经死了，被他的妻子杀死了！”

女祭司悲痛地叫了一声，沉默片刻，接着又问道：“她还活着吗？”

“没有。”他明确地回答，“她的亲生儿子将她杀死了，他报了杀父之仇，但他也必须为此受苦！”

“阿伽门农的孩子还活着吗？”

“还有两个女儿，厄勒克特拉和克律索忒弥斯。”

“听说过他那个给神祇做了祭品的大女儿吗？”

“一只牝鹿代替她被杀死了，而她却不知去向。也许她早就不在人世了！”

“阿伽门农的儿子还活着吗？”女祭司不安地问道。

“还没有死，”俄瑞斯忒斯说，“只是活得很艰难，四处漂泊，没有一个归宿。”

伊菲革涅亚听到这里，立即打发仆人们离开。这里只剩下她和这两个希腊人了，她低声对他说：“年轻人，我愿意救你一命，不过你要答应帮我把一封信送到我们的家乡迈锡尼去！”

“我不会一人离开，却让我的朋友在这里送死。”俄瑞斯忒斯回答说，“我在苦难中时他一直陪伴着我。我怎么能够弃他而不顾呢？”

“高尚的朋友，”姑娘惊喜地说，“但愿我的兄弟也有你这样的胸怀！告诉你们，两位朋友，我也有一个弟弟，可惜他在遥远的地方。现在，我很遗憾不能同时救出你们两个，因为国王是无论如何也不会答应的。好吧，既然这样你去死，让皮拉德斯回去。我无所谓，无论你们两人中的谁给我送信都可以。”

“谁会杀死我呢？”俄瑞斯忒斯问。

“我亲自动手，这是女神的旨意。”伊菲革涅亚答道。

“怎么，你这样一个弱女子能杀死男人吗？”

“不，我只是用圣水洒在他的头上！庙里的仆人将用利斧杀死献祭的外乡人。你的骨灰将会被撒在山坡上。”

“啊，天哪，如果我的姐姐能亲手安葬我，我会高兴地走向地府的！”俄瑞斯忒斯叹息着说。

“那又怎么能实现呢？”姑娘深受感动。“你的姐姐住在遥远的迈锡尼。可是，不用担心，我会用香油浇熄余烬，用蜂蜜给你祭供，像亲姐姐一样用鲜花装点你的坟墓！现在我该走了，我要给我的族人写一封信！”

这时，只剩下两个朋友在一起，神庙门口站着看守他们的人。皮拉德斯忍不住地叫了起来：“不行，如果你死了，我也不能一个人活下去！这件事不容商量。我陪着你到处流浪，也一定要陪你去死。不然，福喀斯人和迈锡尼人都会骂我是懦夫的，全天下的人都会说我出卖了你，嘲笑我为了自己活命而背叛朋友。他们会说我企图谋取你的王位，因为我将成为你的姐夫，况且我当初向厄勒克特拉求婚时没有向她索要任何嫁妆，因此更容易引起闲话。总之，我愿意，而且必须同你一道去死！”

俄瑞斯忒斯竭力说服他，两人激烈地争论起来。这时，伊

▲ 俄瑞斯忒斯和皮拉德斯被带到祭坛

菲革涅亚拿着信回来了。她要皮拉德斯对着神祇发誓一定把信送到。她自己也发誓一定会救他。后来，伊菲革涅亚思考了一会儿，突然想到信也许会在途中意外丢失，于是便想将信上的内容向皮拉德斯口述了一遍。“请听好，”她说，“告诉阿伽门农的儿子俄瑞斯忒斯：在奥里斯海湾的祭坛上消失了的伊菲革涅亚还活着，她请你……”

“什么，什么？你说什么？”俄瑞斯忒斯闻言大声喊了起来，“她在哪里？难道她从死亡的灰烬中复活了吗？”

“她就在你们的眼前！”女祭司说。“可是，请听我说完。”她又继续口授信的内容，“我亲爱的兄弟俄瑞斯忒斯！在我还活着的时候，请接我回去，不要让我继续在这里目睹血腥的残杀，饱受煎熬。俄瑞斯忒斯，你要是完成不了这项任务，你和你的家族将会被世人鄙视！”

两个朋友听到这些话都惊呆了。最后，皮拉德斯从她手里接过信递给身边的朋友，对他说："是的，我要立即兑现自己的誓言。俄瑞斯忒斯，我把信交给你，收下吧，是你的姐姐伊菲革涅亚写给你的。"信从俄瑞斯忒斯的手里落下来，他上前两步，热烈地拥抱自己的姐姐。伊菲革涅亚也惊得说不出话来，直到俄瑞斯忒斯把只有阿特柔斯家族中的人才知道的事说给她听，她才含着眼泪快乐地叫起来："啊，亲爱的弟弟，这么说，你已在我的身边了，是的，你是我的弟弟！"

不过，他们很快又陷入了忧愁中。俄瑞斯忒斯忧郁地说："我们现在很幸福。"他又说，"但这样的幸福能够维持多久呢？我们不是已经成了祭品了吗？"

伊菲革涅亚也紧张不安地来回走动着。"我该怎样救你们呢？"她的声音颤抖起来，"我怎样才能把你送回迈锡尼呢？那么，现在趁国王还没有来参加祭礼，快告诉我家里发生的可怕的事吧！"

俄瑞斯忒斯给姐姐讲起了家里发生的事，其中只有厄勒克特拉和皮拉德斯订婚的消息让人感到高兴。伊菲革涅亚一边听，一边想着如何让弟弟脱险。最后，她突然有了一个计策。"有办法了！你在海边被他们抓住时曾经发过疯，我可以以此为借口，禀报国王，说你是从迈锡尼来的，你在那里杀了母亲。当然，这也是事实。我再对国王说，你是不洁之人，不能直接用来给女神献祭，而必须先下海洗澡，洗去身上的血污。而且我要说皮拉德斯是沾染了血污的从犯，也需要洗浴。同时我还要说，女神的神像被你的双手接触过，沾染了晦气，得在大海里冲洗。而我是祭司，神像只能由我送到海边去。只有这样说，国王才可能相信。我们到了海边，就赶紧上到你们藏在海湾里的船上，接下来如何做，那就是你们的事了！"

接着，伊菲革涅亚吩咐仆人押着两个被俘获的外乡人，然后由她领着他们走进神庙的内厅。

不久，国王托阿斯来到神庙前，派随从去找女祭司。他要弄清楚，为什么直到现在还没有把外乡人杀死并放在柴堆上焚烧祭神。就在此时，伊菲革涅亚手捧女神的神像走出庙门。“到底发生了什么事，阿伽门农的女儿？”国王更加纳闷了。

“国王，这里发生了可怕的事！”女祭司回答说，“从海边抓来的两个外乡人是不干净的。当他们被带到神庙，抱住神像请求保护时，神像都转过身去，闭上了眼睛。你可能不知道，这两个人犯下了十分可怕的罪行。”于是，她给国王讲了那个真实的故事，不过没有说出自己的家族。她说必须先要去海边洗净这两个外乡人和神像，然后才能开始献祭。为了不引起国王的怀疑，她要求给两人都加上镣铐，并用布蒙住他们的头，说是不让他们见到阳光，因为他们冒犯了天地。同时，她还请求带上国王的随从，让他们帮助看管俘虏。此外，她又想出了一个聪明的主意：请国王派一名使者进城，命令市民们都留在城内，避免沾上杀母凶手的罪孽；而国王本人则必须留在神庙里，焚起净罪的香火，这样，她归来后就可以立即给神祇做祭礼了；当俘虏走出庙门时，国王需要以布蒙头，以免看到罪人时被邪气沾染。“我可能不得不在海边多逗留一些时间，”女祭司在临动身时郑重地说道，“你不用焦急，需要耐心等待。国王哟，要记住，我们要给俘虏洗去的是滔天的罪孽啊！”

国王平日十分信服女祭司，所以这一次他想都没想就同意了她的一切安排。俄瑞斯忒斯和皮拉德斯被带出庙门时，国王果然用布蒙住了头。

几个时辰之后，一名使者气喘吁吁地从海边跑过来。他满头大汗，用手拍打着紧闭的庙门。“啊，快开门呀！”他高声喊道，“我给你们带来了糟糕的消息！”庙门开了，托阿斯国王走了出来。“谁胆敢在这里喧哗，破坏神庙的宁静？”他愤怒地问道。

“国王啊，神庙的女祭司，”使者说，“那个希腊女人，和外乡人一起逃走了，并带走了伟大的女神的圣像。她的所谓净罪的话完全是谎话！”

“你说什么？”国王惊骇不已，“这个女人突然中邪了吗？和她一起逃跑的是什么人？”

“那是她的弟弟俄瑞斯忒斯。”使者回答说，“事情是这样的：我们快到海边的时候，伊菲革涅亚吩咐我们止步，说我们不能走近净罪的地方。接着她给外乡人打开镣铐，让他们走在前面。我们虽然有些怀疑，但是国王啊，你的仆人们只能服从你的女祭司。然后，女祭司似乎是在用一种奇异的语言做祈祷。我们在原地坐下，等候着。过了好半天，我们突然想起，两位外乡人可能会趁机杀掉女祭司，然后逃掉。于是我们跳起来，赶紧追过去，在山崖的那边，我们看到了他们三个人。当我们到达山脚时，看到海边停着一艘大船，船上大概有五十名水手。两个外乡人站在岸边，命令船上的水手放下扶梯接他们。我们冲过去，抓住了仍在岸上的女祭司。这时，俄瑞斯忒斯大声说出了他的身世和来意，并与皮拉德斯一起夹击我们来救这个女人。我们和他们都没带兵器，大家便徒手打斗起来。可是，船上的人带着弓箭冲了下来，我们只好往回撤。于是，俄瑞斯忒斯迅速拉起伊菲革涅亚，涉过浅水，爬上扶梯，上了海船。伊菲革涅亚还带着狄安娜女神的圣像呢。皮拉德斯最后上了船，水手们飞快地摇桨，船很快离开了海湾。不过，他们的船刚驶入大海，突然来了一阵狂风，把他们的船向我们的岸边推来。虽然水手们拼命摇桨，船却丝毫不动。伊菲革涅亚站起来，大声祈求：‘高贵的女神狄安娜啊，你让你的兄弟福波斯传达神谕要我们到希腊去。我是你的女祭司，请保佑我带着你一起回去吧。为此，我欺骗了这里的国王，请原谅我吧。’与此同时，水手们也齐声祈祷。不过，船还是向我们这边靠拢，所以我赶了回来，向你报告。请你赶快派人到海边去，我们还来得及抓住他们。海浪汹涌，外乡人是无法逃脱的。一定是海神涅普顿为他所兴建的特洛伊城被摧毁而发怒了，因此掀起了风浪。他是希腊人的死对头，是阿特柔斯家族的仇人。一定没错的，他今天肯定会把阿伽门农的子女交到你的手中的！”

国王托阿斯早就听得不耐烦了。使者刚说完，他便命令所有的蛮人骑马赶往海边。他准备等希腊人的船一到岸边就抓住逃跑的人，把两个外乡人和女祭司从悬岩上推下，让他们葬身大海，并让海船和所有的水手沉入海底。

国王正率领着骑马的队伍向海边奔去，突然，一道奇异的天象让他勒住了马。他看到密涅瓦乘着五彩的云朵出现在空中。女神朝下面高声说道：“托阿斯国王，你带着人马要到哪里去？请听我一句话，停止追击，让我保护的人平安地离开！福波斯给俄瑞斯忒斯下了一道神谕，指示他到你的国家，这样他才能摆脱复仇女神的追逐，同时将他的姐姐带回家乡。狄安娜的神像也应被带到雅典城去，因为她希望住在我的可爱的城市里。我会让涅普顿平息风浪，将他们送回故乡。俄瑞斯忒斯会在雅典的圣林里为狄安娜女神建造一座新的庙宇，在那里伊菲革涅亚将继续担任祭司。陶里斯人，你们赶快息怒，服从神的旨意吧！”托阿斯国王向来敬重神祇。他伏在地上说：“啊，神圣的密涅瓦女神，不服从甚至反对神意那是会遭到唾弃的。你所保护的人可以带着狄安娜女神的圣像回去。我遵照神祇的吩咐，放下兵器！”

一切都照密涅瓦吩咐的那样实现了。雅典建起了新的庙宇，陶里斯的狄安娜神像被移放到了那里，伊菲革涅亚仍做她的女祭司。俄瑞斯忒斯在祖先留下的土地上做了国王，他娶了墨涅拉俄斯和海伦唯一的女儿赫耳弥俄涅为妻。这个美丽的公主本已与阿喀琉斯的儿子涅俄普托勒摩斯订了婚，但俄瑞斯忒斯把他杀死了，并占领了斯巴达。他又征服了亚各斯，因此他统治的王国的疆域要比其父阿伽门农在位时大得多。他的姐姐厄勒克特拉与皮拉德斯结了婚，做了福喀斯的王后。

埃涅阿斯寻找新的家园

太阳神指点迷津

埃涅阿斯一家在维纳斯的帮助下逃离了特洛伊，来到了爱达山下的一个小城。在这里，早已聚集了一批特洛伊人。埃涅阿斯来到这里后，更多幸免于难的特洛伊人陆续聚集到这个小城。

“埃涅阿斯，你是大英雄安喀塞斯的儿子，请带领我们去寻找一片新的家园，重建特洛伊城吧！”特洛伊人尽管失去了家园，但他们并没有失去生活的信心。

“是啊，特洛伊城毁灭了，但特洛伊人还在，我们可以重建一个更加强大的特洛伊城。”埃涅阿斯也从城灭的悲痛中走了出来。在埃涅阿斯的率领下，人们开始为出海寻找新的家园做准备：砍伐树木造船，准备粮食、水、衣物等。一切准备就绪，埃涅阿斯就率领船队告别了故乡，开始了寻找新家园之旅。

船队在大海上漫无目的地航行着，人们也不记得看过多少日出日落了。这天，特洛伊人来到了一座美丽的小岛。这座小岛叫做特洛斯，曾经是一个漂流岛，后来朱庇特将其固定在海底的岩石上，用做拉托娜的栖身之所。太阳神福波斯就出生在这里。埃涅阿斯下令船队在特洛斯岛靠岸，人们一起来到了福波斯神庙。

在神庙前，埃涅阿斯和众人一起，虔诚地向太阳神献祭："伟大的太阳神，请赐给我们一块栖息之地吧！请告诉我们，我们究竟应该在哪里重建特洛伊呢？"

"你们建立新城的地方在你们祖先诞生的地方，在那里，埃涅阿斯的子孙将成为世界的主宰。"神庙里传来福波斯威严的声音。

人群中传来欢呼的声音，人们感谢福波斯的指点。但究竟哪里才是祖先诞生的地方呢？这时，德高望重的安喀塞斯想起了一个地方，他说："我们的祖先来自克里特岛，那里是我们文明的摇篮，也是天父朱庇特降生的地方。也许神谕指示的正是这个地方。"安喀塞斯的话得到了大家的认同，于是，特洛伊人决定前往克里特岛。

克里特岛离特洛斯岛不远，特洛伊人在海上航行了三天就抵达了克里特岛。当地的居民热情好客，盛情款待了他们。得知他们的不幸遭遇后，克里特人同意了他们的定居要求。于是，埃涅阿斯率领特洛伊人开始重建家园，房屋、城墙很快建了起来，一座新的城市诞生了，特洛伊人把这座新城命名为伯加马斯。

特洛伊人完全沉浸在重建家园的喜悦中，没有想到，一场新的灾难很快降临了。这年夏天，克里特岛大旱，河流干涸，作物颗粒无收，人们再次陷入了绝望。有些人建议应该重新回到特洛斯岛去请求神谕，但刚刚建成的伯加马斯怎么办呢？埃涅阿斯也陷入了两难境地，不知道该走还是该留。

这天晚上，埃涅阿斯还在为去留的问题苦恼，辗转难眠。当他终于朦朦胧胧入睡时，特洛伊的几位家神来到了埃涅阿斯的梦中，他们对埃涅阿斯说："你们把我们从火海中拯救出来，带着我们经历惊涛骇浪，寻找新的家园。福波斯派我们来告诉你们，这里不是你们的新家园，你们该去的国度叫做意大利，在离这里很遥远的地方。那个地方是根据当地的国王意大罗斯命名的。快点前往意大利吧。朱庇特不允许你们在这里重建家园！"

埃涅阿斯从梦中惊醒，他急忙把众人叫醒，把家神的话告诉了大家。大家表示，哪怕险阻再多、再大，也要前往意大利。这样，除了部分生病的人留在了伯加马斯，其他人都跟随着埃涅阿斯继续前行。

朱诺的报复

离开克里特岛后，特洛伊人又来到了斯特洛法登岛。这个岛上居住着半人半鸟的哈尔庇人。由于特洛伊人误吃了哈尔庇人的几只羊，哈尔庇人非常生气，他们诅咒说："特洛伊人只有吃完所有的面包后才能找到新的家园。"

人们离开斯特洛法登岛，继续在茫茫大海上航行。不知道过了多少天，他们终于看到了海岸线。人们欢呼起来，认为这就是意大利了。事实上，这的确是意大利海岸。埃涅阿斯命船队准备靠岸，然而，正当船队靠近海岸时，他们看到几匹骏马在海岸旁边的草地上悠闲地吃草，埃涅阿斯急忙命船队离开他们向往已久的意大利海岸。在特洛伊人的文化中，骏马意味着战争。

船队只能继续航行，特洛伊人又经过了很多岛屿。在西西里岛时，埃涅阿斯的父亲安喀塞斯不幸罹难。但埃涅阿斯没有时间悲伤，他必须完成自己的使命——率领特洛伊人找到新的家园，建立一个新的强大国家。

尽管经历了诸多的苦难，但特洛伊人找寻意大利的决心并没有动摇。这令特洛伊人的死敌——天后朱诺非常气愤。她恶狠狠地说道："特洛伊人不是该被毁灭吗？普里阿摩斯的子孙真的要在意大利繁衍生息吗？我做了这么多事情，最终目的不就是毁灭特洛伊人吗？难道我的心血都白费了？……我是至高无上的天后，我绝不允许这种事情发生。"朱诺深知，丈夫朱庇特非常疼爱女儿维纳斯，而埃涅阿斯又是维纳斯的儿子，自己公开毁灭特洛伊人必会招致维纳斯的不满，届时如果朱庇特出面庇护这些特洛伊人，事情就不好办了。于是，朱诺决定暗中进行此事。她来到各路风神的领地，对他们的国王埃奥洛斯说："埃奥洛斯，你是伟大的风神，四面八方的风都听从你的命令行事。你的神力连海神都自叹不如。如今，那些制造战争的特洛伊人却从战火中逃脱了，没有得到惩罚。你作为风神，理应对那些可恶的特洛伊人施以严惩。"朱诺软硬兼施，终于迫使埃奥洛斯同意帮助她毁灭特洛伊人。埃奥洛斯随即召来各路风神，命他们前去毁灭那些特洛伊人。

各路风神领命而去，海面上顿时掀起惊涛骇浪。摄于海神的威严，各路风神平时也不敢在海面上作祟，如今有埃奥洛斯和天后撑腰，机会可说是千载难逢。因此，四面八方的风都在海面上狂奔，边跑边大声呼喊。见此情景，朱诺非常高兴，她说："风神们，我为你们感到骄傲！看，海面上的那支船队就是特洛伊人的，你们的任务就是摧毁他们！尽情地呼啸吧，今天是你们展示实力的日子！”

各路风神都争着在天后面前表现自己，惊天的大浪不断拍打着特洛伊人的船只。特洛伊人虽然已经经历过大风大浪，但眼前的景象还是把他们吓呆了——船帆被狂风折断了，狂风卷着苦咸的海水扑向船舱，船只很快也被打翻了。不少特洛伊人掉进了海里，这时，南风刚好狂奔过来，把一些特洛伊人涌向了海岸。北风和西风共同发威，他们欢笑着，一起扑向一艘满载着粮食的船只，顷刻间这艘船被撕得粉碎。落水的特洛伊人奋力向海岸游去，但也有一些不幸葬身鱼腹。

海神涅普顿正在海底宫殿里休息，突然一阵剧烈震动惊醒了他。他连忙前去查探，想弄清楚谁这么大胆，竟敢在他海神的世界里胡作非为。海面上，特洛伊人的船队已经被吹得七零八落，各路风神正为自己的杰作洋洋得意。在特洛伊战争中，涅普顿支

▲ 海神涅普顿

持的是特洛伊人，因此他绝不允许自己宠爱的特洛伊人遭遇如此不幸。于是，他来到海面，命各路风神立即离开他的领地。各路风神不敢得罪风神，只好灰溜溜地离开了。涅普顿抚平了海面的波涛，大海又恢复了宁静。天后朱诺在天上看到特洛伊人再次化险为夷，不由火冒三丈，但也无可奈何，因为大海是涅普顿的领地，他拥有绝对的权威。

海面恢复平静后，特洛伊人的船只只剩下七条了。他们在非洲的一个海岸靠了岸。特洛伊人把打湿的粮食搬上岸来，在海岸旁边的岩石上晾干。埃涅阿斯和一些特洛伊猎手们从不远处的树林里打来了几只梅花鹿，准备献祭给海神。

“勇敢的特洛伊人，准备美酒和猎物吧！虽然我们一路上历经苦难，但神祇始终在帮助我们。我相信，我们终会抵达意大利的，并将在那里建立一个更加强大的特洛伊城。”埃涅阿斯鼓励众人说。

天公允诺

当埃涅阿斯登上迦太基海岸时，天公朱庇特正站在巍峨的奥林匹斯山顶，注视着大地上发生的一切。爱神维纳斯站在天公旁边，忧心如焚：“伟大的天父啊，您不是曾经告诉我说，特洛伊人将会在罗马的土地上继续繁衍吗？可是如今，我的儿子已经绕着意大利转了一圈，历尽了种种苦难，却始终无法到达目的地。难道……难道您已经改变了主意？自从特洛伊战争爆发，我就一直在担心着埃涅阿斯，是您的这番话才使我稍稍安心的啊。”

“我可怜的女儿，你不要担心！我答应你的一定会兑现的。埃涅阿斯的命运并没有改变，但他需要经历更多的磨难。之后，埃涅阿斯将会在拉丁姆平原上建立一座新城——拉维尼乌姆，并统治那里。埃涅阿斯去世后，他的儿子阿斯卡尼俄斯将会迁都阿尔巴·隆伽城。特洛伊的子孙将继续统治那里三百多年，直到战神玛尔斯与一位女祭司的儿子罗慕鲁斯在台伯河畔的七座山丘上建立新的城市。罗慕鲁斯将成为罗马民族的先祖，罗马将成为世界的主人。维纳斯，不要为你儿子的苦难经历悲伤，当罗马成为世界的主宰时，连你儿子的死敌朱诺也会与他化干戈为玉帛的。”朱庇特抚摸着女儿维纳斯的头，怜爱而又郑重地说道。他的目光穿过云雾对着大地，心中感慨万千：这是多么美妙的世界啊，然而，过不了多久这一切都会改变，尽管世界万物都是他的心血。

听到天公如此说，维纳斯的心情平静了许多。当她看到父亲脸上严肃的神情时，维纳斯知道父亲一定会遵守承诺的。于是，维纳斯回到了自己的宫殿。

话说埃涅阿斯和他的船队在迦太基靠岸后，埃涅阿斯和朋友阿赫脱斯背上弓箭到海滩旁边的树林里寻觅猎物。这时，他们遇到了一位姑娘。这位姑娘背着一张弓，美丽的长发随风飘起，一件长袍卷至膝盖处，从衣着上判断，她应该是位猎手。

埃涅阿斯走上前来，说道：“你好，美丽的姑娘。我的直觉告诉我你是一位仙女，但不管你是谁，你能告诉说这是哪里吗？我们被一场风暴送到了这里，却不知道这里是什么地方。我们在大海上迷了路，幸亏海神涅普顿庇佑，否则我们必定葬身大海了。”

姑娘冲两位陌生人笑了笑，然后注视着埃涅阿斯说道：“这里是腓尼基人的国度，是泰尔人居住的地方，我们泰尔姑娘都是这样穿着的。听说过非洲大陆吗？这里就是。我们的国家叫做利比亚，狄多是我们的女王。狄多原是腓尼基富商茜克奥宇斯的妻子，她的弟弟皮格马利翁是泰尔国王。皮格马利翁贪图茜克奥宇斯的黄金而秘密杀害了他。茜克奥宇斯深爱自己的妻子，于是托梦把事情的真相告诉了妻子，还把国王埋藏黄金的地点告诉了妻子。茜克奥宇斯让妻子取出黄金，然后迅速离开泰尔国。狄多深爱着自己的丈夫，她按照丈夫的指示取出了黄金并装上船，许多不满国王暴行的人也跟着狄多一起离开了泰尔王国。之后，狄多一行人就来到了这里，买了一块叫做比尔萨的土地，慢慢建立起强大的王国。外乡人，不远处你们就将看到迦太基坚固的城墙和高耸的堡垒。”

“好心而美丽的姑娘，感谢你告诉我们这些。我们要去的地方叫做意大利，你知道这里离意大利有多远吗？我们来自特洛伊，一个曾经繁荣强大的地方，但如今它已在战火中化为灰烬了。只有我们这些可怜人逃了出来。神谕说，我们要在意大利重建特洛伊，但我们的船队已经在大海上航行了很久，却依然没有找到意大利。我们在大海上遭遇可怕的风暴，船队中的许多船只不知去向……”

姑娘打断了埃涅阿斯的话，说道：“让我告诉你们关于失散的船只和朋友们的情况吧！你的朋友们一部分已经上岸，另一部分即将靠岸。你们只需要在此等待同伴到来。”姑娘说完，转身走向树林深处。这时，埃涅阿斯突然发现姑娘的身影、仪态和他的母亲维纳斯一模一样。原来，这是焦急的母亲在为儿子指点迷津啊！埃涅阿斯急忙跑上前，想留住母亲，但维纳斯早已布下了迷雾。雾散后，维纳斯已经不见了。

埃涅阿斯在迦太基

在母亲维纳斯的指点下，埃涅阿斯又恢复了信心。他沿着树林里的小路向前走着，很快，他就看到了高耸的迦太基城堡。埃涅阿斯和阿赫脱斯走进了城。当时，迦太基城还在扩建中，每个泰尔人都在忙碌着：有的在修建城墙，有的在运输石块，有的在建造房屋。城中心是一片树林，泰尔人曾在那里挖出一个马头——那是朱诺送给迦太基的礼物，预示着迦太基将成为一个大帝国。因此，狄多在那里为天后朱诺修建了一座恢弘的神庙。埃涅阿斯在神庙的墙壁上看到了关于特洛伊战争的壁画，看着壁画中熟悉的场景，埃涅阿斯陷入了沉思。

正当埃涅阿斯沉思之际，一位衣着华丽、举止高雅的美貌女子走了进来，其身后跟着许多随从。女子坐在神庙中央的宝座上，命令建城的人们加快速度。埃涅阿斯注视着女子的举动，心想："这位美丽高贵的女子想必就是女王狄多了。"

神庙前有一个很大的广场，很多泰尔人聚集在那里，等候着女王发布命令、处理事务。在广场上，埃涅阿斯看到了失散的同伴们，他们被风暴送到了其他海岸。埃涅阿斯还注意到，这些同伴只是各条船选出来的代表，比如塞尔盖斯托斯、克洛安托斯等。由于广场上人很多，他们并没有看到埃涅阿斯。埃涅阿斯高兴地看着不远处的同伴，想等人少的时候再过去与他们相认。埃涅阿斯的同伴们也在人群中挤来挤去，终于挤到了神庙前面。

"尊敬的女王陛下，我们来自特洛伊，因为家园被希腊人毁灭了而被迫逃亡。神谕说我们应该前往意大利，但我们费劲千辛万苦还是没有到达。风暴把我们的船打翻了，很多特洛伊人葬身海底，而我们是被抛到暗礁丛中才幸免于难的。但你们泰尔人不准我们上岸，还说要烧掉我们的船只，这未免太残忍了吧。如果你们见过我们的首领埃涅阿斯，就一定不会如此做的。他是一个伟大的英雄，只是与我们失散了。尊贵的女王，请允许我们在此休整一段时间，让我们把船只修好，我们将不胜感激。如果埃涅阿斯不幸在海上遇难，请护送我们回到西西里岛，我们会付给你们丰厚的酬劳的。”一个同伴走到狄多面前请求道。

狄多看了看站在面前的特洛伊人，说道：“外乡人，请原谅我的臣民们的无礼。他们只是在尽职尽责地保卫国境安全。我们泰尔人一直对特洛伊人心存敬意，我们早就听说了特洛伊英雄的故事，对于你们的遭遇，我和我的臣民们都深表同情。我可以允许你们在这里休整，但不能长期居住。至于你们的首领埃涅阿斯，我会派人寻找。如果他还没有上岸，我允许你们住到他来为止，也许他在迦太基的某个树林里迷了路。”

狄多的话刚说完，埃涅阿斯就从人群中走了出来：“尊贵的女王，我就是埃涅阿斯。我代表我的同伴感谢您允许我们在此休整。不管我们特洛伊人将来命运如何，我们都会永远铭记您的恩德的！”虽然历经种种劫难，但埃涅阿斯依然神采奕奕。失散的特洛伊人见到他们的首领，高兴得手舞足蹈。狄多被英俊的埃涅阿斯深深地吸引了，她目不转睛地注视着埃涅阿斯，半天说不出话来。过了好久，狄多才回过神来，为了掩饰自己的失态，她说道：“埃涅阿斯，我以前就从父亲波格洛那里听说过特洛伊的故事。你们的命运太不幸了，我也是一个不幸的人，好不容易才在这里找到新的家园。所以，我愿意帮助你们，提供你们所需，希望你们也能早日找到新家园。”说完，狄多命人把特洛伊人带到驿馆，设宴款待他们。埃涅阿斯命阿赫脱斯回船向其他人报告这个好消息，并把儿子阿斯卡尼俄斯接来。

女王狄多的爱情

虽然女王狄多给予了特洛伊人种种方便，但维纳斯还是很担心，毕竟迦太基的保护神是特洛伊人的死敌朱诺。想了许久，维纳斯终于想出了一个好方法。她把自己的儿子小爱神丘比特找来，说道："丘比特，我命你前去迦太基，用你的黄金箭射中狄多女王，使她炽热地爱上埃涅阿斯。"丘比特同意了。

迦太基恢弘的宫殿里，女王正设宴款待她的客人们。埃涅阿斯向泰尔人赠送了许多精美的礼物。小爱神丘比特很快来到宴会上，他朝着狄多嗖的一声射出了黄金箭。狄多心中顿时燃起了爱情之火。她举起酒杯，脸色微红地对所有人说道："让我们为泰尔人与特洛伊人的伟大友谊干杯。我们两族人会永远铭记这一天的。天公朱庇特、迦太基人的保护神朱诺、酒神巴克科斯，也为你们干杯。"宴会上，埃涅阿斯向狄多女王和泰尔人讲述了他们的遭遇。狄多看着英俊的埃涅阿斯，心怦怦地跳着。

晚上，狄多一个人躺在床上辗转难眠，她的脑海里全是埃涅阿斯英俊的身影。狄多找来了妹妹安娜，向她诉说心中的苦恼："安娜，我该怎么办呢？我发现我爱上了埃涅阿斯，可这是不对的。这里是我们泰尔人的家园，不是他们特洛伊人的。"安娜非常同情姐姐，她说："狄多，既然神把特洛伊人送到了这里，那就证明你的爱情是受神保护的。让特洛伊人留在这里吧，让他们的血液融入我们泰尔人中吧！"

安娜的话使狄多心中的爱情之火更加炽热。于是，狄多整天带着埃涅阿斯他们参观迦太基的建筑，设宴款待他们。特洛伊人也渐渐忘却了寻找新家园之事。天后朱诺看出了狄多对埃涅阿斯的爱恋，她其实并不想置特洛伊人于死地，只是不想看到特洛伊民族再次崛起，于是她想：如果能以狄多和埃涅阿斯的结合而使特洛伊民族消失，那自然是再好不过了。

一天，狄多组织了一次狩猎活动，泰尔人和特洛伊人都参加了。正当他们追赶猎物时，天上下起雨来。在朱诺的刻意安排下，狄多和埃涅阿斯躲进了一个山洞里。在这里，狄多勇敢地向埃涅阿斯表达了爱意，埃涅阿斯也早已被爱情迷昏了头脑，完全忘记了寻找意大利之事。二人定下海誓山盟，约定厮守终生。

朱庇特在奥林匹斯山上看到迦太基发生的一切，心中十分气愤。他找来神使墨丘利，说道："墨丘利，你去告诉埃涅阿斯，我从希腊人手中救下他并不是让他在迦太基娶妻生子的，他还没有完成任务，他必须继续远航。"

墨丘利接受了朱庇特的神谕，很快来到了迦太基。此时的埃涅阿斯正在建造宫殿，他身上穿着狄多亲手缝制的长袍，看上去和一个泰尔人没有什么区别了。埃涅阿斯人忙着催促工匠们加紧赶工，根本没有注意到墨丘利前来。

"埃涅阿斯，你忘记了你的使命了吗？你在迦太基建造宫殿却把罗马的事情抛诸脑后了吗？朱庇特命令你迅速离开迦太基！"墨丘利的话如当头棒喝，令埃涅阿斯一下就清醒了过来。埃涅阿斯感到很惭愧：他怎么能忘记神交给他的任务呢？他怎么能忘记意大利呢？埃涅阿斯赶忙召集特洛伊人，吩咐大家准备各种物品随时准备出发。

埃涅阿斯不知道该怎么告诉女王他的决定，他一直在寻找机会，但女王脸上幸福的笑容使他失去了勇气。最后，狄多女王还是知道了。她疯狂地摇着埃涅阿斯的肩膀，希望他能留下来，埃涅阿斯看着女王悲伤的神情，想起朱庇特的神谕，只能装作无动于衷。

▲ 埃涅阿斯告别女王狄多

“我是永远不会忘记泰尔人的恩德的！但是神命令我去意大利重建家园，这是朱庇特的神谕，我无法违抗，只能离开。”

狄多明白事情无法挽回，就说：“你走吧，去寻找你的意大利吧！”然而，当她看到埃涅阿斯的船队整装待发时，她的心中却是万分痛苦。她知道谁也无法改变埃涅阿斯的决定，而她决定以自杀的方式告别她的爱情和她的爱人。

狄多命人用松树和栎树砌起柴堆，她要举行一场祭祀仪式。祭祀仪式完毕后，狄多悲伤地回到了自己的宫殿，登上宫殿的高处，她看到特洛伊人的船队已经远航了。爱情折磨着狄多的心，她再次来到祭祀的地方，柴堆上放着埃涅阿斯的利剑、衣服和一张画像。狄多从埃涅阿斯的剑鞘中拔出利剑，绝望地说道：“伟大的神，请把我带走吧。我心中巨大的痛苦使我窒息！我建造了这座美丽的城市，可埃涅阿斯的到来毁了我所有的幸福。”说完，她一剑刺中了胸口，结束了自己的生命。

登陆意大利

炽热的爱情折磨着埃涅阿斯，他没有想到，自己的离开竟会导致狄多自杀殉情，埃涅阿斯非常内疚，他站在船头，茫然地望着远方。这时，远方出现了一片岛屿，埃涅阿斯认出这是他们曾经到过的西西里岛。船队在这里靠岸，特洛伊人再次受到当地居民的盛情招待。

天后朱诺不甘心自己的计划失败，她命伊里斯前去挑拨特洛伊人的关系。在伊里斯的唆使下，特洛伊妇女厌倦了长途旅行，她们偷偷烧毁了四艘大船。埃涅阿斯知道后并没有责怪她们，反而在西西里岛修建了一座城市，然后让那些年龄较大的妇女留在那里，自己则带着年轻力壮的人们继续前往意大利。

埃涅阿斯的这次航行非常顺利，特洛伊人烦躁的心情也渐渐消失不见了，取而代之的是开阔的心境。看着远处越来越清晰的海岸线，特洛伊人欢呼起来：“同伴们，看啊，那一定是意大利，意大利！”

埃涅阿斯望着远处的陆地，自言自语地说道：“这真的是意大利吗？我们终于到意大利了吗？这就是我们的新家园吗？众神之父的朱庇特，请保佑我们吧。”

船很快靠了岸。海岸旁边有一片树林，特洛伊人决定先在这里饱餐一顿，然后再进城打探消息。特洛伊人把船上的食物都搬上岸来，大家高兴地席地而坐，把东西吃了个精光。这时，一个特洛伊人突然想起半人半马的哈尔庇人的预言，他说：“哈尔庇

人说我们把所有食物吃完后才能到达意大利。现在我们吃完了，这里就是我们先祖的故乡，也是我们的新家园。”

“神预示我们已经到了意大利，但我们还要打听清楚，也要了解一下当地的居民。”埃涅阿斯高兴地说道。天黑的时候，打听消息的人回来了。他们说，这里的确是意大利，但它现在已经分裂成几个国家了。他们此时所在的地方叫拉丁姆，是拉丁人繁衍生息的地方，统治者是拉丁奴斯。拉丁奴斯的宫殿叫做劳伦图姆，所以这里的人们常常自称为劳伦特人。这里有条大河叫做台伯河，是一位善神的居所。这块土地上从没有发生过战争和杀戮，拉丁人还热情地招待了他们。埃涅阿斯非常高兴，他决定派遣使者前去拜见国王拉丁奴斯。勇敢的伊里俄纽斯毛遂自荐，埃涅阿斯同意了。

使者们穿着华丽的衣裳，手里握着代表和平的橄榄枝，来到了劳伦图姆。劳伦图姆是一座繁华的城市，到处人来人往，热闹非凡。当劳伦特人看到排着长队的陌生人时，他们立即禀告了国王。使者们很快来到国王的宫殿，国王正坐在宝座上。

伊里俄纽斯恭敬地说道：“尊敬的拉丁奴斯国王，我们是特洛伊人，我们的家园毁于希腊人之手。天公朱庇特指引我们来到了意大利。我们的首领埃涅阿斯是女神维纳斯的儿子，他命我向您致以诚挚的问候。尊贵的国王陛下，请施舍一块土地给我们这些可怜的特洛伊人吧。朱庇特曾预言，特洛伊人将在意大利的土地上重建家园。意大利不会后悔收留特洛伊人的，这是我们为您带来的礼物。”说着，伊里俄纽斯从怀里拿出一只金盏，“这只金盏是埃涅阿斯的父亲安喀塞斯祭祀神祇的明证。”

拉丁奴斯接过金盏，友好地对伊里俄纽斯说：“我们对特洛伊人并不了解，但你们的先祖达耳达诺斯确实出生在这里。当你们还在海上航行时，我已经从神谕中知道了你们的到来。拉丁人非常欢迎你们的到来。拉丁人是萨图恩的种族，这个种族比你们的种族还要久远。我们遵循古老而又虔诚的习俗。”拉丁奴斯沉思了一会儿，接着说道：“特洛伊人，我满足了你们的要求。但我的父亲法乌诺斯曾说，我的女儿不能嫁给本地人，而应该嫁给外乡人，我的任务就是把我的王国交给外乡人。我想，这个外乡人应该就是你们的首领埃涅阿斯。回去告诉埃涅阿斯，他将是我女儿拉维尼亚的丈夫。”说完，拉丁奴斯命人挑选了数百匹良马作为送给特洛伊人的礼物。

使者们高兴地回到了海岸。伊里俄纽斯把拜见的情况和拉丁奴斯国王的话向埃涅阿斯作了汇报，埃涅阿斯激动地半天说不出话来：啊，特洛伊人终于来到了新家园，并且即将和拉丁人融为一体，罗马即将在自己手中崛起。这是多么令人激动的事情啊。

拉丁姆的战火

拉维尼亚的婚事

拉丁姆国王拉丁奴斯膝下无子，只有一个女儿拉维尼亚。自然，王位也要由拉维尼亚来继承。拉维尼亚温柔美丽而又优雅高贵，前来求婚者络绎不绝。求婚者不仅觊觎拉维尼亚的美貌，对拉丁姆的王位和财富更是垂涎三尺。这些求婚者中以阿尔特阿国王道奴斯的儿子图尔奴斯最为出色。阿尔特阿位于拉丁姆南部，当地的人们自称罗图勒人。

拉丁姆王后阿玛塔非常疼爱女儿，一直想给女儿寻找一位合适的夫君。因此，当英俊潇洒的图尔奴斯前来求婚时，阿玛塔非常兴奋，觉得图尔奴斯就是女儿的如意郎君。但是拉丁奴斯却没有什么表示，因为他早就得到神谕，说女儿会嫁给一个外乡人，而这个外乡人的后裔将统治世界。然而，这个外乡人什么时候来到呢？这个神谕是真的吗？如果外乡人一直没有出现，难道要让女儿等一辈子吗？拉丁奴斯思索再三，也不知道该如何应对拉维尼亚与图尔奴斯的婚事。拉维尼亚的婚事也就一直被搁置着。

一天，拉丁奴斯看到宫殿里的桂花开得十分灿烂，便命人把桂树献祭给太阳神福波斯，然后在桂树的根基处为福波斯建造一座神庙。正当仆人们准备伐树时，树冠上突然出现了一个很大的蜂窝，蜜蜂嗡嗡地从蜂窝里飞出来，围绕着桂树上下飞舞。

拉丁奴斯很惊异，连忙找来占卜师询问。占卜师仔细观察了一会儿，然后说道："这种征兆预示着一个伟大的人和他的军队即将远道而来，他将统治拉丁姆地区，他的部族将在此繁衍壮大，他的子孙将会统治世界。"拉丁奴斯非常激动，一个外乡人即将来到拉丁姆，难道他就是神谕中的那个人吗？他就是女儿要等的人吗？

没过几天，图尔奴斯派使者前来求婚，并给拉维尼亚送来了一顶王冠。拉丁奴斯举行了祭祀。在祭祀仪式上，拉维尼亚正打算把王冠戴到头上，这时，祭坛里的火猛地蹿起，火苗蹿到拉维尼亚的头发上。不一会儿，王冠上掣起了闪电，拉维尼亚被包围在火海中。参加祭祀的人们也乱成一团，不知道这种情况是吉还是凶。占卜师说："拉维尼亚和她的丈夫将会建立一个强大的国家，但也会带来一场战争，这场战争将毁掉一个国王。"拉丁奴斯明白，拉维尼亚的丈夫就是神谕中所说的那个外乡人，这个外乡人终将踏上拉丁姆的土地，成为拉丁姆的统治者。于是，拉丁奴斯对图尔奴斯的使者说："尊敬的罗图勒人，请回去告诉你们的王子，说神已经为拉维尼亚选好了丈夫，所以，王子的盛情我们只能表示感谢。"

又过了几个月，海边的渔民报告说有一支船队正向拉丁姆驶来。拉丁奴斯从宝座上站起来，像预言家般自言自语道："看来，神谕中的外乡人就要来了，一个新的时代即将开启。战火也许永远不会熄灭，但却会带来至高的荣誉。"

朱诺挑起新的战争

特洛伊人终于来到了意大利，拉丁奴斯国王不仅允许他们在此生息繁衍，还把女儿拉维尼亚嫁给了埃涅阿斯。美好的新生活似乎就要开始了。然而，一场战争也即将来临。战争的挑起者正是特洛伊人的宿敌——天后朱诺。在朱诺的眼中，特洛伊人是一个可怕的民族，尽管他们的家园毁于战火，但他们始终不向命运低头，一直在寻找新的家园。作为尊贵无比的天后，朱诺绝不允许特洛伊人东山再起。

朱诺找来冥界的复仇女神阿勒克托，命她前去制造特洛伊人、拉丁人和罗图勒人之间的冲突。阿勒克托驾起乌云，来到拉丁姆。她先在拉丁姆大地上转了一圈，然后来到拉丁姆的王宫。阿勒克托从头上取下一条毒蛇，把它变做王后阿玛塔身上佩戴的金项链和发饰。

毒蛇体内的剧毒很快遍布阿玛塔全身，阿玛塔变得疯狂起来："拉丁奴斯，你怎么能把我们的女儿嫁给一个无家可归的人呢？你是怎么想的？一个外乡人怎么配得上我们高贵的女儿呢？你为什么不把我们的女儿嫁给英俊而又血统高贵的图尔奴斯呢？”

拉丁奴斯试图向妻子解释，他说：“尽管图尔奴斯血统高贵，但把女儿嫁给埃涅阿斯是神的决定，我们无法改变。”

阿玛塔听不进丈夫的解释，她体内的剧毒正在发挥作用。见自己无法改变丈夫的决定，阿玛塔气愤地冲到街上，诅咒着那些可恶的特洛伊人。阿玛塔体内的毒液很快传到了其他拉丁人的体内，拉丁人平静、和谐的生活完全被打破了。在此之前，他们根本不知道什么是战争，什么是杀戮。

阿勒克托满意地看着自己的杰作，然后又来到了阿尔特阿王宫。此时，图尔奴斯正在睡觉，阿勒克托变成一位年老的妇人，进入到他的梦境中：“英勇的图尔奴斯，你就这样算了吗？拉维尼亚原本是你的妻子，拉丁姆的王位也应该是你的，可如今，这一切都成了特洛伊人的了。你真的打算拱手相让吗？不，你应该去夺回属于你的一切！”梦中的图尔奴斯并没有充满仇恨，他平静地说道：“是天后朱诺派你来的吧。我早就知道埃涅阿斯的船队驶入了台伯河，但这些与我没有关系。拉丁奴斯说，这一切都是神的安排，我能违抗天神的命令吗？”

阿勒克托见自己的话并没有激起图尔奴斯的仇恨，于是故技重施，从头上抓起两条蛇扔到图尔奴斯的身上，恶狠狠地说道：“我是复仇女神，是专门制造灾难和仇恨的神祇，难道你能违背我的命令吗？”

毒蛇很快使图尔奴斯丧失了理智，他大喊道：“拿我的武器来，我要去打败特洛伊人，夺回美丽的拉维尼亚！”图尔奴斯跳下床，眼睛里充满了复仇的怒火。他没有等到天亮就组织了一支军队，朝拉丁姆进军。

阿勒克托满意地看着自己的成果，眼前仿佛浮现出血腥的战争场面。最后，阿勒克托又来到台伯河畔，那里正在举行一场狩猎比赛。埃涅阿斯的儿子阿斯卡尼俄斯正追逐着一头雄鹿。这只雄鹿是拉丁奴斯牧场总管蒂耳荷斯的女儿西尔维娅的宠物，附近的孩子们都很喜欢它。雄鹿见有人追赶它，急忙跳进了台伯河，阿斯卡尼俄斯哪里肯放过到手的猎物，只见他弯弓搭箭，一箭射中了雄鹿的腹部。雄鹿拼尽全力游上了岸，来到了西尔维娅的屋前。西尔维娅看到受伤的鹿，不由大哭起来，她一边给雄鹿包扎，一边叫来附近的村民。不一会儿，附近的村民都聚集到西尔维娅家中，一个村民说道："这附近所有的人都认识那只雄鹿，不可能射伤它，会射伤它的一定是那些特洛伊人。拉丁奴斯国王还把女儿嫁给埃涅阿斯，我们要把那些人赶出拉丁姆。"村民们愤怒了。

阿斯卡尼俄斯见许多拉丁人怒气冲冲地朝自己走来，不由吓了一跳，他弯弓搭箭，一箭射中了蒂耳荷斯的儿子阿尔摩。拉丁人更加愤怒。阿勒克托看准时机，将愤怒扩展到整个拉丁姆。人们从四面八方赶来，手里拿着各种各样的武器，誓要将特洛伊人赶出他们的家园。

这时，图尔奴斯的军队来到了拉丁姆，拉丁人与罗图勒人合为一处，一起来到拉丁奴斯的王宫，请求国王发动战争。按拉丁人的传统，对外进行战争时，国王必须身穿战袍，亲自打开亚奴斯神庙的大门。拉丁奴斯陷入了两难境地，他不想违背神谕，但人民的意愿他也必须遵循。他自言自语道："可怜的拉丁人，如果我们对特洛伊人宣战，那我们将要用自己的鲜血来抵偿。图尔奴斯，你会遭到神的惩罚的！"

拉丁奴斯还在王宫里犹豫不决，朱诺却早已等得不耐烦了。

她亲自来到亚奴斯神庙，“轰的”一声打开了亚奴斯神庙的大门。战争开始了，整个意大利全都卷入了战争。而在此之前，意大利各国家间从没有发生过战争。

埃涅阿斯前去求援

图尔奴斯义愤填膺，他号召全意大利人共同努力，将特洛伊人赶走。在他的号召下，各路军队陆续来到拉丁姆。佛尔西安人也由他们威武的女王卡弥拉率领，来到拉丁姆。

得知意大利军队云集拉丁姆的消息后，埃涅阿斯忙命人修建防御工事。但特洛伊人如何能敌得过数以万计的意大利军队呢?因此，特洛伊人准备随时退回到海上。一天，埃涅阿斯正沿着台伯河散步，思索着战事。他是多么希望特洛伊人能在此安居乐业啊，可战争总是形影不离。他想要打赢这场战争，必须依靠外援不可，可特洛伊初来乍到，到哪里去找外援呢?埃涅阿斯坐在河边思考着，不知不觉睡着了。

睡梦中，一个身穿白色长袍、头戴芦苇圈环的老者从台伯河中升腾而起，他对埃涅阿斯说道：“大英雄埃涅阿斯，不要害怕，我是台伯河的河神台伯律奴斯。朱庇特已经为你安排好了未来，所以你不用为意大利人的进攻而烦恼。一会儿，你沿着台伯河向前走，在一片橡树林中有一只大母猪和三十只小猪，那里就是你的儿子建立阿尔巴·隆伽城的地方。你把母猪和小猪献祭给朱诺，以平息她的怒火。继续往前走，直到一块山地前，那里有座帕朗图姆城。居住在那里的亚加狄亚人与拉丁人是世仇，他们必定会帮助你的。”台伯律奴斯说完就不见了。

埃涅阿斯按照河神的指示往前走，果然发现了一窝野猪。把野猪献祭给朱诺后，埃涅阿斯连忙赶往营地，把河神的指示告诉了众人。于是，埃涅阿斯挑选了两艘大船，率领一部分人去帕朗图姆城求援去了。只航行了一天一夜，埃涅阿斯一行人就看到了山地前的城堡。

这天，亚加狄亚国王埃汪特耳和儿子帕拉斯正为墨丘利举行年祭。这时，一个亚加狄亚人跑来报告说："一批陌生人正沿着台伯河向我们驶来，他们是带来战争的吗？据说拉丁姆那已经燃起战火。"埃汪特耳连忙下令警戒。

"尊敬的亚加狄亚人，我们是特洛伊人，意大利人正打算进攻我们。我们在特洛伊战争中失去了家园，如今还要面临更大的灾难。所以，在神的指引下，我们来到亚加狄亚求援。"埃涅阿斯高举着象征和平的橄榄枝，站在船头向岸上问话的士兵喊道。

士兵连忙向国王禀报。国王的儿子帕拉斯听了激动不已，说："父亲，特洛伊人，特洛伊人来到我们这里了。那是一个多么勇敢的民族啊。能够和他们做朋友是多么荣幸啊！父亲，我这就接他们前来。"帕拉斯不等父亲回答就走了出去。

埃涅阿斯一行人在帕拉斯的带领下来到王宫。埃汪特耳坐在宝座上，打量着这些陌生人。

"埃汪特耳国王，我是安喀塞斯的儿子埃涅阿斯，在神的指引下我带领特洛伊人来到了意大利。然而，意大利人视我们为仇敌，我们势单力薄，难以和他们抗衡，所以只得来求助友好的亚加狄亚人。"埃涅阿斯向国王说明了自己此行的意图。

"特洛伊英雄们，你们的名字我并不陌生。当我还是一个小伙子时，你的父亲和普里阿摩斯曾路过亚加狄亚。我怀着无比崇敬的心情接待了他们。临走前，你的父亲安喀塞斯还送给我一件金丝战袍和一副金辔具。我多么希望能和你们一起作战，可我如今已经老了，不能再上战场了。而我们国家非常贫穷，连给你们置办一些武器都办不到。不过，我可以给你们出个主意。你们可以前往伊特卢利阿的阿格拉城，那里的人民不久前驱逐了国王墨策提沃斯，而墨策提沃斯却在图尔奴斯那里得到了盛情招待。你们一定可以在那里得到强有力的援助。”

双方在愉快的气氛中聊了很久，晚上特洛伊人就到亚加狄亚人为他们安置的住处休息，由于旅途劳累，所以他们很快就美美地进入了梦乡。

火神为埃涅阿斯打造神器

特洛伊人和意大利人的战争即将爆发。

一天傍晚，爱神维纳斯来到她的丈夫火神伏尔甘身旁，柔声说道：“亲爱的伏尔甘，你真是心灵手巧！瞧，天下谁打造的兵器能比得上你打造的呢！父亲朱庇特庇护的特洛伊人即将进行一场战争，可我的儿子埃涅阿斯还没有一件像样的兵器。他可是特洛伊人的首领，怎么能没有一件像样的兵器呢？如果你能替他锻造一件，那该多好啊！”

伏尔甘早就听说天公朱庇特宠爱特洛伊人，他也知道特洛伊人的首领埃涅阿斯是妻子维纳斯的爱子。伏尔甘明白，这是一个讨好父亲和妻子的绝好机会。于是，他同意了妻子的请求。他来到埃得纳火山，火神的炼铁的作坊就位于埃得纳火山口。伏尔甘刚来到埃得纳火山，就听到铁锤与铁砧碰撞发出的当当作响声。伏尔甘从火山口跳进去，作坊里红光满天，库克罗普斯巨人们正率领众奴仆们炼铁。旁边的兵器架上，排放着各种炼好的神器，有天公朱庇特的雷电剑、战神玛尔斯的战车、太阳神福波斯的弓箭等。

伏尔甘跳到高处，说道："听着，你们手里的工作先暂停一下，我有一项新任务要交给你们——为特洛伊首领埃涅阿斯锻造新兵器。特洛伊人与意大利人的战争即将开始，因此，这套兵器必须在天亮前完工。"

众仆从早就听过埃涅阿斯的英雄事迹，现在得知是为他锻造兵器，都非常高兴。为了表示对英雄的敬意，众仆从各显神通，把最精湛的技艺都用在这件兵器上了。没过多久，一面巨大的盾牌就锻造好了。这块盾牌由七块烧红的铁板锻造而成，最外面一层上绘满了美丽的花纹，这些花纹讲述的是罗马的历史。除了盾牌，伏尔甘还为埃涅阿斯锻造了一把利剑、一条金腰带和一套铠甲。

在帕朗图姆城，国王埃汪特耳正设宴款待他的客人们，亚加狄亚人准备了美味的佳肴和醇香的葡萄美酒。众人开怀畅饮，把酒言欢。埃涅阿斯很想与这位和蔼慈祥的老国王多聚聚，但由于神谕在身，他不敢久留。于是第二天清晨，他就来向埃汪特耳国王辞行。

"仁爱的埃汪特耳国王，感谢您的盛情款待，特洛伊人很想在此与您和您的人民共享太平盛世，但在拉丁姆，意大利人正准备向特洛伊人开战，因此我们必须出发，去寻求援助。对于您给予我们的建议，我们不胜感激。"

年迈的埃汪特耳国王看着眼前年轻的英雄们，说道："特洛伊英雄们，很遗憾我无法给予你们更多的帮助！这些战马就当作我送给你们的礼物吧！埃涅阿斯，那匹黄褐色的是送给你的。当年，你父亲送给我如此贵重的礼物，如今我却只能以此来回赠你！希望你能收下！"

早有人牵过来数匹战马，其中一匹毛呈黄褐色，状如狮子，马蹄上镶着黄金。埃涅阿斯一再表达自己的感激之情。双方还在依依话别，但神祇已经催促特洛伊人启程了。刚离开帕朗图姆城不久，特洛伊人就听到身后传来一阵马蹄声，原来是亚加狄亚王子帕拉斯率领四百名骑兵追了上来。

帕拉斯追上来说道："埃涅阿斯，我的父亲因为年迈不能出征，特派我率领一支骑兵来帮助你们。他还说众神会保佑你们特洛伊人的。他也会替你们请求神祇的保佑的。"埃涅阿斯感动得热泪盈眶，他紧紧握住帕里斯的手，一再表示感谢。埃涅阿斯回头望了望渐渐远去的帕朗图姆城，暗暗下定决心将来一定要报答亚加狄亚国王的盛情。

经过一天的奔波，特洛伊人来到一个僻静的山谷，山谷周围是一片茂密的树林。埃涅阿斯命令众人就地稍作休息，他自己也在一棵桦树下打起了盹。

自从埃涅阿斯离开帕朗图姆城，维纳斯就一直跟着儿子。她想找个机会把火神伏尔甘锻造的武器——一把利剑、一条护腰的金带、一套铁铠甲亲手交给儿子，而眼下正是一个绝好的机会。维纳斯走到埃涅阿斯的身旁，呼喊着他的名字，然后把铠甲、利剑等放在儿子面前。

埃涅阿斯听到母亲的召唤，睁开了眼睛。他揉了揉自己的眼睛，不敢相信母亲维纳斯就在自己的身边。他张开双臂想要拥抱母亲，但维纳斯已化做一道云雾不见了，只有她慈祥的话语仍然回荡在空中："孩子，不要害怕，拿起武器，勇敢地去作战吧！我会随时保护你的！"这时候，埃涅阿斯才看到自己脚下的武器。他穿上铠甲，拿起武器，将自己武装起来。多么精美的武器啊，埃涅阿斯喜欢得都不想脱下来。埃涅阿斯看着手里的盾牌，

▲ 维纳斯赠给埃涅阿斯武器

上面布满了文字和图像，但他端详了半天也没搞清图画的寓意。其实，那是火神伏尔甘根据天公朱庇特的要求而特别绘制的神谕——是有关罗马历史的神谕，作为凡人的埃涅阿斯怎么可能看得懂呢。

图尔奴斯发起进攻

天后朱诺历来睚眦必报，尽管埃涅阿斯已经将一头母猪和三十头小猪献祭给她了，但她心中的仇恨依然没有消除，尤其是维纳斯的再次出手更使她怒火中烧。她叫来女使伊里斯，说道："去告诉图尔奴斯，埃涅阿斯已经得到了亚加狄亚国王埃汪特耳的援助，现正前往阿格拉城求援。图尔奴斯还在等什么？让愚蠢的图尔奴斯现在就发起进攻，消灭那些留在拉丁姆的特洛伊人。

如今，埃涅阿斯一走，特洛伊人群龙无首，正是进攻的最好时机。等埃涅阿斯回来，特洛伊人的营地早已被夷为平地！”

伊里斯向图尔奴斯传达了朱诺的旨意，图尔奴斯立即下达了进攻的命令。伊特卢利阿前国王墨策提沃斯率军充当先锋，图尔奴斯的军队居中，最后是蒂耳荷斯和他的儿子们。意大利军队浩浩荡荡地向台伯河岸进军。

“勇敢的特洛伊人，快拿起武器来，战争开始了！”特洛伊哨兵很快发现了意大利军队的进攻意图，留在营地的特洛伊人迅速行动起来，他们进入事先修好的战壕，按照埃涅阿斯临行前的吩咐关闭了所有营门。

图尔奴斯性情急躁，他抛下大队人马，率一队骑兵出其不意地出现在特洛伊人的营房前。图尔奴斯围着特洛伊人的营房转了几圈，也没有找到一个缺口。图尔奴斯非常生气，他冲着特洛伊人的营房大声喊道：“你们特洛伊人不是人人称赞的英雄吗？你们的勇气到哪里去了？是不是被意大利人吓破胆了？哈哈，原来，特洛伊人是胆小鬼啊！”不管图尔奴斯怎么叫嚣，特洛伊人就是坚守不出。

突然，图尔奴斯发现了停泊在台伯河岸的一排排船只，他高兴地命令道：“快去把那些船烧掉！烧了船，就等于断了特洛伊人的后路，看特洛伊人还能往哪里逃？这是神在帮助我们！”意大利人的大部队此时刚好到达了台伯河畔，听闻图尔奴斯的命令后，他们高兴地找来木柴，准备烧掉特洛伊人的船只。

当意大利人把火把扔到特洛伊人的战船上时，天空中突然出现了一道闪电，接着是震耳欲聋的雷声，一个声音从空中传来：“图尔奴斯，除非你把大海烧着了，否则你是烧不毁这些船只的！特洛伊人，你们不必着急去抢救船只，它们是烧不毁的，因为天公朱庇特已经赋予了它们灵性。船只们，你们已经变成了海洋中的女神，去大海中试试你们的威力吧！”那声音很奇异，一会儿像是在对意大利人说，一会儿又像是在对特洛伊人说，一会儿又像是对船只们说。

图尔奴斯连忙往海面上望去，只见那些船只仿佛有了生命一般，它们扯断了缆绳，然后潜入了海里。当它们再次浮出水面时，这些船只竟变成了一个个风姿绰约的少女。

原来，埃涅阿斯用小亚细亚爱达山上的神木建造这些船只时，爱达山上的众神曾乞求朱庇特道：“无所不能的天公朱庇特啊，您让我们把爱达山脚下的一片槭树和松树交给特洛伊人用以建造船只，但这些神木建造的船只也无法抵挡风暴的袭击啊！请您保佑这些船只免遭毁灭吧！”朱庇特思索了一会儿，允诺道：“让这些船只免遭风暴的袭击是不可能的，但我可以答应你们，当这些船到达终点后，它们可以成为神器或者大海上的仙女。”正是朱庇特的许诺保护了这些船只，否则，特洛伊人的战船就会被意大利人烧毁。

意大利人惊呆了，他们开始后退，战马也吓得不断嘶鸣。他们认为神支持特洛伊人而反对意大利人，也反对这场战争，而人是不可以违背神的旨意的。只有图尔奴斯仍然保持镇静，他说：“你们真的认为是神在反对我们意大利人？为什么不认为这是神在反对特洛伊人，所以故意把这些船只变成了仙女？尽管我们没有烧掉特洛伊人的船只，但我们的目的达到了。特洛伊人现在已经无路可逃了，难道我们这么多意大利人还不能击败那几个特洛伊人吗？”听到图尔奴斯的话，意大利人才慢慢冷静下来。图尔奴斯命一部分士兵把特洛伊人的各道营门围得水泄不通，其他人则在附近安营扎寨，等待战机。

特洛伊人也不分昼夜地站岗放哨，巡查营房，坚守阵营。他们在观察意大利人动向的同时，也不时眺望远方，心想埃涅阿斯为什么还不回来呢？

勇敢少年尼素斯和欧律阿罗斯

强敌临境，特洛伊人轮流站岗放哨，巡查营地。留在营地的特洛伊人中，尼素斯和欧律阿罗斯是一对非常要好的朋友。欧律阿罗斯还没有成年，但他非常有胆识，经常临危不惧，挺身而出。尼素斯的年龄稍长一些，他总是和欧律阿罗斯并肩作战。意大利人发起进攻后，两人又请命共同守卫一座营门。

尼素斯和欧律阿罗斯一边观察着外面意大利人的动向，一边低声讨论着战事。

年长的尼素斯首先发言，他瞟瞟驻扎在外面的图罗勒人，气愤地对欧律阿罗斯说："亲爱的朋友，你看看那些图罗勒人，竟然明目张胆地在我们的营门外喝酒作乐，丝毫不怕我们会冲出去，真是狂妄至极！难道我们特洛伊人真的怕了他们吗？当初，我们的先辈们是多么英勇啊！我们为什么待在营房里不出去呢？营房外面的图罗勒人肯定睡熟了，瞧，他们只有几堆火还亮着！我们是不是该采取些行动了？"

"但是，尼素斯，埃涅阿斯临走前再三叮嘱我们只可固守营房，不可出战。我们还是遵从埃涅阿斯的命令比较好！"

"欧律阿罗斯，我还是想突围出去，去帕朗图姆城迎回埃涅阿斯，并和他汇报这里的战事。我们不能这样死守下去，否则特洛伊人还有什么尊严可言。埃涅阿斯还不知道战争已经打响了，我们理应派人向他汇报！埃涅阿斯一定会领导我们取得这场战

争的胜利的！”尼素斯望着远方，神情坚定。尼素斯接着又说：“我一定要去！我现在就去找姆纳斯透斯和塞勒斯图斯，和他们汇报一下。不过，我一个人去就可以了，你要留在这里。”姆纳斯透斯和塞勒斯图斯是埃涅阿斯临走之前指定的负责人。

“尼素斯，我们相交多年了，你觉得我是一个怕死的人吗？我是比你年轻，但并不因此就胆小怕事，吝惜生命！自特洛伊战争以来，我们一直并肩作战，共同战胜苦难，你什么时候见我畏缩过？荣誉在我心目中永远是第一位的。”得知尼素斯要孤身犯险，欧律阿罗斯非常生气，他甚至握起拳，举起胳膊，向尼素斯展示自己健壮的体魄。

尼素斯知道欧律阿罗斯误会了他的意思，连忙解释说：“亲爱的朋友，我怎么会不了解你，不知道你把荣誉看得比什么都重要呢？我让你留下也有我的用意：如果我不幸被图罗勒人抓住，你还可以营救我；如果我战死了，你也可以替我收尸，不让我暴尸荒野、死不瞑目。再者，你的母亲仍然健在，如果你不幸战死了，她该多么伤心啊！”

“但是，尼素斯，如果我的母亲知道我丢下朋友一个人苟活，她绝不会原谅我的！如果你不幸战死了，我还有什么颜面再活下去！亲爱的朋友，难道你真的要抛弃我？”在欧律阿罗斯的一再请求下，尼素斯终于同意让他同自己一起出战。两位朋友决定立即去向姆纳斯透斯和塞勒斯图斯汇报。当二人找到姆纳斯透斯和塞勒斯图斯时，他们正在和其他将领讨论战事。

尼素斯向首领们说明了自己的想法，又说：“请考虑一下我们的提议。在营房的西北侧有一条小路，那里只有几个图罗勒人把守。我和欧律阿罗斯可以从那里突围出去。只要我们能够突围出去，不用多久，埃涅阿斯就会率领援军赶来！”

对于尼素斯和欧律阿罗斯的勇气，首领们表示赞赏。姆纳斯透斯和塞勒斯图斯实地考察了尼素斯所说的小路，又和其他将领商量了一下，同意了他们的提议。夜半时分，姆纳斯透斯、塞勒斯图斯和其他将领把尼素斯和欧律阿罗斯送到营门前。在众人的注视下，尼素斯和欧律阿罗斯慢慢接近了罗图勒人的营房。

这时，罗图勒人那边，放哨的士兵早已睡着了，其他人也醉醺醺地躺在草地上，兵器随手丢在一旁。尼素斯观察了一下敌情，然后低声说道："欧律阿罗斯，你跟在后面，我先把这些罗图勒人杀掉，然后咱们就冲出去。"说完，尼素斯一剑一个，迅速结果了这些图罗勒人。可怜这些图罗勒人，犹在睡梦中就做了剑下亡魂。尼素斯一路砍杀，剑起头落，罗图勒人的营前很快血流成河。欧律阿罗斯紧随其后，也杀死了不少罗图勒人。两人边杀边走，离特洛伊人的营地越来越远了。草地上图罗勒人的尸首到处都是，空气中弥漫着一股血腥味。

"亲爱的朋友，趁敌人还没有发现，我们赶紧冲出去！此行的任务十分重要，不能耽搁！"尼素斯说道。

欧律阿罗斯明白现在不是和敌人厮杀的时刻。于是，他收起手中的剑，顺便从地上捡起一个金光闪闪的头盔戴上。"瞧，这顶头盔就像是专门为我打造的，真合适。上路吧，朋友，我们现在就启程赶到帕朗图姆去。"说着，两个人穿过罗图勒人的营地，到了一条小路上。

突然，一队骑兵从小路深处朝这两位朋友奔来。这队骑兵是奉阿尔特阿国王道奴斯之命前来援助王子图尔奴斯的。领兵的首领名叫伏尔斯肯斯，大老远他就看到一顶金光闪闪的头盔，这引起了他的警觉。伏尔斯肯斯高声喊道："喂，你们是什么人？这是要去哪？"两位朋友没想到会在这里遇到敌人，两人大吃一惊，连忙躲进了路旁的树林里。

伏尔斯肯斯当即明白，这两人必定是特洛伊人派去求援的。于是，他命令骑兵堵住所有出口，围捕两人。情势紧急，尼素斯无法再躲，只好迎击敌人。经过一路拼杀，他终于从树林里突围了出来。谁知突围后，却没有了欧律阿罗斯的身影。“亲爱的朋友，你去了哪里？难道你是为了掩护我而故意引起敌人的注意？欧律阿罗斯，你怎么能这样呢？我怎么才能找到你呢？”尼素斯对天祈祷着，希望神祇保佑他的朋友平安无事。接着，他又返回了树林。

这时，远处传来一阵马蹄声，尼素斯连忙躲了起来。罗图勒人的骑兵队越来越近，尼素斯在骑兵队里看到了他的朋友欧律阿罗斯。欧律阿罗斯双手被缚，趴在马背上，腿部中了一剑。

“欧律阿罗斯，我最好的朋友。我现在就来救你，你等着我！神啊，请赐予我力量，让我击败这支骑兵。我会把最好的祭品献祭给你的！”说完，他如猛虎下山般冲出树林，冲进骑兵队伍里。他一口气杀掉了不少企图阻拦的罗图勒骑兵，离驮着欧律阿罗斯的战马越来越近了。

“我要用你的鲜血来祭奠刚刚死去的那些罗图勒人！”伏尔斯肯斯见尼素斯冲来，忙举起手中的利剑砍向欧律阿罗斯。尼素斯嘶喊着，极力冲上前来，但欧律阿罗斯的头颅已经被砍下来了。尼素斯悲痛欲绝，握住手里的长剑，用尽全身力气向伏尔斯肯斯刺去，伏尔斯肯斯猝不及防，喉咙中了致命一剑，一命呜呼。尼素斯扑到朋友的尸首旁大声痛哭，这时，罗图勒骑兵弯弓搭箭，朝他射去。

两个年轻的朋友没有完成使命就丧了命，但他们的名字人们将永远铭记，永远不会忘怀。

最优秀的防守

尼素斯和欧律阿罗斯壮烈牺牲，姆纳斯透斯和塞勒斯图斯下令全体哀悼，并将他们的英勇事迹写成史诗，以让人们千古传颂。罗图勒人那边，特洛伊人的死大大振奋了他们的士气。图尔奴斯下达了进攻命令，对特洛伊人的营房发起新一轮攻势。

特洛伊人也早做好了防守准备，十年的特洛伊战争使他们成为最优秀的防守者。虽然罗图勒人攻势凶猛，但却没有让特洛伊人感到惊慌。特洛伊人把事先准备好的火器向罗图勒人中扔去，只听轰的一声，火器在罗图勒人中炸开，许多罗图勒人身上起了火，很快被烧成了火球。其他的罗图勒人也都有些惊慌失措。除了火器，特洛伊还准备了石块。在火烧、石击的反攻下，罗图勒人有些自顾不暇，攻势大大削弱。

过了许久，罗图勒人终于冲到特洛伊人的战壕前。图尔奴斯命令罗图勒人在防守薄弱的地段架起云梯，强行攻寨。特洛伊人早就准备好了长矛，罗图勒人才刚爬上城墙，就被特洛伊人挑下城墙去。

特洛伊人的战壕内有一座塔楼，塔楼后有一浮桥与城墙相连。图尔奴斯观察了好一会儿了，他想：如果能攻下这座塔楼，那么再攻打特洛伊人的营房或许就容易多了。于是，图尔奴斯下令集中兵力先攻下塔楼。然而，特洛伊人早就预备好了弓箭手，罗图勒人伤亡惨重，塔楼也没有攻下。

图尔奴斯见特洛伊人早有防备，罗图勒人伤亡惨重，心里很烦恼。他站在一处高地上，思考着对策。突然，他想起了火攻，于是连忙命人取来火器，朝着浮桥掷去。浮桥很快着了火，特洛伊人忙着应对罗图勒人的进攻，根本没有注意浮桥。浮桥的大火

顺着风势很快烧到了塔楼，守卫塔楼的特洛伊人还没弄清火是怎么来的，塔楼就倒塌了。罗图勒人如潮水般涌向战壕。

埃涅阿斯的儿子阿斯卡尼俄斯是个神箭手，他曾射死了蒂耳荷斯的儿子阿尔摩，看到敌人来势汹汹，他忙从箭袋里掏出一支箭射了出去，结果射中了图尔奴斯的妹夫雷姆罗斯。阿斯卡尼俄斯正想再接再厉，这时太阳神福波斯现身说："我的孩子，你该满足了。罗图勒人的一位大英雄刚死于你的箭下。你应该马上退出战场，否则太阳神将会惩罚你的！"特洛伊人敬畏太阳神，阿斯卡尼俄斯只得退出了这场战争。

此时的图尔奴斯越战越勇，他率领士兵杀出一条血路，直冲到特洛伊人的营房门口。

把守营门的是透克洛斯族的一对巨人兄弟，哥哥名叫潘达洛斯，弟弟名叫皮梯阿斯。兄弟俩早就想找个机会和罗图勒人面对面决斗了，他们认为如今正是个好时机。所以，当图尔奴斯正在思索如何破门时，特洛伊人的营门竟从里面打开了。然而，巨人兄弟的想法太简单了，门一打开，罗图勒人就冲了进来，兄弟俩顿时傻了眼。

图尔奴斯率先冲了进来，他拿起手里的长矛就朝皮梯阿斯刺去。皮梯阿斯躲闪不及，胸口中了一枪，倒在了地上。罗图勒人从他的身上踩过去，争先恐后地冲进了特洛伊人的营房。特洛伊人招架不住，开始四处逃窜。图尔奴斯骑着战马，见一个杀一个，直奔向特洛伊人的中心营房。

潘达洛斯见弟弟命丧图尔奴斯的长矛下，伤心欲绝。但是他还是抑制住内心的悲痛，用宽阔的肩膀顶着敞开的营门，然后把营门重新锁了起来。但是，不少特洛伊人也被锁在了营门外，他们英勇地与罗图勒人搏斗着。愤怒的潘达洛斯四处寻找图尔奴斯的身影，最后终于被他找到了。他大吼道：“图尔奴斯，你休想活着出去，我要替我弟弟报仇，你纳命来吧！”说着，他捡起一根长矛，朝着图尔奴斯用力掷去。

图尔奴斯根本没有想到潘达洛斯会找他报仇，因此没有防备，如果不是天后朱诺的庇佑，图尔奴斯早就一枪毙命了。潘达洛斯的长矛惹恼了图尔奴斯，他大声说道：“假如你是赫克托耳，那么我就是阿喀琉斯。今天我就让你知道惹恼我的代价！”说完，图尔奴斯一剑砍下了潘达洛斯的脑袋，特洛伊人吓得面如死灰。

营门前的罗图勒人一直等待着他们的首领重新打开营门，但图尔奴斯根本不知道营门关闭的事情，他一路厮杀，来到了特洛伊营房的中心地带。图尔奴斯一路杀红了眼，特洛伊人伤的伤，死的死，其他人也连连后撤，不敢应战。“特洛伊兄弟们，我们还能退到哪里去呢？这是我们的营地，我们的对手只有一个，我们难道这么多人还不能打败图尔奴斯一个人吗？我们费尽千辛万苦才来到这里，你们难道不想重建特洛伊了吗？”姆纳斯透斯的一席话惊醒了所有的特洛伊人，特洛伊人又重新燃起斗志，投入到战斗中去。

特洛伊人又重新团结起来，他们把手里的长矛不断投向图尔奴斯。渐渐地，图尔奴斯也有些体力不支了，连冲到门口的力气也没有了。在天后朱诺的庇护下，特洛伊人的长矛没有刺中他，他一边厮杀一边突围，朝着台伯河畔逃去。

过了一会儿，图尔奴斯终于杀到了台伯河岸。他背对着河岸，祈祷道：“尊贵的众神之母，我知道是你在庇护我！我感谢你赐予我的荣耀，如今，前面是潮水般的特洛伊人，后面是汹涌的台伯河，我已经没有了退路。也许，战争是该结束了。”说

完，图尔奴斯看着不远处的特洛伊人，转身纵身跳入了汹涌的台伯河。

图尔奴斯是天后的宠儿，台伯河不仅不敢接纳他，还用水流把它送回了阿尔特阿。夜幕降临时，战火暂时停熄，皎洁的月光洒向台伯河两岸，台伯河静静地流淌，流向远方。河畔的尸体成为拉丁姆地区的首批战争牺牲品。

大英雄埃涅阿斯归来

正如亚加狄亚国王埃汪特耳预言的那样，埃涅阿斯在阿格拉城受到了盛情款待。国王不仅同意参战，还号召所有伊特卢利阿人的同盟城市共同参战。埃涅阿斯再三表示感谢后，便启程返回拉丁姆的营房。他让亚加狄亚的骑兵和伊特卢利阿人的骑兵从陆路先行，自己则率领船队从海路进军。

夜已经深了，埃涅阿斯独自坐在船头，望着漆黑的夜幕，慢慢陷入了沉思。“怎么会有一队少女呢？我难道是在做梦？”埃涅阿斯揉揉眼睛，竟真的有一队少女正围着他们的战船翩翩起舞。

“伟大的埃涅阿斯，我们是特洛伊旧船啊。图尔奴斯想把我们烧毁，幸亏有朱庇特的庇护，我们才能幸免于难，变成海上仙女！快点回去吧，你的儿子阿斯卡尼俄斯正被意大利人围攻，你应该在天亮前赶回去，加入到这场战斗中去！”一位长发仙女说道。

埃涅阿斯大吃一惊，他担心留在营地的特洛伊人可能面临巨大的危险，便请求仙女帮忙，让他可以尽快赶回营地。仙女们同意了，她们潜入水中，每人推动一只大船，船队便在海面上疾

▲ 埃涅阿斯归来

驰起来。东方刚刚放亮，船已驶入了台伯河口。埃涅阿斯想起仙女的吩咐，忙站在甲板上，举起金光闪闪的盾牌。特洛伊人从营地里看到了归来的船只，看到了金光闪闪的盾牌，不由得摩拳擦掌，勇气倍增。

意大利人不明白特洛伊人为什么突然勇气倍增，但当他们看到台伯河上那支庞大的船队后，他们立刻明白了过来，不禁有些胆怯。图尔奴斯依旧非常镇定："你们不是一直想要杀敌吗？如今机会来了，战神已亲自把敌人送到我们面前。胜利一定是属于我们意大利人的！"在图尔奴斯的激励下，意大利人一起涌向了海岸。

在埃涅阿斯的指挥下，特洛伊人和伊特卢利阿的盟友们很快上了岸，并与留在营地的部分特洛伊人汇集到一起。图尔奴斯连忙调集军队，沿着台伯河岸布置防守。不久，帕拉斯率领的骑兵和伊特卢利阿的骑兵也赶到了拉丁姆。图尔奴斯率领的罗图勒人受到前后夹击，渐渐有些抵挡不住。图尔奴斯想尽了办法，试图重创特洛伊人和他们的盟友。

帕拉斯率领的亚加狄亚骑兵在一条小溪边和罗图勒人厮杀。亚加狄亚人是一个游牧民族，他们不习惯拉丁姆地区的地形，因此很快便被罗图勒人打散了。正在混战的帕拉斯看到了墨策提沃斯的儿子劳素斯，就大声喊道："劳素斯，你敢和我决一死战吗？亚加狄亚和伊特卢利阿都是勇敢的部族，你敢不敢以武力捍卫你们部族的荣耀？"劳素斯听后，提剑策马朝帕拉斯奔来。

帕拉斯和劳素斯正要决斗，图尔奴斯从远处奔过来说："劳素斯，住手！帕拉斯应该死在我的手里，只可惜埃汪特耳不能亲眼看到他儿子的下场。"帕拉斯看了看趾高气扬的图尔奴斯，说道："来吧，图尔奴斯，我宁愿战死也不往后退！如果我不幸战死了，我的父亲会为我感到骄傲的！"说完，帕拉斯就拿着投枪和盾牌冲了出来，图尔奴斯也从战车中跳下来，扑向帕拉斯。帕里斯的投枪首先掷出，但枪只击中了图尔奴斯的盾牌，由于盾牌坚硬，图尔奴斯身上仅划出了一道口子。图尔奴斯嘲讽道："原来你还只是一个吃奶的孩子啊？这么没有力气，怎么作战啊？现在轮到我了，你可要小心了！"图尔奴斯一边说，一边拔下自己盾牌上的投枪，然后朝帕拉斯投了过去。长矛穿过了帕拉斯的盾牌、盔甲和胸膛，帕拉斯忍着剧痛把投枪拔了出来，然后就倒下了。

图尔奴斯走到帕拉斯的尸体前，略带同情地对亚加狄亚人说："把你们的英雄运回亚加狄亚吧！"埃涅阿斯正在激战，忽然听到帕拉斯战死和侧翼军队受挫的消息，连忙率军赶了过去。埃涅阿斯在罗图勒人中杀出了一条血路，并到处寻找图尔奴斯。

他又回想起埃汪特耳盛情款待的情景，回想起帕拉斯战前的豪情壮语，不由得心生愤怒，罗图勒人一个个死于他的剑下，战场上很快尸横遍野。阿斯卡尼俄斯也率领其他留在营地的特洛伊人冲破包围，杀了出来。特洛伊人和他们的盟友逐渐占据了战场的主动，战局越来越不利于图尔奴斯。

战局扭转

正在奥林匹斯山上的朱诺看到自己的计划即将失败，连忙请求朱庇特出手解救图尔奴斯。朱庇特说道："如果你想拯救他的生命，那你就去吧，但如果你想改变战争的结局，那你最后只能落空。"朱庇特试图化解妻子对特洛伊人的仇恨，但朱诺根本听不进去。她直接来到战场，将一团云雾变成埃涅阿斯的模样，然后让它与图尔奴斯相遇。假埃涅阿斯朝图尔奴斯又是射箭又是投枪，图尔奴斯被激怒了，他举起手中的利剑就刺了过去。假埃涅阿斯吓得落荒而逃，图尔奴斯则在后面紧追不舍，二人很快离开了战场。假埃涅阿斯跳上了台伯河畔的一艘大船，图尔奴斯也跟着上了船。朱诺见图尔奴斯中计，急忙扯断缆绳，将船驶入大海。图尔奴斯在船上找了很久也没有找到埃涅阿斯，再一看船竟驶入了大海，他就想跳入海中游回拉丁姆，但波浪把他送回了阿尔特阿城。

与此同时，真正的埃涅阿斯正在战场上苦战，他要求与图尔奴斯单独决战，但却始终不见图尔奴斯现身。罗图勒人似乎败局已定，这时，墨策提沃斯领兵赶了过来。罗图勒人不由喜出望外。墨策提沃斯领兵杀入特洛伊人中，特洛伊人拼杀已久，已相当疲惫，因此他们在墨策提沃斯的猛攻下连连后撤。墨策提沃斯一边拼杀，一边要求与埃涅阿斯决斗。埃涅阿斯看到墨策提沃斯的身影，于是从队伍中奔了出来。墨策提沃斯大喊道：“万能的神啊，请保佑我杀死这个可恶的特洛伊人，他身上闪闪发光的铠甲应该是属于我的！”说着，他将手里的投枪用力掷出，但埃涅阿斯只轻轻用盾牌一挡，投枪就掉到了地上。墨策提沃斯惊呆了，他不敢相信埃涅阿斯竟能挡住投枪。

埃涅阿斯看准机会，将手里的投枪朝墨策提沃斯掷去。埃涅阿斯毕竟是神的儿子，力气非常，因此将枪深深地刺入了墨策提沃斯的胸膛。墨策提沃斯立即倒在了地上，胸口血流如注。埃涅阿斯抽出宝剑，想要一剑结果了他的性命。这时，墨策提沃斯的儿子劳素斯冲到父亲身前，以盾牌护住父亲。劳素斯举起手中的长剑朝埃涅阿斯刺来，罗图勒的一些士兵也冲上前来，投出自己手里的投枪。埃涅阿斯只能用盾牌护住自己，他冲着劳素斯喊道：“你这个疯子，太不自量力了！你很孝顺，我实在不忍心伤害你！”劳素斯只顾冲上前去搭救父亲，哪里听得进去敌人的话。他朝着埃涅阿斯又刺出了一剑，谁知自己却正好撞到了埃涅阿斯的利剑上。埃涅阿斯的宝剑掉到了地上，劳素斯也倒下了。

“可怜的孩子，我多么不忍心杀死你，多么不希望你做如此无谓的牺牲，可战争就是这么残酷啊！你应该得到隆重的安葬！”埃涅阿斯让罗图勒人把劳素斯的尸体运了回去。

身负重伤的墨策提沃斯在儿子的掩护下逃到了台伯河边，他刚想躺下休息一会儿，就看到不远处一群士兵抬着一具尸体边走边哭。

“难道是可怜的劳素斯？”墨策提沃斯不敢往下想，他费力地坐起身，向不远处的士兵们招手。士兵们抬着担架悲伤地走上前，担架上躺着的果然就是劳素斯的尸体！墨策提沃斯抱住儿子的尸体，欲哭无泪："可怜的劳素斯，你舍身救了我！虽然我逃过一劫，可最亲爱的儿子没了，我活着还有什么意义？伟大的太阳神福波斯，请保佑我替儿子报仇吧！"说完，墨策提沃斯强忍着胸口的剧痛，策马奔回了战场。

埃涅阿斯看到墨策提沃斯回到战场，高兴地说道："墨策提沃斯，难道你还要自不量力吗？"墨策提沃斯没有说话，只是将手里的投枪一支支掷了出去。由于墨策提沃斯深受重伤，这些投枪的力量都不大，埃涅阿斯用盾牌轻轻一挡，投枪就都弹开了。突然，埃涅阿斯疾驰到墨策提沃斯的战马前，围着他的战马打转，然后一枪击中了战马的腹部。战马受惊，将墨策提沃斯掀翻在地。埃涅阿斯抽出利剑，指着墨策提沃斯。

墨策提沃斯说："能够死在战场上，我觉得非常荣幸。我希望你能答应我一件事，请你将我葬在我儿子的墓旁，葬在拉丁姆的土地上。千万不要把我送回阿格拉城，伊特卢利阿人会让我死无全尸的。请答应我，特洛伊英雄。"

休战

埃涅阿斯杀死了墨策堤沃斯和劳素斯，罗图勒人和拉丁人四处溃逃，特洛伊人获得大胜。埃涅阿斯在一座山坡上竖起了胜利的信号。他站在一棵枝叶已全脱落的巨栎树下，把墨策堤沃斯的战袍披在树干上，把满是鲜血的头盔挂在一根枯枝上。墨策堤沃斯的投枪被盾牌撞碎了，丢弃在地，敌人的盾牌和宝剑被挂在另一根枯枝上。随后，特洛伊人点燃火把，烧了这些缴获的物品，把它们作为祭物献给了战神。

献祭完毕，特洛伊人回到营房，他们已经相当疲倦了。中心大营的厅堂里停放着帕拉斯的尸体，一群亚加狄亚人和特洛伊人站在四周，大家先是静默站立，后来女人们开始大哭起来，男人们也跟着掉眼泪，他们的头发也披散下来，越发显得悲哀。

埃涅阿斯快速走到停放帕拉斯尸体的担架旁，不由得泪流满面，他用手抚摸着帕拉斯尸体上的伤痕，难过地说："不幸的帕拉斯，你和你的父亲帮助了我们特洛伊人。你不畏强敌，从不后退一步，但是你却无法看到马上就要建立起来的新特洛伊城，这里面有你的一份功劳啊！你父亲可能正为你祈祷，盼望你能胜利回乡，没想到你却战死在这里……"埃涅阿斯转过脸，无法说下去了，脑海里又涌现出在亚加狄亚临行前老国王埃汪特耳期待的目光。

这时，厅堂里哭声一片，有几个亚加狄亚人走到埃涅阿斯跟前说道："尊贵的特洛伊英雄，帕拉斯是被图尔奴斯用枪刺死的。他死不瞑目，我们不能就这样罢休！我们请求您为帕拉斯报仇，将图尔奴斯碎尸万段。不报此仇，我们绝不甘心。"

亚加狄亚人的话语感动了埃涅阿斯，他走到兵器架边，拿起一根长矛，对着亚加狄亚人说道："你们先护送帕拉斯的灵柩返回帕朗图姆城，我一定会为他报仇的。我向你们保证，几天后定取图尔奴斯的首级。"听了埃涅阿斯的话，亚加狄亚人才平静下来。

第二天，埃涅阿斯为帕拉斯举办了葬礼，帕拉斯的遗体被放在青草满地的高坡上，遗体上盖着狄多女王为埃涅阿斯缝制的一件镶饰着金丝银线的节日装。埃涅阿斯向这位伟大的少年英雄做最后的诀别。接着，一队亚加狄亚人抬起放着帕拉斯尸体的担架，带着一队战俘和缴获的战马、武器和盔甲缓缓离开。另外，由亚加狄亚人首领和特洛伊人组成的送殡队紧跟在战马后面。埃

涅阿斯望着他们远去，依依不舍，一直到送行队伍不见了方才返回营房。

随后的几天，特洛伊人举行了庆祝活动，埃涅阿斯想借机激励士气。有一天，当埃涅阿斯正想再次发布进攻拉丁姆城的命令时，拉丁奴斯国王的使者来到了特洛伊人的营房。

“尊贵的特洛伊国王陛下，尽管我们之间发生了战争，许多拉丁人也因此丧命，但是活着的拉丁人是多么殷切希望能看到他们死去亲人的遗体呀！因此，拉丁奴斯国王指派我们来见国王陛下，请您允许我们把阵亡士兵的遗体带回去，好让他们的亲人安葬他们。”一名手举着橄榄枝的拉丁姆使者上前对埃涅阿斯请求说。

埃涅阿斯表情平和，他对拉丁姆的使者说道：“我们之间不存在友谊，你们是这场战争的制造者。难道你们就想要死这么多人吗？这难道就是你们所讲的和平吗？不知道你们是怎么想的，你们怎能如此盲目。我们特洛伊人从一开始就盼望和平，是你们挑起了这场战争。不过，既然人已经阵亡，那就让他们的亲人把尸体带回吧。假如不是上天指引我来到意大利，我也绝对不可能进入你们的国家。请告诉拉丁奴斯国王，如果不想造成更大的伤亡，他就应当让他的女婿图尔奴斯与我单独决斗。假如图尔奴斯胜了，我们特洛伊人就继续漂洋过海，过着颠沛流离的生活；假如图尔奴斯败了，我们必将会在这块土地上重建特洛伊。走吧，把你们那些可怜的阵亡人的尸体带走。”

使者们没有想到埃涅阿斯是如此的通情达理，他们被深深地感动了，事先准备好所有应对拒绝的言辞都没有用上。

“宽宏大量的特洛伊国王，我们拉丁人和罗图勒人背弃了和约，但您宽宏大量地对待我们，我们很感谢。回去后，我们必定

会力所能及地劝说拉丁奴斯国王，让拉丁人与特洛伊人能够再结和约。”这些使者当中年纪最大的得朗策斯恭敬地对埃涅阿斯说。其余的使者也先后表达了谢意。最后交战双方达成协定，休战十二天，以便双方处理丧葬事宜。

劳伦图姆城陷入悲哀当中，从使者们出城与特洛伊人商谈的那一天起，他们就眼巴巴地望着城门口，希望他们亲人们的遗体能被带回来。终于，亲人们的遗体被带了回来，可丧失亲人的人们却再也无法振作，他们整天在劳伦图姆城转来转去，完全迷失了自我。他们痛恨战争，诅咒拉维尼亚那该死的婚姻。

拉丁姆的民众会议

经此一战后，意大利人伤亡惨重，劳伦图姆城沉浸在悲痛中，多数拉丁人和罗图勒人都厌倦了这场战争。但是图尔奴斯并不甘心失败，他又在阿尔特阿扩充军队，准备卷土重来。为了增加胜算，图尔奴斯还派人前往阿戈斯，请求国王狄俄墨得斯的帮助。谁知使者沮丧地回来说，阿戈斯拒绝与特洛伊人作战。消息传开，正在为新的战斗做准备的人也有些恐慌。

没有得到希腊人的援助对图尔奴斯来说并没有什么影响，但对国王拉丁奴斯来说就不同了。拉丁奴斯开始后悔当初允许图尔奴斯动武的决定，神谕明明已经清楚告诉他该怎么办了，但他还是违背了神谕。拉丁奴斯思索再三，决定召开民众会议，来讨论是和还是战。

民众会议开始了，拉丁奴斯坐在高高的宝座上，从四面八方赶来的臣民聚集在他的周围。人们议论纷纷，争论得很激烈。拉丁奴斯挥了挥手示意大家安静：“臣民们，我们与特洛伊人的战争已经持续了一段时间，双方互有胜负。这场战争给我们带来了灾难，许多子民都死于这场战争中。所以我召开这次会议来讨论我们到底该何去何从，是放弃这场战争还是继续？”

拉丁奴斯的话音刚落，罗图勒人维奴鲁斯就走了出来，说道：“我刚从希腊回来，见过大英雄狄俄墨得斯，到过阿戈斯人的新城。当我说明自己出访的意图并送上礼品后，狄俄墨得斯友好地说道：‘我知道你来自拉丁姆，也知道你们正与特洛伊人进行一场战争。曾经，你们在萨图恩的庇佑下过着平静的日子，是多么幸福啊！可你们却挑起与特洛伊人的战争，破坏了所有的美好。我们是战胜了特洛伊人，可这又怎么样呢？小埃阿斯葬身大海，阿伽门农被害于家中，尤利西斯历尽千辛万苦才回到家。如果普里阿摩斯看到我们的遭遇，也会同情我们的。我因为在战争中得罪了爱神维纳斯，所以失去了幸福。请转告你们的国王，我们实在不想再参战了。特洛伊毁灭了，但我发现自己并不是一个胜利者，甚至不愿去回想这场战争。请转告你们的国王，战争是残酷的，还是和特洛伊人握手言和吧！在特洛伊战争中，我曾经和埃涅阿斯交过手，他是一个英勇善战的英雄。’市民们，这是狄俄墨得斯国王的原话，我只是转述了一番。”

会场的气氛顿时凝重起来，人们开始议论纷纷，讲述这场战争带来的坏处。国王拉丁奴斯从王位上站起来，说道：“墨涅拉俄斯率领希腊人战胜了特洛伊人，但如今他却为那场战争而悔恨。同样的，这场战争也给我们带来了很多不幸，我们失去了很多亲人朋友，我们还要继续下去吗？我们还是结束这场战争吧！埃涅阿斯是神的儿子，是神谕指引他们来到这里的，而且我们和他们之间并没有什么深仇大恨。在离台伯河不远的西部地区有一块土地，那里曾经是罗图勒人耕种的地方，我想把那块土地赠给

特洛伊人，让他们在那里繁衍生息。如果他们不愿留在这片土地上，我们可以欢送他们远行。”

听完拉丁奴斯的话，人群里有一部分人开始欢呼起来：“英明的拉丁奴斯，你的主意真是太好了！不过，除了给特洛伊人提供帮助外，您还应该送上美丽的拉维尼亚！”

图尔奴斯见情况急转直下，连忙从人群里站出来说道：“你们就这样害怕战争吗？埃涅阿斯为什么非要来到我们这片土地上呢？我们为什么要把自己的土地白白地送给特洛伊人呢？时代已经改变了，新的形势要求战争，只有战争才能解决一切。拉丁人和罗图勒人都是神的后裔，我们为什么要遭受特洛伊人的侮辱呢？我们的当务之急是团结一致，把那些狂妄的特洛伊人赶出意大利，绝不能助长敌人的志气。”图尔奴斯的一番话使得一些年轻人热血沸腾，摩拳擦掌。

就这样，在民众会议上，一部分人主张与特洛伊人议和，让他们在意大利的土地上繁衍生息；另一部分人则要求与特洛伊人血战到底，直到把他们赶出意大利。国王拉丁奴斯左右为难，不知道采纳哪一方的决定才是正确的。

亚马孙女王卡弥拉之死

拉丁姆的民众会议还在为是战是和犹豫不决，这时，派出的哨兵回报说，埃涅阿斯已经率军朝着劳伦图姆方向赶来。得知这一消息，图尔奴斯立即命令意大利各族士兵武装起来，准备与特洛伊人拼个你死我活。

战火再次燃起。

拉维尼亚是这场战争的肇始。战争开始后，她就在母亲阿玛塔的陪伴下去给众神献祭，希望神祇保佑意大利人取得胜利，并祈求神祇宽恕自己的罪孽。图尔奴斯是多么希望能够打败特洛伊人啊，这样他就可以名正言顺地迎娶美丽的拉维尼亚了。因此，当特洛伊人进攻的消息传来时，他没有丝毫畏惧，他强而有力地发布命令、制定战术，仿佛胜利就在眼前。当一切都准备就绪后，他便率领一队人马到劳伦图姆的城门镇守去了。

图尔奴斯在城门口巡逻时，遇到了突然来访的亚马孙女王卡弥拉。卡弥拉正率领一队佛尔西安人的骑兵赶来。见到巡逻的图尔奴斯，卡弥拉翻身下马，友好地问道："年轻的罗图勒英雄，得知特洛伊大军正向劳伦图姆开来，我们佛尔西安人特地赶来相助。我认为，你可以率领罗图勒人和拉丁人到前面的山谷埋伏，伺机杀敌。特洛伊骑兵就交给我们佛尔西安人吧，要知道，我们佛尔西安人可是以善骑闻名意大利的，你就放心吧！"

图尔奴斯由衷钦佩女王的胆识，于是同意了卡弥拉的建议，他说道："从今之后，你将完全享有亚马孙族人的荣耀，并在男人的会议中拥有发言权和表决权。你将和我一起负责战争事务，我任命你为劳伦图姆城城防长官。我现在就率军赶往前面的山谷，占据险要之地，设下埋伏。"说完，图尔奴斯就率军出发了。

特洛伊人的骑兵正逼近劳伦图姆城。突然，前面传来一阵震耳欲聋的喊杀声，早就埋伏在这里的罗图勒人、拉丁人在墨萨帕斯、卡第鲁斯的率领下从四面八方冲来。不远处，卡弥拉也率佛尔西安骑兵杀来。

两支军队很快混战起来，顿时，长矛、投枪如雨般从空中落下来，双方都不断有人伤亡。过了一会儿，拉丁人有些抵挡不住了。他们把盾牌举在身后，掉头向劳伦图姆城方向逃去。特洛伊人见拉丁人溃败，紧随其后追了上去。眼看特洛伊人就要追上拉丁人了，拉丁人却突然掉转阵形，又冲向了特洛伊人。特洛伊人没有料到拉丁人会诈败，只得转身后撤。就这样，双方冲杀了半天，也没有分出胜负。

战场上的卡弥拉更是英姿飒爽，她身穿亚马孙女人的传统装扮，一会儿用弓箭射击敌人，一会儿又将长矛扔向敌阵，一会儿又手握利剑陷阵杀敌。卡弥拉身后是和她一般英勇善战的年轻女子。她们也都是久经战场的勇士，个个神勇无比。

“卡弥拉女王，何必追赶那些逃兵呢！来啊，敢不敢和我在地面上来个单打独斗？你们佛尔西安人是不是只会在马背上逞威风啊？哈哈……”一个图斯克人讥笑正准备追击特洛伊人的卡弥拉。图斯克人刚说完，卡弥拉就翻身下马。她扬了扬手中的利剑，向讥笑者示威。图斯克挑战者吓呆了，他没有料到卡弥拉会接下他的挑战。他心里感到有些害怕，忙驱马打算离去，逃开卡弥拉的视线。卡弥拉怎么可能轻易放过挑战者，她迅速上前，一剑杀死了那个图斯克人。见女王杀死了图斯克挑战者，佛尔西安人齐声欢呼，几个近前的佛尔西安人还把女王高高举起。

卡弥拉越杀越勇，很多图斯克士兵都命丧卡弥拉之手。见此情景，伊特卢利阿首领阿尔隆斯不由满腔怒火，他握着长矛四处寻觅卡弥拉，但一直没有机会下手，因为卡弥拉行动迅速，敏捷地在图斯克人中窜来窜去。没过多久，又有不少图斯克人相继倒下。

阿尔隆斯一直追随着卡弥拉，终于等到了一个好机会。原来，卡弥拉正目不转睛地盯着远处的一个特洛伊人，那个特洛伊人身上穿着一件金光闪闪的铠甲。卡弥拉心想：“要是我能有这样的一件铠甲，该有多好啊！我可以把它挂在家乡的神庙里，每天瞻仰。”金光闪闪的铠甲占据了卡弥拉的全部心思，她甚至忘记了自己正身在战场。她忘记了一切，不由自主地朝身穿那件铠甲的特洛伊人走去，手中的利剑也扔在地上。

接着，卡弥拉取下身上的弓，又从身后的箭袋里拿出一支箭，准备瞄准那个特洛伊人。阿尔隆斯知道这个机会千载难逢，于是，他心里默默向太阳神福波斯祈祷，然后举起长矛向卡弥拉掷去。卡弥拉还没把箭射出，阿尔隆斯的矛就已经刺中了她，正中她的胸口，一时间血流如注。卡弥拉扔掉手中的弓箭，倒在地上。其他的佛尔西安人冲上前来，想把她们的女王救走，但卡弥拉伤势严重，已经奄奄一息了。她把一个佛尔西安人叫到身前，说道：“快点回去禀告图尔奴斯，让他撤回劳伦图姆城，然后死守城池……”

失去卡弥拉女王的佛尔西安人群龙无首，斗志全无，她们迅速退往劳伦图姆城。她们一边后撤，一边低声啜泣着。她们很快就到了劳伦图姆城门口，但佛尔西安人不知道是该退到城里还是继续作战。

卡弥拉是狩猎女神狄安娜的宠儿，虽然卡弥拉的命运早已注定，但她还是不忍心见卡弥拉死得如此悲惨。于是，狄安娜找到杀害卡弥拉的凶手阿尔隆斯，一箭射死了他，算是为卡弥拉报了仇。

战场上，特洛伊人与罗图勒人的战斗还在继续。

战火再燃

收到卡弥拉不幸阵亡的噩耗后，图尔奴斯既悲痛又恼怒，他立即统率罗图勒人向劳伦图姆城方向火速挺进。他刚离开先前埋

▲ 受伤的卡弥拉

伏的地点，埃涅阿斯就带着特洛伊人进入了山谷，并且顺利躲过了一场劫难。

图尔奴斯率军赶到劳伦图姆城时，与正要催马进城的特洛伊骑兵中队和图斯克人遭遇。这些人看到图尔奴斯突然赶来，惊呆了，完全失去了反应能力，竟都待在原处毫不反抗。图尔奴斯毫不费力地消灭了他们。

埃涅阿斯考虑了许久，决定不再进攻劳伦图姆城。他想通过与图尔奴斯单独决斗的方式来决定两支军队的胜败。埃涅阿斯派使者向图尔奴斯再次表明了自己的态度。

图尔奴斯为此事与国王拉丁奴斯商量，他说："是拉维尼亚引发了这场战争，我也因为深爱拉维尼亚而卷入了这场战争。我深深地爱着拉维尼亚，因此，我与埃涅阿斯势不两立。今天，不是他死就是我亡。亲爱的父亲，假如在这次决战中我战败身亡，我心爱的拉维尼亚就只能嫁给埃涅阿斯做妻子了。"

国王拉丁奴斯慈爱地对图尔奴斯说："我的孩子，你的父亲留给你一个强大的王国，现在这个王国越来越强大，我不忍心看你为了拉维尼亚而失掉一切。我曾对你说过，神祇给过我预示，拉维尼亚只能嫁给埃涅阿斯。战争原本是可以避免的，而且我们已经付出了惨重的代价，几个国家都损失严重。我们现在的状况很糟，你就不要娶我的女儿了，这会使你遭受众神的惩罚的。"但是图尔奴斯已下定了决心，要和埃涅阿斯一决胜负。

阿玛塔和拉维尼亚很快就得知了图尔奴斯要和埃涅阿斯决战的消息，两人急忙去劝说图尔奴斯，但是图尔奴斯的决定是任何人都无法改变的。他深情地望着拉维尼亚，抚摸着姑娘柔软的卷发，说道："亲爱的拉维尼亚，因为我深深地爱着你，所以我才答应与他决斗。你不要再说了，我没有别的选择。假如我不幸战死了，你也不要难过！埃涅阿斯是特洛伊大英雄，到时候你就嫁给他，好好地爱他，和他快乐地生活。”

拉维尼亚异常伤心，泪如泉涌，但又无可奈何，她唯有在心里默默地祈求神保佑图尔奴斯胜利归来。图尔奴斯望着心爱的人，不能自已。但为了捍卫自己的爱情，他一定要与敌人决一死战。图尔奴斯思索再三，终于派使者转告埃涅阿斯，接受决斗的邀请。

埃涅阿斯和图尔奴斯决定第二天进行生死决斗，决斗的场地选在高大坚实的劳伦图姆城墙前。人们在城墙前设立了祭坛，摆放好祭祀物品。意大利各族人都从城里出来，坐在指定的位置。拉丁奴斯头戴镶有十二颗星星的王冠，乘坐一辆华丽的四驾马车从王宫里赶来。人们见国王拉丁努斯前来，都对他弯腰施礼。图尔奴斯乘坐一辆两驾战车，双手各拿一根标枪，跟国王一起出现。埃涅阿斯走出特洛伊营房，他的盔甲和盾牌金光闪烁，他的儿子阿斯卡尼俄斯站在一旁，充当父亲的助手。

祭祀过众位天神之后，拉丁奴斯和埃涅阿斯随即向天神祈祷，订下协约：假如埃涅阿斯获胜，意大利诸族人要自愿和特洛伊人融合，拉丁奴斯的女儿拉维尼亚要嫁给埃涅阿斯；假如图尔奴斯获胜，特洛伊人必须撤出拉丁姆，不得反悔。

就在此时，一只金黄色的山雕从蔚蓝的天空中飞冲下来，迅速抓住一只正在河里游玩的天鹅。山雕惊飞了停留在台伯河间的群鸟，群鸟过了好一阵子方才稳住神。于是，群鸟聚飞在一处，追向山雕。山雕看见情况不妙，便抛下天鹅仓皇逃走。看到眼前发生的一切，拉丁人极度震惊，慌忙找来族中最资深的占卜师来卜算这一现象的吉凶。

占卜师推算之后，激动地对族人说：“这是吉兆，劳伦图姆城即将迎来幸福。意大利人可以放心了。”人们无法理解占卜师的话，协约已定，难道没用了吗？难道双方也不用决斗了吗？

朱图耳娜是图尔奴斯的妹妹，她是一位仙女。此时此刻，她正千方百计地想要帮助自己的哥哥。听到占卜师的话，朱图耳娜更为不安，于是她化成英雄迈尔斯的模样，蒙混在罗图勒族的士兵当中，对大家说：“我们不能让我们的首领独自面对危险。这对我们来说是莫大的耻辱。我们的力量远大于特洛伊人，绝对可以战胜他们。假如图尔奴斯决斗失败，我们的未来将得不到保障，我们将会受到奴役和压迫，遭受到磨难。因此，我们不能坐视不理，一定要与图尔奴斯共同战斗。”说着，她用法力让占卜师拿起一杆标枪掷向特洛伊人的阵营。

这一行动引起特洛伊阵营的混乱，一名亚加狄亚人被占卜师投掷的标枪击中身亡。他是吉里泼九个儿子中的一个，其余的八个兄弟见兄弟被杀，十分愤怒，决定要为他们的兄弟报仇。他们提枪执剑冲向意大利人，很快和意大利人打斗起来，祭坛上一片混乱。

埃涅阿斯一看情况不妙，连忙站在一块高地上，招呼大家说：“不要慌乱，这仅仅是一场误会，大家都不要冲动，我们双方已经订立了协议。现在是决斗的时候，而不是吵闹的时候。”埃涅阿斯还要往下说，却被一只飞箭击中了大腿，因为这只大腿没有被保护起来。埃涅阿斯只得在儿子阿斯卡尼俄斯的帮助下离开战场。图尔奴斯看到机会难得，遂指挥军队向特洛伊人发动攻击。

战场上双方厮杀激烈，埃涅阿斯想拔下大腿上的箭镞，却怎么也拔不出来。埃涅阿斯只好向医生求助。虽然众位医生医术高超，但这次却毫无办法，怎么也无法从伤口处取出箭镞。埃涅阿斯的母亲维纳斯在天上看到这一幕，十分心疼儿子，担忧得都快流出眼泪了。她赶紧从爱达山上找来神药草，然后用魔法把自己隐藏起来，悄然来到特洛伊军营，往医生煎熬的药罐里挤了几滴神药草汁。医生们并不知晓此事，他们拿着药罐，慌忙地将这些药一点不剩全抹在埃涅阿斯的伤口之上。因为神药的作用，埃涅阿斯的伤口立即愈合了。埃涅阿斯又恢复了往日的神勇，浑身充满了力量，他用力拔出箭镞，准备重新投入战斗。

埃涅阿斯对随从说："快去拿我的武器来，我要投入到战斗中去。"他拿起随从送来的武器，大步走向战场，冲向敌人。他戴上头盔，披上明光闪闪的金甲，好像威风凛凛的战神玛尔斯一样。埃涅阿斯拥抱着儿子阿斯卡尼俄斯，激动地说："我的孩子，天神是保佑我们特洛伊人的，我们都应当好好感谢朱庇特。我要立即杀向战场，让你看看我是如何战斗的，你就会学到你父亲的勇敢。特洛伊人，我们要振奋起来，到战场上去，消灭敌人！"

听到埃涅阿斯的话，特洛伊人都欢欣雀跃起来，他们追随着他们的英雄投身到战斗中去。罗图勒人和拉丁人被吓坏了，眼前的埃涅阿斯越发神勇，根本不像个凡人。难道是太阳神福波斯赐给了他无穷的力量吗？图尔奴斯不再战斗，愤恨地盯着自己的仇敌。

"不行，图尔奴斯，我们必须逃命。"图尔奴斯的妹妹朱图耳娜早已被埃涅阿斯的神勇吓坏了，她努力地劝说哥哥逃走。

图尔奴斯非常愤怒，瞪着朱图耳娜说："什么？你要我逃跑！我们是神的后代，绝对不能逃跑。我宁愿死在战场上，也绝对不后退一步！"埃涅阿斯听后笑着说："自大骄傲的图尔奴斯，你的死期已到，你是逃不掉的，就以你我决斗的结果来决定这场战争的输赢吧！”说着，埃涅阿斯拿着长矛扑向图尔奴斯。图尔奴斯毫不胆怯，迅速地躲开了埃涅阿斯刺来的长矛，但图尔奴斯身边的图洛姆奴斯却没有那么幸运，他投掷投枪时被埃涅阿斯的长矛击中要害，一命呜呼。

“固执的图尔奴斯，你难道还看不到吗？我们的敌人是无法战胜的，他已经具备了神的力量，我们还是逃命要紧。”朱图耳娜异常胆怯地劝说着哥哥。可是图尔奴斯根本听不进妹妹的话，他站在战车上，一动也不动地看着埃涅阿斯勇敢地战斗，甚至不由开始称赞起埃涅阿斯：“妹妹，你快看，埃涅阿斯是多么完美呀！他仿佛就是战神玛尔斯的化身。”

朱图耳娜非常生气，她一把从驾车者手中抢过缰绳，赶着战车一路狂奔，很快就逃离了战场。埃涅阿斯在后面赶追。但朱图耳娜是一个驾车能手，她左右奔驰，风驰电掣，任埃涅阿斯怎么赶也赶不上。虽然有好几次埃涅阿斯都已经摸到他们战车的辕首了，但还是无法抓住。最后，图尔奴斯的战车消失在埃涅阿斯的视线之内。

徒劳的追逐使埃涅阿斯的体力严重透支，他不得不找一个隐蔽的地方坐下来休息。此时，罗图勒的一名将领墨萨帕斯，发现了极度疲劳的埃涅阿斯。见到有机可乘，他连忙用投枪扔向埃涅阿斯，但是没能击中对方。

埃涅阿斯看到后，非常愤怒，他咆哮着喊道：“卑鄙的罗图勒人，你的射击本领还差得太远，还是练好了再来吧！但是你已经没机会了，今天你必将死在我的枪下。”说着，埃涅阿斯冲向墨萨帕斯，但墨萨帕斯转身跑了，混进了士兵的队列里，以为这样埃涅阿斯就找不到他了。可是，埃涅阿斯哪肯罢休，他毫不犹豫地冲进罗图勒人的队列中，大开杀戒，不一会儿，就把这伙人消灭个精光。

冲杀了这么久，埃涅阿斯实在是累坏了，他上气不接下气地喘着粗气。不得已，他用长矛撑地，站着休息了一会儿。同时，他望着远处的劳伦图姆城，陷入了沉思：现在图尔奴斯跑了，劳伦图姆城也没有攻下，应该怎么办呢？是应该继续攻城呢，还是有什么其他的方法？

考虑到这里，埃涅阿斯当机立断，迅速把特洛伊人集中起来。他高高地站在队伍前面，注视了大家很长一段时间，随后对士兵大声喊道："在天公朱庇特的佑护下，我们得以来到意大利，但意大利人却极端仇恨我们。原本我们已经签订了合约，可他们却背信弃义，违背合约。我们要拿起武器，教训这帮不讲信誉的家伙。现在我命令你们向劳伦图姆城发动进攻，如果敌人胆敢抵抗，我们就把他们消灭，然后毁掉他们的城市，绝不手软。特洛伊人，进攻吧！"

说完，埃涅阿斯奋勇向前，率领军队朝劳伦图姆城奔去，很快就来到城墙前。特洛伊人排列成一行行，按照分工合作攻城：一部分士兵用斧子猛砸城门，一部分士兵在墙边架起云梯攻城。虽然攻势起初受挫，但他们越战越勇，丝毫没有后退。最后，特洛伊人终于攻占了城墙，连城门也被特洛伊人一劈两半。特洛伊人蜂拥而至，进入了劳伦图姆城。他们四处杀戮，毫不留情，还放火烧城。不一会儿，劳伦图姆城就成了火海，大量的房屋被毁坏，劳伦图姆城陷入一片混乱。

双方混战时，阿玛塔王后刚好站在王宫的角楼上，她望着大火中的房屋和双方异常惨烈的厮杀，听到拉丁人接连不断的哀号声，内心万分悔恨：劳伦图姆城很快就要被攻占了，而自己就是罪魁祸首，为了自己女儿的婚事，让拉丁姆人民遭受了这么大的灾难，实在不该。可她还抱着希望，盼望着图尔奴斯能来解救她们。但是，图尔奴斯却一直不见踪影，于是她绝望了，悬梁自杀了。看到城里的情景，拉维尼亚的内心非常痛苦，后来又得知母亲自杀身亡，于是就昏死了过去。拉丁奴斯国王面对着即将被毁灭的城市，根本没有心思哀悼死去的妻子。

“众位天神啊，保佑我吧，保佑我们这个不幸的民族吧。我们太不幸了。”此时的拉丁奴斯毫无办法，唯有祈求苍天了。

最后的决斗

摆脱埃涅阿斯追赶的图尔奴斯又重新杀入战场，他越战越勇，身上满是敌人的鲜血。战斗中，一名罗图勒的士兵赶来向图尔奴斯报告说：“尊敬的王子，赶快回王宫看看去吧！可怜的王后已经自杀身亡，美丽的拉维尼亚公主伤心欲绝，已经不省人事了。拉丁奴斯国王也无计可施，他现在只有答应埃涅阿斯的求婚，方能结束这场战争。您快想想办法吧！”

得知这些不幸的消息，图尔奴斯的内心异常痛苦，他是那样深爱着拉维尼亚，并且拉维尼亚也深爱着他。为了拉维尼亚，他宁愿奉献出一切，可这个该死的埃涅阿斯为什么要来抢他的爱人？这场该死的战争已使意大利人民遭受了巨大的苦难，难道还要让他们继续受难吗？想到这里，图尔奴斯对同他一起作战的士兵们说道：“战争形势已经万分危险，为了我们的幸福和尊严，我们必须消灭所有的敌人！我要与埃涅阿斯决斗，来捍卫我们的尊严。”说完，图尔奴斯率军火速赶往劳伦图姆城。

图尔奴斯冲杀了好一阵，方才赶到城门前，他大声喊道：“大家先住手，听我一言。这场战争已经给我们双方造成了很大的不幸和灾难。我们付出的代价太大了，为此，我愿意通过决斗的方式来结束这场战争。”

图尔奴斯的部下和同盟者听到后，停止了战斗，埃涅阿斯也命令军队停止战斗。

“我接受你的建议，图尔奴斯，那就让你我的决斗来决定战争的输赢吧！”说完，埃涅阿斯就拿起武器，扑向图尔奴斯。

图尔奴斯也毫不示弱，怒吼着冲向埃涅阿斯。两人的盾牌猛烈地撞在一起，发出巨大的响声，连大地都要被震颤了。敌对双方的军民都在为自己的英雄呐喊助威。决斗中，图尔奴斯发现了对方的一个空隙，他从盾牌后悄悄站起，手举利剑猛地砍向埃涅阿斯的脑袋。特洛伊人和图斯克人紧张极了，生怕埃涅阿斯这次在劫难逃。但出乎人们的意料，图尔奴斯没能成功，他拿的是一把普通利剑，这把剑被埃涅阿斯的盔甲震断了，埃涅阿斯因此得以躲过这一剑。一把普通的剑怎么能够杀死埃涅阿斯呢？图尔奴斯这时才想起，自己因为太着急而拿错了剑，父亲留给让他的神剑还在自己的战车上。

“这太不妙了，必须用父亲的那把神剑，不然根本不行。”图尔奴斯心想。于是，图尔奴斯极力想摆脱埃涅阿斯，他命令自己的士兵赶紧把那把神剑拿来。遗憾的是，因为场面混乱，没有人注意到他的话。很快，埃涅阿斯就追上来了，图尔奴斯没办法，只好仓皇而逃，跑进附近的树林中。

埃涅阿斯追了进来。追赶时，埃涅阿斯发现前面一棵大树上插着一杆长矛柄。埃涅阿斯心想：这也许是前人遗留下来的神器。他高兴极了，决定先拔出这根长矛，然后再用它来对付图尔奴斯。他跑到那棵树下，用力拔这根长矛，暂停了对图尔奴斯的追击。

图尔奴斯一直往前跑，突然感觉后面没了声音，很奇怪，就忍不住回头看，这时才发现埃涅阿斯正用力拔一根刺入树里的长矛。于是，图尔奴斯停了下来，向上天祈祷：“意大利大地上的众位天神啊，请赐福给我吧！看在我一直很虔诚地供奉你们的分上，你们就让埃涅阿斯永远拔不出那根长矛吧！”

意大利的众位天神听了图尔奴斯的祈祷，都极力帮助他，他们施了法力，使埃涅阿斯无法拔出长矛。埃涅阿斯用尽全力，也无法拔出这根长矛，非常着急。正在这时，图尔奴斯的妹妹朱图耳娜也跑过来帮助哥哥，她装扮成哥哥的驾车手，驾着战车来到丛林，她还带来了父亲的那把神剑。朱图耳娜赶忙把神剑递给哥哥，图尔奴斯拿起这把神剑，信心倍增，奔向埃涅阿斯。

这时，埃涅阿斯还在拔那根长矛，由于用力太大，把自己的短剑也给甩了出去，掉在了草地上。图尔奴斯马上就要冲过来了，该怎么办？他很着急，但越是着急，就越是没办法拔出长矛。埃涅阿斯的母亲维纳斯在半空中看到自己的儿子陷入危难之中，更是着急，她怎么能眼睁睁地看着自己的儿子身陷险境而置之不理呢？她也痛恨图尔奴斯的妹妹朱图耳娜，一个小小的仙女竟敢如此胆大妄为。于是她悄悄施以法力，让自己的儿子很容易地拔下了那根长矛。

恰好这个时候，图尔奴斯也赶来了，埃涅阿斯连忙手握长矛，迎战图尔奴斯。图尔奴斯一看到手握长矛的埃涅阿斯，心里顿时惊慌起来，心想：看来天神已经不再保护我了，埃涅阿斯根本无法战胜。

奥林匹斯山上的朱庇特和朱诺看到了这一幕之后，两人陷入了争论。

朱庇特板着脸对妻子朱诺说：“现在是结束这场战争的时候

了，你驱逐了特洛伊人，他们历经艰辛，远渡重洋，才来到意大利。你让他们遭受了那么多的磨难，如今是时候赐予他们稳定的生活了。假如你还是那么固执，我只好取消你的职权，另找别人来代替你。”

朱诺看到丈夫严肃的神情，知道自己再不让步，恐怕真的会失去一切，于是就妥协了。她对丈夫说：“我可以不再理会图尔奴斯，任由他自己把握命运，但是你必须答应我的条件：特洛伊人必须要融入到拉丁民族中，否则绝对不行。同时，拉丁姆的一切文明风俗和习惯不得更改，必须保留下来。唯有如此，我才能忘了特洛伊这个让我生厌的名字。”

朱庇特思索了一会儿，接受了妻子的条件，说道：“就照你说的办！图尔奴斯的死期已到，埃涅阿斯应当战胜他。从今以后，特洛伊人将完全融入拉丁民族中。”朱庇特说完，见妻子没有异议，就把复仇女神唤来，命令她们道：“图尔奴斯今天必须死亡，你们就去办理这件事吧！”

复仇女神领命后，即刻前往战场，其中的一位女神把自己变成了一只小鸟，环绕着图尔奴斯的头来回飞动，把图尔奴斯搞得两眼昏花。图尔奴斯感觉自己将有不幸的事情发生，只好停止了战斗。埃涅阿斯看到后，也不再进攻图尔奴斯。他问道：“你怎么了？难道是贪生怕死，你不想战胜我吗？”

图尔奴斯已经身心疲惫，但仍倔强地站立着，说道：“笑话！我岂会贪生怕死！我一点儿也不怕你。只不过是上天要亡我，死神的鸟儿已经来了，就在我头顶上盘旋着。”说话间，图尔奴斯用力搬起一块大石头，想用他来攻击埃涅阿斯，可他刚搬起石头，浑身就没有了力气，石头也滚落在地。图尔奴斯此时还想逃走，可却迈不动腿。

埃涅阿斯奔过来，将长矛刺入图尔奴斯的胸膛，图尔奴斯立即倒地，命丧黄泉。埃涅阿斯看了一眼图尔奴斯的尸体，向这位罗图勒的英雄表达了最后的敬意，然后就率领自己的军队开进了劳伦图姆城。

特洛伊人的新生活与拉维尼乌姆

图尔奴斯死后，罗图勒人和佛尔西安人陷入混乱，最后他们逃离了战场，返回了家乡。特洛伊人大获全胜，但他们并没有被胜利冲昏头脑，因为他们要与自己的同盟兄弟们分手了，图斯克人也要返回故乡了。特洛伊人亲热地挽着同盟兄弟们的手，久久也不愿松开。他们一起战斗，出生入死，同患难，共甘苦，结下了深厚的情意，如今就要离别了，怎么能不让人难过呢？

此时此刻，英雄埃涅阿斯却在思考着另一件重要的事情："上天指示我要建立的罗马城会在哪里呢？我们虽然获胜，可真的会如同神谕所说的，在此地重建新城吗？"就在他陷入思考时，一名特洛伊战士飞快地跑来，满脸喜悦地对埃涅阿斯说："国王陛下，拉丁姆国王拉丁奴斯已经派人前来求和了。"埃涅阿斯听后，赶紧回到营房。拉丁姆的使者早已候在那里了。这些使者看到埃涅阿斯进来，慌忙从座位上站了起来。

"伟大的国王陛下，我们的国王拉丁奴斯派我们来向您求和。您知道，我们的国王一向反对这场战争，也并不赞成图尔奴斯的作为。由于他没能阻止这场战争，他特派我们来向您及您的人民表达最真诚的歉意。国王陛下已经决定听从神的指示，将拉维尼亚公主嫁给您为妻。”使者恭敬地对埃涅阿斯说。

埃涅阿斯说道：“你们不用担心，我已经不再生气了。请转告你们的国王，事情已经过去，他也不用再自责了。我非常感谢他能把女儿嫁给我。”说完，他就命令随从拿出一部分战利品，让使者带回，作为迎娶拉维尼亚公主的聘礼。

使者回去后的第二天，拉丁奴斯国王就在劳伦图姆城为埃涅阿斯和女儿拉维尼亚举行了盛大的婚礼，同时当场宣布埃涅阿斯为自己王位的继承人。

后来，埃涅阿斯继承了拉丁姆的王位，他在海滨的高坡上建造了一座新城，取名为拉维尼乌姆。城名源于他的妻子拉维尼亚的名字。从此以后，磨难重重的特洛伊人终于有了自己的新家。听从神的指示，特洛伊人很快与拉丁人打成一片，融合在一起，也开始供奉意大利的众位天神。

埃涅阿斯统治了拉丁姆很长时间，期间人们辛勤耕作，国泰民安。要是没有后来的战争，他将有个完美的一生。

罗图勒人战败后，一直想报仇雪恨，因此悄悄扩充实力，伺机挑起战争。慢慢地，罗图勒人感觉自己力量已经足够强大了，就出兵攻打拉丁姆。听到罗图勒人大举进攻的消息，埃涅阿斯迅速出击，亲临前线迎敌。两军在奴弥科斯河相遇。埃涅阿斯身披战甲，手拿长矛，威风凛凛地站在阵营前。罗图勒人毫不退却，勇敢地迎战，双方大战起来。

众神之王朱庇特看见了这场战争，非常生气，决定亲自介入。他见战场上尘土飞扬，于是施以法力，一时间雷电交加，大雨倾盆，沙尘全不见了。

“英勇的拉丁人，大家快看，这就是神的意志。拉丁姆是我们繁衍生息的土地，我们绝不容许罗图勒人侵犯。现在我们有了神的护佑，必定能取胜，我们永远是这块土地的主人。”埃涅阿斯高举长矛鼓舞着士气。

拉丁人听后，个个奋勇杀敌，他们在电光的掩护下，所向披靡。罗图勒人纷纷退却。但天神朱庇特仍不罢休，他要严厉惩罚罗图勒人，于是他降下暴雨，奴弥科斯河水开始泛滥，汹涌的河水横冲直撞起来。罗图勒人害怕极了，隐约感觉到这是上天在惩罚他们，因此顿时乱了阵脚。拉丁人抓住机会，穷追猛打，一直打到罗图勒人的首府阿尔特阿。

战争胜利了，拉丁人举行了凯旋仪式，可是他们却始终找不到他们伟大的国王埃涅阿斯。虽然他们找遍了全国，但还是不见埃涅阿斯的踪影。后来，一个年轻的士兵向埃涅阿斯的儿子阿斯卡尼俄斯报告说，他亲眼看见埃涅阿斯被洪水冲进了奴弥科斯河中。一代大英雄就这样离开了世间。为了缅怀这位伟大的国王，人们在拉丁姆举办了盛大的祭祀活动。

埃涅阿斯死后，他的儿子阿斯卡尼俄斯继承了王位，拉丁人习惯称阿斯卡尼俄斯为尤鲁斯。尤鲁斯同他伟大的父亲一样聪明能干，治国有方。在拉丁姆平原中部的阿尔巴纳山上，尤鲁斯又建造了一座新的城市，取名为阿尔巴·隆伽，在意大利语中，其意思是“长长的阿尔巴”。这座城市高耸在陡峭的山峦之间，四周环绕着茂密的树林，潺潺的小溪从山间流出，十分美丽富饶。后来，尤鲁斯把拉丁姆的首府迁到了新城阿尔巴·隆伽，又继续开拓国土。

尤鲁斯当上国王后，拉维尼亚就离开了王宫，来到劳伦图姆城附近的树林里生活。没过多久，她生下了一个聪明的男孩，并取名为西尔维乌斯，当然，他是拉丁奴斯的孙子，并且是唯一的继承人。因此，尤鲁斯死后，拉丁姆全体国民推举西尔维乌斯为他们新的国王。西尔维乌斯也很能干，其执政后，奋发图强，使国家更为强大，欣欣向荣。拉丁姆逐渐发展成为以阿尔巴·隆伽为中心的三十余座城市联盟。后来的罗马城就是以阿尔巴·隆伽为中心发展起来的。

洛慕罗斯与图鲁斯

三百多年里，拉丁姆先后由拉丁奴斯、埃涅阿斯、尤鲁斯和西尔维乌斯统治，国家安定繁荣。但进入铁器时代以后，拉丁姆国家局势逐渐动荡。

阿尔巴·隆伽的国王普罗卡斯死后，依据惯例，应由长子奴弥陀耳继承王位，次子阿摩利乌斯不能即位。但阿摩利乌斯是一个贪心的人，尽管哥哥赐给了他大量的土地和财产，但他仍不满足，妄图登基为王。后来，阿摩利乌斯发动了一场宫廷政变，夺得了王位，然后把哥哥流放到一片森林中，让其过着悲惨的生活。

阿摩利乌斯虽然登上了王位，但他总是寝食难安，害怕哥哥的后裔以后会找他报仇。为了解决这个问题，他杀死了哥哥的儿子，让哥哥的女儿瑞亚·西尔维亚做了祭司，不许她结婚，并逼迫她立誓今生不得生育。没办法，瑞亚·西尔维亚只好整天和其他处女祭司们守护着供奉在维斯塔神庙里的圣火，慨叹自己和家人的悲惨命运。

也许是上天的意志，瑞亚·西尔维亚不小心闯入战神玛尔斯的圣地。战神玛尔斯爱上了她，和她做了夫妻，并生下了两个男孩，她抱着两个儿子大胆地走进神庙。神殿里的其他女祭司不仅嘲笑她，甚至还到国王阿摩利乌斯那里告状。面对自己的侄女和她的两个孩子，阿摩利乌斯陷入了思考。他并不在意侄女的丑闻，而是非常在意这两个尚在襁褓里的幼儿，担心他们某一天会来抢夺他的王位，因为他们才是合法的继承人。

“我不会这么傻，让他们活下去，但他们是神的儿子，我是不能与神作对的。该怎么办呢？”阿摩利乌斯很快就有了主意，“的确，我不能与神作对。但是，根据维斯塔女神的律令，我完全可以处死他们，因为瑞亚·西尔维亚触犯了戒律。”最后，瑞亚·西尔维亚和她的两个孩子被判死刑，要被沉入水里溺死。要行刑了，刽子手们先把瑞亚·西尔维亚投入台伯河，河神台伯律奴斯可怜这个女人，就救了她。这使刽子手们非常害怕，他们把装有两个幼儿的篮子放在河水里就逃走了，两个可怜的孩子就这样被遗弃在河畔。

河水不断地冲击着篮子，两个可怜的孩子又冷又饿，哭了起来。这个时候，有一头母狼从这里经过，看见了篮中这两个可怜的孩子，便把他们叼到自己的窝里，用自己的奶喂养他们。

之后不久，有一个名叫福斯图鲁斯的牧人经过这里，发现了狼窝里的这两个孩子。因为他的小儿子刚刚夭折，他非常渴望能再有自己的孩子，所以，他就抱走了这两个孩子，并分别给他们起名为洛摩罗斯和雷姆斯。

两个孩子在福斯图鲁斯的照顾下茁壮成长。福斯图鲁斯很高兴，但是他也明显感觉这两个孩子不像凡人。他们远比同龄人聪明，而他们的样貌则与被废黜的国王奴弥陀耳十分相似。之后，他又听说了瑞亚·西尔维亚的故事，更坚信了洛摩罗斯和雷姆斯就是神和瑞亚·西尔维亚的儿子。为此，他既高兴又伤心，高兴的是自己的养子居然是神的儿子，伤心的是假如这两个孩子是神的儿子，那么他们早晚会离开自己的。

福斯图鲁斯的担心很快就被证实了。

这兄弟俩的身体健壮，放牧时经常和牧羊人发生冲突。他俩每次都能战胜对方，对拉文丁山上的牧羊人来说，这是很大的侮辱。于是，这些牧羊人决定在卢泼卡利恩节上惩罚这对兄弟，出口恶气。

卢泼卡利恩节转眼间就到了，这里的年轻人身披狼皮，唱歌跳舞，开展狂欢活动。狂欢活动中有一项重要的节目，那就是围着帕拉丁山赛跑。毫无疑问，洛摩罗斯和雷姆斯两兄弟必定会在赛跑中获胜，这些牧羊人心里早已料到，所以他们就想在赛跑时趁机攻击两兄弟。

祭品整齐地摆放着，人们点起火堆，烈火熊熊燃烧，祭品被众神带走了。人们非常高兴，祈求上苍保佑当地居民来年能够万事顺心、生活幸福。人们欢笑着，又唱又跳，好不热闹。

赛跑开始了，洛摩罗斯和雷姆斯兄弟跑得很快，他们很快就把其他人抛在了身后。然而他们做梦也不会想到，一群牧羊人正躲在灌木丛中准备攻击他们。当兄弟二人跑到埋伏地点时，牧羊人从灌木丛中跳出，对他们发动了攻击。由于事发突然，兄弟俩惊呆了，不过他们还是奋勇反抗。但因寡不敌众，最后只有洛摩罗斯逃跑了，雷姆斯被抓住了。

洛摩罗斯在逃回家的途中，碰到了父亲福斯图鲁斯。

“父亲，我们刚才在山上赛跑时，被埋伏在路旁的牧羊人偷袭了，雷姆斯被抓，我害怕他们会杀死雷姆斯。”洛摩罗斯对父亲诉说着事情的经过，同时他还建议父亲用武力前去营救雷姆斯。福斯图鲁斯听后，说道："我的孩子，不用担心，如果我向他们说明了你们的身世，他们就不会为难你们了。不仅如此，他们还会对你们顶礼膜拜！我现在告诉你，你们是瑞亚·西尔维亚公主和战神玛尔斯的孩子，你们的祖父就是阿尔巴·隆伽合法的国王奴弥陀耳。"

"父亲，您是说我们兄弟是瑞亚·西尔维亚公主和战神玛尔斯的孩子，同时也是阿尔巴·隆伽王国王位的合法继承者，是吗？"洛摩罗斯一下无法接受这个现实。

福斯图鲁斯回答说："是啊，孩子，因此你根本不用担心雷姆斯，有神祇的保佑，他一定会没事的。"说完，他就带着洛摩罗斯，来到阿文丁山，找到了那些牧羊人，说明了一切。他说，只要找到被流放的国王奴弥陀耳，就可以证明兄弟俩的真实身份。

这些人都赞同福斯图鲁斯的建议，于是大家就一起去找寻森林深处的老国王。他们在森林神西尔瓦诺斯的神庙前找到了老国王奴弥陀耳，奴弥陀耳看到这两个孩子，马上就确认了他们的身份，因为他们长得很像他，他们现在的样子和他年轻时几乎一模一样。

知道了自己的身世以后，洛摩罗斯和雷姆斯立誓要替外祖父报仇。在众人的支持下，洛摩罗斯和雷姆斯率领众牧羊人进攻阿尔巴·隆伽。早已不满阿摩利乌斯统治的人们也纷纷拿起武器，同他们一起向阿尔巴·隆伽发起进攻。他们与国王的军队发生了激烈的战斗，在战斗中洛摩罗斯杀死阿摩利乌斯，国王军大败，老国王奴弥陀耳重登王位。

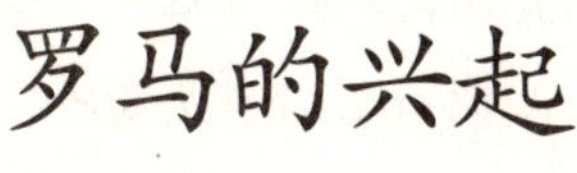

罗马的兴起

老国王奴弥陀耳重登王位后，十分宠爱自己的两个外孙，他非常希望他们兄弟将来能继承他的王位。但是，洛摩罗斯和雷姆斯却向他辞行，他们并不想继承王位，而是想靠着个人的努力大展宏图。他们还告诉奴弥陀耳，他们想在台伯河下游建造一座新城，用以纪念他们那可怜的母亲瑞亚·西尔维亚。奴弥陀耳被深深地感动了，他赐给这两个孩子大片的土地，帕拉丁山和阿文丁山的牧人自发迁居至此，成了这片土地上的首批居民。随后，各地不少受迫害者也先后来到这一地区，一时间，这里人口大增。

很多人都赞同兄弟俩的建城主张，但是若要建造一座城池，应该以兄弟俩谁的名字命名呢？城址该选在何地呢？是帕拉丁山上还是阿文丁山上？兄弟俩为此争论不休。后来，两人决定让上天来裁决。他们约好在一个深夜去寻找神的指示。那夜星光灿烂，雷姆斯率众登上了阿文丁山，洛摩罗斯率众登上了帕拉丁山。大祭司给他们画了条分界线，然后大家就等着神的启示。天快亮时，有六只雄鹰从东方飞来，围着阿文丁山飞转了几圈后又飞走了。雷姆斯很高兴，以为这是上天的意志，他欢呼着。正当这个时候，十二只雄鹰从西方飞来，径直飞向帕拉丁山，之后又面向着初升的太阳飞走了。

看到这些后，大家全明白了，雄鹰是神派来的，它们是来做指示的。但究竟该怎么解释神谕，众人仍然无法达成一致意见。双方争执不下，最后，雷姆斯作出妥协，因为他认识到自己的实力没有洛摩罗斯强，就同意按照洛摩罗斯的意见建城。

台伯河下游地区的所有青年男子都被洛摩罗斯召集起来，他们站在帕拉丁山的周围，向众神献祭，并决定把雄鹰作为新城的城徽。之后，洛摩罗斯让人牵来两头牛，一头公牛和一头母牛，把它们一并套到耕犁上，然后他扶着犁耙，绕着打算建城的路线犁地，打了一个圆场。做完之后，他停在将要建城门的地方，抬起犁。他身后的人们赶忙跑上前去，搬起他刚刚犁松了的大土块扔向划出的圆场内，这样可以增加城内的土力。结束后，洛摩罗斯杀了那两头牛，把它们当作祭品献给了天神。

人们开始营造自己的家园，他们首先在地面上挖了一道浅沟，接着就绕着浅沟搭建低矮的围墙。虽说围墙较矮，但它却是安全防护的标志，这对人类来说，是神圣的，是安全保障的有力措施。但是，这个东西竟然遭到了雷姆斯的践踏。

有一天，雷姆斯过来了，他看到这些低矮的围墙，不屑一顾。他嘲笑围墙根本没有用，还满不在乎地从围墙上面跨了过去，得意扬扬。人们惊呆了，谁也没有想到，雷姆斯竟敢公开和洛摩罗斯作对。洛摩罗斯做梦也没有想到自己的弟弟竟然以这种方式公然和自己对抗，他非常气愤，于是拔刀杀死了自己的弟弟。雷姆斯死后，他很后悔，但他知道，只有如此，人们才能相信他，支持他。于是，他高声宣布："任何人胆敢越过这些围墙，其下场就会和雷姆斯一样。"人们一片欢呼，随即投身于劳动中去。

没过多久，新城建成了。但是洛摩罗斯一点儿也不开心。为了惩罚洛摩罗斯杀弟的罪行，众神给这座新城降下了灾难。烈日炎炎，大地龟裂，冰雹从天而降，再加上瘟疫横行，整座城市几乎所有的人都得了重病。洛摩罗斯看到这些，心里非常难过，他也一直为杀死弟弟而悔恨。为了弥补自己的过错，他当众宣布雷姆斯无罪，并在自己的宝座旁又放置了一把宝座，表示和死去的弟弟共同统治这座新城。

对洛摩罗斯的这种做法，人们看法不一：反对的人认为这种做法不好，很恐怖，就逃离了这座城市；赞同的人认为这种做法很好，表明国王宽宏大量，做他的臣民一定会有一个幸福的未来，国家必定会兴盛起来，于是高兴地留了下来。留下来的人们，受到了洛摩罗斯的奖励。从此以后，他励精图治，专心治理国家。慢慢的，瘟疫消失了，田野也恢复了生机，人们也过上了幸福的生活。

洛摩罗斯依据自己的名字，将新城命名为“罗马”。为了使罗马城成为一个坚固的城池，洛摩罗斯和他的后代不断加固、增高城墙，防卫设施也越来越健全，这就为这座新建的城市未来能够成为世界的中心奠定了坚实的基础。

附 希腊、罗马神话诸神对照表

希腊神名	罗马神名	司职
宙斯	朱庇特	天公 众神之王
赫拉	朱诺	天后 婚姻女神
克洛诺斯	萨图恩	朱庇特之父
该亚	泰拉	地神 萨图恩之母
波塞冬	涅普顿	海神 朱庇特的兄长
哈得斯	普路托	冥神 朱庇特的兄长
珀耳塞福涅	洛塞耳庇娜	冥后
雅典娜	密涅瓦	智慧女神
阿波罗	福波斯	太阳神
阿耳忒弥斯	狄安娜	月亮女神 狩猎女神
阿瑞斯	玛尔斯	战神
赫菲斯托斯	伏尔甘	火神 工匠神
阿弗洛狄忒	维纳斯	美神 爱神
厄洛斯	丘比特	小爱神 维纳斯之子
赫耳墨斯	墨丘利	神使 商业之神
得墨忒耳	刻瑞斯	农神 谷物女神
狄俄尼索斯	巴克科斯	酒神
赫斯提	维斯塔	灶神 家宅的保护神

▲ 天公朱庇特

▲冥神普路托

▲ 狩猎女神狄安娜

▲ 爱神维纳斯和战神玛尔斯

▲ 商业之神墨丘利

礼品装家庭必读书

礼品装家庭必读书

希腊罗马神话·圣经的故事

05

《礼品装家庭必读书》编委会 编

辽海出版社

第五册目录

CONTENTS

圣经的故事

无上的经典，演绎出无数动人的传说。翻开此卷，从中领略别样的开天辟地、繁衍生息。

创世的传说

创世的初始，天地混混沌沌，地球浮在天地间，沉寂而暗淡，陆地也没有，只有宽阔无际的海水。耶和华之灵沿着海面在上空飘行，他在考虑着一次最伟大的行动。耶和华说：“要有光！”黑暗中第一线曙光出现了。耶和华又说：“这就叫白天。”渐渐地，光亮消退了，黑暗重新弥盖一切。耶和华说：“这就叫黑夜。”于是，他完成了第一天的创造，休息去了。

之后，耶和华说：“要有天，让他它伸展其浩瀚的穹顶横越下面的汪洋，这样那拂过海洋的风和云就会有所居所。”这件事情很快完成。于是，第二天的工作就此结束。

之后，耶和华说：“陆地要露在水面上。”刹那间，重重山峦浮出水面，直插云霄。山脚下有着辽阔的平原和山谷。耶和华说：“土地要有能结籽的植物，还有会开花结果的树木。”于是，大地绿草遍野，树木成林，微风拂拂，昼夜交替。于是，第三天的工作就此结束。

之后，耶和华说：“让星星布满天空吧，以便四季转换，日月更迭是有所标记。太阳主管白天，星月主管夜晚——它们的光芒给沙漠里的旅行者指明方向和带来安慰，让人们有休息的时间。”第四天的工作就此结束。

之后，耶和华说：“海阔凭鱼跃，天高任鸟飞。”于是各种大鲸小鱼、大鸟小雀都被创造了出来。鱼儿在水中游玩嬉乐，鸟儿在地面林间飞止繁衍，尽情享受着生命的欢乐。夜晚降临，倦鸟把头藏在自己的翅膀下，鱼儿栖止在深处，第五天的工作就此结束。

之后，耶和华说："好像还缺点什么，对了，没有能匍匐行走的动物啊。"牛、虎以及许多现在还可以看到，或者已绝种的动物，都被创造出来。这个工作完成后，耶和华照自己的模样，用一撮泥土塑了像并使它活了过来，这被称作男人，为动物之尊。第六天的工作就此结束。耶和华以为万物已经完美，第七天他休息了一整天。

第八天，男人开始出现在新的王国中，他叫亚当。百花盛开的园林，各种温顺的动物开始和他嬉戏，小动物也同他戏耍，他的寂寞没有了。不过就算这样，他还是感觉缺了点什么。原来所有生物种都有伙伴，唯独亚当孤孤单单。于是，耶和华在亚当身上取出一根肋骨，造了夏娃。亚当和夏娃牵手漫游在园林中，四处探究着他们的家——让人好奇的乐园。

之后，他们来了一棵树前，耶和华告诫他们说："注意了，这一点非常重要。园内的果子你们可以尽管吃，但是请别吃这一棵分辨善恶的树上的，一旦吃了它的果子就会分辨自己的行为的

▲上帝耶和华

正义或邪恶，从此灵魂再也难以安宁。对于这棵树，你们应该离得远远的，不然，就会有不可预测的后果。”

亚当和夏娃同意信守诺言。但没多久，亚当自个儿睡着了，夏娃还不困，于是独个儿在园中散步。忽然，草丛中传来一阵窸窸窣窣的响声，夏娃凝神一看，发现是老奸巨猾的蛇。

那时，人类和动物的语言没有丝毫障碍，所以夏娃和蛇开始说起话来。蛇说它也听见了耶和华的话，不过它认为那些话根本不值得相信。夏娃被它诱惑动了心，于是就吃了智慧树上的果子。在亚当醒来后，她也把果子给他吃了。

耶和华怒不可遏，亚当和夏娃被他赶出了乐园。他们只好在世间动手谋生了。没多久，他们有了两个儿子，哥哥取名该隐，

▲ 亚当和夏娃

弟弟取名亚伯。

该隐和亚伯都帮父母干活。该隐种地，亚伯放羊。和一般的兄弟一样，吵架也是他们的日常功课。

一天，他们都打算给耶和华献祭。亚伯以最好的羊羔作献礼，该隐则以谷物作献礼，放在石头做成的祭坛上。

孩子在一起往往总会有些嫉妒心，总喜欢吹嘘自己的优势。

亚伯把祭坛上的柴火生得很旺，但该隐却点不着火。

该隐认定亚伯在嘲笑他，其实亚伯没这意思，他只不过站在那里看到了而已。

该隐强迫亚伯走开，亚伯当然不愿意服从，结果该隐这次又动了手。

没想到，该隐下手很重，亚伯倒地而亡。

恐惧一下子占据了该隐的心，他远远地逃走了。

不过，这一切瞒不过耶和华，他在树丛中找到了该隐，于是问他弟弟去哪了。该隐倔强地不愿作答。他想，我不说你能知道吗？况且我也不是弟弟的保姆。

不过，撒谎对该隐一点好处都没有。正如该隐的父母因违反训令而被逐出乐园一样，耶和华惩罚该隐远走他乡。果然，该隐的父母再也没见过他，尽管该隐活了很久。

亚当和夏娃过得十分凄凉，小儿子死了，大儿子不见了。

慢慢地，亚当和夏娃的子孙在世间繁衍开来，有的往东边发展，有的往西边发展，有的去北边进入山区，有的去南边消失在沙漠地带。

不过，该隐原有的罪孽开始延及后世。打架斗殴、自相残杀、偷鸡摸狗；女孩单独外出更不安全，说不定就会被邻村的小伙劫走了。

世间乱糟糟的，最开始时就出了错。或许人类重新来过一次，新的子民会让耶和华满意。

就在那时，有个叫诺亚的人，玛士撒拉（活了九百九十六岁）的孙子，算来还是该隐和亚伯弟弟塞特的后代。塞特出生于那场悲剧之后。

诺亚是个大好人。他一心为善，与人相处极其愉快。如果人类真要再一次开始，诺亚可能是最合适的人种。

于是，耶和华决定摧毁所有人，单单只留下诺亚一家子。他命令诺亚造一只船，船身长450英尺，宽715英尺，高43英尺，完全可媲美现代的远洋轮。真的很难想像，单凭木头诺亚如何能造出这样的巨无霸来？

不管困难如何大，诺亚和儿子们下定决心把船造好。邻居都围在周围看热闹，大家都笑话他们：千里之内既没有河，也没有海，造这么大的船干什么用？

诺亚和工匠们不管这么多，他们日夜不停地干活。他们把大柏树充当龙骨，船舷两边涂上松脂以保持船身干燥。并在第三层甲板上加固厚木板制成的屋顶，以便抵挡那即将降临于恶世的暴风雨。

船造好了，诺亚和他全家（三个儿子和三个儿媳）准备启程。他们到处搜罗各种动物，以便准备将来的食物，还有以后登陆时的祭品。

打猎用了一个星期，方舟（船的名字）到处都是生灵的喧闹声。它们在笼中使劲挣扎，撕咬所有的东西。不过，鱼就不必带了，在水中它们完全能够适应。

第七天傍晚时分，诺亚全家都躲到方舟里面来了，跳板被收了起来，舱门闭得紧紧的。

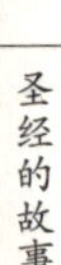

▲ 诺亚与方舟

此后，诺亚和他的儿子们：闪、含、雅弗以及妻子再次成了农夫和牧民。他们与妻子儿女们，还有家畜群过着平静的日子。时间过了半夜，狂风暴雨顿起，之后，一连紧紧下了四十昼夜的雨水，大地汪洋一片，方舟中的诺亚和他的跟顺者，成为这次灾难仅有幸存者。

之后，耶和华悲心大发，狂风赶跑乌云，阳光又出现了，照耀着波光闪闪的海面，一如创世之初。

诺亚心悸地打开门窗，放眼四望。他的船停在无际的水面上，看不到陆地的踪影。

诺亚放出一只乌鸦，很快它害怕地飞回来了。他又放出一只鸽子（它的方向感最好，才飞得最远）。但是很可怜，它也找不可以栖止的树枝，不久也飞回来了，诺亚只好把它又关在笼子里。

七天过去了，诺亚决定再试一次，他把鸽忆又放了出去。这一次，鸽子没立刻返回，直到傍晚时分，鸽子才展翅归来！嘴里还衔着一根新鲜的橄榄枝。很明显，洪水开始了。

又七天过去了，诺亚第三次放出鸽子。它没再回来，这真是鼓舞人心。没多久，船身突然被什么震动了一下，诺亚清楚这是船身碰到陆地了。方舟停到了亚拉腊山上，这座山位于现今的亚美尼亚国。

第二天，诺亚的脚踏到了陆地上，他随接吩咐宰杀动物，搭建祭坛。看！天空出现了一弯很宽的彩虹，这是耶和华的立约信号，专门给诺亚这个忠实仆人的。

不过，这次大灾难能否教训遗留下来的人，还未可知。因为不久就发生这样的事情：诺亚搭建了一个葡萄园，多余的葡萄用于自酿美酒。因此不免时有贪杯，以致失去理智，很难说他跟现在的酒鬼有什么区别。

两个做儿子的深为老父的行为愧疚，他们尽力洁身自律。不过，第三个儿子含，却以此为乐，有时竟然不懂事理地大笑他父亲。

诺亚在酒醒后，心中大怒，于是把含驱逐出家门。

后来，有关诺亚的传说几乎没有了，唯一知道的是他的一个名叫宁禄的后裔以善猎名世。不过《圣经》没再有关于闪和雅弗后来的记载。

但是这两人的儿子们却干了很多让耶和华难堪的事。后来他们迁居去了幼发拉底河流域，巴比伦城就是他们建造的。他们在那儿安居乐业，并决定建座高塔作为本族所有部落的聚集地。烧砖，打基，他们准备得很充分。

不过，耶和华不喜欢他们一辈子固守一个地方。这个小平原有如井底之蛙，何不到世界各地分散去住呢？

所以就在匠人们建塔建得兴高采烈时，耶和华突然让他们操起了不同的语言，而原来的母语全部都忘失了，一时间脚手架上全是各种此起彼伏的不同语言。

因此，他们只得取消建一座通天塔、形成一个国家的计划，然后各奔前程散落到世界各地。

先行者

亚伯拉罕出生于幼发拉底河西岸的乌尔地区。

他们的祖先离开方舟后，就祖祖辈辈以畜牧业为生，人丁兴旺。亚伯拉罕本人就是很富有的农场主，放牧牛羊几千只，在他的农场雇佣的青年就达三百人。他们对主人极为忠诚，积极响应主人的召唤。他们自发建成一支小军队，在地中海沿岸为亚伯拉罕争夺新牧场的战斗中，勇创新功。

到亚伯拉罕七十五岁时，耶和华召唤他，离开故居，迁居迦南（现今的巴勒斯坦）。

亚伯拉罕欢喜接受了。原因就是他们居住地的迦勒底人好战，而他这位犹太智者却格外讨厌这些鸡毛蒜皮的争斗。

所以他命令仆从掀起帐篷，男人赶拢羊群，女人包裹睡毡和准备食物，以便越过沙漠，开始犹太民族的第一次大迁徙。

亚伯拉罕的妻子叫撒拉，不过她从未生育。亚伯拉罕只好让侄子罗得担任团队的副首领。随着他一声令下，队伍开始沿着日落方向西进发。

队伍并没有到达广阔的巴比伦河谷，而是沿着阿拉伯大沙漠的边地向前进发。他们有惊无险地到达了亚洲西部的牧场。

队伍在接近示剑村名为摩利的地方停留了下来。亚伯拉罕在一棵橡树旁搭起祭坛，以便供奉耶和华神。不久，他们又迁居去了伯特利，在那里逗留了些日子，以便更好规划未来。到达迦南后，他们发现远没有期望中的富饶。

同时，由于亚伯拉罕和罗得的羊群突然来临，山边的青草被一扫而光。当然双方的牧羊人会争夺草场，一场内战迫在眉睫。

以亚伯拉罕的平和天性是绝不容许发生内战的，他把侄儿请进帐篷，提议分地而居，友好相处，如同亲属通常做的那样。

罗得也通情达理得很。于是叔侄俩一拍即合，很快达成一致。罗得留在约旦河流域，这是他喜欢的。亚伯拉罕选留下的地方，也就是现在的巴勒斯坦。亚伯拉罕在炎热的沙漠度过了大半

▲ 亚伯拉罕率领族人来到迦南

生，现在他很想找到有树阴的土地。

在老希伯伦城周围有一个名叫幔利地方有橡树林，他便在里面搭起帐篷，筑起新的祭坛，以感激耶和华指引他到达幸福的土地。

不过，这种幸福的日子没过多久，侄儿罗得就出事了，亚伯拉罕被迫为保卫家族而应战。

当地的统治者是强大的以拦王，他足以跟亚述的统治者对抗。以拦王曾向多玛和峨摩拉两城征税，惨遭拒绝后，以拦王一怒之下率军征讨。

很不幸，战争就在罗得居住的平原上激烈展开。红了眼的士兵是没什么顾及的，在掠夺两个大城的许多人后，罗得也被卷入其中。

亚伯拉罕从幸免的邻居那儿打听到事情的前因后果后，立即召集并武装全体人马，前往营救。夜半时分，他们赶到了以拦王的营地，立刻发起迅猛进攻，迷糊的警卫还没来得及弄清发生了什么事时，亚伯拉罕已经把罗得救出，共同返回约旦河。

一夜之间，亚伯拉罕声威大震，在附近各部落眼中，他成了位了不起的人物。

所多玛王有幸得以逃脱屠杀的命运，前来谒见亚伯拉罕。一起来的还有撒冷王麦基洗德。撒冷又叫耶路撒冷，是迦南的一座古城，在他们西迁到此地之前已经存在了几百年。

亚伯拉罕和麦基洗德一见如故，因为他们都供奉着耶和华神。不过亚伯拉罕却不喜欢信异教的多玛王。所以所多玛王把从以拦王手中夺回的大部分战利品分给亚伯拉罕，亚伯拉罕不愿接受。只有他饥不择食的部下吃了几只烤羊，余下的全部归还。

在西亚地区，所多玛人和峨摩拉人声誉一直就不好。他们懒惰拖延，做坏事毫无忌惮，所有犯罪行为均不会遭受任何惩罚。

附近的人们经常警告他们，如此下去一定会毁了自己。不过所多玛人也不放在心上，依然没有丝毫改变，以致附近部落的人对他们颇有微词。

一天傍晚，夕阳西沉。亚伯拉罕端坐在帐篷前，对目前的生活颇为自得。耶和华从前在乌尔给他的许诺即将变为现实——他的妻子撒拉怀上他们想要的孩子啦！

就在他思绪飘飞时，有三位陌生人一路走来，每个人都显得又累又脏。亚伯拉罕赶忙请进屋来为他们洗尘，又吩咐撒拉快快生火做饭。三人在树下吃了饭，之后又聊了一会天。

天色更晚了，陌生人告辞时说他们还要赶路。亚伯拉罕就主动请求为他们指点近路。在得知他们要去的地方是所多玛和峨摩拉时，亚伯拉罕明白了，原来自己款待的正是耶和华和两位使者！

亚伯拉罕洞悉了两位天使的使命。因为他自己的亲人也在那儿，所以他以忠诚的子民身份起誓，求主发慈悲，赐福于罗得，还有他的妻子儿女。

耶和华同意了，他还说，如果能在这两座城中找到五十个，三十个甚至是个正直的人，他就赦免这两个城市。但是他没有找到。

于是，耶和华决定惩罚者两个城市，使其变成火海。之前，罗得得到启示，在这两个地方起火时令家人离开，但不许回头看。罗得的妻子怜悯火海中的邻居，不禁回头偷看。

耶和华远远就看到了，于是把她一刹那间变成了一根盐柱。罗得一下子成了鳏夫，又做爹又做妈地抚育两个女儿。

亚伯拉罕知道后非常伤悲，于是他决定离开森林和幔利平原。他率领族人向西来到地中海附近。最后，他们进入了腓力斯人的故土，在贝尔谢巴定居。后来，亚伯拉罕和撒拉在这里生下了以撒。

事实上，在婚后漫长的等待中，当他们似乎已经觉得不可能再有后代时，依当地的风俗，亚伯拉罕娶了第二个妻子。

亚伯拉罕的第一个妻子是犹太人，叫撒拉。而他的第二个妻子是个埃及使女，名叫夏甲。当然，撒拉一点也不喜欢夏甲。夏甲生了儿子以实玛利以后，撒拉更加恨她并力图赶走她。

以实玛利跟同父异母的兄弟们一块在牧场玩耍时免不了常常吵架，有时候肯定也打成一团，这更令撒拉不快。撒拉明白自己又老，又远不及夏甲漂亮。她一心想去掉这个与她争宠的厉害对手，夺走她的各种权利。

撒拉执意要亚伯拉罕送走夏甲和以实玛利，遭到亚伯拉罕拒绝。以实玛利毕竟是亚伯拉罕的儿子，他喜爱这孩子，赶他走不公平。可是，撒拉坚持己见。最后，耶和华出面了，他告诉亚伯拉罕最好顺从妻愿，争下去没什么好处。

为了家庭安宁，在一个悲伤的早晨，善于忍耐的亚伯拉罕向他诚实的婢女和儿子告别。他让夏甲回到老家去。可是，从腓力斯到埃及路途遥远，危险重重。不到一个星期，夏甲和儿子几乎渴死。他们在贝尔谢巴的荒野迷了路。若不是耶和华在危难之际搭救了他俩，指给他们找水的地方，娘儿俩可能早已渴死了。

亚伯拉罕以服从耶和华的意愿为宗旨，并以自己的正直和虔诚而骄傲。耶和华决定最后考验他一次，而这一次，差点送了一条人命。

耶和华突然召唤老亚伯拉罕，告诉他把儿子以撒带到摩利亚山上杀死，以其身体献祭。这位老先行者仍忠诚不移。他令两个家仆作好短途旅行的准备。次日，亚伯拉罕带着儿子，牵着驴，驴背上驮着木柴、水和干粮向沙漠进发。他没告诉妻子去干什么。耶和华已经说了，这就足够了。

以撒边走边玩，一路上很快活。三天之后，他们到达摩利亚山。然后，亚伯拉罕让两个仆人等着，自己牵着以撒的手爬上山顶。

这时，以撒才觉得奇怪。他常常见父亲献祭，可这次却有点不同。他看见有石堆的祭坛，还有木柴，父亲手里也拿着宰牲的长刀，“可是，羊在哪儿呢？”他问父亲。

“时辰到了，耶和华会给的。”

接着，他抓起儿子，把他绑在石头祭坛上。

然后，他一手举起了长刀，一手把以撒的头向后仰。

正在此时，耳边响起了耶和华的呼唤。

耶和华明白亚伯拉罕是最忠诚的信徒之一。他不再需要这个老人证明自己的虔诚之心了。

以撒起身从祭坛上下来。旁边恰好有只大黑羊的犄角被树藤缠住了，亚伯拉罕便以它代子作为祭品。

三天过后，父子一同回到撒拉身边。

但是，亚伯拉罕似乎不喜欢这块地方——带给他那么多不幸。他离开了贝尔谢巴这块伤心地！

撒拉年事已高，死后葬在亚伯拉罕为她买来的麦比拉山洞里。亚伯拉罕感到非常孤独。

他一生饱受忙碌、迁移、劳作还有打仗之苦。他累了，想休息了。

可是，以撒的未来仍要他操心，这孩子该成家了。他听说老家的弟弟拿鹤家人丁兴旺，他希望以撒和表亲成婚，这样会使家族更加团结。

于是，亚伯拉罕叫来一个老管家，讲了自己的意愿——该给以撒娶一个心地善良、懂得操持家务的姑娘。

老管家奉命东行数日，沿着亚伯拉罕八十年前的同一条路，到了乌尔。然后，慢慢行走打听拿鹤的家。

一天傍晚，炎热消散，当凉爽的沙漠之夜来临时，他到达哈兰镇。女人们正出城打水准备晚饭。

老管家让骆驼歇息。他自己又累又热，便问其中一个姑娘能否给点水喝。姑娘说："当然可以。"她很乐意这么做。等人喝饱了，她请管家稍等，又让可怜的骆驼喝个够。管家问是否有地方可以过夜。姑娘说她父亲会很高兴给他住处，喂他的骆驼，直到他继续赶路为止。这一切简直就是上帝的恩赐，令管家难以置信！眼前这位不正是亚伯拉罕所描述的完美女子形象吗？她年轻、活泼而且异常美丽。

接下来的问题是：她是谁？

她叫利百加，是拿鹤之子彼土利的女儿。她有个哥哥叫拉

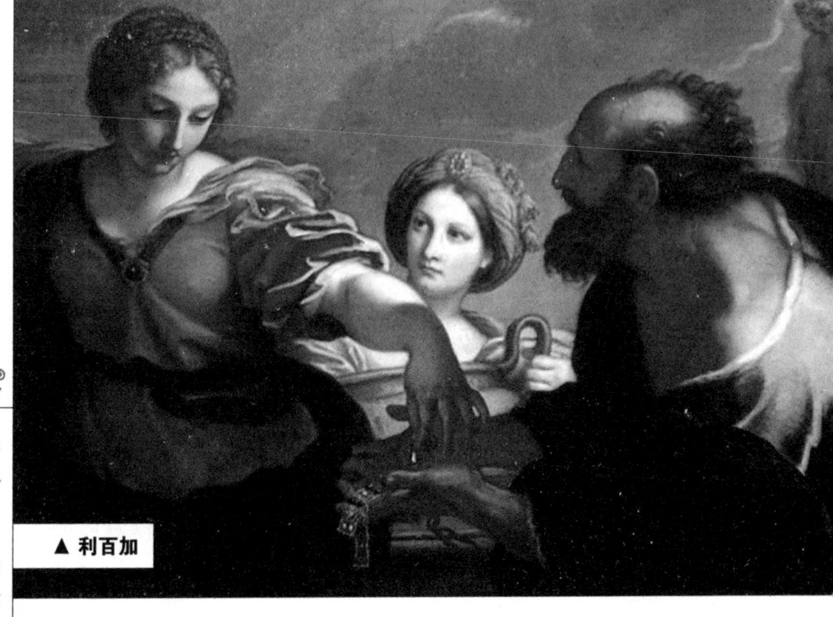
▲ 利百加

班。她听说过有个亲戚叫亚伯拉罕，早在她出生前很多年就移到迦南去了。

管家知道他已经找到了合适的姑娘了。他向彼土利说明来意，讲了主人的故事，夸赞亚伯拉罕是地中海一带最富最强的人之一。他不失时机地展示从希伯来带来的地毯、银质耳环、金质酒盅，令乌尔人惊叹不已。他请求利百加随他去嫁给年轻的以撒。利百加的父兄对这门亲事很满意。那个年代，婚姻大事是不与姑娘们商量的。然而彼土利是个通情达理的人，他希望女儿幸福。他问利百加是否愿去陌生的国度嫁给她素未谋面的表亲？

利百加说：“我愿意。”并准备立刻动身。

她的老奶妈和众使女陪伴着她。她们骑在骆驼上，想像着那个管家描绘得如同一幅画一般美妙新奇的地方。

日近黄昏，驼队蹒跚在尘土飞扬的路上，远远望见一个年轻人在田野上沉思。

听到驼铃声，年轻人驻足观望。看清是自己家的骆驼，他便冲上前去，见到了那蒙着面纱的姑娘——他未来的妻子。

以撒觉得自己是个幸运儿（他的确是），与利百加即刻成婚。不久，亚伯拉罕逝世了，葬在麦比拉山洞里妻子撒拉的身旁。以撒和利百加继承了亚伯拉罕的所有田产、牲畜等一切财产。他俩既年轻又幸福。每当夜幕降临时，他们常常一同坐在帐篷外，同他们的双胞胎嬉戏。大儿叫以扫（意为“有毛的”），小儿叫雅各。

以扫是个粗放、诚实、肤色黝黑的小伙子。他两臂健壮多毛，行走健步如飞，整日在外打猎，布设陷阱捕兽，与鸟儿牲畜同居田野。

雅各则相反，很少离家，他是母亲的宝贝，利百加的溺爱惯坏了他。但在那个年代，雅各也只能屈居于次子的卑微地位，而对财富地位不感兴趣的以扫却处处被奉为主角。

以扫是个猎人、农夫和牧羊人，大部分时间都在野外。雅各却相反，整天坐在家里算计。他贪婪，什么都想据为己有。怎样才能把哥哥的财产弄到手呢？

这一天，机会终于来了！

以扫打猎回来，又饿又渴。雅各正在厨房里忙着给自己熬红豆汤。

以扫央求道：“给我喝点，快给我喝点。”雅各假装没听见。

“我饿死了，”以扫说，“给我一碗红豆汤。”

“你拿什么报答我呢？”弟弟问。

“什么都可以。”以扫回答。这时候他喝汤心切，哪里想到别的事情。

“你愿给我长子继承权吗？”

“当然。我现在坐在这儿都快饿死了，长子继承权有啥用？快给我来一碗汤，把这个什么长子权拿去吧！”

“你敢发誓？”

“发什么都行，给我一碗汤！”

不幸的是，那时的犹太人很认真。

他告诉母亲，为了一碗红豆汤，以扫自愿出让他与生俱来的权利——长子继承权。现在母子俩得想法取得以撒的正式认可，那契约就正式生效了。

机遇不请自来。

身患重病的以撒回到了希伯伦。他感到时日不多，希望在死之前安排好后事。于是把长子以扫叫来，要他到树林里打只鹿来烤给他吃，这是他最爱吃的。然后，他要为长子祝福，依据法律赐给他财物。

以扫说声“行”，就立即照办。他拿起心爱的弓箭离家而去。不料，利百加偷听了他们的谈话，她立刻杀了两只羊，照以扫的做法烤好，然后把羊皮缠在雅各手臂上，再披上以扫的带汗味的旧外衣，她嘱咐雅各说话嗓门粗点，就像以扫平时在这种场合所做的一样。

以撒彻底上当了。他听到了熟悉的声音，闻到了以扫身上常有的田野气息，摸到了长子结实多毛的手臂。当他吃完肉之后，便让那伪装者跪下为他祝福，让他继承所有财产。

雅各刚一离开父亲房间，天哪，以扫回来了！但以撒祝福已毕，不能收回。他告诉雅各是个贼，他偷去了该属长子的一切。以扫怒不可遏，发誓一有机会就宰了雅各。

利百加吓坏了，她让雅各向东逃到她哥哥拉班的住地，告诉他最好呆到以扫怒气消了为止。在此期间，他还可以娶个表妹为妻，在舅舅那儿安家。

雅各这个孬种，果真照他母亲的话做了。他没费多少周折就找到了舅舅的所在地。不过，在路途中他做了一个怪梦：他在靠近伯特利的沙漠上睡着了，忽然，天门打开，一架梯子从地面直通上天，梯子上站着耶和华的众多天使，耶和华站在梯子的顶端对他说话，许诺与他为友，在流亡期间给他帮助。

雅各到了乌尔后，他舅舅很乐意收留他。当他请求娶年轻美貌的表妹拉结时，拉班要求他先无偿干七年活。七年后，他舅舅却把大女儿利亚嫁给了他。雅各不喜欢利亚也不想要她。但当地有个习俗，大女儿未出阁，小女儿不准出嫁。如果雅各还想娶拉结，就得答应婚后再干七年。他真心爱拉结，只有和她在一起才会幸福。他又乖乖地放了七年羊，这才娶了拉结。

即便如此，他仍有寄人篱下之感。他没有自己的羊群，拿什么成家立业呢？他只好又同拉班订立契约，愿意再干七年，到

▲ 雅各的梦

时，拉班羊群中的黑绵羊和花山羊都归雅各，这也是他自立门户的好起点。

雅各不愧是个牧羊高手。他很懂行又学了许多窍门。他知道怎样搭配饲料和饮水，以增加黑绵羊和花山羊的数量。

而拉班，总是把农活丢给儿子和奴隶去干，他们不懂饲养方法。没等他明白过来，雅各已经夺走了他的大部分财产。拉班大怒，但为时已晚。雅各走了，带着所有的黑绵羊和花山羊，还有两个妻子、十一个孩子。这还不算，他趁拉班家中无人，将老岳父的家庭用具也席卷而去。

雅各决定离开乌尔。可是他无处可投，只好冒险回迦南。这次旅途上他又奇梦不断。雅各发誓说：有一次他真的和耶和华的天使摔跤，天使扭伤了他的大腿跟，并告诉他从此改名为以色列，他还将成为出生地的尊王。

离幔利越近，雅各的心越不安。当他听说以扫带领数百人和骆驼群前来迎接时，他更加心神不定，以为死期已临。

他极力讨好哥哥，愿把一切献给哥哥。他把羊群分为三份，每天献一份给以扫作礼物。以扫虽粗鲁却很宽容。他不要雅各的任何东西，他早已原谅了弟弟。他告诉雅各，父亲虽然年事已高，但还硬朗，他看见新孙子们一定会高兴的。

以撒百感交集地迎接久别的儿子。然而不久，他就逝世了，与父母亚伯拉罕和撒拉一同葬在麦比拉山洞。

雅各，如今自称以色列，继承了父亲的财产，坐享那份来路不正的家业。这样的生活是绝少成功的。果然不久，雅各又一次被迫离开家园。他生命的最后岁月是在遥远的埃及度过的，离祖宗的墓地很远很远。

继续西行

雅各把两姐妹同时娶了过来。姐姐叫利亚，生有十个儿子；妹妹叫拉结，生有两个儿子，也就是约瑟和便雅悯。

雅各十分宠爱拉结，对于利亚那就马虎得很啦。拉结所生的两个儿子也成了他的心肝宝贝，就算在所有的孩子一同在餐桌进餐或者田野某个地方，他也会毫无顾忌地公开表露这种感情。约瑟敏感地察觉到父亲偏爱他胜过其他兄弟很多，这种虚荣感把孩子弄坏了。再加上约瑟本身就聪明伶俐，他的兄弟相形见绌。一天吃早点的时间，约瑟当众宣布自己做了一个怪梦。

“什么梦？”大家都宠着他。

“哈哈，其实也没什么特别的。我不过梦见我们一起在捆禾把，结果我捆的禾把站在正中间，你们扎的禾把围在周围；一齐向我的禾把叩拜，梦做到这里就完了。”

尽管他的兄弟们都不如他机灵，但这么明显的话他们都听懂了，他们都起了厌离心。

没过几天，约瑟又借梦来发挥表演，但这次失了分寸，以致他父亲都有点恼火。而在以往，雅各在父亲的眼中是个极有趣味和极基伶俐的孩子。

“我又做了一个梦。”约瑟得意扬扬地说。

“这次又是什么梦呢？”家人都显出烦恼的口气，“不会又是禾把的故事吧？”

“哦，那倒不是。这次是和星星有关的。我梦见天上星星有十一颗，另外也有太阳和月亮，居然一齐向我跪拜。”

他的兄弟听了愤愤不平，做父亲的也恼火了——约瑟的话让他想起约瑟已死去的母亲，于是他训斥儿子，做人谦虚点总没什么坏处的。

不过，父亲仍没有改变对孩子的偏爱。没多久，他单独给约瑟买了件花里胡哨的外衣。约瑟立即穿上它神气极了！最先，对于约瑟的话兄弟不过笑笑而已。但随着次数的增多，积蓄的愤怒变成了仇恨。

众人之中的犹大想出一个对付约瑟的主意。

犹大说："我们不如把约瑟卖了，把他的衣服撕烂并抹上血，回去对父亲说约瑟被野兽吃了。然后钱大家平分，也不会有人知道这件事了。"

不久，有一队米甸商人从基列去埃及，满载着香料和没药，准备卖给埃及的防腐师。约瑟的众兄弟齐声说，有小奴隶要卖。在经过讨价还价后，约瑟被卖了二十个银币。这是约瑟西进去了埃及的起因。

米甸商人买下约瑟这个奴隶是一种投资行为，很快他又用高价转手给一位名叫波提乏的埃及护卫长。从此，约瑟正式成为波提乏的奴隶。不过凭着他的聪明才智，他一转手又成了波提乏信赖的家臣，账目以及整个家务，都由他总管了。

不过，波提乏却有个不安分的妻子，她对约瑟有非分之想。

当这个不守本分的女人在被约瑟拒绝后，虚荣心受到了极大伤害。于是对丈夫说，新来的管家目中无人，而且手脚不干净等等。

古埃及的奴隶地位很低。波提乏一旦听说妻子这样说，也就不问是非，也不顾任何情由，便把约瑟投入刑狱。

监狱长看到约瑟忠实可信，而且格外能管理事务，显得格外高兴。只要约瑟不离开大门，可以自由说话，自由做事。在闷了

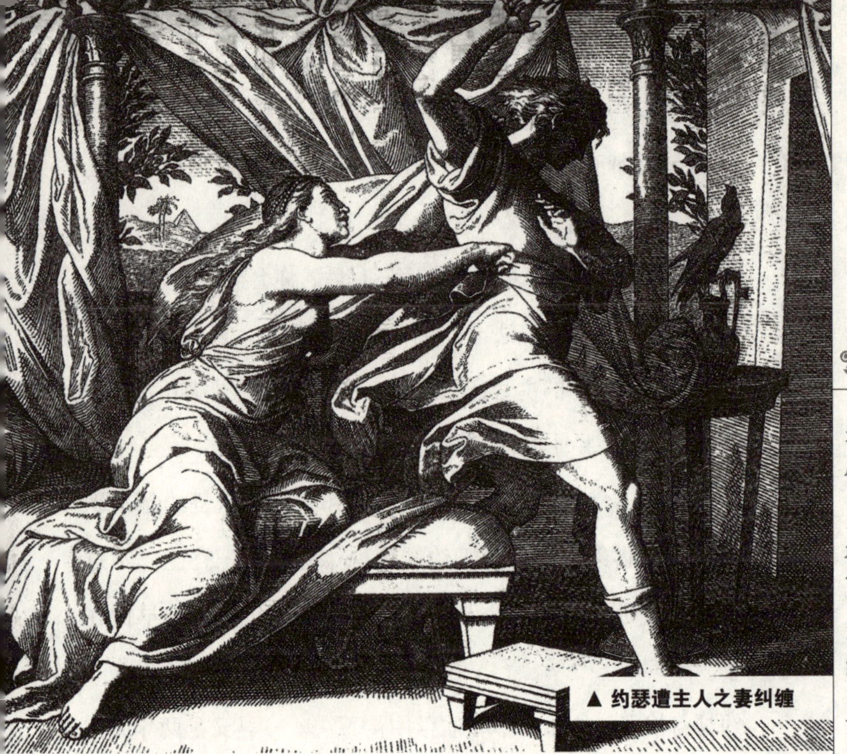

▲ 约瑟遭主人之妻纠缠

时，才和难友们呆一起。

犯人中有两个让约瑟感到格外的兴趣。做王宫主管的是一个，法老的司膳长是一个。

狱中的生活单调得要命，于是他们想尽办法去打发时光。其中玩得最有意思的游戏就是互相说梦。那时的人把梦看得很严重。如果能够解梦，那人在他们看来就是高人。

但解梦正是约瑟的天性聪明所在。当这两人向他说梦时，约瑟立即同意为他们解答。

主管说："我做梦发现自己处于一葡萄架前，一瞬间三根藤上长满了葡萄，我采摘下来，把汁挤到法老的酒杯中去，并敬献给我的主人——法老。"

约瑟稍作思索，就解答说：“很简单，三日内你将被释放，并且官复原职。”

司膳长急忙插话：“你也听听我的梦吧。我梦见的是正头顶有一篮面包走向王宫，刹那间有好多鸟从天降落，把面包吃光了，这怎么解说？”

约瑟回答：“这也简单得很啊，三日后，你会被处死。”

果如所料！三天后，法老的生日到了，他摆盛宴款待众臣。这时，他才想起狱中的主管和司膳长。他命令缢死司膳长，立即执行。释放主管，并让他官居原位。

做主管在出狱时，他声言进呈法老和群臣，恢复约瑟本来的清白，让他得以自由；对于约瑟的恩德他将牢记终生。不过当他一旦官复原职后，那个与他共患难的犹太年轻人他早抛在脑后了。

约瑟苦惨了，他不得不在监狱中待下去。一晃又是两年，如果法老没做那个令人惊恐的梦，只怕他此生要老死狱中了。

国王做过的噩梦如下所述：他看到一根麦秆上挂着七个饱满的麦穗，刹那间就被七个干瘪的麦穗吃掉了；也梦见七头肥壮的母牛在尼罗河边安静地吃草，刹那间又过来七头又瘦又丑的母牛，一瞬间把那七头肥牛吃得干干净净。

梦境简单得很，不过却够让国王本人烦心的了。他召集全国的智者过来解梦。不过，他们没有一个人能解出这个梦来。这时，宫内主管才记起给自己圆梦的犹太年轻人。因此奏请国王召见约瑟。此时的约瑟没有因狱中生活的单调而损耗机敏，他毫不费力地给国王圆了梦。

他的解释是这样的：“七头肥牛和一根茎秆上的七颗麦穗象征着七个丰年；紧接下来会有七个荒年。荒年会很快耗掉所有丰年的粮食储备。陛下一定得任命一个精明强干的人来管理全国的粮草，积极备荒。”

法老叹服了，他认为年轻人说得很对，的确必须尽快早做准备。于是法老当即任命这个外来的年轻人做农业大臣。

数年过去了，约瑟作为农业大臣的权力渐渐增加。到他被任命的第七年，雅各的这个儿子已权倾朝野——其权势仅次于国王，全埃及都为他的权势所覆盖。他十分忠于国王。他命令全国各地多建粮仓，囤满粮食以备荒年之用。饥荒果真如期来临，很快席卷全国，不过约瑟胸有成竹。

自古以来，埃及农民种多少吃多少，从来不愿意储备粮食。现在荒年到了，为换取全家的口粮，他们只好拿房屋、耕牛，甚至是土地去和法老交换。

因此，他们当掉了所有物产；自地中海一直往月亮群山，所有的土地全部划分到国王属下。

就这样，埃及古老的自由制度寿终正寝，奴隶制由此风行埃及，波及千年。那些年的饥荒是世界性的，而对粮食的囤积居奇却只有埃及一国。同样遭遇到旱灾、蝗灾还有其他虫灾的国家，还有巴比伦，亚述和迦南等地。

老雅各一家老小也没能逃过这一劫。抱着最后一线希望，他们决定去埃及买粮。唯一留在家中的只有约瑟的弟弟便雅悯，他太年幼了，其余的十个兄弟带上空口袋，骑着毛驴向西进发寻找援助。

在越过西奈沙漠后，他们终于到达了尼罗河畔。他们被埃及关境的守吏拦住了，带到了总督约瑟的跟前。

约瑟一下子就认出这些衣衫褴褛的流浪者正是自己的亲兄弟。不过他丝毫没有表现出来，假装不通犹太语，让翻译去盘问这些来客的身份。

他们回答："来自迦南热爱和平的牧羊人，来为老父找寻粮食。"

约瑟故意说："他们真不是被派来刺探埃及情报的奸细吗？"

他们发誓说自己是无辜的，一再强调，他们是来自爱好和平的牧羊人家。有十二位兄弟和父亲一块住在迦南。

"还有两个呢？"

"唉！还有一个已经死了，一个留在家中照看父亲。"

约瑟仍然假装不相信，让翻译传话说最好把留下的弟弟也带过来证明，因为埃及总督大人很怀疑他们说的话。

十兄弟万分惊恐。他们站在约瑟的帐篷外用希伯来语交谈，语速非常快。过去的罪行像石头一样压在他们心头：把兄弟约约瑟卖给外族的奴隶贩子，罪不可恕。现在又要失去一个兄弟了，让父亲知道了会怎么想呢？

他们恳求约瑟网开一面，不过遭到拒绝。约瑟偷听了兄弟们的说话，由他们的悔悟得到深深的慰藉。但他还想试探一次，才能最后宽恕他们在幼时给他带来的伤害。于是西缅被留下来作了人质，其他人一起回去带便雅悯过来。

这事情真的难办，雅各一听心都要碎了。但一家人饥一餐饱一餐的，奴仆已经饿死了，来年的物种还没角落呢。想到这些，雅各只好退步。带着便雅悯，兄弟们又返回了埃及，家中只留下雅各一个人了。

和上次一跨过边境就被捉住的命运不同，这一次，所有官员全都客客气气地，直接就被带到总督宫内，待以贵宾之礼。

这种待遇他们并不欢喜。因为他们还不到做乞丐的地步，虽然穷，但白拿人家东西这种事他们也是不愿意干的。

受人施舍是让他们难堪的事。但他们掏出金子来买粮食时，有人告诉他们尽管拿，也用不着付钱。在他们坚持下付了钱后，却发现钱被放在粮袋里退回给他们了。

在归途的一天夜里，众兄弟停止赶路回来休息时，大家七嘴八舌开始说起这件奇怪的事情来。突然间，一阵呐喊声从黑暗中传了过来，追捕到眼前的是一队埃及士兵。他们奉命捕人。

众兄弟大声质问自己有什么过错？他们是清清白白的。来的官员说只是奉命行事罢了，听说总督的酒杯被人偷了，而那天除了他们几个犹太人外，还从没有其他人去过他的房间。所以他们必须接受搜查。既然那当然只好任人摆布了。他们逐个搜查口袋，没想到！在便阿悯的口袋底层，竟藏着一个酒杯——那正是总督大人的。

证据如山。众兄弟们又被押回埃及去见总督大人。他们百般辩解这事的蹊跷，誓自己是毫无过错的。不过约瑟毫不留情，直指他们不仁不义。众兄弟一听软了下来。于是把曾经发生的一切都讲给约瑟听，袒露他们曾犯下的不可饶恕的恶行，表示甘愿牺牲一切来弥补过恶。这时约瑟再也抑不住那种亲情的流露，说那杯子其实是他派人放进便雅悯的口袋里去的。

他摆摆手让所有埃及人离开，一旦旁人都走开后，约瑟就下了座拥抱住了便雅悯。雅各的儿子们这时震惊地认出来：站在面前这位权倾埃及的高官，竟然就是他们曾想杀死、后来又出于贪心而把他卖给了人贩子的亲兄弟！

不用说，这样的奇闻一下子轰动了整个埃及。国王亲自用派马车把雅各接到埃及。约瑟把自己在歌珊省的那块新地，给了家人。

就这样，犹太人从迦南迁居到了埃及。不过对于故土，他们

▲ 约瑟和他的家人相认

依然情意深长，在雅各临死时，还是请求落叶归根，把他的尸骨运往麦比拉山洞，以便躺在祖父母和父母的墓旁。

事情遵照遗嘱办了。约瑟把雅各的遗体葬于迦南后，又回到埃及住了很多年，极受人民爱戴，因为他是出了名的仁慈又宽容。

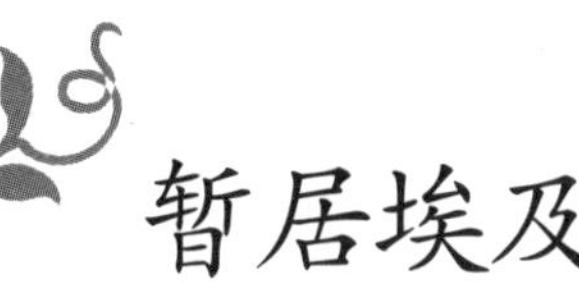

暂居埃及

约瑟来到埃及时，法老是亚庇巴，也就是喜克索斯王朝的末代皇帝。不久历经艰险，埃及人终于成功地摆脱被外族压迫的命运。在埃及国王亚希西斯的领导下，喜克索斯人被他们赶走了，整个埃及再次回到本土人的统治之下。很显然，这时的犹太人的处境是两难的。

对于亚伯拉罕的后裔们来说，尼罗河流域的寄居生活，是值得怀念的，不过也是悲喜交织的。

原本是牧羊人的他们，早已习惯在野外过着朴野的生活。现在一旦接触到城市生活便喜欢起来。他们一户户都往城里搬。不过，城市人口早已饱和。因此，每看到一个犹太人进城，埃及人都会狠狠地想，抢饭碗的人又来了。

很快，这种民族间的相互仇敌，渐渐升级为种族骚乱。这时的犹太人，只有两条路可供选择：要么彻底被埃及人同化，要么离开埃及。

最初，约瑟兄弟为饥荒所迫来到了埃及，但他们的后代仍然在考虑着重返迦南的可能性。不过，旅途的艰辛，沙漠生活的单调，回想起来颇觉可怕。而在埃及，吃穿不必有任何愁虑。比较而言，好像还是城市生活好。

这种结论使他们没有采取任何行动，他们一直留在埃及——住在贫民窟里面。一日又一日，一年又一年，几百年光阴逝去了，他们还是处于这种状况。

后来，有位伟大的领袖出现了，他把各个犹太部落凝结成一个民族和国家，召唤他们离开富饶的埃及（这里的生活很容易，但对民族个性有害无益），一路引导他们回到迦南，那是他们真正的家园。

逃脱奴役

犹太人的处境一日不如一日，却又无力改变。领袖摩西决定召集他们离开这块只被当外人看的土地，踏上重返原本可以建国立业的家园。

几百年前被欢迎进来的客人，现在却处处有人设难。为了化解埃及人与犹太人之间的矛盾，维护本族臣民利益。法老一声令下，犹太人的新生男婴都要被杀死，这种补救措施简单又残忍。

其中有个犹太人叫暗兰，妻子叫约基，夫妻俩生了两个孩子。亚伦是男孩，米利暗是女孩。当第三个孩子（男孩摩西）被生下来后，他们发誓要不惜任何代价保全这个生命。

三个月的时间，小摩西被他们藏在家里，但藏在家里很不保险了。于是，做母亲的就把儿子悄悄抱到尼罗河岸边，编了个小篮子，四周涂上胶泥使水不透过，婴儿就被放置在简陋的竹篮里，任他漂荡到天涯海角。

这个简陋的小船并没有漂流多远。没多久，竹篮就被缠在芦苇丛里。福从天降！婴儿被在此游水的公主发现并收养。

孩子的姐姐米利暗在远处一直窥视着这一切。这时她勇敢地走上前去告诉她们，她刚好知道有个保姆适合喂养这么大的婴儿。她一路飞奔把母亲带了出来。如此，终于至少有一个犹太男孩逃脱了这次大屠杀的厄运。并且在生母隐瞒真情的情形下，受着王子式的宫廷教育。

对于原该被屠戮的人来说，这一命运非同小可。在他的哥哥到砖场干活，稍歇口气就会受到工头的毒打，摩西却衣着光鲜，有如王子一般随意游荡。不过他的内心总感觉自己身体内流淌着

▲ 发现摩西

的是犹太人的血脉。

一次，一个埃及人无理痛打一个亚伯拉罕部落的老人，可怜的老人毫无还手之力，摩西义愤填膺地挡在老人前面，狠狠教训了那个埃及人，不料他的手太重，埃及人毙于他的手掌下。事情一旦引起公愤，那么死刑将在前面等着他。

纸毕竟包不住火。

隔了几天，摩西又来到街道上，有两个犹太人在伴嘴，摩西想制止他们的争吵。其中一个忍不住嘲弄他："管你甚事！你也想杀了我们，就如同打死那个埃及人一样？"

可见事情已传得沸沸扬扬。法老决定绞死摩西。摩西脑筋转得飞快，一听到这个消息就逃走了。

种种迹象证明，这一决定是很明智的。假设仍然留在埃及，就算能逃到期监禁，彻底的埃及化就不可避免。现在产生了另外一个局面：曾被公主收养的男孩，如今成了远离埃及的逃亡者。

在国外的领土上流浪。

他到了红海边上的沙漠里，在这里遇到了叶忒罗。摩西成了一名牧羊人。他和叶忒罗的女儿西坡拉成了婚，融入沙漠居民那朴野的生活中了。

孤寂的荒漠，摩西原本隐藏在内心深处的真正使命唤醒了。摩西决定以一己之力挽救整个民族。他重新树立起对耶和华的无比信心。

他宣称将照耶和华的旨意行事。他感到那种使命无处不在，耶和华在燃烧的树丛中呼唤他，他打算重返埃及，促成一件大事：引导全族人民，越过广阔的西奈沙漠，迁居到一个新国度。

在戕害心灵的勇敢方面，奴隶制居毒无比，它造就了一大批懦夫。犹太人在埃及虽然日子过得艰辛，但是一日三餐不缺。谈论繁荣的国家，这是人人都乐意的事情。而摩西所说的上帝的乐土，却远在千里之外，而且为异教徒所控制。可惜，摩西口才并不太好，在说服那些怀疑他的理论的人们时，他的耐心便不够用了。因此，他明智地把初步的说服工作交给亚伦去做，而他自己则全力以赴行出发前的种种预备工作。

他壮着胆子求见法老，请求开恩让犹太各个部落——在约瑟掌政时自愿来埃及的人们——和平离开。这个请求被委婉拒绝了，并遭到法老的报复。法老颁布了残酷的新规，犹太人将受到更残酷的折磨，为此他们更恨摩西了！

摩西发现自己处境险恶。

他天天劝说犹太人跟他走，不过犹太人们没听到心里去，他们说了很多，但从不愿有行动。永无尽头的奴隶生涯使他们信仰全失，对于古老的上帝力量他们心存疑虑，他们宁愿做奴隶。

摩西和亚伦又来到王宫，请求允许犹太人和平离去。这一请求又遭到拒绝。这时，亚伦用神杖在尼罗河里轻轻划了一下，河水立即变得血红。这时人们只能挖井取水，不然个个都会干渴而死。人们的哭声被法老听到了，他还是不准许犹太人离开。

瘟疫来了。随后，又是一次。原来尼罗河沿岸到处都是青蛙。这一次，这些脏糊糊的小东西从沼泽地洞里爬了出来，在全国各地蹦跳。法老的王宫也到处是这些绿乎乎的青蛙在跳跃。法老崩溃了，他请求摩西弄走这些东西。假如不再出现这些小东西，他允诺让犹太人离开埃及。不过，当摩西下令弄掉这些青蛙后，法老的也不再承认他说过的话。犹太人还是过着悲惨的生活。

于是，又一次大灾难降临了。成群结队的苍蝇在整个埃及上空嗡嗡乱叫，许多疾病由此流行起来，埃及人的食物一旦被叮上很快就腐化变质，很多人因此生病丧命。法老试着妥协退让。他对摩西说，可以让犹太人有几天假日，按礼俗去祭祀上帝，不过祭祀完毕仍得回来。摩西结束了蝇灾，法老庆幸噩梦醒了。就在最后一只苍蝇飞离开皇家餐厅时，法老的诺言也就失效了。

耶和华又降了一次瘟疫。全埃及的牛全部感染上一种神秘又要命的病，不要多长时间，新鲜牛肉都买不到了。法老仍然拒绝摩履行诺言。

耶和华又降了一次灾役。埃及男女老少身上长着脓包，医药无效。

又一次灾难。一场冰雹毁坏了良田正茂盛的庄稼。又一次灾难。电闪雷鸣，仓库里的亚麻等种子着火了，烧了个精光。

再来一次灾难。蝗虫铺天盖地，所过之处，草木全被啃光，片叶不留。这时，法老惊慌不已。他召见摩西，主动提出让犹太人离开，不过所有的孩子得留下来做质押。摩西拒绝了。他宣称，除非带走所有儿女，不然就不走。

再降临一次大灾。从沙漠席卷而来的沙暴袭击了埃及，整整三天遮天盖日，埃及笼罩在黑暗中。法老急急地把摩西召进宫中，他发誓说："我可以让你的人都走，不过牲口得留下来。""我的人们要走，他们也要把儿女、牲口，还有一切家当带走！"摩西说完拂袖而去。

又一次大灾降临了。尼罗河流域的埃及人家中，长子都死掉了。

只有犹太人躲过这场灾难。事先他们就得到警告，每家每户的门全部涂上用羊血写的红记号。一旦死神在这个苦难的国度挨家挨户敲门时，一旦发现红记号，便会跳过亚伯拉罕的后代之家。

最后，法老知道自己根本就玩不起，于是不再禁止让犹太人离开。与此相反，他请求摩西把全部犹太人带走，以便让所有的灾难全部停止。

一天傍晚，流便、利未、犹大、西缅、以萨迦、西布仑、但、拿弗他利、迦得、亚伦和以法莲、玛拿西各部落合到了一起，在埃及吃了最后的晚餐。当天地全部黑下来时，他们赶着畜群踏上归途，朝约旦河沿岸进发。

不过，法老在自己长子之死的刺激下怒气攻心，他再次违约，亲自率军围攻所有的逃亡者，想再次把他们拦截回来，为那些死于无辜的孩子报仇。

在红海岸边，他们终于追上了犹太人的队伍。不过一阵云雾（摩西认为这就是耶和华自己）笼罩了犹太人的营地，埃及士兵再也看不清任何犹太人。

第三天清晨，在摩西的号令下，红海的水向两边退去，中间留出一条路来，各个部落渡河完成得很顺利，没有丝毫伤害。而法老的军队被卷入大浪之中，全军覆灭。

从此，犹太人又回到了沙漠，恢复了自由之身，随后的四十年，他们一直在荒漠上流浪。

犹太人回到沙漠里，渡过了最初的几年。他们的心头缠绕着绝望，不过摩西总会以望梅止渴的方式来使士气高涨。并且把很多技巧教给了他们。然而，就在他们即将到达独立自由的理想乐土时，摩西去世了。

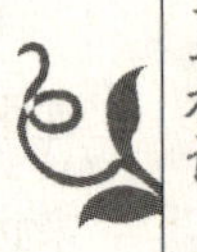

寻找新牧场

争夺家园的战斗打响了。

原来规模不大有若惊弓之鸟的犹太各部落，自从25年前逃离埃及的奴役后，人口慢慢兴旺，到现今队伍已拥有了四万人。

助手约书亚被摩西升为统帅。这是一个极其谨慎的领袖，从不轻举妄动。在渡河向敌方的领土进发前，他预先制定了谨慎的规划。什亭镇被改造成他作战时的指挥部，并先派两士兵去探测地形。

两名探子麻溜地进了城。白天他们到处刺探情报，城墙的坚固度、士兵的纪律等等，都在打听之列。入夜，他们去了一个叫喇合的女人家里。

但不知是谁报了信，敌营获悉有外人混入城内，二人于是也被人追踪。喇合最先被怀疑，因为她的名声不好，出了不好的事总会先搜查她家。

不过，实际上，喇合的可靠胜过任何人。当敲门声响起，她立即把两人引到屋顶平台上，在麻秸秆最底下隐藏起来。搜查的人没发现任何可疑处，于是认定情报不实，安然归兵回营了。

喇合回屋顶，手里拿着一根鲜红的新麻绳。她对惊魂未定的二人说："现在用这根绳子，我把你们放到街上，现在城门已没人把守，正是最好的逃走时机。出城后要朝山上跑，把握好时机过河。还有你们要记住一件事情：你们的命是我今天救的，当你们队伍在攻下这座城池后，我、我的家人和朋友的安全，你们一定要保证好，就这样说定了。"两人当然满口承诺。

他们对喇合说："在约书亚率军进城时，请在窗台上系上这根绳子，这是个记号，士兵们一看到，就懂得是朋友便不会来扰乱。"

但是，等他们在跑到平坦开阔的地方，很快就暴露了目标。于是他们拼命朝山上跑去。三天后，他们抓紧时机过了河。余下的路途就好办了。很快，他们又见到了亲人，向统帅报告了所有情况。

约书亚得知耶利城人心涣散，决定率军渡河攻城。

在队伍前面的祭司扛着约柜，到了约旦河边，河水停止流动了。扛着约柜的祭司立在河心，等到所有士兵安然上岸时。仅仅几分钟，河水又汹涌如初。犹太人终于踏上了祖地！

再走到不远的路程，队伍在吉甲村结营，这一天正好是逾越节。

在西奈大荒漠有了第一个逾越节后，又历经数十年风雨，上帝的恩典应该感谢。不过，未竟的事还多得很。在美丽的田野上，战士们尽情欢度佳节，他们知道，这座城池，得靠长久的围城才能实现目标。

约书亚一向谨慎，他深知单靠一己之力远远不够，于是他向耶和华祈祷，求得帮助以便破城。耶和华派了天使，专门引导犹太人的行动。

此后，持续六天清晨，犹太的队伍都绕着耶利城行进，缓慢又庄严。七位大祭司站在队伍的前头，高举着约柜，边走边吹羊角号。到了第七天，他们绕城已有七周，这时就停下来了，祭司拼尽全力吹响号角，战士们唱颂上帝的歌声十分高昂。这节骨眼上，耶和华践行了他许下的诺言。耶利哥城墙一声巨响坍塌了，有如冰雪在春日下销融一样。犹太人成了这座大城的主人。

他们开始屠城，不分男女老少，甚至牛羊狗禽，一律杀死。唯有喇合和她的亲友活了下来。士兵们抢劫一切财物，为下一次战役准备物质资源。在他们眼中，周围的土地，甚至地中海一带都将全部被他们占领。

不过，唉！约书亚的阵营并不能如期望的那样势如破竹。失败的威胁突然降临在这次远征途中。

在出征前，约书亚曾号令再三，严禁私拿私藏任何战利品，所有抢劫来的财物全部由圣所保有。大多数人都战战兢兢地遵命。只有一个人除外，那就是犹大部落的亚干，他偷了几百块银币、金子，还有些衣物，私藏于帐篷地板下。

当然，约书亚并不知晓这事。他带军继续西征，绝对相信耶和华会助军取胜。不过艾城人得知耶利哥城的悲惨下场后，尽管十分震惊，但还是决心抗战到底。只要犹太人敢进攻，他们就会反攻，他们甚至一度突破入侵者的防线，使犹太人溃不成军，元气大伤。

到这地步，约书亚突然想到，一定有人不忠于耶和华。他纠集所有幸存者，宣告了自己的疑虑。

想请犯罪者坦白相告，以便使拯救全局。坦白的时间过去了，没人过来领罪。约书亚以抽签查贼，亚干被抽中了。他只好供出藏脏点，他的那些金银财物付之一炬。之后，战士们攻击亚干使他倒地不起，然后了结了他的生命。

后来漫长的岁月里，亚割山谷一直有一堆石头，警示过路人，不要忘记第一个违背耶和华约法的犹太士兵的悲惨下场！

约书亚决定以退为进，他兵分两路。入夜，三万人埋伏在艾城外的伯特利山后面，并准备增加援兵五万。

还有五万，由约书亚亲自统领，再一次向艾城进攻。守城部队十分轻视这一小队犹太兵，认为这是前几天的残兵败将。

他们极其轻视地出城迎敌了，想好好教训这些不自量力的敌军。

本来城外开阔地带是他们杀敌的最佳去处。不过，约书亚在他们还没接近时，就率队逃往山区。

艾城人早就没有谨慎的顾虑了，他们趁胜追杀。很快，两军进入一个狭隘的山口，这时约书亚停止部队。他的矛尖布条一挥，埋伏的士兵一跃而起，背后攻击敌军，两面夹击，这些异教徒顿时溃不成军，仅仅几小时就全军覆灭。这时再夺取艾城，不费吹灰之力，因为敌方的城门已经是开着的呢！

和耶利哥城的居民一样，艾城也被全部屠城。城市被焚毁掉了。入夜，迦南上空火焰蔽天，示意着入侵者取得决定性胜利，迦南已归新的主人，对于有敢违背天意的人，他们决不手软。

不过面对即将到来的厄运，迦南有的城市企图施设缓兵之计。有个城市差点得逞，那就是基遍城。

基遍人认定：“犹太人是来这儿定居的。他们极其强大，我们非其敌手，一定要尽可能地和他们立约，确定好邻居关系。不过，我们得设法让他们相信基遍城远在千里，或者因此他们会和我们订约，这样他们就不会发现近在眼前的我们。”

▲ 约书亚攻占艾城

这个计策够狡猾的，并且第一步成功了。在一天深夜，基遍的代表到达犹太营地，请求见到约书亚。

他们显得极度疲乏，全身泥浆，干渴异常，他们带的食物已经霉变。他们自述走了很长的时间才来到这。

约书亚被瞒住了。他问客人哪里来的，回答者说是基遍，离这儿十分遥完。然后，他们又说，很乐意订立协约。并且再三指出，和远方的人们和平相处没什么困难。

他们所说的很有道理，约书亚被这些言词瞒住了。在他发现行军线路经过基遍时，已经晚了。他已承诺过基遍人，不能毁约了。他怒火未能平息时，决定罚基遍人永远作犹太人的奴隶。

迦南基其他部落听说后，决定一起为自由而战，不过等待他们的命运更糟糕。他们宣称将为自由而战。耶利哥和艾城被屠城，基遍这一个强大的城市又落入敌手，不战自败，真让人羞愧！一定得严惩这个本可成为盟军的部落。

得立刻行动。以耶路撒冷的统帅亚多尼·洗德为中心，五位国王结成盟友，一起抵抗犹太人，拒斥犹太人的强暴统治。他们收集军马，向基遍进军，决定对它的叛节予以惩罚。

基遍得到消息，赶紧派人向约书亚求援。约书亚接书，立即明白一场死战迫在眉睫。他下令紧急进军，抢在五王之前赶到基遍，使他们来不及准备。结果五王军马不战自溃，统率军队的国王全部躲进山洞里了。

犹太人从别处滚来好几块巨石堵塞了洞口，山洞顿时被改造成临时监狱了。约书亚乘胜追击，等着后来处理这五位国王。

就在这时，联军重新振作旗鼓，真正为自由和独立而战。他们负隅顽抗，数小时后天就黑了，那时他们就可以自由逃脱了。

约书亚明白一定得一战全胜，不然前功尽弃。于是他再次向耶和华求援。耶和华立即把太阳停留在基遍上空，把月亮停留在亚雅仑谷。就这样，白天延长了12个小时，犹太队伍能够继续进攻。在太阳落山的时分，他们终于取得彻底的胜利，以色列的子民终于成了迦南这块土地的主人。

随后他们又返回到囚禁联军首领的山洞，杀掉了耶路撒冷王、希伯伦王、拉吉王、伊矶伦王和耶末王。迦南还有三十多位统治者被这形势吓住了，在约书亚的暗示下纷纷投降，约书亚取得大胜利。

他选择位于示剑和吉甲之间的示罗，建立了一座圣幕，这里渐渐成为新犹太民族的精神中心。

长期征战的土地，各个部落之间都平分了。在沙漠中同艰共苦，他们的勇毅本该得到奖赏。

从此，犹太人终于找到了根。在历经数百年的城市生活，还有越过大漠的艰辛，他们又过着和祖先一样简朴的生活，一如摩西期望的。他们不会再受寄居在埃及贫民窟里的那种苦楚了，他们又成了自由的牧羊人。

每个人都有广阔的土地，每家都有固定的住所。

有史以来散落在各地的部落，如今凝聚成一个强大的民族国家，他们有着共同的信仰——耶和华——这是万物的主，他引导犹太人逃离被奴役的命运，迈向独立自主的新生活。

征服迦南地

在几位领袖的领导下，犹太国在原属于迦南人的土地上树立起来。

约书亚逝世后，部落以隆重的葬礼安葬了这位伟大的领袖。不过，此后没有确定继位人。

此时的局势变得很明显了：一个新兴国家四面受敌，没有统一的领袖人物，连生存都难以保证。

在摩西和约书亚时期，犹太人训练有素的军队对付迦南的小

▲ 约书亚

国是不用费大力气的。但西部边境，几位强权人物住在美索不达米亚，其中之一是巴比伦王。新兴的犹太国建国后，他始终都是个严重的威胁。

在巴比伦王率军挺进迦南，并夺取了数个外围地区后，重新立一个领袖人物的问题开始提上议事日程。其实没人愿意把犹太变成一个规模宏大的王国，不过对于“士师”的独裁统治他们是默认的。俄陀聂是第一个士师。他率军一举攻破亚衲巨人的首都，声名由此打开。还有一件事也增加了俄陀聂的名声，那就是他娶了迦勒的女儿。俄陀聂很漂亮地把巴比伦军队赶出了犹太领地。在此后三十年中，他成了犹太国的无冕之王。

等到俄陀聂死了，犹太人又成了一盘散沙。他们完全忘记了最艰难的时候耶和华的帮助。没有他，或者至今他们仍是一个小小的闪族部落，对于强邻的欺辱可能毫无还手之力。结果，浓厚的民族感情在很短时间内就消失了，但这可是摩西在约法中可是最先强调的啊。他们的争吵开始了。内讧的消息传到了垂涎的异邦人的耳中，很快摩押人、亚扪人和凶猛的亚玛力人联合起来进攻，很短的时间，就把原来丧失给约书亚的土地夺了回去。

犹太军队吃了败仗，又一个奴役时代来临了，这时代前后历经二十年。这期间，希伯来的部落认摩押王、伊矶伦王为他们的主人。

便雅悯部落的以笏以他的勇武，最终使人们解脱了被奴役的苦闷。以笏是个左撇子。有一次，他把一把匕首藏在罩袍左边，伊矶伦的护卫从来没想到常人的左边有时也是需要检查的。

一切都预备好了，以笏请求谒见伊矶伦王。他自称得到很多机密情报，必须单呈陛下。伊矶伦王心性多疑，他以为是有关叛乱的消息来了，便把护卫喝退。门刚被关上，以笏就亮出了匕首，伊矶伦王心惊肉跳试图躲避，不过迟了。以笏的匕首直插心脏，伊矶伦王倒地毙命。

这是最先反抗摩押人的起义预兆。当异族人全部被驱逐出去后，以笏以卓越的功勋被推上了以色列士师的宝座。在他的护佑下，犹太人再一次享受了短暂的独立与和平生活。

一天又一天，边境的战争进入日趋白炽化，妇女也被要求加入到战斗中。一个强敌对犹太人虎视眈眈，那是所谓的腓力斯人。

犹太部落愿意享有对一些港口的独占权，但腓力斯人却想吞并上至约旦河的所有土地。因此，固守内地的犹太人和海上强邻腓力斯人发生了多次争战。但当时的克里特人，不管是战争技术，还是治国方略，都优于这位亚洲邻居。因而，处在原始社会的以色列部落很难战胜腓力斯人。

不过，真有那么几次，希伯来部落想到是为耶和华而战时，就得到了胜利。女先知底波拉在世时，就发生过这样的胜利。

那时，珊迦士师去世没多久。耶宾王的士兵趁机越境进犯。偷牛、杀人和掳掠妇女儿童，他们犯的罪行累累。犹太人都想报仇雪恨，但推选谁做领导呢？

西西拉领导着耶宾军队。他好像是个埃及人，远赴北方来开拓事业。如同大多数职业军人一样，他十分熟稔新战术。他组建了一支铁骑队，在马的拉动下，冲破犹太人的队伍不费气力。

就在这时，伯特利村住着一位名叫底波拉的女子。她天生就会未卜先知，一如幼年的约瑟。因此，西亚各地的人们，不管是远行、出征、经商和婚嫁，都会向她求助。

犹太人也向她寻求建议。底波拉的勇气非凡，她不愿意同胞去投降，而希望披上盔甲战斗。她传话到弗他部落，约请叫巴拉的人去见她。在当地巴拉以善战闻名。在底波拉建议他尽力进攻西西拉时，他却有点信心不足。他底气不足地说：“我注定打败仗，我们的队伍不能和他们的铁甲相碰。”

底波拉说耶和华会站在犹太军这边，在敌军发动进攻时，耶和华会使神力让敌人看不到他们。不过，巴拉依然对那九百辆装甲车心怀恐惧，不愿继任统帅一职。

没办法，底波拉提议让她跟着他去，以便时时为他鼓气。同时对他说，这一次胜利的荣誉将不会为他所有，而属一个女子所有。终于，巴拉答应了带军启程。

西西拉把战车在耶斯利的平原摆开来，向犹太人发起攻击。不过，耶和华站到了犹太人这一边。耶宾的军队虽然勇猛厮杀，但最终失败了。只有些许士兵逃走，西西拉本人也弃盔甲而走。他往西边的方向逃跑，但由于很久没有运动了，没多久就越走不动了，他来到一座小屋前去乞讨。

他进入的是基尼人希百的家。希百有事外出，家中只留下了妻子雅亿一人。对于这次战事她早就听说过一些，因此断定眼前的人物必是西西拉。他十足的外国人打扮，头上的金盔也没摘下来，说话的口气总像在发号施令。因此，雅亿招待他吃饱喝足，看到他疲乏不堪，就铺地毡让他休息，并承诺犹太兵来时，就让他逃跑。

西西拉对雅亿完全信任了，因此一会儿就睡着了。这时，雅亿拈起一颗钉帐篷的铁钉刺入西西拉的眼睛，在家中杀死了敌人。之后她找到巴拉的军队，神气地把自己的壮举公之于众。

战争过后，耶宾人群龙无首，被迫求和。犹太人又取得了一次大胜利，他们为雅亿和底波拉的勇敢而高兴，送给她们崇高的荣誉。

不过，这种过于安全的生活，对于发展人的精神世界并不太好。正如摩西阐述过的，信奉耶和华需要时刻的反省。但人们一旦生活在舒适的环境中，对于世界就不会思考太多，而且容易滋生好逸恶劳的坏习气，也不大对宗教产生深刻的兴趣。

米迦就是这样一个倒霉的例子。他的父亲是个富商，家在法莲村。他拿了母亲的金银，不过他母亲发现后，却轻易原谅了他，并熔化金银铸成一个偶像，为取乐儿子又送给了他。

这玩意儿金光闪闪令他着迷，因此他在家中筑了个小神堂，专门请了一个利未人作为他的私人祭司，专门为他主持礼拜仪式。因此，每天去教堂的功课就免了。

一天，有几个人闯进了米迦的家，他们属于但部落，正准备向西边进发寻找新牧场。这时他们发现了米迦的偶像，于是把它偷回到了自己村庄。利未人的祭司听说偶像丢了，便自动逃到但部落继续当祭司。

耶和华自然有气了，他向犹太人显示了自己的愤怒。首先他让米甸人不时侵犯犹太人的领土。每年夏天，他们还来偷犹太人田里的果实。

他们在犹太村庄毫无忌惮地抢夺，村民一旦看到米甸团队进村时，吓得一个个往山洞里跑，有的躲了整个冬天。到后来，犹太人毫无办法，他们开始绝望了，也不愿意再种庄稼。很快，土地荒芜起来，大批的人开始饿死。

仅有几个不顾性命的仍在种地，基甸的父亲就是这样一个人，他的名字叫约阿施。约阿施对于本国的约法不太尊重，对于当地人普遍信仰的异神倒很信。不过，他的儿子力主只信奉耶和华，并有未卜先知的神通，一如约瑟和底波拉。

约阿施为太阳神巴力筑了祭坛。基甸半夜梦见有天使嘴里喷着火在烧毁祭品。受启发，他起来捣毁了那奇怪的偶像，并在原址上建了一座供奉耶和华的祭坛。

第二天一大早，村民发现了碎石，在了解了全部的事情后，他们便来到约阿施的家中，逼着约阿施惩罚他的儿子对偶像的亵渎。

好在约阿施深明事理。他宣称，假如巴力真有人们一贯宣称的那样神灵，基甸自会遭到惩罚。但是，几个星期过去了，基甸活得好好的。

村民开始改变了想法。反而把基甸称为耶路巴力，也就捣毁祭坛的人。这种口碑不胫而走，他成为大众的英雄，名声传遍四方。

面对米甸人越来越猖狂的骚扰，犹太人到了又一个十字路口：或者在反击中活下去，或者在软弱中死亡。于是他们请基甸作统领。基甸开始在耶斯列的平原上整训队伍，加强备战的训练。不过，战士们对战争不感兴趣，他们士气全无。他们变得很软弱，只想回到自己的安乐窝中，就算挨饿也不愿卖体力受点苦。

基甸于是询问他们是否愿意回家，大部人嚷着说："是啊，越快越好！"

基甸让他们都走了，只余下几千名表面看来可靠的士兵。但这些人，也不能完全信任。他请求耶和华赐予他信物，以便使他能在日后行动。他在帐篷外摊开一些羊毛。第二天一大早，他查看羊毛，发现上面虽有露水，但下面仍然干燥得很，这意味着耶和华站在基甸这一边，他的备战可以继续。

基甸开始带领士兵长途行军，在大家口渴时，他就带他们去河边饮水。三千人中只有几百人懂得些军事常识：一边捧水喝，一边注视河对岸的事态。其余的则有如渴了的牲口一般，一头扎进水中喝水，对周围的危险全然不顾。基甸把那几百个人留了下来，其余的人除名了，不然一旦真的打起仗来，他们只不过是个累赘。

留下的三百义士，光荣地接受了战斗的任务。基甸交给每人一支羊角号和一束火把。火把用陶罐藏起来，以免光线外露。午夜时分，基甸率军扑向米甸人。

他们一边跑一边吹号角，同时把陶罐打破了。数百支火把瞬间闪光，米甸人惊慌失措，四下大乱逃散，死伤者有几千人。

这一次战争使大家公认基甸为犹太人的无冕之王，他由此担任士师很多年。

不过当他死去后，犹太人的天下又混乱起来。基甸一生有过好多次婚姻，死后子孙满堂。葬礼刚完毕，对王位的垂涎使众多儿子们乱成一团。亚比米勒是其中最有野心的一个，他窥探犹太人的王位已久，自认为最有资质。不过，年轻人的狂妄很少有亲友欣赏。于是，他奔往母亲的老家——示剑，在那儿筹划着夺位的阴谋。虽然他没资金，示剑有人觉得他的成功对自身有好处，于是借钱给他。他借这些钱雇佣了不少职业杀手，以便谋害他的兄弟。

就在一个晚上，基甸的儿子们全死了，只有最小的儿子——约但跑了。

约但侥幸逃往山中，藏了起来。示剑人立即把亚比米勒推上王位，恣意庆贺。

随后的四年中，亚比米勒与他的辅臣西布勒的地位逐渐稳固了下来，还逼使其他城市归到他的管辖范围内。有时候，一些关于约但的风言风语传来：这孩子常常在一些市场现身，力斥他胞兄的不仁不义。不过，亚比米勒毫不在乎。他觉得约但不名一文，谁愿意听他呢？

不过，在示剑荣耀的时光没维持多久。亚比米勒极其刚愎自用、愚顽不灵。很快，他的臣民就有了不满。其中一个名叫迦勒的人成为暴乱的首领。在双方的势力对峙中，亚比米勒和西布勒稍占优势，迦勒和部属被赶到一座石塔中躲了起来。

亚比米勒围攻很久都没奏效，便从砍伐森林，把一大堆木材塞在塔下烧了起来，迦勒和他的部下全部被热薰而死。

但这一次又有了暴乱，那是在提备斯。亚比米勒重新击溃叛军。叛军也溃退到了一座塔中。就在亚比米勒重施故伎，在他傲慢地去点火的时刻，一位女子在塔的高处抛下一块岩石，正好砸断他的脊骨。亚比米勒愚昧之极，他不愿背上被妇人杀死的恶名，命令部下尽快结束他的生命。

想在极短的时间内，把以色列变成统一王国的种种意图，就此落空。

之后，内乱和外乱差不多同时变得厉害了。一开始仅仅是米甸人有征服约旦河沿岸的企图。不到几年，亚扪人也蠢蠢欲动。

他们把很多犹太村庄烧毁了，而且掠走了不少的妇女和孩子。犹太人决定暂时停止内讧，一致对外。玛拿西部落的耶弗被推选为统帅，这是个对上帝怀有敬畏之心的人。没多久，他就不负众望把亚扪人赶跑了。

不过，就在胜利在望时，犹太人的内讧又激烈起来。法莲部落的人被人控诉未尽职。原因在于敌军开始溃退后，法莲人才开始赶到战场。当然他们辩解说他们来的是有点晚。不过他们本意并非如此，因此他们路远而且隔了一条河。

不过耶弗也是个固执的人，任何的道歉他都不愿意接受，也不接受任何辩解。他武断地切断了约旦河所有渡口，禁止任何人

▲ 亚米比勒之死

通过。

之后，凡被认为是法莲部落的人都被关在一起。用一个简单的方法来分辩他们：希伯来语中，“河”的发音为“示拨列”，法莲人的发音为“西拨列”，这个“示”字的发音他们不会。所以所有被关的人都发“河”这个音，假如念成了“西拨列”，马上就被带去处决。

事情处理完毕，耶弗骑马往家里赶。他在和亚扪人作战之前曾发誓，要把到家时所遇到的第一个生物献祭耶和华。他本以为不是他的爱犬就是马。想不到，最先跑出家门欢迎他的竟是他唯一的女儿！耶弗坚守诺言，将女儿献在耶和华的祭坛上，然后焚烧了。和平之光再次普照以色列的土地。

故事似乎有点乏味。不过没多久，腓力斯人又和犹太人进行了一次决战。战场昏天暗天，犹太社会被整个消灭掉了。

就在这时，犹太人的民族英雄——参孙横空出世。他体格强健可媲美赫克里士，勇敢可媲美罗兰，不过智谋上有缺陷，远远不如历代的领袖。

这样的孩子自小就带给父母数不清的麻烦。在他十八九岁时，他喜欢上了腓力斯女人，非她莫娶。参孙一意孤行，单个步行到亭拿村迎娶新娘。

参孙向西进发的路途，被一头狮子攻击，他用两个拳头把这个百兽之王举了起来，有如拎起一个小羊羔。狮子被杀死后，他把它随手扔到树丛中。不多一会儿，他又转到这个地方来了，发现狮子嘴边有许多蜜蜂筑巢酿蜜。参孙掏了些蜜吃了，接着往前赶。

总算到了新娘所在的村庄，人们正为新人大摆宴会。参孙把新郎的形态尽量表现得快活点。有一个晚上，客人们纷纷猜谜取乐，参孙也自制一谜，允诺谁猜对了，在回家就把遇到的第一个生物祭献给耶和华。

他们猜东猜西，都没猜中要点。参孙出的谜语是：“食物来自吃食者，甜蜜来自强大者。”亭拿人也猜了又猜，仍猜不透参孙的谜底。

他们不情愿在敌对方的犹太莽汉面前失去面子，于是另生一计，对新娘说：“这小子爱你，愿意为你做任何事情，你就设法让他告诉你谜底。”

这个女人软硬兼施，参孙终于耐不住了，便把谜底泄露给她——死狮。它的尸体又成为别的动物的美食，它的嘴里还筑了个蜂窝。

腓力人听了参孙说：“你的谜简单得很，我们一猜就中，有什么能强过狮子，有什么能甜过蜂蜜呢？”

参孙明白原来一切都是他们在玩诡计，于是怒火攻心，也没说一句话就离席而去，把新娘抛在一边不管了。

但他仍然深爱着那位腓力斯姑娘，思念永不停息。当他再也不能承担离别的痛苦后，他又跑了过去希望重新和好。不过，一切都太晚了。几天前，那位姑娘又嫁给她所在部落的人。参孙突然有了被遗弃的感觉，面上无光。他生了强烈的报复之心。

他疯一样地上了山放火，大火蔓过葡萄园和橄榄林。一夜功夫，腓力斯人的所有田庄烧得精光。

腓力斯人把罪过都归咎在参孙原来的新娘头上。他们赶到她家，姑娘和她的父亲都被处死了。

参孙听说后，便纠集一群气味相投的人合力攻击腓力斯人。只为着取乐的目的，就有好几百人被杀。

参孙因为私人恩怨而发动的战斗引起了有正义感的人们的谴责。这些处在边界的人们把参孙捉住，捆了手脚，交由腓力斯人处置。杀害同胞的罪名他们可不愿担当。他们让腓力斯人裁决，自己冷眼旁观。

看到犹太人捆着参孙过来，腓力斯人高兴得大呼小叫。参孙默默地等着，在他们围上来后，突然挣断了绳子，捡起路边的一块驴颌骨，杀进人们，一阵猛打，把人们全打死了。

自那刻起，这位犹太英雄使敌人懂得：要想伤害参孙，那是做无用功。

参孙和一个又一个女人相爱。在坠入爱河时，他便不会有任何顾忌，任何代价和危险，甚至是民族的安全，都置之度外，就为着贪图短暂的快活。

有一个晚上，腓力斯人得知参孙在迦萨城的一位女友家过夜。

他们庆幸："这回可以捉住他啦！"

他们把城门关上，算定参孙必经此路回家，五十名士兵武备森严，戎装以待。

参孙一定听到了一些消息，他半夜悄悄离开女友家，把沉重的城门卸了下来，把它背回希伯伦，然后竖起来以作警示。

很明显，这是一位天下无敌的武夫。参孙的莽撞尽管他们不喜欢，但却一致赞成他最有资格成为领袖。他被人们推上了士师的宝座，管理以色列长达二十个春秋。在垂暮之年，他又喜欢上了一位腓力斯女子，这要了他的命。

这是一位名叫大利拉的姑娘，一点也不喜欢参孙。不过她的族人威胁她，如果不找出参孙力大无穷的秘密，那就要把她杀死。

她嫁给参孙后，就一意奉承，夸赞她他是世界上最强大的人。不过，她很想知道：亲爱的丈夫肩膀为什么为那么宽阔，手臂会那么强壮呢？参孙就编个谎话来逗她。他说，假如他被七根绳子捆住，他的神力马上没有了。

大利拉马上信以为真。在参孙睡着后，她叫腓力斯邻居拿来七根新绳捆住了他。

参孙醒了过来，看到周围全是敌人，把绳子一下子挣断就回去了，而那些敌人全被吓跑了。

一天又一天，这样的游戏演个没完，参孙觉得这个游戏很好玩，因为腓力斯人从来就捉不到他。他这个新郎做得忘乎所以，编造各种各样的谎言把大利拉哄得高高兴兴。

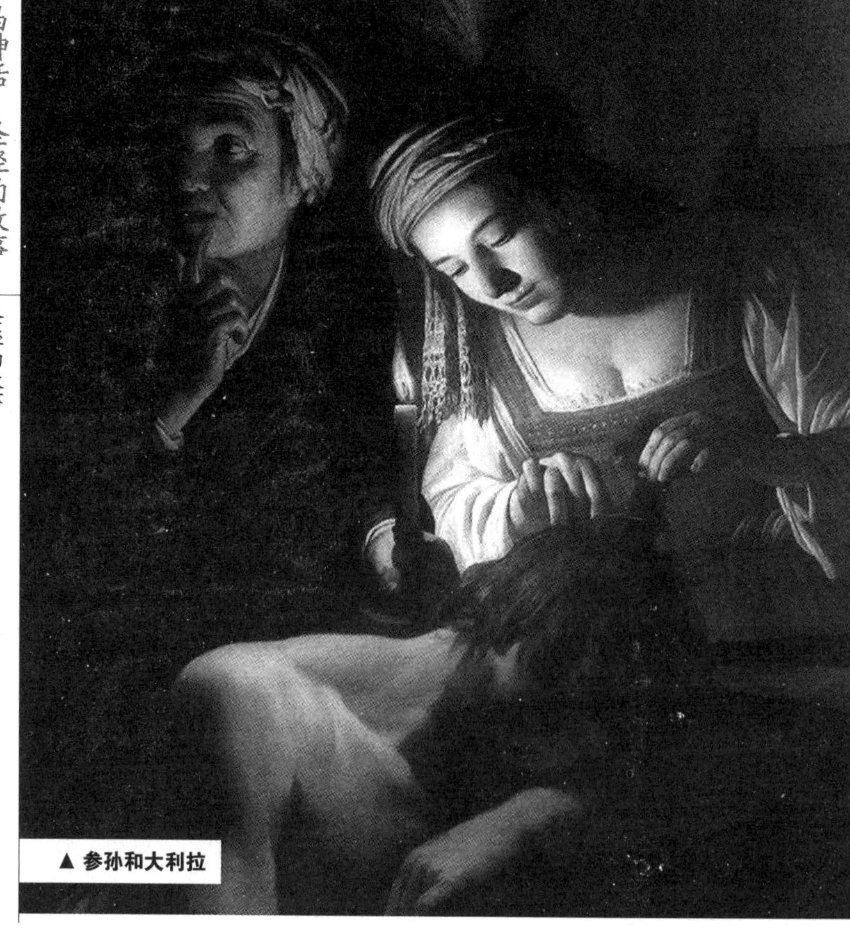
▲ 参孙和大利拉

有一个晚上，他把实情和盘托出：只要剃掉他的头发，就可以让他没有还手之力。

这下大利拉终于得到那些银钱。她把腓力斯人叫来，藏在屋内，在参孙睡着，剪掉了他的头发。

然后，她把丈叫醒，用原来的游戏方式喊道："快醒醒，快醒醒，腓力斯人来了。"

参孙笑了，便爬了起来。这种叫声他听得太多了，每次只须瞪一下眼睛，就把敌人吓得耗子见猫一样逃走了。

但是，这一次，他的神力没有了。他的双臂有气无力地垂着，身子任凭被人结结实实地绑好。腓力斯人把他关好，并挖掉他的双眼，然后把他投进迦萨的磨房，为以前害怕他的人磨玉米。

漫无边际的黑暗中，参孙常常痛苦地忏悔自己鲁莽轻率，并向耶和华作祈祷。

囚禁中，他的头发又慢慢长了起来。但是腓力斯人得意忘形，从不曾注意这事。

有一天，是腓力斯人向他们的族神献祭的日子。

人们四面赶到城里。有人突然想起还在磨房中的参孙，于叫喊："带他过来，带到这儿来！这个游戏多有趣啊。我们好好嘲笑这老头，把泥巴砸到他身上。以前他杀了我们好几百人，现在一点力气也没有啦，活像个羊羔，赶紧带他过来！"

参孙被掺到神庙，所有的腓力斯人都恶狠狠地骂他。

这些喧闹声让参孙猜到了原委。于是他心头暗暗向耶和华做最后的祈祷：恢复我的力量吧，一会儿就好。

周围的人群仍在诟骂不已，这时他双手抱住了花岗岩石柱，把有力的肩膀扛住，一用力推过去，石柱断了。屋顶轰然塌下。

神庙里，还有屋顶上的人，全都死得很惨。

废墟下，英雄的残躯仍然横躺着，为他的愚蠢和错误，他以死赎罪。

以利继参孙之位作了士师后，为人异常软弱。而且他的两个儿子——非尼哈和何弗尼，品质卑劣。他们从没把耶和华放在心上，贪图世间欲乐，依仗父亲的特权为非作歹。

这样的时节，最需要一位品质卓越的领袖站出来。有人生逢其时，这就是很有名的先知撒姆耳。

撒姆耳出生的村庄叫拉玛，父亲叫以利加拿，母亲叫哈拿。哈拿来多年没有生育，为此她每年都去示罗神庙求子。孩子出生后，她高兴极了，取名撒姆耳（也就是喜悦的意思）。在儿子学会走路后，她就把他带到示罗，求以利为他找个神庙的差事，好让儿子永远亲近耶和华。

以利很喜欢这个伶俐的孩子，对自己的儿子反倒很失望。他有意训练小撒姆耳做继承人所需的本领。

一个晚上，以利把神殿的大门关上了，突然听到有人在呼唤撒姆耳的名字，当时孩子在睡觉，被这个声音惊醒了，就问："主人啊，我在这儿，你要吩咐什么？"

以利说没这回事，他也没呼唤过他。

男孩只好再次躺下来，不一会儿，又有声音在喊："撒姆耳！"

连续三次都是这样，以利立即醒悟，这是耶和华的召唤。他把撒姆耳独个留下来。耶和华立即对撒姆耳说，以利的儿子一定要处死，不然他们的恶行足以毁掉所有以色列人。

第二天一大早，撒姆耳把昨晚的启示向以利报告了。

这事传播很快，知道的人很多。从此，对于撒姆耳，人们非常尊敬，相互转告说孩子长大后一定会成为一个伟大的先知，说不定会坐到国王的宝座。

不过为时甚早。眼下，做士师的仍然是以利。腓力斯人又过来侵犯了。

犹太人仍然保持这样一个习俗：打仗的时节，必定把约柜抬去。

以利兼任士师和大祭司两个职位。他命令非尼哈和何弗尼这两个儿子，抬圣柜去营地。

两儿遵命。不过因为这两人践踏了世间的所有法律，耶和华很不高兴。假如耶和华的神灵没来，所谓的约柜不过是木盒子一个。在这时，消灾免祸没有可能。因此战争的结果是希伯来军惨败。以利的两个儿子死在阵地中，约柜也落入敌军。以利听到这个消息，长叹一声便与世长辞。撒姆耳成为继任的士师。

约柜被抢，犹太史上没有比这更让人悲痛的日子。

历经千万重艰难险阻，从埃及带到迦南的“至圣之物”，现在却被搁置到腓力斯人的新庙中。这个新庙，就是在参孙推倒的那座古庙宇的废墟上重建起来的。腓力斯人刚在他们的神像前摆上约柜，他们的神像一下子被一只无形的手击碎了。

腓力斯人惊恐之至，约柜被搬走了，放在迦特城。很快，全城的人都病倒了。之后，腓力斯人厄运不断。约柜被他们从东运到西，从南搁到北。约柜到了哪儿，哪儿的人就遭殃。他们绝望了，腓力斯人把约柜装满金子，放到车上，两头牛拉着，由着车子随处奔驰，只希望这不祥物快快远离国境。

直到许多年后，所罗门把大卫的梦想——也就是建一个大圣殿实现后，约柜才最终运往耶路撒冷。

约柜又回来了，美好的时代也将来临了吧。对于士师松散的统治形式，人们越发厌倦了。

因此，有人向撒姆耳提问，假如他死了该怎么办呢？撒姆耳向耶和华神求助，现在该怎么办。

耶和华对于王位继承问题表了态。耶和华要求做国王的必须让儿子当兵，女儿替人做奴仆，并用粮、油、酒来供养随从，此外，还得上交十分之一的家产。为了统治人们，他用了强硬的铁腕政策。

路得的故事

以利米勒居住在伯利恒，妻子名叫拿俄米。两个儿子取名基连和玛伦。以利米勒家境本来富有，不过在伯利恒一带发生饥荒时，他也变得家徒四壁了。

不过，以利米勒还有一个叫波阿斯的富亲戚。但是以利米勒放不下原来的架子，以致甘愿搬到摩押白手起家。他是个勤快的人，不过英年早逝，留下妻子抚养两个孩子。

两个孩子品行端正。他们也和他们的父亲一样勤快。长大后，都娶了邻村的摩押女子为妻，以便在和异乡人的和睦相处中度过一生。

不过，基连和玛伦似乎也继承了父亲虚弱的本质，疾病缠身，不久相继死去。他们的母亲伤心不已，打算重返老家打发天年。她想念那儿的熟悉的语言和故朋故友。

两个儿媳她也蛮喜欢的，不过按情理是不能强求她们一同回去的。她表明了自己的打算，基连的遗孀俄珥巴觉悟还是希望留在娘家，她和婆婆辞别了，留在摩押。

与之相反，路得——玛伦的遗孀婆媳情深，同情老人举目无亲的现况。她认为既然嫁到了以利米勒家，就是夫家的人了。她决定和拿俄米一块回去，并把这看作自己应尽的职责。她拥抱着婆婆，靠诉她，任何事情都不能把她和亡夫的母亲分离。

两个女人经历种种艰难，又回了到伯利恒。

她们最初贫苦异常，连买食物的钱都没有。幸好有一条法令，是摩西制定的，他考虑到有些人会有特殊的时刻挨饿，于是规定遗留在地里的麦穗任凭贫苦者拾取。已经收获的归田地的主人，残留在地上的麦穗归无地之人所有，这是上帝赐予贫苦者的权利。拿俄米和路得回到达伯利恒时，正值收获季节。

▲ 路得拾穗

以利米勒的亲戚波阿斯正带人在田里忙碌，路得跟在那些拾麦穗的人后面，想拾些给拿俄米吃。这样一来，她一连拾了好多天。

在伯处恒的犹太女子中，她是个陌生人，所以大家都来打听她的事。很快，她的事迹尽人皆知，并且传到了波阿斯的耳中。他有了好奇心，想见识一下这个犹太女子，于是借检查农活的当儿和她说话。午饭时间，他邀请路得和帮他干活的人一起吃饭，盛给她许多食物。

路得自己只吃了一点点，余下的全留给在家的拿俄米——她老得没能力干活了。

第二天一大早，她又去了田地。波阿斯想减轻她的劳苦，但又怕伤她的自尊，于只嘱咐收麦的人不要太仔细，多留点麦穗。路得拾了一整天，到她傍晚回家时，才意识到一天拾的很多很多了，差点儿就拿不回去了。

她把事情的前前后后讲给了拿俄米听：如何遇到波阿斯，又如何在一个上午拾到的麦穗比一个星期都要多！

拿俄米听了高兴极了。她知道属于自己的时日无多，希望能看到波阿斯娶了路得。这样一来，路得就会重新拥有一个幸福的家。好啊，路得虽然是外乡人，但她嫁给玛伦（也就是波阿斯的远亲）后，她已经成了犹太人中的一员。更何况，每个人都喜欢她呢！

果如所愿。波阿斯依据摩西的律令，为以利米勒家赎回田地；然后，他向路得求婚。

路得允诺了。拿俄米和他们住在一块儿，直到离世。在瞑目前，她还有机会看到了路得的长子俄备得的成长。

俄备得长大后，生了儿子耶西；耶西长大后，生的儿子大卫。大卫是以色列人的国王，也就是圣母玛利亚的直系祖先。

路得听凭一颗温柔善良的心的指引，自愿离开娘家照顾待她有如慈母的婆婆，耶稣就是她的后代。

犹太王国

撒姆耳依然还做着犹太人的士师。

他对信徒们进行警告：你们即将变为国王的臣民，你们的儿女、货物、财产，都将成为他们享乐的工具。

不过，大多数人却盼望着这样的时代。因此，撒姆耳开始物色合适的候选人。在基比亚村他找到了这样一个人——一个名叫扫罗的小孩，他父亲基士，出自便雅悯部落。

这两位在犹太史中留下英名的两人很碰巧地相遇了。基士发现几头牛不见，知道它们离群出走。扫罗奉父命去寻找。他一个村子一个村子去寻找，见人就问，但依然没有任何线索。

扫罗毫无办法，又向相遇的撒姆耳发问。撒姆耳第一眼看见扫罗，就明白这位年轻人会被主召唤作犹太人的统治者。

这些想法他毫不相瞒对扫罗说了，扫罗万分讶异。

在受过膏礼后，开始得与臣民相见了，可他躲在父亲饲养的驴群中，但最后还是被人拖了出来。不过，撒姆耳这个主人却严厉异常，扫罗只好一切听命了，开始接受成为国王所必有的训练，最终成为一名杰出的军队统帅。

同时，对于耶和华的意志，需要毫不怀疑地执行，撒姆耳从来如此。行军打仗，胜利是常有的事，战利品也常常很多。撒姆耳保守传统，主张绝大部分的战利品都应上缴圣殿以备祭祀，但扫罗却希望留下一些分给自己和部下。最后，不可调和的冲突发生了。扫罗长期在战地度过，精于人事，渐渐向世俗化方向蜕变。撒姆耳却年老体衰，生活的全部就是在室内的读书和思考，主张每个人都能和他一样严于律己，在祈祷中度过所有时光。不过，扫罗实在过于现实。

在打败亚玛力王和亚甲王之后，他想好好犒劳一下士兵，于是不动声色把亚甲王的牛羊留下来了，按规定这些该上交的。不过最过分的是，他没有杀掉亚甲王，按当时的犹太律令，凡是俘虏都该处死。

撒姆耳听说后，痛斥扫罗的行为违背了耶和华的旨意。扫罗不愿忏悔，他试图辩解。

撒姆耳得知扫罗没有忏悔的诚意，便痛斥他不诚实，没有立场。并一再警告，这种让人痛心的行为会造成难堪的后果：他没有再做犹太人之王的资格。

扫罗不理会这些言论。他回到了比亚的老家。但是，这一切让他大受伤害，他产生了报复的想法。

人们深信撒姆耳有预知未来的能力，精通星相和占卜。这些扫罗也清楚。于是他下令把全国的星相家或杀害或驱逐，不留根子。

撒姆耳也采取应对举措。他愤怒异常，把原来的警告变为行动，再次寻找更妥当的王位继承人选。这一回，他下决心找到一个能够接受长者忠言的人，此人必须没有扫罗那样的刚愎自用。

在打听了几次后，有人向他介绍一个名叫大卫的少年，他的家乡在伯利恒。父亲的名字叫耶西，也就是前面说过的路得和波阿斯的孙子。他是个牧羊人，在村庄以勇敢声名远扬。

一次狮子扑向他的羊群，还有一次是熊袭击羊群，两次他都以一人之力杀了猛兽，救护了羊群。同时，他的音乐天赋也异常出彩，唱得很好，竖琴弹得出神入化。在漫长又孤寂的放牧时光中，他填词作曲，自娱自乐。他的“诗”（他作的歌词）流传很远，四面八方听他演唱的人很多。

当人们得知撒姆耳对大卫特别称许后，都认为他前途无量；到处都有人在称赞撒姆耳的英明，人们都在憧憬着美好的未来。

对于人们投给年青竖琴家的欢喜，有一个人大为反感，此人就是扫罗。他的良心让他坎忐忑不安。他清楚撒姆耳是对的，私自留下亚甲的牛羊，违背耶和华的旨意，实属不该。

现在他安不下心来。还好，新来的战争让他脱离了这种苦恼。腓力斯人的大军再次进逼。他们耀武气扬威，扫罗的东部平原笼罩在战争的阴云中。

带头的是个巨人，名叫歌利亚。身躯有若房子一般高大，战铠极其巨大，犹太人从未见过。早晚时分，两军对垒的阵地中间，他如入无人之境地踱步，威风凛凛，叫嚷着有谁敢和他对阵。

他手挥动的宝剑长达七尺，百般辱骂，把犹太人视为懦夫，令犹太战士着实气愤。

扫罗作为统帅，本该挑起这担子。为何他不出来和腓力斯人比试呢?

有一个简单的原因，他生病了。

音乐有着神奇的治病功用，古人其实早已知晓，于是提议让大卫美妙歌声解除扫罗的忧愁。这个主意不错。大卫被召唤来了，他的演唱极其动人，扫罗感动得泪湿衣襟，忧虑暂时丢开了，心情刹那间舒畅起来。

就算这样，扫罗依然守在帐篷，不来出战。歌利亚每天依旧定时定点骂阵，腓力斯战士出阵围观，起哄嘲笑，每天都笑得肚皮都酸痛酸痛。

假如不是大卫恰巧看到这场景，不知这种难堪的场面会延续到什么时候。大卫的兄弟众多，呆在军营的就有三个。

犹太兵那时粮食是自备的，也靠自己生火做饭。耶西的三个儿子让人传话给父亲，要求弄点粮食过来。

大卫奉父命扛了袋玉米来到阵地，到达兵营时，听到所有人都在谈论着那个骇人的巨人，好像他翻掌就可以灭掉犹太军一样。

大卫不明白：对于同是“人”的家伙竟然会产生这样大的恐慌？同很多生活在孤寂中的人一样，他对宗教问题有过很深的思考，对于耶和华的神力他有无比信心，坚信只要是正义的耶和华一定会帮助他，没有人能伤害到他。于是他毛遂自荐，前往杀敌。

大卫得到耶和华在道义上的支持，这就足够了。在一条小溪边，他捡了一袋圆亮的鹅卵石，带上甩石机，就上阵了。

腓力斯人一看这样小毛头上阵，想和身高体积相差一倍的巨人斗，就把他们的英雄呼唤了出来，好好教训这个不知天高地厚的年轻人。歌利亚哪用得上别人鼓劲，他抄起那把可怕的长剑直奔大卫。

没想到，大卫射出一颗圆石击坏了巨人的右眼。歌利亚遭遇此招，摇摇晃晃倒了下来，剑也丢在一边。

这时大卫箭速般扑向巨人。他拾起长剑，奋威一挥，巨人的头应时落地。

带着胜利的欢呼，他凯旋而归。腓力斯人应时溃散；大卫被视为民族的救星。

立下如此大的功勋，就算是扫罗也不得不表示敬意。他礼请大卫，以尽宾主之宜，不过心里的疙瘩还是没解开。但他的儿子约拿单却和大卫一见倾心，亲如兄弟。

最可气的是，他的女儿米甲和这个英俊潇洒的少年相爱了。扫罗为难大卫说："假如你杀了一百个腓力斯人，才可以把她娶走。"

大卫无往而不利，这次他又大胜而归。他把米甲娶回了家，两个冤家结成了翁婿关系。

用不着奇怪，扫罗的神经质的老毛病会比以前厉害。医生无法可想，提议他多欣赏音乐。想不到，这位年轻的竖琴家在这次演唱中差点丧命。

大卫刚拨了几个音符，扫罗突然间理智全失，狂怒如疯牛。

他操起长矛直刺大卫，大卫闪身一跳逃走了。他不愿和国王再相见，于是逃离了国王的帐篷，一去不返。

扫罗的怒火又迁延到儿子约拿单身上，他想把儿子杀了，不过侍卫们按住了他的手，才没有酿成惨剧。约拿单内心恐慌，于是把消息透露给了大卫。两位好友见了最后一面辞别。大卫逃往沙漠，在一个叫亚杜兰的山洞躲了起来。

很快，扫罗的部属发现了大卫的踪迹。好在有人事先预警，大卫往沙漠更深的旷野地逃去，军队扑了个空。

大漠的生活异常单调，为了消遣漫长的时光，他写了很多诗歌。

大卫，这时正处在他一生最奇特的阶段。他的处境异常难堪。名义上，他是犹太人的国王，因为撒姆王早就把扫罗废除了，大卫是天经地义的王位继承人。

不过，绝大部分的民众不能看透政治的风云变幻，依然得过且过地扶持扫罗为王。

扫罗，不管实际的名声如何，他依旧住在国王的帐篷中，有侍卫跟随左右，一支武备精良、等待号令的军队归他统领。

大卫，不管名声如何，依然是法令的逃亡者。他只能住山洞，在附近任何城市或村子现身都是很危险的，随时有被逮捕的危险。

一次，在沙漠里行走，天黑时，他就近钻到一个山洞过夜，那时的大卫恰好在那个山洞搭了个家。这位不速之客的一切大卫躲在一边看得很清楚。

半夜时分，客人熟睡后，他爬到身旁割下一片衣襟。第二天一大早扫罗离开在即，大卫追上了他，唤着他的名字，取出衣襟给他看。

大卫说："让您看样东西，我的大王，您想想我本可以如何对付你的，但我什么也没干。你落在我手里，要干掉你轻而易举，不过我还是放了你，虽然我一直被你追杀着。"

扫罗承认大卫说得有理。不过，他恨透了他，有如不清醒的疯子。

他吞吞吐吐地说抱歉，把追兵撤回，但没有邀请大卫回宫。

不多久，撒姆耳逝世了。葬礼上，大卫和扫罗再次相会，依然没有和好。就这样，很多年双方一直僵持着。

之后，发生了这样的事：扫罗在不停歇的旅途中，再次落入大卫之手。

扫罗到了暮年，依然有着犹太农民的习气。他特别讨厌城市，不想呆在室内。只要有机会，他就会去沙漠度过一整天，以享受旷野的寂静。有一次在午后，热浪蒸人，于是他来到一块巨石下休息。不过大卫也很喜欢这块岩石。他在这儿看风景和听风声，这时就会获得种种神秘的灵感，他把这些全部写进歌曲中。

扫罗的表弟押尼珥正做元帅，这时也在主人身旁睡着了。

看到已进入梦乡的两人，大卫轻手轻脚从陡坡上下到岩石边，把押尼珥的矛和剑拿走了，然后又回到陡坡上，然后大声呼喊："哎呀，押尼珥，押尼珥！"

押尼珥惊醒过来，大卫呵斥他的渎职，作为国王的护卫，却被陌生人轻易偷走武器，这个忠臣当得真是好极了！诸如此类。

为嫉妒所苦的扫罗，这时再也不能不敬佩大卫的宽宏大量。大卫又一次饶恕了他。他对大卫说，自己以前对他的折磨很遗憾，他这次邀请大卫一同回去。

因此，大卫准备好行李，回到了王宫。不过，好景不长。

扫罗心理状态越来越不好。仅仅隔了几个星期，又一次原形毕露。呆在宫中的大卫，没有丝毫的安全保障。

当然，作为受过涂膏礼的人，他是犹太真正合法的统治者，他完全可以行使他应有的职权。不过，大卫明白扫罗在世上的时日无多，他不想再惹是生非。

于是大卫离开了，从此不再见到这位老对手。

之后，他在位于边界上的法革拉村安居了，这原本属于迦特王亚吉的领地。

他在无形中就能吸引人们的注意力，身边总有一群敢于冒险者的年轻人跟着，想当他的士兵和仆从，希望一起发财。就这样，地广人稀的旷野，大卫好几次拥有四百多志愿兵。

大卫无形中成了附近百姓的不邀自来保镖，使他们免受了抢劫之苦。迦密有个富豪叫拿八，不愿交保护费。根据传说，大卫动了怒，于是结集人马想踏平整个拿八部落。拿八的妻子亚比该得知消息，马上带上礼物来见大卫，以种种甜言蜜语劝说这位大英雄息怒，说了许多的承诺总算把大卫的怒气消除了。碰巧的是，在亚比该回家后，丈夫已经喝醉了，根本听不进她说的事儿。第二天一大早，拿八在得知自己躲过了一场大难时，竟然吓昏了，没几天就死了。亚比该做了寡妇。

那次短短的会面，亚比该给大卫留下的印象很不错，得知她丈夫死了，大卫立即向她求婚，亚比该允诺了。

对于米甲（扫罗的女儿），大卫渐生厌倦，于是她被送给了他在迦林村的朋友。把亚比该娶回希伯伦，生有一个儿子，取名基利押。

不过，新婚之喜并没有冲淡大卫的忧愁。那些忠诚的追随者仍然跟着他。不过，由于没有进钱的路子，因此钱财日益减少。后来，在数年前被腓力人看作肉中刺的人，差点沦落到给腓力斯人效劳的地步。

事情的前因后果如下：他的东道主亚吉王突然告知，腓力斯人将要发动对犹太人的战争。亚吉王允诺为腓力斯人助阵。因为大卫曾得到过亚吉王的优待，所以被期望能倒向腓力斯人一边助战。

大卫当时进退维谷。他最后含含糊糊地承诺了，并尽量拖延时间，无奈之中，还是成了腓力斯人兵营中的一员。还好，腓力斯战将很怀疑他的忠诚度，于是又把大卫悄悄打发回去了，不必他效力了。大卫一回到家，发现亚玛力人在他不在的功夫，把村庄洗劫一空。大卫率队追击，一战而胜。除了留下四百个人外，其余的全部灭掉。之后，大卫又恢复了以前生活的平静。

腓力斯人照原样进攻，结果远在意料之外。扫罗在得知他面临着新的入侵时，他被一种神秘莫测消极情绪控制了。这是一种末日降临的感觉。无论是对自己，还是对家人他都有一种深深的绝望感，于是他求助于巫师。不过，巫师非死即逃，扫罗原来的诏令导致这样的局面。后来，有人对国王说，隐多珥有个老女巫。

午夜，扫罗谒见女巫。但是，这女人对他心怀疑虑，因为她害怕行巫术所受到的惩罚，不愿为扫罗开门。

扫罗再三承诺不会惩罚她。而且，如果能让他和一位去世多年的人说话，他将重金奖赏。

女巫问他想和谁见面。扫罗告诉她是老主人撒姆耳。

这时，地面上慢慢现出一位身穿黑袍的老人的影子，也就是撒姆耳的灵魂。

生者扫罗王和死者撒姆耳老士师再次晤面交谈。撒姆耳对扫罗说，有一个可怕的厄运降临在他头上，来自腓力斯人的厄运。

撒姆耳刚说完，扫罗就晕厥过去。不过，不愧是久经沙场的老将，意志还是那样坚强。

第二天清晨，他召令全军进击腓力斯人。但还不到中午，全军都战死了。三个儿子约拿单、麦基舒和亚比拿也在这次战斗中牺牲。扫罗挥剑自刎，参孙的命运他记得牢牢的，宁可自杀也不落入敌手。

腓力斯人找到了他的尸体，割下首级，号令全国，以便让整个民族都振奋起来。矛、盾和铠甲全被收集在异教徒神庙，与历代的战利品摆放在一块。

之后，伯珊的城墙上钉着扫罗和三位王子的尸体。

基列亚比的人们听到消息，尽全力把救回的恩人的遗体解。深夜，他们秘密进入伯珊城，把国王和王子们的遗体全部运回来，并秘密葬在村子的圣柳下。

大卫是通过古怪的途径得知这消息的。有个腓力斯人想获得犹太新国王的欢心，于是骑快马来到洗革拉，把扫罗的死讯报告给大卫听，并把扫罗和他的儿子们战死的经过描叙甚详，还谎报：“在基列波山附近，我突然和他们相遇，得知是您的敌人，于是把他们全杀了。”

期望中的赏赐并没得到。而且，生命也因此丢了，大卫下令杀了他。心中充满了对已故国王扫罗和好友约拿单的感念。

他向耶和华询问，最先该向何处去。耶和华明示先去希伯伦山。

在那里，犹太部落一起出迎新君，行了涂膏礼，继承了扫罗的王位。

第一件事，是解决腓力斯人的问题。几个世纪的争斗以来，这个威胁一直没能摆脱。这个民族太善战了，两军对垒，差不多总是它赢。

第二件事，是犹太长久的内讧，或许这个问题更难处理。部族间的妒忌是经常的事，恰如心胸狭隘的小村民。

他们的确需要国王。不过，国王有了，对于国王的权力他们还是会埋怨的。

即使就算如大卫这样声威并重的国王，在惩罚到违法的贵戚时，也难做到公正无私。

例如，侄子约押官居高位，谋害了扫罗的忠臣押尼珥，大卫并没把约押怎样，而是把押尼珥厚葬一番就算完事。约押未能如法惩处，带来的苦果让大卫后来懊悔不已。

拥有高明智慧和坚强意志的大卫，确立了在犹太领土上的绝对君王的地位。

之后，扫罗儿子的一个部下杀了人。大卫这回没顾私情，把凶犯处以缢刑，并宣告，以后凡是违法者，都会得到这种下场。以此，犹太人开始内心深处敬畏耶和华。后来，大卫又颁布了一系列巩固新王国的措施。

大卫把首都迁往耶路撒冷，自非洲通往美索不达米亚的重要商道刚好经过这座城池，他在这里把宫殿建立起来。完工后，他密谋筹建圣殿以取代圣幕。

自从无人的牛车把约柜从腓力斯人那儿带回的那天开始，这座圣物一直搁置在基列耶琳村的亚比拿大家中。现在的新都理应建一个更好的场所供奉它。

最先，得把约柜送到耶路撒冷。

▲ 大卫王将约柜带回耶路撒冷

大卫率领大军亲自迎接。祭司们抬着它上车，亚比拿大家的儿子乌撒负责驾车。没想到车子被一道深辙陷住，有牛失前蹄，约柜摇摇欲坠，乌撒本能地伸手去扶，不使它倒下。

他为此丧了命。当时的犹太法律规定，接触约柜是祭司的专职，俗人无权。

大卫本来很愉快，这时只好暂时停止。埋葬了乌撒，约柜立在迦特人俄别以东家，有三个月之久。

之后，大卫率队伍再次过来，约柜被再次搬上车。

一路很平安就到达耶路撒冷了，开始立在新的圣殿中。之后，所罗门继承了大卫的王位，真正把它改装成举世闻名的圣殿。

自从以后，耶路撒冷不但成了犹太人的首都，而且成了宗教中心，成了自称是亚伯拉罕后裔的人的圣地。巴勒斯坦其他的圣地也不少，但绝不能和这座圣殿相媲美。另外，一直以来全权负责犹太祭司专职的利未人也聪明得很，他不愿有任何竞争者与他们同台竞技。他们对国王的权威予以坚决拥护，国王在这方面也不会亏待他们的，于是命令废除全国各地其他祭祀场所，让耶路撒冷成为唯一的朝拜中心。

宗教事务处理妥帖后，大卫开始把注意力放在军事上。

最先，他确定了王国的边界线。他们和腓力斯人订立停战协议，和平共处。

以一般人的看法，大卫治国是很成功的。不过，在国王位上呆久了的他私生活就不那么规矩了。

绝对的权威助长了他的无休止的骄纵。一如撒姆耳，大卫心肠甚好。他留给人善良、聪明、和谐等印象，就算是敌人也是这种态度。

不过，说到个人的享受，大卫暴露出来的卑鄙和一般的臣民如出一辙。

一个傍晚，他正在宫殿的平台纳凉（这是犹太人夏天的习惯），看到一个娇艳的妇人从远处走来。他立即动了心思，要娶她为妻。

在经过一番秘密调查后，知道她是族人乌利亚的妻子。

照理，大卫应该忘掉这个妇人，不过他不想回头。变本加厉，他把妇人的丈夫请来隆重宴待，并赐以礼物，然后再让他回部队。大卫给约押寄去信，让他把乌利亚置于最前方，以便被敌军杀死。

对于约押这个罪犯来说，这种暗杀他熟悉不过。他不但不对乌利亚说明战地的危险，反倒把这个倒霉蛋捧上了天，他说他作战勇猛，就算最危险的岗位他也能适应。不明真相的乌利亚信以为真，兴高采烈做了先锋官。

在打响反攻时，大卫的谋划就变成了现实的实施。

乌利亚冲到了最前面。

在约押的召令下，所有士兵一律撤退。

乌利亚孤立无援，敌人杀死了他。

他的妻子拔士巴成了寡妇。很快，大卫把她娶了过来。

不过，大卫天真地认为对于他干的好事，耶路撒冷的人们会蒙在鼓里。

不过，前线的士兵消息最灵通，他们很快把事情真相传遍了亲友，然后传播到全国，人们都知道了，他们的国王密谋臣民之妻，先绝杀夫，再占有妇人。

当然，国王毕竟是国王，就算这样大多数人也不会相信大卫会把事情做错。

还有的人，怕讲了真话就被吊死或投进监狱。

在全民缄默时，民族的良知开始发话了。

先知拿单到大卫的王宫来，指出了大卫所犯的罪，并说出了关于大卫的不好的预言。他说，有一个故事是他自己刚听到的，想转告给大卫。大卫立即说愿洗耳恭听。

拿单说：“原来，有富人和穷人做邻居，富人家羊羔众多，但穷人家仅有一只小羊羔。穷人爱羊如子，和它一切的享乐。在寒冷的天气里，他把小羊羔搂进怀里，免得被冻坏了。

“一天，富人想要款待朋友，他大可以把自家的羊羔来杀一只，不过，他却把邻居的羊羔偷来，做成了款待客人的美食。”

听到这里大卫异常愤怒，他告诉拿单说，这样无耻之尤的罪行，他从没有听说过，并承诺以后对这类的事一定得严惩不贷。

失去羊羔的穷人理应得到七倍的补助；犯罪的富人处以死刑。

先知拿单立即站起来说：“大王啊，你就是故事中的那个人。你把乌利亚杀了，就为得到他的妻子。因此，为惩罚你的罪过，耶和华一定会把罪刑降在你和家人的头上。你和拔士巴的孩子肯定会暴死，以赎回父母犯下的重罪。”

大卫既恐惧又后悔。没多久，小儿子果然病了，预言一步又一步变为现实。大卫竭诚向耶和罚忏悔，七昼夜不进饮食。第八天，孩子还是死了，预言完全应验。

从那以后，大卫把自己看成杀死儿子的凶手。他不断向耶和华忏悔自己的罪过，并坦白承认自己对乌利亚有过错。甘愿以苦行赎罪，祈祷上帝的宽恕。这些真诚的忏悔令耶和华欣喜不已，那段时期，大卫不再受到另外的惩罚。很快，大卫又得到一个儿子，取名所罗门。这让大卫欣喜万分，承诺尽可能立此子为继承人，而废弃其他人选。因此，对于原来的王室继承人——押沙龙和亚多尼雅来说，这个消息凶多吉少。

亚多尼雅没什么大志，对于这事没兴趣。不过对于押沙龙来说，他的鲁莽冲动劲来了，他密谋反叛。

押沙龙尽可能讨好耶路撒冷的人们。而且他长相英俊，长金发垂肩，所到之处都有人群聚拢来看。并且他善于以农民的保护神的姿态对富人的压迫提出抗议。那时大卫变得很专制，赋税激增，引得多数人埋怨。他们都希望能到这个突然没了继承权的王子面前诉苦一番。

这样的煽动持续四年之久，押沙龙感觉为应付事变的追随者已足够多，于是以到希伯伦为耶和华献祭为借口，公开反叛父亲。

对大卫来说，这种打击十分残酷。对于押沙龙的爱他超过了所有孩子，对于押沙龙的不公，他心有愧疚，但从没想到要和亲骨肉刀枪相见。

因此，他走出来王宫，来到约旦河对面，在玛哈念村住了下来。

他的出走，使国内一度处于内战状态。这些屈辱和失败，使人们依然记起大卫只是一个杀掉了歌利亚、抗击腓力斯人的大英雄，却忘了他夺人之妻所带来的不快。

这时整个国家分成两派：一派站在大卫一边，另一派效忠押沙龙。支持国王的人占了优势。

终于，战争在约旦河东部的法莲森林爆发了。出发之前，大卫嘱托部下善待押沙龙。

国王的军队和王子的军队战斗了一整天。战死的人不计其数，傍晚时分，大卫的部下取得暂时的胜利，押沙龙被迫向后退散。

押沙龙很恐慌地逃跑。没想到，他的长发被缠在林间。骑下的毛驴受此惊独自逃窜，他吊在半空中。

大卫的士兵发现了。他被告知要对押沙龙宽大处理，并不杀他，而是跑回向约押报告。

约押向来粗暴。他提着长矛，去了被挂在树间、孤立无援的押沙龙那儿，把他杀了。尸体就埋在橡树底下的土坑，然后再派一个黑奴去大卫那儿报告战绩。

黑奴进了国王的营帐，兴奋地向国王报告，叛军已溃败，押沙龙已死去的消息。他知道这一切都是自己的罪行所引起，先知拿单预言了这一切后果。

是的，现在是胜利了，叛军都投降了。不过，死去的押沙龙却不能再回来。大卫在宫里哀号顿足。

接下来，还是一连串的不幸等着他。他自己日渐老去，时日无多，不复当年英勇。腓力斯人又开始侵犯。还有，押沙龙的弟弟亚多尼雅也打起反叛旗号。

值得庆幸的是，大卫由此想到他人生还有最后的一件事要办——加封所罗门为王。

对于所罗门的英明过人，亚多尼雅早有领教，他很快就向弟弟投降，请求谅解。

大卫已不愿意去关注这些事情了。他只在宫中的黑角落里，自言自语，想念儿子押沙龙，

这个因公开反叛而招来杀身之祸的儿子。

死神仁慈地解脱了大卫的痛楚，赋予他安宁。这种安宁，自从违失了摩西和约书亚的诫约后，一直未能得到。

时至今日，所罗门做了犹太人的王。和第一批先驱越过乌尔沙漠。到大河对岸的山区定居以来，情形多有改变。

以前，在亚伯拉罕招待客人时，只吩咐仆人杀只羊就可以了；而所罗门则显得十分奢侈。他的每日食物所需如下：三十歌

▲ 所罗门王

珥面粉、七十歌珥粗粉、十头肥牛、二十头瘦牛和数十只鹿、鸡等等。

亚伯拉罕进驻新领地时，只为自己搭了个帐篷，睡具是几块地毡；但所罗门用了二十年时间，修建新宫殿，进餐时用纯金盘。

这样的事情的确让人很享乐，不过，却需要大笔大笔的钱来支持。在几百年后，被流放到巴比伦的犹太人，还对所罗门时代的辉煌津津乐道。在他们看来，当时从幼发拉底河到地中海之间的广阔领地上，所罗门是无冕之王。

不过，这一位伟大的君王却未曾受到臣民的彻底归心。恰恰相反，他们都有一种一触即发的反叛情绪。原因就在于，他们为一切公共设施所进行的劳动，全部是义务的；同时得缴纳不菲的年税，以维持各种大建筑的开支：王宫、圣殿、米罗的梯形城堡、耶路撒冷城以及所罗王在周围重建和加固的三座边界新城。

还好，所罗门精明之极，他对宫廷花费有一定限制。

就像约瑟等伟大的犹太领袖一样，所罗门也经常在梦里与圣灵相遇。继位不久，他就梦见耶和华询问他最想得到的礼物。

所罗门兼有这两种品质，他的精明无与伦比，私毫不莽撞。

那时的犹太王，同时是国家的大法官。他审理最先的一批案件中，两个妇人为得到一个婴儿同时争吵起来。两个人都诉说孩子是她生的。所罗门命令侍卫把孩子带来，说要劈开了每人分一半。不出所料，真正的母亲乞求侍卫放过孩子。她解释道：“假如必须这样做，我宁愿把孩子让给假母亲，也不愿让他因此惨死刀下。”

很多让人拍手叫绝的裁判，令老百姓大开眼见，他的名声由此远扬。就算他晚年做出一些愚不可及的举措，也不能减弱臣民对他的尊敬。自前943年到前903年，所罗门在位四十年。

在他手里，珍珠如土金如铁。

最先，兴建金碧辉煌的王宫。这样的建筑在当时的世界上宏大得骇人，殿堂庭院通有多重，并可以通往圣殿。

所有楼宇全部用大石彻成，以香木装饰，为此花去整整二十年功夫。

然后是圣殿。那时人们都到这里献祭，是唯一被指定可以祭祀耶和华的场所。也没有设置讲道者，朝拜者整天来往不绝。

大卫曾与推罗王订约，现在所罗门又和西顿王缔盟。

礼尚往来，所罗门愿意供应西顿每年所需的谷物，西顿王希兰答应把确定数量的船只送给犹太人，并答应拨一批工匠援助他们的宫殿建设。

不过，地中海区域的范围狭小，很难提供国王的需要。他打算和印度也确立贸易关系。他在红海的东部的亚喀巴湾聘任腓尼基造船工，在靠近以旬迦别的地方建一座船坞（六百年前，犹太人在沙漠中旅居于此）。他们的船航行到了俄斐（非洲东海岸，或者昌印度洋和阿拉伯），带回了檀香木、象牙、香料等特产，然后再由商队带回耶路撒冷。

和金字塔、孟菲斯、尼尼微和巴比伦的宫殿比起来，所罗门的宫殿说不上庞大。

不过，在当时西亚的众多部落中，能把建设气势雄奇的建筑落实在行动中，那就非犹太人莫属。因为就算盛产黄金的阿拉伯半岛，阔绰的示巴女王也很好奇地拜访这个北方邻国的新都，正式友好访问所罗门，借此来表达敬意。

圣殿最正中的叫“至圣所”，也就是个三十英尺左右的内殿，雕有木质的天使，在伸展的翅膀下安放着约柜。陪伴着犹太人，这个看似平常的木盒见证了犹太人近六百年的岁月。盒里放有两块石板，神圣的约法就刻在上面——也就是当年耶和华在西奈山的云雾缭绕中，在摩西面前显灵后刻下的。

至圣所极其庄严洁净，每年只有一次时间，大祭司才能向圣灵接近，也就是在赎罪的那天。

到那一天，大祭司用纯白布衣换下官服，手持香炉，里面装着几块炭火以备祭坛所用，另一手持有金碗，盛有牛血。牛血被他洒在地上就算完成赎罪仪式。

之后退下来，用花卉和棕榈图案装饰着的漆金大门随即关上，只有天使的那伸着的翅膀庇护着约柜。

神殿和至圣所隔以杉木，这里异常繁忙。这里设有香坛。当时的犹太教律规定，祭祀者必须把牲畜的血洒在香坛前。

因此，从早到晚，人和牲畜的嘈杂声不绝于耳。犹太教规极其繁缛。祭司借此谋得大笔财物，甚至为此改变了摩西定下的律例，使每种罪行都有了特定的赎罪方式。

穷人来祭祀，只需要用发酵过的饼，还有烤熟的谷物。不过，富人会买牛或羊，牵往圣殿来，交由祭司处置。

牛羊被杀后肉做成祭品，血被涂在香坛上或者洒在香坛前。多余的血或油脂则用炭火焙烤。祭坛由青铜做成，在圣殿外面的祭祀广场上树立着，以便青烟能够飘摇直达天堂。

祭祀仪式完结后，留下的肉或者被献祭者吃掉，或者送给祭司。

锡安原来是耶路撒冷村的山名。山上砌有城堡，为迦南土著所有。他们的国王被约书亚杀了。不过，几百年来，他们仍然是一个独立王国。到了后来，大卫把锡安占领后，改名大卫城，以便为未来的建都作准备。

大卫把约柜从基列琳迎回来，临时放置在旧王宫的圣幕中。祭司们把约柜从那儿请回，直到最后把它安放在至圣所。

约柜安置仪式完结后，一股云雾在殿内弥漫开来，这是耶和华神已降的兆示。所罗门跪下来开始为万民祈祷，这时一团火焰从天降下，把祭坛上的祭品烧光了。国王和臣民都明白，耶和华对他的新居很满意。

盛宴持续了两个星期之久。所罗门一共祭杀公牛两万两千头，羊十二万只，其他臣民也竭尽所能地献祭品。

这是一个伟大繁荣时代的开端。

不过，有钱未必是好事。所罗门极少出宫巡游了。而且身边的警卫力量也增强了许多，在犹太人的国王中，他第一个拥有了独立骑兵团。随着年龄增加，他也不愿管理朝政了，他不再把自己仅仅看作是牧羊人诸部落的国王，他已成为强大的东方帝国的铁腕统治者。

为着国家的安全着想，他把周边大国的公主娶来为妻。

每个嫔妃，不管是埃及人、摩押人、赫人、以东人、亚扪人或腓尼基人，自然而然带来了本国的宗教信仰。因而王宫内，繁殖女神、太阳神以及其他异教的祭坛随处可见。

偶尔，为了取悦一些王妃，所罗门允许她们建自己信仰的神庙，以便让她有如少女时代在尼罗河流域或者亚兰山区，向自己的神祭祀。

于此可知，国王胸襟阔大、思想开明。不过，这并没给他的威望增添一点什么，原因就在于他的臣民只信奉唯一的上帝。

他们想，为了建成圣殿，他们历尽千万重艰辛。

现在可好，他的国王弃耶和华的圣殿不顾，却整日在异教的神堂流连忘返。

这一点，人们极为不满。

这把他们反叛的火苗点燃了。所以所罗门一旦过世，公开叛乱便随处可见。

他的死，就是内战爆发的开端。

南北内战

高明的领袖，本可让这个国家免于分裂的覆辙。不过，所罗门的继承者慵懒、愚昧无知和听信谗言，使北方有十来个部落公开反对他的暴政。他们选举了一个新的国王，并建立新的以色列国。不过，南方依然效忠原有君王，也就是犹太国，首都仍然是耶路撒冷。

罗波安是王位继承人，为所罗门和亚门女人拿玛所生。此人愚笨、见识少、心胸窄。他刚继位，国家的面临着重重灾难，以色列的人们最终分裂成两个小王国，相互仇视。对国王的普遍怨恨是一方面的原因，更重要的是还有种种其他原因。其实，打从犹太史的最初，位于亚割谷南边的犹太部落和位于北部的以色列部落之间就存在着相互的仇恨。

以色列地区的人（他们属于雅各的直系后裔）是否精力超过犹大地区的人，这个还不清楚。

不过有一个事实不能否定：所有犹太人的领袖，从约书亚、基甸一直到撒姆耳、扫罗，直至“施洗者”约翰和耶稣，全部出生于北方。是啊，除了大卫一人，南方从不曾出过其他名人。

一人可以公开的问题：假如各部落全部被北方人统一，是否会对犹太人更有利?

还可以肯定一点，当大卫逃过了扫罗的仇恨，并成了犹太王后，他采取的怀柔政策是极其英明的。

他太急于缓和北方人的偏见了，以至采取的措施还得冒着得罪本族人的危险。不过，他的王国由温和而来的根基十分坚实，因此就算他年迈打不成仗时，叛乱的风暴也易于平息。所罗门在统治的前半截，也力求采取同样的怀柔政策。不过，终究不如大卫的宽容和忠诚。后来，所有对国家安全有危害的人，他均处以死刑。

当然，外交方面所罗门远胜其父。在一系列战争的胜利中，边疆不再受到侵犯，人们赢得了长时间的和平与繁荣。

在一段不短的时间内，所罗门不但在南方享有盛誉，在北方照样为人拥戴。不过，进入中年，他犯下了一系列错误，促使帝国走向倾覆的边缘。如下所述。

也许他是从战事方面考虑，所以把耶路撒冷定为国都。以色列人当然愿意在北方的领地上建立王宫和圣殿，不过，最终他们还是欢喜地接受所罗门的决定，愿意远行数百里地祭祀耶和华。因此所罗门开始破土动工。

自然，也有君主因为沉浸于建筑的美梦中不能自拔，侵夺民财，使臣民倾家荡产大有人在。不过像以色列和犹大那样“温和的君主”把民间金银搜刮殆尽，在人类历史上也很少见。

起先，以色列人可能毫无反感之心，为耶和华效力是他们无上的光荣，付出任何代价都是值得的。不过，在耶路撒冷渐渐蜕变成庸俗的城市，国家的大笔金钱被国王浪费在摩洛、基抹等十几个异教神庙时，民怨沸腾了。以色列人声言要造反。不过，等不到他们揭竿而起，已经有先知率先示迹世间。所罗门的大臣中有个叫尼巴，是法莲部落人氏，儿子叫耶罗波安，他曾在圣殿的工地做工头。有一天，他去工地的路途中，碰到先知亚希雅从示罗出发赶往耶路撒冷。先知身上穿着光鲜的新衣，他刚见到耶罗波安，立即把华美的外衣脱下，撕成十二片，其中十片交给耶罗波安。这预示耶和华会把十个以色列部落交由他统治。

密探把此事上报给所罗门，所罗门命令把耶罗波安处以死刑。不过，在耶路撒冷这个小城，任何消息都会以最快的速度传播。耶罗波安事先得到警报，立刻动身逃往埃及。埃及的第二十二朝法老示撒愿意庇护他。

示撒精于政治，东邻犹太帝国渐渐崛起，这让他坐卧不宁。很明显，他考虑到一旦所罗门离世，那么可以把耶罗波安推到犹太王位。

不出所料，法老在得知罗波安子承父位，马上大力资助耶罗波安返回耶路撒冷角逐王位。虽然犹太国实行世袭君主制已有两代，但是仍然保留着自士师时代传下来的“选举”形式。因此，在国王逝世后，各部落集会“选举”新国王。来自四面八方的代表聚在一起共论时局，他们赞成立罗波安为王。不过，他们口头达成一种“大宪章”（相当于“宪法”），以便确保有权反对国王征收重税。

罗波安打小接受宫廷教育，和臣民的交接较少，于是他把为他父亲服务的宫内老臣请了出来。

老臣们对他说，臣民全都挣所在沉重的赋税下，对于“议会”的愿意国王应该满足。

不过，罗波安陶醉在王位的宴乐中，不想听到减少宫廷开支之类的说法。

他反而向宫内长大的那些花花公子询求意见，如何对待公众的“节俭”要求。他们当然群起反对，而且出了些愚不可及的主意。

于是，十个部落一齐反对认罗波安为王，而把耶罗波安推上了王位。

继续忠于所罗门儿子的部落，只有犹大和便雅悯两个。

这样一来，犹太人一分为二，没能再统一。

形成一个强大、中央集权的国家的机会永久就此逝去。不过，建立犹太帝国的热烈追求的经验被整个世界吸收了。犹大和以色列统一起来（和现在的比利时王国相当），原本可以发展成为西亚最重要的国家；一旦分裂后，两个国家都相当弱小，如何抵敌东邻强敌。

最先，公元前722前，亚述人征服了以色列。

一百年后，迦勒底人把犹太人灭绝了。

犹太人开始流放的历史。

先知的劝诫

两个犹太小国交相征战，骨肉相残，两败俱伤，最后倒被敌国拾了大便宜。这种闻者伤心、见者落泪的局面的还没成定局时，并不是没有人发出规劝之音。在国王、政客和祭司们同流合污之时，有好几位先知无畏地站出来，期望能把这些处于上位的人们引导到对耶和华的虔信中去。

士师们传承的未竟之业，大卫和所罗门也没完成。这个民族对犹太帝国梦想的构筑最终以悲剧落幕。一道冷漠的边墙，从约旦河附近的吉甲向腓力的边城基色延伸，将原本是一体的犹太领土分为南北两部分。

统一，他们都可以保全自身的独立；分裂，他们只能备受强邻欺辱。

在几百年的内战和无政府状态后，然后等待他们的是屈辱的流放和奴役。此外还有对一系列阴暗行为的纪实——无来由的谋杀和徒劳无益的野心。不过，这些给我们铺陈了适当的背景，再观看那古人的参与度颇高的宗教斗争就一目了然了。

假如要想对一流的先知有所了解，就得解读这段纷繁复杂的历史，他们是在犹太独立国的剩勇残兵被庞培军队彻底歼灭后才出现的。

伟大的所罗门在公元前940年到公元前930年间逝世，之后的第五年，帝国的分裂已成定局。

至此，两个新国家的实力对比之下一清二楚。以色列领地大犹大两倍，人口多一倍。其牧场比犹大也要富饶得多，因为犹大牧场四分之三是荒凉的旷野。不过，领土广阔反而害了以色列。犹大小而坚固，有利于集中管理，防御外敌也容易。

它的东部，是死海怪石嶙峋的旷野，比地中海平面低一千二百英尺，异常炎热，构成了摩押人和亚扪人入侵时必经的天堑。南面沙漠里黄沙漫漫，一直延伸到阿拉伯半岛。西边和腓力斯人的领地相接。这些克里特岛的逃亡之徒，性格已失去了原有的凶狠气。他们建立了农庄和作坊，生活安定平和。他们差不多不再进犯犹大邻居，反而庇护着邻居免受未开化的野蛮人的长途袭击——他们占据希腊半岛后锐气正旺。

以色列的形势就差多了，四周全是敌人。约旦河本该是他天然的防线，不过一连串的胜仗，把以色列的范围向东扩展了数百英里。那个历史时期，唯有中国人的才有那份耐心在沙漠上修筑长城。

许多次，以色列人准备筑固防线，但因为内外交逼，未能如愿。之后，以色列人国力弱到只能坐以待毙，因此自然被锐气正涨的东方强邻挫败，他们拥有精良的射手和骑兵。

还有，以色列存在一个大问题，那就是组成它的十个部落，建立联盟与合作的动机，只是出于对他人权利的妒忌心。因此连首都该定在何处都犹豫不决。位于法莲部落的示剑，通盘考虑，都胜任作以色列的首都。这座城历史悠久，名声广播。始祖亚伯拉罕在向西边寻觅理想的乐土时，曾查看过此地，它和原来上千年的犹太史血脉相连。

不过，凭作乱而登基的耶罗波安，心神不定。他总觉得示剑的安全不能得到可靠保证，于是迁都到了边远的得撒。

半个世纪后，得撒又被遗弃。转而建都撒玛利亚，此处位居山顶，周围边界一览无余。

首都不能固守专一（史书记载因此覆灭的强国多不可数），从而导致小王国发育不良。不过，以色列最大的弊病，并不在于地理疆域和政治中心，还有其他特别的原因。

最初，犹太国家自诞生日起，就建立了神权政体。这表明人要由受到上帝的统治。但神不能行事于世间，只有借助于专职祭司才能掌管政权，神灵的意愿由梦境或神迹来显现，比如圣树枝叶的沙沙声，还有来自上天的信号等。

神，不论是耶和华还是庙辟特，平民百姓无权见到。只有祭司，可以替神立言和谕旨行事。这种权力类似印度总督——借伦敦白金汉宫皇帝名义，辖管亿万人民，而在加尔各答或孟买，平民根本就见不到皇帝的面。

几乎世界多数国家的政治史，神权统治是其不能绕过去的一个坎。尼罗河流域、巴比伦如此，据说希腊、罗马也如此。这观念牢不可摧，中世纪那样的混乱之中还可以落下脚跟。英国国王据此自封为“信仰的捍卫者”，沙皇俄借此打扮成国家和教会综合的半神式元首，美国参众两院和各州的议会中，仍残存着神权的痕迹——会议议程最先由牧师致辞，宣扬只有得到神灵的引导，才有贤明决策。

相应地，受自然力量驱使的原始人，他们希望借助祭司的庇护免除神明的惩罚。以此类推，为民众如此赞赏的祭司一职，当然不甘于自愿放弃。于是在神权政体向纯粹君主制演变后，一系列悲惨战事就难以避免。

和其他民族比较，犹太人的神权政体观念根深蒂固，并认为他永久存在。

自摩西发端，就绝对确立了神权政体观念，他确定的“十诫”，相当于国家的宪法。他任命的大祭司相当于现在的行政首脑，圣殿则象征着国都。

在征服迦南受挫后，教会的权力暂时弱化了，军事首领权力渐增。就算如此，很多士师同时兼任祭司一职，对国家发挥着双重影响。

大卫和所罗门时期，王权似乎已经确立无上权威，大祭司执行的是尘世国王的意志，而不是耶和华的意志。

不过，耶罗波安的革新和国家的分裂，使祭司阶层获取新的权柄，这些狡猾之士重获了原来的很多特权。

利弊如影随形。犹太国王罗波安固然损失了三分之二的臣民和四分之三的领土，但耶路撒冷归他掌管。这座圣城，早就是犹太人的宗教中心，其分量相当于几座撒玛和示剑的总和，这不言自明。公元前10世纪，耶路撒冷圣殿独占了犹太人所有祭祀上帝的活动。

古犹太人无权自主，在祭祀时，供品只能供在耶路撒冷的神坛上。

犹大国有如袖珍之地，朝拜耶路撒冷并不太费事。但绝大部分犹太人一生去圣殿不过三两次，并且只赶大节日。旅行到这里只需那么几天，他们不在乎，但在他们心中，耶路撒冷的形象变得极其崇高。中世纪，传说条条大路通罗马；但在古巴勒斯坦，却是条条大道通圣殿。

在以色列国王们自立屏障，隔开他们的臣民和可恶的犹大邻居时，耶路撒冷形象大变，成了殉教者的圣地。圣殿的祭司和犹大国王串通一气，把以色列统治者划入“非法”之列。他们指斥北方臣民为“叛教者”，并指斥他们全体背离耶和华的意志，理应受诅咒；事实上，这等于革除了所有以色列人的教籍。后来，以色列国被亚述人的贪婪吞没时，犹大神坛的管理者们幸灾乐祸。

耶和华惩罚了他不肖的子民，现在心满意足了吧！可悲！一个世纪后，他们遭受到同场的下场。之后，几个世纪的流放的酸楚让他们懂得宽容和仁慈。

不过，公元前10世纪的以色列人，和犹太人一样，都忠诚于耶和华神，不愿被人看成“异端”，他们渴望触摸到圣殿，但圣殿远在耶路撒冷，那是敌国的首都。没办法，他们只好自己再造几所圣殿。

以色列占有尘世间的全部优势，犹大则拥有宗教的绝对权威，事态的发展证明，犹大国略胜一筹。至此，有必要简述两个王国自分裂后到流放期间的政治趋势。

以色列和犹大之间的纠缠，被来自东方的入侵暂时叫停。示撒自封为埃及王，对亚洲野心勃勃。他建立的新王朝，素来关注着犹太国的一举一动。想必我们都记得，耶罗波安逃往埃及，他毫不吝啬给予支持。并友好鼓舞他回耶路撒冷造反，使大卫的江山大部分归他所有。

现在，新王国的内战，赐给示撒绝妙时机。他率兵攻入以色列，也占据了耶路撒冷，任凭士兵毁灭圣殿。之后一路北上，掠夺并摧毁了以色列130座城池和村庄，满载赃物归往埃及。

以色列国很快回复元气，但犹大国几乎伤筋动骨，财物被抢掠殆尽。圣殿重新建好了，但拮据的财政已难重新昔日光彩。金银用铁铜代替，辉煌不再，猎奇的示巴女王不愿重访。

在埃及一劫过后，耶罗波安过世，儿子拿答继位。这位年轻人和贤明的先辈们一样行事：朝腓力斯人开火。

基比顿顽强不屈，拿答命令率军围城。不过，还没来得及动这座城池一根毫毛，他就被军中的一名将领杀害了，此人是萨迦部落的巴沙。

巴沙自封以色列王，并诛了拿答九族，重新定都得撒。他继续围困腓力斯人的基比顿城，同时向犹大开火。

犹大王罗波安死后，儿子亚央继位。亚比央在位只有三年就逝世了，四十二个王子之一的亚撒继位。

他继位的四十一年，过得无比困苦。一开始，几个埃塞俄比亚部落前来侵袭，在守住并打退他们后，和以色列的征战又开始了。以色列王巴沙对犹大实行封锁政策。他加固了拉玛城，此城为南北交通枢纽。这表明，犹大与马士革、腓尼基的交通中断了。

亚撒害怕国内会被以色列的经济制裁困住，于是请求外援。

▲ 拿答继位

他派使节去了亚兰王宫，亚兰国王便哈达管辖着从黎巴嫩山脉到幼发拉底河沿岸的大片平原。

犹大赠送亚兰王以厚礼，求他从背后袭击以色列。便哈达赞同这计划，于是和巴沙结为盟友，这是真的，不过，那时人们并不太重约。

便哈达整结军马，从首都大马士革，向南驱进。

他打下了以色列的北部城堡但，把以色列的全部领土征服了，远到加利利海。以色列不得不求和。犹大获救，和马士革相连的商道再次畅通无阻。

亚撒这样做好像有利本国。不过，他及追随者为开了请外人解决内部纷争的先例而抱恨终身。此后，在东方君主们手头缺钱花时，就会迫使犹大或以色列“邀请”他们以一国或几国联合的兵力前去救援，借机掠夺敌国的财物作为“援军”的补偿。

巴沙共在位二十九年，和先知耶户多有争论。起因是关于是否继续信奉异教。

犹大国民族和信仰相对单一，但以色列有着许多外族部落。有的祭奉太阳神巴力，有的祀奉金牛偶像，在亚非的人们看来，金牛象征着健壮和尊严。

以色列的国王们要改变这种现状大不容易。

几个世纪后，在约书亚当年征服的土地上，以色列人一直属于少数民族。对于本土居民的信仰他们是不能干涉的，否则容易引起叛乱。现今，英国人并不喜欢印度的很多宗教，不过他们能明智地不去干涉。那儿由于宗教偏见的缘故，有种种大叛乱发生，前车之鉴，后事之师。因此，政府对当地的庙宇敬而远之。

巴沙的困境同样如此。国内总有一帮宗教狂势分子，认为宽容异教是道德的软勒。他们再三要求巴沙和每届国王摧毁异教神庙，禁区止异教祭祀，灭除掉所有不承认耶和华是唯一上帝的人。在位者从全局的角度考虑，拒绝去施这种政治自杀的事情，狂热分子狂怒不止，力斥他们在和正义事业唱反调，也不配南面称王。

巴沙是踩在被杀君主的尸体上继承王位的，他不敢冒险行事。他不得不宽容那些祭祀金牛的人，前提是不支持敌人。不管何时，耶户想传达上帝旨意时，巴沙总会洗耳聆听。不过，也不愿实施强迫被万般蔑视的异教徒。这样，直至逝世，以色列领土上的巴力神庙多过以前。耶户嗔心大发，他降下各种灾难在巴沙王朝中，作为他冷漠宗教的惩罚。

有些预言应验的速度很快。巴沙死后，继位的儿子被人谋害。这小子比他老子好不到哪里去。在得撒的一个声名狼藉的宴会上，他和统帅心利有了争端。心利一刀刺死了他，然后自立为王，强占王宫。

对于杀人流血，人们固然已经熟视无睹，不过这种不义的残暴，仍然让人觉得太过分了。于是他们召请围攻基比顿的军队统帅暗利回朝整顿。在心利得知暗利正在讨伐自己的途中时，沮丧万分，他点火烧了王宫及全城，登位不到一周就在烈焰中自焚掉了。

心利登基的六天里，杀害了以拉的全部兄弟。王位没了合法继承人。作为仅有的合法的继承人，暗利登上王位。他决定放弃得撒的废墟，另觅合适的建都地点。

他在西边遇到了一座山，此山归农民撒玛所有。暗利以重金买下此山，建立起新城，取名撒玛利亚，也就是撒玛之城。

有如走马灯似的王位更替中，暗利是以色列国最重要的一位国王。不说他的过错，至少他能带兵打仗。有十二年，他一直和便哈达征战。这样的战争是不公平的，双主实力相差甚远。但暗利顶了下来，领土还有所扩大。

暗利死后，扩大的王国由儿子亚哈继承。以色列的真正麻烦的开端，是从这个亚哈开始的。亚哈过于懦弱，但妻子耶洗别却异常刁蛮。很快，这个女人成了以色列国实际的统治者。

耶洗别的父亲是腓尼基城西顿王。腓尼基人虔信太阳神，耶洗别也是太阳神的虔诚信徒。依据惯例，王后应该改信夫君国的宗教。不过，耶洗别没能这样做。她最初来到撒玛利亚时，把个人的祭司也带来了。她在亚哈的宫中稳住脚跟后，就开始在首都的中心地带建造太阳神庙。

此举令人大跌眼镜，先知禁不住向上天呼号。不过耶洗别不为所动，反而变本加厉迫害信奉耶和华的人，实施宗教恐怖统治，直到耶户领导人们推翻她的统治。

值得庆幸的是，就受迫害的耶和华信徒来说，南方王国正被一位英明的国王管辖。他名叫约沙法，亚撒的儿子，受过严格的宫廷教育，外交和军事才能都很卓越。

约沙法深知武力不如以色列。因此，他竭力把两国维持在休战状态。最先，他娶了亚哈和耶洗别的女儿子亚他利雅为妻。然后，和岳父立下盟约，以此来保证北部边界的安全。之后，他向落户死海对岸的亚扪人和摩押人发起进攻，占领了他们的土地，威名由此大振。但老先知耶户仍不息怒，他指斥约沙法与邪恶的耶洗别过分友好，并且指责他和以色列的协约直接亵渎了耶和华。

除了有人指责他信仰不坚外，约沙法事事遂顺。他在公元前850年去世，臣民感到十分悲伤，把他葬在大卫城的家族陵墓中。

上面提到的是公元前9世纪上半叶犹大王国的历史；以色列则有另外一番景象。

耶洗别成立了有名有实的宗教法庭，把那些拒绝信奉太阳神的人全部处死。这种以行政手段强迫人们改变信仰的做法，似乎已成大势所趋。不过，同以往的一样，在最紧急的时刻，民族良知发生作用了。

先知以利亚拨乱反正，拯救了全民的堕落。

对于这位声名显著的人物的早期生活，我们了解甚少。他可能出生于加利利（很多先知的故乡），在约旦河东岸的基列旷野度过青春年少期，这影响了他的一生。他的思想较保守，不用说，他承认耶和华是他无可置疑的主人。

他宁愿在沙漠中过着简朴甚至不舒服的生活，却不喜欢城市松散的生活。他对所有的城市都有一种厌离感。在他看来，城市总会滋生奢华和信仰不诚，居然会容忍甚至欢迎腓尼基、埃及、尼尼微传来的种种异神！他觉得城市是滋生异教的沃土，应当从地面上把异教以及大部分市民清理干净。

就亚哈和耶洗别看来，以利亚先知极其危险；

他认定自己信奉的事业是正义的，因而信心十足；

他有若雄狮般勇猛；

没有丝毫尘世贪欲；

对身外之物一概鄙视；

他唯一的饰品，是一件精驼毛皮衣；

他吃人们施舍的任何食物；

据说，重要关头，乌鸦也会给他哺食。

可以说，任何人也不能伤害他，因为他对尘世无丝毫挂碍，也不惧怕死亡，生命的全部都交给了上帝。

这也难怪，他会给那时的人们留下深刻的印象。

以利亚整日忙碌，富有表演天才。他时而在远方某个城市的市场上出现，发出预言式的警语，没等到人们回神，他马上消失得无影无踪。数天后，他又去了他方，神秘地往来。这让人们相信有一种神奇的力量赋在他身上，可以随意隐身。

自远古时开始，人们就热衷于描绘英雄的美德。时光荏苒，口耳相传，以利亚被传得神乎奇神。他原来富有智慧的言辞已无人记起，而他显示的奇迹千年后仍有人传述。犹太母亲在给孩子说故事时，会讲有个神奇的人物可以倒转乾坤，随手一指，河水截流，一袋粮变十二袋，能医百病，妙手回春。

这位神奇的人物，为同代人异常敬畏，进入伟大宗教戏剧中成了主角。

有如天空的闪电，先知出人意料地来到亚哈面前。国王刚向太阳神许愿，理应受到惩罚。

“很快会有旱灾降下来。”以利亚说，“还会有饥荒、瘟疫，耶和华禁止崇拜偶像。”

他瞬间消失了，亚哈的卫兵再也找不到。

他高高地飞过以色列高原，返回他喜爱的沙漠。基立溪边有一所简陋的茅屋，他的家就在这。他安居在这直到夏季溪水干枯，才往别处迁居觅水。他自东向西越过国界，到达地中海岸边的撒勒法。这里归属腓尼基城市推罗统辖，在这异教地区，以利亚魔术师在此也鼎鼎有名。这里流传着他如何救活女房东的儿子，如何使诚实女人家中在连年歉收造成的饥荒中粮油不断等传说。

不过，以利亚企图以灾难来警醒国王的目标并未达到。反过来，全国性的旱灾把耶洗别激怒了，她迫害耶和华信徒更加不择手段。幸存下来的只有少数忠实的老祭司了，他们得到亚哈宫廷总管俄巴底的庇护。俄巴底是个大好人，他把祭司全部藏在自己的宫内。耶和华决定在他们被杀前，伸手援助他们。

他下令以利亚重返以色列，再次向国王提议。

以利亚晓得，这次是提着脑袋回到以色列的。

他在宫廷门外恭候，直到碰见正在为国王的马群寻找草场的俄巴底。以利亚恳求这位大人向亚哈告知一下，耶和华的使者再次谒见他。

国王和先知又一次晤面。亚哈对以利亚的神力怀有敬畏，听得很恭敬，但并愿意照办。他命令所有的太阳神庙祭司，去迦密山顶等候，不可延误，那可是个俯瞰耶斯列平原的好地方。以利亚说，如果不能马上解决人世的饥渴，那么一场革命迫在眉睫。

或者这次会议，能让国王获得挽救国家的大好时机。

太阳神的祭司，自各地急急忙忙向迦密山顶赶去。一般百姓也蜂拥而来，想亲眼看到以利亚的魔法术。

他们见到一个孤单的老人，站在早已荒废的石头祭坛前，此坛建于数百年前，为早期居民所修。

在所有太阳神祭司全部到达后，以利亚开始讲话。

他说，耶和华和太阳神谁的威力更大，似乎一直有人怀疑，很好，这次就为这个问题作过彻底的了断。他嘱咐牵来两头牛，一头送给敌手作祭祀，一头自己用于祭祀。

两头牛牵来后，切割的肉块置于祭坛的木柴上。

以利亚宣称："好了，让我们等着奇迹发生吧！谁也不能用火去点木柴，只能向自己的神祈祷，看看会有怎样的奇迹。"

一整天过去，异教徒爬在巴力面前，请求帮助。不过，他们的祭坛冷若基顺河水，不管如何声声嘶力竭念着奇怪的咒语，依然于事无补。

以利亚尽情嘲笑。

"好一位万能的神，你们的巴力！"他叫嚷道，完全忘记了危险的处境。"一位高贵的神祇，不能把臣民从困境解救出来，可能巴力出门旅行去了，或许还在睡大觉？把声音弄得再响点吧，说不定他就听到了！"不过，一切照旧。

以利亚允许他们一直祈祷直到夜幕降临。然后让所有人围拢来，看他的作为。

他摆出十二块石头（是古犹太国十二个部落的象征），用它们砌好祭坛，并在祭坛周围挖出沟来，隔开祭坛和所有人物。后来，为了让大家印象更深，他让人把水浇在木柴和石头上。

这样一直淋了三遍水，祭坛全部都淋透了。以利亚于是向亚伯拉罕、以撒和以色列的上帝作祈祷。

顿时，一道火光自天而降。

随着燃烧时水汽的嘶嘶声和湿柴的噼啪声，有烟从以利亚祭坛上的供品中冒出来。

耶和华的威神在众人面前展现出来。

以利亚一鼓作气。

他指着巴力的祭司们喊道："干掉这些骗子！"以色列人立刻向这450名无能的祭司扑去，他们被拖到基顺河边，杀得干干净净。

之后，以利亚转身对亚哈说，耶和华现在满意了，天黑前，干旱就会终止。耳边还存留着这些诺言，亚哈往回赶，没走几步，天空突然浓云密布，大雨倾盆而下，干渴的田野贪婪地吞着甘霖。整整三年半的时间，以色列的土地开始有了雨水的甘甜。

亚哈把发生的事情告诉了王后，王后气坏了，他命令以即把以利亚逮捕，以谋害罪处死他。

但以利亚早就不见了。他深知此次难以得到宽恕，于是预先隐匿起来。他骑马一路飞奔，穿过以色列和犹大，在南边王国的边境巴城才停止前进。就算在那儿，他也找不到可庇护的，于是继续向沙漠地带迈进，不顾饥渴。

耶和华让天使给他送去食物。

最终，他到达西奈半岛的一个高峰——何烈山。这儿是宗教圣地，一千多年前，摩西在雷电中得到耶和华的约法。

以利亚得到圣谕的经历全然不同。最初，狂风差点把先知吹下悬崖。

以利亚侧耳恭听，但什么也听不到。

接下来，只听到大地震动的轰隆声，大火熊熊。

以利亚再聆听，依然没听到说话声。

突然，风浪平息。

有微弱的说话声传来。

以利亚细听。

是耶和华在说话。

耶和华要他回到原处，在那里会找到合适的继承人，原因在于他在世时日无多，而以色列未完成的事业良多。

以利亚遵命行事。他离开沙漠，重返他素来厌恶的城市。在他抵达耶斯列平原（古代士师曾在此地打败过亚玛力人和米甸人的军队）时，他发现有一个年轻农夫默默地耕作，土地特别肥沃。

耶和华向他暗示，这位年轻人正是他要找的门徒。以利亚止步不前，离开大路走下田地，把自己的外衣披在年轻人的身上。

年轻人名叫以利沙，他明白这一动作的含义。于是放下农活回家了，在告别父母后，就随主人而行。他将努力学习预言和敬神等事宜，以报答先知给予的荣耀。

以利亚和以利沙共同来到以色列的首都，发现此城愈加混乱。在耶洗别统治下，情形更加糟糕。腓尼基又运来一批巴力祭司，和以前一样，巴力神庙依然随处可见。

此时，国王想把首都从撒玛利亚迁往耶斯列城，新城正在修建新宫。恰巧看到一片葡萄园，国王想让让它归为己有，不过，它已有主人，名叫拿伯。亚哈告诉拿伯他想买这块地，拿伯却说地是祖传的，从不打算卖掉。

耶洗别解决此事的办法很简单，亚哈作为一国之尊，难道不能为所欲为？何不把拿伯杀了，地自然收归门下，毫不费事。

不过，亚哈拒绝了，他害怕和以利亚再见面，于是不说一句话，卧病不起。

耶洗别认为机不可失，得充分利用。她趁机指控拿伯不敬王法，未经司法审讯，就把拿伯和他的儿子们一起用乱石砸死，抛尸荒外喂了狼狗。

天啊！事成后，以利亚突然站在王宫门前。

他的预言让亚哈魂飞魄散。一年内，舔守拿伯的狗，一定会再舔国王的血；王后耶洗别将横尸街头，任凭野狗吞食。预言看上去似乎荒谬绝伦，怎么可能发生，但亚哈已被吓破了胆，他设法逃离厄运的摆布。

在以色列，他的暴政无人敢动摇，臣民毫不足畏。如果命中要被人杀害，那肯定来自敌方。

众所周知，敌人自北方来。不用说，亚兰的进攻最值得防备。还好，此国被亚述王国牵制住了。因而，自南面和东面夹击，或许亚兰的野心会被击垮。

亚哈决定主动出击。他遣信使快马去约见犹大王约沙，建议和他一起进攻马士革。约沙法赞同这个主意，于是两个君主一同北上。

太阳神祭司事先预言他们会凯旋而归。

不过，忠心于耶和华的先知米该雅，依然预言国王被杀，不管他如何逃离。

亚哈当时的行为正好展现了他的心境。他以士兵身份装扮自己，同时鼓动约沙法穿着国王服装。他以为：这样会让亚兰人只认约沙法为国王，然后攻击的目标都向着他，而不会在意一个小小的士兵。

不过，战争打响后，身着王袍的约沙法安然无恙。穿着破衣衫的亚哈反而被冷箭所伤，伤重而死。

他的遗体被运到耶斯列，举行葬礼前，要把战车上国王的血迹洗净，血水被大街上乱窜的野狗舔食，刚好应验了以利亚的预言。而且战车所停之处，正好是拿伯家的葡萄园。

亚哈一死，表明王位的继承问题又来了，同时表明又一场长期混战拉开了序幕。

长子亚哈谢继位。不过登基没多久，小伙子不小心从撒玛利亚王宫跌下，伤势惨重。他让使者去太阳神庙占卜，看恢复的可能性。以利亚半途拦住使者答话：“不能！”

亚哈谢很快就死了。

弟弟约兰运气要好一些。摩押王米沙本应连年进贡以色列的，但这时也造了反。约兰提议约沙法，建议两国进军分掉摩押国。

犹大王想主意不错。

不过这次远征，徒劳无功。不明白为何他们冒险进军死海的旷野，而不走北边的通途坦道。

他们在沙漠中迷了路，几乎渴死。在到达摩押后，才发现摩押王严阵以待，首都的防卫加固了。他们只好实施围攻策略。

围城几个月之后，城墙攻破在即。这时摩押王用献祭的方式为激励士气。这是一个让上帝和他的子民永远铭记在心的场景。国王把长子带上城墙，在敌我两军众目睽睽下，杀死长子，并焚毁其身体，用来作为无上光荣的摩押王的祭品。

犹太人看后，士气大减。因为他们（到了约兰和约沙法这一代）对耶和华不再那么坚信。

他们害怕摩押神（在受了这么重大的祭礼后）神威大发，认定继续攻城已失意义，大军撤了回来。

至此，已进入犹太史上又一重要关口。暗利家族在两个王国的地位都至高无上。北方以色列，耶洗别建立起极其专制残暴的统治；南方犹大，女儿亚季利雅外戚专权。耶和华的神威似已消亡，巴力稍占优势。十分火急，得赶紧行动，打破犹太人自造的茧。

关键时机已经到来，需要采取强有力的措施。

不过，以利亚那样少说多做的人已找不到了。

以利亚已不在人世。一天，他和以利沙同路而行，从天上降落下来一辆喷火的马车，携带先知去了他向往的地方。以利沙一个人从伯特利返回来，就这么向人解说的。没人敢对他的话有半点怀疑，因为以利沙已经和主人一样拥有那扭转乾坤的力量，让人敬而远之。

伯特利淘气的孩子们，以取笑以利沙的秃顶为乐，森林里突然奔出两头熊把孩子吃掉了，作为警告，这仅仅是一个例子。以利沙也有不测神变，同以利亚一样，他只需吭一声就能河水断流，能使铁块浮在水面，包治百病，还会隐身等种种神奇的本事。

种种才能，对于他把耶洗别从犹太民族的生活中清除出去十分有利。他有意领导革命运动，策划着把暗利家族推翻，把太阳神教赶出以色列和犹大两国。

以利沙并不参加具体的暴动。

他没有武士身份，不过遇到原则问题时，他决不妥协。他把战事托付给耶户，此人可以说是《旧约》中记叙最生动最丰富的人物之一。

耶户担任以色列的军官一职，勇气冠绝一时。他的骑术精湛，箭术百发百中，打击敌人时坚决彻底。推举他担任推翻顽固的旧王朝的危险职位，再好不过。

他的运气很好。犹大王和以色列王正欢聚一堂，作为近亲，至少表面关系友好。

以色列王约兰最先感觉到危险，在得知耶户领队前来时，试图躲在铁车里逃走，已经晚了。飞箭射死了他，尸体抛在路旁。

耶户的援军看见了，就扔在原先是拿伯的土地上，任凭街上游走的野狗撕咬。

犹大王约沙得知同伙的下场吓破了胆，他拼命奔向自己的国界。到了玛西拿部落的以伯莲地区被义军赶上了，受了重创。在设法转移到米吉多时，终于一命呜呼。

目前已经胜利铲除两王，耶户便回头来专心对付耶洗别。老王后早料到了自己的命运，因此非常镇静。她穿好王后服饰，精心打扮一番，然后安心等候敌军到来。耶户一进王宫，就命令王后的贴身侍从把王后扔到窗户外边去，他们按照耶户的意思做了这件事。

王后的尸体躺在冰冷的大街上，耶户装作没看见，驾着车碾了过去，头也不回地走掉了。

当天晚上，亚哈的几名忠心耿耿的侍卫，跑出王宫去寻找耶洗别的尸体，打算以王后之礼安葬她，但是他们并没能找到她。因为耶斯列城的狗群早已将她撕碎。

现在耶户又开始对付亚哈的子孙们了。他们中的大部分逃到了撒玛利亚，但当见全国人都归顺耶户时，明白抵抗无用，便按耶户的意愿投降了。不过耶户没拿出一点恻隐之心，他们的头堆积在城外足有两大堆，以此儆示任何敢于反抗起义首领的人。

很快，同样的命运落到了四十二名犹大王子头上。

剩下太阳神的祭司们还没有解决。耶户让所有的人知晓，他没同他们争吵，甚而对他们的宗教存有好感。之后，他请他们到神庙去商议大计。他们天真地以为天下太平了，毫无防备，全部到齐。然而他们一踏入神庙，所有的门都被关上了。夜晚，这些信奉太阳神的使徒们全被处死，无一幸免。

太阳神的祭司一去不返。耶户一举铲除了异己。暗利家族到此终结。耶户当上了以色列王，以利沙喜出望外。

耶和华彻底取得了胜利。

然而，人们很快就清醒地悟到，这场建立血腥谋杀之上的胜利，并没给国家带来多大好处。

耶户勇猛有余，但却缺少智慧。他只不过是一帮宗教头目的傀儡，他们拥他为王，不过是想建立自己狭隘观念中的所谓完美国家。

他们对王国的一切人和神都充满戒备心，以致不能容忍国内有任何非纯正犹太血统的人存在。他们围绕以色列和犹大设置思想樊篱，禁止非犹太范围出生的任何人进入。他们不愿同别的国家建立联盟。还宣称，与不承认耶和华的国家有任何书面的约定，在耶和华看来都是丑陋的。

然而，以色列和犹大两国都并不强大，缺少了东西方几位友好邻邦的协助就难以存活。先知们一意要以宗教为界，后来证明这是一项灾难性的决策，而这项决策恰好是在所有职业军人（王室子弟）和百分之八十的高级军官被清除之时实施的。

这些忠实信徒于是认为，耶户的大革命使以色列和犹大消除了被一切蛮夷影响的危险。自此，两国成了真正的“圣地”。这个理想似乎的确崇高，但是却注定要失败。

靠谋杀手段终究难成大事，从古至今皆是如此。

即使像先知阿摩司与何细亚那样对自己的宗教那么诚笃的人，也在不久后醒悟过来，对众多无辜者的流血表示遗憾。

但是，当他们能够表示这种想法时，已经晚了。以色列已臣服于东方诸国。

亚兰也被一场革命改变了面貌。叙利亚军官哈薛谋杀了国王便哈达二世，登上了王位。

哈薛进一步加强了大马士革的实力。然而当亚述王撒曼二世进攻亚兰时，该城市还是失陷了。这让篡位者的荣耀突然终结。该消息很快传到地中海沿岸，以色列及西顿、推罗的统治者，仓皇中接受了征服者亚述王提出的条款。他们有了新主子。

有史料记载了公元前842年发生于黑门山的那场战争。耶户，即暗利的后继者，自己为亚述创造了有利的条件。为弥补损失，一等撒曼以色撤回尼尼微，亚兰王哈薛就进入尼尼微北部，几个犹太地区很快归他所有。很快，这些地区的部落无一例外地消失了，他杀男人，掠妇女，把孩子抛下悬崖，然后将自己人迁到这里。

耶户惊恐万分，忙向亚述王撒曼以色求救。但亚述援军未到，亚兰人就再次进入以色列，他们歼灭了犹大军主力；还伙同摩押人、以东人和腓力斯人，在以色列和犹大两国大肆扫荡。

那些幸免于难者都成了俘虏。只剩下撒玛利亚城还在犹太人手中。

在千钧一发之际，以利沙前来解围。先知与国王共同守城，等候亚述援兵。

从纯粹的爱国立场来看，他们挽救了自己的民族。不久，亚述人挫败亚兰王，大马士革被攻下，以色列身上的重压解除了。不过胜利后，亚述人马上开列了账单，因为援救不是免费的。

他们要以色列付账，且数额大得惊人，他们甚至索要年贡以维持亲善关系。在接下来的整整一百年中，以色列人都在极力摆脱自找的奴役，不过有时成绩还不错。

耶户的儿子约哈施，在争取独立的战争中要幸运得多。他攻占了大马士革，甚至向东推进到亚述首都尼尼微城下。他的儿子约阿施作为一名战士也很幸运。他听从先知以利沙的劝导，一直支持他直到后者死去。约阿施尊敬耶和华，按宗教职责办事，然而这并未妨碍他在机会降临时，去掠来耶路撒冷圣殿中的财宝。在约阿施的儿子耶罗波安治理以色列时，这个国家才最终重获独立，感受独立带来的光荣。

在这位伟大国王的同代人们看来，昔日所罗门时代的幸福生活又回来了。他们以为本国再次跻身东方强国之列，并因此沾沾自喜。

这注定他们最终还会大失所望。因为灿烂的天空不一定意味着新的一天的来临，那也许不过是日近黄昏之时的残阳而致。

毋庸置疑，公元前8世纪上半叶，以色列人看到了意想不到的繁荣。一夜之间，乡村变城市，牧民离开牛羊，弃牧经商。古老的通商大道重新担起重任，驼队再次来往于东西南北间。

然而在以投机买卖为基础的经济制度下，人们一味追求财富，这终究带来了种种弊端。宁静乡村族长制的生活一去不复返。所罗门时代的最坏的东西卷土重来。

耶和华不再被重视，以致最后被彻底忘却。公元前8世纪的几位伟大的先知阿摩司、以赛亚和何细阿，怀着无尽的耐心和顽强的毅力，劝说人们不要相信异端邪说，只追求财富并不能幸福。

以利亚和以利沙用如雷电般激烈的语言揭露尘世的罪恶。阿摩司、何细阿和以赛亚与则不同，他们不单演讲，还著书立说。

因为这时犹太人已从邻居巴比伦人那里学会了书写艺术，并开始搜集以往的种种传说，他们抄录先知的言论以便让伟大的智慧世代相传。

三位先知反复教导人们，积累金银并非人生的唯一目的。语重心长地劝说年轻一代，享乐本身并没有错，但它却不能真正使人得到精神的满足，而没有精神满足，人生就是空虚无意义的。然而一切劝说都是徒劳的，他们越来越清楚地预见到，国家独立的丧失是不可避免的，于是他们一改警告的口吻，转而向上帝倾吐愧疚之言，此类话自以利亚时代以来就很少听闻了。

他们大半生不再涉及政治，只谈真理。用现在的话说，他们是不折不扣的“社会改良者”。

他们劝富人要勤施舍，穷人要多忍耐。他们传播克己利人的新教义。

从上述思想推出合乎逻辑的结论，最终形成了全新的教义：仁慈的耶和华爱他的信徒如同爱自己的孩子，他要求所有子孙也相亲互爱。

咳，遗憾的是谁肯听他们的话呢！

犹太人正在为新的繁荣而忘乎所以，为国王耶罗波安征服新的领地而欢呼，为商贸的扩大而陶醉；在全国财富激增的大好形势下，谁有时间去理会几个站在角落里的古怪老头大谈灾难！

当他们终于察觉这些警句的确有几分道理时，为时已晚。

远方尼尼微城中有一个能力超群、极其狡猾的士兵，窃得了王位，他自称提革拉·毗列色（那是五百年前的一位民族英雄）。他梦想建立一个跨越底格里斯河和地中海的庞大帝国。

真是出人意料，犹太人竟给了他提早实现梦想的机会。

犹大国王亚哈斯不知为何同亚兰人发生摩擦，战争如箭在弦。亚哈斯向提革拉求援。先知以赛亚得知后，立刻前去警告亚哈斯不要轻易与异邦结盟。他说，犹大王本应相信耶和华而非异教。亚哈斯回答说，他不信这个，知道自己在干什么，远征亚兰决不会失败。他甚至拒绝向上帝祈求吉祥物。

以赛亚与他的观点不同，他预言犹大和以色列都面临着巨大的灾难，等不到现在的婴儿长大成人，两国都将沦丧。

然而亚哈斯并不以为然，他将圣殿内的金银奉送给尼尼微的提革拉·毗列色。他北上去与威严的同盟者会面时，甚至将自所罗门时代以来一直竖立在“至圣所”前的铜祭坛也带上献给了亚述王。

提革拉·毗列色自然十分满意。

不过，提革拉是否因此改变了自己的计划，且对犹太人的态度比从前的亚述人更好，不得而知，我们只知道亚述王的逝世倒是使犹大王的计划全部落空。

不过，我们有理由假设提革拉至少会关照犹太人。

毫无疑问，继位的撒曼以色仍在采用以前的某些外交策略，对犹大王国很宽容，但对以色列则毫不手软。

何细亚，以色列的末代暴君，为避免本国遭侵略，打算与埃及结盟。然而未等尼罗河的远征军赶到，撒曼以色就越过边境，击败了以色列军，何细亚作为战犯被送往尼尼微囚禁。

然后，撒玛利亚城也被围攻。

撒玛利亚人誓死保卫最后的堡垒。

这是一场持久战，他们守城长达三年。

撒曼以色，大概是在一次突击中受伤，命丧城下。

沙贡继位，撒玛利亚城遭猛攻，最终失陷。

以色列人的最后抵抗失败了。

他们的王国屈辱地沦丧了。

苦难日子自此开始了。

两万多户家庭（约十万人）被流放。这个饱受战争折磨的国家，如今住着亚述五省移民和犹太十个部落的残余人口，一个新的民族——撒玛利坦由此形成。最初，他们被亚述统治，之后相继做过巴比伦人、马其顿人和罗马人的臣民，再也未能建立一个独立国家。

与其兄弟国相比，犹大多存活了一百五十年，靠对邻国的奴颜婢膝才勉强维持着名义上的独立。当西拿基立做了亚述国王，开始那次倒霉的埃及远征时，犹大王希西家为他献出了大量金子。

为了这笔巨款，圣殿墙壁上的最后一丝金片也被刮尽。

让人不解的是，耶路撒冷人并不为国家的处境而感到丢脸，当外国官兵在城中横行而过时，他们照样吃吃喝喝，尽情玩乐。

但是，他们的迟钝终有一天变成了极端的恐惧。

因为据说（来源可靠），西拿基立放弃了先前的宽容态度，决定摧毁犹太人的首都以绝后患。

这一消息让犹大人大为慌恐，他们最终想到了先知。

国王的沉默让他们失望。但先知耶利未热切鼓舞人们说，只要决心誓死捍卫耶路撒冷，就会得到耶和华的全力支持。

这个预言似乎真的应验了，亚述军队被困在尼罗河三角洲的沼泽中，不计其数的士兵死于热病或其他疾病。种种神秘瘟疫的困扰，又加上遇上了老鼠专吃弓弦的打击，他们决定撤军回国。

耶利未喜出望外，然而高兴得过早，敌人正准备报仇雪恨呢!

公元前6世纪中叶，西底家当上犹大王，他完全听命于几个外国人，恣意享乐，丝毫不关心国家是否独立。

亚述也不走运，被迦勒底人（另一个闪族部落）所征服。迦勒底人建立了一个新国家，古城巴比伦为其首都。

这次易主并未给西底家带来影响，只要日子安宁，无论是亚述人、埃及人还是迦勒底人，他都乐于进献金银。然而，这种懦夫在理应谨慎的时候，往往又会鲁莽从事。

当时，迦勒底的国王尼布甲尼撒与埃及不和。西底家被谗言所惑，认为时机已到，该采取重大行动使犹大国和国王得到不朽的名声了。

预言灾祸的先知耶利未，大声疾呼，别干蠢事。

他去面见国王，警告说，时机不成熟的起义只会带来灾难。

西底家热情高涨，听不进任何意见。

耶利未绝望地提醒国王说，自己曾为四朝犹大王服务，还没有不听劝告的。

西底家震怒，赶走了先知。

之后，他宣布不再向迦勒底人纳年贡。此举动引起的结果是，他的都城很快被尼布甲尼撒士兵包围。

耶路撒冷并未作好打仗的准备。粮食和饮水都不足，瘟疫流行于全城。只有耶利未意志坚决，坚决抵制投降意见。

因疾病而变弱的人们转而反对耶利未。他们指控这位忠实的领导者被迦勒底人收买，没有人听耶利未申辩，他被丢进了地牢中。

不过，可怜的老人被一位好心的黑人士兵救出，他把他藏在卫兵的房间，直至围城结束。

耶路撒冷还没正式投降，犹大的最后一位国王已置他的子民于不顾。

半夜，西底家带几名随从，溜出宫门，越过迦勒底哨兵线。

天亮时，他已向约旦河方向逃去。

尼布甲尼撒很快得知，派出快马前去阻截。

在接近耶利哥的时候，西底家落入敌网。

士兵将他带回国王的营帐，他被处以酷刑。

首先，他的儿子们在他面前惨死，然后他被挖去双眼送往巴比伦，被拉着在迦勒底王的凯旋仪式中示众。不久，他就死在了巴比伦狱中。

高度文明的迦勒底人，没有为难耶利未。他们十分敬重他，佩服他的无私和智慧，允许他住在家中，保护他不受伤害。

但是，大部分犹太人，深恐会像以色列人一样被作为俘虏押往美索不达米亚，他们打算逃往埃及。耶利未劝说他们留在原地，然而，耶路撒冷人却处于惊恐之中，无人听劝。他们担着家产向东迁移。耶利未只好带着一颗忠诚的心，跟随他民众东行。他年老力衰，已受不得长途跋涉，死在埃及的一个村落里，葬在路旁。

那是基督诞生前五百八十六年。

耶路撒冷沦陷。

约书亚和大卫的土地上住进了一位迦勒底总督。

最后一个独立的犹太国消失在人们的视野中。

犹大，为其无视耶和华的意志，付出了无法弥补的代价。

礼品装家庭必读书

礼品装家庭必读书

希腊罗马神话·圣经的故事

06

《礼品装家庭必读书》编委会 编

辽海出版社

第六册目录

CONTENTS

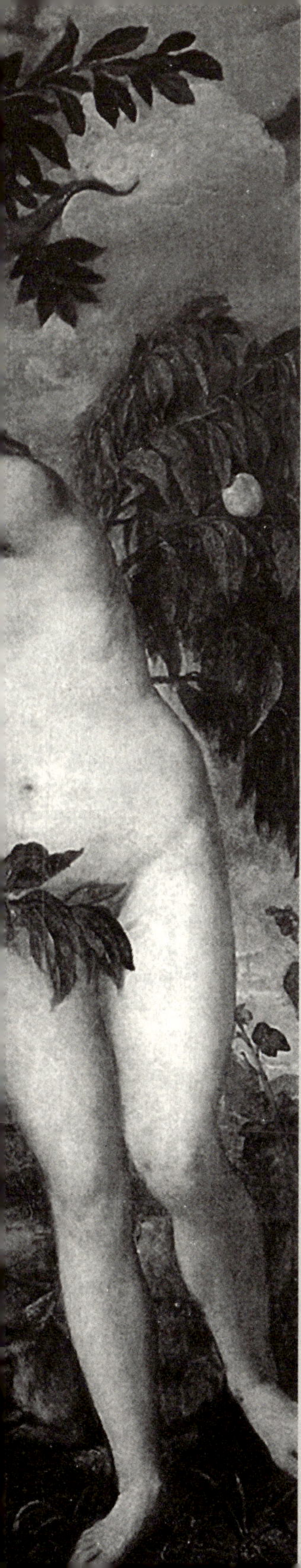

圣经的故事

无上的经典，演绎出无数动人的传说。翻开此卷，从中领略别样的开天辟地、繁衍生息。

覆灭与流放

经过在亚述和巴比伦的长期生活后，犹太人才真正明白自己干了什么和未来该干什么。远离故土，散落在美索不达米亚平原的城镇和乡村，他们开始认真研究本民族古老的法律和早期历史。在这个适当的时候，他们才重新恢复了对耶和华虔诚的信仰。

犹太人的新主人是个十分优秀的民族。在更早的汉谟拉比时代，巴比伦人就已被公认为西亚最文明的人民。

这个庞大帝国的首都是一座坚固的堡垒。外面是高大的双层城墙，城内有漂亮的房屋、街道、花园、寺庙和市场，这些大约总共占地一百平方英里。市区布局错落有序，街道笔直宽阔。房屋大多为砖砌，宽敞高大，有的高达两三层。美丽的幼发拉底河在城内流过，直通波斯湾与印度洋。市中心有一座人造小山，其下矗立着著名的尼布甲尼撒王宫。宫殿有很多不规则阶梯，远远望去就像是一个悬在半空中的大花园，因此它有“神秘的空中花园”的美誉。

精明能干的巴比伦商人创造了许多奇迹。

他们同埃及甚至东方大国中国都有贸易往来，并发明了一种文字体系。该种文字后经腓尼基人改进，成为我们如今所使用的字母。

他们有很高数学天赋，最早提出了“天文学”的概念，最先创造了划分年、月、日周期的历法，还设计了即使是现代商业依然以之为依据的重量和容量体系。

他们第一个制定了成系统的道德法典，其中许多条目后被摩西吸收到《十诫》中，现代教会的基础由此奠定。

他们具有超凡的组织才能，一直稳健地扩充着领地。然而，对犹大土地的征服却是个意外，与扩张政策无关。此事发生在他们的统治者去征服亚兰和埃及之时，这个小而独立的犹大国恰好处于东西南北要道的交界处。占领该国纯属军事需要，除此无他。

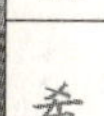

▲ 空中花园想象图

然而，现代人对尼布甲尼撒时代的巴比伦人是否意识到犹大的存在，仍感到怀疑。

早期的世界史学家对犹太人只字未提。比如希罗多德，他曾力图真实地记述洪水时代以来发生的事情。和大多数雅典人一样，希罗多德生性宽容且充满好奇心，他想知道一切周围的人的所思、所言、所为，并把它们写进自己的书中。

他的头脑中不存在种族偏见，到处旅行只为获取第一手资料。他向人们讲述有关埃及人、巴比伦人以及地中海沿岸其他人民的重大事件，但却未从他那听说过犹太人。他只是含含糊糊地把巴勒斯坦平原上的人称为有某种特殊生活经验的无名部落。

虽然《旧约》的编纂者并不是专业的史学家，但并不妨碍它成为了解犹太历史的主要信息源。

流放，对犹太人而讲，并不完全等于受奴役。

用纯粹世俗的眼光来看，对大多数人来说，从巴勒斯坦迁到美索不达米亚甚至可以称得上是一种改善。一百五十年前的流放是散居到若干个间隔开来的城镇、乡村，淹没在四周的巴比伦人中。而公元前586年，被流放的犹太人则继续聚居在一起，一个名副其实的犹太人移民区由此形成。

实际上，他们是被迫移民的。从耶路撒冷杂乱的贫民窟里移到宽阔的迦巴鲁，离开迦南贫瘠的土地，在巴比伦中部富饶的沃土安置新家。

他们没有一千年前在埃及那样的际遇——曾遭受异国监工的无端暴力。他们被允许有自己的领袖和祭司；宗教习惯和仪式也不会被干扰；可以同留在巴勒斯坦的亲戚朋友联络；还被鼓励经营在耶路撒冷常见的手工艺。

他们是自由人，可以雇佣奴仆，在行业和贸易中都不受限制。

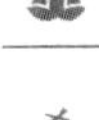

很快，巴比伦首都的富商名单中就有了一大帮犹太人的名字。

后来，犹太人还能担任高官。巴比伦王曾不止一次向犹太女子求婚。总之，除了不可自由移居，流放者能享受到人生的各种乐趣。

在从耶路撒冷到流放地的路途中，他们曾染上了多种疾病。可如今，唉！他们添了一种新病，应该称之为思乡病吧。

自古以来，此种痛苦就对人类灵魂产生过神奇的影响。偶尔闪现在人们脑海中的对往昔生活的美好回忆，瞬间会抹去过去所有的伤痛。那种痛苦能将“过去时光”变成“美好的往日”，能给古老的岁月镀上美丽的颜色，使之成为“黄金时代”。

一旦患上思乡病，人们就会拒绝承认新家的一切美好。新邻居总是不如旧相识；新城市就算是比先前的村落大十倍，美上二十倍，在人们的头脑中也不过是个粗俗而简陋的小屋；对着新气候欢呼似乎只是那些未开化的野蛮人的事。

总之，一切“旧的”都变成了“好的”，而“新的”则成了“坏、恶”和“令人不快”的代名词。

一个世纪后，当流放者被允许返回耶路撒冷时，却只有不多的人抓住了这次机会。或许只有留在巴比伦，巴勒斯坦土地才是他们“失去的乐园”，这种思想反映在他们的言谈与文字中。

总体上说，半个世纪的流放生活单调而无建树，流放者就这样生活着，等待着。

开始时，他们热盼着“突然事件”的发生。此次大灾难的预言者——睿智的耶利未的声音犹在耳旁回荡。

可是，耶利未已死，目前还没有谁能代替他的位置。

在前面的文字中，曾谈及犹太先知的天性。从遥远的年代开始，他们就是犹太民族道德的化身，在某些时候，他们就是民族良知的具体体现。

然而，犹太人靠口头传达宗教指示的时代一去不返了。他们如今有了自己的文字，规范的语法。

最初，这种文字极为粗糙。没有元音，要弄懂意思十分困难。造句的语法也较粗浅不正规。完成时态和未完成时态没有明确的区分，同一个动词既可表示已完成，又可表示将要完成，只能通过上下文推测其要说的意思。

这种表现形式用在诗歌中很合适。因此，此时留下了许多非常优美的诗篇。不过，要表达具体思想或记详尽的史实时，就十分不足了。

它不能明确地将预言与历史划清界限。

可是，犹太人只能这样。等他们向邻居学习了亚兰文字时（尽管有些粗糙，还不完善），文字才表现出巨大的影响力。

这也使先知们有所改变，他们有机会将更新的观念传达给所有犹太人。不论他们是住在埃及、巴比伦还是爱琴海的岛屿；先知们也因此得以将模糊的敬神仪式正规化，使《旧约》和犹太教法典中记录的宗教律条和民事法规成系统；先知们的职责不在同于从前。他们开始把古代先知的著述讲解给新一代的孩子。以前注重行动的先知，变成了终生在书堆中思索的圣哲。偶尔，我们还能看到先知在人民中奔波，听到他们在市场中讲演。培训先知学校在一天天增加，而其毕业生的影响却在成比例地减弱。

耶和华不再是掠过山川平原的一缕清风。

他变成了一套无可挑剔的清规戒律。他不再于沙漠的电闪雷鸣中向人们宣布至谕。从此后，只能在幽深图书馆的书本里和他们交谈。先知们改称为牧师、教士，他们终日忙着讲解、注释、翻译和阐释，“神圣的意愿”就这样淹没在日渐增多的语言学注解和批评著作中。

然而，这些新的面貌，如同所有类似的改变一样，并非突然出现的。在流放期间出现过几位人物，他们具有较宗教前辈更让人感叹的民族精神。其中最为突出的两位：一位是以西结；另一位，是被称作“先知中的福音传道师”。

一般流放者常对这些言论怀着很深的不满。他们并不喜欢听上帝爱全人类的说法。这个小集团生活在仇恨中，时时祈祷复仇之日的到来。到时，耶和华就应让可恶的巴比伦掳掠者统统丧命。

于是，他们四处奔走求救于他人。这些人必须谨慎严守以往的教条，必须信奉耶和华只应、也只会选择亚伯拉罕和雅各的子孙来传达圣谕；必须时常预言终有一天所有国家会匍匐在耶路撒冷胜利者的脚下。

在流放的为人知晓的先知中，以西结最为勇武强悍。

他出生在故国，父亲是个祭司，耶路撒冷浓厚的宗教氛围让他出落的与众不同。他一定听过耶利未讲道。后来，他也成了先知。

可以说，在他的聚居区内，他举足轻重，尽管他很年轻。因为早在犹太人开始大批流亡的前几年，即犹大国被巴比伦征服以前，他就首批被流放，远离故都。当幼发拉底河南岸小城提勒亚毕传来耶路撒冷沦陷的消息时，他已在那儿建立了新的家园，一直住到离世。

他的著述的文学价值远不及无名氏的后半部“以赛亚书”，其文风生硬，人格魅力也不及前辈犹太领袖，甚至很不谦虚。

他时常会情绪激动，佯装进入了迷狂状态，并说在此状态下见到奇异之象，闻到了神秘之音。

总之，可以用“相当实际”来形容以西结其人。

和耶利未一样，他从未停止过对那些误入歧途的狂热分子进行驳斥，这些人认为耶路撒冷是上帝宠爱的都城，是摧不垮的。

他严肃地告诫他们，单纯有信仰而无行动，根本无法挽救一个国家。

当城市失陷，大多数人信心不足对民族前途绝望时，以西结又挺身而出，扬言美好的未来终会到来。

他一直告诉人们，幸福的日子总会到来，圣殿将重新建起，公牛的血会再次祭洒在耶和华的圣坛前。

不过，以西结还预言，重建的国家必须推行有效的改革，否则就难以存活。关于这点，他做了极其详尽地描述。

他一时成了古希腊的柏拉图。按照自己的生活观，他构造了一个理想国。他要加强和丰富“摩西约法”中的有些部分，去掉那些过去趁机混杂在耶和华神圣仪式中的异教仪式。

总之，他鼓励号召人们重建大卫和所罗门的王国。

在以西结描绘的新国家里，人们的一切生活和活动必须以圣殿为中心，而非王宫。

这位先知的解释是，圣殿为“耶和华之所在”，而王宫不过是君王的家。

人人都必须明晓这种区别。

再则，普通百姓对神圣的上帝应该诚笃虔敬，应该明白上帝永远远离尘世的琐事。

因此，在以西结的理想国中，圣殿将被两道高大坚固的墙环绕，矗立在宽阔平整的庭院中，人们只能在一定距离外仰视。

和圣殿相关的一切事物都是圣洁的。

外国人决不被允许靠近圣殿。

▲ 以西结

除祭司外，其他所有犹太人，也只能在极少的情况下才能入殿。

祭司应该结成强有力的行会。只有撒都的后裔才能加入会。

他们的力量一日强似一日，最终成为国家真正的统治者，就如同摩西早就预言的那般。

还应大大增加节日的数量，且重点放在涉及赎罪的供奉祭日上，如此来加强对普通百姓的控制。

要让终生有罪的观念根植于全民心中。

不允许设私人祭坛。

一切与“至圣所”有关的祭祀，都应以全民的名义进行。

在这样的场合中，国王将代表整个国家。

除此之外，他仅是个名义首脑，没有实权。

在古老的年代，大卫和所罗门还可以任命祭司。

如今，这一权力也没有了。

祭司阶层是个独立的实体，他们可以终身为官，国王不过是它的仆人，而绝非主人。

最后，必须确保祭司有一定的收入，耶路撒冷周围所有的沃土，都归他们所有，这无需任何法律法令确认。

这样一项计划的确颇为奇特。

然而对以西结的同代人来说，则是相当合理。一旦流放者重归故土，圣殿重新建起，他们便要建立这样一个严格的宗教国家。

这一天到来了，比大多数流放者预想的还要早。

东方遥远的山区传来马的嘶鸣，一个年轻的夷族酋长正在跨马扬鞭，他将拯救犹太人，助他们逃脱外国的羁缚。

波斯人叫他居鲁士。我们称他为塞琉西。

重返故园

这个时候，爆发了战争，强大的西亚帝国被一个波斯牧羊人的小部落摧毁了。犹太流放者在波斯国王居鲁士的准许下得以返回故土。但是，大多数犹太人因为在舒适的巴比伦城市过得相当快活而选择继续留在原地。只有少数人为了宗教，而回到已经成为废墟的耶路撒冷。圣殿得以重建，并成为世界各地犹太人祭祀耶和华的唯一中心。

迦勒底，一个小小的闪族部落，于基督诞生前7世纪早期离开其位于阿拉伯沙漠的家园北上。

在历经艰险、数次突袭亚述领土均告失败后，他们最后同美索不达米亚平原东部的山民达成了协议，联手打败亚述军队，摧毁了尼尼微城；其酋长将自己的王国建立在古老帝国的废墟上，史称“新巴比伦”或“迦勒底”。由于王国的疆界被酋长的儿子尼布甲尼撒大大拓展了，巴比伦像三千年前一样重新成为古代文明的中心。

尼布甲尼撒在同邻国不间断的战争中征服了犹太人的城市，即犹大国。此后，几块犹大国民（犹太人）聚居地在地中海沿岸到幼发拉底河之间建立起来了。

犹大王子但以理在年轻时与三位表亲同时被掳掠到巴比伦，他一起接受迦勒底的宫廷教育。这四位对耶和华非常忠诚的少年一丝不苟地尊奉神圣约法，比如坚持吃肉类和蔬菜而拒绝宫廷的正常膳食，根据祖传的规矩宰杀牛羊、烹调食物，等等。宽容大度的迦勒底人尽量满足几个小俘虏的要求，给他们要的一切。四个勤奋好学的年轻人，由于学到了巴比伦的一切知识，有望成为寄居国的有用之才。

恰在此时，处于统治晚年的老国王尼布甲尼撒，做了个怪梦。所有智者都被召集到一起，解释国王之梦，否则就会被处死。理所当然地，“智者”们问道：“陛下，请先将您的梦告诉我们，我们尽力圆解。”

国王说：“我忘了我做过什么梦了，但是我肯定做过什么梦，你们所要做的就是讲出我的梦，并解释这个梦的含义。”术士们乞求国王宽限一些时日。

他们辩解说国王也得讲理呀，吵嚷着：“您都不记得做过什么梦，我们怎么能解释呢？”

这个暴君不管这些，他不管三七二十一，下令将所有智者送上断头台。大概那天他的火气很大，除了杀掉那几位失职者，还下令处死所有的术士和巫师。一位执行命令的军官，被派到但以理与朋友们的住处。在许多方面像约瑟的但以理同巴比伦宫内的军官私交甚好，在他的请求下，护卫长同意宽限几天。另一方面，但以理开始积极考虑对策。

某天晚上，但以理安静地躺在床上休息。耶和华将那个被尼布甲尼撒漫不经心忘掉的梦告诉了但以理。第二天早晨，但以理被护卫长亚略带到尼布甲尼撒面前，仍心有余悸的国王愿意给这外国青年一个机会。但以理复述了梦的内容，并予以圆解。那是个同四百年后的政治有关的奇怪的梦。

国王很赏识这个聪明的外国青年，便命他掌管巴比伦的事务，同时任命他的同伴沙得拉、米煞和亚伯尼歌各掌管一个富裕省份。

一切似乎都很顺利，但好景不长。据无名氏“但以理书”记载，年老昏聩的尼布甲尼撒沉湎于被犹太人和迦勒底的有识之士视为异端的偶像崇拜仪式。

国王下令建造高九十英尺、宽九英尺、全部涂金的巨大神像。无论从四面八方，远远就能望见这高高立在杜拉平原的神像。只要国王一声令下，鼓乐齐鸣，全国人都得在神像前俯首膜拜。

可是，沙得拉、米煞和亚伯尼歌并没有这么做。他们牢记第二诫，因此拒绝服从圣旨，当所有人都俯伏在地的时候，唯独他们直立不屈。他们知道，他们将为此受到惩罚。

国王下令将带到他面前的三个人扔进炉温比平时高七倍的火炉，以确保他们必死无疑。手脚被绑住了的沙得拉、米煞和亚伯尼歌被扔进烈火中。第二天，炉门被打开了，不可思议的事情发生了，三位青年走了出来，毫发未损，只像刚洗了个冷水澡！

正因为这样，尼布甲尼撒忘掉了偶像，深信耶和华是众神中最伟大的上帝，更加优待这四位犹太俘虏。不幸的是，他得了妄想症，想象自己变成了像牛一样吃草、四肢爬行的野兽，最后他惨死在野外。

以上内容源自“但以理书”。此书大约写于公元前167年至公元前165年间。火炉的故事大概完全出自想象，这个故事的目的是为了告诫同代人：信仰、坚信耶和华与己同在将会有如此神奇的效果。之所以让尼布甲尼撒死得那样悲惨，则是为了取悦犹太读者。

作者作为某些宗教性道德的教育者，有权这么写。但大量有关迦勒底国王最终命运的巴比伦史料使上述观点令人生疑。公元前561年，尼布甲尼撒安然死去。那波帕拉萨尔王朝于六年后宣告终结，取而代之的是一个名叫那波尼德斯的将军，他与儿子或者女婿共享王位，在“但以理书”中，这个人叫伯沙撒。他在犹太人的传说里，是巴比伦最后一位国王。在《旧约》同一章中所提到的玛代人大利乌，可能是生活在一百年之后的波斯人大流士，而伯沙撒是在巴比伦向波斯人投降后几个月被谋杀的。

据历史学家希罗多德和西诺芬考证，伯沙撒在城陷前曾举行过盛宴。但以理在这场喧闹的宴会上获得了“先知”的盛名。

当时，伯沙撒邀请了很多贵宾赴宴。宾客们大吃大喝，大厅里充斥着他们的喧闹声。忽然，一只手出现在国王宝座对面的墙上，默默地在石墙上写了几个字后，就消失了。

令人惊异的是，那些字是用阿拉米语写的。国王不解其意，他招来术士，术士们也面面相觑。此时，就像一千年前法老宫廷突然想起约瑟一样，有人想起但以理。

擅长解读各种神秘奇怪的文字的但以理来了。在把那些字母从上到下又从下到上读了一遍之后，他拼出了四个词。用英语解释就是“由于伟大的尼布甲尼撒的指挥不力，强大的帝国缩为一个小王国。啊！波斯人将把伯沙撒王一分为二”。但是，我们无法猜透它的哲学之谜。

但以理巧用了其中的语法错误，这样解释了那可怕的谜语：“伯沙撒王，耶和华已经估量过了，你指日可数。”伯沙撒任命但以理为总督作为对他解释预言的奖赏，并希望能讨好犹太人的上帝。但是这一荣誉意义不大。因为波斯人已兵临城下，巴比伦的日子屈指可数。

公元前538年，巴比伦城被从水门攻入的居鲁士王率领的军队灭亡。国王那波尼德斯被赦免。几个月后，图谋起义抵抗征服者的伯沙撒被杀了。正如五十年前，巴比伦人将犹大王国并为该帝国的属地一样，巴比伦被改为波斯的一个省。

“但以理书”除提到玛代人大利乌姓名外，别无记载。值得一提的居鲁士是一位古代英雄。由他统治的波斯人属亚利安人种，也就是说他们不像亚述人、犹太人和腓尼基人那样同属闪族人，最开始的时候，这些部落看起来像是住在里海东岸的平原上。

他们不知从哪朝哪代起开始离开老家向别处迁移。

那些向西行的部落定居在欧洲土著居民中，没过多久，他们便杀掉或降服了土著人。

那些南下的部落则占领了伊朗高原和印度平原。波斯人与玛代人联手占据了几片山地。由于亚述军队的残酷征战，这些地方早已杳无人烟。

他们在这里组建了一个放牧共和国，并以此国为基础扩大为神奇的波斯王国。然后居鲁士不断向外征服扩张，从而使之戴上帝国的冠冕。

居鲁士是个异常杰出的人物。只有阴谋和外交都失败的时候，他才借助武力。他先将巴比伦和其藩属、联盟分开，再进攻这一强大的城市，这是一个漫长的过程。

前后二十年左右，这是令犹太流放者欣喜若狂的一段时间。

起初，他们猜想居鲁士大概就是弥赛亚。耶和华的敦促居鲁士来帮他们解除巴比伦的枷锁。他们热切地关注居鲁士的战况。先听说他在与卡柏都亚人作战。

然后，有位过路人说，他正在攻打克利萨斯统治的国家。克利萨斯是与希腊法典制定者梭伦过从甚密的利迪亚国王。

接下来，散布的流言是居鲁士在小亚细亚建造舰队准备进攻希腊沿海地带。

先知们异常狂热地关注居鲁士的战况，只要听到波斯人获胜

的消息，他们就欢天喜地，高唱赞美和希望之歌。

他们坚信，攻破巴比伦城，指日可待。耶和华必惩罚那座不信仰耶和华的罪恶之城。

巴比伦终于被攻陷了，犹太俘虏们欢呼雀跃，蜂拥而去激动地亲吻新王的双脚，请求允许他们返回故国。居鲁士不但不反对，还以自己的宽大为荣。他立即准许巴比伦帝国臣民返回故土，而且，还不止于此。

他看上去对其他民族的宗教信仰也同样采取听之任之的态度。他任凭犹太人、腓尼基人、西西里人不信波斯人的神，而是他们自己的神；他们可以建造他们喜欢的寺庙；不管庙内是否有神像。只要他们按时纳税、服从国王的督军或省长，国王保证任何人不得干预他们的政治和宗教方式。

再者，这位精明的统治者能从所有犹太流放者整体返回迦南的事中得到实惠，他盼望波斯成为一个海运强国。腓尼基各城已经遵从他的意愿。但在腓尼基和巴比伦之间还有巴勒斯坦的荒凉废墟。如何使该地重现人烟是目前最紧要的事情。

巴比伦人曾经尝试过这样的做法。他们迁徙到前以色列王国，和温饱难保的残存原居民聚居在一起，由此形成一个新的种族——撒玛利坦人，如今他们分散在北部的巴勒斯坦村落。

他们是由希伯来人、巴比伦人、亚述人、赫人、腓尼基人组成的奇特混合体，从来没有繁盛过，为前犹大王国的纯正犹太人所蔑视。居鲁士重整巴勒斯坦时，力图找寻原以色列人的后裔，却一无所获。他们已经被巴比伦人完全同化了，从公元前538年开始，他们的命运至今仍是谜。

恰恰相反的是，一切事情对原犹大国的人来说要容易得多，因为他们始终保持民族的完整性。

国王于公元前537年下令勉励犹太人即刻回归耶路撒冷，另一方面也允许他们重建圣殿，并将四十多年前贝尼布甲尼撒掳到巴比伦的金银器皿还给他们，同时鼓励犹太人在耶路撒冷建立新都，恢复已经消失但并未被遗忘的辉煌的所罗门时代。

经过半个世纪的祈祷，先知的预言实现了。耶和华子民结束了被流放的日子。犹太人离开牢笼，自由了。

真是一大憾事！大门被打开时，仅有少数被掳者愿意返回故土，大多数人选择留在巴比伦，或者迁往新波斯帝国的亚马他、尼泊尔、书珊等大城市。很少的一部分人踏上穿越沙漠的艰难旅途。他们虔诚地信仰宗教，要将一个新国建在耶路撒冷的废墟上，摒除一切外来因素的影响，绝对信奉耶和华。

本来但以理应该带领人们重归巴勒斯坦，但是他年事已高，不能作长途跋涉。波斯人善待他并让他继续留任。谁知没过多久，他就被指控不忠。原因是他在国王禁令不许敬神的那个月内，仍然向耶和华祈祷。他因这一违规之举而被判处死刑，他被投入狮笼。

但是，猛兽们拒绝吃这位神圣的先知。第二天，但以理毫发无损地走出狮笼。从此以后，他的生活很平静。

既然但以理不能上路已成事实。波斯人只得寻找另一人担负起新建犹大省的首领重任。他们选中了一个名叫所罗巴伯的人，此人是老犹大国王的远亲。所罗巴伯来到耶路撒冷，他和大祭司约书亚一起工作。

由于整个城市都需重建，所以重建任务异常艰巨。被撒玛利坦人把大部分城郊改为农场和牧场，因此不愿让出所有土地，就想尽一切办法给新来者制造麻烦和不快。他们想在圣殿修建工地上帮忙，但被告知异教徒不能参加圣殿工程。

▲ 狮笼中的但以理

他们为了报复，便匿名上书居鲁士，告诫波斯王有人要谋反，假如圣殿一落成，犹大就会独立。公务繁忙的居鲁士，无法考虑犹太人叛乱之类的琐事。为防万一，他便下令在事实未调查清楚之前，暂停工程。

没多久，居鲁士去世，此事被淡忘。若干年过去了，未完成的城墙上杂草丛生。先知哈该出现了。他申斥所罗巴伯懦弱无能，对他说不管有无国王批准，都要开工。

急切需要支持的所罗巴伯便顺水推舟，让工人继续工作。可是，他和撒玛利亚总督达乃产生了矛盾。达乃问他，谁给他的权力来建造这座越来越像正规堡垒的神殿。所罗巴伯说多年前曾得到居鲁士的批准。达乃上报宫廷。这个时候，继位者已经去世了，国王是大流士。大流士下令查阅档案。这事非常复杂，幸运的是，最后居鲁士签署的原件被找到。达乃只好收回反对意见。

圣殿在四年后竣工了。部分流放者陆续返归故土。但绝大多数犹太人仍然留在埃及、巴比伦和波斯的商业中心。只要环境许可，他们就会到圣城庆贺重大的宗教节日。他们承认并尊这座古城为精神家园。但这个街道狭窄脏乱、工场简陋的内陆小都，不可能有机会发财。

当上完最后一道祭品，唱完最后一首赞美诗，远方来客便匆匆返回苏珊和达府纳的繁华商业区。他们以身为犹太人而骄傲，热爱耶路撒冷，只要不是整年都住在那里就行。这样，他们形成了奇特的双重忠诚。此后的四百年里，这引起了很多的麻烦和痛苦。犹太人尽管平静地散居在波斯人、埃及人、希腊人和罗马人中，却从未接受当地习俗。

无论身处何方，他们都形成国中国。

他们聚居在一个地方；

他们仅去自己的神庙；

他们不准孩子与异教徒子女玩耍，宁愿杀死女儿，也不愿让她嫁给异教徒；

他们吃的食物及烹饪方法和别人不同；

他们不但谨慎地遵守当地法律，而且尊奉自己特定的严格而复杂的戒律；

他们的穿着打扮也和他人不同；

他们一丝不苟地欢度当地人完全百思不解的某些节日。

人们总是对难以理解的邻居持怀疑态度。犹太聚居地的隔离性，犹太人对其他异神的公然诅咒，犹太人惯于自己搭帮结伙的特性，常常导致他们不受邻居欢迎，并经常与邻居发生激烈的冲突。

基督诞生前第五世纪早期，有一次几乎使波斯的犹太人面临死亡、濒临灭族危险的纠纷。事件突发的内在原因不清楚，但在“以斯帖记”里可找到一些细节。

同“但以理书”一样，《旧约》所有史书的最后一卷“以斯帖记”写于波斯王薛西死后几百年，所以波斯史书并未记载。有很多关于薛西王的史料，欧洲大陆的新文明几乎被他毁掉了。下文所讲他对待妻子的事足可反映他软弱又卑鄙的性格。

波斯王薛西（犹太人称他为亚哈随鲁）同妻子在一场不光彩的争吵后离婚了。事情是这样的，国王喝多了，王后也醉了，两人发生了争吵，王后瓦实提被迫离开王宫。

薛西随即在全国选新后，年轻的犹太姑娘以斯帖被选中了。以斯贴是个被亲戚末底该所收养孤儿。末底该与王宫有来往，在社会上也颇有威望。以斯帖进宫后，末底该常去拜访她。

一天下午，末底该无意中听到有两人在密谋杀国王，便告诉了以斯帖。以斯帖将此事报告给国王。国王处死了那两个人，却忘了救他一命的末底该，没有给他任何奖赏。

显然，他已很富有不再需要钱，所以他根本不在乎钱。另外，他作为王后的保护人，已得到很多荣誉，也很满足了。但他的地位骤然上升，安闲自在，树敌颇多。

有个叫哈曼的阿拉伯人，他是薛西的忠臣之一。哈曼属于犹太人有世仇的亚玛力部落。他和末底该互相仇视。

哈曼坚决地说当两人相遇时，末底该应该先鞠躬。末底该拒绝了。当这件事闹到国王面前，国王不予理睬。从此以后，两人

▲ 哈曼和末底该的争吵

的仇恨愈积愈深。哈曼居心叵测地屡次向国王进谗言，指责犹太人，令国王怀疑这些俘虏的后代。哈曼指着犹太人的豪宅说他们如何发家致富。由于国王从未见过大多数犹太人住的贫民窟，便相信了这些话。哈曼没费多少功夫，就诱使专制的君主按他的意愿签署一道敕令：处死国内全部犹太人。

国王让哈曼执行这道残酷的敕令。哈曼同所有恶人一样精心布置相关事宜，以充分享受报复的快乐。他用抽签的方式决定哪个月份适宜执行对耶和华信徒的屠杀。最后，选中二月。这样，哈曼就有足够的时间在山顶上搭座绞架，用来把他的仇敌末底该"吊得比任何人都高"。

但是，阴谋实在太复杂了，以致秘密泄露。以斯帖在末底该的紧急请求下，没有经过宣召便要求面见国王，恳求赦免她的族人。

薛西起初大怒，但想起末底该的救命之恩，便把所有证据加以对证，便发现哈曼公报私仇欺瞒了他。

国王随即派快马信使到全国各地告诫犹太人对付即将到来的阴谋。哈曼被吊在他为敌人末底该准备的绞架上。

犹太人因为阴谋的细节被披露，而庆幸地逃脱了这一劫，他们为永远记住这一事件，决定此后每年亚达月的13到15日之间欢度"普珥节"。

每个犹太聚居区都在这个节日里高声朗诵"以斯帖记"，公开咒骂哈曼。为纪念贤德的王后挽救民族免遭灭族之灾，富人们则要慷慨接济贫民。

这一新奇的节日不被那些早已返回耶路撒冷的犹太人欢迎，他们在很长一段时间内反对"普珥节"，因为他们觉得它有点外国味。然而，这个节日因为方式新奇而迅速获得公认，直到如今。

以斯帖记的故事清楚地说明，移民在波斯王统治时期起着极其重要的作用。他们的成就与故国形成鲜明的对比，所有记载都显示当时耶路撒冷是一片荒凉状态。

犹太人照原样重建圣殿。然而城墙仍然破败不堪，商业和贸易恢复缓慢。所罗巴伯去世后，他的继位者们都因为缺少资金和移民，没有什么作为。

国外的犹太人最后决定为祖国做些什么。得到资助的祭司以斯拉去犹大了解情况。他请自愿者伴他同行，热心者非常少。经过以斯拉的多次劝说之后，有五百人愿与以斯拉同行。

这些朝圣者经过四个月的旅行后看见了古老的圣殿。

以斯拉发现耶路撒冷状况很遭，回来的移民（虽然不够），也已娶外国女子为妻。

他们对宗教职责已经丝毫不感兴趣。

犹大几乎成了另一个撒玛利亚。

尼希米被以斯拉请来帮助重整摇摇欲坠的国家。修好了城墙；清理干净了街道；将外国妻子一律遣返娘家；在圣殿大门之外建了一座木制讲坛；以斯拉定期在此宣读和讲解神圣约法，让人们谨记自己的职责。尽管如此，旧城的大部分仍然荒无人烟。

这意味仍然存在危险。由繁荣的所罗门时代所精心设计的城墙体系，没有足够人员去防守，为增加必要的居民，必须采取断然措施。

十分之一的城郊居民是犹太人，他们经过抽签，必须移到耶路撒冷城内，只有少数人自愿迁入，并因此而作为无私的爱国者而获得极大的荣誉，而其他的则是在武力威迫下才进来的。

尽管这样，耶路撒冷仍然略显破旧，往昔政治和商业重镇的

风采一去不复返。以西结的梦想永远无法得到实现。

该城在不久的将来会成为一位伟大的先知。他的出现早已被无名氏——“以赛亚书”的作者所预言。当所有同代流放者沉湎在对昔日辉煌的留恋时，他以胆识和慧眼展望未来，预言一位伟大的先知必将出现。

种种书卷

作为犹太民族的剪贴簿，《旧约》内容十分丰富，包罗了当时犹太民族的历史、传说、家谱、情诗、赞美诗。实际上，《旧约》是将上述内容经过分类整理，再整理分类而成的。该书并非按年代编次而成，文字也存有瑕疵。

事实上，编写这样一卷书的作者很可能是从收集当时社会各方面的重要文献入手，包括文学、历史等。而一旦他的编写工作未能尽善尽美，其结果就会是一本“《旧约》”。

对于《旧约》来说，那时的犹太人并没有融合到其所寄居国的生活方式之中，始终处于游离状态。而同时代的埃及人、亚述人、迦勒底人、波斯人，对犹太这个奇怪的部落也并不在意。

如今，人们凭借古希伯来和阿拉伯的资料来完善它。并竭尽全力，力图重现《旧约》中的传说时代和史书记载的历史时期。现在，它已成为犹太文学中最富吸引力的一些纯诗意的书卷。

下面，讲述一个纯朴故事，这个故事见“约伯记”。

故事发生在古老的犹太村庄。有一个叫约伯的人，他十分敬畏上帝，虽然经历了很多磨难，但约伯一直笃信祸福相生。

约伯并不理解他为什么他要遭受那么多灾难，为什么他会生毒疮，为什么他这个“智者”得不到任何好处，为什么他作为慈祥的父亲会失去所有的孩子。

虽然不理解，但约伯却坦然地接受命运的安排。他并不争论，他听从命运的安排。

约伯坚信，他经历的所有苦难都是为了救赎他不忠的灵魂。也许他并不理解耶和华为什么要这样做，但他确信，耶和华是对的，由于无知，他自己一定是错的。

考验终于结束了。约伯显然经受住了考验，他获得了一切：他像以前一样富有；再婚后，他的妻子为他生育了七个强壮结实的儿子和三个美丽动人的女儿；他得到了当地所有人都达不到的荣耀；他健康长寿，一直活到一百四十岁。

“约伯记”之后，是“诗篇”。在希腊语中，“诗篇”的意思就是弦乐器，或许这来源于腓尼基人，在西亚一度十分流行。节日里，人民用它来伴唱圣歌，就像曼陀琳。这种用琴拨演奏的乐器，音符只有十个，音域较窄，不过，演奏出来的效果并不差。

“诗篇”的主题变化多样，并且内容广泛，包含着善与恶，还有复仇，还有对大自然的讴歌，在字里行间充满希望和欣慰。从时间跨度上看，“诗篇”差不多包含犹太民族生活的所有时期的作品，王国时代、大流放时期等。时光荏苒，它们已经成为宗教庆典的一部分。“诗篇”被翻译成多种文字，它激励了后代许多伟大的诗人。在被西方最伟大的作曲家谱上曲之后，即使在不知道歌词的情况下，也会被那庄重威严的曲调打动。

不论《旧约》中许多史书和预言书的前途如何，“诗篇”都会与人类同在。

这本书卷毫无想像力，也没有激情。在书中，记载了各种名称的寓意和历代聪明世故者的“名言”。

从古至今，这类箴言在各国都有不少。

出于对伟大的民族英雄所罗门的怀念，波斯时代的犹太人，宣称所罗门是这些箴言的作者。

实际上，《旧约》中的大多数箴言，在所罗门死后四百年才写成。当然，这一点并不重要。毕竟即使是昨天收集的箴言，在今天看来也是有益的。它们可以告诉我们普通人的想法以及古犹太人的种种观点，它们的作用并不是十几本史书和预言书所能比拟的。

接下来要讲述的是“传道书”。这是一本真正的宗教书。

虽然读起来的确令人感到烦闷，不过，这本书所蕴涵的人生哲理却十分丰富；

该书探讨了人生与信仰的问题，十分深入；

这位伟大的犹太医生（据说他就是作者）的思索和聪明才智在此得到集中体现。

他在书中问道：人一生中无休止的劳累和焦虑，究竟是为了什么？又是什么代表着人们的生活？最终，一切还不是都将会进入坟墓。

好人会死去。

坏人也一样。

一切都会死去。

这又有什么意义呢？受迫害的是正直的人，发财的却是邪恶的人，人世间的种种不幸哪有什么道理可言？

“虚空的虚空，一切都是虚幻。”整整十二章，通篇如是。

与所有东方人一样，犹太人非常谦虚。

他们或狂喜，或悲伤。

文学就是他们的音乐。

当他们悲伤或意志消沉时，他们会去听那肖邦练习曲般忧郁而又美丽的“传道书”；

当他们兴高采烈时，他们会去朗诵那被海顿的大合唱表现得酣畅淋漓的“诗篇”。

人的确会改变，不过灵魂始终没有改变。现在人们所经历的种种苦难，前人已全部经历过，后人也会经历。

对千年前的古人，它曾经带来新的希望，对尚未出生的人，它会带来新的勇气。

虽然人已经改变，但同亚伯拉罕和雅各那时相比，人所经历的悲哀与欢乐并无二致。

《旧约》的最后一卷是“雅歌”。“雅歌”非常奇特，它并不是一本歌曲集。之所以称之为雅歌，是因为其具有卓越的文学性，“雅歌”即“最优雅的歌”。这就像我们以“黄金时段”来称赞人一生中最幸福快乐的日子一样。

“雅歌”是一首描述爱情的古诗。因为显赫的名声，所罗门国王理所当然地被称为作者。不过无论怎样，他毕竟是这首爱情诗的男主角。

“雅歌”的女主角是个牧羊的美丽姑娘。

在一个村子里，国王遇见了她。为了获得她的青睐，国王将她带回王宫，并给她显贵的地位。

不过，在这个朴实的女子心中，深爱着的却是那牧羊青年。虽身处宫中，在山坡上与情郎一起放牧的甜蜜时光，牧羊女仍在思念着。

白天，她回想着他们的绵绵情话。夜深人静时，她在梦中依偎在他强壮而舒适的双臂中。当然，同所有类似的故事一样，结局是令人愉快的。

“雅歌”不是宗教书，但书中首次表明了一种新鲜而美好的感情最终来到人间。

在最初的人类社会，女人不过是负重的牲口，是男人的掠夺目标。

女人为男人耕种土地，放牧牲畜，生育子女，烹饪佳肴。男人被伺候得很舒服，而她所得到的，不过是饭桌上的残羹冷炙而已。

不过，这些都发生了变化。

女人已经逐渐取得自立的地位。

女人与男人被平等对待。

作为男人的另一半。

女人让男人产生了爱，然后接受男人的爱情。

在这男人与女人相互尊重，相互爱慕的基础上，新的世界即将诞生。

希腊人登场

在遥远的东方，在茫茫的地平线上，腓尼基船队的紫色船帆渐渐消失无踪。那里就是崎岖不平的希腊半岛。

这个国家并不大，但在人类历史的发展进程中，岛上的民族将发挥巨大的作用。

希腊人同犹太人一样，也是移民。当亚伯拉罕为寻找新牧场而赶着牧群向西迁移时，希腊军的先锋正向奥林波斯山的北坡挺进。

不过相对于摩西和约书亚试图立足于迦南地时遇到的那种困难，希腊人面临的问题要轻松许多。

伯罗奔尼撒和阿提米山谷的原居民是皮拉斯基族人。他们很软弱，并且未开化，依然处于晚期石器时代。在被铁矛武装起来的希腊人面前，他们很容易征服消灭。

征服完成之后，希腊人定居在各个城市的高墙内。他们奠定了世界文明的基础，使之成为欧美各国的共同财富。

最初，对于大海彼岸的邻国，希腊人并未在意。虽然征服了爱琴海诸岛，但希腊人并没有想过要立足于亚洲。海外贸易被腓尼基人控制着，希腊人通常在马勒斯角或达达尼尔海峡之内活动。

公元前492年，经过充分准备的波斯军，跨越赫勒斯滂（达达尼尔海峡），征服了色雷斯。但是，远征军在亚多斯山附近遭受到致命打击。希腊人将此役的功劳归于天神宙斯，称这是他的及时干预。

公元前490年，波斯人再次远征。这次他们被希腊人挡在马拉松。

波斯人此后又发起过两次进军。但他们始终在西方大陆站稳脚跟。虽然在色摩匹雷附近，远征军击败了一支希腊军队，掠夺并烧毁了雅典。

古老的亚洲文明和年轻的欧洲文明之间的初次较量，以欧洲人获得胜利告终。

继军事上的巨大胜利之后，希腊又迎来一个思想和艺术空前发展的时期。

在短短一个世纪里，希腊便涌现出大批科学家、雕塑家、数学家、物理学家、哲学家、诗人和戏剧家、建筑师、演说家、政治家和法学家。数量之多，是20世纪的任何国家都无法与之相比的。

雅典也因此成为整个文明世界的中心。世界各地的人们纷纷慕名来到雅典，他们在这里研究优雅的人体艺术，与人探求思想的奥秘。

可能有不少犹太人聚集在阿克洛坡利斯山脚下的人群中。不过这值得怀疑。

希腊首都，耶路撒冷的人从来没有听说过。事实上，巴勒斯坦狂热分子所极度蔑视西方思想界所狂热追求的东西；他们的知识来源于耶和华，也终于耶和华。

异教土地上所发生的事情，他们不知道，也不想去关心；

他们前往自己的圣殿，在新修建的犹太会堂，他们聆听着祭司的告诫，注意着自己的事情；

他们的生活实在太过平淡，平淡到使我们想了解这段历史都无从入手。

正如那些虔诚的犹太人所祈祷的那样，耶路撒冷已经被世界忘却。

希腊的一个省：犹大

又一个世纪过去了，曾经受过最好的希腊学校教育的年轻的马其顿酋长——亚历山大——决心将希腊文明传播到全世界。亚历山大征服了亚洲，犹太人的国家被他的军队消灭，成为马其顿的一个省。在亚历山大死后，他的部将托勒密自封为埃及国王，巴勒斯坦被他划归自己的统辖区域。

波斯有一位伟大的宗教大师查拉图斯特拉。波斯人是他的信徒。查拉图斯特拉认为，人生就是善与恶的不断较量，是智慧之神与邪恶之神的长期交战。

查拉图斯特拉的学说对大多数犹太人来说，是一个新概念。在长期居住波斯期间，犹太人逐渐认识了这种新的宗教体系。

此前，犹太人只知道万能之主——耶和华。一旦他们遇到灾难，战争失败或者疾病，都会归罪于人民的不虔诚，不过，他们始终没有意识到罪恶是来自恶魔之神的干预。在他们眼里，与亚当和夏娃相比，伊甸园的蛇罪更轻，因为亚当和夏娃是明知故犯。

查拉图斯特拉的学说使犹太人相信有另一种宗教精神存在，它极力破坏耶和华的善事。他们称之为耶和华的对头——撒旦。

他们害怕撒旦，对他充满了仇恨。公元前231年，他们相信撒旦已经来到世间。

异教徒王子，年轻的亚历山大，最终在尼尼微平原上击败了波斯的残余军队。最后一位波斯国王——大流士三世——被杀死在一条王家公路边。

曾经与犹太流放者保持着较好关系的庞大帝国转眼间烟消

▲ 亚历山大大帝

云散。现在，亚历山大和他的希腊人获得了胜利，对于犹太人来说，这是个可怕的时代。

似乎，世界的末日即将到来。

但是，世界并不会有末日，“新的篇章”总会揭开。此时，在非常奇妙的情形下，犹太人的“新的篇章”揭开了。

亚历山大并不是真正的希腊人，但他坚信自己是热爱希腊的文明生活的。

亚历山大从小就决心为希腊的事业而奋斗。他希望把梭伦和伯利克特的理想传播到世界各地，让全世界所有人都能因他们在人类知识方面的高度成就受惠。公元前336年，亚历山大正式踏上了他的奋斗历程。

十三年后，亚历山大去世，他的遗体被安放在尼布甲尼撒从前住的宫殿里。如今，这里已经成为帝国的中心。同时，马其顿已经征服了从尼罗河到印度河流域的所有土地，把希腊文明传播到了西亚各国和埃及。

正当征服者的军队在叙利亚平原上纵横驰骋时，犹太人却遇到了麻烦。

在埃及王纳达比纳斯和一支希腊军队的协助下，犹太人一度控制了局面。这毫不费力的胜利，刺激了腓尼基人。他们加以效仿，也起来反叛。其结果就是使西顿城化为灰烬。

此后不久，圣城耶路撒冷也没能幸免，该城的大多数房屋毁于一旦。

由于供奉了不洁之物，圣殿遭到亵渎，大批人因此被流放，他们被流放到黑海沿岸的一个省份——赫尔坎尼亚。犹太人独立的梦想，在战火中彻底破碎。

多年来，犹太人一直尽力尊奉圣约法，他们深信自己的行为已经得到了耶和华的支持，在耶和华的护卫下，耶路撒冷将是入侵者的噩梦。现在，犹太人的自豪感遭到了沉重的一击。

此时，亚达薛西及其残暴的雇佣军刚刚离开，犹太人又迎来了一个新的威胁！

不幸的是（不如说万幸的是），亚历山大没有给他们多少考虑的时间。

刚得知推罗被毁，撒玛利亚被征服，奉马其顿国王之命，犹太人就得交纳贡钱和给养。其时加沙陷落，海路被切断，逃跑已然无望。

有传说称，亚历山大到访耶路撒冷时，曾在那里做了个有名的梦，那个梦劝他对待犹太人宽厚些。

其实，犹太人臣服于征服者后，虽然该城被迫交纳了部分财物，但却使他们免受蹂躏。当周围的帝国王国在尘土中匍匐时，他们得以享受相对安宁的日子。

几年之后，亚历山大在耶罗河口建成了亚历山大城，用以取代已经消失的腓尼基贸易站。出于对犹太人经商才能的赏识，亚历山大在城东为他们提供了居住区。许多犹太人趁机离开耶路撒冷，移居到埃及。而圣城，则被其多数精明的市民遗弃，其作为首都的最后一丝特征也渐渐丧失。

从那时起直到今天，耶路撒冷仅仅作为犹太民族的宗教中心而被大家所敬奉，朝拜者却寥寥无几。

亚历山大的去世也没能改变这种情形，伟大的马其顿帝国被亚历山大的将领们瓜分完毕。

一个叫托勒密·苏特尔的将领分得了埃及。公元前320年，他与叙利亚的统治者——他从前的战友——交战。当时，犹大地区是叙利亚的一个省。

托勒密选择在安息日进攻耶路撒冷，犹太人则牢记着第四诫，他们拒绝在安息日作战，结果是必然的，城市失守。

出人意料的是，托勒密对待犹太人很宽厚。其结果就是更多的犹太人迁往埃及，曾有所罗门的长矛兵往来巡逻的耶路撒冷街道，如今却是“城春草木深”。

这以后的一百年非常沉闷乏味。亚历山大部将的子孙互相角力，犹大城头的大王旗也在不断变换。基督诞生前2世纪，犹大地区最终成为塞琉西家族的属地。

显赫的塞琉西第八王朝于公元前175年拥有了西亚大部分土地。这个王朝的君主安条克·埃比方斯聪明但并不宽容。随着他的上台，犹太民族新的生活篇章开始了，他们的民族意识得到了发展。

在安条克的统治时期，犹大地区人口急剧减少。最后坚持犹太文化的一批人，受到了快乐悠闲的希腊城市生活的影响。整个犹太民族很快被奇特的希腊文明所吸收。希腊文明是东方和西方一切善与恶的完美结合。

不过，安条克仍旧没有学会适可而止。他的统治使前任的一切努力付诸东流，并且再度使消极避世的犹太人产生强烈的爱国热忱。

革命与独立

时间又过了二百年，为使国家摆脱外国影响，一个叫马加比的犹太家庭举行起义。令人遗憾的是，马加比建立的国家始终未能走上繁荣兴盛的道路。罗马人征服了西亚，巴勒斯坦成为半独立王国，罗马人任命他们的政客，来统治这块不幸的土地。

两种互相冲突的祭祀仪式在古老的迦南势如水火。

一个民族认为人世间唯一而绝对的主宰是耶和华，他们无法容忍另一个并非正统的宙斯。根据异教徒的传说，宙斯居住在未开化之地的某个荒崖的崖顶。

只是安条克并没有意识到这些，他花费了大量的时间和精力，执意把固执的犹太人转化为不情愿的希腊人，其失败的结局其实早已注定。

但是，安条克从小就被送到罗马当人质。在那座城市，他整整生活了十五年，当时，那里是整个世界文明的中心，同时也是各种罪恶的中心。

罗马已经十分富足，那里曾有过简朴的民族美德。如今，却已被轻松有趣的娱乐所替代。这些娱乐活动来自希腊那些庞大而重要的属地。

罗马人的工作就是征服并管辖整个已知世界，从多雾的威尔士海岸到宽阔的达西西平原以及酷热的北非沙漠。

作为战士、立法者、政治家、税务官、道路修建者和城市规划家，他们取得了不错的成绩且以此为乐。

对于学校、研究院、剧院、教堂和杂货店这些琐碎之事，他们忙到无暇顾及。所以，伯利克特、艾斯契勒和费迪亚优秀而又浅薄的子孙们便从四面八方云集到这里。

希腊人有着飘逸的黑发，他们个个都是演说家。他们有英俊的外表，洒脱的气质；他们能言善辩，思维活跃。罗马人在他们面前显得木讷。他们议论着罗马人从未听说过的、并没有生活意义的事情。

他们能在谈论上帝的同时品评衣着；他们能在向妇女们解释新东方宗教奥秘的同时指点化妆的诀窍，他们的谈话妙趣横生。因为他们的到来，古板而又单调的罗马社区变得富有情趣，成了雅典外城墙边的著名市场。

来自遥远的叙利亚的年轻安条克，迷醉在这伟大而美妙的城市。安条克在这里生活了十五年，他敬慕希腊哲学、希腊艺术、希腊音乐和希腊的一切。这位亚西亚王储对雅典艺术优美事物的狂热，相较于阿西拜底斯有过之而无不及。

当安条克被召回国后，面对本国的现状，他大失所望。

在大卫和所罗门时代，耶路撒冷是一颗璀璨的明星。不过，耶路撒冷从未恢复往日的荣耀。当然，即使在其绽放的最美丽的时节，相较于眼前的世界性中心科斯林、雅典、罗马和迦太基，耶路撒冷也只是个落后的小村庄而已。

它总是与文明的常轨相偏离。耶路撒冷确实不错，但它肯定是乡村中心，那里住着一群思想狭隘，度日艰难的人，他们非常严肃，鄙夷一切外来事物。

即使是大流放，也没能改变这一切，许多犹太人选择呆在巴比伦。两个世纪后，幸存的人们大多被吸引到亚历山大城和大马士革。耶路撒冷的知识阶层被他们变成极度封闭的神学辩论会。此时，刚从罗马归来的安条克还处于兴奋之中，张口闭口体育盛会、酒神节庆祝，但他又必须花时间应付那些冥思苦想的学究。为了古老律法的某些晦涩章节，学究们会皓首穷经，因此，着实令他们的统治者及其朋友大为不快。

安条克作了个轻率的决定，即在本国倡导卓越的希腊文化。他的这种做法，就像在努力加快冰河的自然流动。这种行为取得的成就不大，但带来的灾难却不会小。

开始，为达到自己的目的，他企图利用犹太臣民中的不满情绪。

对希腊的生活方式，当时国内有部分人并不太反感。受到鼓励的安条克，就在耶路撒冷举办体育比赛，他还为祭祀希腊众神的节日提供资助。这些行为触怒了笃信犹太教的臣民，不过，由于竞争丑闻缠身，犹太教的信徒们一事无成。

事情是这样的，当时有两位对手竞争大祭司这一职位。

竞争者之一叫梅尼劳斯，他表示，如果他能获得任命，就送国王一大笔钱。这笔钱的数目的确很可观，可观到这个可怜的家伙根本就付不起。

梅尼劳斯为了凑够首批款项，就去偷圣殿基金。不料，此事竟然弄得尽人皆知，信徒们遂齐声反对梅尼劳斯，一时间，都转而支持他的对手耶森。

信徒们闹得不可开交，埃及国王趁机进攻耶路撒冷，并洗劫了圣殿，尽管此时圣殿已经没有多少值钱的东西。

安条克只好向他的罗马朋友请求援助，但这并不容易。他决定亲自前往罗马首都，向元老院求救。

但是，对于盟友的内部纷争，大罗马共和国没有任何兴趣。事实上，只要西亚各部落能够保持帝国的宁静，并且不干预国际通商大道的安全，他们干什么都行。发生在东方的战争或许会影响亚洲的商贸，所以，大罗马共和国除了告诫安条克和埃及要谨慎行事以外，没有采取任何措施。

安条克这个鲁莽的年轻人，就将他所有的时间和精力都投向一项他认为非常崇高的事业——净化臣民的迷信观念。为了这项事业，安条克竭尽全力。

他蛮横地下令，要求他的臣民结束古老的犹太教仪式，不再守安息日，停止祭祀耶和华。安条克认为，这些都是古老的野蛮时代的产物，早就应该被遗忘。

他安排专人搜查并焚毁犹太法典，平民如果私藏此类书典，那就等于自杀。

生活在由清规戒律和先知预言所构成的幻想世界里的耶路撒冷人民，被粗暴而难以忍受的现实惊醒。为了抵抗圣旨，他们关上了城门。但是，叙利亚的统帅选择在安息日向圣城发起攻击。犹太人再次拒绝作战，圣城耶路撒冷被攻破，任由安条克蹂躏。

安条克下令，凡是可以作为奴隶出售的居民，保留性命，其余的全部处死。对圣殿，安条克也没有丝毫留情。基督诞生前168年12月，犹太人原先的祭坛被推倒，新的祭坛开始建立。新祭坛竣工后，上面摆满死猪供奉宙斯。

猪对犹太人来说，是最肮脏的牲畜，摸一下，甚至是看一眼，都会令人不舒服不洁净。而今，犹太人却遭受到这样的奇耻大辱，真是耸人听闻！

不过，犹太人不得不屈服。安条克强大的近卫军住在新建的城堡里，正杀气腾腾地注视着幸存者。他们扬言，胆敢以新鲜公牛替换被亵渎神坛上的死猪者，无论男女，一律格杀。

很显然，这种愚蠢之极的暴政，只会带来恶果。不久，安条克就会自食其果。

莫适在耶路撒冷城北六英里外，只是一个小小的边城。这里住着一位老祭司马太蒂斯，他有五个儿子，都是健壮的棒小伙子。

安条克为推行新教规，派遣他的使者来到这里，命令当地居民按照新的教规祭拜宙斯。聚集到市场的人们，手足无措。强大而又暴戾的安条克近在眼前，而万能的耶和华却远在天边。一位胆小可怜的农夫，选择了屈服。他顺从地按照新规定执行仪式。

他竟然强迫耶和华的忠实信徒，举行如此令人憎恶的祭祀仪式！马太蒂斯再也无法容忍。他拔出利剑，结果了可怜的农夫，又杀死了安条克的使者。事后，马太蒂斯和他的儿子们只有一条路可走。

那就是逃跑。

他们翻过崇山峻岭，逃离了故土，逃到约旦河畔。

马太蒂斯和他的儿子的英勇行为被人们传颂着，国王的权势遭受到了公然的挑战！

那些对犹太民族的未来仍旧充满希望的人，趁着黑夜，奔向约旦河畔，他们要参加起义。

为了平息暴乱，安条克故伎重施，他再次下令，在安息日攻打犹太人。

不过，马太蒂斯并非不知变通之辈，他愿意为约法而生，但并不会为约法而死。他下令部属勇敢反击，叙利亚人的进攻被击退了。

由于年老体迈，不堪戎马困顿，马太蒂斯很快就去世了。他的五个儿子，约翰、西蒙、犹大、伊利萨和约那单，子承父业，前赴后继。

马太蒂斯的第三子犹大，名声尤为卓著。战斗中，他身先士卒，冲锋在前，人们叫他犹大马加比，或者“铁锤”犹大，以称赞他的勇猛善战。犹大尽力避免和训练有素的敌军正面交战，而采取游击战术。

犹大从不让叙利亚人有丝毫喘息的机会，他从侧翼、背后袭击敌人，有时在半夜发起突袭，他的进攻令敌军无所适从。当叙利亚人扎好营寨，摆出作战的态势时，犹大就带领队伍隐蔽到高山或是丛林之中。当敌军因不见对手踪迹而懈怠时，他们便杀个回马枪，把敌人消灭掉。

犹大通过几年的游击战争，稳固了自己的地位，并且积蓄了足够的力量，足以奇袭耶路撒冷。最终，他攻下了圣城，圣殿昔日的荣耀和神圣将重现世间。

▲ 犹大马加比

不幸的是，当事业发展到顶峰之际，犹大却在一次战斗中英勇牺牲。犹太人痛失领袖。

约翰和伊利萨也在战斗中相继战死。最小的约拿单被选为犹太人的统帅，任职仅仅几星期，约拿单就被一名叙利亚军官谋害。马太蒂斯唯一生存的儿子西蒙不得不负担起领导犹太人的重任。

此时，安条克也已经去世，他的儿子继承了他的王位。

不久，安条克的侄子——德美特琉·苏特尔——从罗马回国。他谋害了他的堂兄，并且自封为王，西亚大部分土地都由他统辖。

这一次，运气站在了犹太人这一边。

由于内政举步维艰，德美特琉已经无力顾及犹太革命。他决定与西蒙·马加比和谈。

和谈的结果是，西蒙被授予犹大“大祭司兼总督”的头衔，统治犹大地区。

外界对马加比的才能都很佩服，最终承认了新犹太国是独立王国，接受“大祭司兼总督”是其合法统治者。

此后，大祭司立即着手整治国政，并同各邻国缔结协约。

公元前135年，西蒙及他的两个儿子被谋害。不过，此时马加比家族的地位已相当稳固。王位由约翰·呼尔凯纳斯继承。他在位近三十年，该国的一切都有条不紊地进行着。依据古老约法的最严格的要求，他们祭祀耶和华。除了因紧急事务的短暂访问外，他们不允许外国人擅闯这个小王国。

可叹的是，虽然无谓的古老宗教争论曾经给他们的国家带来过巨大的灾难，但当相对平静的时期来临时，犹太人就又陷入这种争论。

从理论上说，此时该国仍然是神权政体。国家的最高长官是大祭司，而马加比家族则是世袭的祭司，国家的一切都有严格的律法可依。

但是，历史的进程不可阻挡。

现在，在周遍各国已经自愿采纳希腊罗马的现代治国理念的情况下，要在一个小小的内陆国维持神权政体，这实际是没有任何可能性的。

最终，在外界的巨大压力下，犹太人分裂成三个独立的派别，这些派别都有各自的政治和信仰原则。

三派之中最重要的是法利赛派。该派的起源并不清楚。或许该派形成于马加比起义前的苦难年代。因为当年马太蒂斯决意反叛时，曾经发现有一批称为“虔敬者”的人为他提供支持。

“虔敬者”在最初的宗教热情的逐渐消退时，改名为“法利赛派”，他们站到了前列，坚持着自己的信仰，直到独立王国的结束。

他们的狂热，即使是泰图斯皇帝的盛怒，也难平息。虽然他们不再严格遵守古犹太教，但坚持到底的人仍然很多。法利赛派对约法字句的狂热执著与众不同，正如其希伯来语的含义：“分裂者”。

对摩西的古约法，法利赛派十分熟悉，他们知道其中的每个单词，对他们来说，甚至每个字母都有其独特的意义。他们有一套奇特的仪式，有许多令人费解的禁忌。他们必须去做某些事，但有很多事情他们又不能做。

法利赛人恪守约法的每个符号，他们坚信自己才是万能耶和华的信徒，只有他们才会进入天国，其他人注定要下地狱。

他们的时间和精力被用来诵读经卷、解释注解、推敲“出埃及记”中有关悲惨岁月已被遗忘的章节字句，以及其他晦涩而不相干的细节。

在公众面前，他们会装作非常谦虚的样子。其实，对于众人，他们只有极深的轻蔑。

最初，出于对上帝威能的无限信任，法利赛人为崇高的动机和无私的爱国心所鼓舞。

不过，随着时光飞逝，法利赛人渐渐发展成为一个干预时政的宗派。他们不能容许对旧偏见和迷信有些许脱离。他们将目光

盯在昔日摩西时代的辉煌之上，无视未来。

他们仇恨一切外国事物，蔑视所有新生事物，他们指责改革者为国家的敌人。

当最伟大的先知向人们讲述仁慈的上帝和互相友爱的道理时，法利赛人进行了猛烈的攻击，以致不久前他们帮助建立的新国家都被摧垮。

撒都该派的派名可能源于祭司撒都。它的势力仅次于法利赛派，人数并不多，比法利赛派显得宽容。但是，他们的宽容是出于冷漠，而不是基于某种信念。

在犹太人中，他们是受过良好教育的阶层。他们曾经周游各国，与其他的国家及人民有广泛接触，他们忠实地信仰耶和华；同时，他们也承认由日渐增多的希腊哲学家传播的有关生死的崇高学说。

对法利赛人的内心世界，他们不大关注。他们认为那里充斥着越来越多的魔鬼与天使，还有那些由游客从东方带到巴勒斯坦来的奇怪的想像之物。

撒都该派并不将信仰过多地寄托在未来的许诺上，他们接受现实生活，努力生活在受人尊敬的现在。

当法利赛派企图与他们就此进行争论时，他们请求对方从古书中找出相应的证据。当然，法利赛派将一无所得，因为他们令人尊敬的经卷上没有谈到这些东西。

总的来说，相对于法利赛派，撒都该派更现实，与时代与日常生活的联系更密切。

不知是有意还是无意，他们吸取了伟大邻邦希腊的智慧。一神非常重要，不论他叫耶和华还是宙斯，他们已经认识到这一点。不过，他们并不认为对人间琐事，伟大的圣灵会有任何兴

趣。所以，法利赛派那种钻故纸堆的行为，在他们眼里就纯粹是在浪费时间和精力。

勇敢并快乐的生活，在他们看来，远比逃避生活，躲在故纸堆中专注于拯救灵魂重要。对昔日幻想的美德，他们并不觉得可惜。他们将目光投向前方而不是后方，渐渐地，他们对纯粹的宗教事务丧失了兴趣，转而投身到政治活动中。

多年以后，当法利赛派因为耶稣的异教邪说而坚持要将他处死时，撒都该派基于耶稣对现存法律和秩序的威胁，同法利赛派一道，谴责拿撒勒的先知。

对耶稣的宗教学说，撒都该派并不感兴趣，但是，考虑到这种思想所造成的政治后果，他们处死耶稣表示赞同。此时，他们的观点与法利赛派不谋而合。

他们的戒律实在太过复杂，以致任何人都做不到遵守古法典的每条每款。这导致许多人生活在无尽的恐惧之中，对所谓无意识罪行的恐惧。

但是，在约法的化身——万能之主耶和华看来，违反这些条款就是可怕的罪恶，所应受到的惩罚与违反《十诫》中任何一条的惩罚应当同样严厉。

面对这种困境，戒行派，或称为“圣洁的人”，决意戒绝复杂的“生活准则”。

他们逃到荒野，远离人世的纷扰。他们经常群体聚居。在他们眼里，没有个人财产，个人的就是大家的。戒行者除了衣服、床和饭碗以外，再没有任何私有物。

每天，修行者花费部分时间，共同参与耕种一些玉米地，以保证食物的供给。剩下的时间，他们就研读“圣书”，磨练自己卑微的灵魂，研究先知著作中那些已经被遗忘的悲欢和沮丧。

对大多数人来说，这种生活根本没有吸引力，因此，戒行派的人数相对前两派要少。在城市街道上很少看见他们。戒行派并不经商，也游离于政治之外。

但他们觉得很幸福，因为他们明白，自己是在拯救灵魂。不过，他们的贡献还是太少，对国家生活并没有产生直接影响。当然，间接作用还是很大的。

戒行派所奉行的严格的禁欲主义，一旦与法利赛派的实用主义结合（就像施洗者约翰一样），就能影响很多人，因此，有必要认真地将他们看待为国家的一部分力量。

由此可知，治理国家并不轻松。在这里，就有三个由宗教狂热分子组成的互相冲突的宗派，他们相互抗衡。

面对困境，马加比家族竭尽全力，在该家族统治的头一百年里，他们取得了卓越的业绩。

王朝的最后一位伟大领导者是约翰·呼尔凯纳斯。

随后，他的不肖之子亚历斯多布勒斯（完全不称职的“希腊人之友”）继位，王朝的衰落也由此开始。

在这个王国，由于法利赛人狂热地研究细节和维护传统，即使再细微之处都不能小看。犹太人之所以愿意接受士师的统治，就是因为士师们总是谨慎地回避国王这一称号。

现在，一个并不是大卫后代的人，却坚持要使用这个称号。

法利赛人愤怒了，火烧火燎的亚力斯多布勒斯只得四处求救。为了获得援助，亚力斯多布勒斯竟然愚蠢地与敌人联盟。这使得事情变得更加复杂，家庭内讧随之产生。当然，这种事情在古代并不稀奇。“国王”的母亲和兄弟都站到了他的对立面。接着，战事爆发，“国王”的母亲被杀。

此后不久，安提戈因为一名过激军官的过错遇刺身亡，他是亚力斯多布勒斯宠爱的弟弟。

为让臣民忘却这些不幸，而享受另一种激情，亚力斯多布勒斯随后指挥他的军队向北方强大的邻国发动了进攻。

他获得了胜利，占领了前以色列王国的大部分土地，这个王国已经消逝四百年，不过，他没有恢复以色列这个名称，而是称占领地为加利利，这是北部山地的一个地区名。

接下来，亚力斯多布勒斯还有什么计划，我们已经无从知道了，因为他在位仅一年就病死了。他排行第三的兄弟，亚历山大·詹奈斯继承王位。

由于父亲的憎恶，从能独立行事起，詹奈斯就被放逐。继承王位后，詹奈斯统治这个王国近三十年，到他去世时，整个王国已风雨飘摇。

年轻的詹奈斯与其兄亚力斯多布勒斯一样，也犯了致命的错误，在两宗派发生争执时，他支持了一边。他试图效仿他的祖先，希望通过侵犯邻国来扩大领土。

不论是内政还是外交，他都惨遭失败，但他没有吸取任何教训。

詹奈斯的妻子亚力山德拉跟他是一路货色，她沦为了法利赛派的工具。此时，王国的政权实际已经落入少数狡猾头目组成的幕僚手中。他们统治着犹大和加利利，但为的是各自团伙的利益。

为了更牢固地掌握王国，法利赛派教唆亚力山德拉任命呼尔凯那斯为大祭司。呼尔凯那斯是詹奈斯的长子，同时也是法利赛派最顺从的学生之一。这刺激了詹奈斯的小儿子亚力斯多布勒斯。亚力斯多布勒斯继承了他伯父的名字，也从他那该死的伯父身上继承了不少低劣品质。

法利赛派认为已经获得胜利，他们自鸣得意，推行恐怖统治。当他们企图处死撒都该派的领袖们时，亚力斯多布勒斯站了出来，他宣称自己是撒都该派的捍卫者。

此时，虽然法利赛派掌握着犹太教公会（即最高参议院），但几个非常重要的城镇都控制在亚力斯多布勒斯和撒都该派手中，很快，他们的力量就对耶路撒冷构成了威胁。

正在此时，亚力山德撒手人寰。她留给儿子们的，是一个财政匮乏、四分五裂的国家。当然，这样的情形并不稀奇，从整个世界来看，这个小小的角落，一直就处于动乱之中。

当然，就像我们前面所交代的那样，时间和环境已经发生了改变。如果这里的动乱发生在此前一千年或五百年，那么只要他们不越雷池，就没有人会关心他们。但是，现在的一切都不同了，罗马人继承了亚历山大的帝国，掌握了西亚大部分地区。他们的兴趣集中在两件事情上，一是稳定，还有就是源源不断的税收。

米士利代曾试图干涉罗马内政，他是小亚细亚帮图斯国的国王。经过鏖战，米士利代被迫自杀，他的帝国也被并入罗马共和国的版图。

很显然，呼尔凯纳斯和亚力斯多布勒斯兄弟俩并没有注意到米士利代的命运，他俩仍然争论不休，罗马人最终获悉此事。

当前去打探情报的罗马军住东方总领到达耶路撒冷时，亚力斯多布勒斯及其部下正驻守在圣殿内，而呼尔凯纳斯及其部下则在殿外，他们包围了这座神圣建筑（其实是坚固的堡垒）。

罗马人具有善于冷静思考复杂问题的特性，考虑到呼尔凯纳斯的军队暴露在外，而亚力斯多布勒斯的力量却藏在圣殿的石墙后面，罗马总领决定攻击呼尔凯纳斯。

呼尔凯纳斯被赶走了，如亚力斯多布勒斯所愿，他成为犹大和加利利土地的统治者。

此后不久，大名鼎鼎的庞培来到北方。为了求得支持，呼尔凯纳斯急忙前去进见。

得知此事的亚力斯多布勒斯也匆匆赶到罗马人的营地，他详细地陈述了自己的情况，并认为自己是为罗马人主持在此地建立的政权最合适（理由是他最顺从）的人选。

庞培尚未弄清楚来访双方争论的实质，第三个代表团又赶到了。

这次到访的是法利赛人，他们向庞培作了一番解释。他们表示，犹太人民对两位王子的表现感到寒心，期望能够严格遵照法利赛人的传统，组建旧时的纯粹的神权政体。

对这些事，庞培并不关心，他关心的是商队能否从大马士革安然抵达亚历山大。耐着性子听完到访者的意见之后，庞培拒绝发表任何意见。

他表示，由于阿拉伯部落正在原亚述帝国的地区挑起事端，他将发起远征。等他回来后，他会给他们明确的答复。而在此期间，到访的三方必须保持冷静，暂时等待。

事实上，在庞培驻留东方期间，这种情形尚可维持。但是，一旦庞培打败阿拉伯人，他会立即返回西亚。到时，对于他们无视命令一事，庞培必然会过问。

听信谗言的亚力斯多布勒斯，犯了致命的错误，他企图效仿他的老祖宗。他退入圣殿，将圣殿与城市的联络切断，公然举起反叛大旗。

在这场力量对比悬殊的战斗中，呼尔凯纳斯选择投靠敌人，

他采取了当时最有效的方案——围困圣殿。战斗双方僵持了三个月。圣殿内的守军忍饥挨饿，度日艰难。

不过，身处绝境反倒使守军勇气倍增。而呼尔凯纳斯投靠敌人，更使守军坚信，自己是为捍卫耶和华的神圣事业而战斗，是为犹太人的事业而战斗。

逃兵向庞培透露了消息，庞培知悉这种宗教狂热情绪后，想起了前几代亚述人的做法，他命令部队在安息日进攻。

基督诞生前63年6月，罗马军队向犹太堡垒发起猛攻，圣殿内的守军全被俘虏。

战争结束后，罗马人聪明地采取和解政策，他们没有掠夺圣殿，并且允许其继续作为祭祀场所，直至罗马帝国灭亡。不过，这些宽宏大量之举并没有使庞培得到犹太人民的感激。

一方面是好奇，另一方面则是由于对犹太人偏见的无知，在一次巡查过程中，庞培带领部下进入了圣所。庞培认为，这只是一间小小的石屋，里面空无一物，没有什么特别的，就带着部下离开了。

不过，犹太人认为，虽然庞培进入圣所的时间很短暂，但他们是外国人，是不洁的。他们认为庞培的行为亵渎了圣殿，耶和华必会对此进行严厉的报复。

庞培本人显然不知道自己触犯了犹太人的禁忌。庞培认为，对犹太人，自己已经非常宽厚了。

呼尔凯纳斯得到庞培的允许，回到耶路撒冷。为了安抚法利赛人，庞培任命呼尔凯纳斯为大祭司。同时，他还赐予呼尔凯纳斯总督头衔，以示永久的恩宠。

如果呼尔凯纳斯有真才实学，他仍然有机会挽救这个国家，使它免于毁灭。但是，事实证明，呼尔凯纳斯是无能的，他仅有

的那点威信，不久就丧失了。

大概是在三十年前，当时在位的亚历山大·詹奈斯，呼尔凯纳斯的父亲，曾任命安提帕特尔担任耶路撒冷南边以东地区的长官。安提帕特尔善于权谋，惯会浑水摸鱼，并且经常得逞。

他扮作呼尔凯纳斯的忠实朋友，经常为他谋划。不过，这些“出于好意”的计策，却带来了更多困难，使犹大地区的情况更复杂。依靠这手绝活，不久，安提帕特尔就得到了罗马人的青睐。

罗马爆发了内战，当庞培与恺撒斗得不可开交时，安提帕特尔悠闲地当起了看客。公元前48年，庞培战败，安提帕特尔立刻与恺撒联盟。

由于忠诚的支持，他得到了恺撒赐予的荣誉，成为罗马公民。此外，他还得到默许，执掌摇摇欲坠的犹大国大权。

罗马的这位“新公民”将他的有利地位加以充分利用。他加强了对犹太臣民的控制；他的臣民得到了更大程度的自由，这种自由阔别已久；他们无须在罗马军中服役，并被允许重新修建耶路撒冷城墙；他们再也不用向庞培交税；他们还获得了近乎完全独立的司法权和宗教权。

不过，与庞培相比，法利赛人认为，安提帕特尔好不到哪里去。法利赛人认为他无权坐在大卫王的王位上。他们发起讨论，要让安提戈纳斯（亚力斯多布勒斯之子，亚历山大·詹奈斯之孙）担当他们的国王。

但是，这次他们并未成功，因为与他们相比，安提帕特尔显然更加狡诈和肆意妄为。安提帕特尔认为，废黜马加比王朝的时机已经到了。他满怀雄心，计划建立自己的新王朝。

安提帕特尔沉稳地迈着步子，渐渐走近他的目标。不过，在行将取得成功的最后关头，呼尔凯纳斯的一位朋友将他挡住了，他被毒死。他的儿子希律，按照父亲的既定路线继续前进，最终取得了成功。

由于受到他人唆使，安提戈纳斯干了件不合时宜的蠢事，他举起反叛罗马政府的大旗。正如希律所预料的那样，起义以惨败告终。

带着少数士兵，安提戈纳斯逃往圣殿。罗马人随即对其进行围困。围困持续了较长的时间，罗马人为此大为恼怒。走投无路的安提戈纳斯最终被迫投降。

安提戈纳斯向罗马人求饶，企图保住性命。但是，这次罗马人不再宽大。这个犹大省几乎从未安分过。罗马人给了犹太人种种特权，换来的却是不断的反叛。这些反叛给罗马人造成了巨大的损失，罗马人决心通过杀戮给他们一个难忘的教训。

像普通犯人一样，安提戈纳斯在大庭广众之下接受鞭笞，随后被斩首。

马加比王朝烟消云散，安提帕特尔的儿子希律登上王位，他迎娶了呼尔凯纳斯的孙女玛丽安妮。希律试图以此表明，他与犹大的合法统治者之间有着某种微妙的联系。

这是本世纪到来之前的三十七年，这是一个混乱的世界。

耶稣降生

希律并不是个好国王。他通过谋杀与欺骗建立王位。他无所谓原则，却充满野心。

残暴冷酷的希律极尽心思，一心为安提帕特尔王室增添荣耀。他不尊重上帝，不尊重他人，却对罗马总督俯首帖耳。

这种专制主义在一千年前，也许能够顺利推行。不过，世事无常，惨死之前的希律，正好面临这种变革。

起初，希腊语言被简化，以方便外国人使用，现在，它在每个文明国家通用。

罗马当时是公认的世界中心，为了与这种影响相抗衡，在不朽的亚历山大城，希腊化时代的希腊人集中了武力，这座城的名字来源于不朽的马其顿英雄。该城位于尼罗河口，与埃及文明的中心相距不远。在耶稣降生前几百年，这座城市就已消亡。

聪明活泼的希腊人，有永不知足的求知欲；他们仔细地考察和解释人类所有的知识，体验过许多可能的成败。

对自己的黄金时代，希腊人记忆犹新。他们也会想起他们的国家曾经成了罗马力量的猎物，一方面是因为他们的自私和贪婪，另一方面是因为罗马人善于组织。

不过，在政治独立被剥夺之后，希腊人却成为罗马人的导师，并且因此获得了更大的名声。

希腊人通过严谨的科学推理，而不是虚幻的预测来得出结论。对知识界的领袖，他们称为哲学家（意思是智慧之友），而不是犹太人通常所称的先知。

不过，雅典的苏格拉底和巴比伦的无名先知有一个共同点：无论市民有何种偏见和议论，他们始终遵循心中的信念行事。

他们希望人们把世界变成更加人性化和合理的安身立命的所在，为此，他们都热诚而努力地以自己的正义理念教导每一个人。

有些学派的学说十分刻板，如希腊犬儒学派，他们如同居住在犹大山里的戒行派。其他学派则比较世俗化，如伊壁鸠鲁学派和斯多噶学派。他们在皇宫内传授学说，并且经常被王公贵族聘为私人教师。但不管哪个学派，他们都有一个共同的信仰：幸福并非来自外界，而是完全来自内心的信仰。

古希腊和罗马的众神在这种新学说的影响下，很快丧失了威信。

起初，古老的神庙被上层阶级遗弃。恺撒和庞培这类人，仍然举行祭祀宙辟特的仪式。但让善于思考的人去认真对待神话故事，当然会十分荒谬。

不过，任何社会都不可能全部由善于思考、知识渊博的人组成。一开始，罗马城内就充斥着发战争财的投机者。

欧洲和西亚的大量土地被征服，许多贫穷的罗马人摇身一变，成为富有的乡绅。他们的子女，依靠父母的土地生存，步入上流社会。宗教问题，被他们当成新的时尚。

那种比较丰富多彩，并且不很严肃的东西；那种能产生幻想，又不会扰乱平日里的欢乐生活的东西，是他们所追求的。

愿望实现了。从埃及、小亚细亚和美索不达米亚，来自世界各地的骗子、幻术师、诈骗犯和江湖医生涌入罗马。他们将自己的宗教骗局冠名为可敬的“神秘派”，通过鼓吹幸福和救世的捷径，他们借机大发横财。

斯多噶派声明，世界上所有的人，不论贫穷还是富裕，不管肤色是白色、黑色或者黄色，在他们的生活准则之下，都会感到幸福、满足和高尚。这样的错误，具备（其建立基础是神奇的东方魔术）无形知识的狡诈者是不会犯的。他们十分隐秘，在收取了高昂的费用后，他们将秘术教授给极少部分人。

在光天化日下，他们不会宣传教义，在他们看来，这样不过是免费听讲。只有在悬挂着怪异图画、烟雾弥漫的昏暗小屋内，他们才会宣教。这样一来，他们所表演的神奇魔术，才会让那些见识浅陋者惊呼。

不可否认，少数新传教士还是真诚的。对于自己的幻觉，他们坚信不疑，他们认为自己听到了黑暗中的声音，这种声音给他们带来了来自另一个世界的信息。但是，新传教士中的大多数都是愚弄民众的冒险者，公众为享受特权而受骗，并且乐善好施。

在相当长的一段时间里，他们取得了很大的成功。神秘派之间竞争的激烈程度甚至不亚于现代社会星相家之间的竞争。随后，由于罗马帝国某些外部变化，公众对这套把戏感到厌倦，神秘派才日趋没落。

财富与幸福在通常情况下并不成正比；繁荣富足达到一定程度后，人们就会对简单的乐趣丧失兴趣；一旦没有了乐趣，人生就会成为一种烦恼，从摇篮到坟墓巨大跨度的烦恼。

罗马帝国的情况，再次为这种历史法则做出了最好的诠释。对越来越多的罗马人来说，生存只不过是一种负担，衣食无忧的他们纵情享乐，以获得非正常人生所能够带来的满足感。他们寻觅自己解决问题的办法，却始终得不到。

对此，古老的上帝无能为力。

新真理的传播者爱莫能助。

学者，侍奉繁殖女神、太阳神和酒神的祭司，无计可施。

除了绝望，什么都没有。

就在此时，耶稣降生了。

公元前4年，在宁静的加利利山坡上，有一个叫拿撒勒的小村庄。木匠约瑟和他的妻子玛利亚就住在这里。与周围的邻居一样，他们家境殷实。夫妻俩一边辛勤劳作，一边教育子女不要辜负父辈的期望，因为他们是大卫王的后代。

约瑟老实本分，从来没有离开过当地，而玛利亚则在大城市耶路撒冷生活过很长一段时间。在玛利亚和约瑟订婚之后，故事发生了。

玛利亚有个表姐，她叫以利沙伯，她的丈夫叫撒加利亚，是一位圣殿祭司。夫妻俩已经年迈，却又十分忧愁，因为他们没有孩子。

一天，以利沙伯给玛利亚寄来一封信。信中说她的孩子即将出生，因为要做的事情很多，而且以利沙伯本人也需要照顾，所以想请玛利亚去帮帮忙。

来到耶路撒冷城郊外的亲戚家，直到侄儿约翰平安出生之后，玛利亚才赶回拿撒勒，与约瑟结婚。

不过，不久之后，她的另一次旅行又奉命进行。

邪恶的希律端坐在远方的耶路撒冷的王位上。但他的王朝即将分崩离析。

在罗马这个更加遥远的地方，掌权者恺撒·奥古斯将共和国变为帝国。帝国需要大量的财政支出，帝国的臣民们必须交纳赋税。恺撒下达命令，他恩宠的帝国臣民们，必须按人口进行登记。

当然，名义上说，犹大和加利利都是独立王国的组成部分，不过，罗马人当然会在税收问题上用些手段：在帝国指定的时限内，犹太人必须回到原籍所在地进行登记，不管路途多么遥远。作为大卫的后代，约瑟当然得去伯利恒登记，玛利亚，他忠实的妻子，陪同他上路。漫长的旅途充满艰辛。当他们抵达伯利恒时，所有的房子都已经客满。

那个夜晚如此寒冷，出于对这位可怜少妇的同情，在破旧马厩的一角，好心人铺了个床位。就在这里，耶稣降生了。

是夜，为了提防盗贼和狼，牧民正在旷野中看护羊群。他们议论着，那个他们一直翘首企盼的救世主应该出现了。犹太人心中神圣的耶和华，在这块充满不幸的土地上，被他们的外国主人任意嘲讽，他们希望耶稣能解救这片土地。

这些都已经成为过去。

极少人会提及这些，因为，接下来发生了经年的可怕战争。引起这场战争的不是别人，正是残酷的希律王。

某一天傍晚，街上突然传来一阵喧嚣，原来是一支波斯商队路过村子。此时，坐在马厩前的玛利亚正在喂婴儿。

陌生人的视线停留在年轻的母亲和可爱的婴儿身上。他们跳下骆驼，逗弄婴儿，临走的时候，他们还拿出丝绸和香料，赠送给美丽的母亲。

在耶路撒冷那阴森恐怖的王宫中，缩在阴暗角落里的希律王充满了对未来的恐惧。年老的希律王体弱多病，晚境颓唐。

当官员们谈论波斯商人要经过伯利恒时，他们的王，希律犹如惊弓之鸟。与这个年龄段的所有人一样，希律深信，深色皮肤的波斯教徒，一定会用当年以利亚和以利沙用过的，此后未曾再见过的魔法。他们一定身负某种特殊使命，肯定不是普通商人。现在，篡位者坐在这个王位上，他们肯定会报仇。

在了解详细情形时，希律王听到很多奇特的传闻，那些传闻都与一个神秘的男婴相关。

因为是长子，出生后不久，这个男婴就被抱到圣殿。在那里，祭祀结束后，年老的女先知拿亚和一名叫西面的老者，说了一些奇怪的话，他们说什么行将解脱。西面向耶和华祈求，希望自己能够得到安息，他看到了弥撒亚，人民将在主的引导下，从

▲ 耶稣的降生

邪恶和堕落之途逃离。

传闻的真实性并不是希律所关心的，在他看来，只要大多数人相信就已经足够。他命令，伯利恒三岁以下的所有男婴，都必须杀死。

不过，这个计划并没有完全成功。

由于事先得到耶路撒冷官员或亲戚的警告，有些父母逃走了。玛利亚和约瑟也向南逃跑，传说，他们一直逃到埃及。

希律一死，这场大屠杀就宣告结束。玛利亚和约瑟也返回拿撒勒。约瑟又干起了他的木匠活，玛利亚负责抚养子女。因为她又有了四个男孩（雅各、约瑟、西蒙和犹大），还有几个女孩。因为母亲的教诲，他们奇异的长兄将爱给了全人类，他为了大众的胜利而死亡，这一切，他们都将目睹。

施洗者约翰

在犹太人心中，先知精神依然存在。一个叫约翰（人们称之为施洗者约翰）的人，在耶稣青年时代，四处奔走疾呼。他警告世人，让他们忏悔自己所犯下的罪行和罪恶。不过，对自己的方式，犹太人不愿改变。约翰继续讲道，并不停告诫生活在犹大地区的人，最终，他被杀害了，是希律王下的令。

希律死了，奥古斯都死了，耶稣长大成人，他在拿撒勒过着平静的生活。但是，从他童年之后，世界就已经发生了巨大的变化。

多达十次的婚姻，使希律的财产分配问题变得非常复杂，因为他的子女实在太多。不过，谋杀和处死使有资格继承他财产的人只剩下四个。但是，对这些野心勃勃的继承人之间的争斗，罗马人没有兴趣。他们把希律的领土划为大小不一的三份，再选出最适合罗马帝国政治需要的候选者，然后把土地分给他们。

希律的长子亚基老获得了最大的那份，这块土地包括了犹大，差不多是希律所有土地的一半。亚基老的胞弟希律·安提帕获得了加利利和北方大部领土。一个名叫腓力的人取得剩余的一条很小的狭窄土地。

更加糟糕的是，亚基老和安提帕的一个异母弟弟也叫腓力，人们称他为希律·腓力。此人迎娶了希罗底，他们育有一女——撒罗米。后来，撒罗米似乎嫁给了统治着地处加利利海北部的国家的第一个腓力。

老希律王的土地已经分配完毕，历来温驯的臣民迎来了他们各自的新主人。提庇留，这位当时的罗马皇帝向他的犹大总督发出指示：密切地关注这个麻烦不断的地区的势态发展。

想必您已经知道这位总督的大名。他就是本丢·彼拉图斯（我们称他彼拉多）。

当时的本丢·彼拉德对犹太人行使这种无形而强势的权力，是他的职责。庞大的领地需要他管辖。每年，他只有一次（或者更少）机会，离开该撒利亚海岸到耶路撒冷。为了杜绝挨村走访所造成的时间浪费，他的出访日期经过了精心的安排，以方便他出席各种重大的犹太节日，这样他就能见到当地所有长官，了解他们的意见并适时提些建议，如果有麻烦，他还能亲自监督，以采取措施来恢复秩序。

在首都，总督没有自己的宫邸，每到这里，他就下榻在王宫一角。或许，古老宫殿的主人并不喜欢这样。

一定要在最短的时间内，将这位不受欢迎的客人打发走。对此，希律很明白，这种并不理想的双重政府形式切实有效，就像罗马制度一样，这令征服者很满意。有关政府的理论留给了那些对此有兴趣的希腊政治家，他们自己则为具体的日常生活事务而忙碌。这种非常实用的政策是成功的，并渐渐为整个世界所接受。

如果税收已经按时缴纳，没有强盗在道路上出没，犹太教的领袖们之间的分歧尚未严重到导致内战的地步，这位总督并不想在这里多呆哪怕是一小会儿。

现在，令人遗憾的是，在一切都顺利进行时，一位来自旷野的狂人出现了，不识时务的他，将犹大的宁静粗暴地打破。

对世间财富，戒行派视如敝屣。他们献身于宗教事业，乐于在孤寂的旷野居住。他们不问世事，他们住在自己的小聚居区内，很少到其他村子去，更不用说进城了。城里的买卖人获得了越来越多的财富，对那些虔诚的隐士们十分关心的来世问题，他们根本不会去考虑。对戒行派，约旦河西岸的人们已经习以为常。虽然在衣着生活方式上像戒行派，但那位新先知一点也不具备该派所共有的内敛特质。他来往于约旦河上下游，专注于宗教方面的告诫，这些告诫大多通过当时盛行的福音书布道会进行传播。一旦出现了不同的观点，他便会进行义正词严的谴责。

时间不长，先知就与撒都该派发生了冲突。这的确让人痛惜！因为一旦这里的治安秩序被扰乱，巴勒斯坦就会向罗马报告，如果罗马的调查委员会来到巴勒斯坦，他们可能会改组政府，并将犹大王放逐到罗马城或黑海沿岸的边陲小镇，让他在那里痛苦度日。

在该撒利亚的总督获悉骚乱之前，法律就对这个胆敢扰乱当地安宁的宗教煽动分子进行了制裁。

老天！是他，撒加利亚和以利沙伯的儿子，三十年以前，他在玛利亚来拜访那对老夫妇时出生。

约翰比耶稣大一岁，他是个好孩子，非常认真。少年时，约翰就离开家，他来到旷野，在僻静的死海边思考着宗教问题。他避开喧闹的农场和工厂，深思人世间的一切罪孽。其实，对这个问题，他没有任何体会。

他没什么愿望，也无所谓什么需求。他唯一的财产就是那件旧驼毛衫。他咽下简单而粗糙的食物，仅仅为了维持生存。他只读祖先写的书。对东欧地区那些处于世界文明中心的人的所言、所为、所思，他毫无印象。

他全心全意地侍奉耶和华，不久，他就将自己与本民族的伟大领袖如以利亚和耶利未等相提并论。他很善良，也希望全世界的人都能够具备这种美德。老希律和他可恶的儿子们的丑恶行径被他看到，同胞们对祖先法律的漠视也被他注意到，他觉得自己有责任告诉犹太人民那些他们应当知道的事情，看来，很遗憾，他们早忘光了。

他外表粗犷豪迈，言辞犀利激昂，无论在哪里出现，都会被人群围住。

蓬头垢面的他，长须在风中飘扬。他猛烈地挥动双臂，向人们讲述即将到来的最后审判日。无论是多么顽固的罪人，他都能在其心中激起畏惧和疑惑。

人们低声议论着，或许，这人就是期盼中的弥赛亚（即救世主）。

不过，他并不愿意听到这种话。

他认为，他并不是救世主，他只是耶和华派来为真正救世主的到来做准备工作的人。

但是，这种简单的论断，笃信神秘事物的人民并不相信。即使不是救世主，那他至少也是先知以利亚，是的，他再次回到世间，他又要创造奇迹了。

不过，这种说法也被约翰否认。

他认为，自己只是上帝委派的一个谦卑使者，遵从上帝的旨意传递有关希望和绝望的信息。他始终严守这一角色，一方面，他等待着那一天，等待着所有人进行火的最终洗礼的日子，另一方面，他又用河水给那些有意悔改的人施洗礼，以此作为象征，一个重新信奉耶和华的象征。

约翰深深打动了犹太人，不久，他的名声传到各个村落，人们从四面八方赶来，看望他，听他讲道，并且接受这位神奇的新先知亲手施与的洗礼。

最终，加利利的人们也获知约翰事业成功的消息。

耶稣十二岁那年，父母带他到耶路撒冷去度逾越节。这次造访圣殿给他留下深刻印象。当必要的仪式结束后，玛利亚和约瑟就动身返回北方。但是，耶稣却没有同行，他的父母以为，他或许是与别人同行，可能要在天黑之前才能到家。

可是，直到天黑以后，儿子都没出现，而且没人看到过他。由于担心儿子出意外，约瑟和玛利亚立刻返回耶路撒冷。他们找了整整一天，发现耶稣原来还在圣殿中，他正与一群拉比在深入地讨论宗教问题。发现可怜的父母被吓成这样，耶稣答应以后不再擅自跑开。

现在，已长大成人的耶稣对社会问题有着异常浓厚的兴趣。

在听到有关约翰（人们通常称其为施洗者约翰）的传闻后，耶稣离开拿撒勒，步行来到死海，他加入到跟随先知的人群中，高声请求在浑浊的约旦河接受洗礼。

见到这位表兄，耶稣非常激动。因为，在他眼前，终于有人勇敢地表达了自己的信念。虽然就举止和辩论方法而言，约翰的那一套并不很合耶稣的心意。

耶稣在北方明亮秀美的牧场长大，约翰则在南方贫穷的农场长大，不同的成长环境给两位表兄弟的个性烙上了不同的印记。

耶稣认为，约翰能给自己很多教诲，他请求约翰为他施洗。此后不久，耶稣决心到旷野中去，他要在孤独和寂寞中探究心灵深处的奥秘。耶稣归来时，约翰的事业即将结束，因此，他们极少碰面。

对此，耶稣没有过错，一切都是约翰所无法掌控的某些环境导致的。当局并不干涉他讲述天国降临的事。但是，当他将矛头指向犹太王国的国王时，事情就不一样了。

事实上，同老希律一样，分封王希律（安提帕）的私生活也极不检点。约翰确实有理由对其进行谴责。

当因为政务而与异母兄弟腓力被一同召往罗马时，希律爱上了自己的弟媳希罗底。希罗底表示，只要希律同妻子离婚，她非常愿意嫁给他。于是，希律与妻子离婚，并迎娶希罗底为王后，她的女儿撒罗米也与继父希律一起生活。

这种乱伦的丑行，让加利利和犹大的国民极为震惊。

作为耶和华使者的高度责任感，使约翰觉得自己难以在这种丑事面前保持沉默。他不放过任何一个谴责希律和希罗底的机会。他的言辞，早晚会激起人们的暴乱。为了阻止这一切，当局

▲ 约翰给耶稣施洗礼

下令逮捕约翰。

虽然身陷囹圄，先知仍不愿意保持沉默，在黑暗的地牢深处，他继续斥责国王夫妇。

希律处于十分尴尬的境地，对这位陌生人的神秘力量，他确实感到害怕。

他一度想要处死约翰，但是，随后他又会反悔。他表示，只要约翰愿意保持沉默，他就可以宽恕他的罪过。

希罗底却不耐烦了，她决定主动出击。她知道丈夫最宠爱女儿撒罗米，爱看她优美的舞姿。希罗底告诉女儿，除非国王答应她的任何请求，否则别在王宫中跳舞。

希律上钩了，为了看到养女优美的舞姿，对撒罗米的要求，他满口答应。在母亲的教唆下，撒罗米向国王要施洗者约翰的头。

对自己的轻率，希律非常懊悔，他对撒罗米说，如果她能改变要求，他愿意把整个王国给她。但是，母女俩坚持她们的要求。

刽子手爬进地牢，那里囚禁着先知。不一会儿，约翰的头被呈给大惊失色的撒罗米。

约翰死了，只因他敢于向只知道享乐的世界发出警告。

童年耶稣

在一个叫拿撒勒的村庄中，生活着许多淳朴善良的手艺人和村民，耶稣就出生并成长在他们中间，并以木匠作为自己的职业。耶稣做木匠的闲暇之余经常观察世间百态，他发现这世界上有着太多的不平等和残酷存在。于是他决定告别亲人，离开家乡，去周游世界，他要将真理的种子播种出去。

耶稣在旷野里呆了一小段时间，在这段时间里，他几乎不吃不喝。他将大量的时间用来思考和计划未来。

年近三十的他还没有结婚，一个人过着自由随性、简朴的生活。

约翰说的话引发了耶稣发自内心的思考。拿撒勒宁静太平的生活和经历使得他坐在约旦河边长久的扪心自问：生活的真谛到底是什么？

耶稣知道的东西很有限，他只会说阿拉米语，也许还能看上几本几世纪前的古希伯来语圣书，但是却对希腊语以及希腊文一无所知。他也不了解当时的政治，他不知道古罗马共和国已经凭借着高价雇佣来的外国兵团，把共和国改为帝国。而且，他对于希腊思想与希腊科学的了解，也像对罗马的法学和治国策略那样知之甚少。

耶稣只是一个和大多数同龄人一样普通的犹太男孩——一名身份低微的木匠。他对古老的摩西约法和对由士师和先知们在圣殿和犹太教堂传播的教义十分熟悉。

他的宗教职责感十分强烈。他经常去耶路撒冷，遵照传统仪式贡献祭品。

他在完全接受加利利的小天地和对玛利亚和约瑟的教诲深信不疑的同时也心存疑虑。

他认为自己有着超凡脱俗的气质，而那些友善淳朴的拿撒勒邻居却毫无察觉。他们认为，这个他们无比熟悉的孩子只是一个普通木匠的儿子，而耶稣却知道，他是与众不同的。

这种想法在他离开家乡，游历外地的时候等到了印证。他身上散发出动人的光彩，从而吸引了许多人的目光。

当施洗者约翰的跟随者和众人在约旦河畔企盼奇迹的时候，他们看到了耶稣。他们彼此间开始重复地问一个问题：这人会是救世主吗？

这些人原本以为，救世主必定是一个伟大的英雄或者是一个严正的士师，救世主必须有建立犹太王国的坚定信念，并决心征服世界各国于耶和华的戒律的之下。

但耶稣简单而淳朴的心里却不这么认为。他认为救世主不应该是骑着高大黑马，挥舞长剑，率领军队，去与不赞同法利赛宗教偏见或撒都该政治信仰的人为敌的人。

正是“爱”这个字使得耶稣与冷酷的罗马人、圆滑的希腊人和教条主义的犹太人区分开来，他们与耶稣对爱的理解大相径庭。

耶稣心中充斥着的是对人类的爱。这里面不仅仅包括拿撒勒的亲友和在加利利的邻居，还包括大马士革境外广阔世界里的众人。

耶稣怜惜这些人，在耶稣看来，他们那些无聊的争吵；他们那些徒劳的野心；他们那些对金钱的贪念，都是在浪费生命和宝贵的时间。

这和许多希腊哲学家得出的结论是相同的：真正的幸福并不来自于堆满的钱币和别人的赞扬，而是来自于心灵的富足。

但是这些哲学家的结论有着可笑的局限性：他们认为只有出身名门的绅士，才享有灵魂永存的特权。这些哲学家愚蠢的认为：穷人、奴隶等下等人的存在是合理的，是现存社会秩序中的一部分，尽管不幸但是也无可奈何。所以他们绝不会对自家的雇农和厨师讲解伊壁鸠鲁或斯多噶哲学。

在某种程度上说，他们的这种观念比起早期的拒不承认异族人权利的犹太领袖来说有过之而无不及。

耶稣，对这些哲学家的观念不了解，却超越了他们很多。

耶稣的伟大之处在于他怜悯一切有生命的物体。虽然他心里清楚地知道，在顽固的法利赛人统治的国家里宣扬忍耐、仁慈和卑微是不会有好结果的，他无法拒绝，因为这是他的使命、他的事业，有无数的声音在请求他为了更美好世界的到来而献身。

耶稣碰到了他事业生涯的危机。

如果他留在拿撒勒，将度过平和宁静的一生。他可以白天在城里做些短工，傍晚同村里的农夫进行一些有关法律或其他方面的有意义的谈话，或者去听村里的拉比讲道。但这周而复始的平淡会使耶稣的心灵逐渐空虚。

如果他想要过一种冒险的生活，现在就可以。他可以按照那些施洗者约翰信徒的想法去做他们意愿中的救世主，这样他也许就能成为像爱国者马加比家族那样的民族运动领袖，这或许能给正不幸遭到分裂的犹太民族带去独立和统一的光明。

但这只不过是利用那些信徒的狂热去愚弄大家的想法，耶稣很快放弃了这个想法。因为这违背了耶稣严肃认真的做事原则，并且是毫无意义的。

因此，耶稣只能选择另外一条路，这也是三条路中最光明的一条：他必须离开家乡和亲人，冒着被流放、被憎恨和死亡的危险，把他的伟大思想讲给那些愿意接受的人听。

耶稣在三十岁的时候开始了自己这项伟大的事业，但是仅仅不到三年，他就被敌人无情地杀害。

门徒

在各个村庄之间游历时，耶稣把他的思想传播给了形形色色的人。男女老少都来倾听耶稣的讲话。那宣扬爱、善良和宽恕的理论是他们从来没有听到的。他们尊敬地称耶稣为主，成为他的门徒，处处跟随他。

耶稣不需要等待别人赐予他牧师或教授的身份，也不需要宽敞明亮的演讲厅就可以演讲。在这个时代，一个像耶稣这样有着新思想的智者是不会缺乏听众的。

犹大气温适宜，人一生甚至只需要一套衣服。这里还有充足的食物，人们只消耗够维持生存的食物，还有人从树上摘下果子当作食粮。所以在犹大生活和在埃及或希腊一样，食宿不成问题。

在过去的士师和列王时代，掌握国家最高权力的祭司阶层不能容忍异教学说到处被宣扬。可在现在的罗马，警察都忙着在公路上维持繁忙的交通。

罗马的宗教环境很宽松，罗马允许人们按照各自的习俗选择宗教信仰。只要宗教信仰不与政治有冲突，只要不公开叛乱和闹事，一切活动都是被允许的。也不限制任何的自由演讲，罗马现任的行政长官实行如若法利赛派干涉宗教集会，将严加惩处的原则。

于是，在这样的条件下，耶稣在不到一个月的时间里就获得演说家和新先知的美名。有很多村民拥护他，这使他很有名气，已经超越了狭窄的加利利。

这件事震惊了约翰。他虽然受到公会的监视，可行动依然自由，于是他决定离开犹大一段时间，去北边见见耶稣。

这两位先知观察世界的角度是完全不同的。约翰根据他从西奈山的花岗岩中挖出的《旧约》上的内容去教导人们要经常对自己的罪过忏悔，否则耶和华就会发怒而惩罚人们。

耶稣虽然此时还不是很肯定自己的想法，但他与约翰不同的是，他认为，人的一生应该像鲜花一样沐浴在温暖和煦的阳光中。

约翰坚定地宣扬“不”，而耶稣热情地鼓励人们说“是”！

和约翰有着一样信仰的犹太同胞，相信救世主一定像耶和华那样严厉。耶稣却有着更加崇高的信念，他相信他心中的万物之

▲耶稣和门徒

父有着博大的仁慈和宽广的爱，并且有无穷的忍耐力。

他们都难以向对方的观点妥协。这次见面却成为了两个人的诀别。

一段时间以后，约翰开始对耶稣的思想有了理解，于是他告诉自己的门徒，已经有一位更伟大的导师出现了，自己只是抛砖引玉而已，不要再追随自己了。真的就有两个门徒投奔到了耶稣的门下，约翰觉得很欣慰。

他觉得他自己老了，他思想里的全部精华都已经奉献出来了。而他的生命也“恰逢适宜”地以悲惨告终，这使得他得到了解脱。

耶稣在和约翰告别以后，就马上回到了加利利，在拿撒勒稍作停顿。

尽管约翰已经死去，玛利亚的贤明使得这小小的家还是得以完好地维系，随时等待她的孩子们在需要的时候回来。

玛利亚虽然不完全理解儿子的行为，不理解他为什么周游各地，来去匆匆；不理解为什么犹太人会经常提起儿子的名字时带着敬佩或者憎恨。但这不妨碍她成为一个天才的母亲，尽管这是一件不容易的事。

她很明智，她不会妨碍耶稣去做任何事情，因为她知道她的儿子完全知道自己在干什么。即使听到一些不赞同耶稣想法的人的声音，也不会削减她对儿子的爱。

这一次是耶稣首次出行后的第一次归家。碰巧赶上了族里有人要结婚，他们全家都受到婚礼的邀请。

耶稣很高兴地表示愿意参加，而且他还决定把跟随他回到拿撒勒的新朋友也带去参加婚礼。耶稣把这些追随者当成自己的亲兄弟。

耶稣和这些追随者的这种亲密关系由此开始，一直到他被钉在十字架上为止。

新的导师

不久，各地的人们都知道了有一个先知在宣讲新的教义，他告诉大家，上帝把包括犹太人在内的全世界的人都当作自己的子民，而凡是上帝的子民彼此间就是兄弟姐妹。

耶稣与他的朋友从迦拿来到了加利利北岸刚建立不久的一个叫做迦百农的小村庄。

当他们在迦百农停留了数周之后决定到耶路撒冷去的时候，村子里两个叫彼得和安得烈的渔民决定放弃这里的生活，随耶稣而去。他们决定同伟大的耶稣一起去探寻人类的精神、心灵和上帝的圣灵。

有两个原因促使他们去耶路撒冷。首先，所有忠实的犹太人都会在圣殿周围等待即将来临的神圣的逾越节。其次，耶稣想了解一下首都的人们对他的看法。

尽管真正的耶路撒冷人公开地蔑视加利利人（由于残余的古时犹大和以色列的敌对关系，他们觉得加利利人不如在圣殿上朝拜的人虔诚），他们本质上却是友好的，并且易于接受新观念。

耶路撒冷当时在法力赛人的统治下，是一座维护古老信仰的强大堡垒，不允许异教邪说在此宣扬，异教徒都不会有好的下场。因此那的人有时会很冷淡，但仍然很礼貌。

耶稣到达耶路撒冷后发生了一件事情，使得他还没来得及宣扬自己的思想，就被迫离开了。

早期的耶路撒冷人杀掉俘虏来供奉神明，文明程度进步了一些后，改用牛羊等牲畜祭祀。犹太人的这种做法一直沿用到耶稣一行人到来。

富人们杀掉牛来祭祀，他们将牛肉和牛油放在祭坛上焚烧，剩下的部分则送到祭司的厨房。买不起牛的人就用羊来祭祀；更穷的人就买两只鸽子。他们愚昧地认为，这种用货币换取商品来屠杀的行为会令上帝高兴。他们却没有想到，他们屠杀的这些美丽的生命也是上帝用仁爱创造出来的。

那时候，大部分犹太人离开了弯弯曲曲、街道阴冷的耶路撒冷而移居到舒适的亚历山大和大马士革，仅埃及就有五十万犹太人，因此，他们无法把牲畜赶到汲沦溪边来进行祭祀，于是就有人为他们提供大量的牲畜用来祭祀。

圣殿刚建成的时候，人们还只是把祭祀用的牲畜赶在圣殿门外的街上进行买卖。后来，为了祭祀者的方便，他们干脆把牲畜赶进圣殿内院进行交易。货币商坐在他们后面的木台上，帮人们把巴比伦金币换成希伯来银币，再把希腊的银币兑换成犹太货币。

这些商人并没有意识到他们的做法是对上帝的不敬，他们并不认为这种不知不觉形成的不良习惯是错误的。

但对刚刚从宁静的加利利山谷来到此地，从来不曾关注过经商和贸易的耶稣来说，这种牲畜的叫声和叫卖的吆喝声同时出现在圣殿内院的情景，简直是对上帝的亵渎。他无法容忍上帝的住所变成了嘈杂的市场！

他操起鞭子把那些可怜的牲畜和他们的主人一起赶出了圣殿，驱逐了侮辱耶和华圣殿的人，洗清了这莫大的耻辱。

▲ 耶稣净化神庙

有些喜欢看热闹搬弄是非的人不顾坑坑洼洼的路上布满石子就急忙冲到了现场。

有的人站在耶稣的这边，他们认为把圣殿变成市场，就是对圣殿的侮辱。另外一些人却对耶稣的做法感到愤怒。他们觉得虽然在圣殿旁喧哗不太合适，但这轮不到一个不知道是从加利利还是拿撒勒来的无名青年也没有权力在这里大闹，把桌子掀翻，让钱币洒的到处都是，让那些“银行家”到处爬着找钱。

还有的人并不明白事情的缘由。一位名叫尼科提麦斯的年老忠实的法利赛派公会成员不便公开会见耶稣，于是他请耶稣天黑后到他的家去一趟。他认为，耶稣在圣殿的表现有失体统。他想知道做出这种荒唐事的人究竟有什么想法。

耶稣按照约定来到了他的家里。在经过诚恳的交谈之后，尼科提麦斯理解了耶稣的行为，虽然他仍然觉得耶稣在做法上有些过激。他确信耶稣对上帝怀着的是一颗真诚的心，而且他过去也对耶稣在加利利的活动有所耳闻，这使得他更加信任这个年轻人。他很欣赏耶稣，于是劝他尽快离开耶路撒冷。

因为统治阶级不会轻易放过扰乱社会秩序的人，那些商贾也会联合更多的人来反对这个不仅会讲道，更善于行动的先知。

就这样，耶稣他们穿过撒马利亚，回到了加利利。

撒马利亚是一个拥有“不信神的滋生地”这样一个坏名声的不幸的地方。

撒马利亚在几百年前曾经是古以色列王国的一部分。这里的居民在以色列王国衰败后被赶到了亚述。从美索不达米亚和小亚细亚来的移民占领了这片荒芜的土地。他们同当地残留的犹太人共同形成了撒玛利坦人这个新的民族。

纯正的犹太人认为住在这个地区的人低贱到难以启齿的地步。尖刻的法利赛人用“撒玛利坦”来形容对他们示剑或示威的人，远比“蠢猪、笨蛋、傻瓜”等字眼恶毒的多。犹太人到大马士革或者该撒利亚腓立比去旅行时需要经过撒玛利亚，他们都尽快离去，不是必要的时候不会接触当地人。

耶稣的朋友都是善良规矩遵守摩西法律的人，他们和普通人一样对这里的人持有偏见，他们也称呼这里的人为“下贱的撒玛利坦人”。

耶稣给他们上了很好的一课。

耶稣的第一课，生动地告诉了他的门徒无论高低贵贱，大家都一样是上帝的子民。这也是耶稣毕生追求的事业的开端。

耶稣用讲故事而不是布道的办法来表达他的思想，有时候一句话、一个暗示就可以把信息传递到他的门徒那里去。

也许耶稣生来就是要做导师的，他是那么的伟大和与众不同。他能深入理解人的心灵，解救困苦中的人的灵魂。

一直以来，有些人能够对疾病起着重大的逆转作用。他们虽然不能轻易地治好骨折和瘟疫，但是他们的确能促进病人恢复健康。人们都知道，意念对疾病有很大的作用。有的时候，我们认为自己某处有病，就会觉得那里开始疼痛。而有的时候当我们知道原本很严重的疾病是一次误诊以后，就会立刻觉得身体什么事也没有了。

那些能够对病人的意念起到重要作用的人通常是淳朴善良的人，病人对他有无限信任，所以他才能不懂医术也能治病。

耶稣就是这样的人，他那忠实、淳朴可爱的本性能够获取他人的信任。所以，他使得许多觉得自己病重，前来求他解救的人恢复了健康。

当地人听说这位先知、救世主能够解除人的病痛，男女老少从四面八方涌来，请求耶稣解除他们的病痛。

于是，后人就把耶稣的这第二次加利利之旅，描绘成了一次治病救人之旅。

在返回迦百农的途中，耶稣使一个已经被当地医生放弃的富人家的孩子起死回生。耶稣还让正在发高烧的彼得的岳母恢复健康，还能招待客人，亲自为客人做饭。

这以后，便不断有人来求医。有的人觉得自己是跛子，就请人用担架把自己抬到耶稣那里；有人患怪病已经很长时间了；还有神经质的人，他们只要听见耶稣说一句保证的话，病立刻就会好转起来。

无论这些事是不是真的，耶稣都引起了加利利人的广泛关注，不久，他的名声也传到耶路撒冷去了。

法利赛人对耶稣的做法颇有微辞。他们可以接受耶稣对本族病人的治疗，却不能接受耶稣没有区别地对待本族和外族的人。耶稣不但给地位高的人治病，他还分别治好了一个仆人和一位母亲的女儿，还治好了一个非说只有安息日才生病的妇女；他甚至允许那些处在绝望中的麻风病人触摸自己的衣角，以减轻他们的痛苦。另外，耶稣还接受一个受罗马人雇佣，派驻在迦百农的税官做自己的门徒。

这些事是许多人无法接受的。几位好心的朋友提醒耶稣，他的行为好像是在和处在水深活热之中的本国事业而做对。尽管耶稣同意他们的观点，但是却坚持自己的做法。他认为，上帝的子民不分男女老少。贫富贵贱，也不分政客、税官、圣人还是罪人，每个人都是平等的。在耶稣心里，只有共通的人性，没有身份的差别。

所以，他一直坚持自己的立场。他召集所有的门徒去那个受到法利赛派排斥的罗马官员家中吃饭，他似乎觉得坐在他那卑微的桌旁是一种荣耀。

法利赛人很快知道了这件事情。他们虽然没有公开表明自己的态度，但他们已经决定耶稣再进入他们的辖区，就会对他采取措施。后来耶稣在守他人生中最后一个逾越节时，就遭遇了那些暗中发誓要对付他的人。这些人知道，一旦耶稣完成他的事业，他们的世界将被颠覆。

势不两立

在已经制定的社会秩序中享受权利的人当然不喜欢耶稣所宣扬的教义。他们认为，这个先知是现有社会秩序的破坏者，是他们的敌人。不久以后，他们联合起来，开始对付耶稣。

耶稣回到耶路撒冷，甚至还没有到达圣殿，就遇到了麻烦。耶稣在快到羊门外的毕士大水池遇到了一个向他求救的人，这个可怜的人跛了三十年，当他听说加利利有位神医，便前来求得帮助，希望耶稣能治好他的病。

耶稣望了他一会然后对他说："你的腿没有毛病，请赶快收拾东西回去吧。"

病人很高兴地拿着行李走了。但是，这一天刚好是安息日，是不允许身上带那么多东西的，哪怕衣服上有一个多余的别针，也是触犯法律的。

当这个病人发现自己能走路时，惊喜极了，他立即跑到圣殿去感谢耶和华。

法利赛人得知此事，勃然大怒。他们不能再忍受有人这样直接地触犯法律。他们把跛子拦下并告诉他，法律规定安息日是不能够带行李的，他必须要为违反礼仪而受到惩罚。

这个满怀欣喜的人并没有感到害怕，他说："是先知治好了我的病，并且让我拿着行李离开，我就这么做了。"

于是，他没有被惩罚，而是被放走了。真正令法利赛人恼火的是耶稣。他们知道：他们必须马上制止这种事的再次发生，不然，事情很快就会发展到他们无法控制的地步。

法利赛人把所有的公会成员召集在一起商量办法。在商量出对策之前，按惯例必须要对此事进行调查，于是他们把耶稣叫来调查情况。耶稣愉快地来了，并且在面对众人的指控中一直保持良好的教养。指控完毕，他坚定地表示，他不能因为某个特殊的日子而拒绝行善。

耶稣的这句话在法利赛人看来，就是公开和他们做对。

公会也知道，这个来自拿撒勒的先知已经受到了许多人的爱戴和拥护，他们这次只能放过他，等到下一次有充足的理由时，才能对付他。

他们开始感觉到压力，想要对付耶稣并不是想象中那么容易的事。他们并没有办法使耶稣挑起战争。耶稣总是温和地对待那些恨他的人。他总是能用平和的心态去面对每一个陷阱，当他实在被逼到绝路时，只要讲一个故事，就可以得到听众的支持。

公会不能将这件事报告给国王，因为国王在没有得到总督的意见以前不会采取任何行动，而作为一个罗马人的总督是不会听取他们的解释的，总督彼拉多从来不理会有关宗教事务的不满诉说。这使得公会很恼火。

关于这件事，彼拉多也会敷衍地对公会说，我会调查这件事的。数月以后，他拿出官方结论证明耶稣并没有触犯罗马的法律，并且让法院也不受理此事。耶稣还会继续他的布道，他的地位也会由于此事而大大提高。

事已至此，国王希律成了公会唯一能利用的工具。公会决定在这特殊时刻抛开与他过去的矛盾，采取一种双方都能接受的方法和他交涉，并尽量要他做到保守秘密。

公会放下原本用来对付希律的武器，恭敬地来到他的面前，向他倾诉耶稣的种种“恶行”，他们控诉耶稣自诩为先知，到处煽动人们听他布道，这对古老的神权政体是极大的威胁，他也同样对国家有着极大的威胁。他就是第二个约翰，幸好，约翰已经不在了。

希律像他的父亲当年对待约翰一样，对这番话确信无疑，他下令把耶稣抓起来。

此时耶稣已经不会被他们逮捕了，他已经离开了耶路撒冷。他已经拥有了越来越多的门徒。他们一起从容地回到了加利利，因为耶稣觉得在加利利比在耶路撒冷更自在。

现在的耶稣已经到达了他事业的顶峰，人们都相信他就是救世主。如果他愿意，他可以随时领导他们攻打耶路撒冷，甚至整个罗马军队！

但遗憾的是，这不是耶稣想要的。他根本没有这样的野心。他不想拥有荣华富贵，也不想成为民族英雄。

他不希望人们看重眼前的蝇头小利，而去追寻那些可以使人们凝聚的爱、宽容和同情。

他不希望别人把他看成是旧的或者另一个王室的代表，把他的名字和当朝王室的希律做比较。

他不认为自己是救世主，他曾反复公开强调，他个人的生命、幸福和舒适都不重要，重要的是他的理想——人与人之间，以及仁慈的上帝的爱。

耶稣没有再重复少数人在西奈山的雷电中得到的上帝启示的戒律，而是要求大众在加利利明媚的山坡上听他讲道。他说上帝不论种族、不论信仰，给予大众同样的慈爱。耶稣请求人们多做善行，并且把崇高的思想永远珍藏在心灵中。

最后，耶稣在著名的“登山宝训”这次讲道中，他总结了人生的所有哲理。请允许我们在此重复最为人们颂扬的部分：

“虚心的人有福了：因为天国是他们的。哀恸的人有福了：

因为他们必得安慰。温柔的人有福了：因为他们必承受地土。饥渴慕义的人有福了：因为他们必得饱足。怜恤的人有福了：因为他们必蒙怜恤。清心的人有福了：因为他们必得见上帝。使人和睦的人有福了：因为他们必称为上帝的儿子。为义受逼迫的人有福了：因为天国是他们的。人若因我辱骂你们，逼迫你们，捏造各样坏话毁谤你们，你们有福了。应当欢喜快乐：因为你们在天上的赏赐是大的；在你们以前的先知，人也是这样逼迫他们。你们是世上的盐：盐若失了味，怎能叫它再咸呢？以后无用，不过丢在外面，被人践踏了。你们是世上的光。城造在山上，是不能隐藏的。人点灯，不放在斗底下，是放在灯台上，就照亮一家的人。你们的光也当这样照在人前，叫他们看见你们的好行为，便将荣耀归给你们在天上的父。"

耶稣传授给大家一小段祈祷文，至今每天都被许多人复颂着，它被看作是人们遭遇坎坷时的指导："我们在天上的父，愿人都尊你的名为圣。愿你的国降临。愿你的旨意行在地上，如同行在天上。我们日用的饮食，今日赐给我们。免我们的债，如同我们免了人的债。不叫我们遇见试探，救我们脱离凶恶。因为国度，权柄，荣耀全是你的，直到永远，阿门。"

最后，他总结了生与死的哲学，这观念与法利赛的陈旧与狭隘极为不同。他请求最忠实可靠的十二个同伴跟随他，以此来向世界表明，他坚决与犹太人陈旧的偏见彻底决裂，这种可恶的偏见已经使得犹太人成为其他民族的敌人。

随后他离开加利利，前往一个叫做腓尼基的地方。

然后他有又一次回到出生地，渡过约旦河，穿过"十城"，来到一个叫做德卡波利斯的地方，这里的希腊人占大多数。

在这里，他同样获得了感激和敬佩，因为他如同在故乡时那样治愈了几个异教的麻风病人。

从那时起，耶稣开始采取简短故事的形式来宣扬他的教义。正是这些故事影响了广大的前来听讲的众人，人们把这些故事融入了欧洲国家的语言中。

耶稣之死

罗马总督接到了呈交上来的耶稣的案子。他批准了耶稣的死刑。他不想再关心事件的过程，只要能够保持行省表面的平静。

对于这个结局，耶稣早已做好了准备。在加利利时，他就曾多次向亲友和门徒暗示。

几个世纪以来，耶路撒冷的宗教垄断中心地位一直没有改变。这里的居民和摩西时代时一样，一面严格遵守古老的约法，一面获取个人利益。

大流放以后，许多犹太人就离开贫瘠的犹大土地而移居到国外。

所以，当波斯人允许犹太人回来的时候，即便是使用武力，也仅有一小部分人回到出生地。

虽然犹太人不论身处何方，依然十分尊敬心中的圣殿——耶路撒冷。但他们仍然把能使他们获得美好生活的地方当成祖国。

这样一来，居住在古城内的人的生活就与圣殿息息相关了。依靠圣殿生活的人包括掌管经济和精神权力的专职祭司以及他们的助手，这些祭司则把掌管各种祭祀仪式和祭品当成家常便饭；包括打扫圣殿卫生，傍晚当人群离去后清扫院子的一般仆从；包括被称为“银行家”的货币兑换商——他们为世界各地来的人兑换奇形怪状的金属货币；还包括每年为成千上万到此朝拜的教徒提供膳宿的餐馆、酒店和旅店的老板——世界各地的教徒们遵守约法，年年在规定期限内来到圣殿祭祀；当然也包括旅游地普遍存在的各种店主、裁缝、鞋匠、酒商以及手艺人等等。

耶路撒冷首先是一个宗教圣地，其次才是旅游地，所以人们来到此地的首要目的是举行宗教仪式。在这些人心中，宗教仪式只能在此举行，并且只能由这里任祭祀职务的人主持。

因此，耶路撒冷不欢迎这个名叫耶稣的来自加利利这个偏远地方的小木匠。这位谦逊的先知用他的博爱思想得罪了圣殿周围的居民。他被两次勒令离开。

他这一次的到来是为了做几次简单的演讲，还是将会惹上更大的麻烦呢？

耶稣对众人发表的简短讲话，听上去内容简单，含义却非常深远危险。他用最朴实易懂的话说：“你要尽心、尽性、尽意爱你的上帝。这是诫命中的第一，且是最大的。其次也相仿，就是要爱人如己。”

耶稣会用一些新的意义深刻的语言、直白的故事让他们说不出话来。大家都非常喜欢这样的故事，连小孩子也喜欢爬到耶稣的膝盖上听他演讲，他们喜欢这个人。

耶稣一直以愉快而平静的方式做着一个连正直自重的拉比也从未涉及的事情。他没有错，连警察也挑不出他的毛病。

但是，他所坚信的教义的处境就没有这么好了。如果人人都接受耶稣在安息日公然违背法规为一个生病的女人治病；接受他在那些永无资格进入圣殿的外国人、罗马官员家中吃饭。如果人们都相信他所说的：天国处处存在，在住着耶和华特选的少数子民的犹太国界以外也存在。上帝的圣灵在大马士革、亚历山大和摩利亚山一样可以祭祀。那么耶路撒冷的圣殿祭司、旅店老板等人又靠什么来生活呢?

如果人人相信耶稣的话，这一切都将走向衰亡。摩西的全套约法都将在可怕的“爱人如己”的口号下崩溃！想到这些，耶路撒冷的居民们不寒而栗了。

耶稣在他生命的最后，仍然大力宣扬他的思想。他希望人们和睦相处，爱他人如同爱自己。他为所见的现实社会中的残酷、荒谬和不公而忧愁烦恼。然而，他又是一个天生乐观的人。他把生活当成一种快乐而不是负担。他热爱家人、亲友和邻居。他喜欢出席村里各种简单的娱乐活动。他鼓励人们积极地去面对世界上一切无端的浪费、痛苦和混乱，而不要逃避它们。

伟大的耶稣用爱来治愈一切心灵上的疾病，“爱”正是基督教义的全部内容。

他不理会现存的社会秩序。他既不拥护帝国，也不反对它。

狡猾的法利赛派询问耶稣怎样看国王，他们想要利用他的煽动性倾向。然而耶稣拒绝表态，因为他知道，所有的政治形式都只是一种妥协。他劝诫他的听众要多忏悔自己的罪过，不要去怨恨当局，要服从当局的法律。

他从来没有煽动门徒放弃圣殿的宗教仪式，而是鼓励他们尽守各自的宗教职责。他真心拥护《旧约》的哲言，并时常在演讲中引用。他没有进行任何与当局法律做对的公开言论。但法利赛人却认为他是最危险的挑战者，因为他使得听众学会思考。

无视未来的顽固法利赛派和伟大的一往无前的先知之间，展开了一场长久不息的较量。耶稣敢于再一次来到耶路撒冷，就已经是一种胜利。

这不意味着人们开始完全理解耶稣的思想，而是由于他在威严的公会面前所表现的镇静和勇气令人们敬佩。人们被他伟大的思想所感化，耶稣已经成为他们一直寻找的精神偶像。

人们对于任何有关耶稣的神奇传说都乐于接受。传说一个村子里有一个病危的人，在死亡线上挣扎了很久，还是死去了，甚至已经埋掉了。然而他却神奇地被路过村子的耶稣奇迹般地救活了。从前那些单纯的治病救人的故事已经不能满足人们的愿望了。

这个故事很快被添枝加叶加以渲染，并在淳朴的人们中间广为流传。这个传说甚至成为中世纪许多画家笔下的风行题材。这就是著名的拉撒路事件。

后来，当人们听说这位伟大的传奇人物再次来到耶路撒冷时，便纷纷潮涌般前来迎接。当耶稣骑着驴进城时，群众们报以热烈的欢呼，并纷纷将鲜花投向他，仿佛庆祝节日一般热闹非凡。

而耶稣心里深深地知道，公众的热烈欢呼很快就会像山岩上的营火一样熄灭，不会很长久。因此他并没有得意，因为他已经听过无数次的欢呼和赞美，这对他来说已经毫无意义了。理智的人都不会把这些欢呼放在心上。此后发生的事证实了耶稣的预感。

耶稣进城后没有过久地停留，他首先要找住宿的地方。他选择了前几年和拉撒路及其忠实的姐妹玛利亚和马大经常住宿的橄榄山上的伯大尼郊区作为此次的住宿地点。

这里离耶路撒冷很近，只有很短的一段路，步行即可到达。耶稣吃了一些东西便休息了。稍作休息之后，他再次去了圣殿，用鞭子赶走了那些牲口贩子和“银行家”。

▲ 拉撒路事件

次日清晨，他就遭到了来自公会的报复。当耶稣出现在圣殿门口时，就被全副武装的士兵拦住了。他们质问耶稣有什么权力再次在圣殿里做出亵渎神圣的事情？众人纷纷冲上来表态，有人赞同耶稣的做法，有人要求处死耶稣。

双方剑拔弩张、争吵不休。当耶稣环顾了他们一圈之后，他们就安静了下来。于是，耶稣再一次开始讲故事了。

法利赛派忍无可忍，这对于他们来说简直就是公开的挑衅。

耶稣采取了进一步的主动出击。他直接对群众演讲。结果在这公开的战斗中，他赢了当局，听众们如每次一样，只要一听到耶稣的演讲，便立刻站在了他的一边。那些怒气冲冲的士兵无可奈何。只好放他和他的朋友回去。

这一天，再也没有人骚扰他们。但这并不意味着，当局者就此罢休了。

法利赛派若想消灭一个人，绝不会轻易放弃的。对于这一点，耶稣十分清楚。到了晚上，他开始担忧起来，让他担忧的并不是敌人，而是另外的原因。

原来，在耶稣的所有门徒中，除了一个人以外，其他人都对他很忠诚。他们之间像亲兄弟一样互相帮助，互相爱护，能够非常友好地宽容彼此的缺点。和大家不一样的那个人叫犹大，是加略或克略村人。他是一个犹太人，其他的那些人却是加利利人。于是他就对耶稣有着不一样的态度。

他总是觉得，耶稣对其他人要比对他好。他认为这是由于他的籍贯所致。当然，这并不是事实。犹大也许是因为一时冲动才追随耶稣的。他的生性贪婪、品质恶劣。他扭曲的心理引起了他对耶稣的仇恨，他决定报复。

犹大在计算方面很有天赋。于是，他掌管着财务和记账，把微薄的资金平分成十二份。但他并不满足于这极高的信任，他总是对于别人送礼物给耶稣不满，曾多次公开抱怨。他认为他们是在“无意义的挥霍”。这使得其他十一个人开始讨厌他。

耶稣曾经劝告他，对他人真心实意赠送的东西表示不满是愚蠢无知的行为。犹大虽然表面保持沉默，但心里一直在做别的打算。他继续留在十二人当中，等待时机成熟时，开始他的“复仇行动”。

耶路撒冷的人民是和犹大一样的犹太人，他认为“复仇”的时机成熟了。有一天晚上，他等到所有门徒都睡着以后，便溜了出去。他去公会报告他们所需要的重要情报，当时，公会正在召开圆桌会议商讨对付耶稣的办法。

门卫把他带到正在召开的圆桌会议上，所有的与会人员都把注意力集中到他的身上。犹大很了解公会对付耶稣所遇到的难题是什么。他告诉公会成员，他有办法使公会不用担心逮捕耶稣会在人群中引起骚乱——因为耶稣的威望实在是太高了；也不用担心公开抓耶稣会导致罗马军出兵干预。

公会问犹大有什么办法，犹大回答到，最佳的办法就是由熟悉耶稣行踪的人带路，并借着夜幕的掩护悄悄地将耶稣送进监狱。

公会对这个情报十分满意，他们经过商量决定付给犹大三十银币的报酬。犹大非常满足地答应了交易条件。耶稣就这样被三十银币出卖了。

逾越节那天，耶稣请所有门徒进城聚餐。过逾越节时，人们通常要吃烤羊和无酵饼。

傍晚时分，犹大与其他人一起若无其事地离开了住所。他们下了橄榄山进城以后，发现耶稣已经订好了一个小房间和一桌子饭菜。他们围着桌子坐下，开始就餐。可是，大家感觉到会有很可怕的事情发生，每个人的心情都十分沉重。

耶稣与大家一样，沉默地坐着。最后，彼得再也忍不住，他替大家说出了心里话：“主啊，请您告诉我们您真的怀疑我们其中的一个吗？耶稣慢慢地回答道：“是的，现在坐在桌旁的一个人，将会给大家带来灾难。”大家都围过来，极力地为自己辩解。这时候，犹大偷偷地溜走了。大家立刻明白，会有大事发生了。

他们不能再待在这里。他们必须要到有新鲜空气的地方呼吸。于是他们回到了橄榄山，来到了一家花园外。这个花园叫做客西马尼，由花园中的一个油坊得名。他们的一个朋友曾经交代过，如果十二个人想要单独相处时，就可以来到这里。他们打开花园的侧门，走了进去。这天晚上很暖和，众人却很疲倦。

片刻之后，耶稣独自向远处走去，有三个亲密的门徒不放心，远远地跟着他。耶稣请他们留在原地，他一个人要祈祷。耶稣一个人在寂静恶毒树林里，做着激烈的思想斗争。命运的前方出现了十字路口，逃跑还来得及，那就意味着承认自己有罪，意味着放弃了自己的理想。如果不走，年轻的他一旦被抓住，充满希望的生活将立刻停止向前，悲惨的死亡会立刻来临。最后，他决定留下。他悄悄地回到正在熟睡的朋友中间。

几分钟以后，花园里一片喧哗。犹大走在最前面，跟在他后面的是公会的士兵。他们来抓伟大的先知。犹大拥抱了耶稣并吻了他。这个动作是犹大给士兵的信号。

彼得意识到出事了。他夺过剑把士兵的头部砍了一个口子。耶稣拦住了他，告诉他，不要动用武力，士兵只是在执行公务。此时此刻，耶稣的思想已经阻止不了战斗。最后耶稣被铐上了手

▲犹大之吻

铐，士兵们押着他走过漆黑的街道，一直带到了亚那那里。亚那与他的女婿该亚法就是圣殿的大祭司。

敌人们欣喜若狂，耶稣终于被抓住了。他们立即开始审讯耶稣："你为什么宣扬那些有害的教义？你为什么攻击旧的礼仪？谁赋予你这样的权利？"耶稣镇静地告诉他们四个字："无可奉告。"他明确地告诉敌人，你们的祭司对此一清二楚，何必问我？

有个卫兵从来没有见过敢以这种口吻同国会成员讲话的犯人，便打了耶稣一拳。其他人也把他捆的更紧，并把他拖到了该亚法的厅里过夜。

这么晚本不是召开会议的时间，但得到消息的法利赛派和撒都该派，一个因为无比兴奋，一个因为心慌意乱，竟然都马上起床，趁着黑夜就冲到了耶稣这里。耶稣泰然自若地等待着他们。

忽然，外面传来消息，卫兵们抓住了彼得。据说是一个女仆向他们报告，这个渔夫是耶稣的门徒，她曾经见过他们一起进城。此时彼得受到了惊吓，在乱哄哄的灯光、吵闹和咒骂中，他战战兢兢地不承认与耶稣认识。士兵只好将他赶了出去。只剩下耶稣一个人面对眼前的灾难。

过了一个慌乱的晚上，第二天清晨，公会在没有核查证据或听取证词的情况下，便迅速地判决了这位拿撒勒先知死刑。这一天是4月7日，星期五。

法力赛派以为他们已经除掉了威胁耶路撒冷的敌人，但其实只完成了一半。罗马总督彼拉多派来重要使者调查事情的原委。他当然要过问这件事，他得提醒犹太人，没有经过他的审讯，犹太人的公会和国王都无权判处任何人死刑。

法力赛人虽然不甘心，但也不得不假装虔诚地把耶稣送到彼拉多那里去，并在外面守候。因为在逾越节里，犹太人不能接触任何异教的东西。彼拉多很生气，自从他来到犹大以后，总有一些无知的、荒谬可笑的麻烦在打扰他。

彼拉多把耶稣带到密室里，进行了几分钟的交谈。他确信对耶稣的指控是荒谬的，耶稣死刑的罪名不成立，他应该获得自由。于是彼拉多坦率地告诉公会的代表，耶稣没有触犯罗马法律。公会成员绝不能把这个囚犯放走，他们向总督提起申诉，细数了从加利利到犹大，耶稣制造的各种麻烦。

这番话提醒了彼拉多，当他得知耶稣是加利利人时，提议公会将耶稣带给希律，因为他是加利利的国王。总督很高兴他找到了一个合适的借口脱离此事。

起初，希律像罗马总督一样，并不想插手此事。因为他到耶路撒冷是来过逾越节的，而不是来处决死刑犯的。他已经听过许多关于耶稣的传说。他认为耶稣是一名巫师。荒唐的国王请耶稣给他展示一下巫术的秘诀。没想到耶稣拒绝了国王，国王便不再见他了。

这时，要求处决耶稣的人涌向法庭，他们大声喊着，“他把自己当作国王”，“他亲口对我们说他超乎法律之上”。这些无耻的指责在耶路撒冷的街道上回响着。

看到这种情景，希律决定采取行动。他不能因为一个不受臣民欢迎的人而导致辖区内的暴乱，更不能因此而失去王位。他下令逮捕耶稣，并把他打扮成他想象中的国王的样子，送回到彼拉多那里去。人们找来一件脏外套，披在伟大的先知身上，士兵们把他押回去。

任何一个勇敢的人都会救耶稣。可惜的是，彼拉多的好心还没有达到勇敢的程度。虽然他的妻子在听他讲完了整个案件之后，希望他行使赦免权。但是，困扰彼拉多的问题是，他仅仅拥有一支势单力薄的警卫队，公会成员的势力越来越大，给他造成了很大的威胁。而且，撒都该派此时也和法利赛派站在了一起。他们都是政客，他没有必要因为宗教影响政治。耶稣释放的结果会极大地扰乱政局，损害国家利益，所以，耶稣必须死。公会成员已经阴险地准备好了秘密材料，材料里面详细地叙述了事实经过。如果彼拉多释放耶稣，他将因为拥护帝国的敌人而被写进秘密材料，一并送交到恺撒那里。

如果这样，彼拉多将丢掉职位，成为没有任何收入的平民。想到这里，彼拉多屈服了。

大祭司和其他同伙有随意处置犯人的权力，公会决定召开会议研究耶稣的死法。

通常的做法是将犯人用石头砸死。耶稣的特殊身份使得他获得了特殊的死法。残忍的敌人研究决定用处置逃跑的奴隶办法来侮辱耶稣，那就是把他钉在十字架上。

死刑由四个罗马卫兵和一个队长执行。

他们把耶稣架起站稳以后，给他披上了那件脏旧的紫外衣，戴上荆棘编成的皇冠，接着用一个巨大的十字架压在了他的背上，十字架是由两根沉重的杠杆制成。然后把耶稣和两个判处死刑的强盗一起押出了牢房。

中午时分，恐怖的行刑队伍向着竖着绞架的“各各地”前进，这里是一座小山，四周堆满了骷髅。

耶稣没有吃东西，并且挨了许多拳头和鞭子，因此头晕目眩、步履蹒跚。

路两边的行人，看着先知虚弱地拖着身子，身背十字架缓缓地走上山坡。

暴怒的人们停止了喊叫，所有的嘈杂都停止了。

大家眼看着这个无辜的人将被杀害。人们开始不断地请求宽恕他，为时已晚了。

这场残酷的悲剧马上就要以沉痛的结局告终。耶稣被钉上了十字架。

罗马卫兵在耶稣的头上系上同时以拉丁文、希腊文和希伯来文书写着“拿撒勒人耶稣，犹太人之王”的字条。这纸条表明了他们对法利赛派和撒都该派的蔑视。然而正是罗马人做出了这次不公平的判决。

卫兵们把最后一枚钉子钉好以后，便开始坐下赌博。围观的人很多，他们之中有的是来看热闹；有的是一些妇女；还有的是耶稣的学生，他们冒着生命危险来和导师度过最后的时刻。

INRI

▲ 耶稣上十字架

天黑了下来，耶稣在十字架上喃喃自语，没有人能听得懂他在说什么。他用尽全力保持清醒完成了最后的祷告，他请求上帝宽恕敌人对他所做的一切。

一位好心的罗马士兵，把一块蘸了醋的海绵用枪尖挑给耶稣。这样可以使他减轻一些被钉裂的手脚上的疼痛。耶稣拒绝了。

他小声说了句："结束了。"便永远地离开了。

信念的力量

耶稣虽然死去，但他所宣扬的"爱"与"希望"已经在人世间流传开来。不仅罗马总督和险恶的公会成员无法压制，就连罗马皇帝也无能为力。耶稣的门徒们将主的精神传播给所有愿意听的人。

耶稣的教导可以让人们的灵魂在爱与公正的实践中得到幸福的最后归宿。这意味着被几个世纪的统治者极力压迫的思想获得了最终的胜利。

这个世界上存在许多不公平，有人极度富有，有人一贫如洗。而穷人的数量是富人的一千倍。

耶稣的声音最先被穷苦的人听见。也是穷人最先接受耶稣关于爱，关于善良的教诲的。

善良穷苦的人们，从来没有被伊壁鸠鲁派哲理的花言巧语所欺骗。

他们虽然不会看书，不会写字，但他们的耳朵会听，他们的心能分辨。

那些穷苦的人如同牛羊一样活着，死去以后，也随时被人忘记，没有人会为他们的死哀悼。

他们卑微地活着，即便死了也马上被忘记，无人为失去他们而哀悼。

突然之间，有人向他们敞开了一扇真理的大门。并且告诉他们，人人之间是平等的，每个人都是上帝的孩子。

第一批接受新信念的，正是耶稣老家的邻居。他们听见他的话语，感受他的魅力，迎接他勇敢的目光。

中世纪的人们，完全接受了所有有关耶稣的传说。他们非常痛恨犹太人，因为是犹太人直接杀害了先知。

但其实这种态度完全错误，因为耶稣也是犹太人，他的母亲，亲戚朋友、门徒也都是犹太人。

虽然他非常乐于同希腊人、撒玛利坦人、腓尼基人、叙利亚人和罗马人等别的国家的人交往。但他很少离开自己的土地，他为犹太人而生，为犹太人而死，死后也埋葬在这片土地上。

犹太民族曾经有过许多于民族危难之际，敢于挺身而出的英勇的宗教领袖。耶稣就是他们的后代，是他们其中最伟大的一员。也是最后的一位。

是那些心胸狭窄、个性偏执的法力赛派和撒都该派杀害了耶稣，他们是犹太人中的败类。他们自私地捍卫着一种偏狭的信念，这种信念几百年来已经没有实际意义。他们掌管着一种虚伪的貌似虔诚的宗教信仰。

他们犯下了不可饶恕的罪过。但这是作为政党和教派成员犯下的罪过，而不是作为犹太人。他们把耶稣视为眼中钉，他们的同族却热烈地拥护着这位伟大的先知。

正是那些住在犹太和加利利的忠实信徒建立了第一个基督团体，成立了第一个相信耶稣就是基督、是救世主的组织。

在此之前，其实不应该说它是基督团体。因为数年以后，在小亚细亚的安蒂奥克（即安提阿）这个名字才首次使用。但确实存在过门徒的团体，并且曾经十分繁荣。团体的成员们经常在耶稣遇难的十字架下的阴影里聚会。

然而没过多久，这些团体的成员就因为意见的不统一而分裂成两部分。以熟悉当时希腊哲学的司提反为首的一部分人，认为新旧派之间一定会决裂，严厉的耶和华与仁慈的上帝绝不会同在一个教堂里出现。

另一些人则表示愤怒，他们表示要消除所有的障碍。然而这对于那些在古老圣殿长大的人来说，是一件可怕的无法接受的事。

分歧越来越大，在耶稣死后的十二年，他的教义已经确定了。基督教徒与犹太教徒区分开来，正如基督徒与佛教徒和穆斯林教徒区分开来一样。

从此以后，新的教义在西亚相对容易地传播开来。

古代犹太法律中的智慧，被记载在无人能识的希伯来文中。而关于“基督”的一切事情都被希腊文记载。亚历山大规定希腊语是古代国际间的通用语。

基督教的地位已经确保，来自东方的启示传播到了西方的世界。

有一个叫保罗的人，把这些启示从加利利传到了罗马。

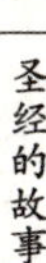

理想的实现

为了使基督教成为世界性的宗教，有一件事是必须要完成的：必须要和耶路撒冷的古老宗教偏见决裂。保罗挽救了基督教，他是一个杰出的传教者和组织者，他使基督教免遭于沦为一个小小的犹太教派。保罗来到了欧洲，这一举动使得基督教有机会成为国际性的宗教，基督教把罗马人、犹太人和希腊人同等对待。

保罗原名叫扫罗，父母都是犹太人，居住在小亚细亚西北角西里西亚区的大数城。

保罗的家境很好，在罗马有很多亲戚。他年幼被送往耶路撒冷读书时，身份很特别。他虽然是犹太人，却是罗马公民。

这要归功于他的父亲，因为他的父亲为罗马做了一些事。当时保罗的特殊身份就是他的“护照”，可以享有很多特权。

扫罗上完学之后，就自己学会了做帐篷并以此为生。

年轻的扫罗上的是严格的法利赛学校，所以当耶稣被处死时，他完全站在公会的一边。他还参加了青年爱国团体，彻底清除耶稣的煽动性教义，禁止可恨的拿撒勒先知在加利利和犹大宣扬他的观点。

他目睹了司提反被乱石击死的过程，他从来没有动过念头去救这些为新教牺牲的人。

但是，他是这些青年暴徒的头领，他每天都要与这些虔诚的教徒接触。

这些早期的基督徒，个个性情善良、道德高尚。他们与绝大部分人截然不同。

他们过着简朴的生活，对人诚恳，慷慨地与穷苦的人分享食物。即使在绞刑架上，也不忘为受迫害的人祈祷。

最初，扫罗对耶稣的追随者如此虔诚地态度大惑不解。后来，他渐渐地感觉到，耶稣一定不是一个煽动革命的人，否则人们不会对一个素未谋面的人如此信任。

耶稣是一个伟大的导师，扫罗是一个聪明的学生。突然有一天，扫罗完全理解了这个陌生导师的全部思想。

他在一条寂静的路上，是去大马士革的途中，发生了思想的蜕变。

当耶路撒冷当局得知，城里已经有不少犹太人开始信基督教时，大祭司便让扫罗给大马士革的同行带几封信，请求他们来帮助降伏这些信异端邪教的人，将他们逮捕起来审讯并处死。

天真的扫罗先前接受了这个使命。但是，当到达大马士革之前，他那受蒙蔽的双眼突然看清了事实，他突然间醒悟过来。耶稣才是伟大的导师，大祭司们是错误的。从这时候起，数百万人也从此意识到了这一点。

扫罗并没有把信送到指定的地点，更没有去请求什么人逮捕不同的政见者。他直接去了大马士革基督教团体的领导人亚拿尼亚处，请求他为自己施洗。

他改名为保罗，人们称他为“异教徒使徒保罗”。

他不再做帐篷卖了，巴拿巴斯请求他去安蒂奥克城。在这个城里，不再去旧犹太教堂祭祀，公开接受耶稣教义的人被首次称为基督徒。

保罗只在安蒂奥克城待了很短的一段时间，就开始去各地传教。他传教的身影在罗马帝国的各个角落都可以看见。最终他成为了基督教的一名殉教者，被埋在无名的墓地里。

▲保罗

一开始，他只在小亚细亚的沿海城市传教，许多人因他而改变了信仰。希腊人非常欣赏他，他们喜欢保罗的思路，钦佩保罗面对反对意见时的举措。很多希腊人高兴地接受了基督教，并加入其中。

但是，很多地中海港口城市的小的犹太基督团体却憎恨他，想要毁掉他。

这些人还抱有着世代传下来的宗教偏见。他们认为，保罗没有把自己是犹太人的身份放在首位，而是把基督教的理想放在了第一。保罗不应该对信（希腊）宙斯神和（波斯）太阳神的人过于友好。他应该尽力依照古老的摩西约法行事。

保罗曾经向他们解释：犹太教和基督教没有相似的地方，一个人不可能既信奉耶和华又信奉上帝。这番言论使得他们把对保罗的厌恶上升到了仇恨。

他们曾多次想要杀害保罗。看到这种情形，保罗明白了：只有彻底地与犹太教决裂，才能使基督教生存下去。

当他最后到达小亚细亚的达特罗阿斯时，他想要穿过赫勒斯滂海峡，直接到马其顿中心的要城腓立比，他来到了欧洲。

他来到了亚历山大的故乡。因为他能够熟练地应用希腊语，于是就用希腊语向第一批西方听众宣扬耶稣的精神。但他还没有讲到第三次，就被捕了。幸运的是，这一次喜欢他的人帮助他得以逃走。

这次危险的经历并没有阻止保罗向更危险的地方前进。他去了素以礼貌著称的雅典。但是雅典人在四百年的时间里，听了太多的各种各样的教义，新来的传教士再也不能引起他们的兴趣。

没有人干涉保罗的活动，也没有人主动来要求施洗。

从保罗写给他在科斯林的教友的信中可以看出，他在科斯林获得了很大的成功。他在信里详细地阐述了基督教的思想。这些新思想已经和犹太基督徒所熟悉的旧教规有了很大的变化。

他在欧洲已经待了很长时间了，已经为以后的传教工作打下了扎实的基础，他可以回到小亚细亚去了。

他首先去拜访了坐落在西海岸以弗所的狄安娜神庙。这座神庙从远古时代就存在了。狄安娜是阿波罗的孪生妹妹。人们不仅仅把她当作月亮女神，而是相信她可以影响一切生物。就像在中世纪时，圣母玛利亚受到的尊敬比耶稣更多。

保罗最初对这个城市的情况不了解，于是他请求在教堂布道。犹太人听了几次后便不允许他继续讲道了。然后他租了一位希腊哲学家曾经用过的讲堂。在这三年中，这个地方一直成为保罗布道的地方，可以称之为第一神学院。

以弗所的状况和耶路撒冷很相似，这里原本有单一的宗教信仰，狄安娜神庙的礼拜是很多人维持生计的来源。这里有很多来往的游者，和耶路撒冷一样需要有祭祀品供应。许多朝圣者都把狄安娜的塑像带回去，这使得销售者生意兴隆。

同耶稣的境遇一样，保罗的成功将会使这里原来的"生态"受到极大的威胁。也会把人们对于女神无边神力的古老信仰破坏掉。于是这里的金匠、银匠、神庙祭祀们决定杀害保罗，这情景好像几年前法力赛派杀害耶稣一样。

保罗在得到警告后，选择了逃走。当然，他已经完成了他的使命。

保罗离开以弗所以后再也没有回来过。但是这里的基督团体已经强大到不可摧毁的地步。以弗所是早期基督教在世界范围内的重要中心。早期的几次确定新教义的会议都是在此召开的。这些都可以在公元2世纪至公元3世纪的编年史中找到。

保罗渐渐地老了，活的很艰辛，不知道什么时候就会离开人世。在他去世之前，他不顾众人的警告，决定再一次拜访导师升天的地方。

耶路撒冷城内的基督教团体不过是犹太教的一个分支。保罗热爱异教徒的名声早已传遍了，人们不会原谅他。他在希腊的成功并不能使他在一个由法利赛派统治的城市受到欢迎。

保罗不管那么多。但当他一进入圣殿便遇到了很糟糕的事情。许多人围着他，要对他动私刑。

罗马军队把他救走，并送到了城堡里。

罗马军队不知道他的身份，所以没有轻易处置他。他们起初以为他是从埃及来犹大的反动分子。但当保罗表明他的罗马公民身份时，他们立刻解下他的手铐，并向他道歉。

耶路撒冷卫队司令利西亚和几年前的彼拉多一样不知如何是好。

他没有控告保罗的理由，他还要维持秩序。他不得不把保罗再次交给公会，又一场战争即将爆发。

法利赛派和撒都该派一直在为了当初因为耶稣而仓促联盟后悔，他们不断地进行激烈的讨论，耶路撒冷的人民也一直处于宗教争端之中。

在这样的情况下，公会不可能对保罗做出公正地裁决。于是，明智的利西亚为了不使他受到暴徒的袭击而把他转移到了城堡里。

在事态没有过度发展的时候，保罗又被送到总督所在的该撒利亚，一待就是两年多。在这两年里，他的自由丝毫没有受到限制。

但是，保罗讨厌公会对他无休止的指控，他决定行使他作为罗马公民的正当权利。他请求把他送到罗马去，他要亲自向皇帝解释。

公元60年的秋天，保罗开始了去罗马的旅行。

这次旅行并不是一帆风顺的，保罗所乘坐的船在马耳他岛触礁。在这里停留的长达三个月之久，才有另外一艘船载着他继续前往意大利。公元61年，保罗来到罗马。

在罗马。他享有更大程度上的自由。罗马人对犹太神学没兴趣，更不想在罗马法庭审判一个没有触犯罗马法律的人，罗马人没有任何理由反对保罗。他们只要求他不要再去耶路撒冷，以免再次引起骚乱。

保罗对罗马构不成任何威胁，他可以自由地进行任何活动。他没有使这个大好的机会浪费掉，他在贫困的居民区租了一间小屋，开始继续传教。

最后的几年，他比过去的任何时候都勇敢。老迈的他差点被过去二十年的艰辛经历所击垮。能够在世界文明的首都宣讲耶稣的思想，即使遭遇坐牢、鞭打、遭石击，在船上、步行、马背饥饿等等无穷尽旅行的痛苦，都不值一提。

保罗后来讲到什么时候，最后的命运是什么，我们都没有答案。

公元64年，各地爆发了一场反基督运动，暴徒在尼禄皇帝的鼓励下疯狂地杀害所有信新教的人。

保罗很可能在这次大屠杀中牺牲。因为此后，再也没有任何关于他的消息传来。

但是，现代教会就是他最好的纪念碑。保罗像一座桥梁，使得基督教从加利利传到罗马。他为基督教成为世界性的宗教而不是犹太教的一支小小的支派做出了不可磨灭的贡献。

成为国教

不久以后，一个叫做彼得的门徒去了罗马台伯河畔的基督徒聚集区。彼得后来死于罗马皇帝施行的大屠杀中。罗马皇帝由于害怕这种新的教会团体的力量，曾先后三次对基督徒进行大屠杀。但是教会并没有在屠杀中毁灭。三个世纪以后，罗马退出了西方世界政治中心的舞台，基督教在这里得到了蓬勃的发展，罗马很快成为了全世界的宗教首都。

提起彼得，人们就会想起基督教的中心从耶路撒冷转移到了罗马。

关于彼得的记载，要远远少于保罗。

他上一次被提起，还是因为耶稣被杀的那天，他由于一时的怯弱而否认认识耶稣。在耶稣被钉上十字架的那天，彼得的身影也闪现在人群中。后来，他再也没有出现过，直到他作为传教士而取得了一些成功。在其他遥远的城市里，他继续宣扬导师的精神，并和其他教友写了一些有趣的信。

他只是加利利的一名渔夫，没有像保罗那样受过高等教育。他不像保罗那样不论走到犹大、希腊、罗马还是西利西亚社会，总是引起许多人关注，他不具备保罗那样的个人魅力。

但我们绝不能因为彼得在耶稣审判那天表现的懦弱就否定他的成绩。勇敢的士兵，著名的军队也有犯错误的时候。尽职尽责，忠诚的人会在恢复理智之后用自己的行动去加倍弥补一时间的糊涂行为，彼得也是这样。

况且，彼得是一个有办事能力而且有才华的人。他知道只靠一个人的力量是不够的，就把影响大的事交给保罗和已成为基督教会公认领袖的雅各去做。雅各是耶稣的弟弟。

彼得在犹大周围不重要的边缘地区活动。他和他忠诚的妻子，从巴比伦到撒玛利亚，再到安蒂奥克，一路长途跋涉，用他在耶稣那里学到的教诲教导人们。

关于彼得去罗马的原因，一直没有合理的解释。

虽然没有严格的资料叙述彼得的这次旅行，但是，他与基督教的早期发展史是不可分割的。因此，我们必须对这位了不起的人物，耶稣曾经最忠爱的门徒做些描述。

根据公元2世纪中叶的一部编年史记载，保罗和彼得曾经一起在罗马传教。当罗马进行那场史上从未有过的大规模屠杀异教徒的活动时，二人在几个月内相继被杀害。

罗马政府对基督徒的态度由漠不关心渐渐地转变成了憎恨。如果基督徒只是偶尔在罗马那些无人问津的偏僻地方进行一些安

▲ 彼得布道

静的聚会，讲讲先知是怎样被残忍的敌人杀害的故事，给人们一些启示是没什么危险的。但当越来越多的人开始相信并理解基督的教义时，这就对当局产生了一定的威胁。

这种事件并不是第一次发生。

首先，与耶路撒冷的情况一样，依靠敬奉宙辟特维持生计的人失去了生活的来源。宙辟特被人们遗忘了，罗马人把钱都给了不知从哪来的异教徒，这使得牲口贩子和祭司的生活无法再继续下去。

利益受到损害的各方在的和警察达成一致后，便开始了粗暴的屠杀运动。一些住在郊区的野蛮的贫民，听到他们平时所讨厌的品行端正的邻居遭受不幸，反而越发高兴。一些罗马妇女之间甚至流传，基督徒“每周日杀掉小孩，喝干他们的血，以取悦于他们的上帝”。听到这些传言，那些匪民便互相致意，表示“动手时刻已到”。

一些学者认为基督徒的生活方式是圣洁的，人们应当引以为榜样，但是没有人理会学者的观点。罗马人一边感叹国民素质下降，一面又在做着各种坏事。

有一些掌握着更高权力的权力机构，仅仅是处于极其自私的目的而反对基督教。那些巫师、从东方引进了各种幻术的魔术师，他们发现基督徒的出现使得人们都不再看他们的表演了。他们无法抗衡基督徒们，即便生活窘迫也分文不取地向大众宣传他们的精神。

于是各种各样的团体，出于各种卑劣贪婪的目的，联名向当局告状。他们把基督徒们形容为煽动人民犯罪，威胁国家的安危的罪人。

罗马政府没有轻易相信他们的话。很长一段时间，他们都没有采取任何行动。可是，事情已经愈演愈烈，似乎大有一发不可收拾的态势，而且，许多细节似乎也很有根据。

基督徒自己也大胆宣称上帝将对人类进行最后的审判。全人类将受到上帝闪电的大清洗。他们的这一说法，虽然借助了某种寓意和暗示，表达了对新世界的热切渴望。但这毕竟增加了人们的焦虑和怀疑。

这时正巧发生了一件令人惶恐的事：尼禄皇帝喝醉了以后，不慎放火将大半个首都烧毁。更加深基督徒所说的所有城市都将毁灭的寓言的可信度。

罗马人由于极度恐惧而引发了完全丧失理智的行为。

罗马人到处逮捕犹太人和基督徒。在严刑拷打之下，许多人不得不承认自己有着难以置信的阴谋。刽子手和斗兽场的猛兽忙着杀人，无暇其他。保罗和彼得就是在这次实践中殉难的。

然而，正是殉教者不屈的精神使得基督教得到了更大范围的宣传。原来，接受基督教义的人基本上是在厨房的范围内。现在，这种精神已经感染了客厅中的人。公元1世纪末以前，贵族的许多官员和妇女都因有信基督教的嫌疑而被处死。而且，他们并不愿意对旧神献祭，以表达他们对帝国的忠心。

哪里有压迫哪里就有反抗，一直以谦卑温和为本的基督徒开始自卫了。户外和私人餐厅已经不再安全，教会活动多半转入了地下。

基督徒把罗马附近的一些荒废的采石场当成教堂，每周都在这里举行集会。他们一遍又一遍地倾听着百年前还只是拿撒勒一名普通木匠的耶稣的伟大事迹，并在这些故事中得到巨大的慰藉。

所有的基督徒都自行成立了许多秘密社团，这在罗马是前所未有的事情。

罗马的人口中有30%都是奴隶，当局政府最害怕秘密社团的存在。这些秘密社团不受警察的控制，允许它们的存在，无疑是十分危险的。

总督不断地接到各个行省递交上来的关于基督教祸患蔓延的报告。有的总督比较明智，他们在等待着人们恢复理智；有的总督受了基督徒的贿赂，对此事保持沉默；另有一些总督决定将与“加利利疑案”有关的人，无论男女老少，统统加以屠杀，以博取罗马皇帝的奖赏。

但是，令当局头疼的是，所有的被抓的基督徒的反应都惊人的一致，他们都明确否认自己的罪行。他们在断头台上庄严正义的举动，使得更多的人信任他们。所以，每次公开处死基督徒，都会适得其反地引起更多的人加入基督教。

每执行一次死刑，就会有更多的小型集会举行。他们甚至指定一些专职人员在法律面前代表教会去管理人们为慈善事业所捐赠的善款和救济金。

最初担任这一职务的是一些被称为“长老”的老人，他们管理教会的日常事务。后来各地为了加强合作，就联合某个城市或某个地区的教堂去任命一位主教或总执事去管理共同事务。

这些主教的职务性质决定了他们是使徒的直接继承人。教会越有钱，他们的权力就越大。意大利和法国一个城市的主教的权力毫无疑问地远远超过犹大或小亚细亚村庄的一个主教。在罗马这个主宰世界五百年之久的城市里一定有着更多的精通治国和外交的人，所以其他地方的主教便对罗马的主教产生了一些敬畏。

当罗马帝国走向衰亡的时候，有能力的青年人在军队或政府机构就没有了施展才华的机会。于是他们就到教会去寻找出路，实现理想和抱负。

古老的罗马渐渐陷入不堪的境地。经济的衰落导致人们更加贫困。曾经是军队主力的年轻人如今却不得不和市井小民一样为了吃饭和娱乐发愁。

亚洲地区的混乱局势使得那里的人们都向西迁移，大批外来移民进入罗马，占领了属于罗马皇帝的领土。罗马首都混乱比任何一个行省都厉害，罗马皇帝走马灯一样地换，又都被外国雇佣军一一杀害。

最终，罗马皇帝恺撒的后继者决定离开这不安全的城市，他们远离了台伯河，迁往他乡。罗马的主教代表了唯一留下的完善的组织，自然成为社会上的最高权力者，开始掌管一切事务。就连皇帝从首都迁走以后，也需要他们的支持才能使威望在意大利半岛得以维持。

皇帝们愿意为此付出代价。于是公元313年，皇帝颁发了一份正式的宽恕敕令，结束了对基督教的一切迫害。一个世纪以后，人们公认罗马是东、西、南、北各方的宗教中心。

教会终于取得了最后的胜利。

在战争残酷和骚乱的喧嚣结束以后，伟大的先知的精神终于传遍了世界各地。耶稣请求所有爱上帝、爱他人、爱自己的人用他们那无私的爱来使这个曾经充满疾病的世界更加完美。